허니트랩

허니트랩

초판 1쇄 인쇄일 │ 2016년 11월 24일
초판 1쇄 발행일 │ 2016년 11월 30일

지은이 │ 한여리
펴낸이 │ 박성면
펴낸곳 │ (주)동아

출판등록 │ 제406-2012-000056호
주소 │ 경기도 파주시 문발로 115, 세종출판벤처타운 201-A호
전화 │ (031)8071-5201
팩스 │ (031)8071-5204
E-mail │ bear6370@hanmail.net

정가 │ 12,000원

ISBN 979-11-5641-073-7 (03810)

HONEYTRAP ❋

허니트랩

한여리 장편소설

CHIC
NOVEL

차례

1

이별 여행. 이름은 무척이나 거창했지만 사실 그리 대단한 발걸음은 아니었다. 사실은, 그랬다.

일상이던 재원과의 다툼 후 으레 하곤 하던 말을 던졌다. 몇 번이고 들었던 말임에도 그 말에 하얗게 질려 버린 녀석의 얼굴을 바라보며 정현은 그저 무덤덤하기만 했다. 이제는 저 얼굴이 더 이상 정현의 마음을 아프게 하지 않는다. 그 사실이 그의 마음을 아프게 할 뿐.

[헤어지자.]

[……잘못했어. 안 그럴게.]

[장난하는 거 아니야. 이제 지긋지긋해. 그만해.]

[정현아…….]

상처받은 그 얼굴을 들여다보았다. 상처와 배신감, 절망, 외로움, 분노 모든 것이 뒤엉킨 하얗게 질린 얼굴. 저 얼굴이 더 이상 안타깝지 않았다.

언제부터였을까. 처음 우리가 사랑을 시작할 때는 저 얼굴이 가진 영향력이란 정현의 인생 전부를 휘저어 대고도 모자랐다. 잦은 다툼에도 그리움에 몸이 달아했고 결국 흐지부지 다시 사랑을 나누곤 했다. 그런데 왜, 우리의 사랑은 어디로 간 걸까.

사랑이 시간에 지고 만 것일까. 하긴 벌써 8년, 더 이상 어린 나이도 아니고 서로에 대한 이해가 부족할 시간도 아니다. 서로의 치부까지 낱낱이 들켜 버리고 만, 이 세상에서 서로를 가장 잘 아는 사이다. 순식간에 스쳐 지나간 분노라는 감정을 읽어 버릴 만큼. 분노는 금방 스쳐 지나가고 세상에서 가장 가여운 얼굴을 하고 있는 녀석도 알아차린 것이 분명하다. 정현이 그것을 눈치챘다는 것을.

바들바들 떨리는 손가락이 옷자락을 잡았지만 그것을 냉담하게 뿌리쳐 냈다. 재원의 눈이 떨구어진 손을 물끄러미 바라보다가 핥아 올리듯 천천히 정현을 훑어 올라왔다. 그리고 마주친 눈동자에서 읽어 낸 공포가 자꾸만 감정을 휘저어 댄다. 자꾸만 잔인해지려 날뛰는 혓바닥을 씹으면서 천천히 다시 한 번 말해 주었다.

[헤어지자.]

재원도 알아챈 것이 틀림없다. 지금까지의 헤어지자는 말과 지금의 헤어지자는 말이 무척이나 다르다는 사실을. 언제나 홧김에 내뱉었던, 그리고 금세 후회하고 말았던 헤어지자는 말이 지금과는 달랐다. 물론 홧김인 것은 마찬가지이지만 후회는 없었다. 오히려 통쾌하고 설레기까지 했다. 저 녀석이 없는 제 인생을 되찾은 기분이랄까. 사실, 그 인생이 무척이나 고통스러웠음에도 불구하고.

[정현아, 왜 그래……?]

[진심이야. 그러니까, 이제 그만하자.]

[내가 다 잘못했어. 정말이야. 다신 안 그럴게. 응? 또 내가 뭘 고칠까? 하라는 대로 다 할게. 제발 헤어지자는 말은 하지 마. 응?]

침묵을 기회라고 생각한 재원은 한층 더 떨리는 손가락으로 옷자락을 잡았다. 옷에 묻은 먼지를 털어 주며 빠른 속도로 지껄이기 시작한 재원이 불안한 듯 손목을 움켜쥐었다. 그것을 물끄러미 바라만 볼 뿐, 정현이 한마디도 안 하고 있다는 것을 눈치채지 못하기라도 한 것처럼.

[내가 더 잘할게. 아까는 그냥, 좀 정신이 나가서, 그러니까, 미안해. 내가 다 잘못했어. 응? 잠깐만 기다려 봐. 얼음 좀 가져올게.]

아까부터 얼굴에서 느껴지던 거슬리는 무엇인가는 코피였던 것이 분명하다. 세게 얻어맞은 얼굴이 욱신거리는 것으로 보아 멍도 들 것 같고. 다행히 저번처럼 코뼈가 나가거나 하는 일은 없는 것 같지만 얼굴에 남은 멍이 문제다. 이래서야 당분간 또 가게를 쉬어야 할 판이었다. 절로 한숨이 흘러나왔다. 그 한숨이 재원이 어깨를 움찔하게 만들었다.

[그만해. 그만하자.]

[이정현!]

[모르겠어? 내가 왜 헤어지자 그러는지?]

[모르겠다! 정말 이해가 안 가! 밥 잘 처먹고 술 마시다가 갑자기 이 지랄하는 이유가 뭔지 난 정말 알 수가 없어!]

[그래서야.]

[뭐?]

[그래서라고. 내가 헤어지자는 이유를 넌 알 수 없어. 그래서 헤어지고 싶은 거야. 그러니까, 이제 그만 꺼져.]

[이 새끼가!]

[씨발, 내 몸에 손대지 말라고, 개새끼야. 맨날 너 새끼랑 두들겨 패고 그러는 거 이제 신물이 나. 병신들도 아니고 나이라도 적냐? 이제

그만하라고!]

잡혀 있던 멱살을 세게 뿌리치다 단추가 여러 개 뜯어져 버린 셔츠를 재원은 물끄러미 바라보았다. 언젠가 지나가다 주웠다며 가게에 털썩 던지고 갔던 셔츠가 사실은 무척이나 고가의 명품이었다는 사실을 늦게 알았다.

백화점을 지나가다 너무나도 마음에 들어 버린 셔츠를 사려다 두 벌을 함께 사서 하나는 재원의 옷장에 소중히 모셔두었다는 것도. 단순한 디자인의 셔츠라서 잘 몰랐지만 때로 같은 셔츠를 입는 날이면 속으로 무척 흐뭇했다는 고백이 가슴을 설레게 했던 때도 분명히 있었다.

[아주 좆같아서 못 해 먹겠어. 너란 새끼랑 계속 있다 보면 나도 좆같아질 것 같아서 이제 안 해. 어차피 거지같은 인생 그냥 망해 버리라고 내버려 둘 수도 있겠지만, 또 그건 자존심이 상해서 못 해 먹겠어. 그러니까 이제 그만해.]

셔츠를 벗어던졌다. 결국 그 셔츠를 바라보는 눈동자에 습기가 차기 시작했다. 더 이상 말을 잇다가는 또 저 눈물에 약해지고 말지도 모른다. 그러니까 도망쳐야 했다. 최대한 멀리, 재원이 찾을 수 없는 곳으로.

[간다. 영원히 보지 말자.]

그렇게 떠나온 이별 여행은 모든 것이 어색하기만 했다. 짐을 싸다가 재원에게 붙잡힐 것이 걱정되어서 대충 쓸어 담은 가방엔 휴대폰 충전기가 들어 있지 않았다. 차키도 놓고 기차를 타고가기로 했다. 운전을 할 수 있는 상태가 아니라는 생각이 들었기 때문이다. 가게에 전화를 해서 당분간 휴가를 가겠다고 말했다. 쌍욕이 들려왔지만 간단히 무시하고 전화를 끊었다. 지금은 어떤 것도 듣고 싶지 않은 기분이다. 이 터질 것 같은 감정의 이름을 알지 못하겠다.

후련하기도 하고, 서글프기도 하고, 허전하기도 하고, 외롭기도 했다. 헤어진 지 한 시간 반 만에 외롭다는 감정을 느끼는 스스로의 상태도 서글펐다. 인간은 누구든 언제나 외로운 존재라지만, 평범하지 못하다는 것은 언제나 외로웠다. 손톱 끝 톡 튀어나온 거스러미처럼 거슬리고 바퀴벌레처럼 환영받지 못하는 존재라는 것을 인식하는 자체가 괴로웠다. 언제나 외롭고 공허한 인생을 살아가는 동안 그 허무함을 채워 준 존재가 재원이었다. 녀석의 집요한 사랑은 한시도 한가할 겨를을 만들어 주지 않았다.

처음엔 그 광기에 함께 휘말려 아무것도 보이지 않았다. 심지어 한 달 동안 여행을 핑계로 둘이 함께 아무것도 하지 않고 시간을 공유한 적도 있었다.

그 시간을 오로지 서로에게서만 채웠다. 사랑을 나누고, 대화를 하며 서로의 아픔을 감싸 주고, 서로만 바라보면서. 그것만으로도 모든 것은 아름답고 빛이 났다. 그런 시간이 영원하리라는 기대는 하지 않았지만 그래도 이렇게 우리가 허무하게 헤어질 것이라고 생각해 본 적이 없었다. 헤어지자는 말을 입에 달고 살았으면서도.

재원은 무척이나 질투가 심했다. 한번 꽂히면 엉뚱한 상상까지 해가며 사람을 극한으로 몰아치는데, 정말 질려 버리고 말았다. 특히나 정현에게 관심을 가지는 여자들을 무척이나 싫어해서 그것을 눈치채는 날이면 그날은 무조건 큰 싸움이 나는 날이었다. 그 싸움의 끝은 수컷들의 싸움이 그러하듯 욕설과 주먹다짐까지 이어졌다. 죽도록 패놓고 미안하다며 우는 재원에게 소름이 끼쳤던 적이 한두 번이 아니었다.

사내새끼로 태어나서 다른 녀석들과 주먹다짐 한번 해보지 않았던 것은 아니지만 자신의 성정체성을 일찍 깨닫고 내향적이 된데다 타고난 선이 가늘고 고운 그가 재원을 이길 수는 없는 노릇이었다.

건장한 체격의 녀석은 관계의 우위를 정현이 점하고 있는 것에 울분이라도 토하듯 거의 일방적인 폭력을 휘둘렀다.

한때는 사랑이라고 생각했던 적도 있었다. 하지만 이것은 사랑이 아니었다. 정현은 헤어지자는 말을 무기로 휘두르며 재원을 휘저었던 대가를 톡톡히 치러야 했다. 매번 피가 튀고 거친 욕설이 오고갔다. 이런 전쟁 같은 사랑에 질렸다. 정현은 몹시도 피로했다.

하지만 헤어지자는 말을 입에 달고 살면서도 그렇게 하지 못했던 것은, 녀석과 헤어지고 나면 정말 세상에서 외톨이가 될 수도 있다는 두려움 때문이었다. 이 세상에서 가장 저를 온전히 이해해 주는 사람을 잃고 살아간다는 것은 두려운 일이었다. 아무도 정현을 이해해 주지 않을 것이 분명했다. 아버지가 그랬고, 대학동기들이 그랬다. 재원 말고는 이 세상에 저를 이해해 줄 수 있는 사람은 없을 것이다. 모두 손가락질을 할 것이 뻔했다.

식은땀이 흘렀다. 잊으려고 노력하고 있는 '기억'을 떠올릴 때면 언제나 그랬다. 그래서 외로웠다. 아무도 없었기 때문에. 재원만이 있을 뿐.

하지만 이제는 더 이상 스스로를 망가뜨릴 수 없었다. 외로움에 지쳐 상황에 자신을 방치하기엔 차라리 외로움이 나을 만큼, 그만큼이나 지쳤다. 그러니까, 놓는 것이 맞다. 정말 이제 끝이라고 생각한 헤어짐을 입 밖으로 꺼냈으면서도 여전히 망설이고 있는 스스로를 그렇게 납득시키며 일정한 소음이 주는 안정감에 스스로를 내맡겼다.

기차를 탄 것은 무척 오랜만의 일이었다. 새내기 시절, MT를 가기 위해 탔던 것이 마지막이었다. 어차피 대학생활을 끝까지 해내지도 못했고 기차를 탈 일도 없었다. 생각보다 편안하고 안심이 되었다. 스쳐 가는 군상 중에 오점이 되지 않을 수 있을 것만 같았다.

나지막한 흔들림이 마치 요람에 앉아 있는 것처럼 달콤하게 느껴졌다. 그 안락한 감정은 오히려 자꾸만 우울을 부른다. 익숙한 우울 속으로 빨려들어 가는 것만 같았다. 전혀 익숙하지 않은 기차라는 공간에서.

"저기."

무척이나 낮은 목소리가 상념을 찢고 귓가에 들려왔다. 멍하니 소리가 들리는 곳으로 고개를 돌렸다. 저를 부르는 것인지 어쩐지도 모르겠지만 그 목소리는 거역할 수 없는 무엇인가를 담고 있었다.

"괜찮아요?"

저도 모르게 흉한 모습으로 울고 있었건만, 사내새끼가 질질 짜고 있다는 것에도 아무렇지도 않은 듯, 표정을 읽을 수 없는 얼굴로 그는 손수건을 내밀었다. 옆 좌석에 앉은 그는 꽤 매혹적인 향기를 풍기고 있었다. 묵직하면서도 끈적이지 않는, 성숙한 남자의 향기.

"감……사합니다."

오랫동안 입을 열지 않았던 데다가 울기까지 해서 잠겼던 목이 흉하게 갈라졌다. 손수건을 돌려받은 남자는 무척이나 사무적인 미소를 짓고는 다시 그것을 집어넣었다. 절제된 동작과 손놀림이 너무 우아하다.

'기차'라는 타인과 어쩔 수 없이 많은 것을 공유해야 하는 공간이 저런 남자와는 어울리지 않았다. 가만히 앉아 있는 것만으로도 존재감을 풍기며 은밀하고 색정적인, 그러면서도 금욕적인 분위기가 물씬 풍겨 나오는 남자.

손수건의 주인을 쳐다보다 자신의 처지를 떠올리며 다시 창밖으로 눈을 돌렸다. 아무리 헤어졌다고는 하지만, 아직 헤어지자는 말을 내뱉은 지 하루도 지나지 않았다. 구렁텅이에서 벗어나면서 남겨진 이를 위한 애도의 시간이 필요했다. 지금은, 다른 남자를 구경할 때가 아니었다.

차창 밖의 풍경이 또 의미 없이 스쳐 지나갔다. 재원 외의 사람들이 모두 다 그랬듯이. 묘한 기시감을 느끼면서도 자꾸만 떠오르는 쓸데없는 상념들을 잘라 내려 눈을 감았다. 귓가를 울리는 프레디 머큐리의 소름 끼치면서도 청량한 음성에 집중하려 노력했지만 여전히 코끝을 스쳐 가는 향기는 사라지지 않았다.

바닷가. 언젠가 재원과 함께 왔던 바닷가였다. 본가에 가서 부모님과 식사를 마치고 얹힌 것 같은 부담스러움을 토로하자 재원은 군말 없이 차를 돌렸다. 그리고 왔던 바닷가. 철썩철썩 후려쳐 대는 파도소리만 들리는 밤바다는 시꺼멓고 아무것도 보이지 않을 만큼 깜깜했다. 그래서 오히려 더 좋았는지도 모르겠다. 재원의 어깨에 기대 연인처럼 걸을 수 있는 공간이 몇이나 될까. 미친 듯이 몰아쳐 대는 겨울바람이 가득한 바다를 보러올 만큼 절박한 사람은 그다지 많지 않다.

둘만이 걷는 바닷가는 고즈넉하고 평화로웠다. 그곳을 걷는 두 사람의 마음과는 달리. 바람소리에 묻힌 사랑한다는 고백은 부질없이 허공으로 흩어졌다. 하지만 그만큼이나 행복했던 기억은 간간히 비춰 주던 별빛만큼이나 드물었기에 무척이나 인상에 남았다.

굳이 그 바닷가를 이별 여행의 목적지로 삼았던 이유는 그 이유 탓이다. 무척이나 행복했던 그곳에서 우리가 헤어졌다는 것을 되새겨야 인정할 수 있을 것 같았다. 헤어지자는 말을 그렇게나 해왔고 먼저 했음에도 불구하고 재원이 없는 제 인생을 인정할 수 없는 스스로의 탓이다. 행복한 곳에서 인생에 화인처럼 남은 그 녀석을 추억하고 헤어짐을 애도하고. 그리고 홀홀 털어내 버리고 싶었다.

역시나 겨울이 가까워진 바닷가에는 사람이 많지 않았다. 모래사장에 아무렇게나 앉아 차갑지도 뜨겁지도 않은 모래를 손가락 사이로 흘려보냈다. 언제나 재원은 그를 향해 그렇게 말했다. 언제나, 그렇게.

[넌, 나를 사랑하지 않는 것 같아. 언제나 그렇게 뜨뜻미지근하지. 나를 향한 격정 같은 것이라곤 찾아볼 수가 없어. 난 언제나 너를 향해 조금 미쳐 있는 것 같은데 말이야.]

말 그대로 재원은 정현에게 미쳐 있었다. 사랑스럽게 바라보는 눈동자를 활활 태우고 있는 광기는 때로 그를 소름 끼치게 했다. 인간은 타성에 젖기 마련이다. 사랑받음에 익숙해지고 온전한 제 편이 생기고 나자 두렵던 세상이 변했다. 그동안의 피해의식을 가지고 바라봤던 세상과는 달리, 자신감을 가지고 바라본 세상은 그에게 그다지 잔인하지 않았다. 숨을 죽이고, 티를 내지 않는다면. 그 사실을 깨닫고 나자 유일한 동아줄 같았던 사랑이 부담스럽기 시작했다.

언제나 정현은 이기적이었다. 그 사실을 모르고 있지 않았다. 하지만 인간은 모두 이기적이고 자신의 잣대로 모든 것을 수용하게 되지 않는가? 재원도 몹시 이기적이었다. 할 수만 있다면 정현의 사지를 꽁꽁 묶어 제 시야 안에만 들어 있기를 요구했다.

우리의 사랑은 몹시 이타적이면서도 이기적이었다. 서로를 위해서 모든 것을 내어 줄 수 있었다. 하지만 그 대가로 원하는 것이 있었다. 재원은 둘의 삶이 완전히 포개져 다른 어떤 것도 우리의 인생에 들어올 수 없기를 바랐고, 정현은 소속된 가운데 자유를 누리는 삶을 원했다. 그러니까 언제나 사랑은 제자리에 머물 수밖에 없었다. 서로가 바라는 끝이 완전히 달랐기 때문이다.

문제가 있다면 너무 사랑한 죄밖에는 없었을지도 모르겠다. 둘이 바라는 끝이 달랐던 이유는 그래야 서로를 놓치지 않을 수 있다고 믿었기 때문이다. 하지만 이제는 모든 것은 끝나 버렸다. 재원에게는 어땠는지 모르겠지만 정현에게는.

재원이 정현에게 들러붙는 여자들만 보면 기겁을 하는 것은 감이 작용한 질투일지도 모르겠다. 사실 녀석과 싸우고 헤어지자며 거리를 둘 때면 정현은 여자들을 만나 보았다. 스스로의 성정체성에 대해서 분명히 알고는 있지만 여전히 남아 있던 미련 때문이었다.

여자들을 만나는 것은 그다지 불쾌하지 않았다. 때로는 대화가 무척이나 잘 통했고, 은유적인 표현을 사용해 상대에게 상처를 주지 않으려고 노력하는 태도도 꽤 사랑스러웠다. 직선적인 표현들로 상처를 내고, 굳이 서열을 정하며 권위적이거나 굴욕적인 태도를 취하는 남자들의 세계가 여전히 익숙해지지 않았다.

그리고 때로는 하룻밤을 함께 보내려고 했다. 그때도 그렇게 다른 이들이 표현했던 것처럼 혐오스럽지 않았다. 재원과는 다른 부드러운 살결을 만지고 작은 입술을 훔쳤다. 보들보들 풍만한 가슴을 만지는 것도, 쫀득할 것 같은 허벅지를 만지는 것도 사실 기분이 좋았다. 언제나 재원에게 안기듯, 그렇게 여자를 안는다는 생각에 반쯤 발기한 상태가 되기도 했었던 것 같다.

하지만 늘 결정적인 순간에 떠오른 것은 재원의 울먹거리는 모습이었다. 여자들이 그에게 접근할 때마다 진저리치던 모습도. 완전히 불가능한 재원과는 다르게 한 발을 걸치고 있는 정현이 언제나 불안하다던 녀석은 오히려 다른 남자들의 접근보다 여자들이 접근하는 것을 싫어했다. 이유는 잘 이해할 수 없었지만. 하긴 언제 재원이 이해가 가는 행동을 했던가.

결국은 그렇게 여자를 그냥 보내고 말았다. 뺨을 맞은 적도, 고자라는 욕을 먹은 적도 있었다. 게이냐며 병신 취급을 하는 여자에게는 스스로도 납득할 수 없는 충동을 느끼기도 했다. 게이가 병신은 아니지 않은가? 그냥, 그렇게 태어났을 뿐이다.

결국은 단 한 번도 그 녀석 외의 다른 사람과 끝을 본 적이 없었다. 여자들과는 결정적인 순간에 떠오른 그 녀석 때문에, 남자들과는 여전히 갈무리되지 않은 자신에 대한 혐오감 때문에.

어쩌면 그렇게나 긴 시간 동안 사랑을 해본 것은 오롯이 재원뿐이라는 사실이 오히려 더 성장을 하지 못한 이유일지도 모르겠다. 언제나 정현은 스스로를 성숙하지 못한 사람이라고 생각했다. 몸을 함부로 굴리면서 헤프게 굴어야 한다는 것은 아니지만, 한 사람과 너무 오랫동안 만나면서 타성에 젖어 있었고 몹시도 익숙한 것들을 당연하다고 생각했기 때문에. 또 다른 사랑을 했다면 조금 더 잘 할 수 있었을까.

모래는 여전히 손가락 사이로 흘러내렸다. 손바닥에는 얼마 되지 않는 모래가 들러붙었다. 사랑도 그러한지 모르겠다. 끝이 존재하고, 끝이 나 버리지만, 추억과 기억은 흔적을 남겼다. 그것이 불유쾌한 것이든, 어떤 것이든.

바닷바람은 차가웠다. 아직 겨울이 오지 않았다고 대단찮게 생각했던 것과는 달리 잠시 앉아 있었다고 볼이 차갑게 얼어붙을 만큼. 한 자세로 오랫동안 앉아 있었던 탓인지 무릎도 삐거덕거리는 것 같았다. 서걱거리는 모래를 털어 버리고 일어나야 했다. 그리고 어딘가 따뜻한 곳을 찾아가 앉으리라. 이 한기를 녹여 낼 수 있는, 어딘가로.

재원이 함께 가고 싶었다고 말했던 커피숍을 찾았다. 그날은 저녁 늦게 도착했고 바닷가를 너무 오래 걸었던 탓에 문을 닫았던 그 커피숍. 재원은 취향이 고급이었고 맛집을 찾아다니는 것이 취미였다. 그러니까 추천했던 어떤 곳도 정현을 실망시키지 않았었다. 그 기억에 그곳을 찾았다. 따뜻한 것도 중요하지만, 지금은 조금이라도 부족한 것이 싫었다.

아마 조금이라도 부족함이나 허전함 같은 것을 느낀다면 자연스레 재원이 떠오를 것 같아서가 아닐까. 재원을 떠올리고 나면 자꾸만 아득한 감정을 느껴 버리고 만다. 존재의 외로움 같은 거창한 것을 말하는 것은 아니었다. 그냥, 습관처럼 함께했던 이의 부재에서 느껴지는 그것. 8년이란 시간이 결코 짧은 시간은 아니다. 하지만 익숙한 것에 몸을 내맡기고 있다가 또다시 구렁텅이로 빠져 버릴까 봐 두렵다. 폭력은 어떤 것으로도 정당화될 수 없었으니까. 그러면서 정현은 쉬지 않고 재원에 대한 생각을 했다.

역시나 재원의 취향은 그를 실망시키지 않았다. 들어서기 전부터 코 끝을 스치고 지나가던 원두의 향기와 들어서자마자 언 볼을 녹여 주던 온기, 그리고 차가운 몸을 데워 주는 뜨거운 커피. 산미가 그다지 높지 않고 묵직한 바디감의 스모키한 커피는 정말 환상적이었다. 몸이 녹고 나자 주변을 둘러볼 여유가 생겼다.

아기자기한 소품들이 줄지어 서 있고 유명인들의 사인이 벽에 가득 걸려 있었다. 유명한 곳임을 증명하듯 사용감이 느껴지는 소파와 테이블도 적당히 운치 있었다.

내부를 둘러보다가, 이곳의 분위기와 무척이나 이질적인 것이 눈에 들어왔다. 바로, 기차에서 만났던 그 남자였다.

모던한 분위기의 카페에서 노트북을 들여다보고 있어야 할 것 같은 그 남자는 몸에 걸친 칼 같은 슈트와 전혀 어울리지 않는 소파에 앉아 느긋한 태도로 커피를 마시고 있었다. 여전히 위험한 느낌이 가득한 자태로.

도대체 저 남자는 무슨 이유로 저런 차림을 하고 기차를 타고는 바닷가에 와서 이런 어울리지 않는 곳에 앉아 있는 것일까. 차림만 보아서는 고급세단을 타고 기사를 부리며 모던한 장소에서 커피를 마실 것만 같은 사람이. 코끝을 스치던 그 향기가 생각났다. 조금이라도 안면이 있는 사이였다면 무슨 향수를 쓰냐고 물어봤을 만큼, 그 정도로 마음에 쏙 드는 향기였다.

너무 뚫어져라 쳐다본 탓인지 눈이 마주쳤다. 처음으로 눈이 마주쳤을 때는 무심하기 짝이 없던 눈빛이 의아함을 띠고 정현을 훑었다가 어디서 마주쳤는지 기억이라도 난 것처럼 순간 이채가 스쳤다. 그리고 아주 조금 고개를 숙여 인사해 왔다. 정현은 저도 모르게 함께 고개를 숙여서 인사했다.

어쩌다 보니 두 번이나 마주쳤다. 기차에서는 옆자리, 찾아온 커피숍에서 그렇게 두 번째로. 아무리 이곳이 유명한 곳이라고는 해도 우연치고는 놀랍지 않은가. 정현은 거기까지 떠올리곤, 너무나도 자의식 과잉이라고 생각하며 웃었다. 향긋한 커피는 식었어도 맛이 좋았다.

수많은 상념이 스쳐 지나가고 뜨거워졌다가 얼음장같이 차가워졌다. 8년간의 사랑을 정리하는 일은 생각보다 괴롭고도 어려운 일이었기 때문이다. 어떤 추억을 떠올릴 때는 웃음이 나올 때도 있었다. 물론 거의 대부분이 괴로운 추억이었지만.

그러다가 결국 또 재원에게로 생각이 가 닿았다. 몇 대 치지도 못하고 거의 일방적인 폭력이었지만 정현이 먹인 주먹이 제대로 녀석의 눈가를 강타했었다. 물론 눈같이 약한 부위를 때리려고 했던 것은 아니고 어디든 맞기를 바라면서 뻗은 주먹이었는데 순식간에 부어오르고 색이 변해 가는 눈가 때문에 속으로는 깜짝 놀랐다. 사실, 알고 보면 내가 엄청난 능력자가 아닐까 실없는 생각을 해보다가 피식 웃었다. 한때는 세상에서 가장 소중했던 사람을 잃어 놓고 이따위 생각에 웃다니, 스스로도 몰랐던 제 모습이 놀라웠다.

그리고 우울해지고 말았다. 물론 성인이고 독립을 해 혼자 살아가고는 있지만 진정으로 홀로 선다는 것은 조금 두려운 일이기 때문이다. 게다가 정현 같은 성소수자들에게는 더 그러했다. 세상의 편견과 싸워 나가는 것은 그다지 쉬운 일이 아니었으니까.

세상은 조금이라도 다른 것을 틀린 것으로 간주하고 탄압한다. 모두가 획일적으로 움직여야 통제가 쉽기 때문이 아닐까. 자신을 틀린 것으로 생각하고 늘 방황하던 정현은 재원을 만나고부터 그저 남들과 다르다는 사실을 인정할 수 있었다. 누군가한테 사랑을 받을 수 있을 만큼 자신은 가치 있는 존재였으니까.

존재의 근간을 흔들어 버리는 이별을 겪는다는 것은 스스로 헤어지자는 말을 내뱉었던 것과는 달리 무척이나 괴로운 일이었다. 이제는 사랑을 잃어서 괴로운 것인지, 곁에 있어 주던 사람이 없어져서 괴로운 것인지 헷갈리기 시작했다. 그렇게 자신이 이기적인 사람이라는 것을 인정하고 싶지는 않았지만 지금은 그랬다.

하긴 지난 시간 동안 정현의 인생엔 재원만이 가득했다. 물론 제 가게도 있고, 친구도 있지만 연인이었던 재원의 존재감이 무척이나 컸었다. 성욕이 강한 20살 초반의 남자 둘이 연애를 한다는 것은 엄청난 격정으로 사로잡혀 있는 광기였다.

이번이 첫 헤어짐도 아니었다. 거의 대부분 정현이 헤어지자는 말을 하곤 했지만 재원도 때로 헤어지자는 말을 씹어뱉듯이 던지곤 했었다. 그럴 때면 다른 사람을 만나 볼까 하는 생각을 하지 않았던 것도 아니었다. 때로는 다들 간다는 게이 바를 가 볼까 생각한 적도 있었다.

하지만 결국은 가지 못했다. 재원에 대한 의리 때문도 있었지만 다른 남자들은 딱히 정현에게 관심을 두지 않았다. 이상하게도 차라리 여자들과 선을 넘을 뻔한 일들은 많았어도 다른 남자들과는 그러지 못했다. 그걸 잘 알고 있는 녀석은 오히려 여자문제에 대해 더 까칠하게 굴곤 했었다.

그런 시간이면 재원은 아무하고나 굴러먹곤 했었다. 알면서도 정현은 그것을 딱히 지적하지 않았다. 어렵게 화해를 했는데 다시 분위기를 망치고 싶지 않았기 때문이다. 하지만 지금에 와서 생각해 보면, 그러지 말았어야 했다는 생각이 들었다. 언제나 관계의 우위를 점하고 있는 것은 정현인데, 관계를 주도하는 것은 재원이었다. 하여간 이상한 관계. 하긴 우리는 존재 자체가 이상했고, 관계 자체도 이상했다. 틀린 것은 아니지만 어찌 되었건 다른 것은 확실했으니까.

이질적인 존재라는 것이 너무나도 괴롭다. 하지만 늘 그랬듯 괴로워해 보았자 재원과의 사이만 악화시킬 뿐 달라지는 것은 하나도 없었다. 그저 인정하고 수용하는 것. 그리고 들키지 않도록 숨을 죽이는 것. 그것이 할 수 있는 전부였다.

하지만 어쩌면, 달라질 수 있을지도 모른다. 적어도 정현은 끝까지 제가 완벽한 동성애자가 아닐 것이라고 주장하고 싶었다. 여자를 사랑해 본 적도 안아본 일도 없었다. 하지만 키스를 나눌 때면 최소한 혐오스러운 느낌은 받지 못했다. 때로는 두근거린다는 느낌을 받은 적도 있었다. 아마 녀석과의 사이를 정리할 때 이제는 정상인처럼 살아갈 수 있다는 희망을 느꼈는지도 모르겠다. 최소한 혐오스럽지 않다면 그럭저럭 남들처럼 살 수 있지 않을까.

이 이별 여행에서 모든 것을 정리하고 돌아간 후에는 꼭 시도에 그친 모든 것을 행해 보아야겠다는 생각이 들었다. 그러면 확실히 알 수 있을 것이다. 스스로의 성적 취향도, 그리고 재원이 없는 제 삶도. 녀석이 없다고 해서 제 삶이 텅 비어 있지만은 않기를 진심으로 바래보았다.

긴 생각을 정리하고 고개를 들었을 때는, 이미 어둠이 거리에 내려앉은 후였다. 벌써 겨울이 다가오는 것일까. 해가 짧아졌다는 생각이 들었다. 언제나 손발이 차가운 정현을 위해 재원은 이맘때쯤이면 홍삼을 챙겨다 주곤 했었다. 어차피 다 먹지도 못하고 유통기한이 지나 버려질 것들을 굳이 매년 준비해 주는 이유를 알고는 있었지만 귀찮았기 때문에 결국 쓰레기통으로 들어가고 말았다. 그것을 늘 미안하게 생각은 했었다.

자꾸만 재원에게 가 닿는 생각을 갈무리해야겠다는 생각이 들었다. 우선, 이 커피숍을 벗어나야만 했다. 이곳은 너무나도 재원을 떠올리게 했다. 꼭 와보고 싶었는데, 하며 실망이 번졌던 얼굴에서 느꼈던 애틋함 때문이었다. 이상하게도 언제나 재원은 측은지심을 동하게 하는 구석이 있었다. 덩치는 커다랗고 남성스러운 얼굴을 하고선.

겉보기로는 늘 정현이 약해 보이는 타입이었다. 선이 곱고 이목구비가 오밀조밀한 터라 나약한 느낌이 강했던 정현은 사실 늘 나른하고 그다지 모든 것에 욕구가 많지 않은 성격이었다. 늘 애정을 갈구하는 재원을 보며 에너지가 대단한 녀석이라는 생각을 할 때도 많았다. 저처럼 건조한 성격의 사람에게 매달리는 재원의 기분은 어떠했을까. 아마, 자괴감이라는 표현이 가장 맞을 것 같다. 이해할 수 없는 노릇이었다. 실제로 재원은 게이들 사이에서 몹시도 인기가 좋은 타입이었다. 홀로 간 적은 단 한 번도 없었던 게이 바를 종종 녀석과 함께 갈 때면, 시선이 쏠리곤 했었으니까. 노골적으로 정현을 무시하면서 재원의 몸을 더듬는 치도 없었던 것은 아니었다. 그럴 때면 재원은 무척이나 뿌듯한 얼굴로 정현을 돌아보곤 했었다. 내가 이런 사람이야, 하고 뿌듯해하는 것 같은 녀석의 얼굴을 보며 정현은 그냥 피식 웃어 주었다. 유치하면서도 귀엽고 안타깝다는 생각이 들었었다.

생각을 갈무리할 수가 없었다. 하긴 지금 정현은 이별 여행을 떠나온 것이고, 헤어진 지 하루도 지나지 않았다. 아마 아무리 생각을 정리한다 한들 재원을 떠올리지 않는다는 것은 불가능한 일에 가까웠다. 그러니까 그냥 인정하는 수밖에. 정현은 체념과 포기가 빠른 제 성격을 속으로 비웃었다. 그간의 삶은 그를 그렇게 만들어 버렸다.

차라리 술을 마시자. 정신을 놓을 정도로 술을 마신다면 이런 괴로운 생각을 계속해서 이어갈 필요가 없을 것이다. 그러니까, 술을 마시는 것이 좋겠다. 결론을 내린 정현은 푹신한 소파에서 몸을 일으켰다. 바다까지 온 김에 기왕이면 바다가 보이는 곳에서 술을 한잔하는 것이 좋겠다. 메뉴가 회나 해산물이라면 더더욱 좋겠지. 정현은 느긋하게 발걸음을 옮겼다. 그곳엔 이미, 기차 옆자리에 앉았던 남자는 떠나고 없었다.

바닷가의 허름한 횟집은 생각보다 손님이 없었다. 하긴 시끌벅적한 분위기에서 혼자 술까지 마신다면 정말 우울할지도 몰랐는데, 오히려 잘된 일이었는지도 모르겠다. 정현은 몹시도 귀찮다는 얼굴로 메뉴판을 가져다 준 아주머니께 얼른 메뉴판을 받아 죽 훑어보았다. 이것저것 생각해 보다간 귀찮아져서 그냥 우럭을 주문했다.

아주머니는 따분함이 가득한 얼굴로 몇 가지 곁들이 음식을 올린 쟁반을 가지고 정현에게 다가왔다. 표정과는 다르게 곁들이 음식은 무척이나 훌륭했다. 가짓수는 많지 않았지만 서울에서는 주문해야 나올 법한 해산물 모둠이 나왔다. 그것으로 함께 주문했던 소주를 한잔 마시려고 고개를 꺾다가 제법 낯이 익은 얼굴이 눈에 들어와 멈칫하고 말았다. 그 남자였다. 기차 옆자리에 앉았던, 그 남자.

그도 조금 놀란 얼굴이었다. 당연한 일이 아닐까. 그 수많은 사람들 중에 기차 옆자리에 앉았고, 목적지가 같았고, 심지어 들렀던 곳도 같았다. 세 번을 마주치면 인연이라는데 짧은 시간 동안 인연이라도 만든 것처럼 자꾸만 겹쳐졌다. 단정한 얼굴에 스쳐 지나간 놀라움이 조금 이질적이었다.

그는 곧 표정을 되찾고 또 눈인사를 해왔다. 정현도 함께 눈인사를 했다. 콘버터구이를 내어 주던 아주머니가 투박한 말투로 툭 던지듯 말해 왔다.

"아는 사이에요?"

"네? 아니……."

"아는 사이 같은데 그러면 함께 앉지? 한 명씩 테이블 두 개는 조금 그래."

아주머니는 대답도 듣지 않고 접시들을 척척 쟁반에 올려 그의 테이블에 놓아 주었다. 얼떨결에 합석을 하게 되었지만 그는 그다지 동요하는 눈치가 아니었다. 그저 무표정했지만 어딘가 조금 이 상황을 재밌어하고 즐긴다는 느낌을 받았다.

"……안녕하세요?"

"안녕하십니까."

거역할 수 없는 울림을 가졌다고 생각했던 낮은 목소리가 귓가를 간지럽혔다. 딱히 대단한 말을 들은 것도 아닌데 귀가 빨개지는 것 같은 느낌을 받을 지경이었다. 이 남자는 금욕적인 모습을 하고는 무척이나 색정적인 느낌을 주는 무엇인가를 가지고 있었다. 보기에는 꽤나 차갑지만, 손을 대면 데일 듯한 뜨거움을 가졌을 것 같은 느낌. 가게를 운영하며 많은 사람들이 스쳐 지나갔지만 이 남자처럼 대단한 존재감을 지닌 사람은 없었다.

어쩐지 목이 타는 것 같아 잔에 담긴 투명한 소주를 얼른 넘겼다. 그리고 안주를 조금 삼켰다. 남자는 테이블 위에 펼쳐 놓았던 태블릿을 정리해 가방에 집어넣었다. 그 별것 아닌 모습에도 자꾸만 지금까지 단 한 번도 낯선 이에게 동해 본 적 없는 음심이 자극당하는 것 같은 이상한 느낌에 상념을 지워 내려 소주병 쪽으로 손을 뻗었다. 하지만 남자의 손이 더 빨랐다. 그는 병을 집어 들어 굳어 있는 정현의 잔을 채워 주었다.

"이렇게 합석하게 되었는데, 일행을 앞에 두고 자작은 곤란합니다."

어쩐지 재미있어 한다는 느낌이 들어 다시 귀가 타오르는 것 같았지만 태연한 얼굴을 가장하고, 정현은 술잔을 집어 올렸다. 남자가 제 술잔을 내밀었다. 그러고는 그 얼굴로, 무표정한 그 얼굴로 몹시도 낮은 목소리를 냈다.

"짠."

뭐야, 이 남자.

문득 잠에서 깨어났다. 순간 머리가 깨질 것같이 아파서 머리를 감싸 쥔 채 겨우 신음을 삼켰다. 술이 과했다. 사실 정현은 술을 잘 마시지 못하는 편이었다.

무엇인가 등에 닿는 감촉이 단단했다. 설마설마 하며 슬쩍 돌아보려다, 허리와 엉덩이에 엄습해 온 고통이 너무나도 심해서 이번엔 두통을 잊었다. 겨우겨우 돌아본 등 뒤에는 온통 살색의 향연이었다. 단단한 가슴, 두꺼운 팔, 건장한 목.

그 얼굴은 낯설면서도 낯이 익었다. 그 남자다. 함께 기차를 탔고,

커피숍에서 마주쳤고, 우연히 횟집에서 만나 술을 함께 마신 남자. 규칙적으로 오르락내리락하는 단단한 가슴을 보고 무척이나 깊은 잠에 빠져 있다는 사실을 확인할 수 있었다.

도대체 무슨 짓을 한 걸까. 몸에 느껴지는 둔한 통증은 익숙한 것이었다. 게다가 아무것도 걸치지 않고 있는 두 개의 나신. 제기랄. 속으로 중얼거리면서 조심스럽게 어깨를 감싼 팔을 치워 냈다.

"흐음."

들려온 신음소리에 몸이 굳었지만 또다시 들려오는 규칙적인 숨소리로 보아선, 아직 잠에서 깨지 않은 것이 분명했다. 다행이었다. 조심스럽게 몸을 일으키자 그저 둔통이라고 생각했던 통증이 날카롭게 몸을 후벼 팠다. 도대체 무슨 일이냐고 비명이라도 지르고 싶었다.

어찌 되었건 재원 외의 다른 사람과 몸은 섞을 수 있었던 적이 없었다. 당연히 원나잇 같은 것은 해본 적이 없었고, 상대가 남자였던 적은 더더욱 상상도 하지 못할 일이었다. 그런데 단 하루, 세 번의 우연으로 마주친 남자라니. 물론 세 번의 우연이면 인연이라고 생각했던 것은 머릿속에서 까맣게 지워진 지 오래였다.

엉망으로 떨어져 있는 옷가지들이 한데 엉겨 있다. 얼굴이 붉어질 정도로 노골적인 광경이었다. 바닥에 떨어져 있는 콘돔들이 보였다. 한 개도 아니고, 여러 개가 엉겨 있는 것을 보곤 개수를 세고 싶지 않아 고개를 돌렸다.

빨리 도망쳐야 했다. 이 배덕한 광경에서 도망치지 않고는 아마 숨조차 제대로 쉬지 못할 것이다. 최대한 빨리 소지품을 챙겼고 옷들을 주워 입은 채 그 광경에서부터 멀어지기로 했다. 호텔 앞에 서 있는 택시를 아무렇게나 잡아타고 목적지를 묻는 기사분의 말에 머리가 멍해졌다. 이곳은 서울도 아니고 급작스럽게 떠나왔던 이별 여행 중이었다는 사실을 깨닫기까지 시간이 조금 걸렸던 탓이다. 숙취로 지끈거리는 머리를 부여잡고 오랫동안 생각한 끝에, 해변에 나가기 전 모래가 묻을까 숙소를 잡았던 것이 겨우 기억났다. 그 숙소에 캐리어가 보관되어 있을 것이 분명했다.

겨우 목적지를 설명하고 시트에 몸을 기댄 채 간신히 숨을 몰아쉬었다. 차창 너머 스쳐 지나가는 광경들은 모두 다 낯설었다. 이곳이 여행지라는 것이 여실하게 증명되는 어지러운 간판들을 멍하니 바라보다가 택시가 멈춰선 것을 깨닫고 지폐를 내밀었다. 아직 어스름한 새벽, 시간을 확인하려고 습관처럼 휴대폰을 꺼내들었는데 이미 배터리가 다해 켜지지 않았다.

숙소로 잡아 두었던 호텔을 가장한 모텔에서 가방을 뒤져 보았지만 챙기지 않은 충전기가 들어 있을 리 없었다. 하긴 지금 휴대폰을 켜 봐야 좋을 일이 하나 없었다. 재원의 메시지와 부재중 전화가 가득할 휴대폰을 굳이 켜서 확인해 보았자 마음만 싱숭생숭해질 것이다.

털썩 침대에 누워 여전히 지끈거리는 머리를 붙들고 미뤄 두었던 생각이란 것을 하기 시작했다. 도대체 그 남자와 제가 무슨 짓을 한 것일까. 낯선 사람과 전혀 생각도 해본 적 없었던 그 내밀한 짓을, 그것도 술에 절어서 하다니 그것은 정현답지 않은 일이었다.

늘 어딘가 모르게 무심하고 나른하다는 얘기를 자주 들을 만큼 정현은 매사에 적극적으로 임해 본 일이 없었다. 무엇인가 집중할 수 있을 정도로 삶이 여유롭지 못했다. 성정체성을 깨닫고 그것을 감추기 위해서, 급급한 삶은 그것을 유지하기 위해서 온 힘을 내쏟아야 했었으니까. 삶을 살아가는 일조차 힘겨운 그의 인생은 늘 무미건조하기만 했다. 재원을 삶에 들여놓고 광기에 사로잡히기 전까지. 녀석이 마음에서 조금씩 빠져나가면서 삶은 다시 공허해졌다.

설마, 그 공허함과 허전함을 이기지 못하고 그런 사고를 쳐 버린 것일까. 그러기엔 우연이 도대체 몇 가지나 겹친 것일까. 우연히 옆자리에, 우연히 같은 커피를, 우연히 같은 횟집을, 게다가 우연히 남자를 사랑하는 몸끼리. 이 우연의 확률이 도대체 믿기지가 않았다.

머리가 깨질 것만 같아 생각을 멈추고 이불 속으로 파고들었다. 이미 저지른 일, 생각만 거듭한다고 해서 전혀 달라질 것은 없었다. 우선 자고, 이 숙취부터 해결한 다음 생각하자. 그러고도 그다지 늦지는 않을 것이다. 언제나 그의 삶은 체념과 포기로 점철되어 있었다. 그러니까, 그러니까.

그러다 다시 문득 잠에서 깨어났다. 땀에 흠뻑 젖은 머리카락이 뺨에 눌어붙어 있었다. 단단히 술병이 난 것이 틀림없다. 하긴 아마 일생에서 가장 술을 많이 마셨던 날이 아닐까.

해장을 하고, 약을 사 먹어야겠다는 생각이 들었다. 귀찮아서 무엇을 시킬까 생각하다가 어차피 약을 사려면 나가야겠다는 생각이 들어 호텔을 나섰다. 다행히 약국은 도보 5분 거리에, 해장국이라고 크게 글씨가 써져 있는 밥집은 맞은편에 자리 잡고 있었다.

호텔을 나서면서 걸려 있던 시계를 흘끗 보았을 때, 시간은 오후 네시를 가리키고 있었다. 어중간한 시간 탓인지 가게에는 손님이 한 명도 없었다. 무료한 표정으로 TV를 보고 계시던 아주머니가 그를 보고 천천히 몸을 일으켰다. 급할 것도 없었던지라 딱히 재촉하지 않았다. 하지만 아주머니가 내온 부글부글 끓고 있는 뼈가 가득 담긴 뚝배기를 보자 허기가 졌다. 허겁지겁 수저를 들고 한 숟가락 맛을 보았다. 무심한 아주머니의 표정과는 달리 무척이나 맛이 좋았다.

정신이 들었을 때는 이미 밥 한 톨 남기지 않고 뚝배기 바닥을 벅벅 긁고 있었다. 삶에 무심한 만큼이나 딱히 무엇인가 먹는 행위를 즐기지 않았던 탓에 놀라웠다. 이렇게나 맛있게 밥을 먹은 지도 참 오랜만이었다. 재원은 언제나, 밥을 해주곤 그것을 열심히 먹지 않는다고 화를 냈었다. 어쩐지 쓴웃음이 나와 생각을 접었다. 재원에 대한 것을 떠올리고는 있지만, 그렇다고 어제처럼 계속 사로잡혀 있지는 않다는 것을 깨달았기 때문이다. 녀석을 떠올리던 만큼이나 정현은 그를 생각하고 있었다. 어젯밤, 함께 잤던 그를.

약국에 들러 숙취 해소제를 사다가 옆의 편의점에 시선이 닿았다. 휴대폰을 충전해야 할까. 꺼져 있는 휴대폰에 분명 가게에서도 전화를 할 것이고 본가에서 전화가 올지도 모른다. 어쩌면 재원의 반응이 궁금하기라도 한 걸까. 모든 것이 뒤죽박죽에 숙취로 더더욱 정신이 없었다.

정신을 차리고 보니 이미 편의점에 도착해 휴대폰 급속충전을 부탁하고 있었다. 어차피 이렇게 된 거, 그냥 충전하고 가지 뭐. 어차피 전원을 켜야 그간의 메시지들을 확인할 수 있을 터였다. 약과 앰플을 마시면서 스스로를 위안했다.

약을 먹고 나자 어찌된 것인지 더욱더 어지러운 기분이었다. 흔들리는 발걸음으로 호텔로 돌아와 다시 이불 속으로 기어들어 갔다. 이제 진짜, 푹 자야 할 시간이었다. 제발 아무런 꿈도 꾸지 않기를.

하지만 그렇게나 기대했던 잠은 오지 않았다. 간만의 섹스와 숙취로 나른대는 몸은 피곤해 죽을 지경이지만 정신은 점점 또렷해지기 시작했다.

아직도 켜지지 않은 채 새까만 화면인 휴대폰을 들여다보다가 거칠게 돌아누웠다. 순간 엄습해 온 고통이 어젯밤을 떠오르게 했다. 정확히 말하자면 그 남자와 함께했던 그 시간들을.

합석해서 함께 대작을 했다. 그는 무척이나 과묵하고 담백했다. 정

29

현도 그다지 말수가 많은 편은 아니라서, 그냥 처음엔 묵묵히 자기 몫의 회를 먹고 술을 마셨다. 남들이 보면 싸운 줄 알 것 같은 이상한 합석에 감도는 침묵은 무겁지도 가볍지도 않았다.

갑자기 일어서는 그 때문에 깜짝 놀란 정현이 얼굴을 올려다보았다. 그는 여전히 조금 재미있어 하는 것 같은 무표정이었다. 빤히 내려다보기에 정현은 얼굴을 붉혔다.

[어디 가세요?]

[담배 한 대 피우려고요.]

[저도 한 대 주실 수 있을까요?]

짐을 하나 챙기지 않고 일어서는 모습에 대충 짐작했던 것처럼 그는 담배를 피우러 가는 길이었다. 대답하지는 않았지만 선선히 조금 고개를 끄덕여 긍정을 나타낸 그가 먼저 문을 열고 나섰다. 제법 쌀쌀한 날씨에 정현은 어깨를 좁혔다.

기다란 손가락이 담배 한 대를 건넸다. 정현은 그것을 받아들고 습관처럼 주머니를 뒤적이다가 라이터가 없다는 것을 깨달았다. 하긴, 이미 금연을 시작한 지 4개월이 넘었는데 라이터가 있을 리 없지. 남자가 라이터를 꺼내 불을 붙여 주었다. 그 몹시도 기다란 손가락에 손가락이 닿았다.

정현은 담배도 쉽게 끊었었다. 남들은 금연이 그렇게나 어렵다던데 사실 잘 이해가 가지 않았다. 원래 그다지 무엇인가 욕구가 없는 탓인지도 몰랐다. 그런데 오늘은 담배가 무척이나 피우고 싶었다.

드디어 해낸 이별 탓인지, 눈앞의 미친 듯이 매력적인 이 남자 탓인지 알 수가 없었다. 다만 그의 강한 턱선을 타고 올라가는 하얀 연기가 무척 섹시하다는 것은 알 수 있었다. 피부를 핥듯 느릿하게 움직이는 담배 연기. 그는 무엇을 해도 잘 어울릴 것만 같았다.

[담배, 피우시는지 몰랐는데요.]

[아, 끊은 지 좀 되었어요.]

[그런데 왜?]

[그냥, 그러고 싶어서요.]

그러고는 아무 말도 하지 않았다. 한 대가 다 타들어 가고 두 번째 담배를 나누고, 그것을 다 피운 후로도. 하지만 다시 자리로 돌아와 술병을 들고 서로에게 따라 주며 시작한 대화는 나지막하지만 끊이지 않고 이어졌다.

대부분 시시콜콜한 세상 이야기였다. 대한민국 국민이라면 누구나 알고 있을 여배우의 스캔들이라든가, 이번에 새로 나온 영화 이야기라든가. 그러다가 문득 그가 물었다.

[좋아하는 음악 장르가 있나요?]

[가리지 않고 이것저것 듣는 편이지만, Queen노래를 좋아해요.]

[아, 그런 것 같더군요. 기차 옆자리에 앉았을 때 익숙한 곡조가 들려와서.]

[Queen 좋아하세요?]

[싫어하는 사람도 있나요?]

그때부터였다. 본격적으로 입이 터진 것처럼 대화를 나누기 시작한 것은. 무엇인가 굉장히 보편적인 취향을 가지고 있음에도 불구하고 같은 것을 좋아한다는 공감대를 형성하자 낯선 이가 편하게 느껴졌다.

안주로 나왔던 회가 다 없어지고 나자 그는 함께 2차를 가는 게 어떻겠냐고 물어왔다. 술에 취하기도 했고, 이별 여행을 떠나온 주제에 혼자 있는 것이 싫었던 정현은 동의했다. 그러고는 그가 묵을 것이라던 호텔 바에서 함께 양주를 마시기 시작했다. 양주를 마시면 금방 취해서 사고를 치곤했던 것을 기억했음에도 불구하고 굳이 거절하지 않았던 것은 오늘은 그간의 모든 것에서 벗어나고 싶었기 때문이다.

[얼굴이, 왜 그래요?]

그는 정현의 나이를 듣고도 말을 함부로 놓지 않았다. 태어난 연도로 줄을 세워 모든 것을 지배할 수 있다고 생각하는 멍청이들과는 질이 다른 것이 분명했다. 여섯 살이나 연상인 그는, 정현에게 계속 정중한 존댓말을 해왔다. 낮은데도 발음이 정확해 귓가에 내리꽂히는 것 같은 목소리는 거역할 수 없는 울림을 가졌다.

잊고 있던 얼굴 상태가 그제야 떠올랐다. 코뼈가 나간 것 같다는 생각을 할 정도로 심각하게 얻어맞아 놓곤 잊고 있었다. 그와 내내 술을 함께 마시는 동안 재원에 대한 생각을 단 한 번도 해본 적이 없었다. 그것을 깨닫고는 조금 놀랐지만 어찌 되었건 이미 떠오른 이상 지워 낼 수도 없었다.

[아, 친구랑 싸워서…….]

[쌈박질 같은 거 할 성격으로 보이진 않는데.]

여전히 무표정하지만, 그의 눈을 보고 알 수가 있었다. 지금 그는 정현을 놀리고 있는 것이 분명했다. 조금 발끈해 새치름해진 정현은 무자비하게 잔을 꺾어 한 번에 들이키는 것으로 소심한 반항을 표현해보았다.

그는 눈을 가느다랗게 뜨고 정현이 하는 짓을 어이없다는 듯이 바라보다가 피식 웃었다. 웃는 그는 생각보다 훨씬 더 근사해서 잠시 넋을 잃을 뻔했다. 하지만 오랜 시간 동안 단련해 온 포커페이스는 금세 발동되었다. 남자를 향해 보통 남자들은, 그런 얼굴을 하지 않았다.

[녀석은 눈탱이가 밤탱이가 되었어요.]

[의원데?]

[진짜예요. 뭐, 믿기진 않겠지만.]

정현은 선이 가늘고 마른 몸을 가지고 있었다. 당연히 싸움과는 전혀 어울리지 않는 스타일이란 것은 스스로도 잘 알고 있다. 몇 안 되는 주변 사람들—숫자는 적지만 무척이나 깊고 오래된 사이였다—도 정현이 녀석과 서로 치고받아 가며 싸울 것이라곤 상상도 하지 못했다고 했다.

[믿어.]

[네?]

[믿는다고.]

그 단순한, 그 짧은 말이 왜 그렇게 깊은 위로를 준 것일까. 정현은 갑자기 울음을 참지 못하고 그냥 터뜨려 버렸다. 놀라고 불쾌할 수 있는 상황임에도 불구하고 그는 전혀 내색하지 않았다. 다만, 꺽꺽대며 우는 정현의 등을 쓸어 주었다. 커다란 손은 무척이나 다정한 온기를 가지고 있었다.

그때부터 시작된 정현의 폭음에도 그는 말리지 않았다. 그때부터 기억이 조금 토막 나기 시작했는데 불분명한 기억 사이 몇 가지가 기억나기 시작했다. 그의 방으로 올라가 술을 더 축내기 시작했고 결국 정현은 완전히 맛이 가 버렸었던 것이다.

[형.]

[응?]

[난 게이야.]

그의 눈이 조금 커졌다가 원래의 크기를 되찾았다. 딱히 동요하지 않는 것인지, 정현을 배려해 티를 내지 않는 것인지는 잘 모르겠지만 아무튼 고마운 일이었다. 최소한 전염병 환자 취급을 하지 않는 것만 해도. 그 당시엔 그렇게 생각했다.

[그래.]

이 몹시도 흔한 말은 정현의 마음을 어루만져 주었다. 괴로웠던 그 '기억'에서 아직 헤어 나오지 못한 정현으로서는 단조로운 말투의 그 말이 주는 위안은 몹시도 따사롭고 부드러운 것이었다.

그리고 또, 다음의 기억은 소파에서 그에게 깔린 채 격정적인 키스를 하는 것이었다. 떠올리자마자 얼굴이 화끈하게 불타오를 정도로 야한 키스였다. 키스로도 모자라 그의 손가락이 옷 안으로 들어와 가슴의 정점을 어루만졌다. 몸이 뜨겁게 불타올라 신음하며 손가락이 주는 쾌감에 몸을 내맡겼다. 단단해진 성기를 어루만지던 손가락을 떠올리자 또다시 단단하게 발기해 버렸다.

그에게 깔린 채 교성을 내지르면서, 등을 핥아 내리는 혀의 까슬함에 정신을 차릴 수가 없었다. 크고 단단한 그의 것이 제 엉덩이를 벌리고, 긴 손가락은 여전히 정현의 것을 어루만졌다. 그 손가락에 질편하게 몇 번이나 사정하면서 그의 몸짓에 격하게 흔들렸다. 금욕적인 가운데 몹시도 색정적인 분위기를 가졌던 남자는 제 자신의 열정을 증명이나 하듯 격하게 정현을 안았다. 재원도 그렇게 심하게 자신을 다루지는 않았었다. 못 한다고 끅끅대며 우는 정현의 눈가를 핥으면서 아주 낮고 달콤한 목소리로 속삭였다. 그리고 결국 원하는 것을 차지했었다.

저런 남자는, 섹스도 근엄하게 할 줄 알았는데 정반대였다. 엄청나게 심하게 다루어졌다는 것은 아직도 느껴지는 통증으로 보아 알겠는데, 그 사실이 화가 나진 않았다. 정말 상상도 못 할 정도의 쾌감을 느꼈고 내내 교성을 질러 댄 자신이 할 주제도 못 되었다.

마지막으로, 그 남자의 단단한 가슴과 커다란 어깨, 두꺼운 팔이 생각났다. 난잡한 섹스의 흔적이 그대로 남아 있던 호텔방에서 도망치면서 봤던 그것. 두꺼운 팔이 정현을 감싸 안고 있었고 단단한 가슴에 안겨 잠이 들었었다. 어깨에 남겨져 있던 잇자국은 정현이 남긴 것이 분명했다. 쾌감을 이기지 못하고 비명을 지르려다가 씹어 댔던 것이 분명한 듯 여러 개의 잇자국이 널려 있었다.

도대체 왜 자신은 그렇게 도망치듯 호텔을 빠져나와 그에게서 도망친 것일까. 그 이유를 도망쳐 온 정현 스스로도 잘 알 수가 없었다. 태어나서 처음으로 속궁합이라는 것이 존재한다면 이런 것일 거란 생각이 들었으면서도, 그 남자의 모든 것에 반했으면서도.

아니다. 정현 스스로도 잘 알고 있었다. 자신은 겁쟁이고, 그가 깨어나 어젯밤은 실수였고, 너는 더러운 게이새끼라고 말할 것이 두려워서 도망쳤던 것이다. 호기심에 남자를 안았는데 뒤치기도 별거 아니었다는 말을 듣고 싶지 않았다.

태어나서 제가 게이라는 고백은 딱 세 번 해보았다. '기억'의 시발점이 되었던 그날, 재원과 그렇고 그런 관계가 되던 날, 그리고 늘 곁에 있어 주던 영우에게. 낯선 이에게 제 성적 취향을 이야기할 생각은 꿈에서라도 해본 적이 없었고, 하룻밤을 보내게 되리라는 것은 더더욱 그러했다. 평범한 가정에서 나고 자란 정현에게는 제가 게이란 사실이 무척이나 수치스러운 치부처럼 느껴졌으니까. 하지만 이것은 꿈이 아니었다. 몸에 남은 통증은 술에 절어 부분부분 남아 있는 기억이 사실임을 증명해 주고 있지 않은가. 호텔에서 도망치듯 나오면서 확인했던 널브러진 옷가지들과 사용한 콘돔 역시 그러했다.

생각, 생각을 해야 했다. 하지만 머리를 쥐어짜는 것 같은 숙취와 몸의 통증은 더 이상 생각이라는 것을 할 수 없게 만들었다. 아니, 어쩌면 그것을 핑계로 생각할 시간을 미루고 있는지도 모르겠다. 하지만 어찌 되었건 이미 지난 일을 돌이킬 수 있는 것도 아니고 몸을 빨리 회복시켜야 한다는 사실이 달라지는 것도 아니었다. 억지로 밀려드는 상념들을 꾸역꾸역 밀어내면서 잠을 청했다. 이 와중에도 나른하게 잠에 잠식당하기 쉬운 몸을 가지고 있다는 것은 어쩌면 행운인지도 모르겠다. 정현은 잠에 빠져들면서도 스스로를 비웃었다.

생각보다 그날의 여파는 오랫동안 정현의 몸을 내리눌렀다. 도대체가 너무 아파서 혼미해진 정신을 똑바로 잡아낼 수가 없었다. 꿈인지 현실인지 구분이 가지 않는 흐리멍덩한 시간들 속에서 낯선 천장을 발견하고는 안도의 한숨을 내쉬었다. 그럴 때면 무엇이든 주문해서 입에 꾸역꾸역 넣고는 다시 침대에 드러누웠다. 그러곤 다시 꿈속으로 빨려들어 갔다. 침대는 마약처럼 헤어 나오기 힘든 유혹이었다. 그리고 꿈은 한데 섞여 손끝 하나 힘을 줄 수 없는 정현을 집요하게 잡아끌었다.

[난 어릴 때 사촌 오빠에게 성폭행을 당했어.]

정현의 앞에 마주 앉은 혜진이 눈물을 흘리며 고백했다. 스무 살의 정현은 혜진의 고백에 함께 눈물을 흘렸다. 대학에 들어와 가장 친하게 지냈던 친구였다. 영우 말고는 다른 친구를 제대로 사귈 수 없었던 정현에게 먼저 다가와 친구가 되어 준 혜진.

혜진은 언제나 당당하고 할 말을 잘 하는 여자였기에 이런 아픔을 가지고 있을 것이라고 상상해 본 일이 없었다. 그런 아픔을 가지고도 당당하게 제 몫을 해나가는 혜진이 무척이나 부럽고 멋있어 보였다. 그에게 말하기 어려운 치부를 드러내면서 울고 있는 모습이 안쓰럽고 고마워서 정현은 울 수밖에 없었다.

제 성적정체성을 깨달은 이후, 정현은 미친 듯이 공부에 매진했다. 한국 사회에서 모든 부모들이 가장 기본적으로 바랄, 아니 당연히 그러해야만 한다는 덕목을 부모님께 해드릴 수 없었다. 효도를 하지는 못할망정, 불효밖에 할 수 없다는 것을 알게 된 이후엔 다른 것으로나

마 부모님을 기쁘게 해드리기 위해 노력해야 했다. 역시 부모님은 무척이나 기뻐하셨다.

또 그것은 자신을 위한 것이기도 했다. 조금이라도 더 많이 공부하고 더 많이 아는 사람들 사이에 섞인다면 저도 이해받을 수 있을지 모른다는 생각을 했었다. 더 큰 패러다임으로 세상을 바라볼 줄 아는 사람들 사이로 섞여야만 한다는 강박 속에서 남중, 남고를 졸업해 명문대에 입학했다. 스스로의 몸을 지키기 위해서라도 자신이 게이임을 단 한 번도 말해 본 일이 없었다. 남자새끼들이란 좆으로 생각하고 행동하는 것들이 넘쳐났으니까.

가슴을 설레게 했던 녀석이 없었던 것은 아니었지만 참고 또 참았다. 평범한 학창시절을 보내고, 평범한 직장생활을 하자. 정현의 목표는 아주 소박했다. 소수의 인간이 그 소박한 목표를 이루기 위해서는 남들보다 배는 노력해야 했다. 눈에 띄지 않도록 더욱더 몸을 사리면서.

그렇게 대학에 입학하고 친구들을 사귀었다. 사회적 이슈나 남다른 성적 취향에 대한 토론을 할 때도 있었다. 물론 호모포비아들은 어디에나 존재했지만 모두들 자신이 얼마나 '소수'에 너그러운 인간인지, 열린 사고를 하고 있는지 떠들어 댔기에 순진했던 정현은 그것을 믿고 말았다. 그리고 제 치부를 나불대는 혜진에게 그동안 아무에게도 말하지 않았던 비밀을 말하려고 했다.

비명을 지르고 아무리 말려보려고 노력해 보아도 자신의 입술이 천천히 열리는 것을 막지는 못했다. 왜냐면 이 꿈은 지난 기억을 상기시키는, 그것에 불과하니까. '기억'이 재생되기 시작했다. 정현은 또다시 무너졌다. 그러거나 말거나 기억은 잔인하게 정현을 할퀴어 댄다.

[난 게이야.]

페미니스트를 자처하며 드세게 굴면서 세상만사에 통달한 것처럼 굴던 혜진이 눈을 동그랗게 떴다. 흐르던 눈물은 더욱더 굵어졌다. 혜진은 통곡이라도 할 것처럼 울어 대면서 정현을 안아 주었다. 역겨운 포근함이었다.

[힘들었지?]

힘들었다. 드디어 저를 알아봐 주는 사람이 나타났다는 것에 감사했던가. 혼자만의 비밀은 시간이 지날수록 무게를 더해 가며 정현을 짓누르고 있었다. 누군가한테 비밀을 말한다는 것은 정말 마음을 가볍게 해주는 일임을 처음으로 깨달았다.

엄청난 치부를 드러내고 우는 혜진을 위로하면서, 또한 위로받기 위해 내뱉었던 첫 번째 고백. 어쩌면 분위기에 휩쓸려 엄청난 비밀을 말할 만큼 정현은 순진하고 어리석었는지도 모르겠다. 끝까지 등을 토닥여 주며 헤어질 땐 손을 흔들던 뒷모습도 여전히 기억하고 있다. 9년이 지난 지금도 어제 일처럼 잊히지가 않았다.

다음 날 등교를 한 정현은 무엇인가 이상한 기분을 느꼈다. 자꾸만 동기들이 이상한 눈으로 쳐다보고, 수군덕거렸다. 하지만 어제 혜진에게 했던 고백을 바로 떠올리지는 못했다. 가장 친한 친구라며 몇 번이나 비밀이라고 손가락을 걸던 혜진을 의심하지 못했다.

[창규야, 수업 안 들어가?]

혜진이 무리와 함께 몰려다니던 동기의 팔을 무의식중에 잡았나 보다. 창규는 정현의 손을 뿌리쳐 냈다. 놀란 정현에게 더 놀란 얼굴을 하던 창규는 표정을 굳히고 돌아서 버렸다. 정현 혼자 남아서 벌겋게 달아오른 손등을 내려다보았다.

수업에 들어가서도 여전히 이상한 기류는 사라지지 않았다. 대학에 들어오고 나서는 늘 주변에 사람이 끊이지 않았다. 남고에서는 놀림의 대상이던 하얗고 반반한 얼굴이 대학에선 선망의 대상이었다. 여자 동기들은 물론이고 남자 동기들도 늘 주변을 맴돌았다.

하지만 오늘은 아무도 없었다. 쉬는 시간, 자판기에 가서 음료수를 뽑아 돌아오는데 큰 목소리로 떠드는 동기 무리가 보였다. 그들은 몹시도 잔인한 호기심이 가득한 얼굴로 정현을 흘끔댔다.

무엇인가 잘못되었어. 식은땀이 손안에 고였지만 애써 태연한 척을 해보았다. 어쩌면 늘 그렇듯 피해망상인지도 모른다. 그러니까……

[이정현, 너 게이라며?]

[너 막, 남자 보면 서냐?]

[씨발, 그러면 쟤 나 보고 그거 세웠을 수도 있나? 더럽게.]

[지금도 세우고 있는 거 아냐?]

그날 수업에 들어오지 않은 혜진은 전화도 받지 않았다. 저녁때쯤 학교 근처 주점에서 만난 혜진은 미안한 얼굴로 정현을 달랬다.

[난 보라한테만 진짜 비밀 꼭 지켜 달라고 말했는데, 보라는 워낙 나랑 비밀이 없는 친구잖아. 그런데 보라가 수정이한테 말해서 수정이가……]

[어떻게 그럴 수가 있어? 비밀을 지켜 준다고 그렇게 말했잖아!]

계속되는 다그침에 혜진은 결국 미안한 표정을 지우고 비아냥거리기 시작했다. 정현은 여전히 모든 것을 똑똑히 기억하고 있었다.

[난 비밀이라고 해서 지켜 주려고 그랬는데, 그렇게 되어 버린 걸 어떡해? 그건 미안하지만 내가 너더러 게이 하라고 한 것도 아닌데 왜 나한테 따져? 아무튼 미안하다. 됐지?]

비밀인데, 너한테만 말해 줄게라고 시작된 비밀은 과내 공공연한 소문이 되었다. 모두들 정현이 대단한 병의 보균자라도 되는 것처럼 기피했고 호기심을 감추지 않았다. 잔인한 말을 서슴없이 하는 군중심리 앞에서 정현은 너덜너덜하게 베이고 또 베였다. 결국 1년도 채우지 못한 대학생활은 자퇴로 끝이 났다. 부모님은 모범생이던 아들이 히키코모리가 폐인이 되어 방구석에 처박혀 있는 것을 견디지 못하셨다.

그런데 히키코모리가, 혹은 같은 단어가 반복되면 안 되는 이유가 있나요?

눈물이 흘렀다. 9년이 지났어도 어제 일 같은 '기억'이 떠오를 때면 늘 건조하고 잔잔하기만 한 정현도 흔들렸다. 여전히 그렇게, 하나도 낫지 못했다.

꿈은 다시 이어졌다. 몇 달을 히키코모리처럼 방 밖으로 나오지 못하는 정현을 부모님은 이해하지 못했다. 이유를 말하라고 다그치는데 말하지 못하는 정현의 마음은 갈기갈기 찢어졌다. 매일같이 이어지던 싸움을 견디지 못하고 집을 뛰쳐나와 정처 없이 헤맸다. 그러다 저와 같은 처지의 사람들이 모이는 게이 바에 발을 들였다.

손대면 톡하고 터질 것 같은 농염한 기운이 가득했다. 환락으로 물든 공간에서 정현은 또 이방인이었다. 적응하지 못하고 내내 바에서 마시지도 못하는 술을 마시고 있다가 체념과 함께 자리를 뜨려 했다. 그런 정현의 손목을 잡은 것은 재원이었다. 녀석은 몹시도 달콤한 표정을 짓고 정현을 유혹했다.

[재미없어? 왜 그런 표정이야?]

다짜고짜 반말을 해오는 재원의 표정은 달콤한 함정이었다. 몇 달째 억눌러온 감정이 술기운으로 폭발하는 것을 재원은 관대한 표정을 지으며 고개를 끄덕였다. 제멋대로 주워 넘기는 단어들의 홍수 속에서도 녀석은 웃었다.

꿈속에서 때론 다시 대학시절로 돌아가 그 '기억' 속에서 눈물을 흘리기도 했다. 때론 재원과 함께 행복하던 시절로 돌아가 소리 없이 웃기도 했다. 재원과의 기억이 폭력과 욕설로 점철된 것만은 아니었는지 잊고 있던 기억들이 꿈으로 비춰지곤 했다. 함께했던 시간들이 그렇게 쓰레기는 아니었다는 것을 상기하고픈 자기 위안이 아니었을까. 하지만 그 꿈의 끝은 또다시 지리멸렬한 재원과의 다툼이었다. 상실감과 고독과 통증으로 허덕이고 있을 때면 그가 나타나 정현을 어루만져 주었다. 얼굴이 왜 그래요? 그는 정현을 놀리는 것이 재밌다는 얼굴을 하고 있다. 기억 속에선 그러면서도 무표정하던 얼굴이 꿈속에서는 노골적으로 재미있어 보였다. 그리고 상처를 어루만지면서 말했다. 믿어. 현실에선 오열을 불러 왔던 그 말이 꿈의 끝과 함께 정현을 위로해 주었다. 그렇게 꿈에서 깨어날 때마다 안도의 한숨을 쉴 수 있었다.

그는 도대체 누구일까. 어떤 사람이고 어떻게 정현 앞에 나타난 것일까. 배덕하게도 이기적인 정현은 벌써 재원의 품을 잊고 낯선 이를 떠올리고 있었다. 어쩌면 그와 함께한다면 이 모든 괴로움에서 벗어날 수 있을 것이라는 근거 없는 희망 탓인지도 모르겠다. 그가 믿는다고 말했을 때, 그리고 괴로운 꿈의 끝에서 정현은 구원이라도 받은 것처럼 다시 일어날 수 있었으니까.

하지만 그렇게도 위안이 되고 함께하고픈 남자를 뒤로한 채 도망치듯 그 자리를 떴던 것은 정현 자신이었다. 정현은 그저 혼란스러웠다. 언제나 담담하기만 했던 감정이 이렇게도 요동치는 이유를 이해조차 하지 못하겠다. 그 남자만 떠올리면 가슴이 선득해지면서 어지러울 만큼 생각이 밀려왔다 떠밀려 갔다.

이별 여행을 떠나온 주제에 벌써 다른 이를 마음에 품었다는 것은 얼마나 이기적인 일인가. 제 자신의 이기심을 깨달을 때마다 소름이 다 끼칠 지경이다. 그런데, 누가 그렇게 하면 안 된다고 했던가? 사실 어쩌면 사랑이 끝난 관계에서 그저 서로에 대한 의리로 관계를 붙들고 있었던 것에 불과할지도 모르는데, 뭐가 그렇게 잘못된 것이란 말인가? 게다가 재원과의 관계는 끝이 났다. 그것을 끝내기 위해서 이 먼 낯선 곳까지 온 것이 아닌가. 정현은 자꾸 우울해지려는 제 자신의 마음을 추슬렀다. 하긴, 이 모든 고뇌는 다 쓰레기처럼 쓸모없는 것이다. 어차피 그 남자의 연락처도 모르는 상황에서 제가 아무리 날뛰어 봤자 아무것도 할 수 없을 테니까. 벌써 그 밤으로부터 3일이나 지났는데 그 호텔방에 계속 머무르고 있으리라는 보장도 없으니까 말이다.

그냥, 마음이 그렇다는 것이다. 재원이 아니라도 떠올릴 수 있는 누군가가 있다는 것이, 마음을 기댈 수 있는 누군가가 이 세상에 존재한다는 것이 위안이 되었다. 그 남자도 그렇게 떠난 자신을 보고 얼마나 당황했을까. 어쩌면 정현을 기다렸을지도 모른다. 이 모든 이기심과 헛된 기대에 가득 찬 자신을 조소하면서도 생각을 멈추지 못하겠다.

이기적인 자신을 인정하자 마음이 편안해지기 시작했다. 그냥, 하룻밤의 기억일지라도 괜찮을 것이다. 재원이 삶에 들어오기 전까지 정현의 삶은 얼마나 공허했던가. 녀석을 붙들고 세상에 발붙여 보았지만 그래도 그 공허함은 여전히 정현의 등 뒤에 도사리고 있었다. 이 공허한 삶을 붙들 조그마한 기억을 안고 살아간다고 해서 그렇게 부도덕한 짓은 아닐 것이라 애써 자위해 본다. 어차피 다신 볼 수 없을 그를 조금 떠올린다고 그에게 부담을 준다거나 무엇인가가 크게 달라질 것은 없을 것이다. 그러니까, 괜찮아. 옹송그린 어깨가 야윈 것도 모르고 정현은 동그랗게 몸을 말고 다시 이불 속으로 파고들었다.

다시금 잠에서 깨어났을 때는 몸이 무척이나 개운해진 것을 느낄 수 있었다. 이번엔 꿈도 꾸지 않고 정말 숙면을 취했던 탓이다. 기지개를 펴면서 침대에서 일어나 내내 쳐놓았던 커튼을 젖혔다. 쏟아지는 햇살이 뺨을 간질이는 것을 느끼면서 잠시 눈을 감았다. 눈을 감자 예민해진 감각으로 어디선가 파도소리가 들려오는 것을 감지해 내고는 감은 눈을 뜨고 자그마한 발코니에 발을 내딛었다. 바다가 보였다. 싸구려 호텔 주제에 바닷가에 위치한 터라 제법 비싼 가격을 불렀던 것이 기억났다. 안정적이고 반복적인 소리를 듣자 마음이 더 편안해지는 것을 느낄 수 있었다. 도대체 몇 년 만인지는 모르겠지만, 어찌 되었건 오랜만에 느껴보는 평화를 정현은 기쁘게 받아들였다.

발코니 구석에 덩그러니 놓여 있는 재떨이를 발견하고 급하게 안으로 들어가 휴대폰을 충전하면서 충동적으로 구매했던 담배를 들고 다시 발코니로 나왔다. 몇 달이나 금연을 했는데 수포로 돌아간 것이 그다지 아깝지 않았다. 어차피 담배는 또 끊으면 될 일이다. 처음이 그렇게 힘들지 않았으니 이번에도 그다지 힘들지 않을 것이 분명했다. 사실 습관이 아니라 무엇인가 충동을 느낀다는 것이 무척이나 낯설고 반갑기도 했다. 처음에 담배를 배웠던 것도 그저 나른한 일상 속 한 가지 위안이 되어 주리라 생각했기 때문이었고, 그다지 위안이 되어 주지 못한다는 것을 뻔히 알면서도 습관이 된 터라 그냥 피우고 있었기 때문이다. 하지만 지금은 달랐다. 담배가 고팠다. 배가 고프다는 감각도 잘 느끼지 못하고 살면서 담배가 고프다니.

정현은 피식 웃으면서 포장을 뜯어 담배를 한 개비 입에 물었다. 불을 붙이자 회뿌연 연기가 시야를 흐리게 만들었다. 그리고 곧장 생각은 그에게 가 닿았다. 기꺼이 자신의 담배를 내어 주며 함께 한숨 같은 연기를 내뿜던 그 남자에게. 어쩌면 그를 추억하고 싶어서 담배가 고팠는지도 모르겠다. 그의 긴 손가락이, 건장한 어깨가, 강한 턱선이 보고 싶어서.

다시 볼 수 있을까. 아마 그런 일은 없을 것이 분명했다. 세상에 이렇게나 많은 사람들이 한데 섞여 우글대고 있는데 그 중 한번 스쳐 갔던 사람을 다시 만날 수 있는 일은 불가능에 가까웠다. 그것을 이성적으로 잘 알고 있으면서도 그를 다시 보고 싶어 하는 제 자신을 이해할 수가 없었다. 내가 이렇게나 감성적이고 미련이 많은 놈이었나. 언제나 모든 것에 초연하게 구는 자신에 대해서 재원은 몹시도 불만이 많았다.

[넌 내가 없어도 살 수 있을 것 같아. 난 네가 없이는 살 수 없는데.]

그 말을 듣고서도 딱히 할 말이 없어서 그때도 담배를 피워 물었던 것 같다. 빈말이라도 네가 없이는 살 수 없다는 말을 해주었다면 환히 웃는 재원의 얼굴을 볼 수 있었을 테지만, 그때도 녀석의 폭력 앞에 속수무책으로 너절해졌던 터라 딱히 말해 주고 싶지 않았다. 말을 했다 한들, 그것은 거짓말이었을 것이다.

[정현아.]

재원이 손등으로 흘러내리는 코피를 닦아 주면서 애절하게 그의 이름을 불러 왔다. 하지만 정현은 연기만 내뿜을 뿐 딱히 대꾸하지 않았다. 대꾸하고 싶지 않았다. 그때도 아마 정현은 지쳐 있었던 것이 분명했다. 재원의 애절함에는 마음이 동했지만 바라는 대로 해주지 않았던 것은 그 탓이었으리라.

[내가 없이 살 수 없다고 한마디만 해주면 안 될까?]

내내 애타는 얼굴로 간절하게 애원하던 재원의 눈초리가 심상치 않게 변했다는 것을 느끼면서도 다 태운 담배를 조용히 비벼 끄는 정현의 멱살을 잡고 녀석은 침대로 이끌었다. 제 자신도 감당 못 하는 것 같은 폭력적인 모습으로 구타를 해놓고 미친 듯이 박아 대는 것은 재원의 고질적인 습관이었다. 침대에 내던져지면서도 정현은 한마디도 하고 싶지 않았다. 그저 피곤하기만 했었던 것 같다. 결벽증이 있는 재원의 시트에 흩뿌려진 제 코피를 보며 잠시 심술 맞게 기뻐했던 것도 생각이 났다.

[너는! 도대체! 왜!]

거칠게 옷을 벗기면서도 제가 휘두른 주먹에 맞아 벌써 시퍼렇게 멍이 올라오는 것 같은 정현의 어깨를 쓰다듬는 손길은 무척이나 조심스럽고 떨리기까지 했다. 도대체 저 이중적인 면에는 아무리 당해도 적응이 되지 않아 거칠게 손을 쳐 냈다. 하지만 집요한 손은 또 다가와 얼굴을 쓰다듬기 시작했다. 얼굴에도 멍이 든 것이 틀림없다.

[얼굴은 때리지 말라고, 개새끼야.]

[미안해. 미안. 내가 잘못했어. 다 내가 잘못했어.]

차가운 젤이 엉덩이를 적셨다. 그렇게 난리를 쳐가며 폭군처럼 굴었던 것이 무색하게도 부드럽게 재원은 정현을 안았다. 거칠어지는 숨소리와 찔꺽대는 소음이 방 안을 가득 채웠다. 재원은 익숙하게 약점을 미친 듯이 파고들었다. 저절로 신음이 터지고 쾌감이 온몸을 쥐어짜는 것 같았다. 이 와중에도 쾌감을 느끼며 엉덩이를 흔드는 제 자신이 혐오스러웠다. 하지만 곧 체념해 버리고 말았다. 어차피 우리의 관계는 늘 이래왔으니까. 그리고 무엇인가를 변화시키기 위해서 애를 쓰는 것은 정현과 어울리지 않았다. 삶을 붙들고 있는 것도 벅찬데 다른 무엇인가를 애쓰기엔 너무 지쳤으니까.

[사랑해. 정현아, 사랑해. 너 없이는 살 수 없어. 제발, 제발…….]

무엇을 애원하는지 말로 하지 않아도 알 수 있었다. 하지만 멍하니 쾌감으로 온 감각을 휘둘리면서도 정현은 재원이 원하는 말을 끝내 하지 않았다. 녀석도 어차피 정현이 그럴 것을 알고 있는 듯, 더 거칠게 박아 댈 뿐 다시금 애원하지 않았다. 견디지 못한 감각의 홍수 속에 재원의 손에 파정을 하면서, 재원도 함께 끝까지 갔다는 것을 알 수 있었다. 그리고 녀석의 눈물이 어깨를 적셨다는 것도.

아무래도 잊고 있었던 기억들이 쏟아지는 것을 보아선 정말, 재원과의 무엇인가가 정리되기라도 하는가 보다. 기억들은 쏟아지고 뒤엉키며 스쳐 지나갔다. 그러다가 정현은 충동적으로 주머니에 들어 있던 휴대폰의 전원을 켰다. 벌써 서울을 떠나온 지 4일째, 미친 듯이 울려대며 그간의 끊어졌던 인연을 토해 내기 시작했다.

부재중 전화 128통, 메시지 492개. 재원의 이름이 쓰인 목록을 표정 없이 쓸어내리다가 영우가 몇 번이나 전화를 했었고 부모님도 전화를 하셨던 것을 볼 수 있었다. 저장되지 않은 다른 번호들이 한 전화는 규칙적이지 않았기 때문에 그다지 중요한 것은 아닐 거라고 생각하고 메시지 창을 열었다.

생각대로 영우가 무척이나 화가 나서 욕설이 가득 섞인 메시지를 몇 번이나 보내 왔다. 고등학교를 졸업하고 대학에 진학하지 않은 영우는 요리를 배워 취직을 했었는데, 부모님의 가게를 얼떨결에 물려받아 어쩔 줄 몰라 하던 정현이 내민 손을 잡아 주었다. 사실 말이 좋아 부주방장이지 내내 보조 일만 하던 영우에게도 좋은 기회가 되었는지 모르겠다. 그렇게 시작한 가게는 무척이나 잘되었지만 내내 바쁘고 무심한 사장 탓에 실질적인 경영이나 음식조리는 영우가 다 떠맡게 되었다.

<니들 싸웠냐. 병신들아, 대화로 풀어, 대화로.>

<씨발, 전화기도 꺼놓고 어딜 갔어. 빨리 연락 안 해?>

<매일 재원이 새끼가 찾아와서 개지랄이야. 힘들어서 못 해 먹겠다. 나 때려치운다.>

<아, 진짜, 전화 안 받을 거야?>

<씨발.>

마지막으로 영우가 보내온 두 글자의 메시지를 읽으면서 조금 웃음

이 나왔다. 이제 돌아가야 할 시간이 다가온 것을 누구보다 잘 알고 있었다. 영우에게 너무 큰 짐을 지워놓고 나 몰라라 하는 것은 미안한 일이다.

쓸데없는 메시지 여럿을 감흥 없는 눈길로 바라보다가, 이제 더 이상 미룰 수 없다는 것을 깨닫고 재원이 보내놓은 수도 없는 메시지를 확인하기 시작했다. 욕설과 애원, 호소와 다시 욕설이 가득한 그것들도 그다지 감흥 없는 눈길로 바라봤다. 늘 반복되었던 일이었기 때문에 그다지 새삼스럽지 않았다.

딱히 특별한 것이 없어서 휴대폰을 무음으로 설정해 놓고 다시 주머니에 집어넣은 채 담배를 한 개비 더 피워 물었다. 자동적으로 다시 그에게로 생각이 날아들었다. 아마도 재원을 추억하기 위해서 왔던 바닷가가 이젠 녀석이 떠오르지 않는 곳이 될 것이 분명했다. 정현은 이제 내내 이곳을 생각하면 그 남자를 떠올리게 될 것을 예감하며 눈을 감았다. 파도 소리가 여전히 귓가를 간질이고 있다.

2

차를 가져오지 않은 탓에 다시 기차를 타고 서울로 향했다.

며칠 지나지도 않았고 달라진 것도 전혀 없는데, 정현은 자신이 새로운 사람이라도 된 것처럼 무척 달라진 것 같은 기분이 자꾸만 들었다. 아니지, 그의 인생은 무척이나 달라지고 말았다. 8년이나 끈질기게 겹쳐져 있던 인생을 정리하고 놓은 것도 그러했고, 그 남자와의 하룻밤이 그러했다. 별일 아닌 원나잇에 불과할지도 모르지만, 인생이 무척이나 변해 버린 것만 같아 스스로도 의아할 지경이었다.

택시를 타고 제일 먼저 향한 곳은 가게였다. 오피스텔에 들러 짐을 놓고 갈까 생각해 보았지만 그간 수고한 영우에게 짐도 놓지 않고 달려왔다는 걸 보여 줘야 할 것 같았다. 전화기를 켠 후 내내 재원과 영우에게 전화가 왔어도 받지 않았던 것에 대한 미안함도 한몫했다.

그렇게 가게 앞에 내려 캐리어를 질질 끌고 가다가, 사태가 심상치 않은 것을 깨닫고 미친 듯이 뛰어 가게로 들어섰다. 멀리서도 보일 정도로 엉망이 된 가게가 한눈에 들어오자 경악하고 말았다. 불도 켜지 않은 채 구석에 앉아 있는 영우를 발견하고 안도의 한숨을 내쉬었다.

"영우야."

하지만 영우는 그의 손을 쳐내며 고개를 돌렸다. 지금쯤이면 한창 장사 준비를 해야 할 가게가 조용하기만 했다. 기괴한 침묵은 엉망이 된 가게 탓이었다. 태풍이라도 지나간 것처럼 가게 안은 처참했다.

"아니, 씨발, 내가 왜!"

갑자기 소리를 내지르는 영우 때문에 찔끔해선 시선을 돌린 정현의 눈이 화들짝 놀라 커지고 말았다. 가게만큼이나 영우의 얼굴이 엉망이었다. 갑자기 영우가 정현의 멱살을 쥐고 흔들었다.

"사랑싸움은 니들끼리 하라고, 병신들아! 도대체 왜 내 가게를! 아니 엄밀히 말하면 내 가게가 아니고 네 거긴 한데! 암튼 왜 나까지 이렇게 만들어, 씨발!"

"미안해, 영우야."

"너는 왜, 야, 씨발!"

멱살을 잡고 있던 손이 갑자기 얼굴을 감싸 쥐었다. 조금 놀란 데다 아파서 찡그린 정현에게 또 펄펄 뛰며 영우는 소리를 지르기 시작했다.

"재원이 새끼가 이런 거야? 너 얼굴 이따위로 만든 거야? 경찰에 신고해, 병신아! 언제까지 이러고 살 거야?"

"소용없다는 거 알잖아. 됐어. 괜찮아."

이별 여행이랍시고 도망치듯 떠날 때는 제 자신의 감정에 휘둘리느라 다른 사람의 시선 따위는 생각하지 못했는데, 술병이 낫고 나서 바라본 얼굴은 무척이나 가관이었다. 알록달록한 색으로 물들어 있는 것도 모자라 여기저기 생긴 생채기가 엉망도 그런 엉망이 없었다. 이런 얼굴을 한 저를 안은 그 남자는 도대체 무슨 생각이었을까. 정현은 잠시 그런 생각을 하면서 웃었다. 돌아오는 기차 안에서 사람들의 시선을 피해 고개를 숙인 채로, 뜬금없이.

"하…… 그렇지……. 망했네."

여당 실세인 양 의원의 늦둥이 아들인 재원은 세상에 무서운 것 하나 없이 살았다. 대체 그렇게 대단한 집에서 왜 재원이 하고 다니는 망나니짓을 용납하는지 처음엔 이해가 가지 않았지만 지속적인 폭력과 강간 같은 성관계를 맺으면서 정현은 납득해 버리고 말았다. 그들은 용납하는 게 아니라 포기해 버린 것이었다.

[너 까짓것 죽어 버려도 아무도 어쩌지 못해! 그러니까 그냥 닥치고 내 말을 들으란 말이야!]

처음으로 소소한 다툼이 주먹다짐으로 이어지고, 일방적인 폭력이 되던 날 재원은 헝겊인형처럼 널브러진 정현을 향해 지껄였다. 어딘가 모르게 평소와는 조금 다른 광기를 띤 눈동자를 보면서 정현은 제가 빠진 함정이 어떤 것인지 조금은 깨달았던 것도 같다. 통증으로 신음을 내뱉으면서 몸을 동그랗게 말자 그 광기는 사라졌다. 그러곤 늘 그랬듯, 다정한 녀석으로 돌아왔다.

[많이 아파? 미안해.]

죽도록 패놓고 우는 재원이 너무 어이가 없어서 눈물도 나오지 않았다. 정현은 녀석에게 시선을 비낀 채로 망연자실 누워 있었다. 그러자 재원은 정현의 턱을 강하게 잡아 시선을 자신에게 돌렸다. 정현은 시선을 피하지 않고 똑바로 재원의 눈을 바라보았다.

[그런 눈으로 보지 마!]

지금 생각해 보면 빨리 발을 뺐어야 했다. 녀석은 미친개였다. 잘 알고 있으면서도 그 손을 놓지 못했었다. 그 이유는, 너무 외로웠던 탓일까.

"그럼, 이 가게 꼬라지는 어떻게 할 거야? 이거 그릇이며 컵이며 장사 못 해서 날린 손해는 어떻게 할 거냐고!"

"우선, 좀 치우자. 미안해."

저는 똥을 밟고도 내내 닦아 내지 않았던 책임이라도 있다지만 도대체 영우는 무슨 죄가 있어 이렇게까지 너절해져야 하는지 화가 났다. 하지만 이 분노는 영우가 아니라 재원을 향한 것이기에 정현은 묵묵히 가게 안을 정리했다. 욕설을 계속 내뱉으면서 한숨만 내쉬던 영우도 팔을 걷어붙였다. 정현은 영우를 향해 희미하게 웃어 보였다.

"웃지 마, 병신아."

"고마워."

영우가 없었더라면 재원의 무게를 어떻게 감당했을까. 언제나 우직한 친구로 곁에 있어 주는 영우는 툴툴대고 때로 정현을 바보 취급했지만, 그것이 마음에서 우러나오는 걱정이라는 것을 분명히 알고 있다. 그러니까 하나도 기분이 상하지가 않았다. 오히려 고마울 뿐이다. 사람들은 더러운 것을 보듯 등을 돌렸던 자신에게 무한한 애정을 품고 지켜봐 주는 누군가가 있다는 것은 행운이 아닐까.

재원이 아니라 영우가 제짝이면 좋았을 텐데, 라는 생각을 해본 적이 있었다. 하지만 제가 게이임을 고백하던 날도 영우는 별다른 말을 하지 않았고, 평소 하는 언행으로 보아선 호모포비아까지는 아니어도 가망이 전혀 없는 일이었다. 그러니까 몹시도 쓸모없는 생각이다.

잠시나마 그런 생각을 했던 것이 영우에게 얼마나 큰 잘못이 될 것인지에 대해서 깨닫고는 재빨리 모든 생각을 지워 냈다. 누군가 정현의 머릿속을 들여다볼 수 있는 것도 아닌데. 게다가 연인이란 끈으로 묶여 헤어짐이라는 끝이 있는 관계로 영우와 만나고 싶지는 않았다. 언제나 편이 되어 주고 이해해 주는 포근한 관계를 잃고 싶지 않았다.

녀석과는 전혀 다른, 안정적인 관계.

두 남자가 묵묵히 몸을 재게 놀리자 가게는 금방 정리가 끝났다. 사실 그다지 크지 않은 가게다. 게다가 재원이 얼마나 야무지게 가게를 부수어 놨는지 죄다 버릴 것들이라 더욱 그랬다.

"이제 어떻게 할 거야?"

"가게 정리하고, 재단장해서 오픈하려면 시간이 좀 걸리지 않을까? 재원이가 너한테 이런 게 언제야?"

"오늘 아침 오픈 준비 때. 알바생들은 다 돌려보냈어. 너 있는 곳을 나도 모르겠다고 니가 좀 알면 찾아와 보라고 했더니 이 지랄을 하더라고."

상상이 간다. 아마 독기가 시퍼렇게 오른 재원을 향해 영우는 재주 있으면 니가 찾아와 보든가 왜 나한테 지랄이냐며 쓴 소리를 했을 거고 이미 눈에 뵈는 것도 없을 지경이었을 녀석과의 다툼으로 망가질 때마다 무엇인가 재원은 거기에 화가 나서 그랬을 것이다. 그래도 가게를 부순 적은 한 번도 없었는데. 집은 더 좋은 새로운 것이 생겼었지만 정현은 그런데 관심을 두지 않았다. 왜냐하면, 또 망가져 버리게 될 테니까.

"고생했어. 우선 좀 쉬자. 그리고……."

"내일 그릇부터 보러 가자. 일찍 일어나. 또 늦잠 쳐 자지 말고. 나 간다."

영우는 대답도 듣지 않고 뒤돌아서 가 버렸다. 그 뒷모습을 묵묵히 바라보다가 정현은 다시 담배를 한 대 피워 물었다. 가구가 망가져서 버리고 새로 구입해 공간을 채워 넣는 재원을 보면서 정현은 솔직히 궁금했다. 하지만 그것을 묻는 순간 돌변할 재원이 두려워 딱히 한 번도 그 질문을 던져본 적은 없었다.

'너는, 왜 연인을 새로 들이지 않지? 나도 저 가구처럼 망가졌으니 이제 버릴 때가 아닌가.'

하긴 녀석의 비정상적인 집착이 제게 닿아 있는 것을 번히 아는 주제에 그런 말을 할 수는 없었다. 재원을 정리하려고 할 때마다 이어졌던 폭력도 두려웠지만 정말 재원이 없는 세상에서 살 자신이 없었던 것은 정현 아닐까. 함정은, 달고 깊었다.

다 탄 담배의 불을 꺼서 쓰레기통에 버리려다 또 정현은 상황에 어울리지 않는 딴생각을 하고 말았다. 담배를 건네던 그 긴 손가락. 마치 손바닥 뒤집듯 재원을 떠올리다가 그 남자를 추억할 수 있는 제 자신의 이기심에 쓴웃음을 지울 수가 없다. 정현은 마치 지금 든 생각을 내버리듯 꽁초를 거칠게 던져 넣고 집으로 향했다. 집은, 안전한가.

당연히 집은 안전하지 못했다. 사귀던 초반부터 재원은 비밀번호를 알고 있어야 하는 것이 당연한 것처럼 굴어 댔고 정현도 그것을 딱히 말리지 않았으니까. 아마 집 안을 이 잡듯 뒤집어엎었을 것이 분명했다. 그렇다고 해서 그가 어디로 갔는지 알 수 있는 뾰족한 수가 없으리라는 것을 알면서도 분에 못 이겨 그랬을 것이 분명했다.

역시나. 문을 열자마자 한숨이 나와 정현은 이마를 짚고 깊게 숨을 내뱉었다. 담배를 피운 지 얼마 되지도 않았는데 또 담배가 당길 지경이다. 집은 가게보다도 더 엉망이었다. 가게가 엉망진창이라면, 집은 곤죽의 상태였다.

"정현아!"

말없이 녀석을 밀치고 집 안을 한번 휘둘러보았다. 재원의 팔이 몸을 진득하니 감쌌다. 헤어지자고 말하고도 언제나 이 팔이 몸을 감아 올 때면 묘한 안정감을 느끼곤 했는데 지금은 전혀 그렇지 않다는 것이 이상할 지경이다. 정말, 끝인가.

끝을 말했으면서도 스스로에게 계속 되묻는다. 정말 끝이 왔다. 하지만 그 끝을 스스로도 감당하기가 조금 힘겨웠다. 시간의 무게란 그런 것이 아닐까. 재원도, 그러하지 않을까.

"나."

"어디 다녀온 거야……."

"너가 이랬냐?"

"뭐하고 이제 들어온 거냐고!"

"가게도 너가 부쉈다며."

서로 하고 싶은 말만 하는 '대화' 같지 않은 말들을 서로에게 던지다가 정현은 문득 그간의 관계가 왜 정상적이지 않았는지 깨달았다. 우리는 서로 사랑을 했지만, 어쩌면 녀석은 여전히 저를 사랑하고 있는지 모르겠지만, 서로의 감정만을 내세운 이기적인 관계가 정상적일 수는 없는 것이다.

"얼굴은 왜 그 모양이야?"

"너가 그랬잖아."

드디어 대화다운 대화가 스쳐 지나갔다. 아무런 의미도 가질 수는 없겠지만. 녀석은 정현을 이 꼴로 만들어 놓고 기억도 하지 못하는 것이다. 화가 나기보다는 힘이 쭉 빠졌다. 그리고 생각은 다시 그에게 날아들었다. 얼굴이 왜 그러냐고 묻던, 그 목소리. 이렇게 너절한 인생 중 하나 추억을 안고 산다고 그렇게 나쁜 짓은 아닐 것이다. 스스로를 위안하는 새에 녀석은 귀신같이 정현이 다른 생각을 하고 있다는 것을 깨달았다. 강하게 잡힌 턱이 아파서 조그마하게 신음을 내뱉었다. 아직도 남아 있는 멍이 악력 때문에 통증을 유발한다. 아직도 재원의 흔적은 그의 인생에 묻어 있는 것이 틀림없다.

그것을 원하든, 원치 않았든.

"딴생각하지 마."

"손 치워."

"내 앞에서 딴생각하지 말라고!"

"아파."

말 한마디에 턱을 아프게 하던 손에 힘이 풀렸다. 왜 우리는 이렇게밖에 할 수 없을까. 서로를 상처내지 않고는 안 되는 것일까.

"재원아."

날이 서지 않은 목소리로 이름을 부른 게 얼마 만일까. 정현의 생각대로 다정하지는 않았지만 화가 나지 않은 무덤덤한 목소리에도 재원의 얼굴은 밝아졌다. 그걸 보면서 미안해졌다. 하지만, 그래도 끝은 끝이다.

"이제 그만해."

"뭘……?"

"이제 인정하라고."

"뭘!"

"씨발, 이제 다 끝이라고. 못 알아들어?"

"말도 안 되는 소리 하지 마."

목소리가 애잔할 정도로 떨려 발음이 뭉개졌으면서도 녀석은 우기고 있었다. 하지만 달라질 것은 없을 것이다. 정현도 재원도 잘 알고 있었다. 그러면서도 인정하고 싶지 않아 우기는 것이 분명했다. 정현은 사람과 사귀어도 제 곁을 많이 내어 주는 사람이 아니었다. 녀석에게는 조금 달랐지만 정말 끝을 말한 이후엔 제 마음을 다 걷어내고 뒤도 돌아보지 않을 성격이라는 걸 8년간 곁에서 몰랐을 리가.

"이제 지쳤어. 너와 함께하는 내 인생은 암울하기만 해. 내 인생이 언제는 좆같지 않았겠냐면서도 너가 있어서 더 그래. 너가 사라졌으면 좋겠어, 내 인생에서. 이제는 너무 힘들어."

와들와들 떨리는 손이 턱에서 미끄러져 옷자락을 잡았다. 정현은 그 손을 잡아 주지도 뿌리치지도 않았다. 그저, 그냥 그렇게 서 있을 뿐. 그런 사실을 녀석도 깨달았는지 고개 숙인 얼굴에서 물기가 번져 나오기 시작했다. 그래도, 정현은 그냥 서 있었다.

"내가 잘 할게. 아니, 너가 하지 말라는 건 다 안 할게. 그냥 아무것도 바라지 않을게. 옆에만 있게 해줘."

"재원아."

"제발 부탁이야, 제발. 그러니까 끝이란 소리는 하지 마. 제발, 제발……."

"끝났어."

정현의 말에 우두커니 동상처럼 서 있던 녀석에게서 갑자기 으르렁대는 소리가 흘러나왔다. 또 시작이구나. 정현은 그저 그렇게 생각했을 뿐이다. 방금도 그렇게 애절하게 다짐을 해놓고, 녀석은 절대 달라질 수가 없었다.

"그럼 죽자. 같이 죽자."

재원의 커다란 손이 정현의 가느다란 목을 졸랐다. 이렇게 끝나나, 내 인생은. 그래도 정현은 움직이지 않았다. 그럴 만한 힘도 남아 있지 않았다. 아무리 발버둥 쳐도 녀석에게서 벗어날 수 없다면, 좆같은 이 인생이 끝나는 것도 괜찮겠지. 단 하나, 행복한 것은 추억을 안고 갈 수 있다는 것. 그를 무척이나 사랑스럽게 만져 주던 그 손길이 지금 생각나는 것은 당연한 일일지도 모르겠다.

"죽어, 죽어!"

얼굴에 피가 몰리고, 귀에서는 이명이 들리기 시작했다. 죽으라고 외치는 재원의 목소리가 멀리서 외치는 것처럼 울렸다. 그래, 끝을 내자. 정현은 녀석의 힘에 의해 소파에 내동댕이쳐진 채 눈을 감았다.

이제 정말 끝이 나나 싶었을 때, 녀석의 손아귀에서 힘이 풀렸다. 재원이 그를 안은 채 짐승처럼 울음을 터뜨렸다. 갑자기 산소가 공급되자 머리가 띵해지면서 목이 아파왔다. 콜록대며 미친 듯이 기침을 하며 정현은 멍하니 생각했다. 이렇게까지 했는데도 녀석이 밉지가 않았다. 그저 피곤하고 모든 것을 끝내고 싶은 마음뿐이었다. 스스로가 너무 이상해서 웃음이 터질 것 같았지만 아픈 목에서는 긁어내는 것 같은 이상한 쇳소리만 나왔을 뿐이다.

"왜 아무것도 하지 않아, 왜! 왜 안 된다고 뿌리치지 않아! 죽어도 상관없어? 그냥 그렇게 다 끝내고 싶은 거야?"

"피……곤해. 힘들……어서. 그냥…… 다 놓고…… 싶어."

띄엄띄엄 작은 목소리로 중얼거린 것을 녀석은 용케도 알아들었는지 울음을 멈추었다. 망연자실한 얼굴로 멍하니 허공을 바라보다가 재원은 깔고 앉은 정현에게서 몸을 일으켰다. 늘 이런 폭력이 오고간 이후에는 강간 같은 섹스가 이어졌었지만 오늘은 그렇게 되지 않을 것 같았다. 정현은 파리한 얼굴에 눈물 자국을 그대로 남긴 채 정현의 가슴에 얼굴을 묻었다.

"죽어서라도…… 나한테서 벗어나고 싶은 거야? 그런 거야?"

"……"

"정말 그렇게 끝을 내고 싶어?"

"응."

"내가 죽어도 상관없어? 너 없이는 살 수가 없어."

"안 죽을 거잖아."

"죽을지도 몰라. 너 없이는 정말 죽을지도 몰라. 그래도 정말 상관이 없다는 말이지?"

"……."

콜록댈 뿐 아무 대답도 하지 않았다. 어차피 그는 재원이 죽지 못할 것을 알고 있었다. 아마 죽을 수 있었다면 처음 정현이 헤어지자고 말했던 때에 이미 저세상 사람이 되었을 것이다. 자살기도를 하고 쓰러져 있는 녀석을 발견해 병원으로 데려간 녀석의 아버지는 몇 번이고 자살기도를 하는 재원을 살리고 또 살려 냈다. 재원의 집에서 정현을 건드리지 못하는 이유도 거기에 있었다. 재원은 정현이 자신을 버리려고 할 때마다 삶에 아무런 이유가 없다는 듯이 한 번도 성공하지는 못했지만 자살기도를 했다. 아마 눈에 뵈는 것이 없는 녀석이 정현을 건드리기라도 한다면 어떻게 반응할지 두려워하는 것이 틀림없다.

정치인의 집안이란 사람들의 이목을 끄는 일에 무척 예민하게 반응했다. 쉬쉬하면서 늘 녀석의 일을 수습하는 가족들이 불쌍할 때도 있었지만 제 알 바가 아니기 때문에 정현은 더 이상 신경 쓰지 않았다.

"정현아……."

"가. 이제 오지 마."

"정말 끝이야?"

"응."

녀석은 삶의 의미라도 빼앗긴 것 같은 얼굴로 망연자실 앉아 있다가 아이처럼 주먹으로 쓱 눈물을 닦았다. 그때 보인 희미한 미소를 어쩌면 정현은 평생 잊을 수 없을지도 몰랐다. 잊을 수 없다고 해서 달라지는 것 또한 없었다. 그냥, 그랬다.

현관문이 닫히는 소음 뒤로 미안하다는, 아주 조그마한 말이 들렸던 것도 같았다. 무엇이 미안한 것인지 정현은 묻지 않았다. 다만 아주 작은 목소리로 전혀 듣지 못할 재원을 향해 중얼거렸다. 내가 더 미안해. 왜냐하면, 이제는 널 더 이상 사랑하지 않으니까.

"너 목…… 씨발, 진짜 미친 새끼가!"

"괜찮아. 도매시장이나 빨리 가 보자."

아침부터 정현의 집으로 영우가 찾아왔다. 엉망이 된 집을 치우느라 밤새도록 청소하고는 잠시 쓰러져 잠이 들었는데 영우가 전화를 여러 번 했던 모양이다. 전화를 받지 않는 정현이 걱정되어 와준 것이 틀림없었다.

이사라도 가는 것처럼 아무것도 남지 않았거나 폐허에나 있을 법한 망가진 가구들을 둘러보던 영우는 기겁한 표정으로 정현을 돌아보았다. 그러다 목의 멍도 발견한 것이리라. 갑작스럽게 맞이하는 일이 아니었다면 목을 가릴 수 있는 옷을 입었을 텐데. 입고 있던 헐렁한 티셔츠로는 멍을 가릴 수가 없었다.

"무슨 일이야. 말해 봐."

"무슨 일은. 아무래도 가게에 들렀다가 가야겠지. 뭐가 필요한지 살펴봐야 할 테니까."

"씨발, 지금 가게가 중요해? 재원이 새끼 이제 널 죽이려고 했냐? 아니 그 미친놈은 왜 또 그 지랄이야. 이번엔 무슨 일인데? 딴 놈이랑 자기라도 했어? 그걸 걸리기라도 한 거야?"

"헤어졌어."

"그래, 잘 했…… 뭐라고?"

"헤어졌다고."

영우의 굳은 표정을 보면서 정현은 피식 새어 나오는 웃음을 어쩌지 못했다. 그렇게나 대단한 일인가. 말을 하다가 놀라 멈출 만큼. 사람이 누군가를 만나서 사랑을 하는 일에는 언제나 끝이 존재했다. 헤어지는 끝이 있을 수도 있고, 결혼을 하고 살아가다가 헤어지는 끝도 있을 수 있고, 계속 행복하게 살아가다가 죽는 끝이 있을 수도 있다. 누구에게나 존재할 수 있는 끝이 다가왔다고 하는데 저렇게 놀란 일이란 말인가.

"어…… 그래. 우선 가게로 나가 볼까. 아, 우선 옷부터 갈아입어. 면상도 갈아엎은 주제에 목에 멍까지 보이면 사람들이 참 볼 만하겠다. 아, 난 차에 가서 기다릴 테니까."

"그래. 네 차타고 갈까?"

"응. 나와."

어쩐지 횡설수설하는 듯한 영우를 보면서 고개를 갸웃거리는데 문틈 새로 영우의 목소리가 들려왔다. 곧 쾅 하고 현관문이 세게 닫혔다.

"천천히 나와."

정현은 잊은 것 같았던 웃음이 다시 입가에 번지는 것을 느꼈다. 영우는 언제나 다정한 사람이었다. 제 완전한 치부인 성정체성을 고백하고도 더럽다는 시선으로 보지 않았고 언제나 함께였으며 재원과의 일로 이렇게 피해를 끼칠 때도 늘 그랬다. 곁에 있는 소중한 사람.

소중하다는 생각이 들자 추억이 또 떠올랐다. 그러다 열이 오른, 벌겋게 달아오른 얼굴에 손부채질을 하다간 거울을 들여다보고 스스로도 조금 놀랐다. 표정이 행복해 보였다. 무엇 때문인지는 정확히 알 수가 없었다.

영우와 별것 없는 일상의 대화를 나누며 가게로 향했다. 어차피 가게 근처에 얻어놓은 오피스텔로부터 그다지 거리가 멀지 않아 많은 이야기를 할 시간도 없었다. 둘은 서로 약속이나 한 것처럼 재원에 대해서는 한마디도 하지 않았다. 고등학교 시절처럼 시답잖은 농담이나 주고받았을 뿐. 영우가 농담을 하면 정현은 피식 웃는 것에 불과했지만 말이다.

가게 앞에 낯익은 검은색 차가 보였다. 정현은 습관 같은 한숨을 내쉬며 얼굴 표정을 굳혔다. 차에서 내린 사람은 꽤 익숙했다. 그 사람은 연배가 한참이나 어린 자신들에게 공손히 인사를 했다.

"안녕하십니까."

"무슨 일로 오셨어요?"

영우가 흘끔 눈치를 보다가 먼저 가게 문을 열기 위해 돌아섰다. 묵묵히 그것을 기다리는 그 사람은 입을 열 마음이 없어 보였다. 정현은 어쩔 수 없이 가게 안으로 남자를 들였다. 휑해진 가게 안은 치웠다고 해도 개판이었다.

"의원님께서 보내셔서 왔습니다."

남자는 재원의 아버지, 양 의원의 보좌관으로 한 번도 보지 못한 재원의 아버지보다 자주 만나는 사이였다. 정확히 말하면 만난다기보다는 언제나 돈을 들고 오는 사람. 분명히 재원이 부린 행패를 보고받았을 양 의원이 또 돈을 보내왔을 것이다. 피해 보상 겸 비밀누설을 입막음할 돈. 그리고 또, 건넬 말들.

"의원님께서 죄송하다는 말씀을 전해드리라고 하셨습니다."

개뿔, 그 사람이 그런 말을 했을 리가 없었다. 귀찮은 듯이 돈이나 주고 입막음이나 시켜, 라고 말했을 게 분명했다. 하지만 그것을 딱히 내색할 만큼 멍청하거나 어리진 않았기에 잠자코 영우가 내온 녹차를 내밀었다. 멀쩡한 의자가 다섯 개밖에 없고 테이블은 두 개만 남았다. 그렇게 마주 앉은 남자 때문에 정현은 숨이 막혔다.

"이건, 가게 수리에 보태 주십사 보내신 돈입니다. 큰 액수는 아니지만, 아무쪼록 마음을 푸셨으면 좋겠다고도 하셨습니다."

"도로 가져가세요."

"사장님."

영우가 소리 없는 경악과 함께 정현을 돌아보았다. 미친놈. 영우가 눈빛으로 한 말을 알아들었다. 어쩐지 자꾸만 자신을 둘러싼 모든 현실이 가짜처럼 느껴져서 피식 또 웃음이 나왔다. 녀석과 헤어지고, 그 남자를 만나고, 자꾸만 현실은 둥둥 떠올라 조각조각 나뉘기만 했다.

"이제 진짜 헤어졌으니까, 안심하셔도 좋다고 전해 주세요. 그리고 도로 가져가세요."

"재원 씨가, 많이 아픕니다."

또또, 왜 재원과 연결된 사람은 그렇게 하나같이 재원과 똑같을까. 또 대화가 아니라 일방적인 자신의 이야기들만 늘어놓는 주절거림이 되었다. 정현은 끔찍했다. 그 말을 듣고도, 예전처럼 걱정이 되지 않는 자신이. TV에서 흘러나오는 뉴스처럼 그 소식이 귀를 스쳐 지나가 버린다는 사실이.

"어디가요?"

"헤어지셨다는 거, 진심이십니까?"

"더 이상, 진심일 수가 없을 것 같습니다."

남자는 꺼내들었던 봉투를 집어넣고, 다른 봉투를 꺼내들었다. 보기에도 더 묵직해 보이는 다른 봉투에 담긴 의미 때문에 실소가 스쳐 지나갔다. 하지만 남자는 아랑곳하지 않고 그 봉투를 내밀었다.

"무슨 뜻인지 아실 것으로 알고, 그럼 이만 물러가겠습니다. 제게는 이 봉투를 다시 들고 갈 권한 같은 것은 없으니 돌려주실 것이라면 직접 해주시기 바랍니다."

직접? 누구에게? 재원에게 봉투를 한번 돌려주었다가 난 사달 때문에 다시는 봉투를 재원에게 보이는 일은 없었다. 뻔히 알고 있으면서 이렇게 떠넘기고 가는 뜻을 또 알 것 같아 이번엔 한숨이 나왔다. 남자는 여전히 딱딱한 태도로 공손히 인사하곤 가게 문을 열었다.

"어디가 어떻게 아파요?"

"……늘 그렇듯, 또 그렇지요. 그럼 이만 가 보겠습니다."

또. 끝의 끝까지 한결같은 녀석에 대해 들끓는 분노를 누를 길이 없다. 어디까지 나를 비참하게 만들어야 성이 풀릴까. 그리고 어디까지 스스로를 망가뜨려야 하는 거니. 흘러나오는 한숨을 이기지 못하고 두 손에 얼굴을 파묻고 말았다. 흘끗 쳐다보는 시선이 스쳐 지나갔지만 고집스레 손을 내리지 않았다. 조용히 문이 닫히고, 남자는 돌아가 버렸다.

"우와, 이게 얼마야?"

얼굴이 망가지고, 가게와 집이 망가진 정현에게 올 보상이 이제는 헤어짐에 대한 대가로 바뀌었다. 그렇게도 떨쳐 내고 싶었으면서 그 긴 시간 동안 어떻게 참아 냈을까. 하긴, 그 사람들도 마냥 손을 놓고만 있었던 것은 아니었다. 다만 재원이 너무나 완강했고 상상도 하지 못할 자신을 망가뜨리는 방법으로 모든 것을 제지하곤 했었지. 이제, 정말 끝이 난 것이 틀림없다. 두꺼운 봉투가 그 사실을 증명해 주었다.

소시민인 부모 밑에서 자란 정현은 재원의 행동을 이해할 수 없었던 적이 많았다. 내키는 대로 질러 버리고, 그 사고를 무마시킬 권력과 돈을 끌어들이고. 아무렇지도 않게 정현에게 툭 던졌던 모든 것들이 어마어마한 가격을 지불하고 나서야 손에 넣을 수 있는 것들이라는 것을 알았을 때, 반발심이 드는 것을 억누를 수가 없었다. 긴 시간 동안 익숙해졌다 뿐이지, 녀석의 방식에 환멸을 느낀 적이 한두 번이 아니었던 것이다. 이 모든 것이 학습에 의한 것이었다는 것을 오늘에야 제대로 깨달았다.

진짜, 끝이구나. 3류 드라마의 여주인공처럼 커다란 액수를 받아들고 지독한 자괴감에 빠지는 것도 이젠 정말 끝이야. 하지만 정현은 그 드라마의 주인공들처럼 행동하지 않을 것이다. 왜냐하면, 여자주인공들은 그 모든 시련을 이기고 남자주인공들과 함께하는 미래를 향해 모든 것을 내던지지만 정현은 그럴 생각이 전혀 없었기 때문이다. 우리에겐 미래가 없으니까. 그러니까 다른 행동을 해야겠다.

"얼마냐?"

"어…… 대박. 그냥 대박이야."

너무나 큰돈이라고 생각했는지 영우의 눈동자가 흔들리고 손이 달달 떨리는 것을 보고도 정현은 그냥 웃었다. 딱히 순수하지 않은 의도의 돈을 순수하지 않게 쓴다고 해서 큰일이 나지는 않겠지. 그냥, 그렇게 써 보자. 어차피 정현은 그를 찔러 오는 많은 것들에 흔들리지 않았다. 그러기엔, 자기 자신의 문제가 훨씬 더 많이 그를 흔들고 있었으므로.

"가게를 다시 꾸미자. 이제 때려 부술 놈도 없으니 근사한 걸로. 내 집도 다시 인테리어를 하지, 뭐. 당분간 너네 집에 가 있어도 되지?"

"그게 부탁이냐, 통보냐? 넌 부탁하는 방법을 다시 배워야 해. 아주 건방지기 이를 데 없는 태도야, 그거. 부탁이라면 좀 더 공손히……."

"부탁할게, 영우야. 너네 집에서 지내게 해줘."

"그, 그래. 그러자. 그렇게 해."

잔소리를 늘어놓다가 처음으로 정현이 살갑게 말한 것에 놀랐는지 영우는 말까지 더듬으면서 허락 아닌 허락을 했다. 그런 영우를 향해 싱긋 웃어 주고 정현은 다시 가게 문을 열고 나갔다. 그냥, 세상이 조금 달라진 것 같았다. 녀석과의 관계가 끝난 것뿐인데 세상이 달라졌다. 호기롭게 엄청난 돈 봉투를 쥔 탓인지, 아니면 지긋지긋한 늪에서 빠져나온 홀가분함 탓인지 스스로도 알 수 없다.

"그럼 가자. 도매시장부터 갈까?"

"그래."

엄청난 일을 겪었는데도 평소처럼 담담하기만 한, 조금 나긋해지기만 한 정현이 놀라워 영우는 자꾸 얼뜨기처럼 굴게 되었다. 가게 문을 이미 나선 정현을 따라가려다 오픈키친의 모서리에 박은 무릎이 알싸해서 욕지거리를 내뱉었다. 왜 이런 병신 같은 짓을 하고 있는지 스스로도 알 길이 없었다.

"새끼, 왜 저 지랄이래. 사람 심장 떨리게."

다시 가게를 오픈하기까지는 그다지 오래 걸리지 않았다. 역시 돈의 힘이란 좋은 것이 틀림없다. 재원의 아버지가 그와 헤어진 대가로 준 돈을 풀자 그다지 힘들이지 않고도 가게 재오픈은 제대로 준비가 되어갔다. 그동안 정현은 망가진 집 안을 고치면서 영우의 집에 지냈다.

홧김에 인테리어를 새로 싹 할까 생각도 했지만 귀찮았기에 생각을 접었다. 영우에게 신세지는 날도 너무 길어질까 봐 내키지 않았다. 누군가에게 신세를 지는 것은 정현에게 너무나도 불편한 일이다.

영우는 가게도 나가지 않으니 심심하던 차에 잘 되었다고 너스레를 떨었지만 혼자 사는 집에 누군가를 들이는 것이 쉽지 않은 일이라는 것을 정현은 잘 알고 있었다. 정현이 살던 집을 너무나도 제 것처럼 드나들던 녀석 때문에.

다시는 연락할 일이 없을 것만 같던 양 의원의 보좌관에게도 한번 연락을 넣었었다. 정현이 타고 다니는 차는 재원이 선물한 차였다. 소시민인 정현이나 작고 아담한 가게에 어울리지 않던 번쩍번쩍한 외제 스포츠카. 딱 재원의 취향이었다. 그동안 정신이 없어 잊고 있었다가

65

가게 오픈 준비가 끝난 후에야 생각이 났다. 언제나 오피스텔 지하주차장에 오랫동안 타지 않아 먼지가 하얗게 앉은, 그 차가 말이다.

─무슨 일이십니까.

딱히 한 번도 연락을 해오지 않았던 정현이 전화를 걸자 보좌관은 딱딱하게 굳은 목소리로 말했다. 느껴지는 의아함과 의심이 담긴 의미가 전해져 오자 정현은 사실 기분이 조금 상했다. 하지만 이내 곧 이 모든 것들이 무의미하다는 것을 깨닫자 또 웃음이 새어 나왔다.

"재원이가 준 차가 있는데, 그걸 좀 가져가 주셨으면 해서요."

─어째서……?

"헤어진 마당에 받은 차를 계속 타고 다니는 것도 우스운 일이잖아요."

내민 돈은 냉큼 받은 주제에 차를 돌려주겠다는 말이 당황스러웠는지 보좌관은 한동안 말을 하지 않았다. 정현도 그냥 착실하게 그 침묵에 동조했다. 진의를 캐려는 의도가 불쾌해질 찰나 보좌관이 입을 열었다.

─알겠습니다. 사람을 보내겠습니다. 가게로 보내드리면 될까요?

"그래 주세요. 그럼 안녕히 계세요."

보좌관이 아니라 낯선 이가 가게 앞에 들러선 차를 가지고 떠났다. 홀가분한 기분으로 오랫동안 타고 다니던 차가 점점 작아지는 것을 지켜보다가 다시 가게로 돌아가 오픈 준비를 도왔다. 사실 사장은 그건만, 늘 자신보다 가게를 더 아끼고 경영에 열심인 영우가 시키는 일을 했을 뿐이다. 돈을 내고, 시키는 일을 하고. 생각보다 더 마음이 편안하고 괜찮았다. 녀석과의 모든 기억이 정말 아무것도 아닌 것처럼.

다음 날, 낯선 이가 아니라 보좌관이 다시 차를 가지고 가게 앞으로 나타났다. 얼굴이 조금 상한 그는 한숨을 내쉬면서 다시 정현에게 차키를 내밀었다.

"무슨……?"

"재원 씨가, 받으시지 않겠답니다."

"전 돌려드렸습니다만."

"이걸 왜 받아가지고 왔냐고 다시 돌려주고 오라고 난리를 부리시는 통에…… 발작을 일으키는 것까지 보시고 의원님께서 결정하신 사항입니다."

"도로 가지고 가세요."

"이미 돌려드렸고, 차라리 그럼 중고매물로 내놓으시거나 폐차를 하시지요. 저희는 이 차를 받을 수가 없습니다. 그럼 돌아가 보겠습니다."

멀쩡한 차를 폐차하라니, 저 사람들의 머릿속에는 무엇이 들었는지 알다가도 모를 일이었다. 폐차는 당연히 안 될 말이고, 차를 팔아 치울까 하다가 그것도 아니다 싶었다. 차를 팔아 생긴 돈은 또 어쩌란 말인가. 지금 받아쓴 돈만 해도 얼마인데. 그러다가 그냥, 그 차를 계속 타는 것으로 마음을 결정했다. 어차피 준 사람이 도로 가져가라고 했다고 하고 차를 처분하는 방법 또한 마음에 걸렸으니까.

언젠가 마음이 진정되면, 돌려줄 날이 올 것이다. 그럼 그때 돌려주면 되겠지. 정현은 가볍게 생각했다.

속물. 자신이 지금 하고 있는 짓이 속물적인 행동이라는 것을 모르지 않았다. 하지만 그게 뭐 그리 대수라고, 세상은 생각보다 그에게 그렇게 관심을 가지지 않는다. 게이라는 것이 알려졌을 때는 그렇게나 잡아먹을 것처럼 사람들의 시선은 오로지 그만을 쫓아다녔지만 평범한 사람인 척 숨고 나니 아무도 그에게 그리 관심을 두지 않았다. 그리고 좀 속물이면 어떤가, 흘러넘치는 돈을 주체하지 못해서 저러겠다는데. 나라가 잘 굴러가려면 있는 사람들이 좀 써 주고, 그렇지 못한 사람들은 콩고물을 좀 주워 먹어도 될 일이다.

<이러지 마. 이걸 어쩌라고 나한테 돌려주는 거야? 내가 주는 것은 다 치우고 싶을 만큼 그 정도로 내가 싫은 게 아니라면 그냥 가져. 돌려받아 봤자 부수기밖에 더하겠어? 아마 부수지도 못하겠지. 너가 타고 다니던 차인데.>

메시지를 받고 조금 우습다는 생각을 했다. 제가 타고 다니던 차조차 소중해서 부술 수가 없다는 녀석은 도대체 왜 나와 내 인생을 그렇게까지 부수어 놓았던 걸까. 그런 폭력만 아니었더라도 지금쯤 여전히 함께였을지도 모른다. 하지만 어차피 '어쩌면'이라는 가정이란 소용없다. 이미 끝이었으니까. 여전히 자신을 소중하게 생각하듯 말하는 것도 무덤덤하게 정현의 마음 그 어디에도 영향을 끼칠 수가 없었다.

"나 주라."

"그래, 너 가져."

"농담도 못 하나?"

차를 보낸다는 말을 했을 때부터 아쉬운 표정이던 영우에게 가지라고 하니 질색하며 손을 내저었다. 뭐가 그렇게 문제지. 어차피 주인들에게 모두 버림받은 차나 마찬가지인데. 비싼 것이기는 하지만 그도 그 가치를 알아주는 사람에게 있을 때가 가치가 있는 것 아닐까?

"내일 드디어 오픈이다."

"그러게."

"이번에는 좀 잘해 보자. 응? 하긴 어쩌면 잘된 일일지도 몰라. 먹는 장사하는 가게가 때로 새 단장을 해야 하는 법이고, 그럴 때마다 때맞춰 부수고 돈까지 주니 얼마나 좋으냐?"

"이제 그럴 일 없어."

"그건 두고 보면 알 일이지……."

잠시 쉬도록 했던 알바생들을 불러 모았다. 다른 가게로 가 버린 애들은 어쩔 수 없었지만 기다려 준 애들에게는 쉬게 했던 날도 일당을 보너스로 지급하기로 했다. 별의별 말을 해오며 충성을 맹세하는 애들 앞에서 정현은 조금 웃었던 것도 같다. 그렇게 일상은 무척이나 평범하게 지나갔다.

"야, 너 이거 봤어?"

"뭔데?"

"봐."

어떤 블로거가 정성스럽게 남겨준 정현의 가게에 대한 후기였다. 딱히 장사가 잘 되느냐 마느냐엔 관심이 없는 정현이지만 제 가게를 칭찬해 준다는데 기껍지 않을 이유가 없었다. 그렇게 목도 좋지 않고 규모가 큰 것도 아닌 가게를 칭찬하는 낯간지러운 말들이 가득한 글을 읽으면서 어쩐지 쑥스러워져 목뒤를 긁적였다.

<가게가 무척이나 아담하고 깨끗해요. 얼마나 아기자기하게 잘 꾸며져 있던지, 여자 사장님께서 꾸려나가실 것으로 예상했었는데 웬걸, 정말 잘생긴 사장님이 주인이었어요! 너무 젊어 보여서 당연히 알바생일 것으로 생각했었는데 사장님이시라고! 브라보!

여러분~ 잠시 동안의 휴식을 접고 새 단장했다는 우동집 동경에 가시면 사장님을 꼭 뵙고 오세요. 맛도 맛이지만 열심히 음식을 내어 주시던 주방장님도, 알바생들도 모두 훈훈한 분들이셨어요. 오죽하면 같이 간 친구가 이 가게는 얼굴 보고 뽑느냐고 하더라고요. 하지만 으뜸은 단연 사장님! 사장님은 정말 아름답습니다! 엄지 척!

하지만 아름다운 사장님은 도도하셨어요. 역시 아름다운 장미엔 가시가 있는 법인가요? 웃으면서 말을 걸었는데도 별로 웃지도 않으시고, 시종일관 무뚝뚝하시던 사장님……. 좌절. 그래도 사장님, 그 얼굴이라면 용서가 됩니다! 그럼요! 제가 다 용서해드리지요~!>

가게 문을 닫은 뒤, 퇴근할 시간이 지났는데도 배가 고프다며 남아 있던 알바생들, 영우와 함께 간단한 음식들과 맥주로 허기를 달래고 있던 차였다. 아름답다는 말이 낯 뜨거우면서 또 다른 환상을 불러들였다. 아름답다는 말은 그 남자를 위해서 존재하는 말이 아닐까. 단 하룻밤 스쳐 지나갔지만, 정말 아름답고 강하던 그 남자.

"어때, 아름다운 사장님."

"하지 마."

"원래도 장사가 잘됐지만 요새 어쩐지 여자 손님들이 북적이더라니. 다 사장님 보러 오는 거였나 봐요."

"이제 가게 경영도 좀 신경 쓰고, 여자들한테 서비스도 좀 하고 그래라. 웃는다고 돈 드는 것도 아니고, 오히려 돈이 벌리는데 너는 도대체 왜 그러냐."

"낯간지럽게. 그런 거 시키지 마."

"어쭈어쭈. 저 풀떼기 같은 게 가시 내세우네. 장미라 그런가."

이어지는 영우의 너스레에 모두들 크게 터져 웃고 있었다. 어쩐지 오늘 밤은, 정현도 마음이 풀려 같이 조금 웃었다. 완전히 깨끗하게 절단이 나 버린 제 자신의 마음은 그렇다 쳐도 어떻게 나올지 몰라 조마조마하게 만들었던 재원이 생각과는 달리 그의 앞에 나타나거나 소동을 벌이지 않았다. 처음엔 폭풍전야의 고요함인가 싶어 더 긴장했던 것과 달리 시간이 흐르면 흐를수록 마음이 풀어져 갔다. 저런 농담에도 함께 웃을 만큼.

때로는 새벽녘, 뜬금없이 잠에서 깨어 눈물이 흐르는 날도 있었다.

이유는 알 수 없지만 그렇게 울고 나면 후련하기도 하고 아쉽기도 했다. 영우는 헤어지고 나서 마음이 허해서 그런가 보다며 더 잘해 주고 더 다정하게 대해 주었지만 고맙기만 할 뿐 그다지 효과가 있지는 않았다. 스스로도 왜 우는지조차 모르는데 누군가가 어떻게 도움을 줄 수 있을까. 그저 잠시잠깐 스쳐 지나가는 위안이 될 뿐이다.

하지만 역시나 시간이란, 누구에게나 아픔을 주기도 그 아픔을 치유해 주기도 하는 것이 틀림없다. 이렇게 시답잖은 농담에 사람들과 함께 섞여 웃고 있다는 사실이 무척 마음에 든다. 언제나 발붙일 곳이 없었던 것이 아니라 어쩌면 내 안의 내가 너무 커서 주변을 둘러볼 여유가 없었던 것이 아닌지 생각해 보았다. 그래도 여전히 정현은, 담담하고 무감각해 보였다. 다른 사람들이 보기엔 그랬다.

정현의 시간은 그렇게 평범하게 흘러갔다. 평화롭고 담담하게. 어쩌면 이 평화는 정말, 폭풍전야였을지도 모르겠다.

점심시간이 아직 조금 남았지만 가게 안은 북적였다. 자꾸만 늘어가는 여자 손님들의 시답잖은 요구들을 칼같이 거절했지만 그다지 대수롭지 않게 여기는 듯했다. 아마 모든 이들이 거절을 당했고 아무도 특별대우를 받지 못했기 때문일 것이다. 오히려 무뚝뚝한 그 태도가 어린 외양과 비교되면서 더 여자들이 열광하자 영우는 이해가 안 간다며 혀를 끌끌 찼다. 어찌 되었건 매출에 도움이 되니 그 자세를 유지해 달라면서. 정현도 딱히 친절을 가장하고 긴장하는 것이 내키지 않았기 때문에 그저 고개를 끄덕이는 것으로 대충 얼버무렸다.

딱 두 자리가 남아 있는 가세를 둘러보며 정현은 카운터에 자리를 잡았다. 그러다 손님이 밑반찬을 더 달라며 부르자 천천히 몸을 일으켰다. 그러느라 새로 들어온 손님에게 고개도 돌리지 않고 의례적인 인사만을 던졌다.

"여기 괜찮아. 저번에 친구랑 왔었는데, 정말 괜찮더라고. 겨울이고 뜨거운 국물을 먹으면 좋잖아. 넌 네 사무실 근처에 있는 유명한 맛집도 모르니?"

"늘 가던 곳만 가게 되니까."

목소리를 듣는 순간, 뒷덜미에 소름이 오소소 돋았다. 이 목소리는, 이 목소리는…… 천천히 돌아본 뒷모습에 전율이 다 느껴질 지경이었다. 태어나서 처음으로 느껴보는 이 복합적인 감정을 말로 다 설명할 수 없을 만큼 전율하며 흔들렸다. 그리고 이내 곧 그 뒷모습은 그를 돌아보았다.

늘 유지하고 있던 담담한 표정이 흐트러지고 있었다. 그 역시도 그랬다. 순간 스쳐 지나갔던 것이 이채라고 생각했던 지나간 일은 착각이 틀림없다. 스쳐 지나간 것은 광기였다. 아주 익숙하고, 늘 그렇게 보아왔던. 하지만 곧 평온한 표정을 되찾은 그의 얼굴에선 광기 따위는 보이지 않았다. 잠시잠깐 느꼈던 그것이 착각인가 느껴질 정도로 그의 얼굴은 단정하기만 했다.

정현도 곧 표정을 되찾았다. 착각일지도 모른다. 하지만 불편한 것은 달라지지 않았다. 두근거리는 심장에서 느껴지는 이질감이 정현을 쥐어짜는 것만 같았다. 녀석의 광기에 휘말린 적은 있어도 스스로가 광기에 빠져본 적은 없다고 생각해 왔다. 그런 일이 생길 수 있으리라는 생각도 해본 적이 없었다. 어딘가 나사가 빠진 것처럼 느른하기만 하던 감정은 그럴 수가 없을 거라고만 생각했었으니까.

하지만 그 생각이 얼마나 나태한 것이었는지 이제야 깨달을 수 있었다. 심장이 뛰고 온몸은 전율했다.

다시 만난 남자가 반가워서인지, 아니면 하룻밤의 치부라는 것이 까

발려질지 모른다는 두려움인지는 모르겠다. 하지만 한 가지 확실한 것은 이 감정은 그로 인한 것이라는 것. 알 수 없는 일렁거림은 사라졌지만 여전히 시선을 비껴가지 않고 정현을 바라보고 있는, 그 때문이라는 것.

"어? 표정이 괜찮네? 이 가게가 맘에 드나봐?"

"그래."

"진짜?"

"응."

앞에서 쉬지 않고 수다를 떠는 여자에게 대답을 해주면서도 남자는 시선을 비끼지 않았다. 손님에게 필요한 것을 서빙하고 뒤돌아서 메뉴판을 집어 드는 손길이 덜덜 떨렸다. 그것을 내밀자 차분하게 받아든 남자의 입술이 호를 그리는 걸 멍하니 바라보았다.

그가 입을 열었다.

"찾았어."

"응? 뭘?"

"마음에 드는 거."

그 남자와 함께 가게를 찾은 여자는 무척 수다스러웠다. 언제나 손님들이 내는, 가게 안을 가득 채우는 대화나 음악소리 같은 것을 의식해 본 적이 없었던 정현은 제가 그 여자의 이야기를 얼마나 많이 기억하고 있는지 인식하지 못했다.

하지만 정현은 말이 많지 않은 남자에게 자꾸 말을 걸고, 대꾸가 돌아오지 않아도 개의치 않는 것을 계속 지켜보았다.

"이 가게가 그렇게 맘에 들어? 웬일이야? 아무거나 먹는 편이잖아."

"글쎄."

"요새 사업은 어때? 뭐, 물어보나 마나겠지만."

"괜찮아."

"와, 우동 진짜 면발이 쫄깃해. 국물도 시원하고. 겨울에 딱이다 그렇지?"

"……."

"잘 먹네. 진짜 마음에 들었나 봐."

"응."

"고맙지? 고맙지? 이런 맛집 데리고 와 줘서?"

"……그래. 고마워."

"헛, 너 미쳤어? 고맙단 말을 다하고? 니가 고맙다는 단어를 아는 줄 몰랐어. 대박. 나 이거 김 실장한테 자랑할 거야. 카톡 보내야지. 아, 맞다. 먹기 전에 사진 찍었어야 했는데 깜빡했다. 내가 요새 인스타에 빠졌거든. 너 인스타가 뭔지 모르지? SNS인데, 거기에……."

"SNS는 인생의 낭비야."

"대박. 어디서 또 주워들으셨구먼."

그는 넉넉히 담긴 우동을 한 그릇 다 비우고, 곁들이로 나갔던 작은 주먹밥 역시 모두 먹어 치웠다. 옆에서 질리지도 않는지 내내 수다를 떨고 있는 여자가 카드를 내미는 것을 제지하고는 제 카드를 내밀었다. 그것을 받는 정현의 손은 이제 더 이상 떨리지 않았다.

"17,000원입니다."

"헐. 가격도 싸. 사장님, 블로그에서 봤던 것처럼 미남이시네요. 다음엔 꼭 사진 찍어서 올려야지. 그래서 내가 말인데……."

"자꾸 흘끗거리지 마."

"아, 실례려나? 죄송해요. 그런데 우동, 진짜 맛있었어요. 내가 커피 살게. 가자."

카드를 다시 건네는 손가락이 그의 손가락에 맞닿았다. 담배를 얻어 피우던 그때처럼 또 그렇게. 그때와 다른 것이 있다면, 모르는 사람처럼 서로를 외면하고 있다는 것. 어쩌면 사실 그것은 정현에게만 국한되어 있는 것일지도 모르겠다. 남자는 형형한 눈빛을 여전히 정현에게 던지고 있었으니까.

"안녕히 가세요."

지치지 않고 수다를 떠는 여자와 그는 가게 문을 나섰다. 온몸에서 힘이 빠져 카운터 의자에 털썩 주저앉았다. 호들갑을 떨며 왜 그러냐고 묻는 알바생에게 대답할 힘도 없어 손을 휘휘 내저어 보내고 멍하니 카운터 모서리 끝만 바라보았다.

시끌벅적한 가게의 소음이 다시 무의미한 것으로 바뀌었다. 낮고 발음이 정확한, 그 목소리가 사라졌기 때문이다.

정현은 그리고 문득 깨달았다. 그동안 이유 없는 눈물을 쏟았던 것은, 이유가 없는 것이 아니라 깨닫지를 못했던 것이다. 그것은 그리움이었다. 무의식중에 자극받은 그리움이 방울방울 맺혀 흘러내리는, 이름도 모르는 그 남자를 향한 그리움. 정현은 망연자실 앉아 깨달음을 곱씹었다. 그리움의 맛은 몹시도 쓰고, 어딘가 모르게 끝 맛이 달콤했다. 다시 그를 만날 수도 있으리라는 기대감의 맛은 달았다.

남자는 다음 날도, 그다음 날도 가게에 나타났다. 오픈을 한 지 얼마 안 된 한산한 시간에 나타나 천천히 메뉴를 외울 것처럼 확인하고는 가장 무난한 동경세트를 시켰다. 이런 작고 아담한 가게에, 그것도 우동집에 전혀 어울리지 않는 남자가 매일같이 출근 도장을 찍자 알바생들도 영우도 그를 기억하기 시작했다. 그 사실이 몹시도 마음에 들지 않는다고 생각했다가 놀라 멈칫하고 말았다. 잘 알지도 못하는 사람에게 소유욕이라도 느끼는 것일까. 전혀 저와 어울리지 않는다고 생각해 왔던 그 감정. 하지만 이 진득하고 소모적인 감정이 정현을 쥐어짜고 있는 것은 사실이었고, 곧 정현은 체념하듯 그 사실을 받아들였다. 정현은 체념에 몹시도 익숙했다.

"저 사람, 또 왔네."

"그러게. 맨날 저렇게 메뉴를 보고서 동경만 시켜. 진짜 특이하지 않냐."

"겉보기엔 멀쩡한데, 이거 아닐까요?"

한 알바생이 손을 들고 제 머리 옆에서 손가락을 빙빙 돌렸다. 다들 왁자지껄 웃음을 터뜨렸지만 정현은 웃지 않았다. 그가 그렇게 취급받는 사실이 조금 분하고, 기분이 더러웠다. 그런 생각을 한 자신에게 놀라 곧 재빨리 생각을 지워 버렸지만.

게다가 정현은 알고 있었다. 메뉴를 바라보는 것 같은 남자는 사실, 정현을 바라보고 있었다. 따가운 시선이 느껴져서 돌아보면, 그는 늘 정현을 보고 있었다. 눈이 마주쳐도 피하기는커녕, 아무도 눈치채지 못할 정도로 입꼬리를 조금 들어 올리는 그는 정말 너무 섹시하고 매력적인 남자였다. 그를 거부하기라도 하는 것처럼 아침에 도망 나온 자신이 이해가 가지 않을 만큼. 하지만 지나간 일을 돌이킬 수는 없는 노릇이다. 몇 번을 후회해 보아도 그랬던 것처럼, 다시 만난 지금도 그를 도망쳐 나온 것을 돌이킬 수는 없었다.

며칠이나 잘 먹었다는 의례적인 인사를 건네던 남자가 계산서를 내미는 정현에게 무엇인가를 내밀었다. 하얗고 각이 잡힌 그것은 명함. 그것을 받아들고 의아하게 바라보자 남자는 조금 고개를 숙이고 그 듣기 좋은 목소리로 속삭였다.

"명함 이벤트, 하고 있는 거 아닙니까?"

그러고 보니 근처에 사무실이 많아 명함 이벤트를 진행하고 있던 것이 기억났다. 어쩐지 귓바퀴가 뜨거워지는 느낌이라 정현은 고개를 숙이고 의례적인 감사인사를 건넸다. 그리고 그가 돌아가자마자 카운터에 주저앉아 자괴감에 시달렸다.

그가 제게 명함을 건네는 줄로만 착각한 것이다. 그 순간 정현은 무척이나 달콤한 충족감을 느꼈다. 그런 제 자신이 한심해서 견딜 수가 없을 지경이었다. 도망칠 때는 언제고, 그가 명함을 내미는 의례적인 행동을 했다고 이렇게나 행복해하다니.

의아한 척 그를 바라보았지만 내심 너무 기뻐 날뛸 것 같았던 심장은 여전히 쿵쾅대고 있다. 억지로 그것을 내리누르면서 투명한 볼에 그의 명함을 집어넣었다.

그리고 아무도 보지 않는 것을 확인한 후, 다시 그의 명함을 꺼내 주머니에 숨겼다. 순간의 감정으로 한 짓이었지만 정현은 스스로 왜 그런 짓을 했는지 이해할 수가 없었다. 바쁜 점심시간이 지나가고, 브레이크 타임이 되자 시끄러웠던 가게에는 조용한 휴식이 찾아왔다.

"아, 졸라 덥다."

"팔 걸 왜 처먹어. 돈 내고 먹어라."

"치사한 새끼. 이럴 때만 사장 노릇하려고."

영우가 잔에 담아온 맥주를 흘끗 바라보며 시답잖은 농담을 던졌다. 역시 영우도 웃으며 정현의 장난을 받아주었다. 제가 듣기에도 목소리가 평온한 것이 아무 일도 없는 것처럼 들릴 지경이었다. 눈치 빠른 영우라도, 알 수 없을 만큼 나쁘지 않은 연기였다.

"나 잠깐 나갔다 올게."

"어딜?"

"은행일도 봐야 하고, 뭐 살 것도 있어. 가게 잘 봐라. 아예 불을 끄고 같아."

"지랄."

"너한테 물어본 거 아니야. 암튼, 나 간다."

아직도 기포가 잔뜩 올라오는 맥주를 원샷하고, 입가에 묻은 거품을 빨아먹으며 영우는 가게 문을 나섰다. 소란스레 가게를 나선 뒷모습이 완전히 사라지자 그제야 제대로 숨을 쉴 수가 있었다. 온통 땀이 한가득 쥐어진 손바닥 안에서 조금은 구깃해진 명함.

정현은 천천히 명함을 테이블 위에 올려놓았다. 이것을 확인하고 싶은 마음과, 버리고 싶은 마음이 미친 듯이 소용돌이치며 충돌했다. 그는, 이런 자신을 예상하고 이 명함을 주고 간 것일까.

그. 아직 이름도 알지 못한다. 이 작은 종이쪽지가 가진 의미라는 것은 단순한 명함 이상이 틀림없다. 실체 없는 그림자처럼 그저 막연하게 생각하던 존재가 세상에 뿌리내리고 함께 숨 쉬며 살아가고 있다는 것을 인정해야 하기 때문이다. 그렇다면 안 그래도 자신의 모든 것을 뒤흔들고 있는 그가, 자신을 삼킬 것만 같다는 생각이 들었다.

명함을 뒤집었다. 김진운. 단정한 글씨의 이름이 눈에 들어왔다. 김진운. 혀 위에서 매끄럽게 굴러가는 그 이름을 발음조차 하지 못하고 삼켰다. 딱히 특별할 것 없는 세 글자가 어떻게 이렇게나 특별하게 느껴질 수 있을까. 정현은 저도 모르게 피식 웃음을 흘렸다.

사랑에라도 빠진 것일까. 정현은 사랑이란 것을 잘 모르겠다는 생각을 했다. 녀석과의 관계가 사랑이라 생각했던 적이 있었다. 하지만 아무리 생각에 생각을 거듭해도 서로를 파괴하는 집착이 사랑인 것 같지는 않았다. 사랑은 좀 더 숭고하고 더 대단한 것이 아닐까. 그렇다면 지금 이 감정도 사랑이 아니지 않을까.

무엇인가 대단한 감정을 주고받지도 못한 상태로 하룻밤을 같이 보냈다. 충동에 휩싸인 고작 하룻밤에 불과했던 것이다. 그가 사랑스러웠나? 그와 함께 미래를 보내고 싶었나?

모르겠다. 하지만 그가 그리웠다. 그를 갈망하고 있다. 혼돈 속에서 손에 잡히지 않던 감정들이 다시 만나자마자 쉽게 정의 내려졌다. 정현은 그를 원하고 있었다. 아주 지독하게도, 혼자서.

어쩌면 성욕에 불과한 것일지도 모른다. 그와의 하룻밤은, 그 술에 절어 있던 뇌에도 남아 있을 만큼 강력한 기억이었으니까. 하지만 그것이 무슨 상관일까. 어차피 이런 삽질도 그저 혼자만의 것에 불과한 것을.

하지만 어쩌면, 아주 어쩌면 이 혼란이 혼자만의 것이 아닐 수도 있다는 생각이 들었다. 정현을 올려다보던 눈에 스쳐 지나갔던 것은 몹시도 익숙한 광기였으니까. 찰나였기에 확신할 수는 없지만 무척이나 익숙한 감정이라 눈치채기 어렵지 않았다. 게다가 매일같이 가게에 들르는 것도. 하지만 어쩌면, 정말 어쩌면 아무것도 아닌지 모른다. 그러니까 제 혼란을 그에게 들켜서는 안 된다. 사람들은 약한 자들에게 자비가 없다.

"불 꺼놓고 간다고 정말 계속 이렇게 어두운데 혼자 있었던 거야?"

어느새 돌아온 영우의 장난스러운 말에 비로소 정신이 들었다. 어두컴컴한 가게 안에서 그의 명함을 동아줄처럼 붙들고 한참이나 앉아 멍하니 시간을 보내 버렸다. 평소처럼 무료한 시간을 때우기 위해 준비한 신문더미는 카운터에 덩그러니 놓여 있었다.

"뭐야, 신문도 안 봤네? 난 이해가 안 가. 폰만 켜면 다 나올 기사들을 군이 돈을 내가며 이 깨알 같은 글씨로 읽는 이유가 대체 뭐냐? 변태 같은 새끼."

"왔으면 가서 일이나 할 일이지 왜 시비야?"

"헐. 꼰대 같은 새끼. 형은 니 걱정돼서 이런 것도 사 왔는데 졸라 섭섭해."

"뭔데?"

"너 아까 보니까 점심도 제대로 안 먹던데 뭐 좀 입에 쑤셔 넣을라고. 저녁 장사 때 빌빌거리는 모습 안 보려면 이렇게라도 해야지."

"고맙다."

영우가 눈치채지 못하도록 살그머니 명함을 바지주머니에 쑤셔 넣고 테이블 위에 얹어진 햄버거 포장지를 벗겨 입에 넣었다. 다행히 영우는 정현이 평소와 조금 다르다는 것을 눈치채지 못했는지 꾸역꾸역 햄버거를 먹는 정현을 곁눈질하다가 주방으로 들어가 버렸다. 햄버거는 아직도 따듯했고 언제나 정현이 즐겨먹는 치킨 버거였다.

"네?"

"곤란하십니까?"

평소처럼 밥을 먹고 카드를 내민 진운이 입을 열었다. 그냥 잘 먹었다는 인사를 할 줄 알았는데 생각지도 못한 말을 건네 왔다. 저녁시간, 회식을 하기 위해 예약석이 필요하다는 말이었다.

"보시다시피 저희 가게는 겨우 25석이 만석인데 괜찮으실까요?"

"저희 직원도 그 정도라 괜찮을 것 같은데요. 혹시 저희 때문에 저녁 장사를 못 하시는 것 때문이라면……."

"아닙니다. 그게 아니라 저희는 안주 메뉴도 그다지 다양하지 않고, 그러니까 괜찮으실까요?"

주방에서 귀를 쫑긋 세우고 듣고 있던 영우의 한숨소리가 카운터까지 들려왔다. 영우는 평소에도 밥장사보다는 술장사가 돈이 된다며 저녁 장사를 키워 보고 싶어 했지만 돈을 버는 일에 그다지 미련이 없던 정현은 그럴 생각이 없었다. 그저 평범하고 평범하게 군중 사이에 숨고 싶을 뿐, 무엇인가를 성취하고 싶은 욕구가 전혀 없었기 때문이다. 무엇인가를 성취하고 주목 받고 싶지 않았다.

"아, 그건 괜찮습니다. 그렇게 오래들 머물지도 않을 거고. 그럼 예약 부탁드립니다."

"네, 그럼 시간은 언제로 해드릴까요?"

"내일 저녁 8시 반에 23명 부탁드립니다."

"네. 알겠습니다."

조그마한 포스트잇을 집어 들다, 그 밑에 깔린 몇 개의 명함이 눈에 들어와 흠칫하고 말았다. 그것이 보이지 않았다면 너무 당연하게 그의 이름과 회사 이름을 적을 뻔했다. 그렇다면 그가 무엇이라고 생각했을까.

"성함이······."

펜을 쥐고 물었는데, 대답이 돌아오지 않는다. 그래서 올려다본 얼굴은 무엇인가 묘한 표정을 짓고 있었다. 언젠가 보았던, 그리고 마음에 담았던.

"······김진운입니다."

"네. 전화번호 남겨 주세요."

집요한 시선에 펜을 쥔 손가락이 자꾸만 떨릴 것 같아 힘을 주었다. 필요 이상으로 꾹꾹 눌린 포스트잇에는 그의 이름과 전화번호가 남았다. 멍하니 카운터에서 그것을 들여다보고 있는 정현에게 영우가 소리쳤다.

"정현아!"

"간다."

그리고 다음 날 8시 반, 그는 직원들을 데리고 가게에 나타났다. 명함에 쓰인 직함처럼 모두들 그를 대표님이라고 불렀다.

"맛있다!"

"여기, 돼지고기 숙주볶음 더 주세요!"

정현이 가게를 맡고 난 이후, 이렇게 많은 술을 팔아보는 것은 처음이었다. 게다가 안주는 재료비 대비 남는 것이 많다며 계속 싱글벙글한 영우는 넉살좋게 사람들과 어울렸다. 결국 자리까지 차지하고 앉아수다를 떨기 시작한 영우를 바라보다가 정현은 고개를 내저었다. 사실, 영우가 때로 부러울 때도 있었다. 저렇게 아무렇지도 않게 사람들과 섞이고 상대를 편하게 만들어 주는 말솜씨. 정현에게는 불가능한 일이었다. '기억'은 자꾸만 그를 움츠러들게 만들었다.

그러다가 내내 몰래 바라보았던 진운에게 다시 눈을 돌렸다. 그는역시나 말이 별로 없는 편이었다. 느긋하게 앉아 사람들이 하는 말을가만히 들어주고 있었다. 예쁜 여직원이 애교 섞인 말솜씨로 그를 불러 댔지만 그저 피식 웃고 잔을 기울일 뿐이었다. 저 여자는 회사에일을 하러 온 거야, 아니면 남자를 꼬시러 온 거야. 불쑥 복잡한 머릿속을 헤집고 든 생각에 정현은 고개를 내저었다. 어쭙잖은 질투 따위,꼴사나울 뿐이다.

"대표님, 그래서요~ 아니, 대표님. 제 얘기 듣고 계신 거예요?"

"미정 씨, 잠시 실례할게요."

"어디 가세요?"

"한 대 피우러."

가볍게 담뱃갑을 들어 올려 보이는 진운의 모습을 곁눈질로 지켜보다가, 그가 열고 나간 문을 멀거니 바라보았다. 그러다가 홀린 듯 일어나 그의 뒤를 쫓았다.

"어디 가?"

"담배 피우러."

영우가 고개를 끄덕이고 다시 사람들과의 대화에 끼어들었다. 저건, 주방장인지 저 회사 직원인지. 혀를 차며 어둠이 내린 골목으로 들어섰다. 가게 옆, 좁은 통로는 두 사람이 겨우 함께 지날 정도였고 가로등 불빛도 와 닿지 않았다. 정현은 언제나 어둠 속에 숨어 담배를 피우면서 여전히 사람들 앞에 잘 나서지 못하는 자신에 대한 환멸을 씹었다. 영우가 그를 위해 내놓은 깡통에는 정현이 피우는 담배꽁초로 가득했다.

"어……."

그 공간에 다른 사람이 끼어들어 담배를 피우는 일은 그다지 대수로운 일이 아니었다. 손님들 중 흡연가들이 때로 정현과 어깨를 나란히 하고 나란히 담배를 피우는 일도 있었으니까. 그런데 오늘은 달랐다. '그'가, 그곳에서 담배를 피우고 있었다.

"한 대, 드릴까요?"

낮은 목소리가 작은 공간에 깔렸다. 당연히 그가 있을 것을 알고 있었으면서도 정현은 새삼스레 그의 존재감을 느낄 수 있었다. 어슴푸레 보이는 실루엣과 조그만 담배 불빛이 느릿하게 움직였다. 정현은 삐걱대는 몸을 움직여 그에게 다가섰다. 그렇게 피해 놓고, 왜 이렇게 쉽게 그에게 다가선 것일까. 어쩌면 둘만이 있을 공간을 고대해 왔는지도 모르겠다.

"네."

어둠 속에서 긴 손가락이 입술을 스치고 지나갔다. 굳이 담배를 입에 물려준 그는 웃고 있었다. 어둠에 익숙해진 눈이 그것을 확인하자, 갑자기 심장이 미친 듯이 뛰어 대기 시작했다. 그것을 눈치챌까 봐 조금 거리를 두고 섰다.

가게 안의 소음이 들려온다. 어둠에 익숙해진 눈은 더 많은 것을 담아낼 수 있었다. 하지만 곧 모든 것이 무의미해졌다. 그가 정현에게 말을 걸었으니까.

"잘 지냈어요?"

잘 지냈던가. 정말 많은 일이 있었고, 일상은 숨 가쁘게 지나갔다. 익숙한 것들이지만, 익숙하지 않은 것들이었다. 생각보다 녀석이 남기고 간 흔적들이 많았다. 갑자기 횅해진 일상 속으로 그가 파고들어 왔던 것도 익숙하지 않은 일이 틀림없다.

하지만 그럼에도 정현은 잘 지냈다. 오늘도 진운이 가게를 들르겠지, 오늘도 그럴 거야, 하며 어느 샌가 기다리는 자신도 발견할 수 있었다. 매일 매일이 그로 가득 차 버렸다고 해도 과언이 아니었다. 언제나 기다리고 있었는지도 몰랐다.

하지만 이렇게 그가 대놓고 그때의 일을 상기라도 시키듯 잘 지내는가에 대해 묻자 꿀 먹은 벙어리처럼 아무 말도 할 수가 없었다. 무엇이라고 말을 해야 좋을지 몰랐다. 지금 제가 느끼는 감정조차 무엇인지 확신할 수 없는 주제였기 때문에 아무런 말도 하지 못했다.

"그날은 왜 그렇게 가 버렸습니까?"

그가 자꾸 곤란한 것을 물어 왔다. 그날, 그러니까 그와 하룻밤을 보내 버린 그날. 아직도 그때를 떠올리는 주제에 모르는 척하는 것도 우스운 일이 아닐 수 없다. 심지어 어제는 그를 떠올리며 제 손으로 수음을 했다. 귓가에 나지막이 내려앉던 그 목소리를 생각하면서.

"이리 와요."

두 번째 담배를 입에 물고, 정현의 입에도 물려준 진운이 손을 내밀었다. 커다란 손이 그를 향해 미동 없이 내밀어져 있었다. 여전히 정현은 망설이며 그 손을 내려다보기만 했다. 불이 붙은 것같이 뜨거운, 그의 손가락이 스치고 지나간 입술이 화끈거렸다.

담배가 다 타들어 가도록 그 손은 미동 없이 그를 향해 내밀어져 있었다. 꽁초를 버리고도 조금 망설이던 정현은 머뭇머뭇 천천히 손을 내밀었다. 그제까지는 여유롭게 기다리고 있던 손이, 정현의 손을 낚아채듯 잡았다.

손가락이 얽혔다. 깍지가 끼워진 손안으로 순식간에 땀이 들어찼다. 불쾌하다는 생각을 할 여유도 없이 몸이 휙 끌어당겨졌다. 벽에 기대어 서 있던 진운의 품안으로. 추운 겨울바람이 얇은 니트 안으로 살갗을 스치고 있다는 것을 깨달았다. 진운의 품안이 무척이나 따듯해서 그제야 깨달을 수 있었다.

입술이 닿았다. 부드럽게 와 닿은 입술 사이로 나온 혀가 입술을 천천히 핥았다. 그렇게 정현의 입술을 벌린 부드러운 입술은 뜨거웠다. 그리고 곧 진운은 정현의 입안으로 파고들었다. 그 광포함에 몸이 다 떨릴 지경이었다.

삼켜지는 것 같았다. 그런 키스는 난생처음이었다. 그러다가 갑자기 기억 속 어렴풋하게 남아 있던 그날 밤이 생각났다. 그는 절제하지 않았고, 절제를 위해 몸을 빼려는 정현을 더욱 몰아쳐 울게 만들었다. 질척이던 액체소리가 귓가에 아스라이 들릴 만큼 비명 같은 교성을 내질렀던 것이 떠오르자 얼굴이 뜨거워졌다.

"다른 생각 중입니까?"

잠시 떨어졌던 입술은 바람 새는 것 같은 웃음소리를 내며 다시 파고들었다. 담배를 쥐어 주던, 명함을 건네던 손은 망설임 없이 정현의 바지춤으로 내려왔다. 느릿하지만 자비가 없는 손길에 발기해 터질 것 같은 자신을 발견했다.

벽에 기대어 섰던 진운이 끌어당긴 탓에 어둠 속으로 숨은 두 그림자는 하나의 형태로 엉겨 있었다. 숨이 가빠져 입술을 떼려고 해봐도 소용이 없었다. 그럴수록 커다란 손은 점점 더 정현을 압박할 뿐이었다. 사실 떨어지고 싶지 않았다. 이런 이율배반적인 몸의 반응이 도저히 믿기지가 않을 뿐이다. 언제나 서늘한 온도를 유지하고 있던 정현은 그 때문에 펄펄 끓어오르고 있었다.

드르륵.

"흡연구역은 저기. 꽁초는 캔 속으로 잘 넣어 주세요."

"넵!"

영우의 목소리와 장난기 섞인 낯선 목소리가 들려오는 것을 듣고 정현은 진운을 힘껏 밀어냈다. 달리기라도 한 것처럼 숨이 차올랐다. 여전히 그는 얄미울 정도로 말짱하기만 했다.

"어, 대표님? 왜 이렇게 담배를 오래 피우세요?"

"아."

"동경 사장님도요. 주방장님이 계속 찾으시던데."

"네. 이것만 더 피우고요."

덜덜 떨리는 손으로 담배를 꺼냈다. 사실 그가 주지 않아도 담배는 바지주머니에 얌전히 들어 있었다. 그것을 확인한 진운의 입꼬리가 조금 올라가자 안 그래도 뜨거운 얼굴이 조금 더 달아오르는 것을 느꼈다. 속내를 들켰다는 기분이 자꾸만 들었다.

"대표님, 안 들어가세요?"

"이것만 피우고요."

"네, 빨리 들어오세요. 다들 찾아요."

담배를 한 대 더 피우는 동안 가빴던 숨은 잦아들었다. 단단해진 몸 끝은 여전히 똑같았지만 헐렁한 니트 끝으로 그럭저럭 들키지 않을 정도는 되었다. 제 옷매무새를 점검하는 정현에게 낮고 또렷한 목소리가 다시 들려왔다.

"오늘 몇 시에 끝납니까?"

"글쎄요, 그쪽이 가시면?"

"아, 그렇군요."

짙은 눈썹이 조금 올라갔다 다시 단정하게 돌아갔다. 조금 웃은 것도 같다. 딴사람이 했다면 멍청한 질문이라고 여겼을 그 질문이 어쩐지 진득하게 눌어붙었다. 진운이 노골적으로 풍겨오는 뉘앙스 때문에.

"일이 끝나면, 같이 갈까요?"

"네?"

"우리, 할 얘기가 남지 않았나?"

그는 위험한 기운을 풍기면서 웃었다. 할 이야기. 그렇게 도망쳐 버린 이유를 말함인지, 아니면 이 짙은 키스의 다음 것을 말하는 것인지 모르겠다. 정현은 저도 모르게 기대를 해버리는 스스로가 어이없어서 웃음조차 나오지 않았다. 도대체 저 사람은 어떤 사람일까. 어떤 사람이기에 이렇게 쉽게 젖어들어 버린 것일까.

"전화번호, 말해 봐요."

남자의 목소리는 거역할 수 없는 울림을 가지고 있었다. 저도 모르게 술술 전화번호를 내뱉고는 재빨리 가게로 돌아왔다. 진운은 잠시 후, 특유의 무표정함을 유지한 채 가게 문을 열었다. 하지만 마주친 눈동자는 그렇게 여유롭지 못했다. 소름이 돋았다.

"자, 이만 회식을 끝냅시다."

"사장님~"

볼을 불그레하게 물들인 여자가 취한 목소리를 내며 그의 팔을 붙들고 엉겨 붙었다. 하지만 여전히 진운의 표정은 달라지지 않았다. 무심한 눈동자로 여자를 내려다본 진운은 조금 웃으면서 팔을 살짝 빼냈다. 하지만 눈동자는 웃고 있지 않았다. 여전히 무심한 채 그대로였다.

"내일 봅시다. 그럼 잘 먹었습니다."

"저도, 재밌었어요! 그럼 다음 번 회식도 또 오세요!"

"내일 해장하러 올래요!"

"아, 그럼 해장메뉴 준비해 놓겠습니다! 조심히들 가세요!"

영우가 넉살좋게 모두에게 인사를 했지만 정현은 여전히 멍하니 그들을 배웅할 뿐이었다. 그에게 왔던 메시지를 확인했기 때문이다. 그가 보낸 메시지는 간결하고, 분명했다.

<**빌라 102동 701호.>

"뭐하고 서 있어? 빨리 정리하고 퇴근하자."

"아."

제법 술을 마신 줄 알았는데 영우는 멀쩡히 마감을 시작했다. 알바생들은 이미 퇴근하고 없어 정현도 그를 거들었다. 술자리에 끼어들어 놀고 있는 줄 알았건만, 이미 주방은 마감이 끝난 상태였다. 진운의 회사 사람들이 남기고 간 흔적만 치우면 될 일이다.

"뭐야, 벌써 다 해놨네."

"애들 가기 전에 했지. 야, 오늘 매상 괜찮냐?"

"뭐 그럭저럭."

"저 회사 사람들 괜찮네. 웃기고. 매상 좀 자주 올려 줬으면 좋겠다. 대표가 좀 이상해서 그렇지."

"대표가 이상해?"

"말이 너무 없고 무뚝뚝하잖아. 무슨 생각을 하는지 계속 딴짓하면서 회식자리엔 왜 앉아 있는 거래? 대표 같은 윗대가리들은 집에 일찍 가주는 게 사기를 진작하는데 도움이 되는 법이지."

"나도 일찍 퇴근해야겠다. 너 사기를 진작하는데 도움이 되라고."

"인마, 너는 다르지. 솔직히 사람들이 다 너 알바생인 줄 알아. 내가 사장인 줄 안다고."

정현은 영우의 너스레에 피식 웃으면서도 도저히 뿌리칠 수 없는 메시지를 계속해서 생각하고 있었다. 멍하니 일을 하다 보니 음식물 쓰레기를 일반쓰레기통에 넣고는 차지게 욕을 얻어먹었다. 꺼지라며 소리를 친 영우는 몸을 재게 놀려 대충 마무리를 끝냈다.

"나머지는 내일 하자. 너 오늘 왜 이렇게 멍해? 무슨 일 있었어?"

"아니. 무슨 일은."

"열 있냐? 얼굴이 벌겋잖아."

카운터 앞 거울 속 제 얼굴은 정말 달아올라 있었다. 키스의 여운 때문인지, 그의 문자를 확인한 탓인지 도저히 알 수가 없었다. 하지만 한 가지 분명한 것은 이 모든 것은 그, 김진운 때문이다.

"빨리 퇴근하자. 난 대리 불러서 간다. 넌?"

"난 술 안 마셨으니까 괜찮아. 차 안 가지고 다니잖아, 요새."

"그럼 내가 태워 줄게. 조금 있으면 온다니까 기다려."

"아니야. 좀 더워서 식힐 겸 걸어가지 뭐. 간다. 내일 보자."

"야! 너 그러다 감기 걸려!"

영우의 목소리를 뒤로하고 찬바람이 가득한 거리로 발걸음을 내딛었다. 어디로 가야 하나. 정현은 코트 깃을 세우고 담배를 피워 물었다. 어디로 가야 하지.

3

고민했던 것과는 다르게 발은 저절로 집으로 향했다.

익숙한 현관에서 신발을 벗을 때 비로소 아, 집으로 와 버렸구나 생각이 들었다. 이상한 일이다. 언젠가부터 그와의 접점을 무척이나 바라놓고 이런 짓을 하다니. 그날 아침, 도망을 쳤던 것처럼 말이다.

사는 내내 좌절을 겪었고 체념을 해야 했던 인생은 또 그렇게 정현을 몰아갔다. 그날 아침 도망을 쳤던 것을 내내 후회했으면서도 막상 바라던 일이 눈앞에 들이대졌음에도 불구하고 또 똑같은 짓을 해 버렸다. 분명 후회할 것을 알고 있다. 그렇지만 반복되는 것들.

이 감정의 실체를 확인하면 큰일이라도 날 것처럼 굴고 있다. 알고 있으면서도 내내 그것을 외면하고 싶은 마음은 도대체 무엇일까. 심지어 먼저 두 번이나 손을 내밀어 준 사람에게 왜 모욕을 주며 도망치고 있는 걸까.

샤워를 마치고 냉장고에서 차가운 맥주를 꺼내 발코니로 나갔다. 아직 덜 마른 머리와 맥주 때문에 몸이 덜덜 떨릴 지경으로 추웠다. 하지만 아랑곳하지 않고 담배를 피워 물었다. 끊었던 것이 무색하게도 진운과 만난 이후 골초가 되어 버렸다.

그러다 문득, 정현은 자신의 이기심을 또 깨닫고 말았다. 그와의 관계와 이 감정이 무엇인지 확인하는 것이 두려웠던 것이다. 그가 거부할 것 같아 보이지는 않았지만 언젠가 당할지도 모르는 거부가 두려워서 지레 겁을 먹고 뒤로 물러서 버린 것이다.

혼자 추억을 간직하고 그리워하는 것은 거부를 당할 리 없는 행위지만, 그에게 다가가 실체를 만지고 품은 이후는 이야기가 다르다. 그에게 거부를 당하고 나면 다시는 그 수렁 속에서 헤어 나오지 못할 것만 같았다. 그러니까 그 수렁이 있을지도 모를 미지의 어디론가 가고 싶지 않은 것이다. 참으로 이기적인 발상이 아닌가.

그러다가 문득 재원에게 생각이 가 닿았다. 재원도 자신이 거부했을 때마다 아득한 감정을 느끼고, 삶을 놓기 위해 몸부림쳤던 것일까. 그 수많았던 상처를 재원은 어떻게 견뎌낸 것일까. 눈물이 흐를 것처럼 후끈대는 눈두덩을 손으로 꾹 눌러 말려 보려고 애썼다. 왜냐하면, 이 것은 어차피 악어의 눈물에 지나지 않았다. 재원이 원치 않는 '동정'일 뿐, 원하는 '사랑'을 줄 수는 없었으니까. 이제는 확신이 들었다. 그가 다시 나타난 이상, 절대로 불가능할 일이다.

밤새도록 생각에 생각을 거듭하다가 이른 새벽녘에야 잠이 들었는데, 눈을 떠보니 세 시간도 지나지 않았다. 찌뿌듯한 몸을 일으키며 인상을 쓰다가, 습관처럼 내버려 두고 한 번도 들여다보지 않았던 휴대폰이 생각났다. 집어 들다가 놀라 떨어뜨리고 말았다. 그에게서 또 연락이 와 있었다.

번호를 가르쳐 준 주제에 연락이 올 것이란 생각을 왜 못 했던 걸까. 늘 나른하게 어딘가 잠겨 있는 것처럼 살면서 누군가의 연락 같은 것에 구애되고 살아본 적이 없으니 휴대폰을 가지고는 다니지만 거의 무용지물에 가까웠다. 재원은 전화를 좋아하는 편이 아니라서 어디선가 언제나 불쑥불쑥 나타나곤 했었다. 전화를 할 때는 집착과 화에 절어 이성을 놓기 직전. 그래서 정현은 휴대폰을 좋아하지 않았다. 늘 언제 터질지 모르는 시한폭탄이나 마찬가지였기 때문이다.

<기다리고 있습니다.>

<늦네요?>

그리고 부재중 전화 한 통. 꽤 늦은 시간까지 그가 자신을 기다린 것인지 자정이 넘은 시간이었다. 그 순간 묘한 희열을 느끼는 제 자신이 부끄러울 지경이었다. 그가 기다렸다. 하지만 그 사실이 정현을 기쁘게 만들었다.

하여간 어딘가 뒤틀린 것이 틀림없다. 스스로가 정상적이지 못한 사고를 하고 있다는 것을 알고 있었다. 정현은 이기적이고 편협한 자신이 때로 징그럽게 느껴졌다. 하지만 곧 체념한다. 스스로를 증오해 보았자 달라지는 것이 없다는 것을 잘 알고 있기 때문이다. 달라지는 것이 있다면, 이미 과거에 많은 것이 달라졌을 것이다. 게이가 아니게 되었을 것이고, 그를 만날 일도 없었을 것이다.

답을 해야 한다는 생각이 들었지만 무슨 말을 어떻게 해야 할지 몰라 망설이면서 출근 준비를 먼저 하기로 했다. 내내 그 생각만 하면서 준비를 하고, 간단히 집을 정리하면서 스스로를 비웃었다. 평소에는 잘 하지 않는 짓까지 해가면서 그에게 연락해야 할 시간을 차차 미루고 있는 것이 아닌가. 유치하고 졸렬했다.

망설이다 보니 벌써 출근을 할 시간이 지났다. 이제 지각을 해도 연락조차 오지 않는 것을 보아선 영우도 그의 나태함에 질려 버린 것이 틀림없다. 어제 코트 깃을 세웠어도 찬바람이 목덜미를 스치고 지나갔던 것이 기억나, 목도리를 두르고 문을 나섰다. 여전히 칼바람이 매서운 날씨였다.

가게 문을 힐끔 쳐다보았지만 늘 같은 시간에 열리던 문은 잠잠하기만 했다. 기다리고 있는 건가. 머쓱해진 목덜미를 손으로 문질러 보았다. 하지만 기분은 점점 가라앉기만 했다.

드르륵.

미닫이문이 열리는 소리에 반색하며 돌아보았지만, 기대했던 커다란 인영이 아니라 자그마한 여자 손님이 가게를 방문했다. 저도 모르게 조금 한숨이 나왔다.

"야, 이정현!"

"아."

저도 모르게 넋을 놓고 있다가 영우의 목소리를 듣고 정신을 차릴 수 있었다. 메뉴판을 내어 주고 나온 음식을 서빙하면서도 자꾸만 열리지 않는 문으로 시선이 옮겨졌다. 그는 왜 오지 않는 것일까. 매일 이 시간이면 혼자 들어와 메뉴판을 들여다보는 척, 정현을 바라보곤 했었는데.

기다림이라는 것이 이런 것이란 걸 미리 알았더라면 어젯밤 그를 기다리게 하지 않았을 것이다. 언젠가 자신을 구원해 줄 누군가를 막연하게 기다렸던 것과는 달리, 늘 정해진 시간에 들이닥치던 누군가를 기다리는 것은 무척이나 지루한 일이었다. 갈증이 나는 것처럼 목이 타들어 갔다. 아프다. 생각보다 기다림은 더욱 아픈 일이었다.

다시 문이 열렸다. 시끌벅적한 소리와 함께 어제 가게를 방문했던 그의 회사 사람들이 웃으며 우르르 들어왔다. 기대감을 안고 돌아본 그곳에는 그가 서 있었다. 왠지 모를 어색한 광경이다. 늘 혼자 자신을 만나기 위해 찾아오던 그가 아니라, 사람들과 함께 들어선 그가 어쩔수 없이 찾아왔을 수도 있다는 생각이 들었기 때문이다.

"어서 오세요."

"주방장님, 우리 해장시켜 준다면서요."

"준비해 놨습니다."

친근하게 말을 주고받는 사람들 속에서 그는 침묵한 채 자리에 앉았다. 그리고 메뉴판도 들여다보지 않았다. 정면을 응시하는 눈동자에는 정현이 담기지 않았다.

"맛있게 드세요."

"잘 먹겠습니다!"

영우가 내놓은 해장용 김치나베며 매운 해물 우동을 나르는 동안에도 그는 정현을 바라보지 않았다. 가끔 입을 열어 옆의 직원과 대화를 나눌 뿐. 그저 그뿐이었다.

작은 가게가 사람들로 가득 찼지만 정현은 진운만이 신경 쓰였다. 진운만 보이고, 진운만 느껴졌다. 하지만 그에게는 어떤 기색도 느낄수가 없었다. 실망? 그 사실에 실망하는 자신이 어이가 없을 지경이다. 얼마나 이기적인 인간이란 말인가. 지난 행동들은 생각지도 않고 그를 원망이라도 할 기세로 바라보고만 있는 자신이란 인간은.

"잘 먹었습니다."

"사장님, 진짜 맛있었어요. 또 올게요."

"감사합니다."

그의 직원들이 왁자지껄 떠드는 동안에도 그는 한마디 말이 없었다. 계산도 그가 아닌 여직원이 내민 카드로 해야 했다. 그렇게 그를 선두로 사람들이 빠져나간 가게 문을 우두커니 보고 서 있자 가시가 박힌 것처럼 목구멍이 아팠다.

알바생이 치우는 테이블로 다가가 돕다가 그가 앉았던 자리로 시선이 가 버렸다. 늘 남김없이 식사를 마치고 갔던 것과는 달리, 오늘은 음식을 많이 남겼다. 늘 일정하게 흘러가던 일상이 깨어진 것 같은 불쾌한 감각이 몸을 쥐어짜는 것만 같았다. 왜 그런지 모르게 서글퍼서 정현도 입맛을 잃었다.

"더 먹지. 맛이 없냐?"

"아니. 그냥 입맛이 없네."

"너 어제 그렇게 가더니 감기 걸린 거 아니야?"

"아니야."

"오후엔 그냥 들어가 봐. 어차피 저녁시간은 점심시간보다 한가하니까."

바쁜 점심시간이 지나고 모두 둘러앉아 늦은 식사를 하려는데 깨작대는 정현을 봐 줄 수가 없는지 영우가 내내 신경을 썼다. 가게를 새단장하고 이제는 정말 운영에만 신경 쓰려고 다짐했었는데 얼마 지나지 않아 또 이런 모양새다.

"괜찮다니까."

"너가 그러고 있는 게 더 안 괜찮아. 밥집에서 풀죽도 못 먹은 얼굴로 앉아 있는 게 장사에 도움이 되겠냐? 꺼져."

영우에게 등을 떠밀려 늦은 오후, 다시 거리로 나섰다. 하지만 어디로 가야 할지 알 수가 없었다. 어제는 가야 할 곳이 있음에도 망설이느라 가지 못했던 것이라면, 오늘은 정말 갈 곳이 없었다. 정현은 하릴없이 다시 집으로 발걸음을 옮겼다.

늘 아늑한 자신만의 공간이라고 생각했던 집도 편안치가 않았다. 내내 시간을 죽이며 멍하니 침대에 누워 있다간 휴대폰을 들어 다시 그의 문자를 열어 보았다.

별 특별할 것 없는 짧은 메시지를 훑어보다간 잠이 들어 버렸다. 이런 잉여 짓도 이제 그만두기로 해놓고 사람이란 게 갑자기 달라질 수는 없는 노릇인가 보다.

그렇게 하루가 시작되었다. 그리고 그가 없는 일상이 이어졌다.

그는 더 이상 점심을 먹으러 정현의 가게에 들르지 않았다. 매번 가게 문이 열릴 때마다 실낱같은 희망을 안고 돌아보면 늘 실망만 하게 되었다. 그렇게 두려워하던 거부인 것 같아 정현은 무서웠다. 겨우 다시 만났고, 그가 손을 내밀어 주었는데 모든 것을 망친 것은 자신이었다.

"너 요새 왜 그러냐? 진짜."

"신경 꺼."

"그 새끼가 다시 지랄이야? 아니면 뭐 본가에 문제 있어?"

"아니라고."

"아니면 그러고 있질 말란 말이야. 병신같이 그게 뭐야."

"병신 맞아."

"뭐?"

"나 병신 맞다고."

어이가 없어 말도 잇지 못하는 영우를 뒤로하고 정현은 다시 카운터에 앉았다. 야야, 밥 안 처먹어? 하고 소리를 치는 영우의 잔소리도 뒤로한 채 눈에 잘 들어오지 않는 신문을 펼쳐 시선에서 숨어 버렸다. 그리고는 저도 모르게 다시 휴대폰을 꺼내 들여다본다. 하지만 그 이후 단 한 번도 그에게서는 연락이 오지 않았다.

습관처럼 한숨을 내쉬고 담배를 집어 들었다. 그렇게 담배를 피우러 가려다가 그날이 생각나 그것도 그만두었다. 어둠 속에서 숨어 나누던 키스에서는 담배 맛이 났다. 온몸을 들끓게 하던 그 키스. 정현은 그날 이후 담배가 늘었다.

보름이 넘게 그를 보지 못했다. 정현은 기다림에 지쳐 가고 있었다. 처음 알게 된 기다림이라는 것은 가슴을 난도질하는 것처럼 아팠다. 자꾸만 과거 속의 자신을 반성하고, 다시 올 기회를 갈구해 보았지만 상황이 달라지는 것은 없었다. 진운은 이제 자신을 놓은 것만 같았다.

"마셔."

"아, 좀."

"지랄 말고."

손님이 뜸해져 가게 문을 일찍 닫기로 하자, 영우는 억지로 정현을 앉혀 놓고 이것저것 음식을 내주었다. 평소엔 잘 먹던 연어덮밥이 잘 넘어가지 않아 깨작대자 영우는 몸을 일으켜 사케를 가지고 왔다.

한 모금 마시고 나자, 생각보다 잘 넘어가 연거푸 잔을 기울였다. 하지만 눈앞에서 글라스로 벌컥벌컥 사케를 마시는 영우가 거슬린다.

"무슨 문제가 있으면 말을 하든가. 그래야 도와주든지 말든지."

"영우야, 나 진짜 병신 같아?"

"그런 질문을 하는 게 참 병신 같다."

간만에 다정한 목소리로 말을 해보나 했더니 역시나 영우는 다정한 목소리로 일침을 놓았다. 술기운에 사케동을 한 숟가락 퍼먹자 우쮸쮸 이상한 소리를 내며 강아지 다루듯 턱을 만져 대기에 손을 쳐냈다. 기분이 상하지도 않는지 큰 소리로 웃어 대는 영우를 바라보다가 저도 모르게 조금 웃었다.

"야, 나 요새 사는 게 왜 이러냐."

"넌 사는 게 늘 그랬어."

"말장난하는 거 아니야. 뭔가 기다리는 것이 이렇게 지루한 건지 몰렸어."

테이블 위에 엎어져 웅얼거리는데 부드러운 손가락이 머리카락을 헤집었다. 영우는 때로 엄마같이 푸근한 짓을 하곤 했다. 그럴 때면 세상에서 오롯이 하나뿐인 것 같은, 완전한 제 편이 곁에 있다는 생각에 힘이 났다.

"뭘 기다리는데?"

하지만 그 질문에 답을 해줄 수는 없었다. 그렇게 요란하게 연애를 끝낸 지 얼마나 되었다고 다른 남자가 좋고, 그런데 그 남자한테 병신 같은 짓을 해서 기다리고 있는 거라고 말할 자신이 없었다. 아무리 영우라고 해도, 정현은 아직도 자신이 없었다.

"설마 너, 그 새끼 연락 기다리는 건 아니겠지?"

"뭐, 재원이?"

"시발, 이름도 말하지 마. 좆같아지니까."

술기운이 조금 돌아 푸훗 하고 웃음이 터지자 영우가 눈을 크게 뜨고 버럭 성질을 냈다. 늘어놓는 잔소리 속에 묻어 있는 걱정 때문에 오히려 마음이 놓였다. 빈속이나 마찬가지인 속에 술을 마신 탓인지 자꾸만 술기운이 돌았다.

"기다리지 말고 니가 찾아가면 되잖아."

"뭐?"

"뭐, 엄청 대단한 거 아니면 찾아가 봐. 근데 뭔데 그래? 아, 궁금하다고!"

그런 것은 생각하지도 못했었다. 혼자 계속 고민하고 자책만 할 뿐 먼저 그에게 연락을 해볼 생각을 왜 하지 못했을까. 거부당할 것이 두려워서라고 변명하기엔 이미 그가 보이고 있는 태도는 거부와 다름없었다. 그럼에도 불구하고 놓지 못한 채 계속 기다리고 있으니 아예 깨끗하게 거부당하고 끝을 내는 것도 나쁘지 않았다. 술기운은 그렇게 판단했다. 내내 그것을 두려워하고 있던 것을 까맣게 잊어버리고.

아니다. 모든 것은 핑계다. 그저 그가 너무 보고 싶어서 견딜 수가 없었다. 모든 핑계를 다 대고서라도 그가 보고 싶을 만큼, 그리움에 절여져 버릴 지경이다. 그러면서도 내내 연락을 먼저 할 생각을 하지 못하다니. 체념에 익숙했던 인생은 간단한 방법조차 자꾸만 잊게 한다.

"고맙다."

"어?"

"나 간다!"

벌떡 일어나 가게를 나서려는데, 영우의 팔이 손목을 붙들었다. 운동을 좋아하지 않고 호리호리한 체격의 정현으로서는 주방 일을 하며 노동근육으로 다져진 영우의 힘을 이길 수가 없었다. 붙잡혀서 아픈 손목을 주무르며 자리에 다시 앉아 인상을 쓰자, 영우가 테이블 위를 가리켰다.

"다 처먹고 가라. 내 음식 남기는 꼴을 내가 또 못 본다."

그렇게 영우와 앉아서 음식을 해치우는 동안, 사케가 두 병이나 비워졌다. 이제는 빈속이라 술기운이 올라오는 것이 아니라, 정말 취해서 술기운이 돌기 시작했다. 그 탓에 자꾸만 잠식해 오던 두려움이 사라졌다. 모든 것이 잘 해결될 것 같다는 근거 없는 자신감도 생겨났다.

"영우야."

"왜."

"난 참 좋다. 니가 내 친구라서."

"……."

"갈게. 내일 보자."

함께 가게를 정리하고, 표정이 한결 밝아진 정현이 급하게 코트를 쥐고 일어서다가 툭 내뱉은 말에 영우는 대꾸할 말을 잃고 가만히 서 있었다. 미닫이문을 닫는 소리가 몹시도 경쾌해 나서는 이의 마음을 짐작할 수 있었다. 어두컴컴해진 가게 안에서 영우는 마른세수만을 반복했다.

"그러게, 씨발……. 우린 친군데."

지나가는 택시나 잡아타고 그의 주소를 불렀다. 밤거리가 의미 없이 스쳐 지나갔다. 평소 같으면 창백한 도시의 밤거리를 멍하니 바라보는 것을 즐겼을 텐데, 오늘은 그럴 마음이 들지 않았다. 몹시도 흥분한 상태이고 안달이 나 있었기 때문이다.

전화기를 꺼내 수도 없이 전화를 걸어 볼까 망설였지만 그러고 싶지는 않았다. 어차피 끝장이라면 정말 화려하게 끝장을 내야 인정할 수 있을 것만 같았다.

아이러니하게도 매번 그렇게 난리를 치는 재원을 이해 못 하던 그는 이제야 이해할 수 있을 것 같았다. 진짜 끝은 조용하고 아름다울 수가 없었다. 질척거리고 요란하고 지저분했다. 어쩌면 그때의 혐오감과 수치심을 안고, 사람들은 이별을 인정하고 받아들일 수 있는 것일지도 모르겠다는 생각이 들었다.

조용하고 한적한 동네.

하지만 뉴스나 신문에서 떠들어 대는 말로 이 동네의 시세가 어느 정도인지 익히 알고 있는 정현으로선 이 고즈넉함이 퍽 우스웠다. 정계의 누구, 재계의 누구, 연예인 누구누구가 산다는 동네에 그는 살고 있었다.

고즈넉함과 화려함이 공존할 수 있는지 처음 알았다. 화려한 입구를 바라보며 담배를 물었다. 어쩌면 저 입구조차 통과할 수 없을지도 모른다. 그렇다면, 정말 끝장이다. 하지만 정현은 알고 있었다. 그런 일이 일어난다고 해도, 조용히 뒤돌아 갈 자신을. 그리고 혼자 침대 위에서 웅송그려 몸을 말고 또 체념을 거듭할 자신을.

떨리는 손가락이 인터폰을 눌렀다. 기계음이 반복적으로 들려오다가 어느 순간 뚝하고 멈추었다. 하지만 상대는 아무 말도 하지 않았다. 몇 번이나 확인을 거듭했기 때문에 주소가 틀렸을 리는 없었다.

곧 낯선 기계음과 함께 인터폰이 끊기면서 문이 열렸다. 저지르면서도 체념한 상태였기에 문이 진짜로 열릴지는 몰랐다. 그 문을 통과하고 로비에서 정현은 멀거니 발끝을 바라보았다.

"도와드릴까요?"

친절한 경비원에게 깍듯이 인사를 하고 돌아서 엘리베이터 버튼을 눌렀다. 숫자가 줄어들고 1층으로 다가올 때마다 심장이 둥둥 점점 크게 뛰었다. 무섭다는 말로 정의할 수 없는 감정이다. 무섭고, 기대되고, 슬프고, 또 기뻤다. 이상한 감정이 범벅되어 머리가 굳었지만 여전히 거울 속 제 얼굴은 차분한 표정을 짓고 있을 뿐이다.

초인종을 누르려고 손을 뻗는데 문이 벌컥 열렸다. 그다. 김진운이다. 진운이 늘 보아왔던 것과는 다른 편안한 옷차림으로 커다랗게 서 있었다. 무엇이라고 말해야 하는데, 무슨 말을 해야 좋을지 몰랐다. 침묵 속으로 체념이 비집고 들어올 때쯤, 그가 손을 뻗었다.

"늦었네요, 정현 씨."

현관문이 닫혔다. 벽에 밀어붙여진 채로 그에게 삼켜질듯 키스를 나누었다. 숨이 막힐 때쯤이면 그가 달래듯 입술을 깨물며 혀를 놓아 주었고, 다시 숨을 고르면 삼켜졌다. 고작 키스만으로 그에게 삼켜지기라도 한 것처럼 황홀하고 뒤끝이 아려왔다.

헐떡이는 정현을 놓아준 채 진운이 얼굴을 살폈다. 머리끝부터 발끝까지, 또다시 삼킬 것 같은 눈으로 바라보았다. 눈빛만으로도 얼굴이 붉어질 만큼 노골적인 시선이지만 행동에 군더더기가 없었기 때문에 담백해 보였다. 그 간극이 또 정현의 몸을 달아오르게 한다.

그것을 들키고 싶지 않아 시선을 돌렸다. 피식 웃는 소리가 들리는 것 같았지만 그는 정현을 안내라도 하듯 정중하게 팔을 들어올렸다. 바라본 그의 얼굴엔 미소가 떠올라 있었지만 소리가 날 것 같은 웃음은 이미 지워진 지 오래였다.

"들어와요."

집은 그와 무척이나 어울렸다. 간결하고 단정하기 짝이 없는 집은 정현의 집과 많이 닮아 있었다. 다만 아무렇게나 채워 넣은 정현의 집과는 달리 고심한 것이 티가 나는 집이다. 가구 하나 허투루 놓인 게 없었다.

정현은 칼 같은 그의 정장을 떠올렸다가 마주 앉아 있는 그의 얼굴을 들여다보았다. 편안해 보이는 복장도 단정하다. 열에 들뜬 것처럼 달아오른 제 얼굴과는 다르게 그는 평온해 보였다.

"아, 손님이 오셨는데 대접이 형편없네요. 잠시만."

눈을 어디다 둘지 몰라 소파 앞 티테이블을 멍하니 바라만 보고 있었다. 하지만 온 감각은 그를 향해 열려 있는 것처럼 쫓아다니고 있다. 가볍게 텅하는 소리, 청아한 유리잔이 부딪히는 소리. 뽁 하는 소리와 함께 그가 움직이는 소리가 들렸다. 마치, 그가 보이기라도 하는 것처럼 하나씩 그려보았다.

야생동물처럼 날렵하게 움직이면서도 정중함을 잃지 않는 그의 몸짓. 눈을 들었을 때는 이미 와인 잔이 그를 향해 내밀어져 있었다.

"제 이름 어떻게 아셨습니까?"

바보 같은 질문이라는 것을 뻔히 알면서도 궁금해서 그냥 넘어갈 수가 없었다. 잔을 들어 입술을 축이고 있던 그가 정현을 바라보았다. 날카로운 눈매가 보기 좋게 휘어졌다. 저것은 반칙이다. 정중하고 우아한 남자가 치는 눈웃음의 매력이란 강력했다.

"주방장께서 이름으로 많이 부르더라고요. 정현아, 정현아."

낮은 목소리로 매끄럽게 구르는 것 같은 이름이 황홀하다.

정현은 평범하기만 한 제 이름이 이렇게나 황홀할 수 있는지 처음 알았다. 그의 입에서 흘러나오는 제 이름이 특별한 것처럼 느껴졌다. 그가 불러주었기 때문일까.

상투적이게도 전 국민 누구나 알 것 같은 시가 떠올랐다. 그가 불러주었기 때문이구나. 정현은 제 이름을 곱씹으며 와인 잔을 들어올렸다. 그의 시선이 느껴졌지만 볼썽사납게 떨리거나 하지는 않았다. 이제는 제법, 저 남자에게 익숙해진 것이 틀림없다.

"할 얘기가 있다고 하시지 않았습니까."

"아아, 할 얘기."

다시 눈꼬리가 야살스레 접혔다. 이제는 눈웃음으로 꼬시기까지. 하긴 저 남자 어디라도 섹시하지 않은 구석이 있을까. 손끝조차도 그는 농염하기 짝이 없다.

"그날, 왜 그렇게 가 버렸습니까."

모든 것을 다 알고 있을 것 같은 남자가 물었다. 정말 순수하게 궁금하다는 얼굴로. 늘 무표정에 가까운 차가운 표정이었지만 정현은 어쩐지 그 표정에서 많은 것을 읽어낼 수가 있었다. 저 남자는 저와 동류가 틀림없다. 정현도 언제나 표정이 서늘하다는 이야기를 들었다. 제 나름대로는 여러 가지 희로애락을 표현하지만, 언제나 굳어 있는 안면근육은 바라는 만큼 많이 움직여 주지 않았다.

"……."

왜일까. 왜 그렇게 가 버렸을까. 태어나서 처음 해본 원나잇이고, 상대를 전혀 알지 못했기 때문이다. 하지만 그렇다고 해서 모든 이들이 그 자리를 그렇게 도망치듯 벗어나는 것은 아니었다. 그러니까, 자신은 왜 그랬던 걸까.

할 말이 없어 침묵하고 있으려니 그가 다시 와인 잔을 기울였다. 그리고 느른하게 소파에 깊숙이 기대어 앉았다. 기다리는 것도 상관없다는 그 태도에 정현은 깨달았다. 남자가 대답을 듣기 전까지 움직이지 않으리란 것을.

"……그러니까, 처음이었습니다."

"무엇이?"

"처음 만난 사람과 밤을 보낸 것이."

내뱉자고 마음을 먹고 나니 굳어 있던 혀가 술술 움직이기 시작했다. 그의 시선이 따가웠지만 정현은 그 시선을 피해 달아나지 않았다. 달아난 것은, 벌써 했던 두 번으로 충분했으니까.

언젠가 느꼈던 것처럼 그의 눈에 이채가 스몄다. 하지만 이번엔 스쳐 지나가지 않았다. 그는 그것을 숨기지 않은 채, 정현에게서 시선을 비끼지 않았다. 제 얼굴도 저럴까. 정현은 문득 궁금해졌다.

"나는, 생각했습니다."

"생각해 봤어요."

아름다운 얼굴을 들여다보았다. 강한 턱선, 날카로운 눈매, 단정한 코, 딱 보기 좋을 만큼 두툼한 입술. 저 입술이 정현을 물고, 핥고, 쾌락을 느끼게 해주었다. 방금 전의 거친 키스로 붉어진 입술에 시선을 빼앗겼다.

"정현 씨가 왜 그렇게 갔는지. 혹시나 내가 너무 거칠게 그쪽을……."

"아니, 아닙니다."

그렇다고 부드러웠던 것도 아니지만, 언제나 폭력 같은 섹스에 익숙해 있던 정현에게 그것은 큰 문제가 아니었다. 물론 부드러운 면도 있었지만 녀석의 섹스는 강간과 다름없을 때가 많았으니까.

그에 비해 그는 뜨겁게 정현을 안았지만 그렇다 해서 강압적이지는 않았다. 스스로 다리를 벌리게 만들었고, 흐느끼고, 애원하게 만들었다. 어렴풋이 생각난 그날의 기억 때문에 다시 얼굴이 달아오르는 것 같았다.

"그래요?"

"네. 그것과는 상관이 없습니다."

"그렇군요."

그는 배부른 사자처럼 웃었다. 그 웃음의 의미가 무엇인지 전혀 알 수가 없어 굳은 정현의 손목을 잡고 그가 일어섰다. 엉겁결에 일으켜진 정현이 자신보다 조금 더 큰 그의 얼굴을 의아하게 올려다보았을 때, 낮은 목소리가 귓가로 와 닿았다.

"그럼 괜찮겠네요, 내가 원하는 것을 가져도."

맞붙은 가슴이 단단하고 어깨를 잡고 있는 손에는 힘이 들어갔다. 하지만 전혀 불쾌한 악력은 아니었다. 정현은 떠밀리듯 소파에 누워 그의 달콤한 무게를 느낄 수 있었다. 그러다가 진정 제가 원하는 것이 무엇인지 깨달았다. 정현은 원하고 있었다. 그의 모든 것을, 그리고 지금 하게 될 모든 행위를.

사랑이 끝나자마자 또 다른 짝을 찾아나서는 사람들을 지조 없다고 비웃었던 적이 있었다. 정현은 그런 제 자신을 반성하고 있었다. 그 사람들은 지조가 없는 것이 아니라, 그저 타이밍이 나빴을 뿐이다. 사랑이 끝난 지 얼마 되지 않아, 그럴 만한 사람이 나타났기 때문이다. 그것은 불가항력이고 사고에 가까웠다. 그러니까 누구도 비난할 자격 따원 가지지 않았다. 사고를 당하길 원하는 사람은 없을 테니까.

그를 만난 것은 사고에 가까웠다. 아무런 대비가 되어 있지 않은 상처받은 마음에 불쑥 찾아들어 온 사랑이 낯설어서 도망치고 싶었을 뿐, 정말 그를 피해 어딘가에 숨어 버리고 싶은 마음은 아니었던 것이 분명했다. 숨더라도 아마 그가 자신을 찾아 주길 기대했을 것이 분명했다. 터질 것처럼 자라나는 욕망을 숨긴 채로.

옷을 전혀 벗지도 않았지만 그의 욕망이 여실히 느껴졌다. 뜨겁게 달아오른 성기가 제 성기를 느른하게 문질러 댔다. 거친 키스에 비해 조심스러운 몸짓이어서 오히려 더 정현을 고무시켰다. 폭력은 지겹다. 배려 받는다는 기분이 이렇게 좋은 거였던가.

이미 정현도 달아올랐지만 그의 몸에 무엇인가를 졸라 대듯 움직일 만큼 염치가 없지는 않았다. 그렇게 두 번이나 도망쳐 놓고, 사실은 그랬다는 것을 들키고 싶지 않았다. 하지만 그의 생각은 다른 듯했다. 볼을 감싸고 있던 손이 느릿하지만 확실하게, 입고 있던 니트를 올려가며 피부를 덮었다.

소름이 돋았다. 아직 특별한 무엇인가를 하지도 않았건만, 그 손이 제 맨살을 더듬자 터질 것만 같았다. 그의 성기에 비벼지는 제 것이 더 이상 부풀 수 없을 만큼 부풀었다는 것이 느껴지자 정현은 볼이 달아오르는 것 같았다. 그의 입술에서 벗어나기 위해 했던 미약한 반항이 그의 심기를 거스른 것이 틀림없다. 볼을 감싸 쥔 손이 힘을 주어 달아나지 못하게 하면서 피부를 더듬던 손에도 힘이 들어갔다. 유두를 지분대는 손길에 정현은 저도 모르게 나지막이 신음을 내뱉었다.

하지만 신음 역시 그에게 먹혀들어가 버렸다. 팽팽해진 앞섶에 느껴지는 압박이 강해 엉덩이를 들썩거렸지만 또다시 뜨거운 그의 것이 따라왔다. 도저히 피할 수가 없었다. 아니, 피하고 싶지 않았다.

"흐읏."

그가 입술을 떼자마자 기다렸다는 듯이 신음이 흘러나왔다. 그 소리를 들으며 그는 또 웃었다. 입술이 거의 움직이지 않았지만 정현은 그가 웃었다고 생각했다. 그의 눈매에는 숨기지 못한 욕망이 번들거렸다. 하긴 숨길 생각조차 없었는지도 모르겠다. 정현이 그의 공간에 들어선 그 순간부터 그는 내내 그것을 감추려하지 않았다.

볼을 감싸 쥔 손가락이 귓불을 스쳐 목을 지나 내려왔다. 그리고 바지가 벗겨졌다. 미처 다 내려가지 못한 바지가 허벅지에 걸쳐졌다. 정현은 이제 제가 엉덩이를 들어 그가 바지를 벗기도록 도왔다는 사실을 깨닫지도 못할 만큼 흥분에 젖었다. 야만스레 입술을 삼키던 그의 입술이 천천히 내려앉았다. 목, 어깨, 가슴. 혀가 유두를 올려붙이듯 눌러대며 입술로는 유륜을 자극한다. 전신에 쾌감이 스며들었다.

무슨 말이라도 해서 그를 제지해야 하는 것일까. 그런 생각조차 사실은 우스운 위선이다. 정현은 그의 입술이 제 유두를 삼키고 지분대던 손이 드로어즈에 닿았을 때 새삼스레 또 깨달아 버렸으니까. 제가 진짜 원하고 있던 그 무엇을, 그가 지금 자신에게 해주고 있었다. 그역시도 진정 원하던 것을 가진 채로. 포식자의 으르렁거리는 소리가 들리는 것 같다.

드로어즈가 내려가자 정현의 완전히 발기된 성기가 튕겨져 나오듯 일어섰다. 그것을 느릿하게 문지르며 그가 웃었다. 느릿하지만 힘이 완전히 빠진 것은 아니라 견디기가 어려울 지경으로 자극적이었다. 선단이 축축해진다. 축축해진 선단의 그것을 묻히며 갈라진 표피에 힘을 주어 미끄러지는 손가락이 주는 쾌감이 대단하다.

"섰네요."

"그쪽도요."

도전적인 목소리로 대꾸하려 노력해 보았지만 신음이 섞인 음성은 제가 바랐던 것만큼 도전적이지 못하고 맥이 없게 들렸다. 하지만 그는 정현이 생각하고 있는 것이 무엇인지 알기라도 하는 듯 웃었다. 그리고 손가락을 더 강하고 빠르게 움직이기 시작했다. 정현은 허리를 휘며 신음을 삼켰다.

"그런 거 하지 말아요."

"뭐…… 뭘?"

"참는 거. 그런 거 그다지 좋아하지 않으니까."

그래도 정현이 입술을 깨물고 신음을 삼키자 반듯한 미간에 주름이 조금 잡혔다. 화가 났나. 멍하니 그가 주는 쾌감에 젖어 있던 정현은 또다시 허리를 튕기며 이번엔 참지 못하고 신음을 흘려버렸다. 그의 입술이 정현의 것을 삼켰다. 그리고 천천히 핥아 올렸다. 삼켜지는가 하면 붉은 혀를 내어 핥아 올린다. 처음도 아닌데, 마치 첫 경험을 하는 소년처럼 수줍고 어색했다. 손을 어찌할 바를 몰라 소파 위에 주먹을 꾹 눌러 댔다. 온기가 다가와 방황하는 손을 잡고 그의 어깨에 올려주었다. 강하고 두툼한 어깨에 손을 올리자 더없이 안정되는 기분이다. 정현은 그제야 그가 주는 쾌락에 몸을 내맡겼다.

여전히 씹어 삼키는 신음이 어찌할 바를 모르고 입술 사이로 삐져나왔다. 그다지 좋아하지 않는다는 말이 사실이었는지 퍼들퍼들 떨리는 허벅지를 지탱하고 있던 손이 피부를 스치고 올라왔다. 고간, 배, 가슴. 찬찬히 스친 손이 유두를 슬쩍 꼬집었다. 그리고 입술이 강하게 페니스를 빨아올렸다.

"흐읏."

터진 신음을 듣자 더 빨라졌다. 내려다볼 엄두도 내지 못할 정도로 강한 쾌감이 등허리를 스쳤다. 저도 모르게 고개가 뒤로 꺾어지고 허벅지가 경련하기 시작했다. 더듬더듬 손을 움직여 단단한 어깨와 귓불을 만졌다. 나지막하고 낮은 소리가 들려왔다. 정현은 그의 머리카락을 움켜쥐었다.

혀가 갈라진 귀두 끝을 파고들었다. 정현은 더 이상 참지 못하고 신음을 내뱉으며 허리를 움찔거리기 시작했다. 참지 않고 솔직하게 반응하면 상이라도 줄 것처럼 굴어 놓고 진운은 더 집요하게 정현을 몰아쳤다. 바짝 솟은 유두에 느껴지는 손가락이나 성기 구석구석 느껴지는 혀, 그리고 낮게 으르렁대는 소리. 감각은 유두만큼이나 뾰족하게 솟아오른다. 얼마 지나지도 않은 것 같은데 미칠 것 같은 사정감이 몰려왔다.

"그…… 그만!"

힘을 주어 보았지만 단단하게 잡힌 허벅지는 움직일 기미가 보이지 않았다. 남은 한 다리를 버둥거리자 그가 정현의 것을 문 채 응? 하고 목 막힌 소리로 물었다. 정현은 그제야 그를 내려다보았다. 아직도 정현의 것을 문 채 그가 올려다보고 있었다. 터질 것만 같았다.

"이제…… 그만……."

"가."

쾌감으로 멍해진 머리가 그의 말을 해석하지 못했다. 더 빨라진 움직임을 느끼고 나서야 그가 하는 말의 의미를 깨달을 수 있었다. 아무리 참아 보려고 해도 너무 강한 자극 때문에 더 이상 참을 수가 없을 지경이다. 정현은 몸서리치며 사정을 했다. 그의 가라는 말이, 이런 의미였던 것이 분명하다.

티슈를 뽑는 소리가 들렸다. 정현은 여전히 감은 눈을 뜨지 못하고 느른해진 감각으로 그를 느꼈다. 뱉어 내는 소리가 들려왔다. 다행이다. 어쩐지 그가 제 것을 삼키는 것은 상상도 하지 못할 일이다. 이대로 잠이나 잤으면 좋겠다. 마셨던 술도 술이고, 사정 후의 나른함이 또 이기적인 생각을 들게 했다.

하지만 곧 정신이 번쩍 들었다. 액체를 쭈욱 짜내는 소리와 함께 차가운 젤이 발라진 손가락이 엉덩이를 더듬었기 때문이다. 손가락이 안쪽으로 천천히 파고들었다. 기다랗고 굵은, 남성스러운 손가락이 제 밀지를 침범했다.

"으읏!"

현관 앞에서 했던 키스와 다르게 손가락은 전혀 조급하지 않았다. 이곳저곳을 두드리고, 깨우고, 느끼게 했다. 손가락이 하나 더, 하나 더 들어오자 다시 페니스가 빳빳하게 일어나 배에 맞닿을 지경이었다. 쪼그려 앉듯 다리가 올려진 자세로 그의 손가락을 받아들이고 있다는, 그가 이 모든 상황을 내려다보고 있다는 생각에 수치심과 야릇한 쾌감이 한데 뭉쳐 감각을 뒤흔들었다. 또 가 버릴 것만 같았다.

"날 봐요."

고집스럽게 감은 눈을 뜨지 않았지만 자비가 없어진 손가락이 빠른 속도로 움직였다. 너무 강한 자극 때문에 절로 눈을 뜨고 교성을 내질렀다. 그가 잘했다는 듯이 볼을 살짝 두들겨 주었다. 눈이 마주쳤다. 그 눈이 의미하는 바를 잘 알고 있었다. 우리는 이제 쾌감의 지옥에 떨어져 신음하게 될 것이다.

"예쁘네."

쾌감을 이기지 못하고 잔 경련을 일으키듯 떨어 대는 정현에게 그는 예쁘다는 말을 했다. 자주 듣는 말이지만 아주 싫어하는 말이기도 했다. 어쩐지 자신이 게이라는 것이 남들에게 보일까 싶어 두려웠기 때문이다. 하지만 그의 입에서 그 말이 흘러나오자 어딘가 모르게 기쁘다는 생각이 들었다. 하여간 진운을 만난 이후에 태어나서 처음 느끼는 것들, 처음 생각하는 것들이 너무나도 많다.

"그럼 삼켜."

그가 정현을 채웠다. 젤인지 무엇인지 알 수 없는 액체로 젖어 있는 손으로 결합된 부위를 문질렀다. 손길이 닿을 때마다 저도 모르게 신음을 흘리고 박힐 때마다 교성을 내질렀다. 그럴 때마다 진운의 팔이 더욱 세게 안아 주었다.

진운은 다정했다. 정현을 바라보고 있는 눈도, 말투도, 미소도. 하지만 도대체가 그의 페니스는 자비가 없었다. 한계까지 넓혀진 내벽도 비명을 내지르고 있다. 하지만 쿡쿡 쑤셔 대는 몸짓이 고통스럽지 않았다. 오히려 좋아서 죽을 지경이다. 너무 심한 쾌감이 고통스럽게 느껴질 수도 있다는 사실을 정현은 처음 알았다.

"으웃! 흐, 윽!"

"너무 조여요. 힘, 흡, 좀 빼."

조이고 있는 것이 아니라 그쪽이 큰 것이라고 쏘아붙여 주고 싶지만 그럴 틈이 없다. 혀가 마비된 것처럼 아무 말도 하지 못하고 교성만 내지를 뿐이다. 그가 파고들 때마다 그의 배와 맞닿아 꺼떡거리는 정현의 것은 이제 한계다. 그의 손가락이 귀두 끝 갈라진 틈을 파고들었다.

"하으…… 웃!"

도저히 참지 못하고 두 번째로 파정하고 말았다. 그것을 본 진운은 황홀하게 웃었다. 그리고 더 빨리 움직이기 시작했다. 소파에 빨려들어 갈 것처럼 정현은 가라앉았다.

터질 것처럼 진운의 것이 더 부풀어 오르더니 곧 신음소리와 함께 그가 정현의 위로 무너져 내렸다. 미끌거리는 그의 어깨를 껴안고, 정현은 생각했다. 이렇게 죽는 것도 괜찮을 것이다. 이렇게 충족된 기분으로 죽는다면, 그것도 좋겠지.

"괜찮아요?"

"괜찮…… 윽."

곧 몸을 일으켜 다정하게 볼을 쓸어내리더니 몸을 움직였던 진운이 물 컵을 들고 돌아왔다. 그것을 달게 마시고 몸을 일으키려 했지만, 마음처럼 쉽지 않았다. 혹사당한 허리와 그곳이 뻐근했다. 하지만 여전히 몸 안을 은근히 데우고 있는 쾌감 때문에 더 힘들다.

"미안하네."

전혀 미안해 보이지 않는 충족된 표정으로 중얼댄 진운이 일어나려는 정현을 도와주었다. 그 사실을 항의하려다가 더 우스운 꼴만 될 것 같아 침묵을 택했다. 정현이 무슨 이야기를 하고 싶어 하는지 알기라도 하는 듯 진운이 웃음을 참았다.

"샤워를 하고 싶은데."

"아, 침실 안쪽 욕실을 쓰면 될 거예요. 저쪽."

정현은 삐거덕대는 몸을 겨우 움직여 침실로 향했다. 그러다 잠깐 다리가 풀려 주저앉을 뻔했는데, 그 바람에 허벅지를 타고 무엇인가가 줄줄 흘러내리는 것이 느껴졌다. 쓸데없는 생각을 하다가 뒤처리를 깜빡한 것이 틀림없다.

"잠깐만."

진운이 성큼성큼 다가와 정현을 부축해 주었다. 욕실로 데려다주려나 보다 그리 생각하며 가물거리는 눈을 감고 몸을 내맡겼는데, 곧 차가운 타일바닥이 아니라 푹신한 침대로 떠밀려 넘어지고 말았다.

눈을 크게 뜨고 항의하듯 쳐다보는 정현에게 진운이 어깨를 들어 올리며 웃었다.

"그쪽이 먼저 유혹했잖아요."

"그럴 리가요."

"그럼 이렇게 야하게, 예쁘게 굴질 말았어야지."

체액이 흘러나와 적신 여전히 미끄러운 곳으로 예고 없이 쳐올리듯 진운이 들어왔다. 어느새 돌려진 몸 때문에 후배위로 그를 받아들이면서 정현은 신음했다. 그가 몸을 멈추고 정현의 말을 유도할 때마다 원하는 것을 다 내어 주면서.

"박아 달라고 말해 봐요."

"흐으, 읏."

처음에는 그의 음담패설을 도저히 들어줄 수가 없어 고개를 내저었지만 그럴 때마다 진운은 움직임을 멈춘 채 사소한 손장난을 했다. 꺼덕거리는 귀두를 느릿하게 문지른다거나, 부풀어 오른 유두를 살살 만져 준다거나. 안달이 나서 참을 수 없어진 정현은 결국 울며 겨자 먹기로 그의 말을 따랐다.

"박아 주세요."

"기꺼이."

그의 성기가 내벽을 미친 듯이 긁어내렸다. 왕복운동을 할 때마다 후드득 떨어지는 체액과 이미 몇 번째일지 모를 정현의 사정액으로 몸이 미끌거렸다. 그는 개의치 않고 그것을 윤활제 삼아 오히려 자꾸만 정현을 괴롭혔다. 몇 번이고 똑같은 상황으로 정현은 빨개진 볼로 그의 말을 따라 해야 했다.

"씻겨 줄게요."

제가 하겠다고 나서고 싶지만 목소리가 나오지 않을 지경으로 지쳐 힘이 빠져 버렸다. 정현은 그의 팔에 의지한 채 흐느적대며 욕실로 들어섰다. 여전히 생생해 보이는 진운이 어쩐지 얄미워 눈을 흘기다가 눈이 마주쳤다. 얼른 고개를 돌렸지만 진운이 쿡쿡 참는 웃음소리를 내자 들켜 버린 것을 알고 곧 포기한 채 몸을 늘어뜨렸다.

"이제 더 이상 못 하겠습니다!"

손가락이 와 닿았다. 정현은 성질을 내며 그의 손을 내쳤지만 그는 웃고 있었다. 그게 더 약이 올라 가물대는 눈에 힘을 주었지만 귀엽다는 듯이 바라보는 시선은 달라지지 않았다. 하긴, 전혀 위협적이게 보일 리가 없지 않은가.

"난, 그냥 배가 아플까 봐 빼주려고 한 건데. 왜요? 기대하고 있었어요?"

체액들이 바닥으로 떨어지는 소리가 민망한 것인지, 제 착각이 민망한 것인지 알 수 없어 정현은 감은 눈을 뜨지 않았다. 샤워기 물줄기가 달아오른 볼을 때린다. 향긋한 거품이 온몸을 감쌌다.

실수인지, 장난인지 모르게 손톱이 거품범벅인 유두를 긁어내렸다. 정현은 찡그리며 감은 눈을 반쯤 뜨고 그를 바라봤다. 그는 단정한 얼굴로 정현의 몸에 거품을 문질러 대기 바빴다. 실수인가 보다 생각하며 눈을 다시 감았을 때, 이번엔 귀두 끝 예민한 곳이 긁어졌다.

"뭐, 뭐……."

말을 끝까지 잇지 못하고 벽으로 떠밀려졌다. 커다란 손이 뒤통수를 감싸주어 머리를 부딪치지는 않았다. 차가운 벽이 달아오른 몸에 시원하게 들러붙었다. 한쪽 다리를 올려 팔에 걸면서 귓불을 빨기 시작한 입술이 또다시 정현을 자극하기 시작했다.

"너무 귀여워서 참을 수가 있어야지."

거품이 잔뜩 묻은 몸이 서로에게 미끄러질 때마다 새로운 자극을 내어주곤 한다. 정현은 도저히 힘이 빠져 못 해 먹겠다고 투덜거렸지만 미안하다며 토닥이는 손에는 버티지 못하고 꼬리를 내렸다. 어차피 제가 허리나 다리를 단단히 지탱해 주고 있는 터라 딱히 힘들 것은 없다며 살살 달래는 목소리엔 장사가 없다. 하지만 정현이 조금만 더 힘이 있었다면 항의했을 것이다. 몸을 지탱하는 게 힘든 게 아니라, 저 무지막지한 그의 것을 받아들이는 게 더 힘이 든 거라고. 그저 반쯤 눈을 감고 헐떡대며 그에게 매달려 있는 것이 정현이 할 수 있는 전부였다.

아침이 찾아왔다. 햇살이 감은 눈꺼풀을 천천히 마사지하듯 두들겼다. 정현은 힘이 빠진 눈꺼풀을 어렵게 들어올렸다. 몸에 힘이 하나도 들어가지 않았다.

섹스가 이런 것이었나. 처음도 아니었으면서 새삼스레 살과 살을 섞는 행위가 어떤 것인지 깨달았다고 한다면 우스운 일이겠지. 하지만 정현은 정말, 새삼스레 섹스가 어떤 것인지 깨달은 기분이었다. 사랑하는 사람과 하는 섹스는 이런 것이구나.

사랑. 녀석을 사랑한다고 생각했었고 그 오랜 시간을 버텨온 것이 사랑이라고 생각했었다. 하지만 진정 사랑을 깨닫고 나니 그런 것들은 그저 외로움을 이기려는 몸부림에 지나지 않는다는 것을 깨달았다. 잃고 싶지 않았던 것뿐이다. 세상에서 온전히 저를 이해해 줄 수 있을 거라고 믿은, 자신과 같은 배척당하는 인생을 쥐고 놓지 않았던 것이다.

하지만 사랑은 지금까지 알아왔던 것과는 조금 달랐다. 정현은 녀석과의 관계에서 아무것도 내려놓고 싶지 않았다. 그저 감싸 안기고 안도할 공간이 있기를 원했다. 하지만 그와의 관계는 그렇지 않았다.

멸시, 조롱, 혐오, 그 어떤 것이라도 좋았다. 그와 함께라면. 감싸 안아주고 안도할 공간을 만들어 주고 싶었다. 그에게 그것이 필요한지 어떤지는 중요하지 않았다. 그저 그렇게 해 주고픈 마음이 든다는 것이 중요했다. 그를 위해, 오로지 그를 위해.

"일어났습니까?"

커피향이 코끝을 스쳤다. 노곤하게 녹아 있는 자신과는 다른, 상쾌해 보이는 강건한 육체. 진운이 커피가 든 머그잔을 내밀었다. 따뜻한 그것을 받으려다가 힘이 하나도 들어가지 않은 손이 떨리면서 조금 넘쳐흘렀다.

"괜찮아요?"

시트가 더러워지는 것을 보고도 그는 먼저 정현을 살폈다. 손가락이 데이지는 않았는지, 흘린 커피가 허벅지를 더럽히지는 않았는지. 다행히 정현이 괜찮은 듯하자 다시 받아들었던 커피 잔을 내민다. 정현이 이번엔 흘리지 않게 조심히 받아들었다.

"죄송해요."

"아니에요. 다친 곳이 없으니 다행이네요."

샤워 젤의 향기가 물씬 묻어나오는 손이 정현의 흐트러진 머리카락을 쓸어 넘겨주었다. 그 간단한 동작에도 얼굴이 달아오르는 것 같아 어깨를 비틀어 빼고는 조심히 허리를 바로 세웠다. 하지만 곧 어마어마한 통증 때문에 나올 것 같은 비명을 씹어 삼켰다. 그의 미간에 또다시 주름이 잡혔지만 손은 다정하게 정현을 부축해 주었다.

"괜찮지 않아 보이는데."

"괜찮습니다."

그는 원하는 것을 가지겠다고 했었다. 그 말이 진심이었다는 것을 증명하듯 정현을 안았다. 그리고 거칠게 다루었기 때문에 정현이 도망친 것이라는 의심을 떨치지 못한 듯 부드럽게 안아 주었다. 하지만 부드럽다고 해서 몇 번이고 반복된 섹스가 힘들지 않았던 것은 아니다.

"식사를 준비해 뒀어요."

"아, 아닙니다. 괜찮……."

하지만 격한 운동이라도 한 것처럼 허기가 들었다. 그제야 정현은 코끝을 스치는 것이 커피 향뿐만 아니라 음식냄새이기도 하다는 것을 깨달았다.

맛있는 냄새. 음식냄새라면 가게에서 늘 지긋지긋하게 맡아 식욕이 동할 것이라고 생각하지 않았는데 위가 요동을 치기 시작했다.

"천천히 나오세요. 준비해 두겠습니다."

싱긋 웃어 보인 그가 나가자 정현은 조심스럽게 몸을 일으켰다. 말하기도 부끄러운 곳과 허리에 느껴지는 통증이 심각했다. 머리맡의 콘솔에는 정현의 옷이 곱게 개어져 있었다. 어제 쿠퍼 액으로 젖어 버린 속옷은 낯선 것으로 바뀌어 있었다. 아마도 진운의 것이겠지. 어쩐지 방 안의 온도가 올라가는 것 같았다.

조심조심 속옷을 꿰어 입으려다가 제 몸 상태를 확인해 보았다. 소파에서, 물을 마시러 갔던 부엌에서, 그리고 침대에서. 온갖 체액으로 범벅이 된 몸을 씻기 위해 기진맥진하게 들어선 욕실에서 또. 다행히 정신이 혼미해진 정현을 세심하게 씻겨 준 진운 때문에 몸은 보송보송하고 깔끔한 상태였다.

하지만, 다른 문제로 정현은 경악할 수밖에 없었다. 가슴이며 목덜미며 허벅지에 남겨져 있는 울혈은 수를 셀 수조차 없었다. 진득하게 소유욕을 내보이던 남자가 물고 핥았던 온몸에 새겨진 흔적. 손가락으로 살짝 문대 보았지만 울혈이 그런다고 사라지지는 않았다. 의미 없는 행동임을 알면서도 정현은 그것을 계속 문질러 보았다.

"멀었습니까?"

그가 부르는 소리가 들려오고서야 정현은 의미 없는 행동을 그치고 천천히 옷을 입기 시작했다. 마음은 급했지만 그만큼 몸을 재게 놀릴 수는 없었다. 움직일 때마다 찾아오는 통증 탓이다. 정현은 크게 한숨을 내쉬었다.

"무슨 일입니까?"

"아니, 별일 아닙니다."

"그런데 왜 한숨을……."

정현은 재빨리 다가와 상태를 살피는 진운에게 또 크게 한숨을 내쉬면서 제 목을 손가락질해 보았다. 헐렁하고 목이 훤히 드러나는, 입고 왔던 니트는 진운이 남긴 흔적을 여실히 보여 주고 있었다.

"그쪽이 이렇게 만들었다고요. 이 상태로…… 윽!"

진운은 고개를 내려 정현이 가리킨 울혈에 정확히 입술을 내려 감쌌다. 미약한 통증과 함께 열기가 퍼져 나간다. 정현은 당황해 그를 떠밀 생각도 하지 못하고 마냥 그렇게 서 있기만 했다. 그의 눈동자가 다시 제 눈앞에 보일 때까지.

"보기 좋네요."

"네?"

"이렇게 흔적이 남은 것. 보기 좋습니다."

그는 다시 입술을 내려 목을 자근자근 물어 댔다. 귓불에 척척한 혀 놀림이 느껴지자 저도 모르게 몸을 움츠렸다. 입기가 무섭게 다시 니트가 벗겨졌다. 재빠르지만 전혀 성급해 보이지 않는 손이 또다시 정현을 나신으로 만들었다.

"흐읏!"

유두를 지분대는 손길이, 목울대를 빨고 있는 혀가, 정현의 성기를 느른하게 문지르는 모든 손길이 유혹적이었다. 너무나도 당연하게 소유당하고 있었지만 그 사실이 전혀 불쾌하지 않다는 게 문제다. 불쾌하기는커녕, 쾌감 때문에 정신이 나갈 지경이다.

"아침부터 너무 보채는 것 같은데."

"누가, 보챈다고, 그러는 겁니까!"

"그렇지 않고서야."

입술이 맞닿았다. 손가락이 힘을 주어 왕복운동을 하자 정현은 몸서리치듯 온몸을 떨었다. 자꾸만 힘이 빠지는 것 같아 건장한 어깨를 안자 그가 소리 없이 웃었다.

"이렇게 예쁜 모습을 보이진 않겠지."

진운이 티셔츠를 벗었다. 정현은 눈을 감지 않았다. 보기 좋게 근육이 자리 잡힌 어깨를 쓸어보고, 단단한 가슴을 매만졌다. 나지막한 신음소리가 귓가에 울렸다. 정현은 손을 더 내려 단단한 배를 쓸어보았다.

손가락에 힘을 주어 바지를 끌어내렸다. 홈웨어는 나른한 손동작에서 쉽게 벗어져 내렸다. 우뚝 솟은 앞섶이 그의 흥분을 여실하게 보여주고 있다. 손바닥을 가져다대 보았다. 뜨겁고, 단단하다. 이렇게 엄청난 것을 가지고 제 몸 안에 넣다니, 이것은 반칙이다. 어쩐지 억울해 진운을 올려다보자 그가 나른하게 웃었다. 그리고 재빨리 드로어즈를 벗어던졌다. 이제 두 개의 나신만이 남았다.

입술이 맞붙었다. 서로를 물어뜯을 기세로 매달려 타액을 탐했다. 침대로 떠밀고, 떠밀리면서도 서로를 놓지 않았다. 차가운 젤이 엉덩이로 와 닿았다. 느긋하게 풀어 줄 여유조차, 그런 여유는 바라지도 않았다. 그저 빨리 서로를 가지고 싶을 뿐이었다.

몸 안에 자리 잡고, 서서히 미끄러지기 시작한 그가 생생하게 느껴졌다. 서로를 천천히 배려하며 했던 어제의 섹스보다 훨씬 더 자극적이다. 그래서인지 그의 기세도 조금 사나웠다. 하지만 나쁘지 않았다. 오히려 더 자극적이고, 더 큰 쾌감을 줄 뿐이다.

정현은 어쩐지 배가 고팠다. 그를 와그작와그작 씹어 삼키고 싶었다. 배 속에 그가 담겨 있음에도 불구하고 남김없이 먹어 치우고 싶다. 난생처음 든 생각에 멍해지자 그의 손이 어제처럼 볼을 토닥여 주었다.

"무슨 생각을 하고 있어요?"

차마 당신을 먹어 치우고 싶다는 생각을 하고 있었다는 말을 할 수가 없어 고개를 내저었다. 커다란 손이 볼을 감싸 쥐고 느릿하게 입을 맞추어 주었다. 쳐올리는 허리 짓은 멈추지도 않은 채. 예민한 곳이 단단한 것으로 쿡쿡 쑤셔지자 다리가 풀렸다.

"다른 생각 하지 마."

속삭이는 목소리에 고개를 끄덕였다. 그는 만족한 듯 웃으며 다시 허리를 쳐올렸다. 정현의 반응이 마음에 들었는지 자꾸만 그곳만을 자극한다. 정현은 이제 그의 말 때문에가 아니라 아무 생각을 할 수가 없어졌다.

끄덕대던 귀두에서 흘러나오던 쿠퍼 액이 배를 적셨다. 정현은 체위 따위가 섹스의 만족도와 상관이 있을 것이라고 생각해 본 적이 없었다. 하지만 어제 침대 위에서 짐승같이 서로를 가졌던 후배위보다 정상위가 더 흡족하다는 것을 깨달았다. 집중해 약간 찌푸려진 미간을 보는 것도, 달큼한 신음소리를 듣는 것도, 단단한 어깨를 안는 것도.

맞붙은 배 사이로 커다란 손이 비집고 들어와 질척이는 단단한 것을 잡고 흔들었다. 정현은 제 성기와 와 닿는 자극 때문에 허리를 휘었다. 하지만 아무리 몸부림쳐도 쾌감에서 도망갈 수는 없다. 오히려 더 끈적하게 정현을 집어삼킬 뿐. 그리고 진정 도망가고 싶은 마음도 없다. 사실, 그랬다.

잘근잘근 유두를 씹는 입술 때문에 더 이상 참지 못하고 사정을 해

버렸다. 한가해진 손이 결합 부위를 더듬었다. 사정 이후 조금 여유를 주어도 좋을 텐데, 그는 더 강하게 정현을 몰아치고 있다. 끈끈한 거미줄에 걸려 버린 것처럼 그가 주는 쾌락에서 벗어날 수가 없다. 어제처럼 다정하지 않은 몸짓이 좋았다. 미친 듯이 자신을 몰아쳐 대는 그가 좋다.

저도 모르게 자꾸 힘을 주어 매달렸다. 단단하게 지탱해 주는 손을 믿고 거침없이 쾌감에 젖은 소리를 내질렀다. 제가 이렇게 사로잡혀 버린 것처럼 그도 헤어 나오지 못했으면 좋겠다. 이것이 성욕이든 사랑이든, 그 무엇이든 간에 말이다.

축 늘어진 채 안기듯 기댄 자세로 욕실로 겨우 걸어갈 수 있었다. 아침이라 더 생생했던 그의 성기가 준 타격은 대단했다. 다리가 후들거려서 도저히 똑바로 걸을 수가 없었다. 단 한 번도 녀석에게 보이지 않은 모습이었다. 정현의 자존심은 그런 모습을 타인에게 보이는 것을 허락하지 않았다.

하지만 그는 달랐다. 부끄럽지만 무슨 짓을 해도 전혀 꺼려지지가 않았다. 그의 다정함 때문일까. 진운은 든든하게 모든 것을 감싸 주기라도 할 것처럼 굴었다. 그러니까, 제가 지금 어리광을 부리고 있는 것이 틀림없다. 어린 시절 엄마에게 그랬듯.

만난 지 얼마 되지 않고, 아는 것이 없는 사람에게 이런 든든함이나 편안함을 느낄 수 있을 것이라곤 생각해 본 적이 없었다. 세상 모든 사람들이 자신을 비난하기 위해 날이 서 있는 것만 같았다.

정현은 언제나 행동을 조심하고, 자신을 다그쳤다. 하지만 이 남자 앞에서는 그럴 필요성을 느끼지 못했다. 더구나 진운은 모든 것을 용납하는 태도였다.

"물 온도는 적당합니까?"

아까 내지른 교성 때문에 목이 잠겨 이상한 목소리가 나오는 것을 확인하고 정현은 얼른 입을 다물어 버렸다. 그리고 고개를 힘없이 끄덕거렸다. 진운은 겸연쩍은 미소를 짓고 샤워기를 정현 쪽으로 향하게 했다. 적당히 따뜻한 물이 전신으로 쏟아져 내린다.

풍성한 거품을 매단 샤워 볼이 온몸을 부드럽게 스쳐 지나갔다. 그도 같은 샤워 젤로 몸을 씻었다. 적당한 악력으로 두피를 마사지라도 하듯 꾹꾹 눌러 주는 손길이 부드러웠다. 정현은 감길 것 같은 눈꺼풀을 억지로 버텨 냈다.

"제가 하겠습니다."

머리도 말려줄 기세로 털어 주며 드라이기로 손을 뻗는 그를 향해 스스로 하겠다고 말하곤, 수건을 빼앗았다. 그는 장난감을 빼앗긴 어린아이 같은 표정을 지었다가 다시 소리 없이 웃었다. 그리고 몸을 가리지도 않은 채 머리를 털고 드라이기로 말렸다. 정현은 그가 내미는 드라이기를 받아들었다. 시선을 어떻게 처리해야 할지 몰라 화장대 모서리만 노려본 채로.

갑자기 그가 소리 내어 크게 웃었다. 몇 번 보지는 않았지만 그런 웃음은 처음이었다. 놀란 정현이 고개를 들자 그가 웃음을 멈추려고 노력하는 것 같았지만 쉽지는 않았는지 큭큭 웃음을 흘렸다. 어쩐지 바보가 된 기분이야. 정현은 눈에 힘을 주려고 해보았지만 그 역시도 쉽지 않았다.

"아, 미안해요. 자꾸만 부끄러워하는 것 같아서 웃음이 나오네."

"다른 사람이 그렇게 알몸으로 앞에 서 있으면 부끄러운 게 당연하다고요!"

"많이 봤잖아. 익숙할 텐데, 그래도 그래요?"

아이를 달래는 것 같은 웃음기 섞인 목소리가 귓가를 울렸다. 정현은 애 같아지는 자신이 한심해서 한숨을 내쉬고 머리를 말리기 시작했다. 그러다가 경악해서 그의 얼굴을 돌아보았다. 목덜미의 울혈은 더 많아지고 더 짙어졌다.

"미안."

그는 어깨를 으쓱하더니 한쪽 눈썹을 찡그린 채 돌아서 드레스 룸으로 들어가 버렸다. 웃음을 참는 것이 분명한 태도라 화를 내야 할지, 말아야 할지 헷갈렸다. 하지만 어차피 그에게 화를 내는 짓 따위는 할 수 없을 것 같아 정현은 포기했다. 그리고 다시 옷을 꿰입었다.

"찌개가 다 식어 버려서. 잠시만."

그는 김이 모락모락 올라오는 흰쌀밥 공기를 정현 앞에 놓아 주고 다시 바쁘게 움직였다. 곧 맛있는 냄새를 풍기는 된장찌개와 북엇국 그릇이 놓였다. 몇 가지 찬도 깔끔하게 담겨 있었다.

얼마만의 집밥인가. 정현은 아무것도 모르는 부모님이 그를 보고 싶어 한다는 것을 뻔히 알면서도 찾아갈 엄두가 나지 않았다. 죄책감 때문에 늘 숨이 막혔기 때문이다. 사실 그의 잘못은 아니었지만 늘 죄책감은 정현을 내리눌렀다.

"그쪽이, 다 한 겁니까?"

"아니, 그럴 리가. 일하시는 분이, 또 내가 한 것도 있고."

정현은 식당을 운영하면서도 제가 스스로 할 줄 아는 음식을 손에 꼽을 정도로 섭식에 연연하지 않았다. 배가 고플 때 그저 씹어 삼킬 것이 있으면 충분하다고 생각했기 때문이다. 그런데 그의 생각은 다른 듯했다. 단백질과 채소가 적절히 어우러진 식단은 누가 보아도 신경을 쓰는 것이 분명했기 때문이다.

"들어요."

게다가 맛도 좋았다. 정현은 오랜만에 밥을 한 공기 다 비워낼 수 있었다. 요새는 그에 대한 생각을 하느라 식사를 등한시했기 때문에 그것도 힘겹게 비워 냈다.

수저를 내려놓는 정현을 향해 진운이 의아하다는 눈길을 보냈다.

"원래 그렇게 조금 먹습니까?"

"오늘은 많이 먹은 겁니다. 잘 먹었습니다."

"잘 먹어 둬요. 그래야 체력이 좋아지지."

"이 정도로 충분합니다."

"그렇지 않을걸? 그러니까 밤에, 그렇게나 힘들어……."

"무슨 소리를 하는 겁니까!"

그가 또 환하게 소리 내어 웃었다. 부끄러움에 벌컥 성을 내던 정현은, 화를 내던 것도 잊고 그 찬란한 얼굴을 들여다보았다.

저 얼굴이라면 모든 것이 용서되었다. 거기에, 저런 환한 웃음마저 담겨 있다면.

"오늘은 가게를 쉬지."

"그럴 수는 없어요. 가 보겠습니다."

"차는?"

"택시를 타고 가면 됩니다."

"차를 안 가지고 있어요?"

차라. 정현 소유의 차는 재원이 사 준 것이라 요새는 거의 몰지 않았다. 게다가 그를 만나러 오는데 전 애인이 사 준 차를 타고 온다는 것 자체가 말도 되지 않았다.

정현은 고개를 내저었다.

"어제는 술도 마신 상태라 택시를 타고 왔습니다. 그러니까……."

"데려다줄게요."

"괜찮습니다. 혼자 가도 됩니다."

"타고 가요."

강압적이지도 않은데, 어쩐지 그의 말에는 토를 달 수 없었다. 정현은 고집을 꺾고 고개를 끄덕였다. 그가 잘했다는 듯이 고개를 살짝 끄덕이며 머리를 쓰다듬어 주었다.

어제는 마음이 급한 탓에 멀어보였던 거리가, 그의 차를 타고 그와 함께 이동하니 그렇게 멀지 않았다. 벌써 제 가게 가까이에 다다른 차를 보며 아쉬움을 느꼈다. 아쉬움? 무슨 아쉬움?

"집은 어디입니까? 아직 가게 오픈 시간은 아닌 것 같은데."

그는 손목시계를 들여다보며 정현에게 물었다. 이미 그는 지각을 한 것이 틀림없다. 보통 회사의 출근 시간이 훨씬 지난 시간이었기 때문에 차도 막히지 않았다.

정현은 다시 고개를 내저었다.

"혼자 가면 됩니다. 이미 늦은 시간인데 얼른 회사로 가 봐야 하지 않습니까?"

"혼자 어떻게 보내요. 집 주소 불러요."

"괜찮……."

"주소."

정현은 다시 체념한 채 집주소를 얌전히 불러 주었다. 그의 손이 다가와 손을 느릿하게 잡았다. 하지만 강하게 깍지가 껴지고 손이 감싸지고 나자 정현은 또다시 어이가 없어졌다. 그가 포기하지 않고 집주소를 묻고 데려다주며 손을 잡아 준 사실이 너무나도 좋았기 때문에. 정말, 어이가 없었다.

"누가 보는 게 싫어."

"뭐가 싫다고요?"

"정현 씨에게 남긴 흔적을 누가 보는 게 싫습니다."

"그럼 이렇게 하지 말았어야지!"

"아아, 그건 어쩔 수가 없었어요. 너무 예뻤으니까."

그는 어깨를 으쓱하며 전방을 주시한 채 웃었다. 그러다가 흘끔 정현을 쳐다보았다. 발끈하는 정현이 귀엽다는 듯이 여전히 웃음을 매단 채로.

정현은 차창 밖으로 시선을 던졌다. 깍지 낀 손에 악력이 실리기 시작했지만 고집스럽게 고개를 돌리지 않았다.

"그럼, 가 보겠습니다."

"점심 때 봐요."

그의 차가 멀어지는 뒷모습을 정현은 선 채로 내내 지켜보았다.

차가운 겨울바람이 목덜미를 스치고 지나갔어도 더 이상 차갑다거나 춥다는 생각이 들지 않았다.

봄이 오고 있다. 내 인생에, 절대로 오지 않을 것 같았던 봄이.

4

"너 얼굴이 그게 뭐냐."

영우의 얼굴을 보자마자 어이가 없어졌다. 푸석푸석하게 부은 얼굴이 잠을 자지 못한 게 틀림없다. 분명 헤어질 때까지 술을 마신 터라 잠을 자지 못했을 것이라곤 생각도 하지 못했다. 게다가 영우는 늘 낙천적인 성격이라 잠도 잘 자는 편이었다.

"몰라도 돼."

"술 냄새까지? 무슨 일이야."

"힘드니까 말시키지 마라."

힘들다고 투덜대면서도 오픈 준비를 하는 손길이 분주하고 명확했다. 그런 영우의 옆모습을 지켜보다가 조금 더 부드러운 목소리를 내보았다. 영우도 힘든 일이 있을 수 있다. 그동안은 제 인생이 너무나도 힘겨워 생각하지도 못했지만.

"여자 친구랑 잘 안 돼?"

"여, 여자 친구? 미친 새끼."

"왜 다짜고짜 욕지거리야?"

"헤어진 지가 언제인 여자 친구 타령이야? 반달돌칼 공구하는 소리 하고 자빠졌네."

영우는 어이가 없어졌다. 여자 친구라니, 이미 헤어진 지 몇 달이나 지난 터였다. 너무나도 다정하게 물어오는 목소리는 부드럽지만, 내용이 참 어이가 없다.

이렇게나 관심이 없을 수가. 물론 정현이 요 근래 힘든 일을 많이 겪었다는 것을 알고는 있지만 그렇다고 위로가 되지는 않았다.

"그래? 왜 말 안 했어."

"그럼, 그러고 있는 새끼한테 어떻게 말을 해. 아, 됐어. 거치적거리니까 이만 꺼져 줄래."

주방을 서성이는 정현을 밀어내면서 영우는 마지막 여자 친구를 떠올려보았다. 제법 예쁘장한 애였지. 일요일에나 쉴 수 있고, 밤늦게나 만날 수 있는 영우를 참 많이 배려해 주는 아이였다.

[오빠는, 왜 그렇게 정현 오빠 일이라면 안달이야?]

[친구니까 그렇지.]

[친구라도 그렇지, 나보다 친구가 더 소중해?]

[뭐 그런 비교를 해. 누가 더 소중하고 그런 게 어딨어.]

[말이라도 눈앞에 있는 내가 더 소중하다고 말해 줘야 하는 거 아냐? 정현 오빠는 매일 가게 일에는 손 놓고 오빠한테 다 떠넘기고! 사람이 아주 못됐어!]

[그런 거 아니야. 걔가 요새 인생이 힘들어서…….]

[내가 보기엔 오빠가 더 힘든 것 같거든? 정현 오빠 몫까지 다 떠안고?]

[피곤하다. 그만하자.]

[피곤해? 어떻게 그런 말을 할 수가 있어?]

매일같이 반복되는 싸움에 지친 지혜가 결국 이별을 고했다. 매일 힘들게만 한 것 같아 미안해 잡을 수도 없을 지경이었다. 지혜가 울먹거리다가 결국 울음을 터뜨렸을 때 그것이 정답이 아니라는 것을 겨우 알았다.

[오빠는! 어떻게 잡지도 않아? 오빠한테는 정말 내가 아무것도 아니었던 거야. 나 혼자 좋아하고 나 혼자! 그래. 잘 살아라, 개새끼야!]

야리야리하고 청순한 지혜의 입에서 그런 욕이 나올 것이라곤 생각하지 못했던 영우가 굳어 있는 새에 엉엉 울며 술집을 뛰쳐나간 지혜는 다시는 전화를 받아주지 않았다. 메시지도 남겨 보았지만 차단을 한 것인지 1이란 숫자가 사라지지 않는다. 그러고 보니 정현과 얽힌 후에 인생이 제대로 흘러간 적이 없었다. 갑자기 원망스럽게 노려보자 정현이 슬슬 뒷걸음질 쳤다.

"뭐."

"꺼져."

하지만 정현을 놓을 수는 없는 일이다. 제 아픔을 고백하며 눈물을 터뜨리는 정현을 생각하면 마음이 아팠다. 언제나 표정 없이 서늘하기만 하던 정현이 우는 모습은 정말 아팠다. 그리고 그렇게 믿음을 받아놓고 배신할 수는 없는 일이다. 그 고백을 하던 표정이 떠오르니 숙취에 전 머리가 또 욱신거리기 시작했다.

"숙취약이나 사와."

"알겠다."

술을 작작 먹으라는 둥, 그럴 줄 알았다는 둥의 잔소리 따위는 없다. 정현은 조용히 가게를 빠져나갔다. 그 뒷모습을 바라보며 또 아파오는 심장을 꾹 눌렀다. 하지만 소용은 없다.

"시발, 좆같네."

영우에게 숙취약을 사다 먹이고 계속 분주히 오픈 준비를 했다. 약을 먹고, 우동 국물에 고춧가루를 풀어 사발째 들이켜더니 영우는 계속해서 열심히 일만 했다. 사실, 영우가 괜찮은지 세세히 살필 정신이 없다. 그가 올 시간이 다가오기 때문이었다.

"어서 오세요."

요란스러운 직원들과 함께 진운이 가게에 나타났다. 그의 회사 직원들은 진운에게 실없는 농담을 하기도 했지만 선을 넘는 행동은 하지 않는다. 하긴, 저 얼굴에 대놓고 격 없이 굴기는 어려울 것이다. 처음 봤을 때 짓고 있던 표정을 여전히 유지 중인 진운은 선을 넘기 어려운 얼굴을 하고 있다.

어떻게 저 남자와 그런 하룻밤을 보낸 것일까. 스스로가 다 대견할 지경이다. 낮은 목소리가 무엇이라고 울렸는데 잘 들리지 않았다. 직원들이 왁자지껄 웃음을 터뜨린 것을 보아선 농담을 한 것이 분명했다.

그러다가 눈이 마주쳤다. 다른 사람들이 눈치채지 못할 정도로만 그는 웃었다. 그리고 제 목을 톡톡 두들겼다. 정현은 그가 무슨 이야기를 하는지 눈치채고 얼굴이 달아오른 채 고개를 돌렸다.

"대표님, 왜 웃으세요? 같이 웃어요."

"아, 아닙니다. 갑자기 좋은 일이 생각나서."

어젯밤이 그에게도 좋은 일이었을까. 괜스레 웃음이 머금어진 입가를 얼른 손으로 가렸지만 소용없었던 것이 틀림없다. 다시 눈이 마주친 그가 눈꼬리를 휘며 웃고 있었기 때문이다. 또, 눈이 마주쳤다.

매일 자신을 지키기 위해 가시를 세우고 숨어만 있던 정현이 자신이 아닌 타인에게 신경을 곤두세우고 있는 일은 처음이다. 그리고 그것은 그도 마찬가지인 것이 틀림없다. 서늘하게 어쩐지 약한 인상이라는 말을 자주 듣는 자신과 달리 그는 무척이나 강건하고 존재감이 대단했다. 누군가의 접근을 허락하지 않는 것처럼 단단해 보였다.

"오늘은 제가 내겠습니다."

"와! 대표님, 잘 먹었습니다."

카운터 앞에 선 정현은 떠들어 대는 사람들 가운데 선 그를 바라보았다. 진운이 걸어와 그에게 카드를 내밀었다. 계산을 마치고 건넨 카드를 받으면서 손가락이 조금 얽혔다. 화들짝 놀라 그의 얼굴을 빤히 바라보자 진운이 조금 웃었다.

"잘 먹었습니다."

저번 회식 때부터 그에게 달라붙어 신경을 거슬리게 하던 여직원이 종알종알 그를 올려다보며 수다를 떨기 시작했다. 기왕 쏘는 거 커피까지 책임지라는 내용이었다. 저쪽 사거리의 커피숍이 괜찮았다는 둥, 어떤 커피가 맛있다는 둥 쉬지 않고 떠들어 댔다.

진운의 표정은 평온하기만 했다. 사실, 그가 제대로 듣고 있지 않다는 것을 눈치챌 수 있었다.

집중을 하는 그의 눈이 어떠한지, 어떤 표정을 짓는지 정현은 알고 있다. 그 표정을 한 번도 내보이지 않은 그가 살짝 목례를 하고 가게 문을 나서자 소음이 일시에 사라진 허무함이 몰려왔다. 사실, 그것은 소음이 사라진 탓이 아닐지도 모른다. 그가, 그의 존재감이 사라진 가게가 허무했는지도.

<점심 감사합니다. 저녁 같이할래요?>

곧 문자가 들어왔다. 정현은 기억을 더듬었다. 사거리 커피숍에 이제 막 도착할 시간인데 문자를 보낸 것이라는 것을 깨닫자 가슴이 조

여 오는 것 같았다. 도대체 이 사람은 어디까지 자신을 흔들 작정인가. 사소한 메시지임이 분명한데, 자꾸만 흔들리고 있는 스스로가 우스울 따름이다.

"것 봐, 감기 걸린다고 말했냐, 안 했냐."

점심 피크타임이 지나고 알바생들과 정현과 영우는 식사준비를 했다. 숙취약이 효과가 좋았는지, 아니면 시간이 약인 건지 멀쩡해진 영우는 평소처럼 잔소리를 퍼붓기 시작했다.

정현은 머쓱하게 검은 터틀넥 니트를 매만졌다. 감기가 걸려서 입은 게 아니었지만, 그것을 굳이 말할 만큼 멍청하지는 않았다.

"넌 좀 어때? 살 만하냐?"

"죽을 것 같다. 그렇다고 뭐, 누가 대신 내 일을 해줄 것도 아니고."

"그래서 말인데, 내가 좀 일을 배워 볼까."

"뭐? 니가?"

그렇게나 충격을 받을 필요는 없는데. 영우가 오버해서 놀라며 밥공기를 세게 내려놓자 알바생들이 쿡쿡 웃었다. 하긴 언제나 정현은 알바생들보다 못 한 사장이었다. 가게 일은 영우에게 떠맡기고 제 인생을 추스르기도 바빴으니.

"야, 됐다. 이제 겨우 대박난 가게를 망하게 할 일 있냐."

"뭐, 배우면 할 수 있겠지."

"지랄, 음식이 그렇게 간단한 거였으면 사람들이 왜 돈 주고 밥 사먹어? 다 지들이 만들어서 먹지. 너를 가르치느니 나비 손을 빌린다, 내가."

알바생들이 테이블을 두들길 기세로 웃어 댔다. 머쓱해진 정현은 제 앞에 놓인 그릇에 집중하고 식사나 하기로 마음먹었다. 그가 왔다간 탓인지, 아침의 운동이 격렬했던 탓인지 밥맛이 좋았다. 아침을 먹었으면서도 정현은 그릇을 거의 다 비웠다.

"웬일? 오늘 나비 줄 밥이 없네? 조금 더 만들어야지."

"내가 나비 밥 다 먹은 거냐."

"아니, 뭐 그런 건 아닌데, 그렇다는 거지."

늘 정현이 식사를 남겼기 때문에 영우는 그것을 맨밥과 섞어 동네를 떠돌아다니는 강아지에게 주곤 했다. 나비란 이름을 처음 듣고 고양이일 것이라고 생각했었는데 어이없게도 나비는 강아지였다. 하여간 영우는 특이하다. 하긴 그러니까 저랑 계속 이렇게 친구를 해줄 수 있는 것이기도 하지만.

"잔다. 시간 맞춰 깨워라."

"어. 자라."

테이블에 엎드려 코까지 골면서 자기 시작한 영우를 보며 조금 웃고는 정현이 신문을 펼쳐들었다. 평소처럼 쉬는 것인데 이상하게도 집중이 되지 않았다. 결국 신문을 덮어 버리고 골목으로 나가 담배를 물었다. 담배를 물면, 습관처럼 진운에게 생각이 가 닿았다.

언제나 그와의 키스에선 담배 맛이 났다. 그런데도 전혀 불쾌하지 않다는 것이 이상했다. 그 씁쓸한 냄새가 그와 무엇인가를 공유하고 있다는 기분을 들게 해 주기 때문일까. 공통점이라곤 게이라는 사실 외에는 아무것도 가지지 못한 진운과 유일하게 공유한 담배. 그것이 어디서나 흔하게 구할 수 있어 마음을 안달 나게 하지 않는다는 편안함이 그간 방황하던 정현을 지탱해 준 힘이었다.

스쳐 가듯 지나쳐 가는 여러 가지 잔상 속에서 정현은 오늘 아침에 했던 사랑이라는 단어를 다시 한 번 떠올려보았다. 그를 사랑한다는 생각이 들었다. 그를 위해, 해 주고 싶은 것도 생겼다. 남들에게는 별

것 아닌 이타적인 행동이 자신에게는 특별한 것임도 상기했다. 제 자신을 추스르기도 급급한 주제라 누구를 위해 무엇인가를 하고 싶다는 생각을 하지 못했다. 그것이 녀석이라 하더라도.

몇 번 만나지도 못했고, 대화 역시 그다지 하지 않았음에도 정현은 그를 사랑하게 되었다. 첫눈에 반한다는 환상을 늘 비웃곤 했었는데, 이제는 그랬던 제 자신이 가소로울 지경이다. 그것은 환상이 아니었다. 그저 우물 안 개구리에 불과한 자신이 알지 못한 신세계였을 뿐.

처음 그를 보고 느꼈던 특별함을, 이별을 애도하기 위해 애서 뒤로 묻어 버렸던 것이 생각났다. 벗어나고 싶고, 유혹당하고 싶었다. 이런 이율배반적인 감정을 가슴에 품고 아무렇지도 않은 척 그와 술을 마셨다. 그리고 진운과 섹스를 했다.

가끔 제 자신에 대한 혐오에 정현은 소름이 끼쳤다. 녀석을 그렇게 쉽게 지울 수 있는 자신에 대해서도, 음흉하게 속내를 감추고 아무렇지도 않게 행동할 수 있는 것도. 시간이 많은 것은 이래서 힘들다. 많은 생각을 하다 보면 결국 제 자신에 대해서 생각이 가 닿았고 결국은 자기혐오에 빠져 버린다.

그렇다고 해서 그를 놓을 수 있을까. 진운이 보여준 다정함이나 환하게 웃어 주던 미소 같은 것을 생각해 보면 절대 그럴 수 없다는 결론이 내려졌다. 그를 놓을 수가 없었다. 자꾸만 늪처럼 빨려 들어가 버렸다.

진운이 어떤 생각을 하고 있는지는 그렇게 중요하지 않았다. 정현은 저가 이기적이라는 사실을 잘 알고 있었다. 진운이 자신을 사랑하지 않아도 괜찮았다. 우선은 곁을 내어 줄 것이 분명했으니까. 그럼 그것으로 된 것이 아닌가. 기적적으로 다가온 인생의 봄을 놓치고 싶지는 않았다.

그의 모든 것을 소유하고, 그의 눈이 정현만을 바라보고, 그의 손이 정현만을 만지길 바란다. 무엇을 욕심내 본 적이 언제였던가. 중학생 시절, 친구의 게임기를 부러워하며 욕심냈던 것이 마지막이었던 것 같다. 그 친구를 짝사랑했기 때문에 더욱 그러했다. 그때, 제 자신에 대한 깨달음을 얻고 나서부터는 무엇도 욕심내지 않았다. 못 했다는 것이 맞지 않을까. 정현은 그저, 그렇게 살아왔다.

그럼, 단 한 가지는 욕심내도 되는 것이 아닐까. 진운이라는 사람, 그 사람 단 하나. 그 단 하나가 가진 의미가 얼마나 큰지는 알고 있지만 단 한 개에 불과하니까 그래도 되지 않을까. 그것도 욕심이 과하다면, 그의 곁 그 한 가지만을 바라면 안 되는 것일까.

정현은 나약해지려는 자신을 발견하고 고개를 흔들었다. 어차피 자신은 이방인이다. 다행히, 그도 이방인이다. 그러니까 그렇게 큰 욕심은 아닐 거야. 자신처럼 하찮은 존재는 아니었지만 그래도 다행히 너무 높은 곳에 있는 사람은 아니었다. 그가 가진 결점 덕분에, 아주 힘껏 손을 내밀면 닿을 것만 같다. 스스로를 달래며 다시 담배를 피워 물었다.

그러다가 그에게 아직 답장을 하지 않았단 사실이 기억났다. 아까전 문자를 받고 내내 망설이다가 여전히 답장을 하지 못했다. 사실 그다지 특별하지 않은 문장이 떠 있는 액정을 손가락으로 쓸어보고, 정현은 천천히 메시지를 작성했다.

<알겠습니다.>

"나, 나가봐야 해."

"사장님, 요새 잠잠하다 싶더니 또 시작이시네."

장난스러운 알바생의 말에 겸연쩍어져 목덜미를 만지작거렸다. 늘 재원에게 붙들려 시간을 빼앗겼다가 헤어진 이후 이제야 겨우 가게에 붙어 있었다. 사장이나 마찬가지로 가게를 아끼는 영우 덕이 아니었다면 상상도 하지 못할 일이었다.

그러다가 또 가게 일을 등한시하고 바쁜 저녁시간에 나가보겠다고 하자 들은 말이다. 알바생들이 보기에도 정현은 사장 자격이 없었다. 영우가 흘끗 쳐다보았지만 생각에 빠져 있는 정현은 그것을 눈치채지 못했다.

"여자 친구 생겼어요? 그런 거예요?"

"그래서 그 많은 여자 손님들이 들이대도 꿈쩍도 안 했던 거예요?"

"야야, 니들 일 안 해?"

영우가 신경질적으로 웍을 내리치고 나서야 알바생들은 분주히 일을 하는 시늉을 했다. 하지만 여전히 킥킥 웃어 대며 정현을 쳐다본다. 정현은 천천히 주방에서 분주히 저녁장사를 준비하는 영우에게로 다가갔다.

"영우야."

"가 버려. 어차피 있어 봤자 거치적거리기나 하지."

"그래도."

"됐다고, 새끼야. 약속 있거든 얼른 가 봐."

영우가 머뭇대는 정현의 등을 밀어 주방 밖으로 내보내 버렸다. 제 가게인데도 남의 집에 온 것처럼 멀뚱히 서 있다가 한숨을 내쉬고 코트를 집어 들었다.

다른 약속이었다면 마감 이후로 미뤘거나 아예 약속 같은 것을 잡을 일이 없었겠지만 지금은 상황이 달랐다. 그가 저녁을 먹자고 했기 때문에.

"그럼……."

"가라고!"

바쁜지 영우는 고개도 들지 않고 외쳤다. 단정하게 손님을 맞이할 준비가 끝난 가게를 휘둘러보다가 정현은 문을 나섰다. 확실히 제 가게지만 그다지 정이 많이 가지는 않았다. 아버지가 운영하실 때부터 매일같이 드나들었지만 그래도. 언제나 어딜 가도 제가 이방인이라는 생각을 지울 수가 없었기 때문에.

"왔어요?"

하지만 그런 상념들은 가게 앞에 차를 대놓고 담배를 피우고 있던 그와 눈이 마주치자마자 머릿속에서 홀연히 자취를 감추었다. 차에 올라타자 기분 좋은 훈기가 볼을 감쌌다.

"어디로 갑니까."

"그냥, 자주 가는 집."

그에게 자주 가는 집이 제 가게 말고 또 있었다는 사실이 이상했다. 그는 주어진 것을 잘 먹기는 했지만 무엇인가 찾아다니면서 먹을 성격으로는 보이지 않았기 때문이다. 하긴, 언젠가 손님으로 왔을 때 친해 보이던 여자와 나눈 대화로 짐작하건데 그는 언제나 가는 집만을 고집하는 것 같았다. 아침을 함께 먹던 때를 떠올려보면 식사를 대충 아무렇게나 하는 편은 아닌 것 같았는데.

"차가 좋네요."

침묵이 내려앉은 차 안의 공기를 견딜 수가 없었던 것은 아니었지만, 그래도 무엇인가 목소리를 듣고 싶었기 때문에 아무 말이나 던졌다. 언제나 칼 같은 정장을 입고 단정한 얼굴을 한 그와 어울리지 않는 커다란 SUV는 수억대를 호가하는 브랜드의 차였다. 게다가 거칠게 운전을 하다가 옆에 있는 정현을 의식하기라도 한 것처럼 속도를 줄이고 차는 안정을 되찾았다. 하지만 함께 밀폐된 공간에 있는 시간이 길어질수록 정현은 안정을 잃어 갔다.

"아아, 그런가요."

대수롭지 않은 목소리로 대꾸하며 그는 정현을 바라보았다. 시선이 느껴져 눈을 맞추자, 그가 싱긋 웃고는 손을 뻗어 손을 잡아 주었다. 느릿느릿 움직이던 강한 손가락이 손가락 사이를 파고들었다. 그렇게 깍지를 낀 손에 땀이 배이도록 둘은 또다시 침묵 속에 가라앉았다.

하지만 누가 봐도 평화로운 차 안의 광경과는 다르게 마음 안은 소용돌이가 가득했다. 친밀하기 그지없는 손가락이 얽힌 모습이나, 눈이 마주치면 야살스레 접히는 눈꼬리 때문에 정신을 차릴 수가 없을 지경이었다. 그는 단정한 태도로 앉아 운전만 하고 있을 뿐인데도 특별할 것 없는 그 모습조차 정현의 마음을 파고들었다.

정현은 눈을 돌려 차창 너머로 스쳐 지나가는 어두컴컴한 풍경을 바라보았다. 하지만 온 신경은 곤두서 그를 의식하고만 있다.

"다 왔어요."

서울 외곽으로 나온 차가 도착한 곳은 커다란 기와집이었다. 눈이 부시도록 불이 밝혀져 있고 많은 차가 주차되어 있는 것으로 보아 그냥 집은 아니고, 영업을 하고 있는 식당이 분명했다. 취향이 고급이라 맛집 탐방을 하자며 이곳저곳을 데리고 다니던 재원은 한식을 그다지 즐기지 않았다. 그래서 이런 곳은 와 본 적이 없었다.

재원과 함께한 시간과 재원이 준 차가 아니라면, 사실 정현은 소시민에 불과했으니까.

개량한복을 차려입은 종업원이 공손히 안내해 준 방으로 들어서자 고풍스러운 인테리어가 눈에 들어왔다. 그는 이런 곳을 다니는가 보다. 자리를 잡고 앉자 곧 넓은 상에 갖가지 음식들이 보기 좋게 차려지기 시작했다.

진운은 천천히 뜨거운 물수건으로 손을 닦았다. 손가락 하나하나까지 아주 천천히. 그 모습을 정현은 그저 눈에 담고 있을 뿐이었다.

"그러고 보니 가게는?"

"영우가, 아 그러니까 주방장인 친군데 잘하고 있을 겁니다. 늘 그래 왔으니까."

"친굽니까?"

이 세상에서 친구라는 단어가 가장 어색한 사람이 있다면 정현일 것이다. 정현에게는 이렇다 할 친구가 없었다. 남중, 남고를 나오면서 제 성정체성을 들킬까 봐 몸을 사려왔기 때문에도 그랬고, 대학시절은 더더욱 그랬다. 그러고 보니 어린 시절부터 친구였던 영우밖에는 남지 않았다.

"네. 어린 시절부터. 그러다가 같이 일을 하게 됐고 거의 사장이나 마찬가지예요. 저는 그냥 바지사장."

그 말이 어디가 우스운지는 잘 모르겠지만 진운은 소리 내어 크게 웃었다. 정현은 얼굴이 달아오를 것만 같아 얼른 수저를 집어 들었다. 놋기에 소복하게 담긴 밥과 정갈한 반찬들을 조금 집어먹어 보았다. 맛이 풍부하면서도 깔끔하기란 쉽지 않은데, 이 집은 그런 음식들을 내놓았다. 옆에서 밥을 퍼낸 돌솥이 누룽지를 만들어 내며 보글보글 뚜껑을 가끔 들썩거렸다.

"많이 먹어요."

늘 가게에서 느낀 것이지만 그는 깨작거리지 않고 복스럽게 식사를 잘하는 편이었다. 그러면서 정현의 손이 두 번이라도 간 찬은 모조리 앞으로 밀어주었다. 상을 주시하던 눈이 정현을 직시했다. 정현은 밥그릇으로 눈을 깔아 내렸다.

"고기를 그다지 좋아하지 않나 보죠."

"네."

"왜요?"

그다지 흥미로운 이야기도 아니건만, 그는 들고 있던 수저까지 내려놓고 정현을 뚫어져라 바라보며 이야기를 이어 나가길 바라는 것 같았다. 정현 역시 얼떨결에 수저를 놓고 말을 이어야 했다.

"그냥…… 고기를 좋아하지 않습니다. 잡내가 나는 것도 싫고, 먹고 나면 속이 더부룩하기도 하고."

"그러니까, 그렇게 힘이 없는 거예요."

진운의 손이 정현 쪽으로 육전 접시를 밀어주었다. 조금 망설이다가 육전을 집어 들고 조금 씹어 보는데 놀랍게도 맛이 좋았다. 냄새가 나지 않는 것은 물론이고 육즙이 터지면서 부드럽게 씹어 삼킬 수가 있었다.

감탄이 어린 정현의 얼굴을 진운이 짓궂게 웃으며 바라보았다.

"고기를 먹어야 힘을 쓰지. 그러니까 밤마다 그렇게……."

"아니라고요!"

"하하하!"

큰 웃음소리가 방 안을 가득 채웠다. 또 다른 음식을 내어 오던 종업원이 웃음소리에 놀랐는지 주춤하고 망설였다. 이번엔 확실히 볼이 달아올랐다. 어린애처럼 투덜거리게 될까 봐서 아무거나 입에 넣고 씹었는데, 그것이 육전이었던 것이 틀림없다. 부드러운 살코기가 계란옷과 함께 씹혔다.

음식을 내려놓은 종업원이 조용히 사라지고 나자 또 진운이 웃었다.

"힘을 내기로 했나 보지?"

"저기요!"

식사를 마치고 오는 차 안의 공기가 훈기만으로 가득한 것은 아니었다. 진운은 시시콜콜한 질문을 정현에게 던졌고, 정현은 그에 대해 성실하게 답변해 주었다. 하지만 정현의 인생에 특별한 무엇인가가 있었던 것이 아니어서 그렇게 긴 이야기가 되지는 못했다. 특별할 것 없는 그 이야기들을 진운은 귀 기울여 들어주었다.

"그럼, 앞으로 저녁을 같이 먹자고 하는 것은 안 되겠네요. 친구 분이 고생을 할 테니."

"자주는 아니니까요. 그래도 미안한 건 미안한 거지만."

월급을 올려 줄까 골몰히 생각하는 정현의 손을 꾸욱 눌러 제게 다시 신경을 돌려놓은 진운은 또 이런저런 질문들을 던졌다. 하지만 생각에 빠진 정현의 대답이 그전처럼 성실하지 못하다는 것을 눈치챘는지 이내 운전에 집중한 것 같았다. 하지만 여전히 깍지 낀 손은 풀어지지 않았다.

"그 말, 정말입니까?"

"뭐가요?"

"처음이었다는 말. 그렇게 누군가와 잔 게."

섹스가 처음은 아니지만 원나잇은 정말 처음이었다. 단 한 번도 재원을 두고 남자를 안을 수 있는 남자와 바람을 피울 생각을 하지 않았고, 여자들과는 몇 번 그럴 뻔했지만 결국 끝까지 가지는 않았으니까.

고개를 끄덕이자 또 잡은 손에 힘이 들어갔다. 그 악력이 싫지 않아 나른하게 몸을 늘어뜨린 채 고스란히 손을 내맡겼다.

"왜?"

"글쎄요. 그때 만나고 있던 녀석이 워낙 질투가 심했기도 했고, 그럴 마음이 생기지도 않았고. 그냥 그랬습니다."

애인처럼 굴고 있는 사람 앞에서, 전에 만났던 누군가의 이야기를 해도 괜찮은 것일까. 저도 모르게 눈치를 보다가 정현은 스스로에게 깜짝 놀라고 말았다. 지금까지 재원이 휘두르는 폭력을 꺼려하고 귀찮아서 거짓말을 한 적은 있었지만 눈치를 본다는 것은 상상할 수도 없었기 때문이다.

게다가 사실, 두 번이나 밤을 함께 보냈지만 아직 무엇인가 특별한 관계로 서로를 받아들인 것은 아니었으니까. 그도, 정현도 그러한 유의 약속을 입 밖으로 낸 적이 없었다.

사귈까? 라는 유치한 말이 반드시 필요한 것은 아니지만 언제나 그와의 시간은 노골적인 성욕으로 가득 차 일반적인 연애의 방법을 잊었다. 하긴, 우리에게 일반적인 연애란 게 있을 수 있을까. 이방인들의 방식은 어쩌면, 일반적이지 못한 게 당연할지도 모른다.

"그날 말했던 8년을 만났던 그 새끼?"

그렇게나 자세히 말했던가. 술에 취해 하도 많은 얘기를 지껄였던 데다가 태반을 잊어버린 정현은 깜짝 놀랐다. 게다가 욕설이라곤 어울리지 않는 금욕적인 입술에서 욕설이 흘러나오자 더욱. 하긴 저 입술은 절대 금욕적이지 않다. 얼마나 노골적인 말을 잘 내뱉고, 얼마나 집요한지 언제나 정현은 그가 입을 벌릴 때마다 절로 안쪽으로 곱는 발가락을 들키지 않기 위해서 애썼다.

"뭐, 그렇죠."

"그렇군요. 그 사람 외에 다른 사람은 없었나?"

"있을 수가 없었죠. 걘 집착이 심해서. 뭐 다 지난 일입니다."

"그런가요?"

"네."

배가 불러서인지 무척이나 졸렸다. 어제 밤늦게까지 진운에게 시달린 탓인지, 그의 낮은 목소리와 차의 진동이 어우러져 주는 나른함 탓인지는 모르겠지만 자꾸 몸이 푹 꺼져 들어가는 것만 같았다. 진운의 말에 대답하다가 잠깐 생각이라는 것을 하려고 했었는데, 깜빡 잠이 들었는지 화들짝 놀라 경련을 일으키듯 일어나 버렸다. 눈앞에 진운의 얼굴이 가득했다. 움찔 몸을 물리자, 진운이 몸을 일으키며 두 손을 들어올렸다. 자신은 아무런 악의가 없었다는 얼굴을 하고.

"곤해 보이기에 시트를 젖혀 주려고 했는데, 괜한 짓이었나 보네요. 잠을 깨웠네."

"아…… 잠들었나 봐요. 여기가 어딥니까."

갑자기 일어난 데다 창밖으로 보이는 풍경이 그저 어두컴컴하기만 하자 어리둥절했다. 정현은 히터 탓인지 건조한 눈을 껌뻑이며 그에게 물었다. 그 맹한 얼굴이 웃기기라도 했다는 듯 진운의 얼굴에는 웃음이 번졌다.

"너무 안 일어나서 집으로 데려다주려다가 비밀번호를 모르잖아요. 그래서 우리 집으로 왔는데."

"그쪽 집이요?"

"네, 우리 집. 왜요, 다시 집에 데려다줄까요?"

"아닙니다. 혼자 갈 수 있습니다. 그냥 아무 데나 내려주시면……."

"자고 가요."

"네?"

"자고 가라고, 이정현."

내용과는 다르게 담백한 얼굴은 평상시와 다를 바가 하나 없었다. 다만 웃음이 배어 있고, 몹시도 강한 시선으로 자신을 바라보고 있다는 것 외에는. 또한 목소리도 다를 것이 하나 없었다. 언제나 정중한 울림을 가진 소름 끼치도록 낮은 목소리가 정현의 귓가에 울렸다. 하지만 그가 처음으로, 정현의 풀 네임을 불렀다. 딱히 명령조가 아닌 목소리가 분명한데도 거절할 수가 없는, 그런 목소리로.

입술이 와 닿았다. 그가 던진 말이 어떤 의미였는지가 헷갈릴 지경으로 담백하고 부드러운 입술이었다. 마치 어린아이에게 굿나잇 키스라도 해 주듯 다정한 입술이 정현의 입술에 닿았다. 그리고 촉하는 자그마한 소리를 내며 떨어졌다. 마주친 두 눈이 입술만큼 다정하게 웃고 있었다.

"자고 가요."

얼떨결에 들어선 집은 아침의 흔적이 전혀 남아 있지 않았다. 생각해 보면 아침식사를 한 식기를 치우지도 않았고, 온갖 체액에 젖은 시트를 갈지도 않았다. 하지만 집은 처음으로 정현이 들어설 때처럼 깨끗하고 잡지에서나 나올 법하게 정돈되어 있었다.

일해 주시는 분이 있다더니 다녀가신 게 분명했다. 다른 건 몰라도, 젖어 있던 시트는 조금 부끄러웠지만 내색하지는 않았다.

"마실 것을 줄까요? 아니면 술?"

"괜찮습니다."

"그래도. 잠시만 기다려요."

말리는데도 어쩐지 쫓기는 것처럼 분주해 보이는 진운이 주방으로 들어가 덜그럭대기 시작하자 할 것이 없어진 정현은 가만히 소파에 앉았다. 그러다가 얼굴이 빨갛게 달아오르고 말았다. 이 소파에서 어떤 자세로, 신음을 내뱉으며 그에게 매달렸는지 기억이 났기 때문이다.

머쓱하게 뒷덜미를 만지작거리는데 진운이 이것저것 올린 트레이를 들고 나타났다.

"어깨가 뭉쳤나?"

"아니, 뭐."

"목욕할래요? 뜨거운 물에 담그면 좋아질 텐데."

뭐가 좋아진다는 거지. 얼굴이 달아오르는 것 같아 고개를 돌려 버리자 또 낮은 웃음소리가 들려왔다. 낮은 웃음소리. 그 웃음소리만 들려오면 자꾸 평소와 다른 행동을 하게 된다.

딱히 그는 무엇인가를 의도대로 행동하려고 움직이지 않았다. 낮은 목소리 한 번이면, 작은 웃음소리 한 번이면 그가 원하는 대로 정현이 알아서 스스로 움직이곤 했으니까. 이상하게도 자꾸만 그렇게 되었다.

느긋한 척 그가 내온 술을 집어 들었다. 오늘은 시원한 맥주와 간단한 스낵을 내놓았다. 배가 불러 맥주 캔만 집어 들었다. 마개를 여는 소리가 경쾌하게 거실을 울렸다.

아무 말도 없이 서로의 캔을 들고 맥주만을 마셨다. 하지만 멍하니 침묵만을 지키는 것은 아니었다. 정현은 눈을 내리깔고 있었지만 그가 자신을 쳐다보고 있다는 사실을 잘 알고 있었다. 저런 집요한 시선을 눈치채지 못하는 게 이상하다.

"목욕을 해야겠어요."

"아, 그럴래요. 잠시만. 물을 받아둘게요."

그가 사라진 욕실을 바라본다. 콸콸 물이 쏟아지는 소리가 들려왔다. 익숙한 물소리가 특별하게 느껴지는 것은 진운이 그를 위해서 무엇인가를 하고 있다는 사실 때문이었다.

"탕 목욕을 좋아해서 신경을 좀 썼어요."

저도 모르게 감탄사를 내뱉자 그가 웃었다.

일반적인 가정에서 볼 수 없는 나무욕조. 일본식으로 지어진 욕실은 보기에도 기가 막혔다.

"그럼."

천천히 옷을 벗고 뜨거운 김이 모락모락 올라오는 탕에 자리 잡았다. 좋은 향기가 난다. 뜨거운 증기와 함께 올라오는 향기 때문에 정신이 몽롱했다. 어젯밤, 혹사당한 몸이 나른하게 풀리는 기분이었다. 확실히 목욕을 하기로 한 것은 잘한 결정이 틀림없다.

그런 생각을 한 지 5초도 지나지 않아 다시 욕실에 모습을 드러낸 그 때문에 생각이 달라졌다. 그가 걸치고 들어온 가운을 벗어던지고 탕 속으로 함께 자리 잡았을 때는 더더욱. 굳이 넓은 반대편을 두고, 그는 정현의 뒤쪽으로 자리 잡고 끌어안듯 정현을 지탱해 주었다. 기다란 손가락이 머리카락 속을 헤집고 들어와 꾹꾹 마사지를 해주었다. 다정한 손길. 그는 답지 않게 평소엔 무척이나 다정한 모습을 하고 있다. 허리 아래쪽에는 무시무시한 짐승을 숨긴 채.

"뭐하는 겁니까."

"목욕하잖아요."

"저 혼자 하는 거 아니었습니까."

"그러려고 했는데, 어쩐지 아쉬워서."

뭉친 어깨를 마사지하는 손가락 때문에 야릇한 신음이 흘러나오고 말았다. 얼굴이 빨개졌지만 그가 뒤쪽에 앉아 있어서 다행이다. 하지만 그것도 소용없었던 것이 틀림없다. 푸훗 하는 웃음소리와 함께 귓불을 빨렸다.

"귀가 빨개졌네."

부끄러우면 귀도 함께 빨개진다는 사실을 잠깐 잊었다. 어차피 들킨 거, 나른한 신음소리를 내뱉으며 그에게 몸을 내맡겼다. 부드러운 악력으로 온몸이 물속으로 꺼져 들어갈 듯 풀려 버렸다. 긴장을 풀어 버린 것은 아닌데 몸은 예민해진 신경을 배반하기라도 하듯 녹아들었다.

무엇인가에 쫓기듯 아무거나 하지 못해서 안달하던 사람이 느긋하게 몸을 함께 담그고 있다는 것이 이상했다. 혹시 정현의 존재가 부담스러운 것은 아닐까. 하지만 굳이 자고 가라고 붙잡은 것도 그고, 이상하게 축객령을 내리듯 부담스러워하던 것도 그다.

"자고 가라고 해 놓고선."

"응?"

"가겠다는 사람을 굳이 붙들고 들어와 뭐라도 하지 않으면 안 될 것처럼 굴더니, 이렇게 느긋하게 목욕을 하고 있다는 게 이상하다고요."

"아아."

낮은 웃음소리와 함께 또다시 귓불이 빨려들어 갔다. 이제는 부드러운 손길로 마사지가 아니라 애무를 하듯 온몸을 어루만지고 있다. 나른해진 몸에 부드러운 애무가 쏟아지자 졸음이 쏟아지기 시작했다. 물론 잠과는 상관없이 생리적인 반응은 어쩔 수가 없다.

"집에 정현 씨가 있다고 생각하니까 견딜 수가 없잖아요. 자꾸 좋아하지 않는 짓을 하게 될 것 같아서."

단단해진 몸 끝으로 손가락이 닿았다. 덕지덕지 묻은 잠기운도 씻은 듯이 사라졌다. 내뱉는 신음소리에 따라 부드럽게 손가락이 움직였다. 하지만 어제처럼 노골적이고 진득한 손놀림은 아니었다.

"좋, 아하지 않는다고 말한 적 없는데."

"뭐라고요?"

"괜찮다, 고요."

언제나 전쟁 같은 섹스에 익숙해진 탓이라 그가 어제처럼 달려들었다고 해서 놀라거나 하지는 않았을 것이다. 자꾸만 삐져나오는 신음때문에 말을 제대로 이을 수가 없었다. 하지만 용케도 다 잘 알아들은 그는 쿡쿡 웃었다. 이제는 참으려고 노력하지도 않는 것 같았다.

"어제, 또 오늘 아침에 그렇게나 괴롭혔으면 됐지. 몸 상태도 별로인 것 같은데 그럴 수는 없잖아요."

"그렇다, 훗, 고 하기엔 너무 노골적인 거 아닙니까."

"그냥 있기엔 너무 심심하잖아요. 마침, 아주 예쁜 몸도 눈앞에 있고."

페니스를 어루만지던 손이 부드럽게 엉덩이를 쥐었다 놓았다. 그러고는 천천히 다시 어깨로 돌아가 마사지를 시작했다. 이렇게 만들어 놓고 어딘가 모르게 억울하기만 했다. 하지만 엉덩이에서 느껴지는 그의 것도 만만치 않은 상태라는 것을 알게 되자 마음이 조금 풀렸다.

"그런데 왜 정현 씨는 아무것도 묻지 않습니까."

"어떤 걸 말하는 겁니까."

"모든 거. 난 다 묻는데 정현 씨는 묻지 않잖아요. 그, 전에 만났던 사람도. 사실 무례한 질문일 수도 있었는데 말이에요."

"물어도 됩니까?"

"애인 사이에 물어보지 못할 말이 뭐가 있어요?"

정현은 눈을 동그랗게 뜨고 그의 얼굴을 바라보았다. 욕조에 함께 몸을 담그고 있으면서도 처음으로. 진운의 얼굴은 뜨거운 물 때문에 조금 달아올라 있었다. 하긴 달아올라 있는 것은 얼굴뿐만이 아니었다.

"우리가 애인 사이입니까?"

"그럼 아닌가요?"

부드러운 표정을 짓고 있던 얼굴이 순식간에 날카로워지는 것을 보면서도 멍하니 정현은 시선을 옮기지 못했다. 그렇게 멍하니 바라보고 있자 다시 부드럽게 웃는 얼굴로 돌아와 살짝 입 맞추어 준다. 부드러운 키스. 순식간에 스쳐 지나갔기 때문에 더욱 감미로운 키스였다.

"밤을 함께 보냈지, 식사도 함께했지, 우리 아침도 함께 먹은 사이 아닌가요? 물론 그게 싫은지 도망갔던 사람을 붙들고 내가……."

"시, 싫었던 것은 아니거든요!"

"다행이네요."

큰 웃음소리를 듣고 나서야 또 그에게 휘말렸다는 것을 깨달았다. 하지만 그렇게 기분이 나쁘지 않다는 게 이상하다. 기분이 나쁘지 않다는 정도가 아니라, 기분이 이상할 정도로 좋았다.

애인. 그가 정의 내린 우리의 관계란 사랑하는 사이라는 것일까. 저는 분명 그를 사랑하는 것이 틀림없다는 생각을 했지만 그도 같은 생각을 하고 있을 것이라는 생각을 하지는 못했다.

그를 그리워하며 언젠가 다시 만날 수 있을까에 대해 고민했던 때와는 달리 그는 온기를 가지고, 실체를 가지고 눈앞에서 웃고 있었다.

그리움을 눈물로 흘려보냈던 밤들, 그날의 결정을 후회하고 또 후회했던 밤들. 하지만 그리움이 실체를 가지고 자신을 쓰다듬고 있다는 현실을 믿을 수가 없을 정도로 그는 비현실적이다. 이상하게도 정현에게는 그가 그런 존재였다.

꿈이라거나 환상이라거나. 어쩌면 하룻밤에 끝날 인연을 정현이 간절하게 꿈을 꾸고 바래왔기 때문에 신이 그의 바람을 들어 주었던 것은 아닐까. 언제나 잔인하다고 믿었던 그의 신은 인생 최고의 선물을 보내 주었다.

"애인 말입니까."

다시 되뇌는 정현에게 상처받은 표정으로 진운이 입을 열었다. 하지만 다시 노골적으로 움직이기 시작한 손을 보아선 저 표정은 연기가 틀림없다. 눈을 가늘게 뜨고 그를 노려보자 웃음을 터뜨린다. 확실히 그는, 지금 정현을 놀리고 있었다.

"그럼, 애인이죠. 나만 정현 씨를 좋아하는 건가?"

좋아한다라. 좋아한다는 말로 정의 내릴 수 있는 가벼운 감정은 아니다. 하지만 온몸으로 퍼져 나가는 환희를 어쩌면 좋을지 정현은 알수가 없었다. 태어나서 이렇게 기뻤던 순간이 있었나. 아마 그를 다시만났을 때, 그때 느꼈던 감정이 인생의 전부라고 생각했던 지난날의정현은 여전히 아무것도 모르는 우물 안 개구리에 불과했던 것이 틀림없다. 그보다 더 큰 환희가 온몸으로 밀려들어 왔다.

딱히 말하지 않아도, 표정으로 할 말을 다 전할 수 있었던 것이 틀림없다. 그의 입술이 만족스럽다는 듯이 말려 올라갔다. 그리고 또다시 부드럽게 닿았다. 입술로, 볼로, 이마로, 눈으로. 온 얼굴에 부드럽게 키스를 해 준 그는 나른하게 웃었다.

"애인 맞죠?"

굳어 버린 몸 끝 때문에 욕조에서 나가지 못하고 멍하니 앉아 있는정현을 일으키려다 고집을 부리자 욕조의 모든 물을 빼버렸다. 그러고는 바짝 솟아 있는 그것에 손을 대고 정현의 손을 이끌어 제 것을 쥐어 주었다. 마주 보고 앉아 서로의 것을 애무하고 나른하게 쓸어 주었다. 그리고 동시에 절정을 맞이했다.

키스를 나누었다. 처음처럼, 삼켜질 것 같은 키스는 아니었다. 부드럽고, 상냥한, 위로하는 것 같은 키스. 어쩐지 눈물이 터질 것 같았지만 정현은 안간힘을 써 울음을 참아 냈다. 서로의 몸을 부드럽게 씻어 준 뒤, 여전히 아무것도 걸치지 않은 몸으로 침대에 누웠다.

다정한 목소리가 나른하게 들려왔다. 무엇이든 물어도 좋다고 그는 말했지만 아무것도 물어볼 필요가 없다. 진운이 곁에 있고, 그의 애인이 되었다. 그것으로 족했다. 더 이상의 것을 욕심내었다간 겨우 손에 넣은 행운을 잃게 될지도 모른다. 정현의 인생이란 무엇을 욕심낼 때마다, 더욱 큰 것을 잃게 만들었으니까.

넣고, 흔들고, 싸는 것만이 섹스가 아니라는 것을 깨달았다. 서로의 몸을 안고 쓰다듬고, 애무하고. 반드시 파정만을 목표로 하지 않아도 충분히 만족스러운 섹스가 세상에 존재한다는 것을 처음 알았다.

정현은 어제처럼 그와 몸을 섞고 쾌감의 절정에서 신음하지 않아도 느낄 수 있는 포만감을 행복하게 만끽했다. 그와의 첫 만남에서부터 지금까지의 모든 것은 태어나서 처음으로 알게 된 행복이었다.

정현에게 물어도 좋다는 말을 해도 딱히 질문을 던지지 않자 그는 평온한 어조로 이런저런 이야기를 해주었다. 진운이 대표로 있는 회사나, 요새 하는 일, 그리고 그의 학창시절. 전교생을 휘어잡고 흔들었을 것이라고 생각했지만 그의 설명에 담긴 어린 시절은 생각보다 더 평범했다. 어쩌면 진운이 설명한 것이기 때문일지도 모른다는 생각이 들었다.

진운 같은 학생이 정현의 학교에도 존재했었다. 그냥 존재한다는 사실만으로도 모두의 경탄을 사는, 하지만 범접하기 어려운 선망의 대상들. 정현도 때론 그 친구를 짝사랑하고 잊고 또 잊었다. 누구에게도 말할 수 없는 애정이란 방향을 잃기 마련이다.

나지막하게 울리는 목소리가 좋았다. 어제 무리한 탓인지 무척이나 졸리지만 눈을 뜨려고 애써 보았다. 하지만 어느새, 잠에 집어삼켜지고 말았다. 그렇게 휩쓸려가면서도 그 목소리를 놓치지 않았다.

그는 웃음기 섞인 목소리로 귓가에 속삭여 주었다.

"잘 자요."

아침이 기다려졌다. 철이 난 이후 처음 있는 일이다. 언제나 눈을 뜰 때마다 아침이 다시 찾아온 것을 저주하곤 하던 것과는 다르게 그와 함께할 아침이, 내일이, 그리고 미래가 기다려졌다.

애인. 사랑스러운 발음이다. 정현은 역시 철이 난 이후 처음으로, 깊은 잠을 잘 수 있었다. 오늘은 꿈도 꾸지 않을 자신이 있었다.

일상이 포개졌다. 진운은 출근할 때마다 잠든 정현을 깨우고, 아침 인사를 해주었다. 때로 그 아침인사가 질척하게 길어지는 날이면 그가 태연하게 회사로 전화를 걸어 거짓말하는 것을 볼 수 있었다. 외부에서 클라이언트와 미팅이 있다는 말에 직원들은 토를 달지 않았다. 그런 날은 그가 회사로 출발하고 나서 또 꾸벅꾸벅 조는 날이 많았다. 역시나 지각을 한 정현에게 영우는 잔소리를 늘어놓았다.

특별한 점심약속이 없는 날에는 언제나 진운이 식사를 하기 위해 가게를 찾았다. 이제 익숙해진 탓에 정현은 메뉴판을 내밀지 않았고, 영우는 그를 위한 식사를 준비해 주곤 했다.

매일 할 말이 많은 것처럼 쳐다보기는 하지만 아직까지는 입을 열지 않았다. 아무렇지도 않은 척, 모르는 척 일상을 흘려보낸다. 진운은 늘 깨끗하게 내온 음식을 비워 내고 다정한 웃음은 남긴 채 회사로 돌아갔다.

마감 시간이 되면 이제는 익숙해진 차가 가게 근처 모퉁이에서 정현을 기다렸다. 퇴근 후 운동을 하고 덜 마른 머리를 한 채 정현을 기다리고 있는 진운에게선 향긋한 냄새가 났다. 하루 종일 음식냄새에 찌든 탓에 피하기라도 할라치면 커다란 손은 자비가 없어졌다. 한바탕 힘겨루기를 몇 번이나 반복하고 나서야 정현은 제 노력이 그다지 소용없다는 것을 깨닫고 체념했다. 그는 정현의 체념은 반겨 주었다.

때로는 진운의 집 커다란 침대에서 농밀한 밤을 보내기도 했고, 정현의 작은 침대에서 몸을 꼭 붙인 채 불편한 잠을 자기도 했다. 서로의 물건에 대한 경계가 사라졌다. 아침, 진운의 몸에 꼭 맞는 티셔츠를 헐렁하게 입은 정현이 식탁에 앉아 꾸벅꾸벅 졸고 있으면 편해 보이는 트레이닝팬츠만 입은 그가 커피를 내주었다.

봄이 왔다. 정현의 인생에 깃든 봄 말고, 정말로 봄이라는 계절이 왔다. 여전히 아침저녁으로는 쌀쌀한 바람이 옷자락을 흔들어 댔지만 정현은 더 이상 흔들리지 않았다. 내 사람이 있다는 것은 생각보다 사람을 무적으로 만드는 주문이 아닐 수 없다.

"내일, 본가에 갑니다."

"부모님께 무슨 일이 있습니까?"

"아니요. 어머니 생신이라서."

"아아."

몇 개 되지 않는 짐을 정리하는 손이 느릿하기만 하자 그가 빼앗아 들고 차곡차곡 정리를 해 가방에 넣어 주었다. 정현 혼자 쓰던 작은 침대에 걸터앉은 그가 유난히 거대해 보인다. 오피스텔은 그로 가득 찼다. 정현의 인생이 그러하듯.

"데려다줄까요?"

"아니요. 혼자 갈 수 있습니다."

"정현 씨는 운전을 안 하잖아요. 어떻게 가려고?"

"저 운전하는데요?"

"한 번도 못 봤는데."

그가 운전을 하는 정현을 보지 못한 것은 당연했다. 언제나 진운의 차에 올라 함께 이동을 했었고, 정현의 차는 오피스텔 지하에서 긴 휴식을 취하고 있었다. 그의 앞에서 재원이 준 차를 탄다는 것이 영 내키지 않아 운전을 한 번도 하지 않았다. 그러니까 진운은, 정현이 운전을 하지 않는 것으로 알고 더 세심하게 신경을 쓴 것이 틀림없다.

"그게, 차가 좀."

"차가 왜? 무슨 문제 있나요?"

"문제까지는 아닌데……."

그와 함께한 시간이 차곡차곡 쌓여 가면서 정현은 많은 것을 알게 되었다. 언제나 한결같은 표정을 짓고 있는 것 같지만 사실 진운은 정현의 모든 것에 예민하게 굴었다. 언젠가 한번 제가 미열이 나는지도 모르고 있다가 그의 손에 이끌려 병원을 가보니 편도선이 조금 부어 있다는 것을 알게 되었다. 그날 그는 어떻게 자신의 몸 상태도 제대로 모르냐고 조금 화를 냈었다. 누구 때문인데. 전날 욕조에서 오랜 시간 서로를 가지느라 물이 식는지도 몰랐던 탓이다. 사실 피곤하다던 정현을 살살 달래가며 내내 괴롭힌 건 진운이었다.

집요한 구석이 있는 사람이다. 게다가 거짓말도 통하지 않았다. 지금 굳은 표정을 보아선 더욱. 이 질문을 피하고 싶어 한다는 것을 눈치채자마자 더 알고 싶은 것이 분명하다.

어떻게 말을 해야 좋을지 몰라 물끄러미 시선을 비낀 채 허공을 바라보고 있자 손을 꾹 힘주어 잡았다.

사실 질색을 하며 싫어하던 재원만큼이나 때론 집요했다. 하지만 그 집요함이 달랐다. 어디가 어떻게 다른지에 대해서 설명할 수 있으면 좋으련만, 정현은 그렇게까지 말주변이 좋은 편이 아니었다. 아무튼 다른 이 느낌에 대해서 무엇이라고 설명하고 싶다.

"사실 그 차가."

"그 차가?"

"그러니까, 그 차가."

"그 차가."

"선물 받은 겁니다. 그래서 그냥, 뭔가 꺼려져서."

피할 수 없는 매라면 차라리 빨리 당당하게 맞는 게 덜 아픈 법이다.

사실 그 차는 죄가 없다. 그 차를 선물해 준 사람에게 죄가 있을 뿐. 게다가 정현은 분명히 거절했지만 거절을 거절당한 것도 죄가 아니다. 죄지은 것 같은 얼굴로 앉아 있으면서도 정현은 계속 스스로를 납득시켰다.

"그랬군요."

생각했던 것과는 달리 누구한테 선물을 받았는지, 그것을 왜 돌려주지 않았는지 꼬치꼬치 묻지 않고 그는 담백하게 고개를 끄덕거렸다. 그리고 무심한 손길로 다 챙긴 가방의 지퍼를 닫아 주었다.

이쯤 되자, 정현이 오히려 멍해졌다. 전혀 생각했던 것과는 다른 반응이었기 때문이다. 사실 가드를 올릴 준비까지 했었다. 언제나 미친놈처럼 화를 내는 재원에게 익숙해져 있기 때문이었다. 하지만 저런 담백한 반응이라니. 맥이 풀렸다.

"화……내지 않을 겁니까?"

"왜 화를 내야 하는데요?"

"아니……."

할 말이 없었다. 화가 나지 않은 사람에게 왜 화를 내지 않느냐고 묻는 것만큼 멍청한 일이 또 있을까. 그런 멍청한 짓을 하고 있는 스스로가 부끄럽고, 가엾고, 그에게 미안했다.

하지만 마주친 눈동자에서 읽히는 것들은 그의 말이나 정현의 생각과는 전혀 달랐다. 늘 그렇듯 무심한 표정을 유지하고는 있지만 악문이가 다 보일 지경이다. 불타오르는 눈동자에서 시선을 비끼지 못한 채로 정현은 얼어붙었다.

"이리 와요."

침대에 걸터앉은 진운이 가볍게 내뱉었다. 그 말을 거역하지 못하고 정현은 그에게 다가갔다. 그러곤 침대로 끌려들어 갔다. 너무 순식간의 일이라 눈만 껌뻑일 뿐 말도 나오지 않았다.

"그러고 보니 화가 나네."

위험한 웃음이다. 정현은 그가 진심으로 웃지 않고 있다는 것을 깨달았다. 입술이 맞닿았지만 예전처럼 부드러운, 정현을 배려한 입술이 아니었다. 처음 그의 집을 찾아갔을 때처럼 삼켜질 것 같은 배려 없는 입술이었다.

그에게 깔린 채 입술을 받아들이면서 정현은 후회했다. 그간은 너무 안일하게 제멋대로 합리화했던 것이 분명했다. 처음엔 그랬고, 나중엔 그가 주는 달콤함에 모든 것을 잊었다. 몹시 후회되는 일이지만 이미 늦었다.

쾌감이 잔인하게 후회를 밀어 냈다. 평소와 다르게 거친 손이 유두를 지분대고, 성기를 잡았다. 드르륵 콘솔의 문이 열리는 소리가 들리고 차가운 젤이 엉덩이 사이로 느껴졌다. 여전히 진운은 정현의 입술을 물어뜯기라도 할 것처럼 거칠게 키스해 주고 있었다.

이제는 그 손가락에 익숙해진 몸이 저항 없이 구멍을 벌렸다. 곧 찔꺽대는 소리와 함께 손가락이 움직였다. 헐떡대는 정현을 내려다보는 눈동자가 뜨겁고도 차가워 어떤 말도 할 수가 없었다. 그저 그가 주는 쾌감에 몸을 내맡기고 신음을 내뱉을 뿐.

"위로 올라와."

지독하게 낮은 목소리에 몸이 조금 떨렸다. 두려움 때문인지, 기대감 때문인지 알 수가 없을 지경이다. 하지만 정현은 그의 말에 착실히 따랐다. 제 것을 손에 쥐어 주면서도 진운은 여전히 그런 눈동자를 하고 있었다.

"넣어 봐."

얼굴이 달아올랐지만 정현은 그가 시키는 대로 그의 것을 잡고 제

몸을 내렸다. 아직 준비가 덜 된 몸이 조금 아팠지만 그럭저럭 참을
만했다. 그가 표정 없이 허리를 털어 대기 시작했다.

"정현 씨."

사랑해마지 않는 목소리를 듣고 정현은 무거운 눈꺼풀을 들어올렸
다. 아침이 온 것인지 암막커튼 사이로 햇살이 쏟아져 들어오고 있었
다. 몸을 일으키려 했지만 움직이지 않아 당황스럽게 눈앞의 벽지만을
응시했다. 아직 잠에서 깨지 않은 뇌가 상황을 제대로 인식하지 못했
다.

"일어나요. 본가에 가야 한다면서."

"아……."

일어나라고 하면서 몸을 일으키지 못하게 몸을 꼭 붙인 채 안고 있
는 진운의 말을 어떻게 해석해야 할지 모르겠다. 게다가 여전히 결합
된 부위가 그대로였다. 이렇게 잠을 잘 수가 있다니 놀라운 일이다. 안
에서 느껴지는 그의 것이 몹시도 묵직하고 강건하기만 했다.

"일어나라면서요……."

목소리가 갈라졌다. 어제 내내 신음을 내뱉느라 목이 쉴 지경이었
다. 진운은 화가 나지 않았다는 제 말이 거짓말이라는 것을 설명이라
도 하듯 쉬지 않고 정현을 몰아붙였다. 도대체 몇 번이나 사정을 한
것인지 기억도 나지 않았다. 정현은 그의 밑에서, 위에서, 앞에서 헐떡
대며 마지막엔 울기까지 했다. 그가 민감한 부위를 살살 문지르며 아
무리 애원해도 원하는 만큼 움직여 주지 않았을 때 너무나도 괴로웠
고, 또 그다음 번엔 너무나도 강한 쾌감이 집어삼킬 것처럼 정현을 때
려댔기 때문이다. 진운은 그 눈물을 모두 입술로 핥아내 주었다. 그때
제가 했던 애원하는 말들이 생각나 볼이 시뻘겋게 달아올랐다.

"아, 잠에서 깨라는 소리였지."

"도대체, 지금 몇 십니까……."

"여덟시 반. 이제 슬슬 출발해야 하지 않습니까?"

그러면서 진운이 슬슬 몸을 앞뒤로 물리기 시작했다. 그렇게나 해놓고 또 할 힘이 있다는 게 놀라웠다. 정현은 몸을 움직일 힘도 없어 뒤에서 안겨 박힌 그 자세로 잠까지 들어 버렸건만. 그는 정현을 꼭 끌어안은 그 자세 그대로 계속 허리를 털었다.

"읏, 출, 발해야 하는데……."

"잠깐만. 잠깐만 더……."

아침의 그는 평소보다도 더 오래, 더 거칠게 정현을 안곤 했다. 하지만 오늘은 부드럽게 정현을 안아 주었다. 그에게 안긴 그 자세 그대로 힘을 뺀 정현은 그가 주는 쾌감으로 가라앉았다.

오늘도 샤워를 할 힘이 없을 지경이었다. 평소처럼 정현을 안듯이 씻겨 준 진운의 표정이 맑았다. 어제 그렇게 휘몰아치며 압박을 해오던 사람이었다는 게 믿기지 않을 정도였다.

"커피?"

식탁에 볼을 대고 늘어져 있는 정현의 눈앞에 커피 잔이 놓였다. 머리를 말리지도 않고 늘어져 있는 것을 본 진운이 혀를 차고는 드라이기를 가지고 왔다. 뜨거운 바람에 머리카락이 날렸다. 보송보송해지는 머리카락과 다르게 마음은 점점 무겁기만 했다.

"일어나 봐요."

드디어 목소리에 웃음기가 맺힌 것을 확인한 정현이 느릿느릿 제 것 같지 않은 몸을 일으켰다. 진운이 웃고 있었다. 엎드려 있던 탓인지 머리카락이 조금 뻗친 것을 정돈해 주면서 그가 웃었다. 가슴이 철렁 내려앉았다. 도대체 무슨 실수로 저 웃음을 잃을 뻔했는지 다시 생각이 났기 때문이다. 그리고 저 웃음을 잃을지도 모른다고 생각했을 때 느꼈던 아득함도 그랬다.

"바로 갈 겁니까?"

"가게에 들렀다가 가야 해요. 영우가 매년 엄마 생신선물을 준비해 주거든요."

"아, 그렇군요. 내년엔 나도 준비하도록 하죠."

그는 여상스레 말하곤 고개를 돌렸다. 정현은 멍해진 얼굴로 분주해 보이는 그의 뒷모습을 바라보았다. 곧 편한 차림이었던 그가 평소처럼 단정한 정장차림으로 바뀌었다. 넥타이를 고쳐 매는 손길도 평소와 같았다.

신발을 신은 그가 멀뚱히 서 있는 정현을 보고 고개를 갸웃했다. 그러곤 조금 웃으면서 말을 걸어왔다.

"안 갑니까?"

"아, 갈게요. 갈 겁니다."

엘리베이터를 타고 지하주차장으로 내려가는 동안 그도, 정현도 침묵을 지켰다. 주차장에 도착한 그가 턱짓을 했다. 무슨 의미인지 깨닫고, 정현은 한숨을 내쉬며 앞서 걸었다.

"이 차군요."

차에 가방을 싣는 동안 그는 알 수 없는 표정으로 서 있었다. 그러다 준비가 끝난 정현이 다가오자 가볍게 어깨를 잡았다 놓았다.

"잘 다녀와요. 운전 조심하고. 생신 잘 축하드리고 와서 보는 걸로 하죠."

"다녀올게요."

시동을 걸고 출발하려는데 창문에 똑똑 노크하는 진운 때문에 창문을 내렸다. 불쑥 창문 안으로 고개를 들이민 그가 가볍게 입을 맞춰 주었다.

"이 차, 그쪽하곤 하나도 안 어울려."

"오랜만에 차 가지고 왔네?"

"응. 이거야?"

"어. 어머니 잘 전해드리고 맛있는 거 많이 먹고 와라."

"매년 고맙다."

"새삼스럽게, 새끼."

어머니 선물로 보이는 쇼핑백 말고도 이것저것 영우가 준비해 놓은 것을 차에 실었다. 차의 문이 열리고 닫힐 때마다 자꾸 죄책감이 들어 마음이 불편했다. 돌아오면 정말 이 차를 어떻게 치울 것인지에 대해서 곰곰이 생각을 해봐야겠다. 물론 이번에도 영우가 도와줄 것이 뻔하지만.

"갔다 올게."

"조심히 갔다 와."

영우가 손을 흔들며 서 있는 가게가 멀어졌다. 정현은 충동적으로 그의 회사 쪽으로 차를 몰았다. 가는 방향과 정반대 방향이긴 하지만 가게와 그리 멀지 않으니까 드라이브를 하는 셈 치자고 생각하면서.

그의 평소 이미지와 똑같은, '김진운 건축사무소'라는 간판이 걸린 건물을 바라보았다. 주변의 멋대가리 없이 네모나기만 한 높은 건물들 사이에, 그의 독특하고 낮아 마치 주택 같아 보이는 집은 단연 튀었다.

진운이 나올 것도 아닌데 하염없이 그 앞을 지키고 서서 바라보았다. 그러다 빵빵대며 지나가는 다른 차 때문에 겨우 정신을 차리고 차를 출발시켰다. 그리고 자꾸만 뒤를 돌아보았다.

마지막 휴게소에서 담배를 피우며 시간을 확인했다. 점심시간이 막 지난 오후, 그에게 전화를 걸었다. 이제 부모님과 함께 시간을 보내야 한다는 압박감에 자꾸만 손에 땀이 젖어들었다.

−무슨 일 있습니까?

전화통화를 하는 일이 거의 없었던 탓일까. 진운이 전화를 받자마자 물어 왔다. 그러고 보니 전화벨이 몇 번 울리지도 않았다. 조금 웃음이 나왔다.

"무슨 일 없으면 전화 걸면 안 됩니까?"

−그런 것은 아니지만. 진짜 무슨 일 있는 건 아니고?

"그냥 걸었습니다. 이제, 마지막 휴게소이기도 하고."

−아, 목소리가 듣고 싶어서?

대번에 능글맞아진 목소리에도 웃음이 실렸다. 저런 말을 어떻게 아무렇지도 않게 해치울 수 있는지 존경스러울 정도다. 또 괜히 아무렇지도 않은 뒷덜미를 만지작거렸다.

"그렇게 막 말해도 됩니까? 사람들이 들을지도 모르는데."

−들으라지.

낮은 웃음소리가 들려왔다. 어머니 생신이고 뭐고, 다 때려치우고 돌아가고 싶었다. 언제나 안정을 주는 목소리를 듣고, 커다란 손을 잡고 싶다. 빈주먹을 꾹 쥐어 보았다.

"그럼, 끊을게요."

−벌써? 그럼 왜 전화한 겁니까?

"그냥 걸었다고요."

−보고 싶다고 말해 봐요.

계속 그런 생각을 하고 있었지만 그것을 말로 해내기란 여간 어려운 일이 아니었다. 늘 꾹 눌러 참는 것이 익숙한 정현에게는 그랬다. 솔직하게 말하는 법을 잊었다. 하지만 진운은 그 모든 벽을 하나하나 깨트리며 자꾸만 더 가까이 다가온다.

"……."

－그 말이 그렇게 어려운 말인가?

"……."

－그럼 내가 할게요. 보고 싶습니다.

"……."

－…….

서로의 숨소리를 듣는다. 전화기 너머 서로의 체온을 더듬는 상상을 하면서. 햇살이 점점 뜨겁게 느껴졌다. 정현은 지금 이 어지러움이 햇살 탓인지, 진운 탓인지 알 길이 없었다.

"이만 끊을게요. 너무 시간을 많이 빼앗아서 미안합니다."

－괜찮아요. 몸 조심히 다녀오고.

"그럴게요."

－이정현.

정현은 언젠가 그와 살을 섞으면서 했던 생각이 떠올랐다. 배가 고팠다. 그를 와그작와그작 썹어 삼키고 싶었다. 배 속에 그가 담겨 있음에도 불구하고 남김없이 먹어 치우고 싶다는 생각도 들었다.

지금도 그렇다. 이 목소리가 제 이름만을 말하고, 그 눈이 자신만을 담았으면 좋겠다고. 자꾸만 점점 더 어지러워져서 벤치에 앉았다.

"보고 싶어요."

낮은 웃음소리를 들으면서 종료버튼을 눌렀다. 이 모든 이기적이고 질척이는 감정을 먼저 삼켜야 한다. 정현은 속으로 제 이름을 불러 보았지만 그가 불렀던 것처럼 특별한 감상을 주지는 못했다.

"정현이 왔구나."

"엄마."

한걸음에 달려 나온 엄마가 정현의 품에 안겼다. 엄마가 언제부터 이렇게 작았지. 매년 생신 때면 찾아뵈었고, 명절이면 만났는데 이상한 기분이었다. 그간은 인생이 너무 아파서 이 작은 품으로 파고들어 위안을 얻을 생각만 했었다. 하지만 정현은 더 큰 품이 무엇인지 알게 되었다. 엄마의 작은 어깨를 자각하자 마음이 아파 왔다.

"아버지."

아버지는 여전히 정현을 못마땅한 시선으로 쳐다보고 있었다. 소시민인 아버지의 유일한 자랑거리인 아들이 폐인이 되며 몰락하는 과정을 아버지는 견디지 못하셨다. 오죽하면 평생을 일군 가게를 떠맡기고 귀향을 할 생각을 다 하셨을까. 아버지의 시선이 아프지만 한숨을 씹어 삼켰다.

"밥 먹었어?"

"아니."

"배고프겠다. 잠시만 기다려. 엄마가 얼른 밥 차려 줄게."

분주한 주방의 소리를 들으면서도 부자는 마주 앉아 한마디도 나누지 못했다. 여전히 아버지는 어려웠다. 늘 정현의 성적표를 안주 삼아 배가 부르다며 강술을 드시던 아버지. 고된 노동의 흔적이 여실히 남아 있는 그 손에 비해 정현의 손은 너무 곱기만 했다. 그 사실이 부끄러워 얼른 두 손을 상 아래로 감추었다.

"가게는 잘돼 가냐."

"네. 요새 많이 바빠요."

"영우도 잘하고 있고?"

"네."

"그 녀석이 공부를 못해서 그렇지 야무진 놈이긴 했어."

어린 시절부터 한 동네에 살면서 아버지끼리도 술친구인 영우와 함께 일한다는 것을 믿고 떠나시긴 했지만 여전히 아버지는 가게에 대한 걱정이 많았다. 하지만 엄마가 전해 주는 말과 다르게 아버지는 그 말을 끝으로 또 침묵을 지키셨다. 정현도 딱히 더 드릴 말씀이 없어 입을 다물었다.

부모님 앞에서는 늘 죄인이 되었다. 아직도 정현이 어떤 연애를 하고 있는지 아실 턱이 없지만, 심리적인 부담감이 그렇게 만들었다.

"얼른 먹어라."

"응."

"집밥은 오랜만이지? 영우가 밥 잘 한다고 해도 집밥하곤 또 달라. 많이 먹어라."

진운이 차려 주는 집밥을 잘 먹고 있지만 여전히 마른 몸에는 살이 붙지 않았다. 마른 어깨가 안쓰럽다는 듯 엄마의 손이 연신 쓸어내렸다. 어쩌면 잘 먹는데도 살이 찌지 않는 것은 그 이상으로 에너지를 소비하고 있는 탓인지도 모른다. 도대체가 밤이 늘 격하기만 했으니까.

"밥 더 주랴?"

"배불러요."

"엄마, 가게 다녀올게."

"내가 가게 볼 테니까 엄마는 좀 쉬어."

어색한 침묵으로 함께 있거나 푸념을 늘어놓는 부모님을 보는 것보다 무료한 시간을 보내는 것이 낫다. 가게로 나가려는 엄마를 말리며 정현은 재빨리 집 옆 슈퍼로 들어섰다. 시골동네의 슈퍼답게 자질구레한 것들로 가득 차 있었다.

아버지는 집 근처의 작은 텃밭에 농사를 짓고, 엄마는 집 옆 슈퍼를 인수해서 장사를 하셨다. 마침 슈퍼 집 할머니가 서울 아들네 집으로 이사를 가시기로 결정이 났었기 때문이다. 그래서 끌어다 쓴 대출을 갚느라 정현은 요새처럼 가게가 잘되기 전까지는 늘 허리띠를 졸라맸었다.

그런 정현에게 재원은 아낌없이 돈을 쏟아부었다. 사실 대출도 갚아 주겠다는 말을 했었지만 자존심이 그것을 용납하지는 못했다. 넙죽넙죽 주는 것을 잘도 받아쓴 주제에 왜 그 대출만은 갚지 못하게 했었을까.

꼬리에 꼬리를 문 생각은 역시 그에게 가 닿았다. 그가 화를 내지 않아서 다행이었다. 돌아가면 저 차를 반드시 치워야만 한다. 이제 겨우 대출을 다 갚은 터라 바로 차를 사기는 어렵겠지만, 그다지 차가 필요한 것도 아니었으니까. 진운이 곁에 있으니까 괜찮았다.

이런저런 생각 끝에 가게 안에 어둠이 내려온 것을 눈치채고 불을 켰다. 시골의 밤은 도시의 밤보다 빨리 찾아왔다. 손님도 그렇게 많이 찾지 않는 가게에서 엄마는 혼자 우두커니 앉아 무슨 생각을 할까. 부모님을 생각하면 언제나 숨이 턱 막혀 온다.

"정현아, 밥 먹자."

엄마가 정현을 찾아 가게로 나오셨다. 먼지가 묻은 셔터를 내리는 동안 엄마는 눈을 반짝이며 곁에서 웃고 계셨다. 키가 커진 아들이 셔터를 내려줄 때마다 저런 소녀 같은 얼굴로 기뻐했다. 자주 찾아뵈어야 한다는 생각이 들지만 입맛이 썼다.

엄마가 정현의 손을 잡아 주었다. 이제 주름지고 마디가 굵어진 손. 울컥 쏟아질 것 같은 눈물을 삼키며 정현은 조금 웃었다. 그 웃음이 어딘가 진운을 닮았다는 것을 정현은 몰랐다. 관대하고, 너그러운 웃음. 사람을 안심시키는 미소다.

"다녀왔습니다."

"그래."

TV를 보시던 아버지가 무심히 대답하신다. 상에 앉아 고기반찬이며 생선반찬 등등 가득 차려낸 진수성찬을 먹으면서도 부자는 말이 없다. 오랜만에 아들을 만나 신이 난 엄마의 목소리만 들려올 뿐이다. 정현은 엄마의 말을 웃음으로 얼버무렸다.

"만나는 사람 있냐."

아버지의 말씀에 수저질이 멈춰졌다. 정현은 가만히 고개를 내저었다.

아버지, 저는 사실 남자를 사랑합니다. 지금 만나고 있는 남자가 있어요. 그 사람을 무척이나 사랑합니다.

"서른이나 먹은 놈이 만나는 여자도 없어?"

"그러게. 아들, 여자 친구 없어? 왜 없어? 소개팅 같은 거 안 해?"

"그런 거 안 해요."

"왜?"

"그런 자리는 부담스럽고…… 아무튼 지금 만나는 여자 없어요."

반만 진실인 말을 내뱉으면서 모두가 거짓은 아니라고 자위한다. 만나는 여자가 없다는 것은 진실, 만나는 사람이 없다는 것은 거짓.

입맛을 잃은 정현의 밥그릇에 이것저것 찬을 올려주며 엄마가 애를 써보지만 도저히 먹히지 않았다.

"너도 이제 슬슬 결혼 생각할 나이지."

"아들…… 혹시…… 니가 대학을 안 나와서…… 여자들이 싫대?"

"이 여편네가 무슨 소리를 하는 거야! 정현이가 응? 대학을 안 나오기는 했지만! 들어간 학교, 거기가 어떤 덴데!"

"그런 것은 아니고 지금은 가게가 막 잘되려고 하니까 신경이 쓰여서 그래요. 여자 친구 생기면 말씀드릴게요."

부모님의 언쟁을 뒤로하고 산책을 하겠다며 집을 나섰다. 시골동네에는 벌써 밤이 깊이 찾아왔다. 가로등 불빛도 띄엄띄엄해서 어두컴컴한 길을 천천히 걸었다. 이래서, 집에 오고 싶지 않아.

집으로 돌아오니 TV를 보시던 아버지가 힐끗 정현을 쳐다보며 못마땅한 듯 혀를 차셨다. 엄마는 설거지를 하다 빙긋 웃으며 돌아보셨다.

"과일 먹자."

정현은 그날 밤 다시 악몽을 꾸었다. 도망쳐도 혜진은 옷자락을 붙잡고, 뿌리치고 달려도 또 잡혔다. 어슴푸레한 새벽녘에 정현은 멍하니 천정만 올려다보고 있었다. 진운이, 보고 싶다.

"내일 일요일이라 쉬는데 하루만 더 자고 가지."

"차 막히잖아요. 가서 쉬어야 또 가게 열지."

엄마가 아쉬운 듯 잡았지만 도저히 견딜 수가 없어 도망치기로 했다. 아버지는 TV도 틀지 않은 채 담배만 연거푸 피우고 계셨다.

"또 올게요. 엄마, 생신 정말 축하해."

"영우한테도 고맙다고 전해 주고. 여기, 이건 반찬이고 저건 가게 영우 가져다줘라."

"매번 이런 거 챙기지 마. 힘들잖아."

"아들 위해서 그러는 건 하나도 안 힘들어."

매실액이며 김치며 참기름에 고춧가루까지. 굳이 서울에서 다 구할 수 있고 영우도 만들어 쓰고 있는 것을 챙겨 주는 손길이 분주하지만 엄마의 마지막 말 때문에 더 이상 거절을 할 수도 없었다. 어쩌면 무료한 일상에서 정현을 챙기기 위해 무엇인가를 만드는 것은 엄마의 낙일지도 모른다.

아마 그날의 일이 아니었더라면 정현은 온전히 숨어 평탄하게 대학을 졸업하고 회사에 다니고 있을지도 모른다. 그렇다면 엄마와 아버지는 여전히 가게 일을 보시면서 매일매일 바쁜 일상을 보내고 있겠지. 이 모든 죄스러움이 몸을 칭칭 감고 숨도 쉬지 못하게 조여 온다.

"갈게요. 이거, 아버지 받아 주세요."

요새는 장사가 잘되기 때문에 제법 두툼한 봉투를 준비할 수 있었다. 못 이긴 척 받아드는 아버지께 꾸벅 인사를 하고 엄마의 손을 잡았다.

"엄마, 또 올게."

"그래. 어서 가. 운전 조심하고. 응?"

"네. 도착해서 전화 드릴게요."

아버지는 못마땅한 기색을 숨기지 못했지만 부지런히 엄마가 준비해 준 짐을 정현의 차에 실었다. 차가 출발해도 두 분은 대문 앞에 서서 정현의 뒷모습을 바라보고 계셨다.

작아지는 부모님의 실루엣이 아프지만 드디어 숨이 터진 것 같아 크게 숨을 몰아쉬었다. 그리고 담배에 불을 붙였다.

오랜만에 운전을 한다는 것은 제법 불편한 일이었다. 허리도 아프고 어제 밤잠을 잘 못 잔 탓인지 조금 졸리기도 했다. 하지만 휴게소에서 시간을 허비하고 싶지 않아 간단히 커피 한 잔만 사들고 내내 서울로 도망쳤다. 숨이 막히는 부모님이 계신 곳에서 멀어지고 있다는 사실에 계속 안도하면서.

서울에 도착하자마자 가게로 가야 한다는 사실을 잘 알고 있었다. 트렁크 안에 있을 엄마가 챙겨 주신 모든 것을 내려놓아야 했고 자리를 비운 동안 무슨 일이 있지는 않았는지 체크해야 했다. 하지만 그럴 수가 없었다. 최대한 빨리 그를 만나야 했다. 왜인지는 모르겠지만 최대한 빨리 진운에게 닿아야만 한다.

정현은 그의 집으로 차를 몰았다. 엘리베이터가 더디게 움직였다. 하지만 결국은 원하는 곳에서 문을 열어 주었다. 진운이 집에 있을지 어떨지도 모르면서 이렇게 달려온 자신이 우습고, 애잔했다.

카드키를 열고 집으로 들어갈까 하다가 진운이 없다면 실망할 것 같아 초인종을 누르기로 했다. 현관이 열리지 않는다면 차라리 나을 것 같았다. 그의 체취가 그대로인 집 안에서 그의 온기를 찾을 수 없는 것이 더 힘겹다. 차가운 현관문에 손을 대보았다.

"왔어요?"

문이 열리며 그가 두 팔을 벌렸다. 정현은 힘껏 그에게 몸을 부딪치며 안겨들었다. 차갑게 얼어붙었던 손이 드디어 온기를 되찾았다.

5

　무작정 들이댄 입술을 그는 피하지 않았다. 반기듯 감겨 오는 혀가 감미로웠다. 하지만 정현이 지금 바라는 것은 다정한 배려의 인사가 아니었다. 파괴적이고 흉폭한 섹스가 필요했다.

　어쩌면 정현도 방향을 잃은 것인지 모른다. 오랜 기간 폭력에 익숙해지고 강간에 노출되면서 어딘가 머리가 이상해진 것일지도. 하지만 지금은 그렇다. 지금 당장은 아무것도 생각할 수 없도록 그에게 닿고 싶고 만지고 싶고 섹스하고 싶었다.

　무엇인가 말을 하려는 진운의 입술을 제 입술로 틀어막고 옷을 헤집었다. 손이 흉하게 떨리지 않아서 다행이었다. 진운이 제게 해 주듯 천천히 다정하게 벗겨 줄 수 있는 여유가 생기지 않았다.

　정현이 무엇을 하고 싶은지 알고 있다는 듯, 볼을 몇 번 다정하게 쓸어 준 진운이 서툰 손짓에 몸을 내맡겼다. 겨우겨우 옷을 벗기고 뜨거운 피부에 뺨을 밀어붙였다. 그리고 제 옷도 성급하게 벗어던졌다.

　이제는 서로의 성감대를 속속들이 알고 있어 공기를 뜨겁게 달구는데 오랜 시간이 걸리지 않았다. 평소처럼 부끄러워하며 슬그머니 피하는 것이 아니라 적극적으로 진운의 몸을 애무하고 신음을 흘리는 정현을 내려다보는 눈에 만족감이 가득했다.

깨물고 핥고 본능에 따라 움직이며 원하던 대로 모든 것을 내려놓을 수 있었다. 다만 방식이 달랐다. 통증 섞인 쾌감을 느끼며 통증을 밀어내기 위해서 쾌감을 찾아 달리며 모든 것을 잊었던 지난날과 달리, 진운과의 섹스는 그가 의도한 대로 이끌려 가며 쾌감만을 느끼면서 가라앉는다.

이제는 아릿하기까지 한 쾌감이 느껴지는 유두에 뜨거운 혀가 닿았다. 달래듯 핥아 올리는 다정한 입술은 성급하지 않았다. 그렇다고 해서 그것이 주는 쾌감이 느릿하거나 다정하지는 않았다. 소름이 돋을 만큼 강력하고 유혹적이었다.

뜨거운 손이 귀두를 감싸 쥐었다. 짧고 강하게 몇 번이나 쓸어내리곤 갈라진 틈새를 손끝으로 긁어내렸다. 신음이 터져 나왔다. 정현은 처음으로 그와 사랑을 나누면서 신음을 삼키지 않았다.

차가운 젤이 엉덩이 사이로 흘러내리자 저도 모르게 허리를 움찔 털었다. 긴 손가락이 파고들었다. 한 개, 두 개, 세 개까지 들어오자 한계까지 넓어진 구멍에서 찌걱거리는 소리가 들려오기 시작했다. 소리가 자꾸만 더 달아오른 몸을 자극한다. 마비된 이성으로 부들부들 떨어대는 정현을 진운이 뜨겁게 쳐다보았다. 시선만으로도 자꾸만 온도가 상승했다.

몸이 맞춰지고 서로에게 서로를 묻었다. 여전히 크고 강건한 그가 처음 제 몸을 열고 들어올 때면 통증 섞인 쾌감이 느껴지곤 했다. 익숙한 통증이 느껴지자 발 닿을 곳 없이 침몰하는 것 같은 기분이 나아졌다. 정현은 허겁지겁 그의 숨을 삼키고 허리를 털며 졸라 댔다. 진운이 그에 기꺼이 응해 주었다. 살이 부딪치는 소리가 점점 더 커지고 더 빨리 들려왔다.

남자치고 가느다란 발목이 그의 손안에 쥐어졌다. 한계까지 접힌 터라 사타구니가 아파왔지만 상관없었다. 정현이 원하는 것은 더 빨리, 더 강하게 오르가즘이 주는 위안으로 들어서는 것이었다. 그리고 진운은 정현이 원하는 것을 내어 줄 수 있는 유일한 사람이었다.

숨이 차올랐다. 쾌감도 차오르고 사랑도 차오른다. 찌걱대는 소리와 신음소리, 교성이 난무하지만 불결하다는 생각이 들지 않았다. 그저 가슴이 뻐근하게 벅차올랐다. 지금 진운으로 인해 가득 찬 제 몸 속처럼 늘 텅 비어 그 존재조차도 희미했던 가슴이 벅차올랐다.

절정을 향해 달려갔다. 정현은 마음껏 소리를 내질렀다. 평소 같으면 음담패설과 조르는 진운의 말들로 가득했을 침실은 둘의 숨소리로만 가득했다. 딱히 설명하지 않아도 제 감정을 알아주는 사람과 함께한다는 것이 어떤 것임을 정현은 처음으로 깨달았다. 언제나 말을 해도 통하지 않던 상대와는 전혀 다른 충족감. 그것이 쾌감으로 바뀌었다. 정말 우리가 사랑을 하고 있다는 믿음 때문에.

눈물이 고여서 흘러내리려 했다. 하지만 진운은 왜 우냐고 묻지 않았다. 흐르려는 눈물을 입술로 모두 핥아내 준 진운이 이마에 키스를 해주었다. 지금 하고 있는 동작과는 달리 무척이나 경건한 느낌까지 드는 입맞춤에 정현은 오히려 전율을 느꼈다. 아무래도 어디가 고장난 것이 틀림없다. 전율은 또다시 쾌감으로 바뀌었다. 자기혐오에 빠질 것이라고 생각했던 것과는 달랐다. 아마도 그가 잡고 있는 팔에서 느껴지는 온기가 저를 단단히 잡아 주고 있기 때문이리라.

쾌감이 넘쳐 온몸으로 퍼져 나갔다. 정현은 왈칵 사정을 하면서 몸을 떨었다. 그것을 본 그의 한 팔이 정현의 머리를 안아 제 가슴에 묻었다. 그러곤 사정없이 몰아치기 시작했다. 평소 같으면 사정 직후 느껴지는 그가 너무 노골적이라 도리질을 했을 테지만 오늘은 그러지 않았다. 그저 그가 주는 쾌감에서 느껴지는 안온함을 온몸으로 느꼈다.

잔인하게 허리를 스치고 지나가는 쾌감이 또다시 정현을 일으켜 세웠다. 진운이 그것을 느꼈는지 감쌌던 머리를 놓아 주고 다시 정현을 잡았다. 단단해진 몸 끝에 느껴지는 손가락이 귀두 끝 갈라진 틈으로 파고들거나 젖어 있는 선단을 슬슬 문지르거나 할 때마다 제 구멍이 그를 조이면서 움찔거리는 것이 느껴졌다. 나지막한 신음소리가 좋았다. 그에게 줄 수 있다는 것이 행복하다.

제 몸 안에 들어 있는 진운이 엄청나게 부풀어 올랐다는 것을 느꼈을 때, 그가 더 강하게 치받기 시작해서 잠시 이성을 잃었다. 지나친 쾌감 탓에 정현은 그의 어깨를 물었다. 지금 당장의 기분으로는 그의 신음이 통증 탓인지 쾌감 탓인지 상관없을 지경이었다. 하지만 평소와 달리 마지막 스퍼트가 짧게 끝났다는 것을 이미 정신을 거의 놓은 정현이 알 리 없었다.

여전히 포개진 몸을 풀지 않고 서로에게 진득하니 키스를 남겼다. 아까 전 정현이 달려들어 미친 듯이 갈구했던 키스가 아니었다. 서로를 충분히 가지고 만족한 채 나누는, 다정한 키스. 여전히 움찔거리는 몸 때문인지 그가 나지막이 신음했지만 그래도 포갠 몸을 비끼지는 않았다. 서로를 안고 천천히 숨을 골랐다.

"미안해요."

"뭐가?"

"어깨에 상처를 남겨서."

"아아, 이거."

제 어깨를 흘끔 내려다 본 진운이 웃었다. 정현은 천천히 눈을 끔뻑거리면서 만족감에 평소보다 긴장을 늦춘 그를 바라보았다.

"좋은데요?"

"네?"

"이렇게 흔적이 남은 것 좋다고."

천천히 말한 그가 재빨리 머리를 내려 쇄골을 진득하니 빨았다. 분명히 또다시 남은 울혈을 정현은 샤워를 하며 문질러 볼 것이다. 그런 짓을 한다고 해서 절대 지워지지 않을 그것을.

"나도 이렇게 할 수 있잖아요? 그런다고 평소처럼 성질을 부리지도 않을 거고."

"누가 성질을 부렸다고……."

"그쪽이. 늘 고양이처럼 곤두세우고 성질을 부리잖아? 귀엽게."

이제는 저런 말에 익숙해져 얼굴도 달아오르지 않았다. 게다가 이제는 너무 졸려서 눈을 뜨고 있는 것조차 힘들 지경이었다. 어제의 악몽으로 인해 잠을 거의 자지 못했다. 사고 없이 운전을 하고 온 것도 용한 상태다. 그의 모습이 조금 흔들려 보였다.

"졸려요?"

"네……."

"그럼 자요."

진운이 정현의 헝클어진 머리카락을 정돈해 주었다. 그의 온기가 준 안도가 자꾸만 잠을 불러왔다. 가게도 가 보아야 하고, 차 안의 짐도 풀어야 하는데 도저히 몸에 힘이 들어가지 않았다.

"뭐라고?"

"가게에…… 가 봐야…… 하는데…… 짐……."

똑바로 말해 보려고 노력했지만 자꾸만 잠에 취해 웅얼대며 끊어 먹었다. 진중한 표정으로 듣고 있던 그가 고개를 끄덕거렸다.

"걱정하지 말고, 한숨 푹 자요. 내가 다 알아서 할 테니까."

"그래도……."

"자고 일어나면 한결 나아질 겁니다. 잘 자요."

다정한 손이 머리를 쓸어내렸다. 포근한 손길에 안 그래도 천근같았던 눈꺼풀은 점점 더 무거워지기만 했다. 정현은 안 된다고 웅얼거리면서도 도저히 견딜 수가 없어 그럼 잠시만 자고 일어나자고 생각하며 눈을 감았다. 그러곤 순식간에 잠에 빨려들어 가고 말았다.

다정하고 흐뭇한 표정으로 그 모습을 내려다보고 있던 진운의 표정이 한순간에 변했다. 차가워진 표정으로 평소처럼 오만한 표정을 지은 그는 정현이 아까 차키와 지갑을 내려다놓은 쪽으로 시선을 돌렸다가 시계를 보았다.

아직 동경은 막 저녁타임이 시작되었을 시간이다. 그러니까 시간이 촉박하지는 않았다. 정현이 놀라 깨지 않도록 천천히 몸을 일으킨 그는 이리저리 몸을 풀며 욕실로 들어섰다.

정현의 체취가 묻은 몸을 바로 씻어내야 한다는 것 때문에 조금 기분이 상한 탓에 표정이 더 차갑기만 했다.

"이정현."

그는 입꼬리를 조금 들어 올리며 웃었다. 오직 정현만이 그를 웃음 짓게 했다. 그리고 다시 제 표정으로 들어온 그는 샤워부스의 문을 닫았다. 뜨거운 김이 욕실에 가득 차올랐다.

눈을 뜨자 이제는 낯익은 천장이 눈에 들어왔다. 어쩐지 조금 덥다 느껴졌던 것은 진운의 팔이 자신을 꽁꽁 싸매듯 안고 있었기 때문이다. 벗은 어깨에 선명한 제 잇자국이 어제 벌인 정사를 떠오르게 했다. 안 그래도 더웠는데 얼굴이 달아오르자 체온이 급격히 상승하는 기분이었다. 정현은 마주 보며 안고 있던 그에게 그것을 들킬세라 몸을 돌렸다.

나지막한 신음소리가 들려오자 그가 깼나 싶어 주의를 기울여보았지만, 다행히 잠에서 깨지는 않았다. 조그마한 소리를 내며 돌아누운 정현을 끌어당긴다. 또다시 뒤에서 안긴 자세가 되어 버렸지만 그래도 뜨거운 뺨을 들키지 않은 것이 다행이었다. 정현은 만족감에 배부른 한숨을 내쉬었다.

침대 곁 협탁에 제가 가져다놓지 않은 것이 분명한 자리끼와 휴대폰이 눈에 들어왔다. 다시 깊게 잠이 든 것 같은 진운의 팔을 슬그머니 풀어내고 물을 단숨에 모두 마셔 버렸다. 물이 달았다. 하긴 어제 그렇게 운동을 해놓고 물도 한잔 마시지 못한 채 까무룩 잠이 들어 버렸지.

휴대폰을 들어 액정을 켰다. 부재중 전화 세 통, 그리고 메시지. 생각해 보니 도착했다는 전화도 부모님께 드리지 못했다. 엄청나게 걱정을 하셨을 텐데. 엄마에게 두 통, 아버지에게서 한 통의 전화가 들어와 있었다.

하지만 아직 이른 아침이라 바로 전화도 드리지 못하고 메시지창을 열었다. 영우의 메시지가 와 있었다. 그것을 본 정현은 안도의 한숨을 내쉬었다.

<인마, 부모님한테 도착 인사도 안 하면 어쩌냐. 걱정하시기에 바로 가게 일보느라 바빠서 그렇다고 뻥쳤어. 메시지 보는 대로 전화 드려라. 그리고 반찬 잘 받았다.>

<아니 근데, 너 손이 없냐, 발이 없냐. 왜 김 대표를 시키고 지랄이야.>

메시지를 보고 잠들기 직전 알아서 하겠다는 그의 말을 떠올렸다. 알아서 하겠다는 말이 이런 뜻이었구나. 잔심부름 같은 것과는 전혀

어울리지 않는 사람이 사소한 제 말에 귀 기울여 주었다는 것이 기뻐 나지막하게 웃었다.

휴대폰을 협탁 위에 놓아두고 그의 품안으로 기어들어 갔다. 십 센티 정도밖에 차이가 나지 않는데도 덩치는 무척 차이가 컸다. 너른 어깨를 겨우 끌어안자 눈꺼풀이 파르르 떨렸다. 그가 깨어나면 무엇이라고 말해야 좋을까. 벅찬 입술이 제대로 된 말을 전할 수 없을 것 같아 재빨리 눈을 감고 자는 척했다.

"이정현."

그가 깼는지 이름이 불렸다. 자다 깬 탓인지 지독하게 낮은 목소리가 무척 섹시해 등허리가 다 떨릴 지경이었다. 정현은 고집스럽게 자는 척을 계속하기로 했다. 낮은 웃음소리가 들리더니 세게 끌어 안겼다.

숨소리가 귓가에 울렸다. 규칙적이고 평온한 숨소리다. 이 평화를 깨고 싶지 않다. 정현은 내내 눈을 감고 그 숨소리가 주는 안도에 몸을 내맡겼다. 오랜 시간 잠을 잤는데도 다시 나른해지는 기분이다. 그도 마찬가지인지 토닥이는 손이 느리기만 했다. 하지만 딱 붙인 고간에서 느껴지는 단단함은 그것과는 정반대의 이야기를 하고 있었다. 참으로 발기 찬 아침을 매일같이 목격하고 있다.

"자요?"

뻔히 다 알면서 짓궂게 묻는 목소리가 싫지 않았다. 정현은 어린아이처럼 그의 품속으로 더 파고들었다. 정현을 아는 모든 사람들이 다 놀랄 지경으로 자꾸만 그에게 어리광을 부리게 되었다. 하지만 단 한 번도 그는 그것을 탓하지 않았다. 오히려 기분이 좋은 듯 다정한 눈빛으로 바라봐 주었다.

"자나 보네."

음흉한 손이 살살 몸 끝을 쓰다듬기 시작하자 저도 단단하게 세우고 있었다는 것을, 잊고 싶었던 사실을 새삼 깨달았다.

"자는 사람한테 무슨 짓입니까."

"안 자고 있었잖아요."

"자고 있었거든요?"

"그래요. 자고 있었군요."

"진짜 자고 있었다고요!"

"그래요. 자고 있었다고요."

입술이 온몸을 더듬어 내려갔다. 호흡이 가빠 오기 시작했다. 유륜을 빨아올린 그가 자꾸만 아래로, 아래로 내려갔다. 정현은 겨우 뜬 눈을 다시 질끈 감았다.

"잠을 깨우는 덴, 이게 특효약이지."

진운의 입술이 제 것을 강하게 빨아들인다. 정현은 나지막이 신음을 내뱉었다. 그의 숱이 많은 새까만 머리카락을 쓸어내렸다. 그도 기분이 좋은지 목을 울렸다. 그러자 자극받은 성기가 더 빳빳이 일어났다.

"아침입니다."

"그런데요?"

"그러니까……."

말을 잇지 못하고 고개를 뒤로 꺾어야만 했다. 혀가 뾰족하게 갈라진 틈새로 비집고 들어왔기 때문이다. 신음하며 머리카락을 쥐었다. 그럴수록 입술은 더 집요하게 움직인다.

"흐읏."

정현은 제 것을 물고 있는 그를 떠밀어 눕혀 버렸다. 조금 날카로워진 눈매가 뭘 하느냐고 힐난의 눈초리를 보냈지만 개의치 않았다. 그리고 재빨리 그의 것을 삼켰다.

헉 하는 낮은 목소리에 도취감을 느낀다.

너무나 큰 그 때문에 턱이 한계까지 벌어져 채 다 삼키지 못한 타액이 턱을 타고 흘러내렸다. 질척거리는 소리가 점점 더 야하게 들려왔다. 낮은 신음소리가 듣기에 좋았다. 조금 짜고 쓴맛이 입안을 맴돌았다.

"맛있게도 빠네."

그의 말에 항의해 보려고 했지만 그의 손이 제가 했던 것처럼 머리카락을 쥐고 있는 탓에 입안에서 응응 울렸다. 그가 잘게 허리를 떨었다. 아까 전 당했던 것처럼 그에게도 강한 자극이 되었던 탓이다. 흉폭해진 기세로 그는 정현을 끌어올렸다.

"으읏."

문질러지고 있는 밀지에 차가운 젤이 닿았다. 개처럼 엎드린 채 정현은 몸을 떨었다. 성급해 보이는 손가락이 몇 번 움직이지도 않았는데 몸이 풀린 것이 느껴져 얼굴이 달아올랐다. 자꾸만 그의 앞에서 조급하게 섹스를 조르는 것 같아 부끄럽기만 했다. 이제는 그의 보챈다는 말을 들어도 대꾸할 말이 다 없을 지경이었다.

자각할 새도 없이 빠르게 박혔다. 허리가 뒤로 크게 휘었다. 그 탓에 들린 고개를 붙들고 진운이 거칠게 입술을 맞대었다. 아침이면 그는 더욱더 집요하게 달려들고 더 강하게 몰아붙이곤 했다.

"일요일 아침이야."

"아읏. 읏."

무엇이라고 대꾸할 여유조차 없었다. 입안으로 밀어 넣어진 손가락을 빼며 정현은 허리를 흔들었다. 머릿속이 하얗게 탈색된 기분이었다.

"아직 시작도 안 했는데."

일요일 아침이 시작되었다. 가게를 열지 않는 일요일이면 늘 아침을 이렇게 시작하곤 했다. 정현은 부들부들 떨리는 팔로 겨우 몸을 지탱했다. 퍽퍽 쳐올리는 허리 짓 때문에 자꾸만 몸이 떠밀려 베개에 머리를 박았다.

이상하게 마음이 놓이네. 배덕한 짓을 하고 있다는 죄책감이 늘 가슴 한편에서 정현을 섹스에 몰두하지 못하게 한 것과는 다르게 그와의 섹스는 모든 것을 잊게 해 주었다. 진운이 내어 주는 위안에 몸을 맡긴다. 그리고 쾌감은 빠르게 몸을 정복했다.

이대로가 좋다. 정현은 당분간 본가에 갈 일이 없다는 것에 안도했지만 그런 생각을 미처 마무리 짓기도 전에 진운의 으르렁거림에 정신을 놓았다.

"또 딴생각을 하고 있지?"

정현은 다른 생각을 모두 지웠다. 그러고는 그가 파고들어 휘저어 놓은 감각에 집중했다. 머릿속이 하얗게 탈색되기 시작했다. 일요일 아침다운 아침이 시작되었다.

"김영우."

"왜."

"너 예전에 얘기했던 그 형, 아직 연락하냐?"

"누구?"

"중고차 딜러 한다는."

"아, 응. 왜, 차 팔게?"

월요일 아침, 영우는 출근한 정현을 보고 또 잔소리를 늘어놓았다. 도대체 정신을 어디다 빼놓았기에 서울에 도착하는 대로 부모님께 전화도 드리지 않고 걱정을 시키냐는 것이 주된 내용이었다. 짐을 들고 들어온 진운의 모습을 설명하는 것도 웃겼다. 무슨 진운이 야차라도 된 것처럼 묘사하는 것이 그러했다. 김치와 매실액을 든 야차라니.

반찬은 진운이 제 집에 잘 갈무리를 해놓았기에 일요일 아침에 일어나자마자 그가 차려주는 밥과 함께 엄청난 기세로 먹어 치웠다. 전날 제대로 먹지 못했던 탓이었는데, 늘 진운이 해주는 밥은 한 공기를 겨우 먹었기 때문에 그가 조금 섭섭해하는 기색을 내비쳤다. 그게 아니라 너무 굶은 데다 운동을 심하게 한 탓이라는 말에 또 불이 붙었다. 이상한 포인트에서 불이 붙고 그것을 반드시 실행에 옮겨야 하는 진운 탓에 일요일은 내내 침대에서 떠나질 못했다.

"응, 이제 그럴 때가 된 것 같아. 많이 늦었지. 진작 팔아 치웠어야 했는데."

"야, 너 그거 팔아 봐야 제 값도 못 받아. 사고차량이잖아."

"아."

언젠가 헤어지자는 말을 남기고 차량으로 도주하는 정현을 쫓아 재원이 무시무시한 기세로 차를 몰았다. 그리고 몇 번이고 들이받혔다. 결국 울렁거림을 참지 못하고 차를 세우곤 재원에게 멱살을 잡힌 채 차로 끌려들어가 당했었지. 그런 아픈 기억을 어떻게 잊었을까. 하긴 수많은 폭력 중의 하나였기 때문에 잊을 수 있었는지도 몰랐다.

정신을 찾은 이후에 차를 바꿔 주겠다고 재원은 무릎까지 꿇고 빌었지만 내키지 않는데다가 크게 상한 것이 아니어서 그냥 수리해서 썼다. 하지만 그때의 사고가 너무 무시무시해서 신고가 들어갔고, 어쨌든 사고 이력은 남았을 것이다.

"사고 난 이력 있으면 똥값이야. 그러기엔 차가 너무 아깝지 않냐."

"그래도. 아, 그럼 너 가질래?"

"뭐?"

"너 드림 카였잖아."

"씨발, 재원이 새끼가 준 건 다 더러워. 안 가져."

"그래? 그럼 팔아야지 뭐. 아님 그냥 폐차를 할까."

"미친 새끼, 왜 멀쩡한 차를 폐차한다고 지랄이야? 그러느니 나 줘."

"그럼 너 가져."

"싫다고!"

"그럼 어쩌라고."

멍청한 대화를 반복하다가 정현은 한숨을 내쉬며 고개를 내저었다. 어쩐지 영우와 이야기하고 있노라면 어린 시절로 돌아가는 기분이라 유치해지곤 했다. 하지만 그것이 딱히 나쁜 기분은 아니었다. 이렇게 빙빙 돌아가며 힘을 뺄 때는 얘기가 다르지만.

"그럼 차를 바꾸자."

"뭐?"

"너 거 나 줘. 그리고 저거 너 해."

"야! 차가 무슨 지우개 따먹기 하는 것도 아니고!"

"너 차 아직 쓸 만하지?"

차를 애지중지하는 영우는 제 차에서 과자도 먹지 못하게 했다. 오로지 허락하는 것은 아메리카노. 단 커피도 용납해 주지 않았다. 물론 그 차를 탈 일은 거의 없었고 함께 움직일 때면 영우가 정현의 차를 운전하며 감탄사를 늘어놓곤 했었지만.

"너 진심……."

드르륵 가게 문이 열렸다. 브레이크 타임이라 팻말을 내걸었는데 누군가 싶어 고개를 돌린 영우가 친절한 목소리로 입을 열었다.

"지금은 브레이크 타임이라 식사가 안 됩니다. 저녁 시간은 다섯 시……."

"이정현 사장님 계십니까?"

"전데요."

말쑥하게 정장을 차려입고 최신 유행의 머리를 한 남자가 명품가방을 왼손으로 고쳐 쥐며 얼른 손을 내밀어 악수를 청했다. 저도 모르게 그 손을 잡아 흔들었지만 아무리 기억을 더듬어도 모르는 얼굴이었다.

"차를 가지고 왔습니다. 여기는 서류고요, 여기는 키. 아, 언제든 매장을 찾아 주신다면 다른 차도 시승해 보실 수 있고요. 여기 사장님 말고 이분은 누구신지? 언제든 저를 찾아 주십시오. 시승은 책임지고……."

"누구세요?"

"이정현 사장님 아니세요?"

"맞는데요."

"차 구매하셨잖습니까."

"차를요?"

"어디 보자…… 김진운 대표님께서 오셔서 구매하셨네요. 바쁘셔서 대신 오셨다면서 잘 가져다드리라고 신신당부하셨는데요. 자자, 그러시지 말고 사장님, 제 얘기부터 들어보십시오. 이 차로 말할 것 같으면……."

현란한 영업맨의 말솜씨에 정현과 영우는 휘말렸다. 정신을 차리고 보니 이미 서류에는 사인을 했고, 그 서류가 가방으로 들어가고 있었다. 차키를 쥐어 주며 영업맨은 자신만만한 미소를 지었다.

"자, 이제 볼까요?"

차에 대해서 관심이 없어 잘 모르는 정현도 한눈에 알아볼 수 있을 비싼 차였다. 언젠가 그에게 '차가 좋네요.' 따위의 말을 건넬 수 있을 만큼이나 유명한 차였기 때문이다. 게다가 색도, 모델도 진운의 것과 똑같은 차가 반짝거리며 그것이 새것임을 뽐내고 있었다. 가게 앞이 꽉 찬 기분이었다.

"헐."

수다스럽게 정신을 빼놓은 영업맨이 인사를 하고 사라지자 덩그러니 가게 앞에 선 두 남자는 멍하니 차만 들여다보게 되었다. 어쩐지 지쳐서 정신을 차릴 수가 없다. 멍한 정현에게 고개를 돌린 영우가 입을 열어 멍청한 소리를 내뱉었다.

"이제 지우개 따먹기 할 필요가 없어졌네?"

─네.

그는 몹시도 평온한 목소리로 전화를 받았다. 패닉상태에 빠진 자신이 오히려 우습다는 생각이 들 만큼 진운은 태연하기만 했다. 솔직히 흥분한 제 자신이 애잔하게 느껴질 만큼.

"지금 좀 보죠. 회사 앞 커피숍에 와 있습니다."

차 구경을 하는 영우를 내버려둔 채 그의 회사로 왔다. 어딜 가냐는 질문에 답을 하지는 않았지만 영우라면 제가 어디로 향했는지 알 것 같았다. 손안에 쥔 차키가 뜨끈뜨끈해질 만큼 빠른 걸음으로 들어서서 제 정신이 아닌 채 전화를 걸었다. 그런데 그는 태연하기만 했다.

─지금?

"지금."

─알겠어요. 그럼 3분만.

잠시 후 그가 커피숍 문을 얼고 들어왔다.

문을 여는 순간, 손님들의 시선이 그에게 쏠렸다. 정현은 그를 처음 만났을 때를 떠올렸다. 아기자기한 인테리어에 전혀 어울리지 않는 저런 모습으로 태연하게 커피를 마시고 있었더랬다.

실연을 막 겪은 자신도 눈을 돌릴 수 없을 만큼 그의 매력은 막강하기만 했다. 그 커피숍 안 사람들도 그러했지. 지금 모든 사람들이 그를 향해 시선을 돌렸던 것처럼, 그때도 그랬다.

"무슨 일 있습니까?"

마주 앉아 다정한 목소리를 내는 그를 새삼스레 바라보았다. 그때는 눈인사를 하고 시선을 비꼈는데, 지금은 서로 시선을 맞춘 채 서로만을 바라보고 있다. 우리는 달라졌고, 달라지고 있었다.

"갑자기 이게 무슨 일입니까."

"아아, 보고받았어요. 차를 가져다줬다고."

"도로 가져가십시오."

테이블 위에 올린 차키는 쳐다보지도 않고 진운은 정현을 바라보기만 했다. 너무 강한 시선에 움찔했지만 피하지는 않았다. 화가 난 것인지, 제 처지가 비관되는 것인지 애매모호한 이상한 기분이다.

"왜요?"

"너무 비싸고, 그런 것을 받아야 할 이유가 없으니까요."

"이유가 없어? 허."

짧게 실소하며 잠시 창밖으로 시선을 돌렸던 그가 다시 정현을 똑바로 쳐다보았다. 그 시선에 실려 있는 분노에 놀랐다. 물론 선물을 거절한다는 것에 화를 낼 수도 있다는 것을 알고는 있지만, 보통 사람들 사이에서 주고받기 불가능한 과한 선물이니 거절할 수도 있지 않은가. 하지만 그는 무척 화가 나 있었다.

아니다. 사실 정현은 그가 자신에게 화를 낼 수도 있다는 것 때문에 놀랐다. 단 한 번도 그는 정현에게 관대하지 않았던 적이 없었다. 그렇게 말없이 사라졌어도, 며칠이나 기다리게 했어도, 쏟아부어 주는 애정보다 못 한 것을 돌려주어도 그것을 단 한 번도 지적하지 않았다.

늘 다정하고 모든 것을 이해할 수 있다는 눈빛으로 바라봐 주었을 뿐. 그런데 그가 화를 내고 있기 때문에 정현은 조금 비참해졌다.

물론 그도 사람이니 화를 낼 수도 있지만, 그런 일이 생기지 않을 것이라고 생각했던 것은 자만이 아닐까. 스스로를 너무 과대평가하고 그의 사랑에 너무 안일했던 것이다.

정현은 스스로를 반성했지만 저런 비싼 차를 날름 받아 챙기기에는 자존심이 상했다. 그를 사랑하고 모든 것을 주고 싶었지만 그래도 이 문제와는 별개다.

"그럼 그 새끼한테 차를 받았을 때는 이유가 있었나?"

"……?"

"왜 그 새끼한테는 차를 선물 받을 수 있고, 나한테는 받을 수가 없는 거지?"

"그게 아니라……."

"왜 말을 하다 말아? 들어보자. 무슨 말인지."

할 말이 있을 턱이 없었다. 재원에게서는 차를 받아놓고 그에게서는 왜 차를 받을 수 없는지를 말해 보라며 그가 정곡을 찔렀기 때문이다. 이상한 일이었다. 대출 문제 말고는 재원에게 돈이나 비싼 물건을 받아쓰는 일에 대해 거부감을 느끼거나 자존심을 세워본 일이 없었다. 다른 문제에 있어서는 있는 대로 자존심을 세워 가며 뾰족하게 굴었지만.

하지만 그에게는 모든 것에 자존심을 세워본 적이 없었는데 이런 문제에 있어서는 자존심이 상하다니. 그러다 문득, 깨달았다.

돈이나 폭력으로 사랑을 좌지우지할 수는 없었다. 그저 서로에게 진심을 내어 주고 진심을 바라는 것, 그것만이 사랑을 키울 수 있는 것이다. 정현은 그것을 너무 늦게 깨달았고, 재원이 그것을 깨달았는지 아닌지는 알 바가 아니었다. 어찌 되었건 이 모든 것이 사랑을 해칠까 봐 두려운 것이다. 물질적인 것이 오고가다 보면 우리가 하고 있는 사랑의 의미가 퇴색되어 버릴까 봐서.

"……나는 이렇게 좋은 것을 줄 수 없어요."

"그런 건 바라지도 않아. 내가 다 가지고 있으니까. 그러니까 이유가 안 돼. 그럼 다음 변명."

"이런 것들이 쌓이다 보면, 분명 문제가 생길 거고, 그러다 보면 우리가 헤, 헤어지는 일이 생길지도 몰라요."

헤어진다는 발음을 하기가 어려워 바보같이 말을 더듬고 말았다. 그의 앞에서는 언제나 바보가 되는 느낌이다. 언제나 서늘하고 가까이하기 어려운 인상이라는 소리만 듣는 자신이 그의 앞에서는 얼마나 머저리 같은 짓만 하고 있는지 아무도 모를 것이다. 본다 해도 아마 믿지 못 할 게 분명했다.

"그런 게 걱정되어서 그래요?"

날카롭게 찌를 것 같았던 목소리는 평소와 같은 부드러운 저음으로 바뀌었다. 다정한, 달래는 듯한 목소리에 조금 마음이 놓였다. 하지만 폭 숙인 고개를 여전히 들지는 못하겠다. 진운이 어떠한 표정을 짓고 있을지 그것이 너무나도 두려워서.

"그런 걱정은 할 필요 없어요."

진운은 몸을 조금 일으켜 정현의 턱을 잡고 느릿하게 들어올렸다. 다시 마주친 눈이 조금 웃고 있었다. 안심한 정현은 긴장되어 딱딱하게 굳어진 몸에서 힘을 빼고 조금 무너지듯 자세를 편안하게 했다.

"그냥, 그 차를 타고 다니는 게 마음에 안 들어서 사준 거니까. 사려다 보니 기왕이면 같은 차였으면 좋겠다는 생각이 들어서. 일종의 커플아이템이라고 해두죠."

"누가 커플차를 합니까?"

"안 될 이유라도 있습니까?"

"보통은 커플링이나 커플목걸이 같은 걸 하지 차 같은 비싼 걸로 하지는 않는다고요!"

"아, 그러니까 커플링이나 커플목걸이 같은 게 갖고 싶다는 말인가? 그럼 진작 말을 하지. 알았어요. 그것도 준비하도록 할게요."

"그, 그런 말이 아니잖아요!"

또 혼자 얼굴을 붉혔다 인상을 썼다 있는 대로 성질을 부리는 정현을 귀엽다는 듯이 바라보던 진운의 전화기가 울렸다. 그는 여전히 표정을 유지한 채 싸늘한 목소리로 전화를 받았다.

그 목소리에 정현은 조금 굳었다. 정중하지만 감정이라곤 하나도 느껴지지 않는 목소리. 언제 보아도 진운이 저 외의 사람과 대화하는 모습을 바라보는 것은 놀라운 일이다.

─대표님! 회의하시다가 갑자기 그렇게 가 버리시면…….

"지금 가겠습니다. 기다리세요."

생각보다 수화기 음량이 크게 설정되어 있었던지 상대의 목소리가 다 들렸다. 말을 끊고 제 할 말만 한 진운이 정현의 음료수 잔을 집어 들고 조금 마셨다. 아까 너무 분통이 터졌던 탓에 시켰던 얼음이 가득 든 아이스아메리카노는 그를 기다리며 한 모금 마셨던 것 말고는 새것과 다름없었다.

"제가 회의하는데 방해를 했나 봐요."

"들렸나요? 이거 미안한데."

"제가 더 미안합니다."

"아니에요. 이쪽이 더 급한 일이니까. 정현 씨가 날 부르는 게."

그는 그림 같은 자태로 우아하게 일어나 정현에게 손을 내밀었다.

저도 모르게 그 손을 잡고 몸을 일으켰다. 또 커피숍 안 모든 사람들의 시선이 쏠리는 게 느껴졌다. 시선을 받는 것이 익숙하지 않았던 것은 아니지만, 그에게로 시선이 쏠리는 것이 이제는 그다지 달갑지 않았다.

"데려다주고 싶지만, 지금은 좀 급해서. 그럼 조심히 들어가요."

"먼저 들어가세요."

"그럼 말했던 그거, 준비할게요."

"아니라고요!"

"하하하."

보기 드물게 크게 웃은 그가 긴 다리를 성큼성큼 뻗어 가며 사무실로 사라졌다. 정현은 허탈하게 그 뒷모습을 지켜보았다. 도대체, 여기까지 왜 온 거지. 혹 떼려다가 혹 붙이고 가는 격이다. 비싼 차 떼려다가 귀금속 붙이고 가는 셈이네.

양재원이 준 것이라 더럽다는 둥, 사고 차량이라 그런지 잘 안 나간다는 둥 잡소리가 많았지만 영우는 그 차에 무척이나 만족한 것 같았다. 사실 얄상하고 날렵한 디자인의 스포츠카는 진운의 말대로 정현에게 어울리지 않았다. 그렇다고 해서 그가 선물한 커다란 SUV가 정현에게 딱히 어울린다고 볼 수도 없었지만, 정현은 현명하게 말을 삼켰다. 그것으로 토를 달았다가 또 그가 화를 내는 모습을 보고 싶지 않았기 때문이다.

이상하게도 재원이 화를 내는 모습을 보기 싫은 것과 그가 화를 내는 것을 보기 싫어하는 마음은 전혀 달랐다. 재원이 화를 내기 시작하면 아프고 귀찮아졌기 때문에 입을 다물고 화를 내지 않도록 조심했었지만, 그가 화를 내기 시작하자 모든 것이 다 의미가 없어지고 두려워졌다. 진운이 없는 세상은 상상할 수조차 없었다. 이제는 완전히 그에게 길들여져 버렸다. 계절이 하나 지나갔을 뿐인데, 그렇게 되어 버렸다.

하긴 처음 그를 만나고 사랑에 빠지기까지도 그랬다. 생각했던 것처럼 시간이 많이 필요하지 않았다. 심지어는 지난 이별에 대한 애도의 시간을 가져야 한다는 것을 뻔히 알고 있음에도 그랬다. 그와의 모든 것은 정상적이지 못했다.

그러다 정현은 곰곰이 제가 한 생각을 되짚어 보았다. 정상적이라는 것은 누가 만들어 놓은 기준이며 거기에 맞춰야 할 이유가 무엇인지. 세상에는 수많은 사람이 있고 각기 다른 그 많은 사람들이 함께 살아가고 있다. 제가 아는 그 적은 사람들조차도 같은 사람이 하나 없는데 어떻게 같은 기준으로 누군가를 판단하고 결론 내릴 수 있단 말인가? 우리는 정상적이지 못한 것이 아니라, 그저 남들보다 더 빨리 서로를 알아봤고 서로를 더 많이 사랑했을 뿐이다.

그렇게 결론 내리고 나니 모든 것에서 마음이 편해졌다. 정현의 변화를 진운은 무척이나 기뻐했다. 늘 어느 정도 선을 긋고 그 선 너머에서 기웃대기만 했던 정현이 스스로 그것을 넘어 들어왔다는 사실을 눈치챈 것 같았다. 애정 표현은 더 대범해지고 밤은 더 격렬해졌다. 남들 앞에선 단 한 번도 티를 내지 않았지만 둘만의 세상에서는 많은 것이 변했다.

모든 것이 행복하기만 했다. 정현은 초여름의 따가운 햇살을 받으며 담배에 불을 붙였디. 만약에 천국에 갈 수 있다면 지금을 천국의 시간으로 박제라도 하고 싶은 심정이다. 하지만 천국이란 공간에 자신을 위한 자리는 없을 게 분명했다. 그렇지만, 그럴 수만 있다면.

그날도 그러했다. 그간 너무 평안하게 지냈던 터라 경계를 잊었다. 하긴 경계를 했다 하더라도 가게로 걸려온 전화를 무시할 수도 없었을 것이다. 일반전화 번호가 찍힌 전화를 근처 회사이겠거니 생각하고 무심코 받은 것이 실수였을지도.

"동경입니다."

─정현아.

수화기를 떨어뜨릴 뻔했다. 수화기 너머 들려오는 목소리는 무척이나 익숙한 것이었다. 8년이나 들었던 목소리를 잊을 리 없었다. 그 목소리는 차분했지만 정현은 잘 알고 있다. 이 목소리가 차분할 때, 오히려 더 경계해야 한다는 것을. 재원은 미쳐 날뛰기 직전 무척이나 정상인처럼 굴어서 연애 초반에 정현은 안심하다가 피투성이가 되곤 했었다.

─왜 말이 없어?

"무슨 일이야?"

─오랜만이야.

반가울 턱이 없었지만 재원의 목소리가 정말 반가워하는 것 같았기 때문에 그 사실을 굳이 지적하지는 않았다. 지적할 기운도 없었다. 재원의 전화가 걸려오는 순간 모든 것이 다 무너져 버린 기분이었다.

─이젠 인사도 안 받아주네.

"무슨 일인데."

─아, 그냥 궁금해서. 어떻게 지내나.

안부나 물을 사이는 아니건만 다정한 목소리는 정현의 안부를 묻고 있었다. 곧 점심 장사가 시작될 것이고 바빠질 것이다. 그리고 점심때면 그가 온다. 짜증이 나고 초조해져 자꾸만 땀이 고인 손바닥에서 수화기가 미끄러졌다. 고쳐 잡느라 무엇이라고 말을 하는 재원의 목소리를 놓쳤다.

"아, 못 들었어. 뭐라고?"

―왜 차 바꿨냐고 물었어.

정현은 침묵했다. 새 애인이 전 애인인 너로부터 받은 차라 마음에 들어 하지 않아 바꿨다는 말을 하기엔 재원이 무서웠다. 아니, 그렇다기보다는 미친 자식이 벌일 미친 짓이 두려웠다. 그간은 제 한 몸 얻어맞으면 끝나는 일이었지만, 지금은 상황이 달랐다. 진운이 있고, 그와 사랑을 하고 있었다.

―영우 새끼가 신 나게 타고 다니더라. 그러라고 사준 차가 아닌데 말이야.

"재원아."

―게다가 그 새긴 뭔데? 새로 구멍 씹해 줄 남자 찾았냐?]

"양재원."

―나보다 잘해? 나보다 커? 아니면 나보다 돈이 많아? 씨발, 도대체 왜 그러는데. 내가 다 알아서 잘해 줄 건데 왜 딴 새끼를 만나고 지랄이냐고. 그 새끼한테도 벌렸지? 창녀 같은 새끼. 넌 하여간 존나 맞아야 돼.

"이만 끊는다."

―끊지 마.

침묵 속으로 재원이 몰아쉬는 거친 숨소리가 녹아들었다. 화를 이기지 못하고 씩씩거리는 재원이 내쉬는 숨. 정현은 자꾸만 차가워지고 있는 제 자신을 깨달았다. 이미 돌이킬 수 없는 짓을 놓고 자꾸만 떼를 쓰는 것처럼 굴고 있다. 사랑이 끝나고, 아니 이미 끝나 버린 사랑을 깨달으면서 자꾸만 마음이 차가워졌다. 그렇게 고한 이별 때문에 정현은 죽을 뻔하기도 했었다.

"이제 장사해야 해."

－가게가 소중해지기라도 했나 보지? 니가 언제부터 장사에 신경을 썼다고.

늪 같은 연애가 끝나고 안정적인 연애를 시작하자 많은 것들이 새롭게 보이기 시작했다. 정현은 요새 영우에게 구박을 받으면서도 묵묵히 일을 배우기 시작했고, 가게 운영에 대해 공부를 하기 시작했다. 입으로는 툴툴거렸지만 영우는 정현의 변화를 기뻐하는 것 같았다.

진운도 마찬가지였다. 무엇이든 정현이 의논하고자 하는 바를 주의 깊게 들었고, 잘 모르는 분야긴 해도 조언과 응원을 아끼지 않았다. 그리고 시간이 지난 이후에 돌이켜 보면 진운의 말은 대부분 옳았다.

정현은 예전처럼 늪 아래 옹송그려 몸을 웅크린 채 죽은 벌레처럼 시간을 때우고 싶지 않았다. 사람답게 살고 싶었다.

"재원아."

－씨발! 부르지 마!

격한 반응에 정현은 침묵했다. 더 이상 재원에게 해줄 수 있는 것이 없어 보였다. 하긴 예전부터 그랬다. 이미 끝난 마음으로 도저히 재원에게 해줄 수 있는 것이 없다.

"이만 끊는다."

－…….

"뭐라고?"

－두고 보자고. 소중한 것들, 한번 잘 지켜보시라고.

소름 끼치는 목소리로 재원은 씹어 삼키듯 내뱉고 전화를 끊어 버렸다. 끊어진 전화기를 들고 멍하니 정현은 생각에 잠겼다. 이런 목소리를 들었던 적이 있었다. 목이 졸리면서, 강간을 당하면서.

재원은 저 말고 정현에게 소중한 것들이 생겨서는 안 된다는 듯 모든 것을 망가뜨렸다. 오로지 영우만 빼놓고. 영우에게 조금이라도 해를 끼친다면 죽어 버리겠다고 담담하게 말했던 그날 이후, 재원은 영우에게는 손을 대지 않았다. 하지만 정현이 좋아했던 기타도, 마음에 들어 했던 CD도, 애지중지 길렀던 화분도 모두 박살이 나 버렸다. 그러고 나서는 어떤 것도 마음에 두지 않았다. 정현이 좋아한 모든 것은 반드시 끝이 좋지 않았기 때문이다.

"야, 야, 이정현! 너 왜 그래?"

"……재원이한테서 전화가 왔어."

"뭐래, 그 씨발 놈이? 아니 헤어진 지가 언젠데 왜 여전히 질척거려, 질척거리길!"

"두고 보자는데?"

"두고 보자는 놈들 하나도 안 무섭더라. 야, 쫄지 마. 씨발, 바쁜 시간대에 전화해서 헛짓거리야, 미친놈이."

걸쭉한 영우의 말에 정현은 정신을 차릴 수가 있었다. 조금 멍했지만 평소처럼 점심 장사의 준비를 마쳤다. 드디어 그가 올 시간이 되었다. 정현은 애써 마음속 한편에 머리를 쳐든 불안을 지우려고 노력했다.

이상하게 그날따라 진운이 고팠다. 마감을 하다가 휙 뛰쳐나가 버리는 정현의 뒤로 영우의 부르는 목소리와 욕지거리가 들렸지만 정현은 애써 무시하고 차에 시동을 걸었다. 차를 사준 이후부터 그는 정현을 데리러 오지 못했다. 정현이 애써 사준 차를 좀 굴려봐야겠다며 딱 잘라 거절했기 때문이다.

진운은 괜히 차를 사준 것 같다며 조금 투덜거렸지만 이미 강압적으로 정현에게 넘겼었기 때문에 무엇이라 반박할 말을 찾지 못한 것 같았다. 그 대신 진운은 늘 집에서 정현을 기다렸다. 그리고 정현이 피곤에 찌든 몸을 하고 돌아오면 기꺼이 두 팔을 벌려 안아 주었다.

어떻게 운전을 했고, 어떻게 주차를 했는지도 기억이 잘 나지 않았다. 더디게 움직이는 엘리베이터 안에서 정현은 제 목에 걸린 목걸이를 잡고 만지작거렸다. 진운은 제가 한 말을 꼭 지켜야겠다면서 커플 목걸이를 사 가지고 와 정현의 목에 걸어 주었다. 아직 반지는 부담스럽지 않겠냐는 배려 섞인 말도 잊지 않았다. 요새 그 목걸이는 진운과 떨어져 있는 시간에도 늘 정현을 버티게 해주는 힘이었다. 불안이 조금 사라지는 것 같아 연신 만지작거렸다.

"왔어요?"

역시나 두 팔 벌려 안아 주는 진운에게 달려든 정현이 이제는 익숙한 손길로 그의 옷자락을 벗겨 냈다. 자주는 아니지만 때로 정현이 이렇게 그를 고파하는 날이면 언제나 진운은 기꺼이 자신을 내어 주었다. 오히려 조금 반기는 것도 같았다. 그런 날이면 조금 거친 몸짓에도 정현은 쾌감만이 섞인 교성소리를 내뱉으며 더 해 달라고 졸라댔기 때문이다.

오늘도 진운은 달려드는 정현을 기꺼이 맞아 주었다. 그리고 짧지만 격렬했던 섹스가 끝났다. 땀에 젖은 판판한 가슴에 손장난을 치던 진운이 몸을 일으켰고 정현 역시 일어나 몸을 씻었다.

"괜찮아요?"

허리가 조금 아파 손을 짚고 서자 금세 걱정스러운 표정으로 바라봐 주었다. 걱정하는 그 표정이 좋았다. 정현은 이러다 엄살까지 심해질까 봐 걱정스러워 제 자신을 질책했다.

사랑스러운 밤이었다. 나른하게 진운의 어깨에 기댄 정현은 눈을 껌뻑이면서 리모컨으로 채널을 돌렸다. 책을 읽고 있던 진운은 때로 정현의 정수리며 이마에 키스를 남겼다. 그를 따라 즐기기 시작한 와인도 맛이 좋았다.

초여름의 밤은 시원하고 모든 것은 완벽했다.

"여보세요?"

─정현아!

아버지의 오랜 지기인 장씨 아저씨의 가게는 정현의 가게 골목 모퉁이에 자리 잡고 있었다. 작은 슈퍼와 24시간 우동짜장집에서 시작된 우정은 같은 골목이 재개발되고 많은 사람들과 가게들이 오고갔어도 변하지 않았다.

아저씨의 가게가 번듯한 편의점이 되고, 아버지의 가게가 일식우동 전문점이 되었어도, 아버지의 귀향 이후에도 언제나 두 분은 친구로 연락을 주고받는 사이를 유지하셨다.

하지만 그렇다고 해서 정현에게 특별히 전화를 걸거나 할 사이는 아닌데 전화가 걸려온 게 이상했다. 정현은 몸을 일으키며 수화기 너머 횡설수설 들려오는 목소리에 집중을 하기 시작했다. 진운도 느낌이 이상한지 읽고 있던 책을 덮었다.

─아이고! 동경에 불이 났다고! 지금 내가 119에 신고하기는 했는데 불이 작지가 않아!

"불이요?"

멍청하게 되묻고는 그 말이 의미하는 바가 무엇인지 알게 된 정현은 재빨리 몸을 일으켜 떨리는 손으로 옷을 주워 입었다. 벌써 옷을 다 갖춰 입은 진운이 떨리는 손을 침착하게 치워 내며 옷을 입혀 주었다. 그리고 팔목을 잡은 채 마구 뛰었다. 정현은 자꾸만 아득해지는 정신을 붙들려고 노력했다.

재원의 목소리가 떠올랐다. 소중한 것들을 잘 지켜보라는. 그 비웃음 섞인 목소리가 머릿속에서 메아리치기 시작했다.

밤거리를 거침없이 달리는 진운의 차는 폭주한 것만 같았다. 신호도, 차선도 무시한 채 미친 듯이 달린 차는 금방 가게 근처에 도착했다. 하지만 구경꾼들과 소방차며 경찰차에 막혀 골목으로 진입할 수가 없었다. 대충 차를 버리듯 주차한 진운이 문을 열고 정현을 끌어내렸다.

"이정현!"

그가 어깨를 붙들고 제 이름을 외쳤다. 그제야 정현은 조금 정신을 차릴 수가 있었다. 불이 났다, 동경에. 아버지가 평생을 일군 가게에 불이 났다.

"정신 차려. 그리고 뛰어."

정신없이 뛰어가는 그의 기세가 너무 사나워 사람들이 놀라며 길을 비켜 주었다. 정현의 얼굴을 알아본 주변 가게 사람들이 무엇이라고 외치기도 했지만 아무것도 들리지 않았다. 정현은 그저 턱까지 차오르는 숨을 참으며 가게로 뛰었다.

소방차가 진입을 하기엔 너무나도 좁은 골목이었다. 호스를 끌어 불길을 잡으려고 애쓰는 것을 보며 정현은 멍하니 서 있었다. 어느새 연락을 받고 왔는지 영우가 미친 듯이 날뛰기 시작했다. 눈물을 펑펑 흘리면서.

"영우야!"

"이거 놔! 이거 놓으라고! 씨발, 내 가게! 저 안에 뭐가 들었는데! 내 가게가 타고 있다고!"

"영우야, 정신 차려. 이미 늦었어!"

"야, 이 새끼야! 지금 정신이 차려지냐? 가게가 불타고 있다고! 동경에 불이 났다고!"

"너까지 다치면 난 어쩌라고! 정신 차려, 미친놈아! 우선 불길이나 잡히고 들어갈 생각을 하든지 해!"

"넌 어떻게 그렇게 아무렇지도 않냐, 개새끼야!"

쏟아지는 영우의 비난을 들으면서도 정현은 묵묵히 잡혀가는 불길을 보고 있을 뿐이었다. 습관처럼 체념하고 말았다. 아무리 몸부림쳐도 재원에게서 벗어날 수가 없는 것은 아닐까. 도대체 그의 인생은 왜 이 모양이란 말인가.

차라리 영우처럼 정신줄이라도 놓고 울 수라도 있었으면 좋겠다. 하지만 정현은 그러지 못했다. 그저 숨이 턱턱 막힌다고 생각하며 활활 타오르는 불을 들여다보았다. 불은 아버지의 평생을 집어삼키고 있었다. 앞으로의 정현의 인생 또한 집어삼켜지는 것 같았다. 아무리 둘러보아도 탈출구가 없었다. 그저 막막하기만 한 어둠만이 기다릴 뿐.

돌이킬 수 없다. 불타고 있는 가게가 예전으로 돌아갈 수 없듯, 정현의 인생도 재원을 만나기 전으로 돌아갈 수 있는 방법이 하나도 없었다. 꿈과 같은 시간은 그저 잠시간의 휴식이었단 말인가. 다시, 예전으로 돌아갈 때가 왔다는 생각이 들었다.

체념에 체념을 반복하고 있는데 뜨거운 손이 어깨를 잡았다. 깜짝 놀라 돌아보니 그였다. 김진운. 어떻게 그를 잊을 수 있었을까. 사람들은 불구경으로 몰려와서도 엄청난 존재감을 자랑하고 있는 그를 흘끔대며 구경하고 있었다.

주변 가게 사람들이 울고 있는 영우를 보고 눈물을 글썽대면서 위로의 말을 한마디씩 던졌다. 그리고 역시 그를 흘끔대며 구경하고 있었다. 원래부터 진운은 그런 사람이었다.

하지만 정현은 어딘가 나른하기만 했다. 이 현실을 믿을 수가 없었기 때문에 도피했는지도 모르겠다. 그저 이것이 꿈이기만을 바랐다. 아무것도 생각하고 싶지 않았다. 아무도 없는 곳에서 웅크린 채 혼자 멍하니 시간을 보내고만 싶었다.

"이정현, 정신 차려."

저도 모르게 볼로 다가오는 손을 뿌리쳤다. 어디선가, 재원이 보고 있을 것만 같았다. 어둠으로 끌려들어 가면서 그를 함께 끌고 들어가고 싶지는 않았다. 어차피 저야 벌레 같은 인생을 살아오고 있었지만 그는 그렇지 않다. 그도 함께 구렁텅이로 빠져 허우적거려야 한다면 그것이야말로 스스로를 용서할 수 없는 일이다.

재원을 만나 인생을 저당 잡힌 것은 제 선택이었지만 진운은 그럴 필요가 없는 사람이다. 그래서는 안 되는 사람이었다.

눈썹을 들어 올리고 미간을 찌푸린 채 진운이 정현을 바라보았다. 차가운 얼굴이지만 정현은 타오를 것 같다는 생각을 했다. 가게를 살라먹고 있는 불이 제게 옮겨 붙은 것처럼. 가게를 태우고 있는 불만큼이나 뜨거운 시선이었다. 하지만 지금 정현은 그것을 감당해 낼 힘이 없었다. 고개를 돌리고 다시 불타고 있는 가게를 바라보았다. 와 닿는 열기가 얼굴을 뜨겁게 달구었지만 그래도 시선을 돌리지 않았다.

불이 잡혔다. 가게의 피해는 생각보다 심하지 않았다. 다만 일본식으로 만들었던 나무로 된 간판과 입구는 처참하게 망가져 버리고 말았다. 입구는 휑했지만 재와 타다만 그릇과 테이블, 연기로 그득한 가게 안으로 들어가 신음을 삼켰다. 온통 더러운 물과 쓰레기로 가득찬 가게가 마치 이전의, 그리고 앞으로의 제 인생 같아 소름이 다 끼쳤다.

손을 쳐낸 이후로 진운은 다시 정현의 몸에 손을 대지는 않았다. 하지만 휘청거리며 넘어질 뻔했을 때는 잡아 주었다. 정현은 그 손도 뿌리치고 시커먼 그을음이 묻은 벽을 짚었다. 영우는 울음을 멈추고 가

199

게를 우선 돌아보며 알아들을 수 없는 말을 중얼대고 있었다. 귀에서 이명이 멈추지 않아 알아듣지 못했던 것일 수도 있다. 하여간 온몸의 감각이 들끓어 정상적인 판단이 불가능했다.

"……."

무엇이라고 말을 하며 제 몸을 흔들어 대는 영우의 얼굴을 멍하니 올려다보았다. 큰 소리로 외치고 있는 것 같았지만 웅웅댈 뿐 뇌로 전해지지는 않았다. 그러자 영우가 정현의 얼굴에 주먹을 날렸다. 빠악 하고 익숙한 파열음과 통증이 광대서부터 번져 나갔다. 안 그래도 땅에 발붙이고 설 만큼의 힘도 남아 있지 않던 몸을 겨우 추스르고 있던 참이라 내동댕이쳐지듯 벽에 쿵 부딪혀 주르륵 미끄러져 내렸다.

멍하니 널브러져 앉자 드디어 이명이 줄어들면서 제대로 된 소리가 들리기 시작했다.

"너 이 시발, 개새끼, 정신 안 차……."

채 말을 다 잇지 못하고 영우는 진운의 주먹에 맞아 저처럼 내동댕이쳐지고 말았다. 한참이나 멀리 나가떨어졌고, 바로 일어나지도 못하는 것을 보아선 무척이나 세게 얻어맞은 것이 틀림없었다.

성큼성큼 진운이 영우에게로 다가가 멱살을 잡아 올렸다. 쌍코피가 터져 엉망이 된 영우의 얼굴이 이상하게도 우스웠다.

또다시 진운이 주먹을 쳐들자 영우가 눈에 힘을 주고 욕설을 퍼붓기 시작했다. 지옥이 있다면 이곳일까. 재원이 제게 보여 주고 싶어 했던 지옥이 이곳인 것일까. 마지막 통화에서 소름 끼치게 웃던 목소리가 생각났다. 그래, 네가 날 처박고 싶어 하던 지옥이 이곳이구나. 모든 것을 끝내고 싶고 지겹기만 했다. 모든 것이 아우성치고 있는 가운데, 정현만이 고요했다. 나른하다. 체념이 늪처럼 정현을 빨아들였다.

"그만."

제 나름대로는 힘껏 내지른 소리가 웅얼대는 소리로 성대에서 내뱉어졌다. 그 작은 소리에도 진운은 기민하게 반응했다. 영우의 얼굴에 꽂히려던 주먹이 멈췄다. 그가 고개를 돌려 정현을 바라보았다.

"그만하세요. 영우야, 너도 그만해."

도대체 어떤 표정을 짓고 있기에 저 두 사람 다 저런 표정으로 저를 바라보는 것일까. 정현은 또다시 그만하라는 말을 웅얼대고 가게를 돌아보았다. 이미 돌이킬 수 없었다. 그렇다면, 그렇다면.

눈을 뜨자 이제 낯설어진 천장이 정현을 반겼다. 요새는 거의 대부분 진운의 집에서 밤을 보냈던 터라 벌써 3년이 넘게 살고 있던 제 집이 낯설었다. 아침 햇살이 집요하게 블라인드 사이로 꾸물꾸물 기어들어왔다. 공기 중 부유하는 먼지가 햇살을 머금고 반짝거렸다. 그 반짝거림을 멍하니 바라보았다. 여전히 이불 속에서 몸을 말고, 그렇게.

아버지와 엄마는 다음 날 당장 서울로 올라오셨다. 엄마는 하룻밤 새 반쪽이 된 정현의 얼굴을 감싸 쥐고 눈물을 흘리셨다.

"사내새끼가 그따위 일로 이러면 되겠냐! 쓸데없는 놈 같으니라고!"

아버지가 해쓱한 얼굴로 소리쳤다. 지긋지긋한 아버지와 엄마의 말다툼이 이어졌지만 정현은 평소처럼 그것이 지겹다는 생각도 하지 못했다. 멍하니 엄마의 얼굴을 올려다보면서 엄마도 참 많이 늙으셨다는 생각만을 했을 뿐이다.

"엄마."

"응. 그래, 내 새끼."

엄마는 괜찮다며 정현을 안고 토닥여 주었다. 하지만 그래도 눈물이 나지 않았다. 어쩌면 영우의 말대로 저는 지독한 새끼라서 이런 상황에서도 눈물조차 흘리지 않는 것일지 모른다.

"화재보험을 들어두었어. 그러니까 뭐, 어떻게든 되겠지."

아버지가 담배를 피워 물며 여상하게 말하려고 애쓰셨다. 하지만 덜덜 떨리는 손을 감출 수는 없었다. 그 가게가 어떤 가게인가. 아버지의 평생이 녹아 있는, 그간의 노고가 녹아 있는 가게가 이제 진짜 녹아 버렸다. 정현은 그런 아버지 앞에서 죄인처럼 고개를 숙였다.

"네 탓도 아니고 네가 불을 지른 것도 아닌데, 그러지 말고 고개 들어라!"

아버지가 역정을 내셨어도 고개를 들 수가 없었다. 아버지, 제가 가게에 불을 낸 것이나 마찬가지예요. 그 말을 했다면 이렇게까지 죄책감이 들지 않을 수 있을까. 하지만 정현은 여전히 그런 말을 할 수가 없었다. 이 상황을 만든 모든 것을 아버지에게 설명해 낼 자신이 없었기 때문이다. 그래서 정현은 입을 꾹 다물고 아버지의 힐난과 어머니의 걱정을 묵묵히 감내했다.

"엄마! 아부지!"

저보다 더 자식 같은 영우가 엄마와 아버지를 얼싸 끌어안았다. 울어서 퉁퉁 부은 눈을 엄마가 안쓰럽게 쓸어내리며 에구, 하고 눈물을 훔치셨다. 아버지는 영우의 어깨를 말없이 토닥여 주셨다.

부모님에게 영우 같은 자식이 되어드렸으면 얼마나 좋았을까. 정현은 단란해 보이는 셋의 모습을 멍하니 지켜보면서 문득 그런 생각을 했다. 아니면 형제라도 하나 있었으면 좋았을 텐데. 그렇다 해도 죄책감을 지울 수는 없겠지만 그래도 조금이나마 덜어 낼 수 있었을 것이다. 그리고 가게에 불이 났듯, 저가 쥐도 새도 모르게 사라진다고 해도 부모님의 괴로움을 덜어 줄 누군가가 남아 있을 수 있었을 텐데. 무척이나 유아틱한 생각이지만 정말 정현은 내내 그런 생각을 했었다. 그리고 영우가 있어 주어서 무척이나 다행이었다.

정현은 이불을 돌돌 말고 침대에 누워 한 발자국도 움직이지 않았다. 어디선가 재원이 지켜보고 있다는 생각을 하면 소름이 끼쳐서 아무것도 할 수가 없었다. 활활 타오르던 동경이 눈에 보이는 것 같아서 음식을 삼킬 수도, 잠을 잘 수도 없었다. 피곤 때문에 물먹은 솜 같은 몸이 무너져 내릴 때쯤 설핏 잠이 들었다가 갑자기 불이야! 라는 소리가 귀에 들리는 것 같아서 놀라 깨보면 익숙한 천장이 보였다.

또다시 방에 틀어박혀 세상과 단절할 것 같은 아들을 앞에 두고 엄마는 전전긍긍했고 아버지는 역정을 내셨다. 그리고 영우를 데리고 일을 본다며 나가 버리셨다. 아버지와 영우가 가게일 때문에 동분서주하는 동안 정현은 다시 동굴 속으로 들어가 버렸다.

엄마는 그런 정현을 붙들고 어떻게든 해보려고 노력하셨지만 소용이 없었다. 죄송한 마음이 들었지만 정말 몸이 꿈쩍도 하지 않았다. 불을 바라보며 저 불이 제 인생을 활활 불태우는 것 같다고 생각하면서 살아갈 힘도 함께 태워 버렸는지 모르겠다. 제 한 몸의 끝이 두려운 게 아니었다. 다만, 곁을 지켜 주던 사람들. 아버지와 엄마와 영우. 그리고 그 사람.

돌처럼 굳어 버린 정현을 회유하기 어렵겠다 판단한 엄마는 당신이 제일 잘하는 일을 하셨다. 정현을 위한 반찬을 만들고, 김치를 담그고, 귀찮음이 덕지덕지 묻은 방 안의 먼지를 털어 내고, 밀린 빨래를 돌리고. 애써 차려진 식탁을 바라보며 한술이라도 뜨라는 엄마의 성화에 수저를 들었지만 곧 한 입도 삼키지 못하고 위액까지 토해 내고 말았다. 매번 끼니때가 되면 엄마의 성화에 수저를 들고, 화장실로 달려가 약간의 물과 노란 위액까지 다 토해 냈다. 요새 겨우 살이 조금 붙었던 몸이 다시 조금씩 말라갔다.

아버지는 자식이 다시 한 번 좌절을 하는 꼴을 견디지 못하셨다. 저

꼴을 보느니 죽이겠다며 달려들어 주먹을 휘두르는 아버지를 말리는 엄마의 볼에는 눈물이 마를 시간이 없었다. 결국 돌처럼 굳은 아들을 지키기 위해 방치하는 이상한 상황이 벌어졌다. 아버지의 등을 떠밀어 다시 본가로 내려가는 엄마의 손을 잡지 못하고 머뭇대자 엄마가 정현의 손을 덥석 잡았다.

"아들, 우리 간다. 좀만 마음고생하고 얼른 다시 정신 붙들어. 엄마는 아들 믿어. 우리 아들이 어떤 아들인데."

부모님 앞에서 단 한 번도 고개를 들지 못했던 정현은 마지막 부모님을 배웅할 때가 되어서야 부모님의 얼굴을 자세히 들여다볼 수 있었다. 이제는 저보다 한참이나 작아진 아버지의 주름진 얼굴, 화가 나기는 했지만 여전히 저를 향한 걱정이 가득한 얼굴이다. 엄마의 얼굴이 눈에 고인 눈물로 흔들려 보였다. 언제쯤 예전처럼 엄마가 곱게 웃을 수 있을까. 하지만 여전히 눈물이 나오지는 않았다. 하긴 눈물을 흘릴 주제도 못 되었다.

불이 나던 날 밤은 정신이 혼미하기만 했다. 체념과 분노, 후회가 한데 섞여 부글부글 끓었다. 집에 데려다주겠다는 진운의 손을 뿌리쳐 보았지만 소용없었다. 영우도 제정신을 차리지 못해 그가 잡아 주는 택시에 몸을 싣고 죽은 듯이 축 늘어지고 말았다.

떠나는 택시의 뒤꽁무니를 멍하니 들여다보고 있는 정현을 진운의 손이 잡아끌었다. 다시 한 번 손을 뿌리쳤다.

"혼자 갈 수 있습니다."

"데려다주겠습니다."

"혼자 간다고요!"

"데려다준다고."

"제발, 좀!"

"시끄러워."

잇새 사이로 씹어 내뱉는 것 같은 목소리가 으르렁거렸다. 그제야 정현은 진운이 제대로 눈에 들어왔다. 그의 눈에는 분노가 어려 있었다.

"기분은 이해가 가. 그래도 혼자 보낼 수는 없어. 얌전히 차에 타."

"날 좀 내버려 둬요."

시선이 두렵다. 다투는 둘을 쳐다보는 지나는 사람들의 시선도 두려웠고 어디에 있을지 모르는 재원의 시선도 두려웠다. 그리고 그의 눈에 실려 있는 분노도 억울했다. 숨이 막혔다. 도대체 이 모든 감정을 어떻게 뱉어 내야 할지 모르겠다.

"타."

이제는 완전히 제자리 같은 조수석에 구겨 넣어지자 그도 재빨리 차에 올랐다. 몹시도 화가 난 표정이지만 안전벨트를 매주는 손길이 다정하고 부드러웠다. 정현은 어쩐지 엉엉 울고 싶어졌지만 눈물이 핑 돌 뿐 그것을 흘려낼 힘도 없다는 것을 깨달았다. 역시 혼자 집에 가기는 무리였을 것이다.

그럼에도 자꾸만 혼자를 고집했던 것은 저를 칭칭 옭아맨 거미줄 같은 집착이 그에게 해를 끼칠 것 같았기 때문이다. 속도 모르고 계속해서 동행을 강요하는 것이 싫으면서도 좋았다. 그가 없이 혼자 집에 가야 했다면 무슨 생각을 했을까. 버림받은 아이처럼 엉엉 울었을까. 차라리 엉엉 울 수 있었으면 좋았을 텐데. 자꾸만 뒤죽박죽인 생각을 정리하려고 눈을 감았다.

"눈 감아. 아무 생각도 하지 마."

다시 안정을 되찾은 목소리가 속삭였다. 정현은 또 아이처럼 그의 말을 따라 눈을 감았다. 아무 생각도 하고 싶지 않았지만 모든 생각이 머릿속에서 엉켜간다. 그래서 아무 생각도 하지 못하는 상태나 다름없어졌다.

나락으로 떨어지는 기분이다. 발밑에 아가리를 벌리고 호시탐탐 기회만을 노리는 어둠이 보이는 것 같았다. 왼손을 단단히 잡은 진운의 뜨거운 손이 아니었다면 이미 삼켜져 버렸을지도 모른다.

"다 왔어요."

말을 들었지만 그 의미를 알아듣기까지는 조금 시간이 걸렸다. 그새 벌써 진운은 차에서 내리고 정현 역시 끌어내렸다. 몸이 물먹은 솜처럼 무너져 내렸다. 단단한 어깨가 제 몸을 받쳐주었다.

작은 오피스텔 안은 가지런히 정돈되어 있었다. 요새 자주 오지 않았던 탓도 있고 진운이 잠들어 있는 아침에 모든 것을 정돈하고 나가기 때문이었다. 그가 정돈해 둔 것을 어지럽히고 싶지 않아 조심조심 출근 준비를 하고 가게로 나갔었다. 이 방 안에서 정돈되지 않은 너절한 것은 오로지 저 하나다.

"가세요."

있는 힘껏 밀어보려고 했지만 바르작거리는 것에 불과했다. 그 힘없는 손에도 단단한 몸이 조금 흔들렸다. 조금 놀라 진운의 얼굴을 바라보자 그의 표정이 전에 없이 흐려져 있다는 것을 알 수 있었다.

자신이 밀어내 놓고 그의 흔들리는 표정을 바라보자 정현은 문득 두려워졌다. 옷자락을 말아 쥔 손 위로 뜨거운 손이 다가왔다. 그제야 숨을 쉴 수가 있었다.

밀어내 놓고 잡고. 지금 하고 있는 짓이 어이없다는 것을 스스로도 알고 있지만 이러지 않고는 견딜 수가 없었다. 진운 역시 그런 저를 이해해 주는 것 같았다. 흐려졌던 표정이 다시 제자리로 돌아왔다. 다정하지만 단단한 표정으로 그가 무릎을 꿇었다. 그리고 침대에 앉은 정현을 안고 토닥여 주었다.

다정하고 규칙적인 손길에 잠이 올 것만 같았다. 이렇게 큰일을 겪었는데도 잠이 온다는 것은 우스운 일이다. 부드럽지만 힘이 실린 손이 침대로 떠밀어 눕혀 주었다. 이불을 턱까지 끌어올려 준 손이 흐트러진 머리카락을 쓸어 넘겨준다.

"자요."

"가세요……."

"자는 것만 보고. 그리고 갈게요."

원래 벽 쪽으로 시선을 향하고 모로 누워 자는 것이 습관이었지만 오늘은 그러고 싶지 않았다. 그에게서 등을 돌려야 한다는 것을 잘 알고 있었다. 편하게 자기 위해서도 그러했고, 남은 그의 삶까지 망치지 않기 위해서는 그래야만 했다. 그런데 그러고 싶지 않았다. 자꾸만 정리되지 않은 혼란이 머릿속을 휘저어 댔다.

"자고 일어나면 모든 것이 나아질 거야. 그러니까 자요. 잘 자요."

낮은 목소리가 부드럽게 타일렀다. 정현은 눈을 감았다. 걱정했던 것과는 달리 정신적인 피로에 휘감긴 몸이 늘어지며 금세 잠에 빠져들었다. 아직도 자신이 그의 옷자락을 말아 쥔 채 아이처럼 매달리고 있다는 것도 모르고.

눈을 떴을 때는 아무도 없는 방에 덩그러니 남아 있었다.

10시 34분. 진운은 출근을 했을 터였고 정현은 오픈 준비를 하려면 늦은 시간이었다. 오늘따라 진운이 왜 안 깨우고 먼저 출근을 한 건지 어리둥절해하며 얼른 몸을 일으키려다 깨달았다. 출근을 할, 오픈 준비를 할 가게가 없어져 버렸다.

어제의 일이 생각났다. 불타오르던 동경, 울고 선 영우, 웅성웅성 불구경을 하던 사람들. 영우가 제게 주먹을 날렸고 진운은 그보다 더 영우를 심하게 때렸다. 영우는 괜찮을까.

─정현이냐? 일어났어? 괜찮아?

"난 괜찮아. 넌 좀 어때?"

─장씨 아저씨가 아버지한테 연락하셨나 봐. 너랑 통 연락이 안 된다고 걱정하시면서 전화하셨더라. 상황 말씀드렸고 지금 서울로 출발하셨을 거야. 왜 이렇게 연락이 안 돼?

"잤어."

─넌 이 상황에 잠이……. 됐다. 가게로 나오지 마. 그냥 집에 있어. 부모님도 오실 거니까. 나도 집으로 갈게.

"영우야……. 미안해."

─……후. 니가 미안할 게 뭐 있어. 나도 어제 정신이 없어서. 때려서 미안하다. 괜찮냐?

"너야말로 괜찮냐."

─씨발, 안 괜찮아. 너는 미안할 게 없는데 김 대표 새끼는 좀 미안해야겠다. 이 잘생긴 얼굴에 이런 멍이라니 좆같아. 암튼 끊어. 가게 들렀다가 갈게.

울음 섞인 목소리로 안부를 묻는 엄마와도 간단히 통화를 마쳤다. 메시지가 여럿 들어왔을 창을 열자 영우의 욕설이 섞여 있는 걱정 메시지와 함께 가게 때문에 알게 된 지인들의 연락이 들어와 있었다. 딱히 대꾸할 말이 없어서 괜찮다는 간단한 메시지를 보내고 진운의 메시지를 열었다.

그와는 통화도 별로 하지 않았고 메시지 같은 것은 더더욱 잘 보내지 않았었다. 서로의 근무 시간을 존중해 주었고 그 외의 시간은 거의 붙어 있었기 때문이다.

<잘 자요. 좋은 꿈꿔요.>

<출근합니다. 일어났습니까?>

<일어나면 식사를 하도록 해요. 냉장고에 죽 넣어놨으니까.>

잠든 것을 보고 갔으면서 잘 자라는 인사는 왜 한 것인지, 그 밤중에 어디서 죽 같은 것을 구해 가지고 왔는지. 정현은 웃지도 울지도 못하는 이상한 표정으로 메시지를 읽고 또 읽었다. 자꾸만 더 욕심이 났다. 놓아야 한다는 것을 알면서도 자꾸만 질척한 욕심을 내는 제 자신이 너무 혐오스러워서 미칠 것만 같았다.

더 이상은 미룰 수가 없었다. 정현은 크게 숨을 몰아쉬고 휴대폰 액정을 힘주어 눌렀다. 이미 번호를 삭제했고 차단도 해놓았지만 잊을 수가 없는 번호다. 8년이나 함께했던 모든 것은 정현의 인생에 지워지지 않는 얼룩을 남겼다.

-응, 정현아.

다정한 목소리가 소름 끼쳤다. 마치 제가 전화를 걸어올 것을 알기라도 한 것처럼 당연하게 전화를 받는 재원의 목소리가 역겨웠다. 얼른 발을 뺐어야 했는데. 아니, 저런 놈을 애초에 만나지 않았더라면 좋았을 것을. 이제 와서 후회한들 아무런 소용도 없다.

"너냐."

-뭐가?

"뭐긴 뭐야, 개새끼야. 동경에 불 지른 거 너지."

-나 아니야.

"너 아니고는 그럴 새끼가 없어. 도대체 무슨 짓을 한 거야?"

-정현아, 내가 말했잖아. 너는 나한테서 벗어날 수가 없다고. 넌 내 거라고.

"무슨 개소리야, 씨발아. 묻는 말이나 대답해."

─가게가 너한테 소중한 게 맞았나 보네? 이렇게 개지랄을 하는 걸 보니. 소중한 거 잘 지켜보라니까? 니가 어디까지 할 수 있는지 어디 한번 보게.

웃음기 어린 목소리에 오돌토돌 소름이 돋았다. 한기가 느껴져 정현은 다시 이불을 꼭 쥐어보았다. 하지만 그것을 덮어쓰지는 않았다. 그럴 자격조차 없는 새끼다, 나란 인간은.

"너 이 씨발, 개새끼, 나한테 왜 이래. 도대체 나한테 왜 이래!"

─자꾸 같은 말 반복하게 하지 마, 정현아. 넌 내 거라니까. 너 같으면 내 거가 딴 새끼 냄새 묻히고 돌아다니는 거 참을 수 있어? 씨발, 말하다 보니까 또 좆같네. 정현아, 너 왜 다른 새끼랑 붙어먹어? 뭐 때문에 그렇게 앙탈을 부리는 거야. 내가 다 잘못했다고 했잖아.

재원과는 언제나 대화란 게 잘 되지 않았다. 조금이라도 분노가 섞이기 시작하면 둘의 대화는 자꾸만 핀트가 어긋나 튀어나갔다. 처음에는 그것을 이해해 보려 애썼지만 언젠가부터 포기하고 그저 입을 다무는 것을 택했었다. 이제 와 그 안일했던 선택들을 후회해 보았자 소용은 없지만.

─후. 그래. 다 이해해 줄게. 그냥 넌 아무 일도 없었던 것처럼 돌아오기만 하면 돼. 차 다시 사 줄까? 아니면……. 아, 그래. 집을 해 줄까? 저번에 네 집 그렇게 만들어서 미안해. 내가 이번엔 좀 더…….

"……쳐."

─뭐라고?

"씨발, 닥치라고!"

─정현이가 화가 많이 났나 보네. 미안해, 응?

"내가 너한테 원하는 건 내 인생에서 꺼져 주는 거밖에 없어. 너란 새끼가 아주 지겹고 너하고 얘기만 하고 있으면 돌아 버릴 것 같아. 제발 좀 꺼져 주라. 제발 좀 내버려 두라고!"

─……이정현, 너 내가 사과하고 달래니까 내가 좆같아 보이냐? 어? 이 새끼, 아직 정신을 덜 차렸네.

"너희 아버지 보좌관한테 연락할 거야. 너희 그 잘나신 아버지는 너가 나한테 이렇게 질척거리는 거 알고는 계시냐? 니가 남의 가게에 불지르는 또라이라는 건? 아, 씨발, 제발 좀 날 내버려 두라고!"

─우리 아버지야 내가 또라이라는 거 잘 알고 계시지. 근데 정현아, 너 어디서 협박질이야? 안 좋은 버릇이 생겼네. 기분이 더러워.

"씨발!"

─욕하지 마, 좆만아. 받아주니까 끝을 몰라. 아니지, 우리 정현이가 화가 날 수도 있지. 그래, 더 해도 돼. 내가 다 받아줄게. 그 새끼랑 빨리 헤어져. 내가 돌아서 죽여 버리기 전에. 영우 새끼 하나 너 옆에 있는 거 참아 주는 걸로 족해.

"……"

─빨리 생각 정리하고 연락해. 정리할 시간은 줄게. 가게 다시 하려면 좀 바쁠 테니까 이해해야지. 아니면 사람 좀 보내 줄까? 너 도와주라고?

"니가 꺼져 주는 게 가장 도와주는 거야."

─지랄하지 말고. 정현아, 봤잖아. 날 화나게 하지 마, 응? 아니면 더한 짓도 할 거니까. 그렇게 되기 전에 니가 잘 알아서 할 거라고 믿는다. 넌 나랑 다르게 똑똑한 새끼잖아.

"……"

─정현아, 믿는다. 다 정리하고 기다려. 내가 금방 갈게. 아니면, 다죽여 버릴 거야.

제 몸 위에 올라타고 목을 조르던 재원의 얼굴이 생각났다. 재원은 울면서 웃고 있었다. 정현을 죽이고 있다는 것이 너무나도 행복한 것처럼. 지금도 재원은 울음기 섞인 목소리로 말했지만 어쩌면 웃고 있을지도 모르겠다는 생각이 들었다.

재원은 진짜 미친놈이다. 미친놈과 진지하게 대화할 생각을 한 자신도 미친놈이 따로 없었다. 정현은 엉엉 울면서 전화를 끊어 버린 재원에게 다시 전화를 걸까 하다가 한숨을 내쉬었다. 더 이상의 대화는 의미가 없었다.

통화를 시작하면서 돋은 소름이 가라앉을 생각을 하지 않았다. 이제 그와는 헤어져야 할 것이다. 정현은 눈을 감고 진운을 떠올렸다. 낮은 목소리, 다정한 손길, 자신을 보고 화사하게 녹아들어 가던 웃음까지도. 그를 놓고 살 수가 있을까. 차라리, 그때 재원에게 죽었더라면 더 좋았을 텐데. 그냥 그에게 좋은 하룻밤의 기억으로 남았던 것이 행복했을지도 모르겠다는 생각이 들었다.

6

틈틈이 그에게서 걱정스러운 메시지가 들어왔지만 정현은 대답하지 않았다. 그를 놓고 싶으면서도 놓고 싶지 않았다. 이런 혼란스러운 제 감정을 들킬까 봐서 아무런 연락도 하지 않았다. 전화가 걸려왔지만 받지 않았다. 게다가 재원에게서 또 전화가 걸려오는 것이 싫어 휴대폰을 침대 구석에 던져 놓은 채 들여다보지도 않았다.

부모님이 올라오시고부터는 더욱 그랬다. 정현은 나른하게 이불 속에 숨어서 아무것도 하지 않았다. 먹을 수도 없었다. 그저 잠을 자는 것이 제가 할 수 있는 모든 일인 듯 잠을 잤다.

잠이 들라 치면 '불이야!'하는 소리에 깨고, 익숙해진 천장을 보며 안심한 후 다시 잠에 빠져들었다. 아버지의 역정도, 엄마의 걱정도 정현을 일으켜 세우지 못했다.

부모님이 다시 본가로 내려가신 날 밤이 되어서야 진운이 나타났다. 제 집처럼 비밀번호를 누르고 나타나 가만히 정현을 내려다보았다. 정현도 침대에서 일어나지 않은 채로 그를 올려다보았다.

시선이, 조금 아팠다.

"밥, 먹었어요?"

"네."

"거짓말."

"그러게요."

가지고 온 꾸러미를 풀어 죽을 데운 그가 정현에게 수저를 내밀었다. 도리질을 해보았지만 소용없었다. 죽을 떠낸 숟가락이 들이밀어졌다.

"먹어요."

"싫어요."

"먹으라고요."

"싫다니까요."

"먹어."

소모적인 대화에 화가 난 것 같지만 억지로 삼키고 있던 그가 드디어 터져 버렸다. 턱을 잡고 힘을 주어 억지로 입을 벌린 사이로 고소한 죽이 넘어왔다. 혀는 그 와중에도 죽의 맛을 음미했다. 고소하고, 간도 적당하고, 맛이 좋았다. 하지만 위는 그것을 받아들이지 못했다. 입을 틀어막고 화장실로 뛰어 들어가는 정현의 뒤를 따라 진운이 들어와 등을 두드려 주었다.

"괜찮아요?"

대꾸할 힘도 없어서 손을 휘휘 내젓는 정현에게 또 그가 숟가락을 내밀었다. 거부하자 또 턱이 붙들려 입이 벌어졌다. 도리질을 해보았자 저 악력을 이길 수가 없다. 정현은 또 화장실로 달려갔다.

토해 내고, 억지로 받아먹고, 토해 내고. 몇 번이나 반복한 후부터 정현은 체념하고 이 상황을 받아들이기로 했다. 숟가락을 받아들고 천천히 씹어 아주 조금씩 목구멍으로 넘겨 냈다. 처음엔 또다시 토해 냈지만, 위장도 이제 체념을 했는지 조금씩 받아들이기 시작했다.

"잘 하고 있어요."

반 그릇도 채 비워 내지 못하고 다 게워내야 했지만 어찌 되었건 포장된 죽을 다 먹는 것을 본 후에야 진운은 몸을 일으켰다. 화장실을 들락거리느라 힘이 빠진 정현이 침대에 널브러져 있는 것을 보고는 다리를 침대에 올려 주고 이불을 단정히 덮어 주었다.

"자요."

"가세요."

진운은 대꾸도 하지 않고 시계를 풀어 낸 뒤, 정현의 곁에 누워 마른 어깨를 감싸 안았다. 그리고 규칙적인 손길로 정현을 토닥여 주었다. 익숙한 온기와 근래 들어 처음 느끼는 포만감에 또 졸음이 왔다. 그런데 그날 밤은, 꿈을 꾸지 않았다.

낮과 밤이 섞인 날이 계속되었다. 정현은 시간에서 비껴나간 채 계속해서 잠을 자고, 깨어나면 몸을 웅크린 채 멍하니 누워 있다가 다시 잠을 잤다. 오지 말라는 말에도 아랑곳하지 않고 진운은 퇴근 시간이 되면 정현을 찾아왔다. 억지로 먹이고, 게워 내고, 억지로 먹는 일이 반복될수록 점점 나아져 갔다.

정현은 이제 죽 한 그릇을 제대로 비워 낼 수 있었다. 그것을 본 그는 무엇이라고 말을 하지는 않았지만 얼굴에 웃음이 가득했다. 기뻐 보이는 얼굴을 멍하니 보면서 저 웃음을 잃고 어떻게 살아야 하나를 고민했다.

내내 두 마음이 치열하게 싸워 댔다. 그를 놓아야 할지 말아야 할지. 그를 위해 놓아야 한다는 것을 뻔히 알면서도 그럴 수가 없었다. 그를

215

놓고는 살아갈 자신이 없었기 때문이다. 사람을 사랑한다는 것은 참 이상한 일이다. 지금까지 멀쩡히 살아오던 세상이 갑자기 단 한 사람으로 인해서 의미가 사라졌다가 다시 생기곤 했다. 그가 사는 세상을 살고 싶다. 그가 없는 세상은 죽고 싶을 것이다. 하지만 살아가기는 할 것이다. 늘 그래왔듯이.

그 사실을 잘 알고 있으면서도 이상하게 실행에 옮길 생각을 하지 못했다. 정현은 하루만 더, 하루만 더 계속해서 이별의 순간을 미뤄 왔다. 멍하니 시간을 보내다가 그가 문을 열고 들어오는 것을 보고서야 살아 있다는 것을 실감할 수 있었다. 모든 걱정과 불안을 뒤로한 채 이기적인 마음은 그를 붙들었다.

진운은 나무처럼 반듯하게 서 있었다. 의지해 기대도 흔들리지 않고 뒤로 물러서지도 않았다. 그저 가만히 정현의 모든 것을 지켜보고 묵묵히 어깨를 내어 주었다. 그것이 기쁘면서도 너무 슬퍼서 정현은 때로 눈을 감았다. 눈물은 여전히 흐르지 않았다.

"잠깐 나와 봐요."

작은 소파에 정현을 옮겨 준 그가 시트를 걷어 냈다. 내내 보호막처럼 돌돌 말고 있던 이불도 걷어 냈다. 베갯잇까지 모두 벗겨내 빨래를 돌리고 새로운 시트를 깔아 주었다. 새 이불도 단정하게 개어 침대 발치에 놓아 주었다. 모두 그가 가져온 것들이었는데 햇볕에 잘 마른 보송보송한 냄새가 났다.

"말랐네."

정현의 옷까지 벗겨낸 그가 서랍 속 곱게 개켜져 있는 옷을 꺼내 입혀 주었다. 언제나 정현의 조그마한 틈에도 금세 달아올라 달려들던 사람이 이렇게나 산뜻할 수 있다니. 가끔 그가 보여 주는 산뜻함에 놀라곤 했다. 질척한 느낌이라곤 전혀 없는 손길은 늘 다정하게 정현을 감싸주었다.

"진운 씨."

"네, 정현 씨."

늘 저기요라든가 그쪽이라든가 먼 감이 있게 불러 왔던 것과 달리 제 혀를 타고 지나가는 그의 이름이 달콤했다. 그 달콤함은 그가 제 이름을 불러줄 때도 마찬가지였다. 이래서 그가 제 이름을 그렇게나 자주 불러 주었던 것이 틀림없다. 달콤함 끝으로 목구멍에 쓰디쓴 감정이 차올랐다.

"도망치세요."

물을 건네던 손길이 멈칫했다. 하지만 곧 아무렇지도 않은 표정으로 진운이 다시 물을 건넸다. 그것을 받아들지도 못하고 발끝만을 바라보자 다정한 목소리가 들려왔다. 이제는 쓴맛이 아니라 목구멍이 졸리는 것 같았다.

재원이 죽으라며 목을 졸라 댈 때보다도 더 숨이 막혔다.

"물 마셔요. 식후에 바로 마시는 물이 좋지 않다지만 지금은 속이 말이 아닐 테니까."

"도망쳐요. 그쪽까지 끌고 들어갈 생각은 없습니다."

침묵이 감돌았다. 그 침묵을 깬 것은 진운이 쥐고 있던 유리잔에서 들려온 파열음이었다. 악력을 이기지 못하고 깨져 버린 유리잔이 바닥으로 흉하게 떨어지며 물도 함께 쏟아졌다. 발끝만을 바라보고 있다가 놀라서 벌떡 일어날 수밖에 없었다. 파편 위로 뚝뚝 선혈이 쏟아졌다.

"손이!"

"왜?"

"손을 다쳤잖아요!"

"왜냐고 묻잖아."

"우선 손부터 좀 보고……."

한숨소리와 함께 커다란 손이 내밀어졌다. 덜덜 떨리는 손으로 뜨거운 손을 붙들고 욕실로 끌고 갔다. 물을 살살 부어 내며 파편이 박힌 것은 없는지 잘 살펴보았다. 다행히 파편은 없었지만 제법 깊은 자상이 남았다.

"이게 무슨 짓입니까?"

"무슨 짓? 너야말로 무슨 짓이야?"

"지금 다쳤잖아요!"

"이까짓 게 뭐라고. 너는 무슨 말을 하는 건데? 헤어져?"

대충 수건으로 감싼 오른손을 들어 올리다가 다시 내린 그가 왼손으로 관자놀이를 지그시 눌렀다. 처음 보는 낯선 얼굴로 진운이 자신을 바라보고 있었다. 요새 들어 볼 수 있던 화난 표정이었지만 슬퍼 보이기도 했다. 정현은 익숙하게 제 체념을 갈무리했다.

"더 이상 폐를 끼칠 수는 없어요. 지금은 아무 일도 없지만 앞으로 그러리라는 보장도 없고. 그냥, 우리가 헤어지면 제가 다 해결할 수 있어요. 그러니까 이제 그만……."

"어떻게 해결할 건데? 그 새끼가 하라는 대로 다 하면서? 또 그렇게 매일같이 강간을 당하고, 얻어맞고, 피죽도 못 얻어먹은 얼굴을 하고 아무데나 헤매면서? 그게 해결이 되는 거야?"

놀라 고개를 쳐들었다. 그의 눈에서 익숙한 광기를 읽어 냈다. 하지만 그 광기가 제 자신을 향한 것이 아님을 본능적으로 알아내고 조금 마음을 놓았다. 그러다가 퍼뜩, 마음을 놓을 일이 아니란 생각이 들었다. 재원도 재원이지만, 그도 지금 위험한 냄새를 풍기고 있다. 정현의 인생은 불운에 나약했기 때문에 그런 냄새에 몹시도 민감하게 반응을 했다.

게다가 그의 말을 들어선 꼭 동경에 불을 지른 범인이 누구인지, 그간의 정현의 인생이 어떠했는지 모든 것을 아는 것 같았다. 치부를 들킨 것 같은 기분에 울컥 감정이 넘어 올라왔다.

"어떻게 알았습니까."

"그게 중요한 게 아니야. 지금 중요한 건 말도 안 되는 이유로 니가 헤어지자는 말을 하고 있는 거고, 병신 같은 예전의 생활로 돌아가려고 한다는 거지. 난 그게 이해가 안 돼. 왜 자꾸 스스로를 망치려고 하지?"

"망치려고 하는 게 아니라 지키려고 그럽니다."

"지켜? 스스로도 지키지 못하면서 누굴 지켜? 나를? 허, 참."

그가 재미있는 이야기를 들은 사람처럼 크게 웃어젖혔다. 하지만 웃음을 멈추고 쏘아보는 눈길에 정현은 저도 모르게 움찔하고 말았다. 그의 눈에는 웃음이 하나도 없다. 분노, 모멸감이 얽힌 눈가로 죄책감이 살짝 스치고 지나갔다.

"이정현."

달콤하게 부르지 마. 내 이름을 부르지 마. 정현은 속으로 애원했다. 하지만 이 말을 입 밖으로 꺼낼 수는 없었다. 지금 입을 열어서는 그에게 잘못했다고, 못 들은 것으로 해 달라고 빌며 바짓가랑이라도 잡을 것 같았기 때문이다.

정현은 제 세상이 지금 이상하게 뒤틀려 있다는 것을 정확하게 감지하고 있었지만 어찌해야 할지를 모르고 어린애처럼 겁에 질려 덜덜 떨고 있었다. 때로는 어이없이 웃음이 터지기도 했고 설움이 폭발하기도 했다.

"정현아."

커다란 손이 서늘하게 식은 것은 처음 보았다. 서늘한 손이 다가와 눈가를 쓸어내릴 때쯤에서야 정현은 제가 울고 있다는 것을 깨달을 수 있었다. 몸을 바들바들 떨면서 소리를 내지도 못하고 눈물만 줄줄 흘리고 있는 꼴을 그가 바라보고 있다. 분노는 어디론가 사라지고 잔뜩 속상한 표정으로 그가 연신 눈물을 닦아 주었다.

"걱정하지 마. 아무것도."

"하지만……."

"내가 다 알아서 할 테니까 걱정하지 마."

언젠가 들었던 말이다. 본가에 다녀와 그에게 처음으로 미친 듯이 달려들던 그날 들었던 말. 잠에 취해 몽롱하게 내뱉는 말을 그는 진중하게 들어주었고 이내 저 말을 남기고 정현이 잠이 든 동안 잔심부름을 해주었다. 하지만 지금의 일은 그런 잔심부름과는 차원이 다른 일이다. 어쩌면 누군가의 목숨이 달려 있는지도.

물론 사람의 목숨이란 그렇게 쉽게 끊기는 것이 아니었다. 만약 그렇게 죽음이 쉬운 것이었다면 정현이 지금까지 살아 있을 턱도, 재원과의 연애에서 살아남아 있을 턱도 없었다. 하지만 무섭다. 불까지 지르는 미쳐 버린 재원이 무슨 짓을 어떻게 할지 알 수가 없는 노릇이다.

"내가 다 알아서 할게. 정현아, 걱정하지 마."

무엇을 어떻게 알아서 하겠다는 건지 모르겠지만 또다시 반복된 말에 어쩐지 마음이 조금 놓였다. 그래도 그와 헤어져야겠다는 생각이 달라지지는 않았다. 비낀 시선을 견딜 수가 없다는 듯이 그가 다정한 손길로 얼굴을 들어 시선을 마주했다. 몸에 힘이 하나도 들어가지 않아 그의 손길에 쉽게 흔들렸다.

"사랑해."

고작 세 글자다. 어쩌면 세상에서 가장 흔할지도 모르는, 가장 싸구려로 남발되는 말일지도 모르겠다. 언제나 듣던 말이었다. 얻어맞으면서, 강간을 당하면서.

"정현아, 사랑해."

그의 말이 맞았다. 정현은 제 한 몸을 지킬 힘도 없었다. 계속되는 폭력에 그것이 옳지 못한 일이라는 자각도 잃었다. 남은 것은 영혼 없이 흔들리는 몸뿐, 그것을 유린당하면서 그것이 사랑이라고 최면을 걸 듯 주입받아야만 했다.

사랑. 사랑은 왜 이렇게 아픈 것일까. 남들은 아름답게, 쉽게 잘만 하던데 왜 이렇게 정현의 사랑은 아픈 것일까. 사랑한다고 믿었던 것이 모두 허상이었다는 것을 깨달았고, 지금 그 허상에 겨우 만난 사랑도 위협받고 있다. 도대체 내 인생은 어디까지 아파야 한단 말인가.

"난 아니에요."

거짓말을 내뱉었다. 정현은 눈물로 엉망이 된 제 얼굴이 어떤지도 모르고 애써 차가운 표정을 지으려고 노력했다. 하지만 덜덜 떨리는 입술도, 흘러내리는 눈물도 감출 수가 없었다. 그 애잔한 모습을 진운이 안타깝게 바라보았다. 그것이 슬펐다. 사랑하는 사람한테 보일 수 있는 것이 이런 꼴뿐이라서.

"괜찮아. 내가 사랑하니까."

더 이상은 참을 수 없다. 진운은 단 한 번도 시선을 돌리지 않은 채 단단한 눈빛으로 정현을 바라보았다. 저 사람을 잃고는 살 수가 없었다. 다만 그를 놓아 주는 것이 그를 위한 것이라고 생각을 해왔었다.

그런 결정에 사실 정현을 위한 것은 하나도 없었다. 그를 잃고 살아갈 삶은 언젠가 보았던 아가리를 크게 벌린 채 저를 삼키기 위해 호시탐탐 기회를 노리던 어둠뿐이다. 하지만 정현은 두려웠다. 이 결정을 후회하게 될지도 모른다. 정현이 아닌, 진운이. 지금의 결정을 후회하며 경멸의 눈초리를 던질 진운을 견뎌 낼 수 있을까.

사실 그것은 상관없었다. 진운의 곁에 있을 수만 있다면 그런 것이 무슨 상관이란 말인가. 그가 어떠한 눈빛으로 바라봐도 견딜 자신이 있었다. 함께하는 인생이 진창이라도 견딜 자신이 있었다. 그의 곁에서 내쫓기는 일만 아니라면. 진운의 저를 내친다면, 그렇다면.

사랑을 하다 보면 언제나 헤어짐으로부터 자유로울 수는 없었다. 그것이 사랑이 식어서이든, 서로의 삶이 허락받은 시간이 끝이 나서이든 언제나 끝은 있었다. 하지만 그를 잃고 남은 삶을 살아가야 한다는 것은 형벌이다. 그 사실을 잘 알고 있으면서도, 그를 놓아야 한다고 생각했었는데.

언제나 이기적인 결정을 하던 제 자신을 잘 알고 있었다. 지금도 진운이 저를 놓지 않겠다는 말에 춤이라도 추고 싶을 만큼 기뻐하고 있지 않은가. 추악한 진심은 기뻐서 소리라도 치고 싶었다. 그를 잃지 않아도 돼. 그가 날 잡아 준다고 하잖아. 하지만, 그럼 그는?

"정현아, 사랑해."

다시 한 번 귓가에 간절히 염원하던 말이 들려왔다. 정현은 눈을 감았다. 이기적인 마음이 또다시 스멀스멀 갈피를 잡지 못하던 생각을 기어올랐다. 그리고 정현은 지금 몹시도 지쳤고, 무력하기만 했다.

"미안해요."

미안해요. 이런 이기적인 인간이라서. 겨우 잡은 행복을 놓치고 싶지 않아 혼자서만 빠져도 될 진창으로 끌어들여서 미안해요. 하지만 이 손을 놓고 싶지 않아요. 당신의 말을 믿고 싶어요. 지옥에 떨어진다고 해도 함께라면 괜찮을 것 같아요. 성현은 하고 싶은 말을 채 다 맺지 못하고 고개를 숙였다.

진운은 말없이 손을 잡고 기다려 주었다. 이제는 해야 할 말이다. 더 이상은 미룰 수가 없었다. 그동안 혹시나 같은 마음이 아닐까 봐 숨겨

왔다. 제 마음이 이렇게 진득한 수렁인 줄 알면 그가 도망이라도 칠까봐 숨겨 왔었다. 지금도 마찬가지다. 절대 해서는 안 되는 말이었다. 진정한 사랑이라면 그를 놓아야만 했다.

어쩌면 그렇게까지는 그를 사랑하지 않는지도. 그를 위해서 제 자신의 고통을 모두 감내할 만큼은 그를 사랑하지 않는지도 모른다. 그저 곁에만 있을 수 있다면. 제 사랑이 이것밖에 안 되는 이기적인 마음이라는 것이 슬프고, 또 슬펐다.

"사랑해요."

눈물이 터졌다. 지금, 절대 해서는 안 될 말을 했다는 자각이 스스로를 괴롭혔다. 그러지 말아야 했지만 그러고 싶었다. 도무지 이 손을 잃을 수는 없어. 갈피를 잡을 수 없는 생각이 머릿속에서 엉겼다. 터져나가지 못한 설움이 이제야 터져 버렸다. 오열하며 무너지려는 정현을 그의 손이 잡아 주었다.

"괜찮아. 다 괜찮을 거야."

그의 말을 믿고 싶었다. 아니, 괜찮지 않아도 상관없다. 가장 원하던 것을 얻었으니 그 정도는 감내해야 할 몫이다. 언제나 정현의 인생은 대가가 필요했었으니까.

새삼스레 그의 어깨가 넓다는 생각이 들었다. 강한 어깨를 안으면서 정현은 묘한 안정감을 얻었다. 정현은 늘 그렇게 감싸 주던 넓은 품을 다시 한 번 차지했다. 단단한 팔이 금세 정현의 몸을 감싸 안았다. 또 말랐어, 하고 중얼거리는 것을 보자 진운이 마른 제 몸을 마음에 들어하지 않는다는 것을 알고 불안한 눈빛으로 올려다보았다.

"그렇게 쳐다보지 말아요."

정현은 눈을 껌뻑거렸다. 도대체 그를 어떻게 쳐다봤기에 그렇게 보지 말라는 것일까. 의미를 알 수 없어 당황한 정현의 이마에 뜨거운 입술이 내려앉았다.

"그렇게 쳐다보면 참기가 힘들어지니까, 그만."

"왜 참습니까?"

"환자잖아요."

건장한 진운의 눈에는 그렇게 보일 수도 있다. 정현은 그의 시선이 닿은 제 몸을 내려다보았다. 평소보다 조금 마른 터라 넥 라인이 깊게 파인 티셔츠 사이로 볼품없는 제 몸이 훤히 들여다보였다. 그를 만나기 전 대부분 이런 몸을 하고 있었고, 진운과 함께 데이트를 하며 좋은 곳에서 식사를 하거나 챙겨 주는 밥을 먹고 조금 살이 올랐던 것뿐인데.

소리라도 지르고 싶은 기분이었다. 그의 인생을 나락으로 처박을지도 모르는 인간을, 방금까지도 그렇게나 분노하게 만들었던 인간을 두고도 그는 사랑한다고 말을 해준다. 그리고 자신을 향한 욕망을 드러냈다. 걱정하던 것처럼 경멸을 받지 않았다. 그의 곁에 있을 수 있었다. 그가 제게 질려 버리기까지 얼마의 시간이 남았는지는 모르겠지만 지금 당장은 아니었다. 낙원의 시간이 조금 더 연장된 것이다.

무작정 그에게 입술을 들이밀고 뜨거운 입술을 핥았다. 간절함을 담은 키스를 그는 외면하지 않았다. 곧장 입술을 열고 열렬히 환영해 주었다. 정현은 이 키스가 마지막이라도 될 것처럼 간절하게 그의 입술을 빨았다.

견딜 수 없다는 듯 세게 감싸 안겼다. 그러다 금세 느슨하게 풀어지고 말았다. 풀어지는 팔이 안타까워 저도 모르게 웅얼대는 소리를 내자 진운이 급하게 입술을 물렀다.

"아파요?"

아픈 것이 아니라 느슨해진 팔이 안타까워서, 다시금 더 세게 안기고 싶어서 그렇다는 말을 어떻게 하면 좋을까. 진짜 중증환자를 대하는 것처럼 조심스러운 손길이 부담스러웠다. 설탕인형을 대하는 것 같은 진운의 태도가 불만스럽다. 지금 정현에게 필요한 것은 다정한 키스가 아니었다. 모든 것을 불살라 낼 것 같은, 시간과 제 처지를 잊을 수 있는 불같은 섹스였다.

바짝 붙이고 있는 몸은 이미 통제 불능의 상태였다. 그런 상태로도 제 연약함을 걱정하는 그가 사랑스럽다. 사랑한다는 말을 하기 전 꾸역꾸역 삼켜 내던 감정이 그것을 입 밖으로 꺼내는 순간 터져나갈 것 같았다. 그의 이름을 부르던 혀에서 느껴지던 달콤함이 전신에 황홀하게 번져 나갔다.

사랑을 한다. 사랑을 나눠야 했다. 터져 나갈 것 같은 이 사랑을 견뎌 낼 수 있는 방법은 그것밖에 없었다.

역시나 통제 불능의 상태인 몸 끝을 어루만졌다. 이미 발기해 완전한 형태를 갖춘 것을 손에 쥐었다. 윽, 하고 낮은 신음소리가 귀에 울렸다. 그러면서도 진운은 자꾸만 제 손을 밀어 냈다. 이런 친절은 사양하고 싶었다. 그래서 움직였다.

친절히 그의 옷을 벗겨 낼 시간도 없었다. 버클을 풀어내는 작은 소리도 크게 들릴 만큼 감각은 예민해져 있었다. 드로어즈를 겨우 내리고 원하던 것을 손에 쥐었다. 뜨겁고 단단했다. 이제는 어떻게 그것을 쥐고 흔들어야 그를 만족시킬 수 있는지 잘 알고 있었다.

"후. 그만."

평소에도 낮은 목소리가 이럴 때는 더 낮게 가라앉았다. 소름이 끼칠 것 같은 낮은 신음소리가 성욕을 자극할 뿐이다. 서 있는 진운 앞에 무릎을 꿇고 앉았다. 그리고 그의 페니스를 집어삼켰다.

그의 맛이 입안을 감돌았다. 혀를 세워 갈라진 틈으로 집어넣었다. 신음소리가 조금 높아졌지만 만족스럽지 않았다. 그가 저처럼 정신을 차리지 못하고 감각의 노예가 된 채 쾌감을 느끼길 바랐다. 어차피 사람이길 포기한 마당이 아닌가. 짐승처럼 얽혀도 그것도 좋겠지.

혀를 내 기둥을 훑는 작은 자극에도 그의 페니스는 꾸덕거리며 만족감을 드러냈다. 제 몸만큼이나 잘 알고 있는 그것을 샅샅이 핥았다. 신음소리가 조금 더 크게 들리자 약간 만족스러워졌다.

더 커진 그것을 입에 넣고 입술을 조였다. 그러다가 커다란 손에 의해 휙 들어 올려졌다. 마주한 눈에는 걱정이 어려 있었다. 정현은 말없이 고개를 내저었다. 그리고 온힘을 다해 진운에게 제 몸을 밀어붙였다.

정현의 것 역시 사정이 다르지는 않았다. 제 것을 내놓고 그의 것에 밀어붙였다. 뜨거운 두 개의 성기가 맞붙어 비벼지며 질척한 소리를 냈다. 타액으로 젖은 그의 페니스와 쿠퍼 액으로 질척해진 정현의 페니스가 맞붙었다. 그렇게 서로의 몸을 맞대는 것만으로도 엄청난 쾌감이 느껴졌다. 빨리 터져 나가라고 부추긴다.

"진짜 괜찮겠어요?"

"지금 그런 말이 분위기를 깬다고 생각하지는 않습니까."

울며불며 도망치라는 말을 해놓고는 사랑한다고 질척대며 제 몸을 부비는 행위가 정상적이지 못하다는 것은 알고 있었다. 하지만 사랑을 한다는 말로는 부족했다. 서로의 체액을 나누고 키스를 하며 하나가 되어야만 만족할 수 있을 것 같았다. 뒤틀려 버린 것을 잘 알고 있지만 정현은 정상적인 사랑을 배우지 못했다.

커다란 손이 두 개의 성기를 한꺼번에 그러쥐었다. 그도 정현 만큼이나 성감대를 잘 알고 있었다. 사실 일부러 서로의 만족을 위해 자극

할 필요조차 없을 정도로 달아올랐다. 그저 맞닿아 서로를 느낄 수 있다는 것에 만족할 만큼 서로를 필요로 했다.

마찰 소리가 감각을 자극했다. 그와 하나가 되고 있다는 사실이 정현을 고무시켰다. 단단한 가슴을 혀로 핥고 유륜을 빙 둘러 핥았다. 바짝 솟은 유두를 입술 사이로 씹어 댔다. 너무 강한 자극 때문에 무엇이라도 하지 않으면 미칠 것 같았다.

"훗, 아, 읏."

제가 들어도 야한 목소리가 자꾸만 터져 나왔다. 그렁대는 낮은 신음소리가 귓가에 번졌다. 기교 따위는 하나도 없이 그가 두 개의 성기를 쥐고 흔들었다. 그 원초적인 행위에도 갈 것 같았다.

참지 못하고 허리가 흔들렸다. 그의 입술이 귓불을 삼켰다. 뜨거운 혀가 질척거리는 소리를 내며 귀를 빨고 제 것을 그의 것에 꼭 붙인 채 흔들리고 있었다. 원했던 것보다 더 자극적인 행위에 달아올랐다. 잠시간의 손짓에도 정현은 폭발하고 말았다.

아직도 그의 것은 달아오른 그대로였다. 호흡을 고르고, 그도 원하는 만큼 터져 나가게 해주어야 했다. 하지만 호흡을 고르는 동안 진운이 손에 남은 정현의 흔적을 제 것에 펴 발랐다. 붉은 성기에 발라진 하얀 정액이 야살스러웠다.

"진짜, 괜찮지?"

이번엔 걱정이 아니라 확인이었다. 정현이 고개를 끄덕이자마자 여전히 정현의 흔적이 묻은 손가락이 미끄러져 들어왔다. 충분하지 않았는지 금세 콘솔이 열리는 소리가 들리며 차가운 젤이 쏟아졌다. 그 작은 자극에도 정현의 페니스가 또다시 반쯤 일어섰다.

찌꺽대는 소리와 함께 몸이 열렸다. 평소보다 조심스러운 손놀림으로 진운의 손가락이 정현의 몸을 일깨웠다. 하지만 진운의 노력이 무색하게도 정현의 몸은 평소보다 더 달아올라 있었다. 저도 모르게 허리를 흔들면서 신음소리를 삼키지 않았다. 또다시 완전한 모양을 갖춘 성기가 끄덕거리며 배에 와 부딪혔다. 미칠 것 같은 쾌감이 온몸을 흔들었다.

손가락이 빠져나갔다. 아쉬운 느낌에 허리가 바르르 떨렸다. 보채는 자신을 진정시키려는 듯 커다란 손이 다가와 판판한 배를 토닥여 주었다. 그리고 그를 맞이하기 위해 한껏 벌어진 다리 사이로 단단한 몸이 엎드렸다. 입구에 와 닿는 그의 것이 무척이나 뜨겁다.

천천히 허리를 움직이며 진운이 제 몸을 가득 채워 주었다. 빠듯하게 삼켜야 할 정도로 그의 것은 여전히 크고 단단했다. 아예 통증이 없지는 않았지만 그 통증마저도 사랑스럽다. 이렇게 사랑스러운 모든 것들을, 어떻게 놓을 생각을 했을까.

내벽이 그의 페니스 모양대로 벌어졌다. 움찔대며 더 빨리, 더 세게 박히기만을 원했다. 하지만 진운은 여전히 가는 제 몸이 걱정인지 천천히 움직였다. 그편이 서로가 더 고통스럽다는 것을 왜 모르는지 알 수가 없었다.

허리가 천천히 뒤로 물려지고, 부드럽게 와 박혔다. 부드러운 섹스를 좋아하지 않는 것은 아니었다. 늘 강압적인 섹스에 질렸기 때문에 그가 해주는 부드러운 섹스도 좋았다. 아니, 사실 그를 품고 있는 어떤 순간도 좋지 않았던 때는 없었다. 하지만 지금은 아니다. 지금은 그런 것을 원하지 않았다.

다리로 허리를 감고 스스로 허리를 흔들었다. 달래듯 손이 다가와 토닥이다가 유두를 꼬집었다. 정말 괴로워서 견딜 수가 없어 고개를 젖히고 막무가내로 몸을 밀어붙였다. 평소 같으면 얼굴이 시뻘겋게 달아오를 정도로 음담패설을 늘어놓는 입술이 오늘은 어떻게 된 일인지 꾹 다물려 벌어지지 않았다.

"빨리, 더 세게……."

"안 돼. 조금만 더 천천히."

이를 악물고 이마에 핏줄까지 올라온 그도 괴로워 보였다. 둘 다 괴로운 짓을 왜 하는지 알고는 있지만 지금은 견딜 수가 없었다. 정현은 저를 깔고 있는 커다란 몸을 밀어내 몸을 굴려 위에 올라탔다. 원래도 삼키기 어려울 정도로 큰 성기가 체위 때문인지 더 버겁게 느껴졌다. 하지만 너무 황홀한 고통이다.

"웃. 정현아."

"하아……. 흐윽."

그가 책망하는 것 같은 목소리로 이름을 불렀지만 지금은 그게 중요한 게 아니었다. 정현은 미친 듯이 허리를 흔들면서 제 안에 그의 것을 때려 박기 시작했다. 온몸이 터져 나갈 것처럼 흥분되어 소름이 다 끼쳤다. 그의 손이 올라와 유륜을 빙글 돌리며 유두를 꼬집었을 때는 정말 사정할 뻔했다.

굵은 목이 뒤로 젖혀지며 도드라진 목울대를 혀를 내 빨았다. 그러면서도 엉덩이를 흔들고, 허리를 흔들었다. 제자리로 돌아온 눈빛이 형형했다. 나른하게 쾌감에 잠긴 정현과는 다르게 극도로 흥분한 그는 평소보다 더 날카로워졌다.

평소 같으면 저런 눈빛을 한 진운은 커다랗지만 우아하게 움직이는 온몸을 이용해 섹스를 했다. 보기 좋게 모양이 잡힌 복근, 단단하게 올라붙은 엉덩이, 오밀조밀 근육이 자리 잡은 등까지. 하지만 오늘은 여전히 참아내고만 있었다. 아주 조그맣게 욕설을 내뱉는 것을 보아선 그가 무척이나 참고 있다는 것을 알 수 있었다.

"사랑, 웃, 한다고, 말해 줘."

"정현아."

듣기 좋은 저음이 귓가에 울렸다. 도저히 그의 얼굴을 바라보지도 못하고 사랑한다는 말을 졸랐다. 그의 목옆에 고개를 처박고 계속 허리를 흔들었다. 그의 배와 제 배 사이에서 미끄러지는 성기가 이제 그만 해방되고 싶다고 비명을 질렀다.

"사랑해."

온몸으로 환희가 터져 나갔다. 그리고 정현도 파정했다. 사정 후의 만족감이 아닌, 사랑이 채워진 만족감이 온몸의 쾌감을 부글거리게 했다. 그의 몸에 엎드려 꼼짝도 하지 못할 정도로 지쳤지만 여전히 제 몸 안에 묻혀 있는 그의 것은 그대로였다.

"이정현."

지친 정현을 다시 정상위로 눕혀준 진운이 정현의 이름을 불러 주었다. 감았던 눈을 떠보았다. 진운은 몹시도 진지한 표정이었다. 지금의 상황과는 어울리지 않을 정도로 진지한 얼굴로 그는 정현의 입술에 입을 맞춰 주었다.

"사랑해."

그리고 허리를 뒤로 물렸다가 다시 채워 준다. 정현은 이런 오르가즘이 있을 것이라고 단 한 번도 상상해 본 일이 없었다. 이미 쾌감으로 부글부글 끓고 있던 몸이 더 많은 것을 느끼게 될 것이란 걸 배워 본 적이 없었다.

그가 보기 좋은 입술을 열고 조그마한 미소를 머금은 채 목소리를 낼 때마다 점점 너 그랬다. 정말, 미칠 것만 같았다.

"사랑해, 정현아."

만족을 얻을 때까지 쉬지 않고 그의 입술이 속삭였다. 정현의 이름과 사랑한다는 말을. 그가 끝까지 달려 파정을 할 때쯤에 정현도 역시 또 한 번 터져 나갔다. 그와의 섹스가 거듭될수록 정현이 알고 있던 세상이 변했다.

손끝 하나 움직일 힘이 없었다. 진운은 그런 정현을 안아 욕실로 데려다주었다. 정성스레 거품을 낸 샤워 볼이 부드럽게 살에 와 닿았다. 소중한 것을 다루듯 만져지는 게 좋았다. 사랑한다는 말로 꽉 채워진 몸은 그가 무슨 짓을 한다 해도 반겼으리라.

"한 가지만 약속해 줘요."

침대에 엎드린 정현의 등을 그의 손이 나른하게 계속 쓰다듬어 주었다. 잠이 쏟아져 거의 눈을 감았었지만 그의 목소리에 눈을 떠 바라보았다. 또 웃음기가 하나 없는 얼굴이었다. 처음엔 저 얼굴이 무척 날카롭고 차갑다는 생각을 했었지만 지금은 그렇지 않다. 그의 다정함을 잘 알고 있기 때문이다.

"무슨……?"

"다시는 그런 말을 하지 않겠다고. 무슨 일이 있어도, 헤어지자는 말은 하지 말아요. 진짜 끝이 아니라면."

"진짜 끝이라고 생각했었습니다."

그가 한숨을 내쉬며 주먹을 꽉 쥐었다 놓았다. 그러고 보니 저 손에 남았던 상처 따위도 잊고 안아 달라고 졸랐던 것을 깨닫고 문득 미안해졌다. 제법 깊은 상처였는데. 그에게 절대 지울 수 없는 흉터를 남겼다. 그것이 미안하면서도 기뻤다. 어찌 되었건 그가 그 상처를 볼 때마다 저를 떠올릴 수는 있을 것이다. 진득한 스스로의 감정 때문에 소름이 끼쳤지만 아무래도 좋았다.

"그러고 싶었어요. 나는, 더 이상은, 그쪽이……."

한번 터진 눈물은 시도 때도 없이 터져 나왔다. 다시 한 번 한숨을 내쉰 그가 베개 속에 파묻어 버린 얼굴 대신 머리카락을 쓸어내렸다. 다정한 손길이다. 그가 헤어지자는 말을 외면해서 아팠다. 그러면서도 너무 기뻤다. 이율배반적인 감정을 어찌 다스려야 할지 모르고 계속 눈물만 흘렸다.

"다른 사람 때문이 아니라, 정현 씨가 진짜로."

손이 멎었다. 정현은 눈물로 얼룩진 얼굴을 들고 그를 바라보았다. 소름이 끼칠 정도로 아무것도 남지 않은 얼굴로 그가 말을 이었다. 말을 잇는 것이 힘들어 보였다.

"내가 싫어지고, 나와 함께하기 싫어졌다면 그때는 말해요."

대꾸를 할 수 없었다. 그런 날이 오기는 할까. 어떻게 그런 날이 올 수 있을 것이라고 생각하는 것일까. 정현은 멍해졌다.

"그게 진짜 끝이니까. 그땐, 물러서 줄게요. 하지만 다른 사람 때문에, 다른 무엇 때문에 헤어지자는 말을 하지는 않는 겁니다. 약속해요."

물러서 준다는 말만으로도 이렇게 아픈데, 어떻게 그런 말을 할 수가 있을까. 도대체 무슨 정신으로 그런 말을 했던 건지 스스로를 믿기가 어려울 지경이었다. 어떻게 감히 그런 말을 내뱉었을까. 하지만 그때는 그래야만 한다고 굳게 믿었었다.

"약속해."

"……그럴게요."

눈물에 젖은 얼굴을 베개에 박고 웅얼거렸다. 그 목소리를 용케도 들었는지 다시 부드러운 손길이 느껴졌다. 이제는 멈추지 않는 눈물을 계속 흘리면서 정현은 자신이 왜 울고 있는지조차 알 수 없어졌다.

어이없게도 졸음이 밀려왔다. 그렇게 자고도 또 잠이 온다니 신기한 일이다. 약해진 체력으로 너무 무리를 한 탓인지, 그가 쓰다듬어 주고 있다는 안도감 때문인지 알 수는 없었다. 정현은 잠에 집어삼켜지기 전, 온 힘을 다해 중얼거렸다.

"사랑해요."

그가 그 말을 들었는지 어쩐지는 알 수 없었지만 그 말을 한 것으로도 충분했다. 정현은 잠에 빠져들며 생각했다. 이상하게, 행복하네.

이튿날, 정현은 경찰서로 출두하라는 연락을 받았다. 범인이 잡혔다는 것이다. 경찰은 몹시도 귀찮다는 투로 대충 말을 전하며 전화를 끊었다. 사랑한다는 고백을 받고, 사랑한다는 고백을 했어도 여전히 현실은 지옥이었다.

생각보다 시시했다. 조사를 나온 경찰은 귀찮음이 역력한 표정으로 방화일 가능성이 높다고 말했었다. 그리고 얼마 지나지 않아 범인이 잡혔다. 골목 내 CCTV를 조사한 경찰은 범인을 잡았다며 심드렁한 말투로 전화를 걸어왔다.

펄펄 뛰는 영우에게 이끌려 간 경찰서에는 더러운 옷을 입고 때가 졸졸 흐르는 남자가 붙잡혀 와 있었다. 범인은 노숙자였고, 밤의 추위를 피하기 위해 불을 붙이려다가 가게에 불을 낸 것이라고 진술했다. 정말 시시하기 짝이 없었다.

전철역에서 먼 동경까지 왜 왔는지, 초여름이 가까워졌기 때문에 이젠 더 이상 춥지 않은 밤에 왜 불을 쬐려고 했는지, 근처의 노숙자들이 다 모인다는 근린공원이 5분도 채 걸리지 않을 동경에서 왜 추위를 피하려고 했는지, 의아한 점이 한두 가지가 아니었다.

하지만 경찰은 무미건조한 말투로 범인이 잡혔으니 수사를 종결하겠다고 했다. 영우가 항의해 보았지만 진범이 자수까지 한 마당에 달라질 것은 하나 없었다. 그렇게 허무하게 끝이 났다.

경찰서를 나오면서 허망한 마음에 영우와 멍하니 서서 초여름 눈이 부신 햇살을 들여다보았다. 담배가 고팠다. 주머니를 뒤적거려 보았지만 있을 턱이 없었다.

"야."

영우가 담배를 건네주었다. 언제부터 담배를 피운 거지. 요리를 하는 손은 언제나 청결해야 한다면서 영우는 담배를 피우지 않았었다. 그런 영우가 익숙하게 불을 붙이고 연기를 빨아올리는 모습을 보다가 내민 라이터를 건네받았다. 그리고 익숙한 그것을 잡고 부싯돌을 돌리려는 순간 손이 덜덜 떨렸다.

"왜 그래."

손을 떨면서 내던지듯 라이터를 건네자 영우가 이상하다는 듯이 바라보았다. 그러곤 불을 켜 담배에 불을 붙일 수 있게 내밀었다. 정현은 식은땀을 흘리며 불에게서 물러났다.

"야, 너 왜 그래. 괜찮아?"

오랜 시간 담배를 피우면서 라이터가 무섭다는 생각을 해본 적이 없었다. 불이 무섭다는 생각도 물론 마찬가지였다. 하지만 도무지 너무나도 무서워 라이터를 만질 수조차 없었다. 담배가 고파서 입이 마르는 것 같았지만 불에 대한 공포가 더 컸다.

"양재원 개새끼, 언젠가 그 새끼가 애 잡을 줄 알았어, 씨발. 좆같은 새끼. 정현아, 괜찮냐?"

영우가 내미는 담배를 한 모금 빨면서 경찰서 계단에 주저앉았다. 사람들이 힐끔 쳐다보기는 했지만 장소가 장소이니 만큼 신경 쓰지 않고 무심히 스쳐 지나갔다. 정현은 담배를 문 채 하늘을 올려다보았다. 오늘따라 하늘이 무척 맑고 파랬다.

데려다주겠다며 걱정스러운 표정을 짓는 영우를 마다하고 주차되어 있던 차로 혼자 걸어갔다. 커다랗고 흰 SUV가 정현을 기다리고 있었다. 빼곡히 주차장을 채우고 있는 차들 중에 단연 눈에 띄는 차가 아닐 수 없다.

영우가 타고 다니는 재원의 차보다는 못했지만 새 차임을 증명하듯 하얗게 반짝거리는 커다란 레인지로버는 그 존재감이 컸다.

커다란 차를 새삼스레 손으로 쓸어보았다. 그와 똑같은 물건을 가지고 있다는 충족감이 빼곡히 차올랐다. 목에 걸린 목걸이를 쓸어내릴 때도 그랬지만 차에 오를 때마다 느껴지는 충족감. 단단하고 큰 품을 가진 그와 닮은 차를 보자 견딜 수가 없었다. 그가 보고 싶었다.

노숙자를 고용해서 불을 지를 것이라고는 상상도 해본 적이 없었다. 분명 재원이 홧김에 불을 지르고 그 장면이 증거로 남아 재원을 압박할 수 있을 거라 믿었던 안일한 생각을 하고 있었나 보다. 멍청한 생각이 아닐 수 없었다. 생각보다도 재원은 더 집요하고 영리하게 정현을 압박하고 있다. 끈적하게 온몸에 감기는 것 같은 패배감을 뿌리치려고 도리질을 해보았지만 견딜 수가 없었다. 그가 보고 싶다.

오늘 아침까지도 함께했던 그가 그리웠다. 떨어진 지 몇 시간도 채 지나지 않았는데. 목걸이나 단단한 차가 주는 안도감과 다른 진짜 위안이 필요했다. 정현은 몹시도 지쳤다.

<정현아, 경찰서는 잘 다녀왔어? 네가 할 수 있는 것은 아무것도 없어. 그냥 다 정리하고 기다려. 곧 만나자.>

운전석 창문에 끼워져 있는 쪽지를 발견하자마자 온몸에 소름이 돋았다. 두리번두리번 주위를 둘러보았지만 특별히 그를 감시한다거나 재원을 닮은 사람은 보이지 않았다. 이제는 패배감이 아니라 공포가 온몸을 짓누르기 시작했다.

몇 번이나 연락을 해왔을 재원의 번호를 차단한 지 오래다. 그러니까 이런 식으로 연락을 해오는 것이 분명했다. 하지만 이런 식이 더 소름 돋았다. 어디로, 언제, 어떻게 도망을 쳐도 소용이 없을 것만 같았다.

얼른 차에 올라타 핸들에 엎드려 부들부들 떨며 휴대폰을 꺼냈다. 역시나 문자나 전화가 들어온 흔적은 없었다. 손이 떨려 휴대폰이 자꾸만 미끄러졌다. 그러다가 툭, 발치까지 떨어져 버리고 말았다.

"도대체 나한테 왜 이러는 거야, 개새끼야!"

소리를 질러 보아도 달라지는 것은 없었다. 여전히 자신을 짓누르는 것 같은 공포 속에서 조그마한 안정을 되찾은 것은 이 차가 그를 닮았기 때문이다. 그래, 지금은 진운이 필요했다. 조금 전까지는 그리움이라든가 사랑 때문에 보고 싶던 그가 이제는 절박해졌다.

이를 악물고 엑셀을 밟았다. 당장 진운을 만나지 않으면 견딜 수가 없을 것 같았다. 지금 당장.

갑자기 회사로 찾아온 정현을 보고도 그의 직원들 중 당황하는 사람은 없었다. 그런 것도 눈치채지 못할 만큼 정현은 정신이 하나도 없었다. 테이블 유리에 비친 제 얼굴은 전혀 동요 없이 평소보다 조금 굳어 있었다. 정현은 제 얼굴을 물끄러미 내려다보다 여직원이 내어 주는 차를 받았다.

"지금 회의 중이신데, 말씀 전해드릴게요."

"아, 네."

무작정 찾아왔다는 실감이 들자 스스로가 부끄러웠지만 그러지 않고는 견딜 수가 없었다. 덜덜 떨리는 손을 감추려 깍지를 끼고 무릎 위에 올렸다. 다행히 눈치챈 사람은 없어 보였다.

"누가 왔다고?"

하이 톤의 목소리와 또각거리는 구두소리가 바로 앞에서 멈추었다. 테이블 위에 비치는 제 모습에만 집중하고 있던 정현은 놀라 고개를 들었다.

"어머, 안녕하세요?"

처음 진운이 가게를 찾아왔을 때 함께 왔던 여자였다. 여자는 그날처럼 가늘지만 풍만한 제 몸매를 과시하는 것 같은 옷을 입고 완벽하게 화장이 된 입술로 미소 지었다. 결이 좋은 긴 머리카락이 몹시도 좋은 향기를 풍기고 있었다.

거침없이 내밀어진 하얗고 고운 손 때문에 정현은 자리에서 일어나야 했다.

"동경 사장님이시네. 진운인 지금 통화중이에요. 그래서 제가 모시러 나왔어요."

악수를 청하고, 덥석 정현의 손을 잡아 흔든 그녀가 정현을 잡아끌며 책상 사이를 빠른 걸음으로 지나쳤다. 갑자기 찾아온 이상한 손님임에도 그의 직원들도, 이 이상한 여자도, 아무도 그의 방문을 의아해하지 않았다. 혼란스러운 와중에도 그것이 이상하다고 느껴질 정도로.

그녀와 사무실 안 한편에 대표실이라고 팻말이 붙은 곳으로 발을 디뎠다. 이마를 매만지는 오른손에는 붕대가 감겨 있었다.

정현이 사무실에 들어서는 것을 확인한 그가 미간을 모으면서 통화를 마무리 지었다.

"갑자기 찾아와서 죄송……."

수화기를 던지듯이 내려놓은 진운이 성큼성큼 다가와 정현을 끌어안아 주었다. 익숙한 그의 체향을 맡자 안도감이 온몸으로 녹아내렸다. 정현은 눈을 감았다. 그리고 잠시 이곳이 어디인지, 누구와 함께 있는지를 잊었다. 하이 톤의 목소리가 들려오기 전까지.

"그러니까, 저기요?"

정현은 놀라 그에게서 몸을 떼고 얼굴을 붉혔다. 남자 둘이 끌어안는 모습이 그다지 평범하지는 않을 터. 여자의 얼굴에는 숨길 수 없는 호기심이 그득했다. 하지만 보통 사람들이 보일 법한 혐오감을 찾아볼 수 없다는 것에 놀랐다.

"죄송합니다."

"아니에요, 아니에요. 찾아오실 줄 알았으면 이 시간은 피하는 건데 제가 죄송하죠."

"맘에도 없는 소리."

"들켰나?"

높은 웃음소리가 사무실을 울렸다. 정현은 멍해졌다. 도대체 저 사람은 누구이기에 진운을 제 가게로 인도하고 저렇게나 익숙하게 그의 이름을 부르면서 그들의 애정행각을 눈곱만큼도 신경 쓰지 않는 것일까.

진운을 향해 고개를 돌리며 대답을 요구했지만 그는 그런 것은 신경 쓰지도 않는다는 얼굴로 상한 정현의 얼굴만 들여다보며 혀를 찼다. 하긴 거울에 비친 정현의 얼굴이 몹시도 해쓱하기는 했다.

"그러니까 이분이 네 그이라는 거잖아!"

호들갑스럽게 말을 잇는 여자에게서 눈을 떼고 문으로 시선을 돌렸다. 잘 닫혀 있는 것 같아서 다행이었다. 여전히 그녀의 수다에 신경을 쓰지 않는다는 태도로 진운은 정현을 살피고 있었다.

티를 끌어당겨 안까지 들여다보는 것을 보아선 무슨 일이 있었다고 생각하는 것이 틀림없다. 무슨 일은 있었지만 그런 쪽의 일은 아닌데.

"무슨 일 있었어요?"

"경찰서에 다녀왔어요."

이상한 여자를 만나 잊혔던 제 상황이 떠올랐다. 너는 아무것도 할 수 없어. 재원의 말은 옳았다. 미친 재원의 폭주를 멈출 힘도, 그를 지킬 수 있는 힘도 없었다. 무력감과 패배감이 온몸을 짓누르는 것 같았다. 정현은 고개를 떨구고 테이블 끝만 바라보았다. 마른 눈이 뻑뻑하게 아파오는 것 같았다.

"너 가라."

"안 그래도 가려고 했었거든? 때가 아닌 것 같아서."

대놓고 흥, 하며 콧소리를 낸 여자가 다정히 정현의 손을 잡았다. 놀라 고개를 들자 역시 다정한 미소가 저를 향해 있었다. 그 상황이 마음에 들지 않는다는 듯이 날카로워진 눈매로 쏘아보는 진운에게 시선을 돌린 여자가 능글맞게 웃어 댔다. 예쁜 얼굴과는 전혀 어울리지 않는 웃음소리라 조금 놀랐다.

"정현 씨, 우리 다시 만나요. 그땐 저 짐승 없이 봤으면 좋겠어요."

"가."

"간다, 가. 정현 씨, 파이팅!"

꼭 쥔 주먹을 흔들며 환하게 웃던 여자가 진운에게는 인사도 없이 또각거리는 구두소리를 내며 사라졌다. 한숨을 내쉰 그가 곁에 앉아 어깨를 감싸 안을 때까지도 정현은 정신을 차릴 수가 없었다.

"누구……?"

"신경 쓸 거 없는 사람. 그래서 범인은 잡혔습니까."

"네. 노숙자더라고요. 추워서 불을 쬐려고 했답니다."

정현은 땟물이 흐르던, 아버지의 인생을 말아먹은 노숙자의 모습을 떠올렸다. 그러다 아, 하고 갑자기 깨달았다. 노숙자의 너절한 옷매무새와는 어울리지 않던 반짝거리던 시계가 떠올랐기 때문이다. 그 시계는 몹시도 익숙한 것이었다. 재원이 가장 아끼던, 엔간한 집 한 채 값이 나가던 시계였다.

기가 막혀서 헛웃음이 나왔다. 진짜 미친놈이네. 하긴 언제고 재원은 정상적인 행동을 하는 법이 없었다. 제 차 창문에 꽂혀 있던 쪽지까지 떠오르자 몸에 힘이 하나 남지 않고 무너졌다. 단단히 안겨 있는 어깨가 아니라면 볼품없이 쓰러지고 말았을 것이다.

"괜찮아요? 집으로 가야······."

진운이 말을 채 다 끝맺지 못했는데 똑똑 노크하는 소리가 들려와 무너져 내린 몸을 바로하고 그를 밀어 냈다. 밀려나는 것이 못마땅한 듯 표정이 날카로워졌지만 상황이 상황인지라 진운은 몸을 물려 단정히 앉았다.

"들어와요."

직원이 문을 열고 들어왔을 때, 정현은 이미 진운이 쥐어준 서류를 넘기고 있었다. 무슨 내용인지 머릿속으로 들어오지는 않았지만 태연한 표정으로 진운 역시 서류를 넘기고 있었기 때문에 마음이 놓였다.

"설계도 가져왔는데요."

"거기 두고 나가 보세요."

진운의 사무실은 온통 블라인드가 내려져 사람들의 시선을 차단해 주고 있었다. 직원이 문을 닫고 가는 발소리가 조금 멀어지자마자 진득한 입술이 입술로 내려앉았다. 평소와 다르게 아랫입술을 아프게 깨물며 삼켜 버릴 듯이 몰아치는 진운 때문에 턱이 아플 정도로 벌어졌다. 깨물리고 핥아지고 뜨겁고 끈질기게 문질러 대는 혀가 반가웠다. 정현은 그의 입술이 동아줄이기라도 한 것처럼 매달렸다.

내내 걱정 어린 눈빛으로 미뤄왔던 것과는 달리 내내 바래왔던 거친 몸짓이었다. 한계까지 벌어진 입술 사이로 흐른 타액을 입술로 훔쳐

주면서 그가 아플 정도로 어깨를 세게 쥐었다 놓았다. 참는 기색이 역력한 몸짓에 퍼뜩 이곳이 어디인지 깨닫고 몸을 물렸다. 하지만 소용없이 다시 너른 품안으로 빨려들어 갔다.

"이게 뭡니까."

질척거리는 공기를 아무래도 견뎌낼 수 없을 것 같아 정현은 말을 돌렸다. 그에게 제 몸을 깔아뭉개 달라고 애원이라도 할 것 같아서였다. 자꾸만 이상한 방법으로 위로받고 싶어 한다는 것을 잘 알고 있었지만 그러지 않고는 견딜 수가 없었다. 사랑을 받고 있다는 것을 확인하는 방법을, 정현은 몰랐다.

"아, 동경."

"네?"

"가게를 새로 열어야 하잖아요? 다행히 직원들이 자주 들르던 곳이라 기억을 잘 하고 있던데. 이건 예전과 비슷하게, 이건 요즘 많이들 한다는 방식으로. 사실 별로 큰 차이는 없어서 아버님은 아무래도 좋다고 하셨고, 영우…… 씨는 요즘 유행하는 인테리어가 낫다고 하던데. 가게는 어쨌든 정현 씨가 사장이니까. 골라 봐요."

상상도 하지 못하고 있었다. 제가 이불 속 안전한 도피처로 숨어 있는 동안 그는 벌써 다시 동경을 열 준비를 해주고 있었다. 영우의 이야기를 하는 것으로 보아선 영우도 마찬가지인데다가 아버지라니.

"아버지가요……?"

"음, 가시기 전까지 샘플을 보여드릴 수 있어서 다행이었지. 물론 담당자가 야근은 좀 해야 했지만."

그래서 그의 직원들이 갑자기 찾아온 정현을 보고도 이상하게 생각하지 않았던 것이 틀림없다. 사진이 눈에 들어오지 않았다. 그런 것들은 아무래도 좋았다. 어차피 전의 일본식 간판과 입구 역시 영우의 주장에 따랐던 것이었으니까. 정현은 그저 작은 가게에 숨어 일하는 것만으로도 만족했다. 아직은 그렇게까지는 도태되지 않았고 사회구성원으로서 행세하고 있다는 것만으로도. 요즘에 들어서야 조금 애착이 가고 있었지만 사실 가게의 외양 같은 것은 중요하지 않았다.

중요한 것은 그가 정현이 숨어 있는 동안도 마음을 써주고 늪에 빠진 저를 끌어올려 주기 위해서 애썼다는 사실이었다. 연인이란 이름으로 그의 곁에 있으면서 아무 도움이 되지 못하는 자신과 다르게 진운은 단단하게 버텨 주고 있었다. 질척하게 끌려들어 가는 정현을 어떻게든 밝은 세상으로 인도하기 위해서, 그렇게.

"아까 수연이, 그러니까 금방까지 있던 친구. 수연이는 주방인테리어를 전문으로 하는 친군데 늘 함께 일해 왔던 터라. 내가 주방은 잘 모릅니다."

아무래도 좋았지만 그의 호의를 물거품으로 만들 수는 없었다. 봐도 잘 알 수는 없겠지만 내밀어진 서류들을 살펴보며 정현은 요새 유행한다는 방식을 골라 그에게 내밀었다. 그러고 보니 그와 함께 유명한 식당을 다니면서 많이 본 듯한 인테리어였다.

"잘 생각했어요. 정현 씨가 요새 일도 배우고 있어서 주방을 조금 더 신경 쓰고 있는데, 수연이……."

수연이란 여자와 함께 있었던 이유를 애써 변명하는 것 같아 그를 향해 고개를 내저었다. 이렇게까지 다정한 사람을 의심할 여지는 없었다. 정현은 정말 이해할 수가 없었다. 도대체 보잘것없는 자신을 왜 이렇게 그는 사랑해 주는 걸까. 그가 가진 모든 것이 제 것인 것처럼 아낌없이 베풀어 주는 걸까.

"이제는 주방에 들어갈 수 없어요."

떠오르는 의문을 뒤로한 채 정현은 덤덤히 말을 이었다. 그 질문을 던져서 그가 무엇이라고 대꾸할지 두려웠기 때문이다. 알고 싶으면서도 알고 싶지 않았다. 그게 어떤 것인지 알고 나면 헤어 나올 자신이 없었다. 그가 정현을 얼마큼이나 사랑해 주는지를 알게 되던, 그가 저를 얼마만큼이나 동정하는지를 알게 되던 마음이 아플 것만 같았다. 초라한 제 자신을 다시 한 번 상기하면서.

"왜?"

"……불이 무서워요. 아까 영우가 담배를 줬는데, 담뱃불을 붙이려고, 라이터를…… 켤 수가 없었어요."

최대한 담담하게 말해 보려고 노력했지만 또 눈물이 쏟아졌다. 요새는 그의 앞에서 자꾸만 그동안 참아왔던 눈물이 쏟아진다. 몇 년째 메말라 있던 눈이 쉴 새가 없었다. 아까 수연이란 여자가 있을 때만 해도 아플 정도로 뻑뻑하게 말라 있던 눈이 또다시 축축해졌다.

그는 어깨가 아플 정도로 세게 끌어안았다. 단단하게 굳어 버린 목과 나지막하게 욕설이 들려오는 것으로 보아 화가 난 게 분명했다. 두려워서 굳어 버리려는 몸을 풀고 그에게 무너졌다. 그가 분노하고 있는 대상은 자신이 아니었고, 그는 화가 난다고 해서 정현에게 위해를 끼칠 사람이 아니었다.

손에 남은 흉터처럼 그 자신을 다치게 하면 모를까. 그리고 그에게 남는 상처 쪽이 더 아프다는 것도 깨달았다.

"왜 나한테 이렇게 잘해 줍니까?"

"이유가 있어야 합니까?"

정현은 애써 삼키려던 질문을 충동적으로 던졌다.

그가 어이없다는 듯이 되물었지만 이유를 듣고 싶었다. 헤어 나오지 못해도 상관없어졌다. 마음이 아파도 상관이 없을 것 같았다. 어쩌면 그의 곁을 끝까지 지킬 수 없다 해도 지금 들을 대답을 붙든 채 평생을 살아갈지도 모르니까.

"사랑합니다. 내가, 정현 씨를 사랑합니다."

벼락이라도 맞은 것처럼 온몸에 전율이 흘렀다. 그제야 정현은 이기적인 자신이 이 대답을 얼마나 듣고 싶었는지, 얼마나 기다렸는지 깨달았다. 초라한 자신이라도 상관없고 동정이라도 상관없었다. 오히려 그로 인해 진운이 저를 떠나지 못하면 그것이야말로 좋은 일 아닌가. 정현은 눈을 감았다. 흐르는 눈물을 숨기지 않은 채로.

"그렇다면 보여 주세요."

넓은 어깨를 감싸 안았다. 눈물로 얼룩진 얼굴을 떼고 그에게 시선을 맞추었다. 그리고 속삭였다. 어쩌면 영원히 용서받지 못할지도 모른다. 스스로도 용서할 수 없을지 모른다. 그래도 견딜 수가 없었다. 검고 질척이는, 혐오스러운 본심이 그를 향해 손을 내뻗었다.

"안아 주세요."

갑자기 다가온 입술이 정현의 숨을 집어삼켰다. 스스로 안아 달라는 말을 해놓고 그가 다가오니까 놀라다니 웃긴 일이지만, 그렇다고 그의 일터인 사무실에서 이렇게 다급한 키스를 받을 거라곤 생각하지 못했다.

정현은 세게 잡힌 어깨가 아팠지만 그 통증이 반가웠다. 어쩐지 아직 죽지 않았다는 실감이 났고, 이런 통증이 그와 살을 맞대는 순간 찾아올 것이라는 생각에 기대가 되었다.

어쩌면 정말 미쳐 버린 것일지도 모른다. 통증이 반갑다니. 언제나 재원이 휘두르는 폭력 때문에 몸을 사릴 때는 정말 아픈 게 싫고 두렵기만 했다. 그런데 그가 주는 모든 것들이 사랑스럽다. 통증마저도 그랬다.

입술을 맞대는 것만으로는 모자랐다. 진운도 같은 상태였던 것이 틀림없다. 요새 들어 늘 담백한 손길로 제 시중을 들어주던, 어제 안아주며 내내 정현의 걱정을 하던 손이 아니었다. 언제나처럼 정현을 세게 틀어쥐던 손이 반가웠다. 하지만 이곳에서는 아니었다. 이곳은 진운의 일터이고 그의 직원들이 지척에서 일하고 있었다.

"일어나요."

그를 일으켜 세우고 옷매무새를 고쳤다. 그새 진운 역시 옷매무새를 고치고 인터폰으로 직원을 연결했다. 외근을 다녀오겠다는 말에 직원이 여상한 어투로 대꾸하며 끊었다. 진운의 시선이 내내 정현을 삼킬 듯 핥아 올렸다.

뜨거운 시선에 휘청거리자 진운이 부축해 주었다. 사무실에서 나서기 전, 다른 사람들의 시선이 무서워 조심스럽게 잡힌 팔을 빼내었다. 그리고 그를 지나쳐 앞장서 걸었다. 그의 뒷모습을 보기가 싫다. 제게서 등을 돌린 뒷모습이 아니라는 것쯤은 잘 알고 있지만 그래도 뒷모습을 보는 것이 싫었다. 그가 출근할 때마다 보이는 뒷모습이 싫어 등을 돌린 채 벽만 쳐다보는 것이 일상이었다.

"차는?"

"가지고 왔어요."

"내 차로 이동할까요?"

사실 운전을 할 상황이 아니었다. 진운의 사무실로 찾아오면서도 몇 번이나 저도 모르게 브레이크를 밟고, 뒤차의 경적소리를 멀리 듣다간 정신을 차리곤 했었다. 사고가 나지 않은 게 이상할 지경이다.

정현은 고개를 끄덕이고 그의 차에 올랐다. 평소 정현을 태우고는 늘 조심스러웠던 운전이 거칠다.

보조석 시트에 기대어 그를 바라보았다. 핸들을 쥔 왼손에 퍼렇게 비치는 핏줄에 새삼스럽게 시선을 고정했다. 진운은 언제나 강해보였다. 처음 만났던 날, 제 잔에 잔을 부딪치며 짠을 한다거나 아까처럼 수연이란 여자에 대해 애써 변명하려는 의외의 모습도 보였지만 언제나 진중한 모습이다.

정현의 많지 않은 말에 귀 기울이고, 더 많은 것을 들어 주려고 애를 썼다. 자신을 향해 늘 열려 있는 모습이었다. 오른손이 다가와 정현의 손을 잡아 주었다. 정현은 제 손을 감싸 쥔 손을 풀고 감겨 있는 붕대를 바라보았다. 그리고 조심스럽게 입술을 가져다 댔다. 이 상처가 기쁘고도 슬펐다.

"지금 유혹하는 겁니까?"

장난스러운 말투이지만 전혀 장난 같아 보이지 않았다. 둘 다 진심이었기 때문이다. 유혹을 하는 정현도, 유혹을 당하면서 묻는 진운도.

대답할 용기가 없었기에 슬쩍 고개를 끄덕이고 그의 앞섶에 손을 가져다 댔다. 반쯤 곤두서 있는 그가 느껴졌다.

"정현 씨."

훈계를 하는 듯한 목소리에도 아랑곳하지 않고 버클을 끌렀다. 그리고 드로어즈 위로 그의 것을 잡았다. 천에 감싸져 있지만 감출 수 없을 만큼 뜨거웠다. 몇 번의 손짓에도 그의 페니스가 평소처럼 완전한 형태를 갖추고 일어섰다. 요새 들어 늘 참았을 테고, 어제도 자제하는 것 같아 보였으니 당연한 일이었을 것이다. 정현은 이해할 수가 없었다. 욕망을 느끼기가 무섭게 제게 풀어내야만 하는 사람과의 긴 연애 속에서 상대를 위해 자제하는 법을 배우지 못했기 때문이다. 그때는 그것이 사랑인 줄 알았다. 사랑이 지나쳐서 그런 줄로만 알았다.

하지만 세상에는 다른 사랑의 방법도 있었다. 진운은 그를 위해 자제하고 참아 주었다. 그러지 말았으면 좋았을 것을. 다정함을 알게 된 것이 두려워졌다. 그 다정함을 잃고 나면 더욱 힘겨워질 제 자신을 무의식중에도 알아챈 것이 틀림없다. 자제하고 싶지 않았다. 그래서 움직였다. 단단해진 그의 것을 드로어즈 밖으로 꺼내고 그것을 입에 넣기 위해 그를 향해 엎드렸다. 안전벨트 같은 것은 집어 치운 지 오래다. 그의 것을 삼키고 진한 맛을 느끼자 숨을 쉴 수 있을 것 같았다.

"정현 씨, 지금 운전 중, 훗."

멈추라는 소리를 듣고 싶지 않아 입술을 조이면서 갈라진 틈에 혀를 세웠다. 안 그래도 단단한 허벅지에 힘이 들어가면서 잡은 정현의 손을 튕겨내기라도 할 것처럼 잘게 떨렸다. 그래도 그가 무엇이라고 말을 한다면 이를 세우고 선단을 살살 긁어내릴 생각이었다. 언젠가의 섹스에서 진운이 그렇게 압박하자 한마디 말도 제대로 하지 못하고 쌀 것처럼 허리를 흔들었던 것이 기억났다.

"이제, 그만."

으르렁거리는 것 같은 낮은 목소리로 성대를 긁는 거친 목소리가 나왔다. 정현은 이를 세웠다. 숨소리가 거칠게 귓가를 때렸다. 자유로운 오른손이 머리카락을 세게 쥐었다 놓는 것도 느껴졌다. 차가 거칠게 멈춰 세워졌다. 커다란 손이 제 어깨를 감싸고 미끄러지지 않도록 잡아 주었다.

"사고 나요. 죽고 싶어?"

"안 죽었잖아요."

"정말, 이정현, 너는……."

말을 끝맺지도 못하고 그가 정현을 힘주어 끌어안았다. 입술이 거칠게 맞닿고 질척거리는 소리가 날 정도로 빨았다. 몸을 붙이고 온기를 나누자 살 것 같았다. 그의 손이 거칠게 유두를 꼬집었다. 저도 모르게 빨고 있던 입술은 놓치고 신음을 내뱉었다.

"넌 달아. 왜 그럴까."

말을 마치기가 무섭게 다시 입술이 맞붙었다. 또다시 유륜을 빙글 돌리고 손가락 사이로 유두를 괴롭히기 시작한 손가락이 집요해 신음이 나왔지만 그가 입술을 놓아 주지 않았다. 아랫입술을 깨물고, 혀를 빨아올린다. 더한 것도 함께 나눈 사이임에도 달아올라 미칠 것만 같았다. 터져 나갈 것 같다는 생각이 들 정도로 성기가 부풀어 올랐다.

진운이 몸을 웅크리고 운전석에서 빠져나와 정현 앞에 무릎을 꿇고 앉았다. 뒤로 밀려지면서 순식간에 젖혀진 시트 때문에 그의 손이 바지를 벗겨 내는지도 몰랐다. 무릎에서 내려간 바지와 드로어즈가 어정쩡하게 걸리는지도 몰랐다. 다만 그의 혀가 빨고 있는 가슴이 제 몸의 전부같이 느껴졌다.

"엎드려."

좁은 차 안이라 움직임이 어려워지자 그가 귓가에 속삭였다. 뒤척거리며 정현이 그 말을 따르는 동안에도 커다란 손은 정현의 것을 놓지 않았다. 이미 쿠퍼 액으로 질척거리는 귀두를 가볍게 쥐었다 놓아 주고는 기둥에 선 핏줄을 따라 손가락이 쓸어내려졌다. 끄덕거리는 정현의 성기가 부족함을 호소하고 있었다.

선단의 갈라진 틈을 따라 손가락이 움직였다. 더 이상 참을 수가 없어서 신음소리를 흘리기 시작하자 진운의 손이 더 빨리 움직였다. 아까 전부터 터져 나갈 것 같았던 그것은 제 몸을 속속들이 알고 있는 사람의 손에 쉽게 무너졌다. 약간 멍멍해진 귀로 질척거리는 소리가 들려왔다. 하긴 차 안에 젤 같은 것이 있을 턱이 없었다.

"조금 아플지도 몰라."

"괜찮으니 그냥 해요."

"아프면 말해. 멈출 테니까."

정현은 대구하지 않고 제 정액이 분명한 질척한 액체가 엉덩이를 적시는 걸 느끼고 몸을 조금 떨었다. 기다란 손가락이 익숙한 구멍을 넓히며 천천히 진입했다. 조금 빽빽했지만 참을 만했다. 손가락은 금세 두 개가 되고 세 개가 되었다. 헉 소리를 내며 허리를 휘자 꿈틀거리며 가장 민감한 곳을 찾던 손가락이 멈추었다.

"아파?"

"아니……."

"그럼 좋아?"

"응……."

정현은 제가 무슨 말을 하는지도 모르고 조수석 시트를 쥐려고 노력했지만 매끈한 가죽이 손에 쥐어질 리 없었다. 땀에 찬 손바닥이 시트에 미끄러지는 소리에 그의 조그마한 웃음소리가 섞였다. 그러곤 그의 손가락이 강한 쾌감을 향해 뻗어졌다.

"아아, 훗, 응, 윽."

온몸에 쾌감이 번졌다. 엉덩이부터 시작된 쾌감이 전신을 향해 달리는 동안 정현은 교성만 내지를 뿐 무력하게 무너졌다. 무너지는 몸을 끌어안으며 그는 자비 없이 손가락을 놀렸다. 제발 그만해 달라고 애원해도 소용이 없다. 하긴 만약 그가 그 말을 곧이곧대로 듣고 멈춘다면 정현이야말로 곤란할 터다.

부글부글 배 속이 끓어오르면서 방금 파정한 성기가 간지러웠다. 빳빳하게 일어선 것은 그의 손가락이 움직일 때마다 함께 끄덕거렸다. 민감한 곳을 계속해서 문질러 대자 쾌감을 넘어 고통스러울 지경이었다. 하지만 그 고통은 달콤했다.

정현은 고개를 돌려 더듬더듬 진운의 입술을 찾았다. 그가 입술을 내어 주며 정현의 혀를 질척하게 빨아올리자 곧 참지 못하고 사정해 버렸다. 이 짧은 새에 도대체 두 번이나 사정을 하다니, 어지간히 달아올라 있던 것이 틀림없다. 시트를 온통 더럽히고 말았다.

"시트가⋯⋯."

"상관없어."

두 번의 파정으로 말랑해진 입구에 뜨거운 것이 닿았다. 정현은 숨을 들이켜며 제 몸을 가르는 그것의 존재감을 확인했다. 뜨겁고, 크고, 단단하다. 내벽을 온통 채운 그의 것이 제 몸을 불사를 것 같았다. 불이 무서운 만큼이나 그의 것도 무섭다. 하지만 그의 것이 주는 쾌감은 사랑스럽다.

"이정현. 웃, 그만 조여."

저도 모르게 그의 것을 조여 버렸는지 신음소리가 으르렁댔다. 하지만 막 절정을 느꼈던 다음이라 그런지 몸이 통제가 되지 않았다. 그로 채워진 몸이 좋아서, 더 큰 쾌감을 본능적으로 바라는 엉덩이가 스스로 흔들렸다. 진운의 혀가 길게 등을 핥아 내렸다. 또다시 허리를 휘면서 정현은 교성을 내질렀다.

"정현아."

사랑스러운 목소리가 귓가를 울렸다. 투박하기 그지없는 목소리가 사랑스럽게 느껴지다니 놀라울 뿐이다. 하지만 이 목소리가 얼마나 다정한지 잘 알고 있다. 정현은 몽롱한 눈으로 뒤를 돌아보았다.

"사랑해."

사랑한다는 말을 졸라 대던 어젯밤을 기억했는지 진운은 애원하지 않아도 듣고 싶은 말을 들려주었다. 그리고 길게 허리를 물려 강하게 내리꽂았다. 갑자기 온몸을 강타한 쾌감에 정현은 흔들렸다.

"참으려고, 후, 했는데."

"참지 말고, 홋, 그냥⋯⋯."

"그래, 정현아."

몸을 꿰뚫을 것 같은 굵고 긴 성기가 몸을 갈랐다. 정현은 거칠게 몸을 부딪쳐 오는 그의 움직임을 따라 흔들리고 또 흔들렸다. 언젠가 영화에서 보았던 것처럼 창에 뿌옇게 김이 서렸다. 에어컨이 틀어져 있음에도 차 안의 공기는 뜨겁고 끈적끈적했다.

"후, 너도, 말해 봐."

"뭐, 뭘……."

"사랑한다는 말. 너도 해 봐."

어깨에 이가 와서 박혔다. 아프지 않게 박혔다가 금세 물러서 뜨거운 혀가 어깨를 달래 주었다. 정현은 그 달콤함에 허리를 떨었다. 허리를 떨고, 엉덩이를 움직일 때마다 그의 것이 제 안에서 스스로 꾸덕이는 게 느껴질 만큼, 둘은 흥분해 이성을 잃었다.

"사랑해요."

"후, 다시."

"응, 사랑해."

내벽이 쫀득하게 쥐고 있던 그의 것이 조금 더 크고 단단해졌다고 느낄 때쯤 그는 속도를 높여 정현의 몸을 갈랐다. 정현은 그의 밑에서 엎드린 채 교성을 내질렀다. 온몸이 펑펑 터져 나가는 것 같았다. 더러워진 시트 때문에 제 정액이 몸에 묻어나는지도 모르고 계속해 그를 졸랐다.

"나도, 나도 사랑해."

말이 멎으면서 사랑의 행위가 끝났다. 그의 것이 뜨끈하게 배 안으로 넘쳐흐르는 것 같았다. 드러난 목덜미에, 젖혀진 티로 드러난 마른 등에, 귓가에 키스가 쏟아졌다.

정현은 어렴풋이 차 안에서 당했던 일이 생각났다. 재원이 미친 듯이 차를 가져다 박고는 흠씬 때리고 뒷좌석으로 끌고 갔었다. 그 이후 차 안에서는 재원과 키스도 나누지 않았다. 아니, 못했다. 하려고만 하면 온몸이 떨려오면서 그때의 고통이 떠올랐기 때문이다.

하지만 그와는 달랐다. 심지어 자신이 조르기까지 하고 더 큰 쾌감을 바라면서 허리를 흔들었다. 정말 이상한 일이다. 그와 있다 보면 그간의 모든 것들이 잊혀 나갔다. 아예 지울 수는 없겠지만 고통이 스러져 갔다.

"집으로 가자."

정현은 고개를 끄덕이며 내밀어진 손을 잡았다. 이 손이 주는 모든 것들은 마약과도 같았다. 도저히 헤어 나올 수 없는 함정. 재원의 늪과 같았던 광기와 다른 점이 있다면 저 함정에는 폭력과 폭언 같은, 정현을 괴롭히는 것들이 하나도 존재하지 않는다는 것이다.

언제든 탈출할 수 있을 것 같은 함정 안에 정현은 잠겼다. 달콤한 애정으로 가득한 그곳을 헤어날 생각이 없었기 때문이다. 진운은, 정현을 그런 함정으로 빠뜨렸다.

7

여전히 떨어지지 않는 깍지 낀 손에 의지한 채 그의 집으로 향했다. 그다지 시간이 흐르지 않았음에도 불구하고 한동안 제집처럼 드나들던 곳이라 그런지 오랫동안 오지 못했다는 생각이 들 지경이다.

반가웠다. 그를 닮은 반듯한 집 안도, 그의 공간에 발을 디디고 있다는 사실도. 어쩐지 어색하게 서 있는 정현의 어깨를 그가 다정히 감쌌다.

"우선 씻고 나올게요."

"알겠어요."

뜨거운 물 아래 한참이나 서 있었다. 아까의 깨달음이 무엇인가 속에서 뚝 끊어지는 소리를 듣게 만들어 주었다. 그의 사랑과 사랑이라고 믿었던 재원의 집착에 대한 깨달음은 여러 가지 다른 것 역시도 깨닫게 해 주었다. 바라지 않던 스스로의 진득한 감정마저도.

똑똑.

"정현 씨."

"아, 금방 나갈게요."

너무 많은 시간을 생각에 빠져 낭비한 것이 틀림없었다. 욕실을 가득 채우고 있는 수증기도 그것을 증명해 주었다. 걱정스러운 목소리에 재빨리 마무리 하고 나서자 문 앞에 고이 개어져 있는 속옷과 편한 홈웨어가 보였다.

그는 이미 면 팬츠를 입고 주방에 서 있었다. 여름이 다가오자 그는 상의를 탈의하고 있는 때가 많았는데 오늘 역시 다를 바가 없었다.

머리를 털어 내며 식탁에 앉아 그 뒷모습을 바라보았다. 작은 움직임에도 꿈틀거리는 등 근육이 섹시했다. 밋밋하기 짝이 없는 정현의 몸과는 달리 그의 몸은 야성적이고 단단하면서도 유연했다. 정현은 대충 털어 낸 머리를 하고는 멍하니 그의 뒷모습을 바라보았다.

"점심, 안 먹었죠?"

고개를 끄덕였다. 밥을 먹을 정신 따위는 없었다. 그 쪽지를 받고 정신없이 몸을 떨다가 그에게 달려갔기 때문이다. 사실 요새는 그가 먹이는 한 끼의 식사가 하루의 전부였던지라 딱히 배가 고프지는 않았다. 하지만 곧 식탁에 정갈한 식사가 차려졌다.

"먹어요."

"······잘 먹겠습니다."

요 근래 언제나 식사를 하기 전 해왔던 실랑이 없이 정현은 천천히 수저를 들었다. 또다시 해야 할 입씨름을 대비하기라도 하듯 팔짱을 끼고 섰던 그가 무척이나 만족스럽다는 듯이 웃었다.

"다 못 먹습니다."

"남겨요."

그러곤 여전히 주방에 선 채 소고기와 버섯, 양파 같은 야채를 구워다 주었다. 끊임없이 내오는 고기에 질린 표정을 한 정현을 보면서도 태연히 대꾸하더니 와인을 가지고 와 앞에 앉았다. 감시가 없으면 대충 남겨 버리는 요즘의 정현을 깨달은 모양이다. 그러고 보니 파자마에, 와인에, 그는 회사로 돌아갈 마음이 없어 보였다. 회사에 갈 때의 단정하게 넘긴 머리카락과 달리 촉촉하게 젖은 머리카락이 이마로 드리워져 있는 것도 그랬다.

반듯한 이마로 머리카락이 내려와 있고 우뚝 솟은 조각 같은 코가 볼에 그림자를 던졌다. 선이 분명한 입술이 벌어지며 와인을 삼켰다. 시선은 여전히 정현을 향한 채였다.

이상한 일이다. 그의 시선이 닿을 때면, 정현은 살살 녹아드는 것 같기도 하고, 돌처럼 굳어 버리는 것 같기도 했다. 하여간 그는 정현이 봐왔던 사람들 중 가장 잘생긴 남자였다.

"무슨 생각을 합니까?"

정현의 젓가락에 아슬아슬 매달려 있던 고기를 입술로 채가며 그가 물었다. 장난스러운 행동도 전혀 우습게 보이지 않을 만큼 행동에 군더더기가 없이 유려하다. 비현실적인 남자가 현실 속에, 그것도 제 앞에 있다는 것이 여전히 믿기지 않을 때가 있다. 온기라기보다는 더 뜨거운 열정을 띤 눈빛을 하고, 보기 좋은 미소를 띤 채.

"아무 생각도 안 합니다."

오전에는 분명히 세상이 끝나는 것만 같았는데 곁에 있는 한 사람 때문에 아무렇지도 않아졌다는 게 이상하다.

자꾸만 고기를 채가는 진운 때문에 정현도 불이 붙었다. 주거니 받거니 경쟁적으로 먹다 보니 이미 한 그릇을 다 비워 낸 지 오래인데다가 그가 내왔던 와인까지 마셨다. 끝도 없이 구워 내오던 고기까지 모두 해치우고 나니 배가 터질 것만 같았다.

나른한 시선이 오고갔다. 겉보기엔 나른해 보이지만 그 안에 불타고 있는 정염에 대해서 잘 알고 있다. 언제나 생각하는 일이지만 정현은 때로 이상한 기분이 들었다. 도대체 그는 왜 자신을 사랑하는 걸까. 아무리 희생적인 사랑이 숭고하다 한들 이젠 민폐일 지경이다. 하지만 이 모든 일에서 단 한 번도 시선을 돌리지 않은 채 정현만을 단단히 바라보고 있다. 그 시선에 오히려 부끄러워진 쪽은 정현이었다.

함께 식탁을 치우고, 설거지를 하고 나란히 서서 양치를 했다. 일상의 것들을 함께할 때면 이상하게 특별해지곤 했다. 거울 속에서 시선이 마주치면 이유 없이 서로를 향해 웃어 주었다. 양치가 끝나자마자 서로의 입술에 입술을 맞대었다. 키스에서는 상큼한 치약 맛이 났다.

자연스럽게 함께 침대로 향했다. 애틋하게 서로의 살결에 부비는 입술이 사랑스럽다. 그는 어떠할지 모르겠지만 정현은 늘 이것이 마지막일지도 모른다는 생각을 하곤 했다. 그러면 그가 절박해지곤 했다.

섹스는 감미롭다가 격정적이었다가 지나친 쾌감 탓에 돌아 버리기라도 할 것처럼 몰아쳤다가 애틋해지곤 했다. 모든 것에 무감각하게 오롯이 제 자신만 세상에서 추방한 것처럼 초연하게 굴었으면서 모든 평범한 것들을 부러워하기라도 했나 보다. 배나 뾰족하게 예민해진 감각으로 그를 느끼고 받아들였다. 여전히 다른 것에는 무감한 만큼이나 그에겐 더 예민해진다. 전의 정현을 아는 모든 사람들이 놀랄 만큼이나 변하고 있었다. 그로 인해 가장 놀란 사람은 정현이겠지만.

땀에 젖은 등을 보인 채 엎드려 숨을 골랐다. 일부러 자극이 심한 곳만을 골라 펑펑 쳐올리던 탓에 손끝 하나 움직이지 못할 지경으로 지쳤다. 그와의 섹스는 늘 그랬다. 모든 것을 불태워 버린 것처럼 지치고 나른해졌다. 물론 그러고 나서도 그 손가락이 움직일 때면 또 불타오르기는 했다.

억울한 것은 늘 정현만이 지쳐 나가떨어질 뿐 그는 아무렇지도 않다는 사실이다. 오히려 그전보다 더 가뿐해졌다는 듯 묘하게 좀 밝아진 무표정으로 기민하게 움직였다. 정현을 위해 물을 내어 준 그가 널브러진 옷가지들과 아까 벗어놓았던 외출복을 집어 들었다.

차 안에서 엉망이 된 터라 세탁을 하려는가 보다 하고 멍해진 머리가 단순하게 생각을 해버리고 말았다. 꼼꼼한 그가 바지 주머니에 손을 밀어 넣기 전까지.

"······이게 뭐야."

재원의 쪽지였다. 아까는 너무 정신이 없어 바지 주머니에 구겨 넣고는 잊었다. 어떻게 저걸 잊을 수가 있을까. 정현은 그와 함께 있노라면 시간도 제 처지도 근심도 모두 잊곤 했다. 그렇다고 저것까지 잊힐 것이라고 상상한 적은 없었는데.

"······."

"이게 뭐냐고 묻잖아요."

"아까 경찰서를 나오던 길에, 차에, 끼워져 있더라고요."

"씨발."

나지막하지만 분명히 들었다. 요새 그는 욕설을 내뱉는 일이 많다. 모두 정현에 의해서긴 했지만 정현 때문은 아닌 묘한 상황이다. 그리고 욕설을 내뱉는, 단정하기 이를 데 없는 금욕적인 얼굴이 이상하게 섹시했다.

"어쩐지 사무실까지 연락도 없이 온 게 이상하다 싶더니 이런 거였어?"

정현은 엎드린 상태 그대로 베개에 얼굴을 묻고 그의 시선으로부터 도망쳤다. 이제 그의 무표정에서 감정을 읽어 내는 방법을 알게 되었다고 생각했지만 도무지 알 수가 없었다. 무표정함 뒤로 하도 많은 감정이 휘몰아치고 있어 읽어 낼 수가 없다.

"하…… 어쩐지 너무 예쁘게 군다 했더니."

커다란 손이 등을 쓸어내렸다. 정현은 여전히 베개에 얼굴을 묻은 채 그의 손길만을 느꼈다. 무엇이라고 말을 했다간 폭발해 찢겨 나갈 것만 같았다. 그 쪽지를 봤을 때의 두려움, 그의 사무실에 들어섰을 때 느꼈던 이질감, 사랑한다는 말을 들었을 때의 충족감, 운전 중인 그를 안지 않고는 배길 수 없을 정도로 달아올랐던 성감을 말로 표현할 수가 없다.

"그래도 이 지경에 날 찾아온 건 다행이네. 그건 마음에 들어."

느릿하던 손이 열기를 띠었다. 늘어져 있던 몸이 펄떡거리며 생기를 되찾았다. 몸이 악기처럼 그의 손에 의해 연주되고 있다. 그가 바라는 만큼, 그가 주는 쾌감에 잠식되어 간다.

"뭘 해요?"

"경호원을 붙이겠다고요."

놀라는 정현이 더 이상하다는 듯 그는 여상히 대꾸했다. 뻐근해진 근육을 풀려고 이리저리 고개를 돌리거나 팔을 움직이는 그에게선 장난의 기색 따위는 찾아볼 수가 없었다.

"농담하지 마세요."

"농담 아닌데."

"저같이 평범한 사람한테 그런 게 왜 필요합니까."

"상대가 안 평범하잖아요. 완전히 미친놈인데."

"……그래도 그건 너무 오버예요."

"그냥 말 들어요."

"불편해서 싫어요. 누가 계속 주시하고 있다는 거 생각만 해도 부담스러워요."

"안 부담스럽게 잘할 겁니다."

"싫다니까요."

언제나 시선의 대상이 되어 왔다. 딱히 원해서 이렇게 태어난 것도 아니건만 고운 외모는 언제나 엎드려 숨고 싶은 정현에겐 독이었다. 모두가 극찬해 주었지만 부담스럽기 짝이 없었다. 호기심은 폭력이 되어 정현을 괴롭혔다.

"……그래요, 그럼."

역시나 잠시 생각하는 것 같던 진운은 고개를 끄덕였다. 다정한 손길은 여전히 등을 쓸어내린다. 정현은 그 다정함에 용기를 얻었다. 하지만 그래도 움직이지는 않았다.

달콤한 함정은 이제 제 세상을 다 집어삼키고 점점 더 넓어졌다. 그가 내어 주는 세상은 재원이 쥐어주고자 했던 것처럼 좁고 음습하지 않았다. 정현은 마음껏 긴장을 풀고 진운의 품안에 잠겼다.

"제가 다 알아서 할게요."

"어떻게?"

"그냥, 그럴게요."

미심쩍다는 표정이었지만 그는 정현의 말에 토를 달지 않았다. 그저 넓은 품안에 저를 당겨 끌어안아 주었을 뿐.

"같이 씻을까요?"

뻔뻔스러운 얼굴을 쳐다보다 정현은 한숨을 내쉬었다. 말을 꺼낸 이상, 어떻게든 실천에 옮길 것이 뻔했다.

"그래요."

창밖에는 어둠이 내려앉았다. 어둠 때문에 거울처럼 제 몸을 훤히 비추는 유리를 바라보며 내밀어진 손을 잡았다. 이 손을 놓치고 싶지 않아. 절대로. 눈을 감아도 여전히 달콤한 질척함이 제 몸을 감싸고 있음이 느껴졌다. 제가 잠긴 함정 가득한, 꿀같이 진득한 그의 모든 것들이.

다시는 전화할 일이 없으리라 믿었던 사람에게 전화를 걸었다. 그 역시도 몇 번 울리지 않은 전화를 칼같이 받아 주었지만 다시 전화가 걸려올 것이라고 예상하지 못한 탓인지 목소리가 흔들렸다.

"이정현입니다."

─……안녕하십니까.

"그다지 그렇지 못합니다. 요새 다시 양재원이 자꾸……."

알 만하다는 듯 보좌관은 한숨을 내쉬었다. 저 사람도 참 극한 직업을 가졌지. 하지만 누구를 동정할 주제가 되지 못한다. 지금 당장도 생명을 위협받고 있을지도 모르는 상황이 아닌가.

"녀석이 가게에 불을 질렀습니다."

─네?

"증거도 없고 붙잡힌 범인은 다른 사람이었지만 노숙자인 주제에 비싼 시계를 차고 있더라고요. 재원이 것과 같은."

─지금 이정현 씨가 위험한 말씀을 하고 계시다는 거 아십니까? 무고죄는 엄중한 처벌이 가능한 범죄입니다.

"명품 시계라 고유 넘버가 있을 테니 전 소유주를 조사하는 것은 어려운 일이 아닐 테고. 어떤 일을 대가로 그 시곌 받은 건지 알아보면 될 일이지요."

─이정현 씨!

"하지만 그렇게까지 하지는 않겠습니다. 나도 당신들이 어떤 수단과 방법을 가리지 않고 막아낼 거고, 오히려 피해자인 내가 어떤 혐의를 뒤집어쓴 채 좆될 수도 있다는 걸 잘 알고 있으니까. 다만."

―…….

"다만 내가 바라는 것 단 하나는 양재원이 이제 내 앞에 나타나지 않는 겁니다. 그쪽도 그 편을 바라면서 왜 막지를 못하는지 기가 막힙니다. 뭐든지 다 해낼 수 있는 분들 아니셨나요? 제가 잘못 알았나 보죠."

정현의 조롱에도 상대는 한마디도 하지 못했다. 어쩌면 이 사람들 역시 동경에 불이 났고 범인을 사주한 사람이 재원이란 사실을 알고 있을지도 모르겠다는 생각이 들었다.

분노가 온몸으로 번져 나갔다.

"다시 한 번 정중히 부탁드립니다. 양재원이, 좀 알아서 막아 주세요. 이번엔 참지만 두 번은 참지 않겠습니다. 아시겠습니까?"

―……잘 알아들었습니다. 죄송합니다. 의원님께 보고 올리고 적당한 선에서 보상을…….

"됐고, 그냥 다시는 연락할 일을 만들지 않도록 해주십시오. 그게 가장 좋은 보상이 될 것 같습니다만."

그에 대한 신뢰가 정현을 움직이게 했다. 달라진 태도에 늘 강경하던 상대가 우물쭈물 전화를 끊는 것이 느껴졌다. 삐뚤어진 쾌감이 스쳐 지나갔다. 비릿한 웃음도 잠시 잠깐 스쳐 지나갔다.

―통화 중이었네요.

"아, 잠깐. 어디예요?"

―데리러 온다고 했잖아. 3분 있으면 도착하니까 내려와요.

"알겠어요."

삶이 의미를 찾고 굴러가기 시작했다. 너무 늦었는지는 모르겠지만 정현이 의지를 가지고 인생을 돌아보자마자 기다렸다는 듯 멀쩡하게.

때로 힘에 겨워 좌절하는 순간이 올지라도 저를 든든히 붙들어 주는 손이 있다면 견딜 수 있을 게 분명했다. 지금처럼, 이렇게.

동경의 오픈 준비는 순조로웠다. 정현은 영우와 함께 인부들을 위해 음료수를 사기도 했고, 진운과 함께 봐도 알 수 없을 설계도와 샘플 사진들을 들여다볼 때도 있었다.

때로는 수연과 함께 샘플을 보는 날도 있었다. 수다스럽고 잘 웃는 그녀는 일을 할 때면 냉정하고 가라앉은 완벽한 커리어우먼으로 변하곤 했다.

그간 단가를 이유로 사용하던 식기들을 한마디로 거지같다고 일축한 수연은 여러 가지 사진을 보여 주다가 답답하다는 듯 정현더러 가서 저 짐승이나 진정시키라는 말을 던졌다. 내내 다른 이들과 말을 섞을 때마다 번뜩이는 눈빛 때문에 집중을 할 수가 없던 정현은 얌전히 그 말을 듣기로 했다.

열띤 토론을 벌이던 영우와 수연은 이내 으르렁대며 싸우기 시작했다. 서로의 주장을 전혀 굽히지 않는 둘이 만날 때마다 보아왔던 모습이기 때문에 정현은 신경을 끄고 완성되어 가는 새로운 동경으로 시선을 돌렸다.

"마음에 들어요?"

"네."

사실 이것은 정현의 취향 문제가 아니었다. 불에 탄 동경을 생각할 때마다 두려움 때문에 숨이 턱 막혔다. 그때의 그 불이 생각이 나지만 않는다면 아무래도 상관없었다. 손에 쥐어진 땀을 들키지 않으려고 표정을 갈무리하며 이곳저곳에 시선을 던졌다.

"왜 그래요?"

진운은 귀신같이 정현의 상태를 알아채곤 했다. 무표정에 가까운 그의 표정에서 감정을 읽어 낼 수 있게 된 정현처럼 그도 마찬가지다. 은근슬쩍 비추어 본 제 표정은 평소처럼 차갑고 어딘가 나른하기만 했는데도 진운은 어디가 불편하냐며 몸 구석구석을 살폈다. 물론 몸이 편하지만은 않았다. 어젯밤의 격렬한 섹스가 말할 수 없는 한 구석을 아릿하게 앓게 했으니까.

"아닙니다."

"어디 불편해 보이는데?"

고개를 내저었다. 편치 못한 몸을 말할 상황도 아니었고 불에 대한 두려움을 말하기는 더더욱 싫었다. 입을 꾹 다물고 한마디도 하지 않는 정현이 마음에 들지 않는다는 듯이 눈썹을 들어 올리고 미간을 좁혔지만 진운은 별다른 말을 하지 않았다. 손이 스치고 지나간 목덜미가 화끈거렸다.

모든 것이 순조로웠지만 정현은 자꾸만 요동치는 감정을 추스를 수가 없었다. 제 삶을 찾기로 결심한 이후, 자꾸만 이상할 정도로. 내내 억누르고만 있던 감정을 조절하는 방법을 정현은 잘 몰랐다.

"드세요."

그날도 그랬다. 평소의 싹싹한 영우는 어디 갔는지, 음식을 툭 던지듯 내려놓은 영우가 말했다. 이 상황이 마음에 들지 않는다는 듯이 툴툴대고 있지만 영우의 행동에 신경을 써주는 이는 아무도 없었다. 하이 톤인 수연의 웃음소리가 가게를 울렸다.

"동경 음식이야 맛있는 거 내가 알지. 잘 먹을게요."

완벽하게 무시당한 영우가 또 구시렁댔지만 다들 술잔을 나누었다. 분위기가 몹시도 묘했다.

"축하해요!"

"축하드립니다."

이제 모레면 새로운 동경이 문을 열 예정이었다. 한사코 돈 받기를 거절하는 진운 때문에 공짜로 인테리어를 하게 되어 음식이라도 대접하는 자리를 만든 것이다.

하지만 정현과 진운의 분위기가 싸하자 잘 웃고 수다를 떨던 수연도 점점 지쳐가는 것이 보였고, 영우는 툴툴대던 입을 닫고 걱정스러운 눈빛을 던지기 시작했다.

"모두들 감사해요."

억지로 웃으면서 인사를 한다는 것이 분위기를 더 썰렁하게 만들어 버렸다. 차라리 손님이 많으면 시끌벅적한 분위기에 쓸려 나아질 텐데 아직 오픈 전이라 넷만 있는 가게가 부담스러웠다.

영우가 한심스럽게 바라보는 것을 눈치채고 조금 부끄러워졌다.

"너 왜 그래? 정현 씨랑 싸우기라도 한 거야?"

대놓고 그런 것을 진운에게 물어볼 수 있는 사람이 많지 않을 텐데 수연은 그런 사람들 중 하나였다.

"시끄러워."

"진짠가 보네. 영우 씨, 이거 맛있네요. 한잔 더 할래요?"

"좋죠."

"바보들은 내버려 두고 우리끼리라도 신 나게 놀아요. 아, 정현 씨가 바보라는 건 아닌데 그렇다고 부정도 못 하겠지. 양심 없게."

"……."

"한수연."

"저 잠깐 나갔다 올게요. 식사하세요."

도무지 무거운 분위기를 견디지 못한 정현이 잠시 자리를 비우겠다는 말을 남기고 일어섰다. 자연스럽게 따라 일어나는 진운에게 고개를 흔들어 거절의 의사를 보였지만 역시나 그는 개의치 않고 앞장서라는 듯이 턱짓을 했다. 정현은 한숨을 내쉬고 가게 문을 나섰다. 수연과 영우의 눈동자가 뒤를 좇았다.

"왜 저런대요?"

"알게 뭐예요. 둘 다 병…… 바보라서 그런 거지."

"하긴, 정현 씨는 저렇게 매사에 시큰둥해서 어떻게 사나 몰라. 세상이 그렇게 호락호락한 곳이 아닌데."

"얼씨구, 쓸데없이 무게 잡고 사는 김 대표는 어떻고요. 눈알에 힘빡 주고 맨날 사람 개무시야. 짜증나게."

"우리 진운이가 겉모습이 그래서 그렇지 애는 착하거든요?"

"우리 정현이도 겉으로는 티 안 내도 마음속은 따뜻한 애거든요?"

"……우리도 바보 같네."

"……그러게요. 아무튼 주방 감사합니다. 예전보다 훨씬 편한 것 같네요."

"당연하죠. 나 비싼 사람이에요."

"그런데 이걸 공짜로 해줘서 어쩌나."

"공짜로요? 미쳤어요? 내가 왜?"

"네?"

"난 진운이한테 돈 받았어요. 공은 공이고, 사는 사지. 난 계산 깔끔하지 못한 것 싫어해요."

"하…… 김 대표 진짜 대단하네."

"네?"

"아닙니다. 술이나 한잔 더 마시자고요."

"따라오지 마세요."

"갑자기 어딜 가려고."

"그냥요."

"이정현, 왜 화를 내는 거야? 그게 그렇게 잘못된 일이야?"

"왜 자꾸 멋대로 해요? 내 자존심 같은 건 생각지도 않아요?"

"네가 맡긴 것도 아니고 그냥 내가 해주겠다고 먼저 나선 거니까 돈 받기도 이상하고. 그리고 우리 사이에 돈 받는 건 더 이상하지 않아? 정말 그랬으면 좋겠어?"

"아니, 일을 했고 그거 돈 지불한다는데 안 받는 게 더 이상해. 도대체 내가 얼마나 거지같아 보였으면 안 받는다고 하는 건지 기분이 나쁘다고."

"이상한 자격지심이야. 그냥 내가 해주고 싶어서 그러는 건데."

"아, 그러니까 나도 돈을 내고 싶어서 내는 건데 왜 못 받겠다고 하는 건지 이상하다고요."

그의 든든한 손에 기대 달라질 것이라고 결심했지만 여전히 자신은 달라지는 게 없었다. 여전히 자존심과 자격지심, 경계와 의심으로 똘똘 뭉쳐 있는지도 몰랐다.

자기혐오에 빠져 한숨을 내쉬자 진운도 따라 한숨을 내쉬었다. 담뱃불을 붙이는 그를 힐끗 쳐다보았다. 저 잘생긴 얼굴이 눈앞에 들이대지면 마음이 흔들리는 것은 사실이었지만 그래도 싫은 것은 싫은 것이다.

진운이 저를 위해 일을 해주었다는 것은 기쁘지만 그 비용을 지불하지 못할 정도로 궁한 것은 아니다. 남들은 이런 때 어떻게 반응하는지는 관심이 없다. 당연하게 진운의 희생을 받고 싶은 마음은 없었다.

"피울래요?"

불이 붙은 담배가 내밀어졌다. 정현은 기꺼이 담배를 받아 입에 물었다. 이런 것이면 충분했다. 스스로 똑바로 서고, 굳건히 서 있는 그에게 지고 싶지 않았다. 어쩌면 발치도 따라갈 수 없을지 모르지만 흉내라도 내고 싶었다.

"미안해요. 정현 씨를 무시하는 건 아니야. 그냥 해주고 싶어서 그런 거지 자존심을 상하게 할 의도는 아니었어요."

"알아요."

"알면서 왜 그렇게 화를 내지? 난 잘 이해가 안 가."

"아마 그쪽은 영원히 모를지도 몰라요."

진운처럼 빛나는 사람들은 정현처럼 평범한 사람들이 가진 자격지심을 평생토록 이해할 수 없을지도 모른다. 날 때부터 빛이 났을 것 같은 저 사람은. 그러니까 어쩌면 이렇게 화를 내는 그 자체가 무척이나 쓸데없는 짓일지도 몰랐다.

"알게 해줄 수는 없어? 설명해 봐요."

"말로 설명하긴 어려운 문제에요. 언젠가 설명할 준비가 되면 그때 할게요."

"그래요. 기분을 상하게 하려는 건 아니었으니까."

씁쓸하면서 어딘가 모르게 달콤한 담배 연기처럼, 둘의 감정도 흘러갔다. 우리의 연애는 담배와 닮았다는 생각이 들 때가 많았다. 이제 정현은 스스로 담배에 불을 붙여 물 수조차 없어졌지만. 어쩌면 그가 없이는 살 수조차 없으면서 초연한 척 자립하려는 제 자신처럼 모순투성이가 아닐까.

모순투성이의 연애라도 상관없었다. 어차피 우리가 함께라는 것은 달라지지 않을 테니까.

"참고 있어."

불쑥 내뱉어진 말에 어리둥절해하며 불을 빼든 담배꽁초를 들었다. 이제 가게 옆에서 재떨이 노릇을 하던 깡통은 없을 것이다. 다시는 그런 일을 겪고 싶지 않다.

"니가 부리는 고집들, 억지들, 다 참아내려고 노력 중이야. 상처받았다는 것을 알고 있으니까. 나까지 보태지 않으려고 노력 중이라고. 하지만 알아 둬."

딸깍 소리를 내며 진운이 새 담배에 불을 붙였다. 다시 내밀어진 담배를 무의식중에 받고 말았다. 진운은 또 담배에 불을 붙였다. 지직 타들어 가는 소리가 들리고 나서야 입을 열었다.

"나도 한계가 있을 수 있어. 내가 참고 있다는 걸 좀 알아 줬으면 해."

"나도 참고 있다는 걸 알아 둬요."

정현은 턱을 치켜들었다. 무표정한 그의 얼굴에서 유일하게 번뜩이며 제 감정을 드러내던 눈에 당혹스러움이 번져 갔다. 왜인지 잘 모를 쾌감이 다 느껴질 정도였다. 언제나 단단해 보이고 저보다 어른 같던 그가 당황하는 모습이 보기 좋았다.

"그쪽이 참는 만큼 나도 참고 있어요. 똑같아. 그쪽도 보통 고집은 아니니까. 돈 준대도 마다하는 이상한 사람은 처음이야."

그가 갑자기 큰 소리를 내며 웃었다. 자주 크게 웃는 사람이 아니라 정현은 깜짝 놀라 진운을 바라보았다. 청량한 여름 밤 공기로 웃음소리가 퍼져 나갔다.

"좋다."

잡힌 손이 뜨거웠다. 그만큼이나 뜨거운 눈빛도 쏟아졌다.

"뭐가요?"

대답 대신 입술이 맞닿았다. 어둠 뒤에 숨어 가벼운 도둑 키스를 하고는 떨어져 서로의 눈을 바라보았다. 화가 났든 싸웠든 그의 매력은 치명적이다. 정현은 그에게서 눈을 뗄 수가 없었다.

"들어가요. 그리고."

그가 다시 입을 열었다. 보기 좋게 말려 올라간 입술로 웃는다.

"가자. 집으로."

다정하게 맞붙은 손에 깍지가 껴졌다. 가게 옆 좁은 틈새 사이 어둠 속에 숨어 평생 동안 질리지 않고 사랑을 속삭일 수 있을 것만 같다. 하지만 아무도 들여다볼 수 없는 둘만의 공간으로 가자는 유혹을 떨칠 수는 없는 노릇이다.

"가요."

드르륵 새로운 동경의 문이 열렸다. 영우와 수연이 웃으며 둘을 맞아주었다. 사랑스러운 여름밤이다. 정현은 눈을 감았다. 그의 손을 잡은 순간부터, 지옥이 멀어져만 간다. 천국은 여전히 저 멀리 있을지 몰라도.

집에 도착하는 데는 그렇게 오래 걸리지 않았다. 오늘 아침 이 집을 나서면서는 냉전을 하고 있었는데, 지금은 서로를 안지 못해서 안달이 나 있다는 게 이상했다. 모든 감정이 다 풀리지 않았는데도 말이다. 여전히 남아 있는 감정의 찌꺼기들마저 아무렇지도 않을 만큼 서로가 간절했다.

"니가 변해 가는 게 좋아. 처음처럼 아무것도 바라지 않고 아무 생각도 하지 않는 것처럼 텅 비어 있던 것보다 훨씬 좋아."

"그쪽이 그렇게 만들었잖아요."

진운은 정현을 채워 주었다. 그가 아니었다면 여전히 결핍된 상태

그대로였을 것이다. 어쩌면 여기저기를 전전하면서 허전한 마음을 채워 줄 누군가를 애타게 찾고 있을지도, 재원의 집요함에 진 척 다시 만남을 이어가고 있을지도 모르겠다. 하지만 그를 만나 정현은 다시 채워졌다. 인생을 다시 한 번 제대로 살 용기가 생겼다.

"내가 한 건가? 내가 너를 그렇게 만들었어?"

뜨거운 혀가 어느새 말려 올라간 티셔츠를 파고들어 유륜을 핥았다. 부드러운 자극에 유두가 뾰족하게 일어났다. 입술이 그것을 잘근잘근 씹어 대자 더 이상 참지 못한 신음소리가 입술 새로 흘러나왔다.

손가락은 정현의 몸 위에서 길을 잃었다. 그 움직임마다 불이 붙어 온몸으로 번지는 것만 같았다.

"이렇게 만든 것도 나야?"

웃음기 어린 목소리로 그가 정현을 어루만졌다. 단단하게 발기한 것이 어쩐지 쑥스러워 손을 떨쳐 내려고 했지만 그가 더 빨랐다. 바지를 파고들어 속옷까지 손쉽게 젖힌 손이 페니스를 쥐었다. 기분 좋은 압박감에 허리가 절로 떨렸다.

"보여 줘."

"뭘요?"

"자위하는 모습."

혀로 입술을 핥는 모습이 위험스러워 보였다. 터질 것 같은 그의 욕망에 휘둘리는 듯한 느낌에 아찔해져만 갔다. 마주 앉은 자세에서 다리를 쭉 뻗고 헤드에 기대어 앉은 그가 다시 한 번 명령했다.

"보여 줘. 너가 스스로 어떻게 느끼는지 보고 싶어."

얼굴이 달아올랐다. 태어나서 그런 은밀한 순간을 누군가한테 보이게 될 것이라고 생각해 본 적이 없었기 때문이다. 하지만 나른해 보이는 무표정 뒤에 숨어 있는 형형한 눈빛과 끓고 있는 욕망을 직면하자 슬쩍 호기심이 고개를 들었다.

또다시 붉은 혀가 입술을 핥았다. 정현이 움직이기 전까지, 그는 움직일 생각이 없어 보였다. 몸을 화끈하게 데우고 있는 열기가 빠져나가길 바라며 요동쳤다. 있는 대로 달궈진 성기가 해방을 요구하고 있다.

거절하려고 생각한다면 충분히 거절할 수 있는 상황일지도 모른다. 하지만 그가 원한다면. 그는 모든 것을 내어 주고 있고, 내어 줄 수 있는 입장이지만 정현은 그렇지 못했다. 그래, 그가 원하고 있는데 그깟 내밀한 사정쯤이 뭐가 대수란 말인가. 게다가 지금 급한 쪽은 정현이다. 그는 몹시도 여유로워 보였다. 단단하게 발기한 몸이 보였지만 여전히 그는 담담하다.

천천히 무릎을 꿇고 앉았다. 하나도 놓치지 않겠다는 듯 집중하고 있는 눈빛이 뜨겁다. 눈빛만으로도 자꾸만 달아올랐다. 더 이상 참을 수가 없어진 성기는 혼자서도 끄덕거리며 제 위용을 과시하고 있다.

"정현 씨는 거기도 예쁘네요."

얼굴이 화끈 달아올랐다. 그런 얘기는 처음 들어보았다. 하긴 제 몸을 보였던 사람이 몇이나 된다고. 하지만 발기하면 검붉고 흉흉할 정도로 커다란 진운의 것과 달리, 제 것은 색이 조금 옅은 편이고 조금 작았다. 하지만 군대에서 샤워를 할 때마다 안 그렇게 생겨선 제법 훌륭한 물건을 달고 있다는 놀림을 종종 들었었는데. 하얀 피부인 탓에 그곳도 조금 색이 옅은가 보다.

"그런 말 하지 마세요."

그렇게 말하면서도 이미 진운의 음담패설에는 적응이 된 듯했다. 더 흥분한 페니스가 쿠퍼 액을 줄줄 흘리며 또 한 번 꺼덕거렸다. 정현은 단단해진 귀두를 한번 쓸어내리고 손을 내려 기둥을 잡았다. 제법 흘러내린 쿠퍼 액 때문에 부드럽게 손에서 미끄러졌다. 다시 한 번 귀두를 쓸어내리며 손을 적셨다.

"윽."

자위를 해본 적이 없었던 것은 아니다. 정현도 남자고, 욕구를 느낄 때가 있었다. 하지만 재원과 만난 이후엔 모든 욕구가 사라진 것처럼 나른한 나날을 보냈었고, 진운과 만난 이후엔 욕구가 쌓여 스스로 해결해야 할 겨를이 생기지 않았다.

그 하룻밤 후, 잠시 잠깐 그를 떠올리며 자위를 했던 것 외에는 몹시도 오래된 일이었다. 게다가 시선이 너무나도 뜨거워 자꾸만 사춘기 소년처럼 수줍어졌다. 자꾸만 미끄러지고 헛손질을 할 때마다 얼굴이 더 달아올랐다.

하지만 손짓이 거듭될수록, 쾌감이 깊어질수록, 그의 눈빛이 더 진해지는 것을 알게 되었다. 그러자 자꾸만 더 갈증이 일었다.

손목의 움직임이 빨라졌다. 간헐적으로 터져 나오던 신음도 점점 그 텀이 짧아졌다. 쾌감의 절정인 사정으로 거의 다 도달해서도 자꾸만 더 갈증이 난다는 것이 이상하다. 자꾸만 자꾸만 더 많은 것을 느끼고 싶다는 갈증 때문에 목이 탔다. 저도 모르게 애원하는 눈빛으로 그를 바라보았다.

침대헤드에 기대어 나른하지만 형형한 눈빛으로 모든 것을 바라보고만 있던 그가 움직였다. 커다란 어깨가 정현에게 와 닿았다. 입술 사이로 파고든 손가락을 정신없이 핥으면서 정현은 계속 손을 움직였다. 그의 체향을 맡고 나자 사정감은 더욱더 진해졌다.

몸이 슬쩍 위로 들렸다. 그의 어깨에 볼을 기댄 채 정신없이 손을 움직이는데 뒤로 그의 손가락이 침범했다. 천천히 다물린 구멍을 열고 들어온 손가락은 곧장 정현이 가장 잘 느끼는 부위를 향해 뻗어졌다. 정현은 제 것을 놓치고 말았다.

"계속해."

잘 알아들을 수 없을 지경으로 낮아진 목소리가 명령했다. 정현은 덜덜 떨리는 손으로 제 것을 다시 쥐고 흔들었다. 손가락이 세 개로 늘어나고, 찌걱대는 물소리가 들렸다. 달아오른 곳을 자극하는 손가락은 늘 그렇듯 자비가 없었다.

허리가 절로 흔들렸다. 높아지는 신음소리를 들은 그가 입에서 손을 빼고 정현의 어깨를 밀어 일으켜 세웠다. 여전히 구멍 안의 손가락은 멈추지 않고 미칠 듯이 자극하고 있다.

정현은 억누른 신음소리를 내며 사정했다. 끄덕거리며 하얀 액체를 뱉어 내는 제 것과, 지금 저가 한 일이 현실이 맞는지조차 믿을 수가 없어서 멍해졌다.

"니 표정, 진짜, 후."

그가 말을 다 끝맺기도 전에 진운의 페니스로 손을 뻗었다. 제 것이 흘려 낸 액체가 묻은 손가락으로 그의 것을 잡았다. 그리고 제 것을 흔들었던 것처럼 흔들어 댔다. 손가락이 주는 쾌감에 반항이라도 하듯.

사나운 으르렁거림이 목안에서 울리는 것 같았다. 거칠게 정현을 눕힌 그가 조심스럽게 발목을 잡아 올렸다. 들여 올린 다리 사이로 그가 들어왔다.

몸이 꿰뚫렸다. 평소보다 더 흉폭한 페니스가 몸을 갈랐지만 아프다는 생각도 하지 못할 만큼 몸은 그를 갈망하고 있었다. 꿰뚫린 기쁨에 온몸의 쾌감이 비명을 질렀다. 정액을 토해 내고도 수그러들지 않은 페니스가 다시 팽팽하게 완전한 형태를 갖췄다.

입술이 맞닿았다. 서로를 삼킬 기세로 키스하며 서로의 타액을 빨아 먹었다. 몸을 쾅쾅 울리는 것 같은 피스톤 질이 반가웠다. 사정을 했음에도 전혀 식지 않은 욕구가 몸을 덜덜 떨리게 할 만큼 뜨겁고 더 큰 쾌감을 바라고 있었다. 더 세게, 더 세게 하고 졸라 대는 입술로 다시 입술이 내려앉았다. 끝까지 빼낼 기세로 뒤로 물려진 몸이 제 몸에 때려 박힐 때마다 기쁨의 비명이 다 나올 지경이었다.

까슬한 음모의 느낌도, 엉덩이에 와 닿는 그의 고환도, 찔꺽이는 물소리도 모든 것이 다 뜨겁다. 그의 배와 제 배에 문질러지고 있는 페니스는 또 터져 나갈 것 같았다. 그가 세게 또 몸을 부딪쳐 왔을 때 정현은 견디지 못하고 사정을 하고 말았다. 그도 낮은 신음소리를 내며 잠시 움직임을 멈추었다.

"너무, 조여. 넌 느낄 때마다 잘라먹을 것처럼 조여대. 환장하겠어."

"빨리, 더 빨리……."

달래는 듯한 손이 축축해진 배를 쓰다듬어 주었지만 온몸에서 펑펑 터지는 것 같은 쾌감으로 정신을 거의 놓은 정현은 더 빨리 해 달라고 졸라 댔다. 그도 빨리 이 쾌감을 느끼며 함께 가고 싶었다. 미칠 것 같은 오르가즘으로 함께 도달하고 싶다.

예민해진 몸 끝으로 축축해진 단단한 배가 와 닿을 때마다 소름이 끼쳤다. 움직임은 더 빨라지고 더 커졌다. 더 이상 견딜 수가 없어서 내질러진 비명을 씹어 삼키는 순간, 그가 살짝 몸을 떨며 허리를 잘게 털었다. 쾌감을 느끼는 그의 표정과 얼굴은 몹시도 황홀했다. 정현은 그것을 몹시도 사랑했다.

씻겨 주겠다는 그의 말을 거절했다. 도저히 오늘은 그의 친절을 받을 생각이 들지 않았다. 스스로 제 것을 흔들고 느끼는 얼굴을 보였다는 것이 부끄러우면서도 그에게 만족감을 주었다는 것이 좋아서 묘한 충족감과 수치심을 느끼게 했기 때문이다. 천천히 몸을 움직여 씻고 나오자 이미 머리카락이 젖은 그가 가운을 입고 침대 헤드에 기대 앉아 있었다.

가운을 천천히 벗고 침대로 파고들었다. 보송한 이불이 몸에 감기는 느낌이 몹시도 좋았다. 여름임에도 에어컨이 켜진 방 안은 서늘했고 이불에 몸을 말기 딱 좋은 온도를 유지하고 있었다. 서늘한 천이 몸에 감겼다.

"나는."

그가 이불 안쪽으로 손을 넣어 정현의 등을 쓸어주었다. 다정한 손이 쓰다듬자 안 그래도 지친 몸이 나른해졌다. 슬며시 그의 말을 기다리면서 정현은 눈은 감았다.

"어릴 때부터 돈 많은 어머니 밑에서 자랐어요. 아버지라고 해야 하나. 하지만 단 한 번도 그 돈이 날 사랑해서 나에게 쓰인다는 느낌을 받지 못했어. 입막음이라든가 방치의 대가면 모를까."

정현은 눈을 크게 뜨고 진운을 올려다보았다. 제법 긴 시간 동안 함께했지만 그가 자신의 이야기를 먼저 해준 적은 처음이었기 때문이다. 묻지도 않은 말을 하는 것도 물론 처음이었다. 그런데 이런 이야기라니.

"그래서 난 나중에 크면 꼭 사랑하는 사람을 위해서 돈을 쓰고 행복하게 해주겠다고 다짐했었던 것 같아요. 좀 우스운 이야기지만 난 그랬어. 그래서 난 지금 그쪽한테 돈을 쓰고, 정현 씨가 내 돈을 쓰는 게 행복하고 좋아요. 이상한가?"

"……."

"나를 위해서 돈을 줄 사람은 있어요. 하지만 난 내가 사랑하는 너한테 돈을 쓰고 그 돈이 널 행복하게 만들어 주길 바라는 거야. 그러니까 그냥 받아주면 안 돼? 그게 그렇게 어려운 일인가?"

"······아니요."

"고마워."

평소처럼 조그마하게 미소 짓는 얼굴이 이상하게 처연해 보였다. 단단하고 커다란 그가 그렇게 보일 수 있다는 생각을 해본 적도 없었는데 그랬다. 정현은 제가 가진 상처가 크고 깊어서 다른 사람의 상처에 예민하게 반응했다. 그렇다고 무엇인가를 꼭 해야 한다는 생각을 하지는 않았지만 지금은 상황이 다르다. 진운이, 상처받은 과거를 말하고 있지 않은가.

"힘들었나요?"

"안 그랬다면 거짓말이지만 이젠 괜찮아요. 나름 운이 좋았다는 생각도 들고. 어쨌든 돈은 많았으니까. 그리고 지금 정현 씨한테 이렇게 다 줄 수 있고."

언젠가부터 멈춘 손을 끌어와 깍지를 꼈다. 그도 사랑한다는 표현을 잘 하지 못하는 상처받은 사람일 수 있다는 생각을 하지 못했다. 그가 내어 주는 모든 물질적인 것들이 사랑한다는 표현이었다니.

저도 사랑한다는 확인을 받는 방법을 알지 못해 무작정 몸으로 전해져 오는 것들을 믿지 않았던가. 하지만 이제 그럴 필요가 없어졌다. 언제나 원하면, 아니 의식하지 못하는 순간에도 사랑을 속삭여 주는 사람이 있다. 그 표현을 잘 하지 못하겠으면 모든 것을 쥐어 주고 싶어하는 사람이 있다. 언제나 정현은 사랑을 받고 있는 것이다. 깨달음은 희열을 가지고 왔다.

"몰랐어요."

그는 대답 대신 다시 조금 쓸쓸해 보이는 미소를 띠고 정현을 끌어

안아 주었다. 그 커다란 품안에서 정현은 눈을 감고 충만한 행복을 느꼈다. 그가 아픈 과거를 상기하며 아파할 것이 조금 아프지만 그 고백은 정현으로 하여금 행복을 느끼게 해주었다. 이기적인 자신이 소름이 끼칠 정도지만 정말 행복하다.

그냥 말로도 충분했다. 담뱃불을 붙이지 못하는 저를 위해 때로 피워 문 담배를 나누어 주는 정도로도 충분했다. 하지만 그가 바라는 것이라면, 그것이 그를 행복하게 만들어 준다면. 줄 것 없는 처지에 진운의 상처까지 건드려 가며 자존심을 내세우고 싶지는 않았다.

"잘 자요."

정현의 속삭임에 그가 말없이 이마에 입술을 가져다 댔다. 행복한 밤이었다. 사랑을 깨달은 여름밤은.

진운의 상처를 건드리고 싶지 않아 캐묻지 않는 정현의 태도에 그는 고마워하는 것 같았다. 그리고 그날 이후 둘의 사이는 조금 더 담백해졌다. 확인받고 싶어 몸으로 들이대고 살을 섞어야만 안심을 하는 정현이 이제는 그런 짓을 그만두었기 때문이다.

사랑을 하고 있고, 사랑을 확인받고 싶으면 서로를 안아 채우기도 했다. 하지만 손을 잡고 별다른 말을 하지 않아도 충만했다. 그저 그것으로도 충분할 수 있다는 것을 정현은 깨달았다.

정현이 더 이상 거부하지 않자 진운은 정현에게 더 많은 것을 베풀지 못해 안달을 했다. 손님방으로 꾸며져 있던 방을 정현의 방으로 새로 꾸며 주었다.

멀쩡하던 침대를 버린 터라 사실 드레스 룸이나 마찬가지인 방에 여러 전자제품을 놓고 안 그래도 잉여로운 정현의 일상을 더욱 잉여롭게 해줄 공간을 만들어 주었다.

"멀쩡한 침대를 왜 버립니까."

"잠은 같이 자야 하니까. 화가 난다고 그쪽 방에 틀어박혀 안 나올 수도 있잖아요."

"나도 집이 있어요."

"집을 합치는 게 어떨까."

"……?"

"여긴 빈방도 있고, 정현 씨 집으로 잘 가지도 않는데 관리만 힘들지. 나도 함께 있는 게 습관이 되어서인지 외롭기도 하고."

그가 약한 소리를 할 때마다 정현이 굽혀 준다는 것을 눈치라도 챈 듯 그는 요즈음 때때로 저런 약한 소리를 하곤 했다. 제법 강경하게 반대를 해보았지만 쓸쓸한 표정으로 외롭다는 것을 강조하는 그의 말에 백기를 들고 말았다.

"생각해 볼게요."

"고마워."

허락하지도 않았는데 고맙다고 말하는 뻔뻔한 입술을 쳐다보다 한숨을 내쉬었다. 어차피 당해 낼 수도 없으면서 제 주장을 했던 것이 바보같이 느껴졌기 때문이다. 정당한 주장을 해도 그에게 당해 낼 수가 없어 어쩐지 아이처럼 고집을 부리는 양이 되어 버린 것이 한두 번이 아니다.

집을 옮기는 커다란 현실의 문제도 어쩐지 간단하게 그의 주장대로 되어 버렸다.

-오늘 접대가 있어서 조금 늦을 것 같은데.

"그럼 집에 가서 짐을 좀 가지고 올게요."

-주말에 같이해요. 혼자 힘들게. 아니면 업체를 부를까?

"어차피 물건도 정리해야 해서 가봐야 해요."

-그럼 끝나고 오피스텔로 갈게요. 늦어지면 먼저 자.

"알겠어요."

할 이야기가 다 끝났는데도 잡담을 나누며 전화는 이어졌다. 딱히 말없이 서로의 숨소리만 듣고 있는 시간이 더 많았지만 그것으로도 좋았다. 접대가 걱정되어 전화를 끊자고 말을 해도 조금만, 조금만이란 대답만 돌아왔다.

그런 사소한 순간들마다 사랑과 행복을 느낄 수 있다는 깨달음은 행복하면서도 아팠다. 그간 남들은 평범하게 한다는 모든 것들을 정현은 모르고 지나갔다는 생각이 들었기 때문이다.

점점 변해 가는 정현을 보는 진운도 내색하지는 않았지만 기뻐 보였다. 때로는 작은 주전부리 같은 것들을, 때로는 고가의 명품을 정현의 방에 차곡차곡 쌓아 주었지만 정현은 거절하지 않았다.

고맙다는 말이, 솔직하게 반응하는 정현이 그를 더 기쁘게 만든다는 것을 알게 되었으니까.

그가 주는 달콤함을 허겁지겁 삼키느라 현실을 잊었다. 다시 문을 연 동경은 언제나 손님으로 붐볐다. 인터넷 창에서 검색을 해보면 수많은 블로거들이 후기를 올려 주었고 대포 카메라를 든 블로거들이 자주 찾아왔다. 입이 귀에 걸린 영우를 더 기쁘게 해주기 위해서 월급을 올려 주었다. 사실 사장은 영우나 마찬가지니까.

불을 무서워하게 된 정현이 다시 가게 일에 관심을 끊었어도 영우는 별다른 말을 하지 않았다. 정현의 일상은 다시 나른해졌다. 하지만 예전의 나른함과는 조금 달랐다. 그때는 권태로움이 가득한 나른함이었다면, 이제는 포만감이 가득한 나른함이었다. 그가 주는 안정에 취해서 나른해진 것이다.

재원도 그날 이후 연락을 해오지 않아서 더욱 마음이 놓였다. 쉽게 질리는 녀석이었으니까 괜찮을 것이라고 애써 스스로를 위안했다. 사실 재원에 가 닿는 생각조차도 마음에 들지 않았다. 제 마음이 온통 그로 차 있었으면 싶었다.

"이제 엘리베이터에 타야 하니까 끊어요."

—그래요. 그럼 이따가 봐요.

끊어진 전화를 주머니에 넣으면서 복도를 걸어갔다. 번호 키를 누르기 위해 패드에 손을 대는 순간 오싹한 느낌이 들었다. 패드가 반응하지 않고 문이 열려 있었다. 고장이 났나 생각하기엔 본능이 섬뜩하게 경고를 해왔다.

도망을 치려는 순간, 뒷덜미를 잡혀 문 안으로 끌려들어 갔다. 어두컴컴한 집에서 빛나는 칼날이 보였다. 소름이 끼쳤다. 본능적으로 느꼈던 위험이 이런 것이었나.

"정현아, 잘 지냈어?"

8

집 안은 온통 어둠이다. 어둠 한가운데서 빛나는 칼은 이상하게도 현실감이 없었다. 지금까지 오랜 시간 동안 수많은 폭력을 당해 왔었지만 제 몸이 아닌 다른 것을 가지고 정현에게 위해를 가한 적은 없었던 재원이다. 그런 탓인지 지금의 상황이 무척이나 현실감이 떨어졌다.

"오랜만이네."

"양재원."

"그래, 정현아. 나야."

잡힌 뒷덜미에 힘이 들어가자 저도 모르게 신음이 흘러나왔다. 머리카락이 다 뽑혀나갈 것처럼 두피가 아팠다. 히죽 웃는 재원의 얼굴을 올려다본다. 그간 눈에서 희번덕대던 광기가 온 얼굴로 번져 있었다. 순간 정현은 그간 알아온 재원의 얼굴이 무척이나 낯설다는 생각을 했었다.

"내가 말이지, 너에게 기회를 몇 번이나 줬었던 것 같아. 내 쪽지 봤지. 그런데 넌 왜 그래?"

"뭐가."

"왜 좆같은 헤어지자는 말을 없었던 일로 하자고 말을 안 하냔 말이야."

"우선 그거 내려놓고 얘기해."

이상하리만큼 침착해졌다. 그간 재원의 연락이 오거나 쪽지를 보고는 정신을 차릴 수 없을 만큼 혼란에 빠졌던 것과는 달리 정현은 요동치지 않는 심장이 이상했다.

그간 재원의 앞에만 서면 무력하게 자신을 눌러오던 체념과는 다른 느낌이었다. 이상하다.

"내려놓으면, 어? 어디서 대가릴 굴리고 있어. 지랄 마."

"어차피 니 새끼가 나보다 더 힘도 세고 지금까지 계속 그래왔으면서 왜 이 지랄인 건데."

"그러게. 근데 이상해. 니가 이상해. 그래서 놓을 수가 없어."

체념의 나른함에서 빠져나온 정현이 다르게 느껴졌나 보다. 어쩔 수가 없는 노릇이다. 정현은 아웃 팅을 당했던 순간부터, 아니 제 성정체성을 깨달았던 순간부터 내려놓았던 삶을 되찾았다. 삶은 생각보다 더 찬란한 것이었다. 저를 사랑한다고 속삭이는 진운의 목소리, 안아 주는 팔의 단단함, 쓸어내리는 손가락이 전해 주는 온기. 그간의 사랑이라고 믿었던 폭력과는 달리 진운이 주는 모든 것들은 찬란했다.

"이정현, 그 새끼 뭐야? 너 어떻게 나를 놔두고 바람을 피울 수가 있어?"

"바람이라니, 헤어진 지가 언젠데 아직까지 개소리를 하고 있어."

"또 지랄이네. 너 진짜 죽고 싶어? 나 아직 칼 쥐고 있다. 말조심해라."

습관이 되어 버린 험한 말을 자제하려고 했지만 마음처럼 쉬운 일이 아니었다. 다시금 위협적으로 들이밀어지는 칼이 무서웠다. 목을 졸라대던 재원의 손아귀 힘이나, 언젠가 차라리 그때 죽었다면 좋았을 걸이라고 생각해 왔던 지난날이 우스웠다. 정현은 죽고 싶지 않았다. 이대로 세상과 진운을 저버리고 싶지 않았다.

"우선 칼 내려놔. 그리고 얘기해."

"개수작부리지 말고 닥쳐."

재원이 계속해서 침착한 태도를 보이자 오히려 재원이 흔들렸다. 예전처럼 저를 향해 손을 뻗은 악의를 보고도 주눅 들지 않는 정현이 이상했던 것이 틀림없다. 정현은 그간 자신이 얼마나 나약한 인간이었는지를 새삼 깨달았다.

재원은 미친놈이었지만 저는 겁쟁이였던 것이다. 이렇게 쉽게 흔들릴 수 있는지를 몰랐다. 조금 더 빨리 알았다면 좋았을 텐데.

"그래, 우선 이 집부터 빠져나가자. 그 새끼가 남긴 더러운 냄새가 나는 것 같아. 우리, 우리 둘만 있을 수 있는 곳으로 가자."

"우선 놓고……."

"닥쳐. 진짜 죽여 버리기 전에."

뇌가 다 울리는 기분이었다. 오랜만에 얻어맞은 턱에서 느껴지는 지잉대는 진동으로 잠시 정신을 차릴 수가 없었다. 정신이 들고 보니 이미 엘리베이터 안이다. 손에 둘둘 만 셔츠 때문에 숨겨져 있기는 하지만 여전히 재원은 칼을 쥐고 있었다.

"그러게 왜 날 자극하고 그래, 정현아. 그러지 마. 그럼 니가 아파지잖아."

세상에, 기가 막혔다. 지금 이런 짓을 저질러 놓고도 재원은 그게 정현의 탓이라고 말하고 있었다. 정현이 자극했기 때문에 재원이 폭력을 휘두르게 된 것이라고. 생각해 보면 늘 그랬다. 재원은 정현에게 제멋대로 화풀이를 하면서 그것이 정현의 탓이라고 말해 오곤 했었다. 정현은 폭력과 계속되는 폭언에 지쳐 진짜 스스로의 탓이라고 생각한 적도 있었다. 그것을 이제야 깨달았다. 언제나 재원은 그런 식이다. 아이가 졸라 대듯 모든 것을 가지고 싶어 하고 제 잘못으로 생긴 일도 남에게 미뤄 댔다. 도대체 저 새끼의 뭘 보고 함께 있었던 걸까. 정현은 스스로의 실책이 아팠다.

누군가의 온기가 필요했다. 그래서 질질 흘려지는 악의를 사랑인지 착각하고 허겁지겁 들이마셨다. 그러다 이렇게 체하고 말았다. 인생을 진짜 헛살았구나. 이제와 깨닫다니 너무 늦은 것은 아닐까.

"씨발, 좆같네."

제 차로 정현을 이끌고 가던 재원이 정현의 차를 발견했다. 진운에게서 받았던 그 차를 차가운 눈빛으로 내려다보던 재원이 갑자기 쥐고 있던 정현의 뒷덜미에 힘을 주었다. 보닛 위에 머리를 세게 부딪친 정현은 저도 모르게 비명을 질렀다. 그런 비명이 재원을 더 흥분하게 만들고 제가 더 위험해진다는 사실을 잘 알고 있으면서도 갑자기 닥친 폭력에는 당해 낼 재간이 없었다. 인중에 뜨거운 것이 흘러내리는 것이 느껴졌다. 재원과 함께하던 시절엔 늘 익숙했던 코피가 터진 것이 틀림없다.

두 번이나 충격을 받아 어지러워하는 정현의 어깨를 단단히 잡은 채 재원은 발걸음을 옮겼다. 몸싸움을 할 기력도 남지 않아 비틀거리는 몸을 억지로 조수석에 쑤셔 넣은 재원이 재빨리 차에 올랐다. 지하주차장 바닥에 긁히는 바퀴가 요란한 소리를 냈다. 거칠게 차를 몰면서 재원이 정현을 돌아보았다.

"우리 정현이, 피나네."

씨발. 진짜 소름이 다 끼쳤다. 언제나처럼 재원은 제가 휘두른 폭력으로 피를 흘리고 있거나 아파하는 정현을 걱정해 주었다. 갑자기 차를 세우고 휴지를 꺼내 정성스레 피를 닦아 주는 재원은 진짜 무섭다. 정현은 재빨리 차문으로 손을 뻗었지만 재원이 더 빨랐다.

"니 새 애인이라며 거들먹거리는 그 새끼, 지금 뭐하는지 알아?"

손이 멈췄다. 사실 내내 정현은 진운을 걱정하고 있었다. 이 미친놈의 손아귀에서 빠져나가야 하는 것도 중요하지만 도대체 어디로 튈지 모르는 재원이 그에게 무슨 짓을 할까 봐 두려웠다. 그래서 헤어지자는 말까지 하며 그를 놓아줄 생각을 했던 것이 아닌가.

그때 헤어졌어야 했는데. 역시나 그에게 걸림돌이 되는 자신이 너무나 한심해서 견딜 수가 없었다.

"내가 보낸 새끼들이랑 어디서 술 처먹고 있을걸. 니가 그렇게 가 버리면 정현아, 걔는 어떻게 될 것 같아?"

"너 도대체 무슨 짓을 한 거야."

"무슨 짓을 하긴. 아니 근데 말이야, 기분이 조금 나쁘네."

또다시 무자비한 주먹이 얼굴에 꽂혔다. 아까 맞았던 곳을 또 맞았는지 턱이 쪼개지는 것처럼 아팠다. 하지만 정현은 오랜 기간 당해 왔던 폭력으로 잘 알고 있었다. 생각보다 뼈는 단단해서 잘 부러지지 않았다. 차라리 어디 한군데 병신이라도 됐다면 이 미친 손에서 벗어날 수 있었을까.

"왜 자꾸 넌 내가 너한테 손을 대게 만드니. 좀 그냥 내가 하자는 대로 할 수 없어? 그냥 닥치고 조용히 가자, 응?"

"양재원."

"그 새끼가 그렇게 소중해? 너랑 8년을 사귀어 온 나보다? 아니 어떻게 너는 인간이 그럴 수가 있냐?"

"너야말로, 인간이, 어떻게 이럴 수가 있냐. 도대체 나한테 왜 이러는 거야. 제발 좀 봐 줘. 이제 충분하지 않냐. 지겹지도 않아?"

"사랑하니까 그렇지, 정현아. 내가 널 사랑하니까."

정현은 할 말을 잃었다. 재원과는 말이 통하지 않았다. 그리고 상대는 흥분한데다 칼까지 쥐고 있었다. 지금은 자극해 봤자 좋은 일이 없다. 정현은 욱신거리는 턱을 매만지며 시트에 깊숙이 몸을 묻었다. 언제나처럼 체념의 몸짓을 재원이 알아보았다.

반가운 듯 웃기까지 하는 재원의 얼굴이 소름이 끼쳤다. 어디서 약이라도 하고 온 것이 아닐까. 재원은 때로 클럽에서 약을 하기도 했었다. 그렇다고 보기엔 거칠긴 했지만 똑바로 운전을 하고 있었다. 술 냄새도 나지 않았다.

"그래, 그래야지. 그래야 내 정현이지. 가자, 우리. 우리만 있을 수 있는 곳으로."

조심스럽게 주머니를 쓸어내렸다. 하지만 잡혀야 할 휴대폰이 없었다. 그러다가 문득 생각이 닿았다. 그와 통화를 마치고 주머니에 핸드폰을 집어넣으려다 잡혀 버렸으니 떨어뜨린 것이 분명했다. 차라리 아까 빨리 전화를 끊었으면 좋았을 텐데. 그의 숨소리만 들어도 좋았던 조금 전의 자신이 후회되었다.

"뭐 찾아? 전화기?"

"아니."

"전화기 아까 너네 집 현관에 잘 놓아 뒀어. 내가 병신인 줄 아냐. 그냥 조용히 가자. 응?"

이제는 방법이 없었다. 속도계가 이제 거의 140에 다다랐다. 서울 시내에서 미친 듯이 차를 몰며 곡예운전을 하는 재원의 차를 향해 항의의 클랙슨 소리가 끊기질 않았다. 하지만 재원은 개의치 않을 것이 분명하다. 언제나 재원의 운전은 저런 식이었으니까.

그럼 달리는 차 안에서 뛰어내릴 수도 없었다. 뛰어내린다면 즉사다. 지금 달리는 차의 속도도 무시할 수 없었고 뒤에서 달려오는 차도있다. 뛰어내리는 순간 운이 좋아 어찌어찌 팔다리 한두 군데 부러지는 정도로 끝난다고 쳐도, 뒤차에 치이는 순간 끝이었다.

죽고 싶지 않았다. 진운이 보여 준 찬란한 세상에서 그와 함께 살고싶었다. 언제나 사랑이 변색되어 스러지면 그것으로도 족했다. 아마추억을 가지고도 정현은 평생을 견딜 수 있을 것이다. 죽을 만치 괴롭지만 그럴 수 있을 것만 같았다.

그가 어두웠던 정현의 세상을 모두 삼켜 빛나게 만들어 준 이후부터삶은 그런 의미였다.

사고가 난다면, 재원도 그냥 도망갈 수는 없을 것이 분명했다. 그때도망갈 수도 있지 않을까. 번듯 생각이 닿은 정현은 핸들을 꺾기 위해재원에게 달려들었다. 하지만 재원의 힘은 정현이 이길 수 있는 것이아니었다. 실랑이를 하며 이리저리 흔들리는 차 안에서도 재원은 완력으로 정현을 내동댕이쳤다. 거칠게 도로 한복판에 세워진 차 안에서또 무수히 쏟아지는 주먹에 맞아야만 했다. 이제는 반항을 할 힘도 남지 않았다.

"시발, 도대체 몇 번이나 얘기해야 해, 어? 너 그러다가 그 새끼가다쳐. 너랑 나랑은 다정히 황천길 가면 그만이라고 쳐. 그 새끼가 뒤져도 상관없어?"

또다시 정신이 들었다. 지금 그는 재원이 보낸 치들을 만나고 있을것이라고 했다. 여기서 섣부른 행동을 했다간 정말 진운이 다칠지도모른다. 다시 얌전해진 정현을 보고 재원은 주먹질을 멈추었다. 몸이시트 속으로 확 쏠릴 만큼 급하게 차가 출발했다.

"조용히 가자. 최대한 빨리."

정현은 눈을 감았다. 생각을 해야 했다. 도대체 어디로 가는지도 모르겠고 그에게 연락할 수 있는 방법도 없었다. 하지만 아무런 생각이 들지 않았다. 그가 위험해질 수도 있다는 공포가 자꾸만 목을 졸라왔다. 쿵쾅대는 심장이 목에 걸린 것처럼 아팠다. 담배가 피우고 싶다. 단 한 가지 위안이 되는 것은 그와 함께 집에 들르지 않은 것이다. 지금 상태로 봐선 재원이 무슨 짓을 어떻게 할지 모르기 때문에 그를 위험에 빠뜨리지 않았다는 것이 다행이다. 사람을 보내 그의 발을 묶어준 것이 고마웠다. 사실 그것도 위험할지는 모르겠지만 지금 당장은 그랬다.

차는 달려 한적한 도로로 들어섰다. 어두컴컴한 좁은 오솔길을 지나화려한 건물이 튀어나왔다. 숲 속에 어울리지 않는 건물은 화려함 때문에 오히려 을씨년스러웠다. 어쩌면 저곳이 제 무덤이 될지도 모른다는 공포 때문에 더 그랬는지도 모르겠다.

"내려. 개처럼 끌려 내리기 전에."

말을 잘 듣지 않는 다리를 겨우 움직여 차에서 내렸다. 개처럼 끌려 내리기 전에 스스로 내리라더니 재원은 정현의 뒷덜미를 잡아끌고 개처럼 질질 끌어 별장으로 들어섰다.

재력이 넘치는 국회의원의 별장답게 화려한 별천지였다. 그 언젠가 재원과 함께하던 시절, 찾았던 강원도의 별장이 틀림없다.

"정현아."

언젠가는 사람들의 눈을 피해 둘만이 숨을 수 있는 공간이어서 아름답기만 했던 별장이 이젠 소름 끼치는 무서운 공간이 되었다. 어쩌면 제 뒤에서 힘껏 안아오는 재원 때문인지도 모르겠다. 이 가슴도 한때는 다른 사람들의 시선으로부터 피할 수 있는 정현만의 공간이기도 했다. 그런데 이제는 아무런 의미가 없어져 버렸다.

"보고 싶었어."

귓가에 질척거리는 뜨거운 혀와 들썩이는 숨소리가 역겨워 구역질이 나올 것 같았다. 하지만 지금 구역질을 하는 꼴을 재원에게 보이기라도 한다면 아무도 없는 별장에서 정현은 시신으로 발견될지도 모른다. 억지로 올라오는 구역질을 삼키자 신물이 올라왔다. 하지만 꾸역꾸역 삼키는 정현의 몸을 돌린 재원이 키스를 하려고 했다.

정현은 저도 모르게 고개를 돌려 버렸다. 그러자 재원의 몸이 뻣뻣하게 굳었다. 아차 싶던 순간 다시 주먹이 올라왔다. 아까보다 더 거센 주먹에 온몸이 속절없이 뒤흔들렸다.

"시발, 너는, 도대체, 왜!"

너무 아파서 정신을 놓고 싶었다. 예전엔 얻어맞다가 기절한 적도 많았는데 도대체 오늘은 왜 잘 되지가 않는 걸까. 일그러진 재원의 눈에서 눈물이 흘렀다. 울고 싶은 쪽은 정현인데 재원이 울고 있었다.

"정현아……. 정현아……. 미안해……."

자꾸 체념이 하고 싶어졌다. 8년 동안 늘 당해 왔던 일이, 잠시잠깐의 천국을 맛봤던 탓인지 너무나도 아프게만 느껴졌다. 이다음은 흠씬 얻어맞아 움직일 힘도 없는 정현의 몸이 유린당할 것이다. 무자비한 재원의 페니스에.

어쩌면 그에게 다시는 돌아가지 못할지도 모른다. 그 사실이 지금 얼굴이며 배에 와 꽂히는 주먹보다도 더 아팠다. 정현은 눈을 감았다. 차라리 이 모든 것이 꿈이었으면 좋겠다는 생각을 하면서.

이상하게 감이 안 좋은 날이 있다. 오늘은 그런 날이었다. 전화기 너머 정현의 목소리를 듣는데도 불안했다. 진운은 꽉 쥔 주먹에 힘을 주었다.

─이렇게 오래 통화해도 괜찮아요? 다들 기다리지 않아요?

"괜찮아요. 기다리라지."

─그래도……

"집에 도착할 때까지만."

날이 좋아 차를 가지고 오지 않았다는 정현은 가게에서부터 집까지 걸어가는 중이었다. 오늘따라 접대에 발이 묶인 터라 집에 데려다주지 못한 것이 불안하다. 정현에게 집착하고 있는 미친놈이 불안했다. 굳이 자신과 미팅을 해야겠다는 상대의 제안을 거절하지 않았던 것이 후회스러웠다.

─이제 엘리베이터에 타야 하니까 끊어요.

"그래요. 그럼 이따가 봐요."

이상하게 전화를 끊지 못하는 자신을 위로하기 위함인지 정현의 목소리에 웃음이 묻어났다. 하지만 그 웃음소리를 들어도 마음이 편해지지 않았다. 사실 정현이 웃고 있으면 웃는 대로 또 불안하기는 했다. 정현은 지기 전 꽃처럼 아스라이 웃었다. 어머니처럼 스러져 버릴 것 같은 웃음을 볼 때마다 마음이 아렸다.

"통화가 길어졌습니다. 죄송합니다."

"괜찮습니다. 그럼 한잔."

꼭 굳이 진운의 사무실을 고집하며 일을 맡겨야겠다고 적극적으로 나오던 사람들이 오늘따라 이상하게 굴었다. 접대를 해야 하는 마당에 접대를 받는 것처럼 이어지는 분위기였지만, 예약을 잡아놓은 한정식 집에 들어서는 순간부터 그랬다. 핀트가 어긋난 대화가 오갈수록 점점 짜증이 났다. 정현을 혼자 둔 것이 불안한 마당에 일도 마음처럼 되지 않으니 더욱 그랬다.

"전화가 와서 잠시만 실례하겠습니다."

"거참, 통화 많이 하시네."

빈정거리는 것도 그랬다. 하지만 이 전화는 받지 않을 수가 없는 전화였다.

잠시 방을 나와 전화를 받으니 앳된 목소리가 흘러나왔다.

ㅡ형님, 정현 형님 집으로 들어가시는 것 확인했습니다.

"이상한 낌새는 없었고?"

ㅡ오피스텔 입구도 잠잠하고 엘리베이터 타시는 것 확인했는데요.

"알았다. 고생했다."

경호원을 붙이겠다는 말에 정현은 기겁을 했다. 타인의 시선을 불편해하는 정현의 마음을 이해할 수 있어서 직접적인 경호 대신 차선을 선택했다. 전화 한 통화만 하면 간단히 해결되는 일이었다. 언제나 저를 도련님이라고 부르는 강 집사는 사람을 하나 내어 달라는 말에 군소리 없이 어린 녀석을 보내 주었다.

녀석은 정현의 가게 근처에서 시간을 보내며 재원이 접근하는지를 감시했다. 진운이 함께하지 않는 날이면 정현의 퇴근길을 지켰다. 한동안 움직임이 없어서 포기했나 싶었지만 이상하게도 오늘은 불안하다.

다시 자리에 가 앉았는데도 기분이 나아지지 않았다. 언제나 한 몸처럼 따라붙는 김 실장이 상대의 꼬장을 받아주면서도 표정 하나 변하지 않는 것을 보아도 그랬다. 흘끔흘끔 제 안색을 살피는 상대가 이상하게 기분 나빴다.

다시 한 번 정현에게 전화를 걸어 보았지만 받지 않았다. 언제나 퇴근을 하면 제일 먼저 샤워를 하곤 하던 습관을 알고는 있었다. 내내 음식냄새가 몸에 배어 생긴 습관이라고 했다.

부재중 전화를 봤다면 전화를 걸지 않을 정현이 아니었다. 그런데 시간이 흘러도 정현에게서는 전화가 오지 않았다. 메시지를 보내 봐도 읽지 않았다. 무엇인가 불안했다.

<정현이 집으로 올라가 봐. 연락이 닿지 않아.>

강 집사가 보내 준 녀석에게 메시지를 보내고 다시 상대를 바라보았다. 서늘하게 내려앉은 표정을 발견했는지 상대의 얼굴도 좋지 않았다. 점점 대화가 날이 서고 있는 가운데 전화기가 울렸다. 정현인가 싶어 재빨리 확인해 보았지만 아니었다.

"무슨 일이야."

─형님, 큰일 났습니다. 집 키가 뜯어져 있고 정현 형님이 보이지 않아요. 현관도 엉망이고 싸운 흔적도 있어요.

"뭐?"

제법 큰 소리를 내자 모두가 바라보았다. 하지만 그게 중요한 것이 아니었다. 정현이 사라졌다. 그 미친놈이 결국 일을 친 것일까. 정현의 완강한 거부도 그랬지만 저에게 도움을 요청하지 않는 정현이 마음을 돌리길 내내 기다리기만 했던 것이 후회되었다. 졸렬하던 자신의 행동이 결국 제 발목을 잡았다.

"찾아. CCTV 확인하고, 출국 기록…… 아니, 우선 찾아. 빨리 움직여!"

가차 없이 일어나는 진운에게 모두가 멍한 눈길을 보내며 무슨 일이냐고 물었다. 더 이상 저치들과 할 얘기가 없었다. 진운은 자신이 함정에 빠진 것을 눈치챘다. 저들은 그 새끼가 보낸 시간 끌기용이 틀림없다.

"더 할 얘기 없으실 것 같은데 일어나보겠습니다. 급한 일이 생겨서."

"아니, 김 사장, 어떻게 사람이 이래? 젊은 사람이 겁이 없어, 응?"

"당신들이야말로 겁 없이 하는 짓들이 같잖아. 가서 전해. 잡으면, 죽여 버리겠다고."

미련 없이 자리를 털고 일어났다. 시간을 확인해 보니 퇴근시간 교통정체로 정현의 집에서 공항까지 움직일 수 있는 시간은 아니었다. 출국 기록을 뒤질 수 있을 만한 사람은 정현에게 붙였던 어린 녀석이 아니었다.

차에 올라타며 강 집사에게 전화를 걸었다.

―네, 도련님.

"출국 기록 확인해 주세요. 이름은 이정현, 같은 비행기 안에 양재원이란 놈 있는지."

―도련님.

그것만으로는 부족했다. 해외가 아니라 국내일 수도 있다. 진운은 터질 것 같은 분노를 누르면서 침착하게 생각을 해보았다. 국내라면 그 새끼의 집일 수도. 아니다. 노숙자를 사서 방화를 저지를 만한 대가리를 가진 새끼라면 그렇게 허술할 리가 없었다. 하지만 납치 같은 짓을 지인의 공간으로 할 리도 없다. 집착이라면 저도 만만치 않은 인간이니 생각하는 것도 비슷할 것이다. 남의 공간에 정현을 끌고 들어갈 리가 없었다.

"양 의원 별장 소재 파악해요. 전국 어디든 다. 지금 빨리."

―도련님, 그건 제가 해드릴 수 있는 일이 아닙니다. 상대가 여당 실세라는 것을 잘 아시는 분이 왜 이러십니까.

"지랄하지 말고 빨리 하라고. 나 도는 꼴 보기 전에!"

핸들을 내리쳐 보았지만 상대는 침묵했다. 아버지를 오랫동안 보좌해 온 강 집사가 저 같은 피라미의 협박에 눈을 깜빡할 리가 없었다.

알면서도 소리를 지르지 않고는 참을 수가 없었다. 꾸역꾸역 삼키고 있는 분노가 터져 나갈 것 같았다.

─회장님께 도움을 요청해 보시지요. 제가 드릴 수 있는 말씀은 그것뿐입니다.]

"씨발, 강 집사!"

─그럼 먼저 끊겠습니다. 죄송합니다, 도련님.

끊어진 전화기를 허망하게 바라보다가 그럴 시간이 없다는 것을 깨닫고 시동을 걸었다. 굉음을 내며 튀어나가는 차도 느린 것 같아서 초조했다.

─형님! CCTV 확인했는데 웬 미친놈이 정현 형님을 끌고 차타고 나가던데요. 거기까지만 확인 가능하고 나머지는…….

"끊어!"

애꿎은 전화기를 조수석에 던지려다 혹시나 싶어 다시 정현에게 전화를 걸어 보았지만 받지 않았다. 정말 그 방법밖에는 없는 걸까. 망설일 시간도 없었다. 본능이 위험을 감지하고 경고를 보내고 있다. 단 한 번도 틀린 적이 없었던지라 더 불안했다.

먼저 전화를 걸게 될 일이 생길 줄은 상상도 하지 못했다. 하지만 지금으로선 방법이 없다. 진운은 재빨리 다시 전화기를 들고 절대로 누르지 않겠다던 번호를 찾았다. 그리고 통화 버튼을 눌렀다.

─여보세요.

느릿하고 낮은 음성이 들려왔다. 이십 년이 넘도록 단 한 번도 입 밖으로 내뱉어 본 적 없는 단어가 목구멍에 이물질처럼 걸렸다. 하지만 해내야만 했다. 진운은 가래를 뱉어 내듯 단어를 씹어뱉었다.

"아버지, 도와주세요."

언어터져 부어오른 눈이 잘 떠지지 않는다. 흐릿해진 시야로 제 바지를 벗기고 있는 재원이 보였다. 그 손길이 너무나도 소름이 끼쳐왔다.

정현은 몸을 일으키며 최대한 침착하게 말하려고 노력했다.

"씻고 싶어."

"뭐? 지금?"

"일 끝나면 음식 냄새가 배어서."

"난 그것도 좋아. 니 냄새."

"난 씻고 싶다고."

목덜미에 개같이 킁킁대는 재원을 살짝 밀어 냈다. 상처받은 얼굴이다. 미친 새끼, 상황을 이렇게 만들고 정현이 밀어 내는 손이 섭섭해 상처를 받다니. 정현이야말로 지금 상황이 아팠다. 진운이 그냥 아파트로 가라고 했을 때 말을 들었어야 했는데. 아니, 애초에 경호원을 붙이자는 말을 들었어야 했다. 저 편하자고 괜한 고집을 부리다가 상황을 이 지경으로 만들어 버리고 말았다.

진운이 보고 싶었다.

"그래. 씻고 나와, 정현아. 기다릴게."

허튼수작 부리지 말라는 말 대신 재원은 정현의 옷을 벗겨 주었다. 힐끔 쳐다본 재원의 앞섶이 터질 것처럼 부풀어 있었다. 정말 미쳐 버릴 것 같았다. 저 미친놈을 어쩌면 좋을까.

샤워기 아래에 서서 오랫동안 쏟아지는 물을 맞아보았자 뾰족한 수가 떠오르지 않았다. 우선 이 별장은 깊숙한 산에 사람이 잘 드나들 수 없는 곳에 있었다. 여기서 행해진 마약파티와 집단난교파티에 대해서 재원에게 들은 일이 있었다. 그럴 정도로 은밀하게 감춰진 공간이다. 차가 없으면 빠져나갈 수가 없었다. 이 밤중에 산에서 길을 잃는다면 끝이다. 아무리 여름의 끝자락이라도 산은 춥고 험했다.

재원이 차키를 함부로 둘 리도 없었다. 분명 결벽증이 있는 녀석이라 샤워를 하러 들어가겠지만 그동안 차키를 찾아내지 못한다면 끝이다. 아마 그것을 찾아내기 위해 구석구석을 뒤지고 있는 모습을 보이기라도 한다면 어떤 방법을 쓸지 모를 정도로 미친놈이었다. 게다가지금은 칼도 가지고 있었다.

머리가 잘 돌아가지 않았다. 이상하리만큼 침착했던 태도는 재원이그를 거론하면서부터 흐트러지고 말았다. 그에 대한 이야기를 듣는 순간부터 마음이 진정되지를 않았다. 그때 정말 헤어졌어야 했는데. 그러면 그에게 더 상처를 줄 일이 없었을 것이다.

갑자기 눈물이 쏟아졌다. 도대체가 인생이 왜 이 모양이지. 단 한 번도 남에게 피해를 주고 산 적이 없었는데, 언제나 정현의 인생은 엉망이었다. 스스로 때문이기도 했고 남들 때문이기도 했다. 누군가를 원망할 여유조차 없었다. 그저 씹어 삼킨 울분으로 가슴이 온통 멍투성이였다.

"정현아, 왜 이렇게 오래 걸려?"

성급한 노크소리가 들려왔다. 우선은 시간을 끌면서 생각이라는 것을 해야 했다. 정현은 물인지 눈물인지 모를 물기를 훔쳐 내며 목을가다듬었다. 우선은, 시간을 끌자.

"금방 나가. 잠깐만."

"응. 빨리 나와."

다정하고 부드럽기 이를 데 없는 목소리도 소름이 끼칠 수 있다는것이 놀라웠다. 재빨리 몸을 닦는데 목에 걸린 목걸이가 수건에 걸렸다. 보고 싶어. 하지만 어쩌면 다시는 그에게 이 말을 할 수 없을지도모른다.

"다 씻었어?"

"배고파."

"너는 밥 파는 애가 왜 밥을 굶고 다녀. 영우 새끼가 밥을 안 줘? 하여간 씹새끼, 마음에 드는 구석이 없어. 배 많이 고파? 밥해 줄까?"

"응."

"그래. 잠깐만 기다려."

재원은 정현이 배가 고프다는 말 한마디면 늘 한수 접고 들어왔다. 욕구 따위는 없는 것 같아 보이는 정현이 배가 고프다는 말을 하면 신이 나 보이는 얼굴로 이것저것을 준비해 정현의 입에 들어가는 모습을 행복하게 바라보곤 했다.

콧노래를 부르며 냉장고를 뒤지는 뒷모습이 증오스럽다. 저 목을 조를 수만 있다면. 하지만 언제고 단 한 번도 정현은 완력에서 재원을 이겨 본 일이 없었다. 사람은 길들여지고 학습한다. 정현은 체념을 학습했다.

"정신 사납게 돌아다니지 말고 앉아 있어. 심심해? TV라도 볼래?"

부드러운 목소리에 담겨 있는 강요를 읽었다. 거실을 돌아다니며 호시탐탐 기회를 보는 것을 눈치챈 것이 틀림없다. 차키는 어디에 있을까. 차키를 찾아낸다고 해도 재원을 이기고 도망칠 수 있을까. 아무리 생각해 보아도 답이 없다. 별장에 전화기 같은 것은 보이지 않았다.

하는 수 없이 소파에 기대앉아 저를 향해 방긋 웃는 재원의 얼굴을 외면했다. 이제는 재원이 안타까운 지경이다. 도대체 무엇이 너를 여기까지 몰고 온 걸까. 그리고 또 무엇이 나를 여기까지.

진운이 저를 구해 줄 수 있을까. 아마 그것은 어려운 일일 것이다. 우선 진운은 이곳이 어디인지 모를 것이 분명했다. 어쩌자고 그의 걱정을 외면하고 이렇게까지 되어 버린 걸까. 뼈아픈 자책은 자책일 뿐 힘이 없다. 아무것도 할 수 없는 정현처럼.

여기서 죽는다면, 다시는 그를 볼 수 없게 된다면. 하긴 차라리 그에게 경멸을 당하며 버려지는 것보다 여기서 죽어 나가는 것이 나을지도 모른다. 강제에 의한 것이었지만 다른 사람과 살을 섞은 저를 그가 용서하지 못할지도 모른다. 그러면 어쩌지. 저도 모르게 흘러나온 눈물을 재빨리 훔쳐 내는데 어느새 앞에 와 선 재원의 발이 보였다.

"……왜 울어."

턱을 치켜 올리는 손을 피해 고개를 돌리자 굉음이 들리면서 눈앞에 별이 반짝거렸다. 그 굉음이 제 뺨을 내리친 재원의 탓이라는 것을 깨달았지만 정현은 아무것도 할 수가 없었다. 그저 신음을 삼키면서 시선을 더욱 아래로 깔았다. 예전처럼 늪에 가라앉은 벌레의 시체처럼 정현은 무기력하고 무가치했다.

"왜 울고 지랄이야? 그러면 그 새끼가 널 도와줄 수 있을 것 같아? 여기가 어딘 줄 알고? 아마 찾아오지도 못할걸? 찾아와 봤자 넌 이미 다시 내 거가 되어 있을 거야. 안 그래?"

번들거리는 광기로 번진 얼굴을 똑바로 바라볼 수가 없었다. 저도 모르게 주르륵 흘러내린 눈물을 재원이 부드러운 손으로 닦아 주었다. 익숙한 체념이 정현을 집어삼키려고 입을 벌린다. 정현은 그것을 또렷이 보았다.

체념을 선택한 것은 그쪽이 더 편해서였다. 아등바등 무엇인가를 위해 노력하기엔 삶이 너무 고단했기 때문이다. 그저 숨을 쉬고 살아가는 간단한 일도 정현에게는 너무나도 힘겨운 일이었다. 어린 시절엔 이렇게까지 나약하지 않았던 것 같은데 이상한 일이다.

게이로 태어났다는 것은 누군가에게 해를 끼치거나 위협을 가하는 일이 아니었다. 그런데 이상하게도 사춘기 시절 깨달은 성적정체성은 그가 자신을 해충이라거나 범죄자와 같은 반열로 자학하게 만들었다. 단 한 번도 그때는 누군가가 정현에게 손가락질을 한 적이 없었다.

하긴 어쩌면 그 말은 맞는 것일지도 모른다. 어찌 되었건 대학시절 동기들에게 자신이 게이라는 것을 들키던 날, 그 아이들이 제게 던졌던 시선과 손가락질을 잊을 수가 없다. 그때의 정현은 해충이나 범죄자가 맞았다. 아무 짓도 하지 않았지만 그랬다.

하지만 지금의 정현은 해충이나 범죄자가 아니었다. 만약 자신이 그 따위 것들과 같아진다면 진운 역시 같아져야 하기 때문이다. 정현은 진운처럼 이타적이고 다정한 사람을 만나 보지 못했다. 어머니처럼 무조건적인 사랑을 주는 사람. 그저 저를 사랑한다는 이유 하나만으로 아낌없이 제 것을 내어 주는 사람이다. 그런 사람이 다만 남자를 사랑하는 남자라는 이유만으로 매도되어서는 안 됐다.

익숙하게, 간단히 체념을 해버리려는 순간 깨달았다. 이 모든 일은 정현이 스스로를 아끼지 않았던 탓이다. 스스로를 조금 더 아끼고 사랑했더라면 체념을 해서는 안 됐다. 폭력에 익숙해지지 말고 벗어나려 노력해야만 했다. 아마도 정현이 게이이기 때문에 혐오하는 사람들 중 가장 정현을 혐오하는 사람은 바로 저일 것이다.

하지만 정현이 게이가 아니었더라면 그를 만나지 못했을지도 모른다. 그러니까 체념을 해서는 안 됐다. 만약 자신을 위해서 그렇게까지 할 수 없다면, 그를 위해서라도. 이런 저마저도 사랑해 주는 그를 위해서라도.

잘 떠지지 않는 눈을 부릅뜨고 재원을 바라보았다. 광기로 얼룩진 얼굴이 보였다. 그간 저 어이없이 나약한 얼굴을 왜 두려워했던 걸까. 광기는 폭력을 부르고, 폭력을 휘두르면서 광기에 휩싸여 버렸다. 저

만큼이나 나약한 재원은 그저 광기에 지고만 것이다.

"뭘 봐? 왜 그렇게 봐!"

"재원아."

"씨발, 부르지 마!"

도대체 무엇이 우리의 관계를 이렇게까지 만들어 버린 걸까. 정현이 나약하게 도망치려고 하지 않았더라면 재원이 이렇게까지 될 일은 없었을지도 모른다. 하지만 모든 것이 제 탓이라고 생각하기는 또 억울했다. 처음 폭력을 휘두르던 날도 재원은 비슷한 표정을 짓고 있었으니까.

원래 그런 사람들이 있다. 원래 그렇다는 것은 그 사람이 그렇게밖에 할 수 없고, 바꿀 생각이 없다는 뜻이다. 그러니까 처음 폭력을 휘두르던 재원을 단호하게 쳐내고 스스로를 지켰어야 했다. 하지만 정현은 그러지 않았다. 그게 가장 큰 잘못이었다는 깨달음이 아프다.

사람은 고쳐 쓸 수가 없는 노릇이다. 스스로 변하려는 의지가 아니고는 타인에 의해 감화로 변할 수 없었다. 수많은 여자들이 데이트폭력으로, 가정폭력으로 다쳤고, 죽어 가고 있고, 죽었다. 그 수많은 여자들도 사랑하는 남자를 고쳐보기 위해 애를 썼을 것이다. 심지어 정현은 재원을 고쳐보기 위해서 애를 쓴 적도 없지 않은가.

"그만해."

"뭘."

"왜 자꾸 이런 짓을 해. 이게 니가 말하는 사랑이야? 사랑하니까 때려도 돼? 그럼 사랑하니까 죽여도 되겠네. 넌 나 없이는 살 수 없다고 말하면서 왜 날 살 수 없게 만드냐?"

"니가 딴 놈이랑 붙어먹는다는 생각만 해도 미쳐 버릴 것 같아. 그냥 딴 놈을 만나느니 죽어. 차라리 죽어서 없어져 버려. 그럼 차라리 나을 것 같다고!"

"그럼 죽여."

"뭐?"

"그럼 죽이라고."

순간 멍해진 재원의 시선을 피하지 않았다. 죽고 싶지 않다. 아마 이번도 늘 그랬듯 정현이 체념을 하고 진운을 포기한 채 재원의 말을 듣는다면 살아서 이 별장을 떠날 수 있을 것이다. 그리고 살다 보면 언젠가 재원이 저를 질려할 날이 올지도 모른다. 그러면 어떻게든 재원에게서 벗어날 수도 있을 것이다. 하지만.

하지만 그렇게 사는 것이 의미가 있을까. 지난 8년간이나 스스로를 포기한 채 영혼 없이 살아온 것으로도 충분하다. 게다가 그렇다면 그를 다시는 만날 수가 없다. 물론 죽어서도 그를 만날 수가 없겠지만 그것과는 달랐다. 살아가면서 어딘가 이 세상을 함께 살아갈 그의 추억만을 더듬으며 살아가고 싶지는 않았다. 그것은 어쩌면 죽는 것보다 더 큰 형벌일지도 모른다.

재원에게 더럽혀진 몸으로 돌아가도 그가 받아줄지도 몰랐다. 하지만 기약이 없는 일이다. 미친놈이 무서운 이유는 예상할 수 없는 일을 벌이기 때문이다. 재원은 충분히 지금까지 제 진가를 발휘했고 정현은 그것을 잘 알고 있다. 어딘가 한구석 병신이 된 채 그의 부담이 될 수는 없다. 물론 받아들여질지 자체가 미지수다. 그러니까, 차라리 죽는 편이 나았다.

생각을 거듭할수록 머리는 복잡해졌다. 이랬다가 저랬다가 스스로도 파악할 수 없을 정도로 흔들리는 생각들을 모두 접었다. 그러자 진짜 아무것도 아니었다는 생각이 들어 피식 웃음이 새어 나오고 말았다. 재원도 아무것도 아니고, 폭력도 아무것도 아니다. 그냥 정현은 운

301

이 없어서 재원 같은 미친놈을 만났고, 나약했기 때문에 폭력에 시달리면서도 그것이 사랑이 아니라는 것을 깨닫지 못했다. 깨달음을 얻은 이상 아무것도 아니다. 그를 만날 수 없는 세상이 왔다면 차라리 죽는 것이 낫다. 그러니까 지금 죽어도, 그에게 사랑받았던 추억을 끌어안고 죽는다면.

"왜? 왜 못 죽이는데?"

"가까이 오지 마!"

"니가 그렇게 바라던 거 아니었어? 죽여. 그리고, 너도 죽어."

인중으로 흘러내리는 뜨거운 액체를 아무렇게나 훔쳐 냈다. 새빨간 피. 늘 정현을 두렵게 만들던 그것이 아무렇지도 않게 느껴진다는 사실이 이상해서 웃음이 나왔다. 정현은 흘러내리는 코피를 훔치고 또 훔치면서 천천히 재원에게 다가갔다. 손이 시뻘겋게 물들었고 입고 있던 티셔츠가 더러워지고 있었지만 상관없었다. 어차피 끝인데 무엇이 그렇게 대단한 일일까.

"다가오지 말라고!"

"재원아."

"오지 마, 이 미친 새끼야!"

누가 누구더러 미친 새끼라는 말을 하는 건지. 정현은 또 터진 웃음을 감당하지 못하고 소리 내어 웃었다. 웃음이 멈추지 않아 허리를 접어 가며 꺽꺽 웃어 댔다. 미친놈과 있다 보니 옮았나. 실없는 생각이 들었다. 이런 실없는 말은 영우에게나 잘 어울릴 법한데. 아, 맞다, 영우. 저가 죽어도 아마 동경은 영우가 잘 보살펴 줄 것이다. 아들을 잃은 부모님도 마찬가지다. 아, 엄마, 아버지.

그리고 그 사람. 아마 정현은 그가 여자였다고 해도 사랑하고 안고 싶고 굴복하고 싶었을 것이다. 그가 누구라는 것은 상관이 없었다. 그냥 그 사람이 진운이고 그리고 다행스럽게도 우리가 함께였다는 것. 그저 그것이면 충분했다. 그가 호모포비아고 자신을 혐오했더라도 이 마음은 변하지 않았을 것이다. 왜냐하면 그 사람은 진운이었기 때문이다.

진운이 저를 위해 울어 줄까. 늘 냉정한 얼굴을 하고 있던 남자가 저를 향해 다정히 웃어 주며 온 얼굴에서 힘이 빠져나가는 그 순간을 얼마나 사랑했던가. 삶에 대한 미련의 대부분을 차지해 버린 그 때문에, 그것이 조금 아프기는 하다.

"난 널 사랑하지 않아."

멍해졌던 재원의 얼굴에 살기가 돌아왔다. 하지만 말을 멈출 생각은 없었다. 마지막으로 하고 싶은 이야기들이 많았다.

"너도 날 사랑하는 게 아니야. 사랑은 조금 다른 거더라. 상대를 행복하게 만들어 주고 싶고, 그걸 위해서 날 접을 수 있는 거더라. 그러니까 우리는 사랑을 했던 게 아니었어. 사랑이라고 믿고 싶었겠……."

피부를 가르며 들어온 칼날은 무척이나 뜨거웠다. 번지기 시작한 통증 때문에 말을 끝까지 맺지 못하고 허리를 숙였다. 배에 꽂혀 있는 칼이 이상하게도 현실 같지가 않았다. 엄청난 통증이 느껴졌고 흐르기 시작한 피가 축축하게 티셔츠를 적시고 있는데도 그냥 그런 생각이 들었다.

어이없게도 그 순간 정현은 진운과 섹스를 하던 때를 떠올려 버렸다. 탐욕스럽게 그를 원하는 곳으로 그의 뜨겁고 커다란 성기가 비집고 들어온다. 몹시도 뜨겁고, 아프고, 질척거리는 소리를 내면서. 차가운 금속이 제 몸에 꽂힌 것이 어째서 그것과 비슷하다는 생각이 드는지는 모르겠지만 그런 생각이 들었다.

"난 널 사랑하지 않아."

덜덜 떨면서 칼을 꽂은 제 손만을 멍하니 들여다보고 있는 재원을 향해 또박또박 다시 한 번 말해 주었다. 무릎이 꺾여 허물어지려는 몸을 겨우 팔로 지탱하면서도 재원의 시선을 피하지 않았다. 오히려 그 시선에 고개를 돌린 쪽은 재원이었다. 두려움이 가득한 얼굴이 우습다. 그리고 불쌍했다. 영원히 재원은 정현을 가질 수 없을 것이다. 그 사실이 무척이나 만족스러웠다.

"정현아! 정현아!"

달려들어 상처를 보려는 재원을 힘없는 손으로 밀쳐 냈다. 떨리는 손에 힘이 들어갈 리 없는데도 재원은 더 이상 다가오지 못하고 밀려 났다. 이상한 일이 한두 가지가 아니다. 이렇게 쉽게 밀려날 재원을 그간 밀어 내지 못했다는 사실이 믿을 수가 없었다.

후들거리는 다리를 애써 일으키면서 정현은 다시 한 번 입을 열었다. 저 새끼에게 상처를 주자. 영원히 잊을 수 없는 상처를. 폭력의 상처로 얼룩진 제 영혼이 불쌍하지 않을 만큼, 잔인한 상처를 주자.

"진짜, 졸라 좋다. 드디어 너한테서 벗어날 수 있어서."

쿨럭거리는 기침이 연달아 터졌다. 입가를 흘러내리는 것이 침인지 피인지도 잘 모르겠다. 영화 같은 데서는 칼에 맞고도 잘만 움직이던데 도저히 움직일 힘이 없었다. 휘청거리는 몸을 지탱하려 테이블을 잡아보았지만 도저히 버텨 낼 수가 없었다. 재원에게서 등을 돌리는 것이 고작이다.

힘이 빠진 손가락 틈새로 테이블이 미끄러지며 다시 한 번 무릎이 꺾였다. 이제는 한계다. 더 이상 허세를 부릴 힘이 남지 않았다.

"차라리 니가 죽어 버렸으면 더 좋았을 텐데."

쿵쾅대는 소음이 멀리서 들리는 것 같았다. 소란스러워진 주변을 보기 위해 고개를 돌릴 힘도 남지 않았다. 바닥에 웅크리고 언젠가처럼 몸을 만 정현은 아무리 뒤척거려도 편안해지지 않는 몸을 조금이라도 편하게 하기 위해 꿈틀거렸다. 하지만 배에 불이 붙은 것 같은 통증은 줄어들지 않았다. 점점 더 힘이 빠져나가는 몸이 걸레처럼 널브러졌다.

"이정현! 정현아!"

벌써 죽었나. 절대로 들릴 리가 없을 목소리가 들려왔다. 정현은 감은 눈을 끔뻑거리면서 뜨려고 애를 써보았다. 조심스러운 손이 웅크린 정현의 몸을 돌렸다. 더 아플 수가 없을 것이라고 생각했던 통증이 더 심해져서 신음이 흘러나왔다. 끔뻑거리는 눈에 담긴 것은 그의 얼굴이었다.

"정현아, 나 보여? 많이 아파? 우선 병원부터 가자. 씨발, 환자부터 옮기라고! 빨리!"

어울리지 않는 욕지거리를 내뱉는 얼굴을 만지고 싶어 손을 들어 올리고 싶었지만 힘이 없다. 말을 하려고 입을 열어 보았지만 또 기침이 터져 나오면서 피가 울컥 올라왔다. 피가 튄 진운의 얼굴은 언젠가 영우가 말했던 야차 같은 모습이다. 그게 너무나도 우스워서 웃고 싶지만 그럴 힘도 없었다.

"병원에 가자. 넌 안 죽어. 날 두고는 못 죽어."

"······다에······ 싫······."

"응? 뭐라고? 아니야. 말하지 마. 우선 병원부터 가고. 가자."

바다에 가고 싶다. 언젠가 바다에서 만났지만 그 후론 함께 바다를 본 적이 없었다. 우리를 만나게 해준 바다로 가고 싶다. 함께 손을 잡고 바다 위로 떠오르는 태양을, 쏟아지는 햇살을, 둥실둥실 떠다니는 구름을, 바다에 삼켜지는 노을을, 쏟아질 것 같은 별을, 창백하게 비추어 주는 달을 보고 싶다. 그 말이 하고 싶었다. 영원히라도, 지루하지 않을 것만 같았다.

"정신 차려. 자지 마. 자면 안 돼. 정현아, 눈 좀 떠."

제가 만든 핏자국이, 진운의 눈물 자욱 때문에 번져서 엉망이 되고 말았다. 언제나 단정하던 얼굴을 떠올리며 그것을 닦아 주고 싶었지만 힘이 없다. 아직 죽지는 않은 모양이구나. 이것이 진짜 마지막이고 그를 너무나도 보고 싶어 하는 마음이 만든 환상은 아닐까. 환상이면 또 어떨까. 이렇게 그가 보이고, 온기가 느껴질 만큼 생생한 환상을 안고 갈 수 있다면 그것 또한 행복한 일이다.

"정현아!"

비명 같은 부름 소리가 멀어진다. 나는 지지 않았다. 내내 인생이 만든, 재원이 만든 고난에 흔들렸지만 마지막엔 지지 않았다. 이상하게 행복하네. 승리감을 만끽하며 정현은 눈을 감았다. 졸려. 이제 그만 자고 싶다. 이 와중에도 내내 잊히지 않는 끔찍한 통증을 잊고 싶었다. 그러니까, 이제, 안녕. 羅(나)의 지긋지긋한 과거야. 나

9

재원이 칼을 들고 있었다. 웃으면서 울고 있는 괴상한 얼굴로.

몇 번이고 안 된다는 말을 하고 싶었지만 입이 붙어 버린 것처럼 아무 말도 할 수 없었다. 속으로 아무리 안 된다는 말을 외쳐 봤자 입 밖으로 목소리가 튀어 나가지를 않았다. 말을 할 수 없는 답답함에 몸부림치고 싶지만 몸도 꽁꽁 묶여 버린 것처럼 움직이지 않았다. 그렇게 아무것도 하지 못하는 정현을 향해 재원이 천천히 다가왔다. 그리고 들고 있는 칼을 배에 꽂았다.

화끈거리는 통증이 번지기 시작하자 신음이 터져 나왔다. 드디어 소리를 낼 수가 있다. 몸이 고통으로 인해 천천히 허물어졌다. 드디어 몸을 움직일 수가 있었다. 눈앞의 재원은 여전히 괴상한 얼굴이다. 사랑과 증오와 후회와 고통으로 일그러진, 이상한 얼굴을 하고 있다.

"헉."

꿈에서 깨어나며 너무 놀라 몸을 일으키자 상처가 욱신거렸다. 정현은 신음을 내뱉으며 몸을 웅크렸다.

"괜찮아요? 아파요? 간호사를 부를까?"

보조 침대에 누워 있던 진운이 벌떡 일어나 손을 내밀었다. 하지만 가까이 가는 것도 무섭다는 듯이 더 이상 닿아오지는 않았다. 그저 배에 칼을 맞았을 뿐인데 중증환자를 대하는 것 같은 태도가 우스워서 웃음이 절로 나왔다. 하지만 곧 쿨럭거리는 기침 때문에 웃음소리가 묻혔다.

"괜찮아? 괜찮은 거야? 간호사를 부를게."

"괜찮아요."

차가워진 손을 잡았다. 언제나 뜨거웠던 진운의 손이 요새는 차갑게 식어 있다. 한참이나 들여다보고 나서야 안심이 된다는 듯 그가 한숨을 내쉬었다. 차가운 손이 아파하는 정현을 도와 침대에 눕히고 이불을 고쳐 덮어 주었다.

"꿈을 꿨어요."

"무슨 꿈."

"……잘 기억이 안 나요."

뚫어질 듯 쳐다보는 시선을 피해 눈을 감았다. 다시 한 번 한숨소리가 귀에 와 박혔다. 보송보송한 수건이 다가와 땀에 젖은 이마를 닦아 주었다. 악몽을 꿨나 보네. 작게 중얼거리며 진운이 멀어졌다. 가까워졌던 그의 체향이 멀어지자 갑자기 또 그가 그리워졌다.

감았던 눈을 뜨고 어두운 병실 안에서도 익숙하게 움직이는 커다란 인영을 바라보았다. 진운은 수건을 정돈하고 다시 보조 침대로 돌아왔다. 하지만 눕지 않고 정현의 손을 잡아 주었다.

"빨리 자요."

"자는 거 보고."

재원에게 얻어맞으면서 깨달았던 건 사람의 뼈란 무척 단단해서 쉽게 부러지지 않는다는 점이었다. 이번에 칼에 찔리는 일을 겪고 깨달은 것은 사람의 목숨은 그렇게 쉽게 끊어지지 않는다는 것이었다. 재원에게 두 번이나 죽을 뻔했다. 한번은 목이 졸려서, 한번은 칼에 찔려서. 하지만 정현은 죽지 않았다. 그리고 여전히 곁에는 진운이 있다. 그 사실이 믿을 수 없을 만큼 신기했다. 그리고 무척이나 행복했다.

처음 눈을 떴을 때도 진운은 당연히 그래야 한다는 것처럼 그 자리에 앉아 있었다. 너무 아파 신음소리를 흘리는 정현의 손을 부러질 것처럼 강하게 쥐며 눈을 뜨라고 소리를 질러 댔다. 배보다 더 아픈 손을 놓으라고 말하기 위해 입을 열었다가 쉰 목소리가 색색대기만 하는 것을 느끼고 눈을 떴다. 눈앞에 선 그는 평소답지 않게 작아 보였다.

"그 손 좀……. 아파요."

놀라 얼른 손을 내려놓고는 그가 엉망이 된 머리카락을 쓸어 넘겼다가 일어섰다가 앉았다가 소란을 부렸다. 언제나 저보다 훨씬 더 어른 같고 침착하다고 느꼈던 그가 허둥거리는 모습을 처음 본 터라 신선하게 느껴졌다. 그러고는 그가 귀엽다는 생각을 처음 하고 말았다.

성급하게 눌러 댄 콜 때문에 들이닥친 의사와 간호사들을 보자마자 평소의 모습을 되찾은 것도 그랬다. 엉망이 된 데다 조금 수척해졌지만 잘생긴 얼굴은 그대로였다. 오히려 늘 단정했던 평소보다 섹시한 느낌이 들어 가슴이 두근거리다가 어이가 없어졌다.

죽을 뻔했다가 겨우 살아난 꼴로 그의 섹시한 모습에 설렐 정도로 내가 철이 없는 인간이었나. 하지만 정현은 그런 자신이 싫지 않았다. 다시 찾은 삶이 그전과는 달라질 것이 분명했다.

"내일도 출근 안 할 겁니까."

"……."

"내일은 출근해요. 병원에 얌전히 있을 테니까."

"불안해."

불안하다는 말이 거짓말이 아닌 듯 그의 목소리가 조금 떨렸다. 늘 든든한 모습을 하고 있던 그가 흔들리는 모습을 볼 때마다 정현은 슬프기도 기쁘기도 했다. 그를 아프게 했다는 죄책감과 저가 그를 흔들 수 있을 만큼의 존재감을 가지고 있다는 깨달음이 주는 희열이 치열하게 싸웠다. 하지만 그것을 내색하지는 않았다. 흔들리는 그를 위해 할 수 있는 것은 조용히 늘 평소 같은 모습을 보이는 것이다.

"불안해할 것 없습니다. 여기 있잖아요."

"그래도."

"이제는 가라고 해도 내가 안 떨어질 건데."

웃음을 머금은 목소리를 내도 그는 숙인 고개를 들지 않았다. 맞잡은 손을 뒤집어 정현의 손등에 입술을 묻은 그가 한숨을 내쉬었다. 물기가 가득한 한숨소리가 또 기뻐서 자기혐오에 빠진 정현도 한숨을 내쉬었다. 맞잡은 손이 풀어지기까지는 오랜 시간이 걸렸다.

"데리고 다녀요."

"진운 씨."

"더 말하지 마."

타협의 여지를 주지 않고 진운이 돌아섰다. 출근을 하라고 떠밀었더니 이번엔 낯선 사람을 데리고 와선 곁에 붙여 주었다. 항의를 해볼까 했지만 경호원을 붙이겠다는 말을 듣지 않았던 대가를 톡톡히 치러 냈던 터라 한숨 한번으로 불편한 심기를 표현할 뿐 뾰족한 수는 없었다.

"양재원······."

"그 새끼 이야긴 더 꺼내지 마. 다신 니 앞에 나타날 일 없을 테니."

죽었을까. 아니, 사람은 그렇게 쉽게 죽지 않는다. 정현이 살아났듯이, 재원도 죽지는 않았을 것이다. 저렇게나 민감하게 반응하는 사람 앞에서 캐묻기도 어렵고, 사실 재원이 어떻게 되든 제 눈앞에만 안 보이면 될 일이었기 때문에 더 이상 말을 잇지 않았다. 다시는 재원을 생각하고 싶지 않았기 때문에 그의 말이 만족스러웠다.

그렇게 딱히 말없는 정현이 마음에 들었는지 그가 다시 돌아섰다.

"다녀올게요."

"가요."

불안한 듯 돌아보던 진운이 곁에 묵묵히 서 있는 남자에게 정현을 잘 살펴 주라는 말을 하곤 병실을 나섰다. 호기심 어린 눈으로 정현을 바라보던 남자가 눈이 마주치자마자 고개를 숙이고 섰다.

의자에 앉으라고 몇 번이나 권해 보았지만 내내 거절을 하는 터라 어쩔 수 없이 다시 침대에 누웠다. 통증 때문에 조금 끙끙대자 남자가 얼른 다가와 침대에 눕는 것을 도와주었다. 고맙다는 중얼거림을 끝으로 병실 안에는 침묵이 감돌았다.

진운과 함께 있는 시간, 아무리 침묵만이 그들을 채웠어도 단 한 번도 불편하다고 생각해 본 적이 없었다. 그런데 다른 사람과는 그렇지를 못했다. 하긴 낯선 사람과 그를 비교할 수 없는 일이지만 그 차이가 이상하게 가슴에 와 박혔다.

산책이라도 가야겠다. 몸을 일으키자마자 소파와 한 몸이 된 것처럼 조용히 앉아 있던 남자가 얼른 다가와 정현을 부축해 주었다. 이제 슬슬 찬바람이 불기 시작한다며 진운이 가져다준 카디건을 챙겨 입자 조용히 물었다.

"어디 가십니까?"

"답답해서 산책을 좀……."

"잠시만이요."

남자는 재빨리 어디론가 전화를 걸었다. 그러곤 어리둥절해 있는 정현에게 전화기를 공손히 건넨 남자가 병실을 빠져나갔다.

"여보세요?"

─어디 갑니까.

"산책 좀 가려고요."

─아직 다 나은 것도 아닌데 더 누워 있지.

"답답해요. 의사도 운동하라고 하지 않았습니까. 괜찮아요."

─그래도…….

"진운 씨."

한숨소리와 함께 톡톡 무엇인가를 두들기는 소리가 들려왔다. 마음에 들지 않는 상황 때문에 미간을 좁힌 채 책상을 두들기고 있을 모습을 생각하니 조금 웃음이 나온다. 하지만 금방 엄한 목소리를 냈던 터라 애써 참으면서 그저 그 모습을 상상만 했다.

─……알겠어요. 빨리 들어와요.

진운은 정현이 깨지기 쉬운 것이 된 것처럼 굴었다. 그 모습이 미안하기도, 애달프기도 했다. 그런데 이상한 것은 기분이 나쁘지 않다는 것이다. 예전엔 답답하다 느꼈을 모든 것들이 사랑스럽기만 하다.

남자의 에스코트 아닌 에스코트를 받아 천천히 병실을 빠져나갔다. 병원 문을 나서자 가을 햇살이 쏟아지고 있다. 날이 추워졌다더니 카디건 탓에 이마에 땀이 배어 나왔다. 카디건을 벗어들자 남자가 얼른 손을 내밀었다. 하지만 진운의 마음을 건네고 싶지 않아 거절했다. 카디건을 쥔 손바닥에 땀이 축축하게 배어 나왔다.

정현은 그렇게 병원의 산책로를 따라 걸으면서 생각에 잠겼다. 통화중 병실을 빠져나갔던 남자가 병실 앞을 지키고 있던 사람들을 재빨리 물린 것을 모른 채로. 세 사람의 시선을 받으면서도 그것을 눈치채지 못할 정도로 깊게 생각에 빠졌다. 물론 그 생각은 모두 진운에 대한 것이었다.

생각해 보면 정현은 그에 대해서 제대로 아는 것이 하나도 없었다. 한 번도 물을 생각을 하지 않았기 때문이다. 그저 학창시절이나 좋아하는 색 따위의 사소한 것들만 알 뿐이지, 그가 어떤 사람인지 제대로 알 수 있는 질문은 던질 생각을 하지 못했다. 그를 놓치기라도 할까 봐서 전전긍긍하는 마음에 다른 것을 담을 여유가 없었기 때문이다. 하지만 이제는 달랐다. 이제는 그의 모든 것을 알고 싶었다.

늘 죽음을 생각하고 살았지만 정작 현실로 다가온 죽음이라는 것은 생각과는 전혀 달랐다. 아팠고 그동안의 결심이 객기라는 것이 증명될 만큼이나 무서웠다. 호시탐탐 제 몸을 노리는 재원도 무서웠다. 강간 같을 섹스가 두려운 것이 아니라 결국 폭력 앞에 굴복하고 재원에게 더럽혀질까 봐 두려웠다. 그를 만나기 전 섹스는 그저 몸을 섞는 행위였고, 그것으로 사랑을 확인받으려고만 했었기 때문에 큰 의미를 두지는 않았었다.

하지만 그를 만난 이후 섹스가 어떤 것인지를 새삼 깨달았다. 그간의 섹스로 확인했던 애정이라는 것은 그저 욕정일 뿐이었고 사랑을 확인받는 방법으로는 부적절하다는 점이었다.

죽을지도 모른다고 생각했던 순간을 채운 것은 그에 대한 생각이었다. 그는 정현에게 이제 삶의 의미가 되었다. 그의 모든 것을 알고 싶고 모든 것을 가지고 싶었다. 세상의 모든 것이 새로운 의미를 되찾았지만 그것들 역시 진운에 대한 마음에 비한다면 하찮을 터였다.

그가 정현을 버리는 순간이 올지도 모른다. 삶의 끝을 들여다보고 온 후로는 마음의 준비가 되었다. 그가 저를 버려도 죽음을 생각하지는 않을 것이다. 그의 삶이 세상 어딘가에 존재한다는 사실만으로도 세상은 충분히 살아갈 만하다. 그저 그에 대한 추억과 사랑받았던 기억을 안고도 살 수 있을 것만 같다.

언젠가 스쳐 지나가듯 했던 말을 보아선 그의 어린 시절이 그다지 행복하지 않았다는 것만은 알 수 있었다. 부족한 것 없어 보이는 사람에게도 아픈 과거가 존재할 수는 있는 법이니까. 그 모든 것을 알고 싶고 상처를 감싸 주고 싶다. 진운이 제게 해준 반만이라도 돌려주고 싶었다.

따가운 가을 햇살이 나무 잎사귀에 맺혔다. 눈부신 햇빛이 찬란하게 빛났다. 볼을 살랑살랑 스쳐 지나가는 바람이 마음에 몽글몽글 맺혔다. 세상이 아름다웠다. 그동안 그렇게도 아무 의미가 없다고 생각했던 세상은 당연하게 존재하는 모든 것들이 다 아름답고 의미를 가지고 있었다.

문득 진운이 보고 싶어졌다. 방금 목소리를 들었는데도 불구하고 목소리가 듣고 싶어졌다. 마음을 감싸 주는 것 같은 낮고 부드러운 목소리. 언제나 자신을 향해 벌리던 강한 두 팔. 끌어안긴 품에서 흘러나오는 청량한 체향. 그 모든 것이 그리워졌다.

–무슨 일 있어요?

언젠가부터 전화를 걸 때마다 이런 소리를 듣네. 정현은 쓴웃음을 삼켰다. 무슨 일이 없어도 통화를 할 법한 사이인데 늘 그렇다. 그간의 인생이 어떤 꼴이었는지가 상기되어서 입맛이 썼다.

"무슨 일이 있어야만 전화를 걸어야 합니까."

–그건 아니지만. 그런데 무슨 일?

이제는 쓴웃음이 아니라 웃음이 번졌다. 정현은 원래가 재수라곤 찾아볼 수 없는 인생을 살았고 남들보다 더 많은 고난을 겪어야만 했다.

그런 인생에 보답처럼 찾아온 기적 같은 사람의 목소리가 들려오지 않은가. 행복한 일이었다.

"햇볕이 좋네요."

―그래도 바람이 많이 차요. 뭐 챙겨 입고 나왔나요.

"카디건을 입었다가 더워서 벗었어요. 햇볕이 뜨거워서 땀이 날 지경인데요."

―몸이 안 좋으니까. 산책은 즐겁습니까.

"괜찮은데 좀 심심하네요. 배도 좀 고픈 것 같고."

끼니때마다 환자식을 챙겨먹고 진운이 가져다주는 보양식도 먹었다. 그를 삼키고 싶어 하던 정신적 허기가 아니라 건강한 허기가 든다. 잘 먹는 자신을 바라보는 눈빛이 좋아서 더 열심히 챙겨먹는지도 모른다. 진운의 눈빛에서 느껴지는 행복감이 번지는 따듯하고 맛있는 식사들이었다.

"같이 점심 먹을래요?"

―지금 출발할 테니까 조금만 기다려요.

지친 몸을 앉혔던 벤치 아래 늘어졌던 두 다리가 붕붕 흔들렸다. 아이처럼 굴고 있다는 것을 잘 알고 있지만 그러지 않고는 배길 수 없을 만큼 행복하다. 진운이 주는 달콤함에 취한 정현은 고개를 젖혀 하늘을 쳐다보았다. 하늘에 손이 닿지 않는 것을 알면서도 손을 뻗어보았다. 절대로 잡을 수 없을 것 같았던 행복이 손에 들어온 것을 보면 언젠가는 저 하늘에 손이 닿을지도 모른다. 아주 어쩌면, 이지만.

"진짜 괜찮……."

"그만. 괜찮다고 몇 번이나 말해야 해요."

의사는 퇴원을 하겠다고 우기는 환자와 더 치료를 받아야겠다고 우기는 VIP보호자 사이의 말다툼을 견디다 못 해 버럭 화를 내고 나가 버렸다. 머쓱해진 정현과는 다르게 계속해서 설득하는 진운과 다툼 아닌 다툼을 해가며 환자복을 벗었다. 드물게도 짜증 섞인 목소리를 내는 정현을 보면서도 그는 끈질기게 정현을 설득하려 들었다. 드러난 상체에 얼룩진 멍과 붕대를 보고서야 그가 입을 다물었다.

"······죽여 버릴걸 그랬어."

섬뜩하게 낮아진 목소리를 듣자 또 한숨이 나왔다. 천천히 입는다고 입었는데도 상처가 스치자 신음이 조금 새어 나왔다. 험악해진 얼굴을 보다가 침대에 주저앉았다.

"입혀 줘요."

고무줄로 되어 있는 환자복 바지를 내리는 데는 성공했지만 바지를 추킬 자신이 없었다. 당당하게 요구하는 정현을 어이없다는 듯 내려다보다 한숨을 내쉰 그가 한쪽 무릎을 꿇고 앉았다. 늘 그림자처럼 제 곁을 지키던 이름 모를 남자가 히익 이상한 소리를 내더니 재빨리 병실을 빠져나갔다.

험악해진 얼굴과 내쉰 한숨과는 다르게 손길은 다정하고 부드러웠다. 허벅지를 스쳐 지나가는 손이 몹시도 뜨겁다. 여느 때처럼 허벅지를 만지는 손의 온도는 높았지만 의도가 달라서인지 부드럽기만 했다. 조심스럽게 바지를 입혀 준 그가 힘주어 정현을 일으켜 세워 주었다.

"섰네."

저를 품에 안으려 벌려지는 팔을 보고도 얼굴을 새빨갛게 물들인 채 어깨를 세게 밀었다. 하지만 그는 전혀 미동도 없다. 약이 올라 등을 돌려 버리는 정현을 안고 그가 귀에 속삭였다.

"몸의 반응을 봐선 괜찮은 게 확실한 것 같아요."

"시끄러워."

평소 잘 하지 않는 반말인데다 불퉁한 말투였지만 그는 재미난 이야기라도 들은 것처럼 웃어 댔다. 대충 꿰어 입은 니트를 반듯하게 고쳐 준 커다랗고 뜨거운 손이 정현의 손을 잡았다. 전해지는 온기가 좋아서 손을 뿌리치지 않았다. 힘주어 잡자 그가 다정하게 미소 지었다.

"그쪽도 섰네요."

"나는 건강하니까."

어깨를 으쓱해 보인 진운이 짐을 들고 병실 문을 열었다. 병실 밖에 서 있던 남자가 또 묘한 표정으로 진운에게서 짐을 건네받았다. 그것이 몹시도 당연한 일이라는 듯이 빈손이 된 그가 다시 한 번 정현에게 손을 내밀었다. 정현은 아직 제가 환자니까 남들의 눈을 피할 필요가 없다는 생각에 그 손을 기쁘게 맞잡았다. 평소 같으면 할 리가 없는 행동이었다.

"갈까요?"

"네."

일을 다 마치고 왔다는 거짓말을 늘어놓는 진운을 집에서 떠밀어내자 다시 어색한 침묵이 감돌았다. 아픈 정현을 간호하느라, 부르면 달려오느라 일을 소홀히 했을 것이 분명한 진운을 내내 곁에 머물게 할 수는 없는 노릇이다. 함께하는 것은 좋지만 그로 인해 그가 손해를 본다거나 할 일을 놓는 건 내키지 않았다. 안 그래도 남자를 사랑하는 자신이 곁에 있다는 게 완벽한 그에게는 흠인데, 더 많은 걸 욕심내어서는 안 됐다. 그런 주제에 시시때때로 그를 불러내기는 했지만.

"이제 가 보셔도……."

"신경 쓰지 않으셔도 됩니다."

내내 정현의 곁을 지키며 시답지 않은 잡일을 도와주던 남자는 집에 남았다. 정현이 불편해하는 것을 눈치챈 진운이 회사로 가며 방에서 '쉬라는' 말을 남기고 떠났다. 정말 쉬게 해줄 생각이 있다면 퇴근을 시킬 일이지 굳이 같은 집 안에서 쉬라는 말을 하는 게 이상하다. 하지만 그 이상한 요구에도 남자는 아무렇지도 않은 듯 손님방으로 들어가 버렸다.

그다지 오랜 시간이 흐르지 않았는데도 진운의 아파트가 오랜만이라는 생각이 들며 반가웠다. 어쩌면 돌아올 수 없었을 공간이라 그런 생각이 드는지도 몰랐다. 혼자 살던 오피스텔에 있어야 할 짐들이 옮겨져 와 빼곡하게 정돈되어 있었다.

병원에 입원해 있는 동안 오피스텔은 대신 정리해 주겠다는 말에 대충 고개를 끄덕였던 것이 생각났다. 옆에 꼭 붙어 떨어지지 않는 순간에도 그는 모든 일들을 이렇게 정확히 처리해 놓고 있었을 것이다.

익숙하면서도 낯선 공간을 괜히 이곳저곳 돌아다녀보았지만 시간은 많이 흐르지 않았다. 습관처럼 소파에 털썩 주저앉았다가 고통에 몸부림치며 드러누웠다.

재원은 어떻게 되었을까. 눈물범벅이 되어 병실로 뛰어 들어오던 영우도 그 질문에는 답하지 않았다. 차마 진운에게는 묻지 못하고 내내 영우가 이야기해 주길 기다렸건만 영우도 말할 생각이 없어 보였다.

"김 대표한테 물어 봐."

"그냥 말해."

"아, 뭘. 맨날 붙어 있으면서 김 대표한테 물어 볼 일이지 그걸 왜 나한테 물어 봐."

짜증을 내며 갑자기 진운이 사다놓은 주전부리를 전투적으로 씹어 대기에 캐묻지는 않았다. 눈물범벅이 되어 뛰어 들어온 것을 놀려대자 평소처럼 벌컥 화를 내며 어깨를 밀쳤다. 조금 당기긴 했지만 아프진 않았으면서도 아픈 척 엄살을 부려대는 정현을 보며 사색이 된 영우가 놀라서 소리쳤다. 하도 큰 목소리였던지라 귀가 더 아팠다.

"괜찮아? 정현아, 괜찮냐?"

고개를 들고 씩 웃는 정현을 보고서야 제가 속았다는 것을 알게 된 영우가 펄펄 뛰며 난동을 부렸다. 참 놀리는 재미가 있는 녀석이다. 하지만 평소보다 훨씬 더 오버스러운 반응을 보며 확신했다. 영우는 제게 재원의 일을 말해 줄 생각이 없었다. 그래서 저렇게 더 야단법석을 부리며 어색하게 행동하는 거겠지.

이런저런 생각들을 해보았자 머리만 아플 뿐 소용이 없다는 사실을 잘 알고 있다. 죽음의 순간이 다가왔을 때 절감했다. 그간 정현은 너무나도 생각이 많아 늘 자신과 주변사람들을 괴롭게 했다. 때로는 아무 생각도 하지 않고 단순하게 상황을 지켜보는 것이 도움이 된다는 사실을 처음 알았다. 지금도 그런 순간인 것이 분명했다. 어차피 제게 재원의 이야기를 해줄 사람은 진운뿐이다.

단순하게 인정을 하고 나자 마음이 편안해졌다. 사실 이제 재원은 정현을 흔들 만큼의 무엇인가도 되지 못했다. 그저 궁금할 뿐이었다. 연예인의 가십을 궁금해하듯 그저 그런 단순한 궁금증이었다.

생각을 접고 나자 무료해졌다. 병원을 나오면서 진운과 식사를 한 터라 배도 부르고 조금 졸리기도 했다. 원래도 잠이 많은 편이었던 데다 병원에서 내내 잠만 잤더니 습관이 된 모양이었다. 나른해진 몸을 뉘인 채로 TV를 틀었다.

딱히 보고 싶은 프로그램이 없어 이런저런 채널들을 돌려보다가 이상한 기분이 들었다. 그 수많은 채널들 중 뉴스가 나오는 채널이 단 한군데도 없었다. 광고 중이어서 못 본 건가 싶어 돌려보았지만 아예 존재하지도 않았던 것처럼 나오지를 않았다. 꼭 삭제된 것처럼. 삭제?

갑자기 묘한 기분이 들어 휴대폰을 집어 들고 검색을 하기 시작했다. 양동철. 재원의 아버지 이름을 검색하자 기사들이 쏟아졌다. 정현이 병원에 있는 동안 무슨 일이 벌어진 것이 틀림없다.

<양동철 의원이 건강상의 이유로 사퇴 의사를 밝혔습니다. 최근까지도 건강한 모습으로 왕성할 활동을 하고 있던 양 전 의원은 갑작스러운 건강 악화로 의정활동이 불가능하다고 판단, 사퇴를 결정했다고 발표했습니다. 여당 핵심 인사로 손꼽히던 양 전 의원의…….>

기사를 보면서도 믿을 수가 없었다. 여러 개의 기사 제목을 훑어도 별다른 내용은 없이 건강상의 이유로 사퇴 의사를 밝혔다는 내용밖에는 없었다. 그럴 리가 없는데. 정현이 그동안 알아왔고 재원에게 들어왔던 재원의 아버지는 그럴 사람이 아니었다. 이상한 일이다.

차라리 양 의원의 아들인 양 모 씨가 언급되는 기사가 났다면 이해라도 할 수 있는 부분이다. 확실히 재원은 폭행사건을 일으켰고 정현은 그 당사자였다. 그런데 그런 기사는 하나도 없고 갑작스러운 사퇴 기사라니. 무엇인가 이상했다.

굳이 그 사실을 알리고 싶지 않은 것처럼 깨끗하게 사라져 있는 채널 목록도 그렇다. 지금 일어나고 있는 일들을, 진운은 정현에게 알리고 싶지 않았던 것이 틀림없다. 그렇다고 해서 휴대폰만 켜면 지구 반대편의 일까지도 속속들이 알 수 있는, 세상에서 눈 가리고 아웅 하는 거겠지만 그래도 그는 그렇게 했다.

—여보세요?

그의 목소리는 늘 그렇듯 다정하고 평온하기만 했다. 잘 정리가 되지 않아 혼란스러운 마음을 누르면서 말을 이었다.

"오늘 늦어요?"

—그렇게 내쫓더니. 일찍 들어갈까?

"네."

─……흠?

순순히 그러라고 할 줄 몰랐던지 장난스러운 목소리가 진지해졌다. 아니다. 진운은 표정만 차갑지 다정하고 곧은 사람이다. 언제나 정현을 향한 다정함과 인내심은 끝이 없을 지경이었다. 그리고 양 의원이 어떤 사람인데. 그것도 아니다. 사실, 진운에 대한 것을 아무것도 모르는 처지가 아닌가. 아버지의 이야기와 풍족했던 어린 시절 이야기를 들었지만 그것만으론 충분하지 않았다.

─일찍 들어갈게요. 기다리고 있어.

끊어진 휴대폰을 들여다보아도 달라지는 것은 없다. 정현은 여전히 떠들썩하게 웃음소리를 내며 예능프로그램이 틀어져 있는 TV를 멍하니 들여다보다가 휴대폰을 다시 보았다. 무슨 일일까. 이상하다. 그저 이상하기만 했다.

정현이 좋아하는 초밥 집에 들러 식사를 포장해 온 진운의 표정은 평소와 다를 것이 없었다. 현관까지 나와 맞이해 주는 정현을 보고 환히 웃었고 포장해 온 음식을 내밀었다. 그것을 식탁으로 가지고 가 식사를 차리는 동안 그는 간단하게 샤워를 하고 나왔다.

진운이 퇴근을 하자 바통 터치라도 하듯 방 안에서 조용히 기척을 감추고 있던 남자가 퇴근을 했다. 꾸벅 고개를 숙이는 남자를 향해 저도 꾸벅 인사를 했다.

"뭐하고 보냈어요?"

젓가락으로 장국을 휘젓는 정현을 향해 오도로를 내미는 표정도 평소와 같았다. 그것을 받아먹자 잠시 허물어진 입가도. 그것을 천천히 씹어 삼키자 이번엔 가마도로가 내밀어졌다.

"뉴스를 봤는데, 양 의원이 사퇴했더라고요."

잠시 멈칫했지만 여전히 젓가락은 정현에게 스시를 내밀고 있다. 그것을 다시 받아먹자 진운은 장국을 들어 조금 마셨다. 몹시도 여상스러운 태도였다.

"그래서요?"

"이상하잖아요. 영우도 양재원에 대해선 진운 씨한테 물어보라고 하고. 사람을 찔렀는데 잡혀갔다는 소식도 없고. 갑자기 양재원 아버지는 사퇴했다고 하고."

"뭐가 이상해요? 그럴 수도 있지."

"내가 바보로 보입니까."

탁 소리를 내며 젓가락이 식탁에 놓였다. 진운은 고개를 흔들었다. 하지만 더 이상 입을 다물리기 위해서 억지로 초밥을 내미는 것 같은 짓은 하지 않았다.

"우선 식사부터 해요. 그런 다음에."

예전에도 정현의 식사량이 적다고 걱정하기는 했지만 요새의 진운은 정현을 먹이는 것에 온 신경이 쏠려 있는 것 같았다. 말다툼을 해 보았자 둘 다 감정만 상할 뿐, 그가 정현에게 내어 준 것을 모두 먹어야 한다는 것을 잘 알고 있는 정현은 묵묵히 다시 식사를 시작했다. 그는 고집을 잘 부리지 않았지만 한번 고집을 부리는 부분에 있어서는 거의 양보가 없는 편이었다.

특히 정현의 건강에 관련된 문제들에 한해선 타협이 없다. 그런데다가 다치기까지 해버린지라 그는 조금 예민해져 있었다.

퇴원 문제도 그렇고 계속해서 정현의 고집에 져준 그에게 내내 고집만 부릴 수는 없는 노릇이다. 다시 식사를 시작한 정현을 물끄러미 바라보다가 진운도 식사를 시작했다. 그 와중에도 초밥은 끝내주게 맛이 좋았다. 역시나 양재원은 정현에게는 아무것도 아닌 게 되어 버렸다.

식사가 끝나고 소파에 앉은 정현에게 진운은 커피를 내어 주었다. 자신을 위해서는 독한 보드카를 가져온 그가 피곤한 듯 소파에 앉아 관자놀이를 꾹 눌렀다. 벌써부터 마음이 약해지지만 듣지 않을 수가 없었다.

"나는."

운을 뗀 그가 잔을 들어 목을 축였다. 정현이 술을 그다지 좋아하지 않아 가볍게 와인을 나누어 마시는 일이 잦았지만 평소와는 달리 독주를 마시고 있는 그가 낯설었다. 진열장 가득한 양주들이 이상하더라니 주인이 있다는 것을 처음 실감했다. 정현을 배려해 가벼운 와인을 마셨던 것이 틀림없다.

"나는 사생아예요."

지금 제가 들은 말이 무엇인지, 제대로 이해한 것이 맞는지를 의심할 정도로 진운은 피곤해 보였지만 평온한 표정을 짓고 있다. 오히려 그 말을 들은 정현의 얼굴이 일그러져 있을 뿐이다. 자신이 물었던 것이 재원의 이야기라는 것을 잊게 할 만큼이나 그가 한 말이 주는 충격은 컸다. 알고 싶어 하던 것들과 기분이 상했던 것도 잊어버린 채 정현은 그의 말에 집중했다.

"아버지란 사람은 돈이 많아요. 정현 씨가 상상하는 이상으로 더. 그동안은 연락을 하지 않고 지냈었는데 이번엔 도저히 내 힘으로 할 수 있는 일이 아니라서 도움을 요청했지. 그저 그게 전부예요."

"어머니는……."

"어머니는 돌아가신 지 좀 되었어요."

목마른 사람이 물을 마시는 것처럼 독주를 아무렇지도 않게 삼키는 진운이 아파서 정현은 눈을 감았다. 제 인생도 참 우여곡절이 많았던 탓에 누군가를 동정할 처지는 되지 못했지만 완벽해 보이는 그가 말해 준 치부가 생각보다 더 컸던 탓에 놀랐다. 그리고 마음이 아팠다.

"더 조용히 해결하고 싶었지만, 생각보다 잘 되지 않아서. 놀라게 했다면 미안합니다. 먼저 말을 했어야 했다는 건 알고 있지만 아픈 사람한테 할 이야기가 아닌 것 같아서."

"상관없어요. 내가 화가 났던 것은 내 일을 나도 모르게 했다는 거니까."

"알아요. 하지만 아픈 사람한테 할 얘기가 아니었다니까. 어머니는 많이 아팠지. 돌아가시기 전까지."

비어 버린 잔이 다시 채워졌다. 또 그것을 들어 아무렇지도 않게 마시는 진운의 손을 잡았다. 물이라도 가져다주려 일어나려는데 그가 말리며 정현을 품안에 가두었다. 이 말을 꺼내기까지 얼마나 아팠을지 생각하며 말리지 않았다. 상처가 조금 당기기는 했지만 그럭저럭 참을 만했다.

"어머니는 아픈 후로 엄청나게 예민해져서 어떤 얘기도 제대로 할 수가 없었어요. 그래서 아픈 사람한테는 말을 하지 말아야 한다고 생각했어. 미안해요. 너무 내 생각만 했네."

"괜찮아요. 많이 아프셨나요……?"

"간암. 어머니는 술을 달고 사셨거든."

화들짝 놀라 손에서 잔을 빼앗으며 저 멀리로 밀어 내는 정현의 태도가 우습다는 듯 진운의 웃음소리가 낮게 울렸다. 하지만 평소보다 훨씬 더 힘이 없는 웃음소리는 번져 나가지 못하고 스러져 버렸다.

"양재원의 일이 궁금해서가 아니었어요. 아니, 궁금하기는 해요. 하지만 나를 이렇게 만든 사람이 어떻게 되었는지에 대해서 궁금해하는 거지 걔가 안타깝다거나 그런 건……."

"알고 있어요."

"어떻게 했어요?"

어떻게 되었는지를 묻는 게 아니라 어떻게 했는지를 묻는 의중을 파
악했는지 그가 한숨을 내쉬었다. 정현은 돈이나 힘을 많이 가진 사람
들이 어떤 사람들인지 잘 알고 있었다. 재원의 아버지도 평범한 정현
이 상상조차 하지 못할 방법으로 정현을 옭아맺지 않은가. 아마 저가
상상할 수도 없는 방법으로 재원은 망가졌으리라.

단호한 그의 태도나 늘 여유롭고 저를 제외한 모두에게 고압적이던
그가 이해되는 고백이었다. 하지만 지금은 힘을 잃고 소파 위에 덩그
러니 방치된 손을 꽉 잡아 누르자 그제야 그는 천천히 입을 열었다.

평소처럼 신중하고 부드러운 목소리가 아니었다. 뾰족한 돌덩이에
갈리는 것 같은 거친 목소리였다.

"정신병원에 처넣었지. 그 애비가 발악을 해대기에 밟아 줬고. 다시
는 거기서 나올 수 없을 거야. 절대로 다시 너한테 이런 짓을 할 수도
없을 거고."

조심스럽게 옷을 들어 올린 진운이 여전히 붕대가 감겨 있는 정현의
배를 내려다보았다. 감추고 싶지만 아직까지도 통증이 느껴지는 몸을
틀어 빠져나올 수는 없었다. 붕대 위로 고개를 숙인 그가 입을 맞추어
주었다. 그 뜨거움을, 그 부드러움을 느끼고 싶지만 붕대가 가로막고
있는 터라 느낄 수가 없다.

"그냥 죽여 버릴걸 그랬어. 너한테 평생 남을 흉터가 생기다니. 그
역겨운 자식 때문에……."

으르렁대는 진운의 머리를 껴안고 부드러운 머리카락에 볼을 묻었
다. 정신병원이라. 자존심이 강한데다 저에 대한 집착이 범인(凡人)의

325

수준을 넘어선 재원에게는 딱 어울리고 죽는 것보다 더한 형벌이 될지도 모른다. 만족스러운 결과였다. 재원이 죽었다는 말을 들었다면, 오히려 그를 원망했을지도 모른다.

재원 따위야 어떻게 되었든 그가 방금 한 이야기에만 마음이 더 쏠리는 자신 때문에 소름이 끼쳤다. 죽음이란 단어를 듣고도 재원에게 더 잔인한 형벌이 무엇인지 냉정하게 판단하는 정현은 그간 알아왔던 자기 자신이 아닌 것 같았다. 스스로의 냉정함과 잔인함에 자꾸만 소름이 돋았다.

"더 이야기해 줘요."

안고 있는 머리에 볼을 묻은 채 웅얼거렸다. 불편할 것이 분명한데도 내내 미동도 하지 않은 채 안겨 있는 진운의 다정함이 사랑스럽다. 그리고 마음이 아팠다. 저보다 더 힘들게 살아왔을 그의 인생이 궁금했다.

"어머니는……."

이어지는 그의 낮고 마른 목소리를 들으며 부드러운 머리카락에 볼을 비볐다. 가장 정현을 소름 돋게 한 것은 그가 남들이 말하는 '흠'을 가진 사람이라는 것이 너무나도 좋았다는 사실이다. 상처투성이에 흠밖에 남지 않은 제 인생에 견주어도 뒤지지 않을 아픔을 가진 진운이라는 사실이 너무나도 행복하다. 유일한 흠이 되지 않아도 되어서, 그를 가질 수 있는 자격 따위가 하나도 없는 것은 아닌 것 같아서 행복하다. 하지만 그런 제 자신이 소름 끼쳐서 견딜 수가 없었다.

그래서 정현은 몰랐다. 그의 아픈 이야기에 집중을 하느라, 제 자신의 비겁함에 몸서리를 치느라 정현에게 내내 안겨 있던 진운의 표정을. 제 아픈 이야기로 먼저 꺼내 비난할 기회조차 정현에게 내어 주지 않은 남자의 만족스러운, 입에서 흘러나오는 아픈 이야기와는 전혀 어울리지 않는 그의 얼굴을 전혀 알 수가 없었다.

　그간 어디에서 어떻게 도사리고 있을지 모르는 위험과 같았던 재원을 치워 낸 정현은 홀가분해졌다. 다만 마음에 걸리는 것은 오랜 시간 동안 아버지께 연락을 하지 않았다던 진운이 제 일을 해결하느라 연락을 드렸다는 점이다. 한동안 양재원이라든가, 부모님이라든가 하는 단어를 일절 입에 담지 않고 정현의 회복에만 관심을 쏟은 두 사람의 일상은 평안했다.

　이제는 섹스가 없더라도 전혀 불안하지 않았다. 다친 몸 때문이라는 핑계는 그저 핑계에 불과했다. 재원에게 얻어맞고 깁스를 한 적도 있었다. 영우에겐 계단에서 굴렀다고 핑계를 댔지만 아마 그것이 재원의 짓이라는 것을 모르지는 않을 것이다. 그때 깁스를 한 몸으로도 재원과 몸을 섞고 신음했었다. 하지만 지금은 그렇게까지 자신을 한계로 밀어 넣어야 할 필요가 전혀 없었다. 사랑은 충만했고 정현은 안정되어 있었다. 스스로도 점점 단단해져 가는 게 느껴질 만큼이나.

　붕대를 풀던 날은 완연한 가을날이었다. 겨울에 만나 벌써 사계절을 함께 지나보냈다. 날씨가 좋아 조금 걷고 싶다는 정현에게 그가 걱정을 내비쳤지만 고집을 부렸다. 역시나 그가 정현의 고집에 져주기까지는 오랜 시간이 걸리지 않았다.

　"좋네요."

　"그렇다니까."

　딱히 많은 말을 하지 않아도 알아들을 수 있는 사이라는 게 좋았다. 볼을 스치고 지나가는 선선한 바람도 좋고, 가끔 올려다보면 청량하게 푸른 하늘도 좋았다. 하늘을 올려다보는 척 시선을 돌리며 눈에 담긴 그를 깜빡이는 것도 좋은 일이다. 마음에 새기듯 그의 모습을 담았다.

커다란 손을 잡고 온기를 느끼고 싶지만 사람들의 시선이 두려워 그렇게 하지 못하는 게 안타까울 뿐이다. 그것 말고는 완벽하게 좋은 가을날이다.

"미안해요. 나 때문에, 괜히."

"아니에요. 언젠가는, 사실은 죽기 전에 언젠가는 연락을 해봐야겠다는 생각은 했었지. 아버지는 나 외엔 다른 자식이 없고 본처는 얼마 전에 죽었으니까. 타이밍 좋게 일이 일어난 것뿐이에요. 신경 쓰지 말아요."

진운은 부드러운 목소리로 속삭일 법한 내용이 전혀 아닌 말을 다정하게 속삭였다. 여전히 얼굴 가득한 미소도 다정했다. 어쩌면 이 남자의 실체는 이런 것일지도 모른다는 깨달음을 얻을 정도로, 그는 완벽하게 다정한 목소리로 무서운 이야기를 내뱉었다.

하지만 그게 무슨 소용일까. 어차피 정현은 진운을 사랑하고 진운역시 정현을 사랑하고 있다. 그가 어떤 사람일지라도 그것을 정현이 그 사랑을 받기 위해 감당해 내야 할 몫이었다. 어쩌면 또 실패를 할지도 모른다. 재원의 모든 것을 감내해야 한다고 믿었던 것처럼. 그 또한 무슨 소용일까. 진운이 하는 어떤 일도 재원의 것처럼 정현에게 위해를 가하지 않는데.

그의 어떤 모습도 정현을 세상으로부터, 사람들로부터 지키기 위해 존재하는 것일 뿐이라는 것을 깨달았다.

그것으로 족했다. 손가락이 절로 꼬물꼬물 기어가 그의 손에 닿았다. 끝이 조금 스치고 지나친 것이지만 그 걸로도 만족했다. 진운이 얼굴 가득 미소를 띠우며 손을 내밀었지만 고개를 내저었다. 사람들의 시선은 아직도 두렵다. 그러니까 딱 이 정도까지만.

올려다본 하늘은 높고 맑았다. 가을 하늘의 아름다움에 푹 빠진 채 앞을 보지 않고 마구잡이로 걸어가다 돌부리에 걸려 넘어질 뻔한 정현의 손을 진운이 잡아 주었다. 늘 그랬다. 삶에 걸려 넘어지려 할 때마다 그는 손을 내밀어 정현을 잡아 주었다. 이제는 이 손이 없으면 살 수조차 없을 것이다.

"바다가 보고 싶어요."

"바다?"

"네."

죽을지도 모른다고 생각했던 순간 가장 강렬하게 정현에게 남아 있던 기억은 그와 함께 바다에 가고 싶다는 생각이었다. 사정이 여의치 않아 잊고 있었던 기억이 하늘을 바라보자 생각났다. 그는 고개를 끄덕였다. 더 이상 아무것도 묻지 않은 채 늘 그랬듯.

"그래요. 어디 생각해 둔 곳이라도 있습니까."

"바다면 될 것 같아요. 아무 바다든 상관없어요."

"그래요. 바다에 갑시다."

세상에 단 하나 어떤 일이 있어도 제 편일 것 같은 남자의 얼굴을 바라보았다. 단정하고 깎은 것처럼 잘생긴 얼굴이 미동도 없이 정현을 바라봐 준다. 내가 사랑하는 사람. 정현은 가슴이 벅차올라 그저 웃었다. 정현이 웃자 그도 함께 웃어 주었다. 딱히 의미가 없이 웃어도 함께 웃어 줄 수 있는 사람을 가졌다는 든든함이 가슴을 벅차게 만들어 주었다.

"안아 주고 싶어요."

언젠가 어머니에 대한 이야기를 하던 낯선 어깨를 한 그가 떠올랐다. 커다란 어깨가 유독 작아 보이던 그날, 억지로 아버지에 의해 자신을 가졌던 어머니와 사생아로 자랐던 기억을 더듬던 진운이. 담담한 그 태도가 오히려 더 슬펐던 그가 갑자기 생각이 났다.

정현이 그렇게 아픈 날이면 언제나 그는 정현을 안아 주었다. 품에 안고 사랑한다고 속삭여 주며 아무 생각도 할 수 없도록 뜨겁게 몸을 갈랐다. 그날은 아직 몸 상태가 좋지 않아 그렇게 해줄 수가 없었지만 이제는 그럴 수가 있다. 그렇게 진운을 감싸 안아 주며 그를 잠식한 괴로움이 조금이라도 사라지길 바란다.

"아직 몸이 다 회복된 것도 아니고……."

"그럼 보여 줘요."

"……?"

정현은 주변을 둘러보았다. 가을이 내려앉은 은행나무가 곱게 물든 잎사귀를 떨어내는 거리엔 단 둘뿐이었다. 정현은 목소리를 낮추고 그에게 속삭였다.

"자위하는 모습."

"왔냐?"

"응."

그와 함께 여행까지 다녀오느라 두 달이 넘도록 방치해 둘 수밖에 없었던 동경으로 갔다. 이제는 사장이란 느낌도 들지 않고 영우의 가게에서 알바를 하는 처지라고 느껴질 만큼 정현 없는 동경은 정말 아무렇지도 않았다.

어제 퇴근했다가 오늘 출근한 것처럼 영우가 맞이해 주었다. 영우의 이런 점이 견딜 수 없을 만큼 좋았다.

"밥 먹어라."

아침 겸 점심을 이른 시간에 먹는다. 점심 장사가 시작하기 전에 배를 채워 놓지 않으면 녹초가 되고 일을 할 수 없기 때문이다. 이제는 양이 늘어 제법 잘 먹는 정현이 신기한지 영우는 연신 이것저것을 내

주었다. 늘 먹던 밥이 똑같지만 진짜 맛이 좋은 게 신기했다.

"맛있냐?"

"어."

"진짜 잘 먹네."

식사가 끝난 다음엔 몰려오는 손님을 받았다. 오랫동안 쉰 것 같지가 않게 익숙했다. 하긴 벌써 이 가게를 몇 년이나 했던 거지. 정현이 별것 아니라고 생각했던 가게는 습관처럼 뿌리내려 박혔다. 그렇게 자꾸만 놓치고 있던 인생의 의미들이 속속들이 와 박혔다.

깨달음은 벼락같기도 했고, 은근히 스며드는 향기 같기도 했다. 하나하나 알아가는 기쁨을 배웠다. 정현은 새로 태어난 아기처럼 세상의 것들을 신기하게 바라보며 배워 가고 있었다. 그런 변화에 영우와 진원이 기뻐해 준다는 사실을 기쁘게 받아들이면서.

"이정현? 정현이야?"

금방 메뉴판을 주고 돌아섰던 손님이 그의 이름을 불렀다. 알듯 말 듯하지만 전혀 기억에 없는 얼굴이다. 게다가 남중, 남고를 졸업한 정현에게 여자인 친구가 있을 턱이 없었다. 정말 그렇게 생각했다.

"네. 실례지만……?"

"나야, 나. 혜진이. 기억 안 나? 우리 대학 동기잖아."

눈앞의 여자는 혜진이다. 하지만 그가 기억하는 혜진은 아니었다. 커다란 안경을 쓰고 늘 스냅 백을 눌러쓴 채 펑퍼짐한 옷을 입은 화장기 없던 말간 얼굴. 눈앞의 여자는 세련된 화장을 한 채 몸에 꼭 맞는, 가을에 잘 어울리는 와인색 원피스를 입고 있었다. 못 알아보는 것이 당연했다.

게다가 정현은 어느 새부턴가 아예 대학에 입학했었던 사실을 잊고 살았다. 대학동기들에게 당했던 일을 잊었던 것은 아닌데, 그 시절을 떠올리면 괴로워졌기 때문인지도 모른다. 좋은 추억도 있었을 텐데 이상하게 하나도 떠오르지 않았다. 그 시절들이 모두 모래 위의 성처럼 부질없는 환상과 같았다는 사실을 깨달아서일까. 가식 위에 쌓인 추억은 시간에 쉽게 휩쓸려 무너진다.

"어…… 혜진이구나."

하지만 혜진은 달랐다. 언제나 악몽 속에 존재했기 때문인지 어쩐지 선명하게 화인처럼 남아 있었다. 그렇지만 저쪽에서 알아봐 주지 않았다면 정현은 그녀를 알아보지 못했을 것이다. 그 시절이 너무나도 선명해서 시간이 흘렀다거나 달라질 수 있다는 생각조차 해본 적이 없었다. 한때는 그 시절의 지옥에서 살았으니까.

그런데 이상한 일이다. 악몽이 현실로 끄집어내졌는데도 불구하고 정현은 그다지 동요하지 않았다. 그런 제 자신이 신기할 정도로 침착하기만 했다. 언젠가 만날지도 모른다는 두려운 생각을 해보지 않았던 것은 아니다. 그 상상 속에서처럼 얼굴이 새파랗게 질린 채 병신처럼 떨고 있는 제 모습이 아니라 그저 담담하게 고개를 끄덕이는 스스로가 대견했다. 이것이 현실이었다.

"응. 잘 지냈어?"

"그럭저럭. 너는?"

"응, 나도. 저기……."

"식사는 뭐로 주문할래? 메뉴판은 여기. 정하고 불러 줘. 일행 분들도 계신데 너무 시간을 빼앗아서 미안하네."

하지만 완전하게 멀쩡할 수는 없는 노릇이다. 주방 쪽으로 다가가 물을 마시는 손이 잘게 떨렸다. 드물게 손님과 길게 이야기하는 것이 이상했는지 영우가 말을 걸어 왔다.

"뭔데? 뭔 일 있어?"

"아, 별일 아니야. 옛날 친구가 와서."

"친구? 니가 여자사람 친구도 있었단 말이야? 그럴 리가. 혹시……?"

"응. 대학동기. 너도 알지? 혜진이."

덤덤하게 말하는 당사자인 저보다 영우가 더 화가 난 것 같았다. 화를 내며 주방에서 뛰어나오려고 하는데 점심시간이라 무척 바빴던 데다가 손에 쥐고 있던 칼을 내려놓는다는 것을 잊고 그냥 나오는 듯해서 결사적으로 말렸다.

"내가 알아서 할게."

"니가 뭘 알아서 해? 봐 봐, 저 씨발년, 진짜, 와."

"손님들 듣는다. 닥치고 일이나 해."

사실 아예 신경이 쓰이지 않았다면 거짓말이다. 그럴 리가 없지. 스스로는 평탄하지 못했지만 남이 보기에는 평범하기 이를 데 없었던 정현의 삶의 평온을 파괴한 당사자다. 아무리 시간이 지났어도 그것을 용서할 수 있을 리가 없다. 게다가 늘 악몽으로 찾아오던 사람이다. 혜진은 저에게 그런 사람이었다.

그럼에도 불구하고 그다지 동요하지 않을 수 있었던 탓은 무엇일까. 한번 죽을 뻔한 고비를 넘기고 나니 해탈이라도 한 것 아닐까. 정현은 실없는 제 생각에 피식 웃으면서 가게 문을 열고 들어오는 손님을 향해 인사를 건넸다. 그 손님들이 서로 얼굴을 붉히며 저를 향해 웃었다고 목소리 낮추어 다투는지는 꿈에도 모르고.

"저기, 잠깐 얘기 좀 할 수 있을까?"

계산을 하러 온 혜진이 머뭇머뭇 말을 꺼냈다. 함께 왔던 친구들이 피식피식 웃으면서 앞장을 서는 것을 보아선 혜진이 제게 수작을 건다고 생각하는 것 같았다. 하지만 혜진은 정현이 어떤 사람인지 알고 있었다. 그런 의미가 절대 아닐 텐데, 그렇게 생각하는 것이 우스웠다.

"그래. 잠시만."

펄펄 뛰는 영우에게 잠시 할 얘기가 있어서 나갔다 온다는 말을 남기고 가게 문을 빠져나왔다. 혜진의 일행은 평일인데도 바쁘지 않은지 한참이나 앉아 있었기 때문에 피크타임은 지난 시간이었다.

둘렀던 앞치마를 아무렇게나 내려놓자 알바생인 현우가 재빨리 곱게 개어 카운터 한편으로 집어넣어 주었다. 고맙다는 인사를 남기고 가게를 빠져나왔다.

"친구들은?"

"아, 할 얘기가 있다고 먼저 가 있으라고 했어. 커피 한잔할 시간 있을까?"

"그래. 가자."

어쩌다 보니 진운의 사무실 근처까지 오게 되었다. 원래도 그다지 멀지 않은 거리였지만 정현의 가게 근처 커피숍의 커피들은 신맛이 강한 원두들을 써서 입맛에 맞지 않았기 때문이다. 진운과 함께 다니면서 고급스러워진 입맛은 때로 이런 불편을 감수하게 했다. 함께 마시는 사람이 내키지 않았기 때문에 더더욱 원두 따위에 의미를 둔 것일지도 모른다.

"할 얘기가 뭔데?"

"아……."

김이 모락모락 올라오는 커피를 앞에 두고도 혜진은 쉽게 말을 걸지 않았다. 이제는 이 자리가 불편해지기 시작했다. 일행들이 다른 테이블에서 커피를 마시면서 힐끔힐끔 쳐다보는 것도 부담스럽다.

"가게를 오래 비울 수가 없어서."

"응, 그래. 그렇지."

대답을 했으면서도 혜진은 오랫동안 커피 잔만 만지작거리면서 쉽게 말을 꺼내지 못했다. 제 인생을 파괴한 장본인을 앞에 두고도 아무렇지도 않은 스스로가 신기했다. 머뭇거림이 길어질수록 지루하다는 생각이 드는 것도 신기했다. 그냥 일어설 수도 있었지만 지금의 동요 없는 스스로가 너무 신기해서 묵묵히 앉아 있었다.

"미안했어."

"응?"

"그때, 그렇게 함부로 니 비밀을 말했던 것."

다시 만나게 된다면 무슨 이야기를 할까 생각해 본 적이 없었던 것은 아니다. 하지만 마지막 대화가 너무 야멸치던 까닭에 이렇게 순순히 사과를 들을 것이라고 생각해 본 적은 없었다. 더 잔인한 말이 가슴을 헤집어 놓을 것이라고 생각했었는데, 전혀 그렇지가 않았다.

만약 진운을 만나기 전에 혜진을 만났다면 어땠을까. 형편없이 감정의 홍수 속에 휩쓸려 예전처럼 어린아이처럼 숨어 버렸을지도 모른다. 하지만 지금의 정현은 그러지 않았다. 잠시 눈을 감았다 뜨고, 제 악몽을 직시할 수 있었다. 악몽은 실체를 가지고 눈앞에서 식어 버린 커피를 호로록 삼키고 있었다.

"괜찮아."

"정말?"

"그래. 괜찮아."

괜찮다는 말에 할 말을 잃었는지 혜진은 또다시 침묵했다. 다 식어 버린 커피가 씁쓸하게 혀에 닿았다. 예전엔 그렇지 않았던 것 같은데. 미각조차도 그의 존재감을 기억하는 것 같다.

"그럼 우리 아직 친구야?"

"응?"

"나 아직도 니 친구냐고."

할 말을 잃었다. 그간 그 '비밀인데'라는 말로 시작한 말로 정현은 모든 것을 잃고 지옥 속에 빠져 살았다. 누군가의 탓을 하는 것은 아니지만 그 일이 없었다면 어쩌면 재원을 만나는 일조차 없었을지도 모른다. 8년간의 무자비한 폭력과 강간에 휩쓸리지 않아도 됐을지도 모른다.

"나, 진짜 너한테 잘못했다는 거 알고 있어. 내가 그땐 너무 어려서 잘 몰랐어. 사실……. 나 너 좋아했었거든. 그런데 니가 게이라는 말을 듣고 충격도 받고 상처도 받아서. 그래서 그랬었어. 미안해."

"좋아하는 사람한테 어떻게 그럴 수가 있어?"

이해가 가지 않았다. 재원도 늘 그랬다. 폭력을 휘두르고 어떻게든 정현을 찍어 누르려고 하면서도 그 이유는 '좋아해서'. 그땐 그냥 그런가 보다 생각했던 모든 것들이 이제 와서는 몹시도 이상하다는 것을 알아차렸다. 좋아하는 사람한테는 상처를 주고 싶지 않아야 정상 아닐까. 그 사람의 조그만 상처조차 제 상처처럼 아픈 것이 정상 아닐까. 정현은 자신의 상처가 몹시도 아렸다는 것을 떠올리고 이상한 것을 바라보듯 혜진을 바라보았다. 하지만 제 잘못을 고백하고 사과했다는 자아도취에 빠진 혜진에게는 그것이 보이지 않았나 보다.

"어렸으니까. 용서해 줘. 나, 정말 반성 많이 했어. 그리고…… 사실 내가 얼마나 좋은 기회를 차 버렸는지도 깨달았어. 게이 친구라니, 정말 흔하지 않은 기회인데 내가 차 버렸잖아."

"게이 친구라."

"이젠 나도 널 이해할 수 있어. 우리 다시 친구가 되자. 그래줄 수 있지? 내가 너 힘들게 했던 만큼 더 잘할게."

"그럴 필요 없어."

"응?"

해맑게 웃는 혜진을 향해 덤덤하게 말을 내뱉었다. 가슴속에서 들끓고 있는 분노가 이상하리만큼 차가웠다. 내내 괜찮다고 생각했던 것은 이제와 혜진과 저는 상관도 없는 사람이라고 생각했었기 때문인지도 모른다. 남의 비밀을 쉽게 내뱉는 순간 끊어진 인연이라는 것을 아직도 모르고 있는 혜진을 차갑게 응시했다.

"게이 친구라니, 기가 막히다. 게이 친구가 가지고 싶어? 평범하지 못한 사람을 곁에 두고 난 행복하다는 만족감이라도 얻고 싶냐고. 아니면 게이같이 더러운 것들이랑 친구를 해주면서 나는 진짜 괜찮은 사람이라고 생각하고 싶어?"

"뭐?"

"나는 게이지만, 그게 내 인생의 전부는 아니야. 너한테는 그저 내가 게이로만 보이는 모양이지만 나도 너와 똑같은 사람이야. 왜 내가 상처받을 수도 있다는 생각은 못 하냐?"

"정현아, 난 그런 게 아니라……."

"흔하지 않은 기회 좋아하네. 진짜 너란 인간이 역겹다. 한때 친구라고 생각했던 것조차 짜증이 나. 니가 망쳐 버린 내 인생에 대해서 단 한번이라도 생각해 본 적이 있어? 내가 그동안 어떤 지옥에서 살았는지 니가 알기나 해?"

지옥이었다. 그를 만나고 나서도 빠져나올 수 없던 지옥. 단단히 붙들어 준 팔이 아니었다면 여전히 그 지옥에서 물기하나 없이 바싹 마른 채 살아가고 있을지도 모른다. 겨우 맞이한 삶을 망치려는 혜진이 싫다. 어쩌면 재원보다 눈앞의 여자가 더 증오스러운지도 몰랐다.

"그만 간다."

"정현아!"

"용서는 했어. 그런데 친구는 못 해. 앞으로도 영원히 보지 말자. 잘 살아."

표정 없이 일어나는 정현을 보고 혜진의 친구들이 깔깔대며 웃었다. 무슨 일인지 알기는 하려나. 그저 흥밋거리로 전락해 버린 제 자신이 한심했다. 왜 혜진의 이야기를 들을 생각을 했었을까. 어쩌면 사과를 받고 싶었던 마음이 있었는지도 모른다. 그녀의 손으로 망가뜨려 버린 인생에 대한 책임감을 가지고 있단 소리를 기대했는지도 모른다.

여전히 저는 어리석은 인간이다. 사람들에게 그렇게 상처를 받고도 일말의 기대를 안고 있었다니.

하긴 어쩌면 혜진이 없었으면 재원을 만나지 못했고 그렇다면 진운을 만나는 일도 없었을지 모른다. 그를 만나지 못했다면 어떻게 살고 있을지 상상하기도 싫다. 정현의 인생은 그를 만나기 전과 만난 이후가 명암처럼 확연히 구분 지어질 정도로 달랐다. 그것을 감사라도 해야 하는 것일까.

천천히 걷기 시작한 걸음이 빨라졌다. 정현은 제가 뛰고 있는지도 몰랐다. 한시라도 빨리 그에게 가야 한다는 생각뿐이었다. 저를 괴롭히는 세상의 모든 것을 피해.

그러다 문득 깨달았다. 혜진의 아픈 고백을 들으며 그 아픔을 위로하기 위해서 제 아픔을 내보인 것은 잘못이 아니다. 재원의 폭력 앞에 속수무책으로 당하면서 빠져나오지 못했던 것도 잘못이 아니었다. 다만 정현은 그것에 맞서 싸울 만큼의 힘이 없었을 뿐이다.

어떤 것도 정현의 잘못은 아니었다. 인생을 망쳤던 그 모든 선택들도 다만 실수일 뿐이지 잘못은 아니다.

환희가 온몸으로 번져 나갔다. 그간 정현을 괴롭혀 오던 모든 구속에서 스스로 헤어 나왔다. 스스로를 쓸모없는 것이라고 생각하고 더러운 것을 보듯 외면했던 것에서도 벗어났다. 어떤 것도 제 잘못이 아니라는 깨달음을 정현을 환희 속으로 빠뜨렸다.

그냥 정현은 그간 지독하게도 운이 나빴을 뿐이었다. 아마도 그를 만나기 위해, 그를 만나는 행운을 가지기 위해 그간 인생은 정현에게서 모든 행운을 빼앗아갔는지도 모른다. 그가 보고 싶었다. 인생을 저당 잡혀 가지게 된 최고의 행운.

"어머, 동경 사장님?"

헉헉대며 사무실 문을 연 정현을 향해 익숙한 여직원이 눈을 동그랗게 떴다. 이미 동경의 공사도 끝이 난데다 이런 꼴로 사무실에 들이닥친 정현이 이상했을 터였다. 하지만 정현은 개의치 않고 대표실 쪽을 손으로 가리켰다. 용케도 알아들은 여직원이 끄덕이면서 입을 열려고 했지만 무시하고 냅다 뛰었다.

"누구…… 정현 씨?"

놀라 일어나는 그를 향해 달려갔다. 그리고 덥석 끌어안았다. 익숙한 체향과 향수냄새가 코끝을 맴돌았다. 마음이 편안해지는 향기. 존재감만으로도 압도당하는 것 같아 그의 앞에선 아무 생각도 하지 않아도 된다는 게 행복했다.

갑자기 달려와 안겼어도 그는 아무 말도 하지 않았다. 그저 달려와 안기는 정현 때문에 다시 의자에 털썩 주저앉은 채로 세게 안아줄 뿐. 언제나 왔냐며 안아 주던 그 팔은 여전히 정현을 향해 있다.

한참을 그렇게 서로의 체온과 심장고동을 느꼈다. 숨소리도 하나 놓치지 않을 기세로 정현은 그를 음미했다. 그에 관련된 것들은 단 하나도 놓치고 싶지가 않았다. 모두 다 가지고 싶다.

"좋은 일이 있었습니까?"

마주 본 얼굴엔 미소가 가득했다. 눈에 가득한 그를 깜빡거리면서 정현은 웃었다. 진운이 알고 있던 얼굴 중 가장 환한 미소였다. 아무것도 남지 않은 것처럼 그저 환하게 웃는 얼굴을 쓸어내린다. 이 얼굴 하나가 가지고 싶었다는 것을 깨달은 진운도 환하게 미소 지었다.

"네. 아주 좋은 일."

밤마다 진운은 배에 남은 흉터를 쓸어내렸다. 다른 살에 비해서 조금 붉고 오돌토돌하게 올라온 살은 그의 손이 다가와도 아무런 느낌이 나지 않았다. 하지만 그 흉터를 만지는 그의 얼굴이 아팠다. 상처는 아프지 않은데 마음이 무척이나 아파왔다.

그럴 때마다 정현은 그의 입술을 삼켰다. 그가 하고 싶어 하는 말들을 듣고 싶지 않은 마음도 있었고 아픔을 잊고 싶은 마음도 있었다. 그는 단 한 번도 밀려드는 정현의 입술을 마다하지 않았다. 그저 가만히 정현이 바라는 대로 흔들려 주었다. 그의 다정한 배려가 고마웠다.

그리고 정현은 이제 그의 배려에 토를 달지 않게 되었다. 병실에서부터 따라다니던 남자의 이름이 송인욱이라는 것도 알게 되었다. 퇴원을 한 뒤엔 볼 수 없을 것이라 생각했던 인욱이 언제나 곁에서 정현을 지켜보고 있다는 사실도 알게 되었지만 그냥 내버려 두기로 했다. 설득하는 진운의 얼굴이 아팠기 때문이다.

정현은 그의 설득을 무시했다가 겪어야 했던 그 밤을 아직 잊을 수가 없었다. 그에게는 티를 내지 않으려 노력했지만 때때로 악몽이 찾아와 다시 한 번 칼에 찔려야만 했다.

그런 밤이면 놀라 헐떡대며 잠에서 깼다. 아무리 조심한다고 해도 잠귀가 밝은 그를 속일 수는 없는 노릇이다. 그럴 때마다 진운은 함께 일어나 정현을 안아 주거나 손을 잡아 주었다. 마음을 놓이게 하는 온기 아래에서 몸을 웅크리고 다시 잠을 청했다. 점점 그런 밤이 줄어들기는 했지만 그렇다고 아예 사라지지는 않았다.

인욱과 친해져 보려고 노력해 보았지만 그는 정현에게 곁을 내어 주지 않았다. 사무적인 말투와 행동이 편한 것 같아 한두 번 말을 건네 보고 관두기로 했다. 아마 그에게도 말할 수 없는 사정 같은 것이 있을지 모른다. 놀랍게도 생각보다 마음이 편했다. 어쩌면 인욱을 언제나 곁에 있어 주지 못하는 그가 한 자락 내어 준 마음이라고 생각하는지도 몰랐다.

여전히 불을 가까이하지는 못했다. 가게는 제 것인데다가 소중하지 않았던 것은 아니지만 다른 더 소중한 것들이 생기면서 우선순위에서 밀려나고 있는 것은 사실이다. 게다가 불을 무서워하는 탓에 도움이 전혀 되지 않았다. 자괴감에 빠질 때마다 영우는 언제는 니가 가게에 도움이 됐냐며 코웃음을 쳤다.

사실이기도 했지만 정현의 마음이 편해지기를 바라는 영우의 마음을 잘 알고 있기 때문에 그다지 토를 달지는 않았다. 웃으면서 고개를 끄덕이는 정현을 향해 영우가 더 열 받는다며 괜히 소리를 치고 을러 댔다. 사람들의 보살핌 속에서 정현의 상처는 점점 더 나아졌다.

담배가 피우고 싶을 때마다 그가 대신 담뱃불을 붙여 주었다. 심리 치료를 권하기도 했지만 그러고 싶지는 않았다. 그 치료를 받는다면 너무나도 많은 이야기가 뿌리부터 나와야 했기 때문이다. 낯선 의사를 상대로도 그런 이야기를 꺼내고 싶지 않았다. 그저 악몽에서 헤어 나온 것으로도 족했다. 담배는 끊으면 될 일이고, 불은 가까이하지 않으면 될 일이다. 물론 영우와 그가 조금 불편해야 하긴 하겠지만.

너무 큰 상처는 입 밖으로 꺼낼 수조차 없다는 사실을 예전에는 잘 몰랐던 것 같다. 혜진에게 제 치부를 드러내어 보이기 전까지도 사실 자신이 게이라는 사실을 아파하고 누군가 알까 봐 두려워하기는 했었지만 그렇게 엄청난 결과를 가져올 것이라고는 생각하지 못했었다.

그래서 더 놀라웠다. 처음 만난 그에게 어떻게 그런 말을 할 생각을 했을까. 술김에 나온 말이라곤 하지만 아무리 술을 마셔도 단 한 번도 실수를 한 적이 없었기에 더 놀랍다. 그런 이야기를 꺼냈을 때, 그는 그저 씩 웃으면서 몹시도 어울리지 않는 단어를 말했다.

운명?

내게만 허락된 것들. 내게만 웃어 주는 사람. 내게만 농담을 하고, 내게만 허술한 모습을 보이고, 내게만 아픈 상처를 드러내 보여 주는 사람. 내게만 허락된 그라는 사람. 그것을 새삼 깨달을 때마다 전율이 다 느껴질 정도다.

"왜 나를 좋아합니까."

물끄러미 바라보기만 하는 그의 시선을 피해 커다란 머그에서 모락모락 올라오는 김을 바라보았다. 요새는 둘이 함께 술을 마시기보다는 차를 마시며 시간을 보냈다. 때로는 침묵 속에서 서로의 눈만을 들여다보기도 했고, 얽힌 손가락으로 장난을 치면서 수다를 떨기도 했고, 시시한 TV프로그램을 보며 웃어 대기도 했다. 일상의 모든 것들이 다 보들보들 지친 정현을 안아 주는 기분이었다.

"글쎄."

딸각. 라이터가 울렸다. 그의 입에 물려 있던 담배를 향해 손을 뻗자 바로 담배가 제 입에 물렸다. 그러면서도 못마땅한 표정을 숨기지 못하는 것이 우스워 피식 웃음을 흘렸다. 매일같이 얻어맞고 칼에 찔리기까지 한 터라 몸이 상했을 거라며 억지로 지어 준 한약을 마신 직후다. 제가 내어 주고도 불만이 가득하지만 말할 수 없는 처지의 얼굴이 귀여웠다.

누가 들으면 질색할 이야기지만, 진운은 때론 무척이나 귀여운 짓을 하곤 한다. 아무도 모르지만, 아무도 알기를 원하지 않았다. 내게만 허락된 이 행운을 온전한 내 것으로만 하고 싶었다.

"꼭 이유가 필요합니까?"

하긴 꼭 이유가 필요할까. 정현도 갑자기 그가 왜 좋아졌는지, 그 혼란스러운 와중에도 어떻게 그를 마음에 담게 되었는지 기억조차 잘 나지 않았다. 그냥, 그래서, 진운이기 때문에 사랑에 빠지게 된 것이 아닐까. 몸살처럼 그를 앓으면서도 단 한 번도 놓고 싶지 않았던 진심의 깊이를 아마 그는 모를 것이다. 이 모든 탐욕스러운, 저도 알지 못할 깊이를 그에게 들키고 싶지 않았다.

"그러게요."

중얼대는 정현을 향해 웃으면서 그가 팔을 뻗었다. 그 팔 안에 가라앉으면서 정현은 생각했다. 이유는 필요 없다. 그냥, 우리가 함께하는 지금이 행복하다면 그것으로 족하다.

"뭔데 이렇게 난리야?"

"그냥, 술 한 잔 하고 싶어서."

마감을 끝낸 뒤 술을 한잔하자며 안주를 준비해 달라는 정현의 말에 툴툴대면서도 영우는 안주를 준비해 주었다. 단 한 번도 술을 마시자며 안주를 준비해 달라는 말을 해본 적이 없는 정현이다. 그냥 남은 게 있으면 그것으로 그만, 없어도 그만이었다. 영우의 손길이 분주하고 정성스러웠다.

이것저것 차려진 테이블에는 가게에서 판매하지 않는 메뉴도 섞여 있었다. 하긴 영우는 언제나 정현에게 마음의 짐을 안고 있고, 그래서 이 작은 동경 안에 갇혀 있는지도 모른다. 사실 날아오르려면 언제든 떠날 수 있는 큰 날개를 접고, 그 날개로 정현을 감싸 안아 주면서.

드르륵. 목재로 된 문이 열리면서 진운과 수연이 들어왔다. 영우는 그를 좋아하지도 싫어하지도 않지만 꺼려하는 건 분명했다. 자신을 향해 얼굴을 구기는 영우를 향해 그는 표정 없이 가만히 목례했다.

"아, 뭐!"

정현이 툭 치자 신경질적으로 외치긴 했지만 못내 영우도 까닥 고개를 숙였다. 수연의 높다랗고 노래를 부르는 것 같은 목소리가 가게를 채우면서 분위기가 부드러워지기 시작했다.

"어머, 맛있겠다. 뭘 이렇게나 많이 차렸어요?"

"술 한 잔 하자기에 차렸는데 엉뚱한 손님들이 오셨네요."

"그거 반갑다는 소리죠? 하여간 영우 씨는 말을 꼬아서 재미나게 하는 재주가 있다니까."

못 말리겠다는 듯 고개를 내젓는 영우를 향해 수연이 크게 웃었다. 정현도 따라 웃었지만 그는 그저 미소만 지었다. 꼭 쥐어 오는 손에 손가락을 얽어 깍지를 끼면서 웃자 드디어 그의 얼굴에 제대로 된 미소가 번졌다.

"하여간 꼴불견이야. 둘이 진짜 저렇게 유난을 떠는 꼴에 대해서 어떻게 생각해요?"

"진짜 눈꼴시고 못 봐주겠다고 생각합니다. 유난도 저런 유난이 없지 않아요?"

"그러니까요. 참나, 남친 없는 사람 서러워서 살겠나."

"여친 없는 사람도 서러워서 못 살겠습니다. 아주 맨날 으…… 소름 끼쳐."

말과는 다르게 다정한 손길이 잔을 나누어 주고 채워 주었다. 모두 다 함께 건배를 하고 허기진 배를 채웠다. 대화를 주도하는 것은 언제나 발랄한 수연이었다. 한때는 그와의 사이를 오해하고 쳐다보기도 싫었던 얼굴이 무척이나 예뻤고, 듣기 싫던 목소리가 무척 상냥하다는 것을 이제는 알고 있다.

"그래서, 영우야."

"어?"

"너 돈 얼마 있냐? 얼마나 모았어?"

"갑자기 그런 건 왜 물어? 미친놈. 술이나 처마셔."

"얼만데."

"그냥, 뭐 열심히 모으긴 했지. 그래도 가게 내려면 턱없이 부족해. 야, 인마, 내가 언제까지 니 밑에서 일해 줄 거라고 생각하냐. 물론 나 같은 사람 넌 절대 못 구해. 있을 때 잘해라."

"그래서 말인데."

"뭐."

"그 돈 나 줘라. 그리고 이제 이 가게 너가 해."

"뭐?"

언젠가 차를 바꾸자는 말을 했었을 때처럼 어이없다는 듯이 영우의 얼굴이 일그러졌다. 그러곤 곧 말도 안 되는 이야기를 들은 것처럼 웃으면서 빈 잔을 채워 갔다. 나름 진지하게 말했는데 전혀 먹히지 않는 영우를 보다가 문득 고개를 들어 그를 보았다. 그가 옅게 웃고 있다.

"누군가한테 가게를 넘긴다면 다른 사람이 아니라 너여야겠지. 너처럼 이 가게를 제대로 꾸려나갈 사람이 어디 있겠냐. 나는⋯⋯."

"말도 안 되는 소리."

"왜 말이 안 돼. 그럼 다른 사람한테 팔아?"

"개소리하네! 이 가게가 어떤 가겐데!"

"그러니까 너 하라고. 난 이제 이 가게가 지긋지긋해. 불도 무섭고."

과장해서 말했지만 가게를 아끼는 마음과 두려워하는 마음은 언제나 공존하고 있었다. 재원이 불을 질렀던 것을 생각하면 소름이 끼쳤지만 아버지의 평생이 녹아 있는 가게를 아무한테나 넘길 수는 없는 노릇이다. 영우만이 이 가게를 가질 자격이 있다.

"그럼 너는?"

"난 그냥 작은 커피숍을 해볼까. 불을 안 써도 되는 일이니까. 그땐 이런 목조인테리어는 안 할 거야. 불이 나기 쉬우니까."

"그 돈으로는 그렇게 못 해."

"가게는 제가 내줄 겁니다. 그런 건 신경 안 쓰셔도 됩니다."

불쑥 끼어든 진운을 향해 영우가 인상을 구겼지만 곧 입을 다물고 곰곰이 생각하기 시작했다. 영우에게도 생각할 시간이 필요할 터였다.

"그냥 주기엔 아깝잖냐. 그래도 아버지가 평생 일군 가게인데. 게다가 그냥 주면 니가 가게 망칠까 봐 무서워. 알거지를 만들어야 소중하게 생각해 주겠지."

"지랄."

"잘 생각해라. 이런 기회가 흔하게 올 것 같아? 기회가 왔을 때 잘해. 나한테."

영우가 금방 했던 말을 돌려주자 약이 오른 얼굴로 입을 다물었다. 쿡쿡 웃는 정현을 향해 무어라고 중얼대긴 했지만 잘 들리지 않았다.

"그럼 잘 생각해 봐라. 담배 한 대 피우고 올게."

진운의 사무실 근처에 세를 내준 점포가 있다고 했다. 그곳을 새로 커피숍으로 단장해 운영해 보는 게 어떻겠냐는 그에게 처음엔 거절을 했지만 끈질기게 설득하는 통에 넘어가고 말았다. 언젠가 자신을 위해 돈을 쓰는 것이 행복하다는 말을 들어서 더욱 그랬다. 게다가 불을 쓰지 않을 수 있다는 사실이 마음에 들었다.

"자."

불을 붙인 담배를 넘겨주며 그가 흘러내린 머리카락을 쓸어주었다.

쌉싸래한 담배냄새가 싫지 않다. 어쩐지 마음이 가벼워지는 기분이다. 이 가게는 정현의 안식처이면서도 언제나 마음이 불편한 곳이었다.

"영우는 돈을 얼마나 모았을까요?"

"그다지 많은 액수는 아닐 거라고 생각합니다."

"저도 마찬가지예요."

좁은 골목에 담배 연기와 웃음소리가 번졌다. 이제 모든 흔적들에서 벗어나 새로운 삶을 맞이할 준비가 시작되었다. 예전 같으면 시도를 해볼 생각조차 하지 못했겠지만 지금은 달랐다. 손을 맞잡아 주고 있는 그가 있기 때문에.

"축하해요."

"아."

수연이 잔을 내밀었다. 짠! 하는 높은 목소리와 함께 술이 조금 흘러넘쳤다. 그것을 모두 마시는 수연을 물끄러미 바라보다가 영우도 잔을 모두 비워 버렸다. 얼떨떨하고 지금의 축하가 낯설기만 했다.

"이제 동경 사장님이시네."

"아직 결정한 거 아니거든요?"

"왜 망설여요? 공짜나 다름없는데."

"저도 나름 모았습니다!"

"그래서 얼마나 되는데요? 어디 들어나 보자."

알미운 목소리를 피해 고개를 돌렸지만 그렇다고 목소리가 피해지는 것은 아니었다. 소리 높여 웃던 수연이 나지막하고 부드러운 목소리로 영우를 불렀다. 처음 듣는 목소리에 놀라 고개를 돌렸다.

"보답 없을 애정을 주면서 힘 빼지 말고 가게 운영에 힘써 봐요. 이제 정현 씨도 안정되었고 또 쟤가 옆에 있잖아요? 쟤가 그렇게 호락호락하게 정현 씨를 내어 주진 않을 거야. 진운인 원래 그런 애니까."

"⋯⋯네?"

"무슨 얘긴지 몰라요? 잘 알고 있을 텐데. 게다가 그쪽은 진짜 남자를 좋아하는 것도 아니잖아? 그저 정현 씨가 좋은 것뿐이지."

영우조차 헷갈리는 마음을 여자들은 언제나 이렇게 파고들었다. 무슨 이야기인지 알고 있지만 혼란스러운 구석이 한두 가지가 아니어서 입을 다물었다. 수연이 잔을 채워 주며 부드럽게 웃었다. 한 번도 연상이라는 느낌을 받아본 적이 없었는데 지금의 수연은 그렇게 보였다.

"실연한 사람들끼리 짠이나 하죠."

"⋯⋯김 대표를 좋아합니까."

"글쎄. 시간이 흐르다 보니까 이제 이게 사랑인지 정인지도 헷갈리네. 그런데 이제 진짜 끝인 것 같아요. 영우 씨도 무슨 얘기인지 알잖아요. 두 사람 눈을 보면 알 수 있잖아."

혼자 넘기려는 수연의 잔을 향해 영우가 제 잔을 내밀었다. 가볍게 부딪치며 웃는 어깨가 조금 처연해 보였다. 그러자 처음으로 수연이 다시 보였다. 부드러운 미소라고 생각했던 웃음이 애달프다.

"그래도 이제 진운이가 행복해 보이니까 됐어요. 이제 진짜 속이 다 시원하다. 도대체 몇 년을 허비한 거야. 이젠 너무 늦었는지도 몰라. 예쁜 시절 다 지나갔네."

"아직 안 늦었습니다."

"음?"

"아직 예쁘다고요."

얼굴이 화끈거렸다. 눈을 동그랗게 뜬 수연이 쳐다볼수록 점점 더 달아올랐다. 시선을 피해 달아나는 영우의 귀에 밝은 웃음소리가 꽂혔다. 다시 기운을 되찾은 목소리가 듣기 좋았다. 언제나 그랬지만 이상하게 마음을 홀리는 여자다.

"그래요? 나 예뻐요?"

"......네."

"흠, 그렇구나. 고마워요. 다시 용기를 내볼까?"

웃으면서 잔을 채운 수연이 다시 한 번 잔을 내밀었다. 어쩐지 속이 타는 것 같아 허겁지겁 잔을 비웠다. 웃음소리가 따라 들어온다. 그럴 때마다 마음이 조금씩 이상해졌다.

"그럼 나랑 연애해 볼래요? 실연한 사람들끼리. 난 성실한 사람이 좋더라. 딱 영우 씨 같은 사람."

태연한 목소리로 말했다. 의미가 헷갈릴 정도로 밝은 목소리에 어울리지 않는 내용이다. 멍하니 수연의 얼굴만 들여다보고 있는 저를 향했던 미소가 흐려졌다. 아까처럼 애잔한 미소로 바뀌려고 들었다.

"역시 그건 별로죠?"

"아니, 별로인 게 아니라!"

"그럼 연애하는 건가?"

"아니, 그런 말이 아니라!"

바보같이 구는 저를 향해 맑은 웃음소리가 울렸다. 영우의 기억 속에 수연은 늘 저런 웃음소리가 잘 어울리는 여자였다. 정현처럼 처연한 표정과는 어울리지 않는. 그런데 그런 미소를 지었던 수연의 얼굴이 자꾸 마음을 찔러 댔다. 이상한 일이다.

"그럼, 연애하는 거다?"

머리를 쥐어뜯어 보지만 대꾸할 말을 찾지 못했다. 그런 영우를 향해 수연은 거리낌 없이 웃으면서 손을 내밀었다. 곱지만 커다랗고 시퍼렇게 핏줄이 서 있는 정현의 손과는 전혀 다른 손이다. 작고 하얗고 부드러워 보인다. 이상하게 그 손에 마음이 설렜다.

"영우야."

손을 잡았다. 달큼하게 손가락이 제 투박한 손가락에 얽혔다. 마음이 몽글몽글 흔들렸다. 그 흔들리는 마음속으로 그녀가 달콤하게 부른 제 이름이 박혔다. 오늘은 진짜 이상한 날이다.

"그냥 가죠."

"음."

가가에 들어서려는 순간 겹쳐진 두 개의 인영을 보고 멈칫했다. 영우에게도 봄이 찾아왔나. 쌀쌀한 초겨울 바람이 술을 마셔 달아오른 뺨을 식혀 주었다. 제게 찾아왔었던 봄이 생각났다.

"알고 있었어요?"

"대충은?"

영우에 대한 이야기인지, 수연에 대한 이야기인지 주어를 생략한 채 그는 고개를 끄덕였다. 생각해 보면 둘의 인연에 대해서 들은 적이 없었다. 오늘 밤엔 그 이야기를 듣는 것도 괜찮을 것 같다. 먼저 이야기하는 법은 없지만 정현이 물을 때면 그는 언제나 모든 이야기를 내어 주었다. 아팠던 어린 시절과 건조했던 청소년기, 그리고 정현. 하지만 언제나 둘의 이야기는 서로의 깊은 상처는 건드리지 않는다. 아직도 준비가 덜 된 탓이다.

언젠가는 그와 함께 모든 추억을 거리낌 없이 말할 때가 올 것이다. 재원의 이야기도 무용담처럼 흘려보낼 때가 올지도 모른다. 전혀 두렵지 않다면 거짓말이겠지만 정현은 이제 세상이 그렇게 무섭지 않았다. 단단하게 손을 맞잡아 주는 그가 있기 때문에.

"가자, 우리 집으로."

고개를 끄덕이며 저를 향해 내밀어진 손을 잡았다.

한때는 두려워했던 어둠이 좋아졌다. 어둠속에서는 그와 이렇게 맞닿아 있어도 사람들의 시선을 신경 쓰지 않아도 되기 때문이다.

"가요, 우리 집으로."

사람을 사랑한다는 것은 무척이나 이상한 일이다. 삶이 송두리째 바뀌었어도, 논리적이지 못한 일도 모두 그저 고개를 끄덕이게 만드는, 이상한 힘을 가지고 있다.

정현은 29년간 살아온 제 삶이 그와 함께한 1년 동안 바뀌는 모습을 회상했다. 둘의 삶이 포개지면서 모든 것이 달라졌다.

사랑을 하고 있다. 언제나 저를 향해 열려 있는 그 사람을. 언젠가 정현도 더 단단해지고 더 강해져서 아파하는 그를 향해 팔을 벌려 주고, 가슴을 열어 줄 날이 올 것이다. 그날이 그렇게 머지않았다는 생각에 흐뭇해졌다.

삶은 고통을 휘돌아 정현에게 사랑을 선물해 주었다. 이제 정현은 약해지지 않을 자신이 있었다. 실수하는 순간도 있겠지만, 그것 역시 괜찮다. 그 길 끝에 그가 있다면. 그리고 그 길 끝에는 언제나 진운이 서 있을 것이다. '왔어요?'라고 물으며 제게 두 팔을 벌려 줄 그가.

<끝>

—영우

대한민국 육군병장으로 전역한 영우는 제가 무척이나 평범한 사람인 것을 잘 알고 있었다. 직업도 평범했고, 소시민으로 평범하게 살았다. 단 한 가지 평범하지 않은 것은 게이인 친구를 가지고 있다는 것이다.

친구 이정현. 딱히 특별할 것 없는 인생에 정현은 무척 특별했다. 꼭 게이라서만은 아니었다.

어린 시절부터 정현과는 친구였다. 보통 친구가 되는 데는 계기가 필요하다. 같은 학교에 다녔다거나 같은 것을 좋아한다거나. 그런 계기조차 기억나지 않을 만큼 그들은 오랜 친구였다.

부모님의 회상을 근거로 돌이켜 보자면 그들은 같은 동네에서 나고 자랐다. 대기업의 하청업체인 중소기업에 근무하는 아버지와 국수집을 경영하는 정현의 아버지는 술을 좋아하셨다. 함께 술을 마시다가 인연을 맺은 아버지들은 아들들마저 친구로 엮어 주셨다. 그렇게 당연히 늘 곁에 있었다.

어린 시절에는 함께 뛰어놀며 아무 생각도 없었다. 초등학생 때는 함께 놀러 다니며 장난도 치고 무척이나 친했었다. 상황이 달라진 것은 중학생 시절부터였다. 정현과 영우는 몹시도 달랐다.

"이놈, 이걸 성적표라고 받아왔냐? 진짜 들고 있기조차 창피할 지경이다. 너 정현이 얘기 못 들었어? 정현이는 또 전교 10등 안에 들었다더라. 똑같이 학원 보내 주고 걔는 그렇게 잘하는데 너는 왜 그 모양이야!"

아버지는 정현의 아버지와 술자리를 하고 돌아온 다음 날이면 영우를 앉혀 놓고 똑같은 레퍼토리의 잔소리를 퍼부었다. 영우는 정말 진심으로 정현이 짜증났다. 사실 공부를 잘하는 것은 정현의 탓이 아니지만, 그것을 잘 알고 있으면서도 하필이면 이정현과 친구여서 매일 비교당하는 삶이 너무나도 짜증이 났다.

"이정현, 이 새끼, 너 또 전교 10등 안에 들었다며? 졸라 짜증나."

정현은 시비를 거는 영우의 말에도 그저 씩 웃고는 학교를 향해 천천히 발걸음을 옮겼다. 같은 동네여서 같은 학교를 다녔고, 늘 함께 등교를 했다. 영우도 발걸음을 천천히 하며 정현을 돌아보았다.

색이 옅은 갈색 머리카락이 몹시도 얇다. 염색 머리냐고 매일같이 잡혀 검은색으로 염색을 해보았자 오래가지 못했다. 물이 금방 빠져버려 더 옅어진 갈색머리를 매일 밀리고 맞으면서도 정현은 아무렇지도 않아 했다. 하얀 피부가 시커먼 남고 녀석들 사이에서 몹시도 튀어 여자라고 놀림을 받아도 상관없어 보였다. 하긴 근육이라곤 찾아볼 수 없는 녀석이 키마저 작았다면 그야말로 여자라고 놀림을 받았겠지만 정현은 키가 길쭉하게 컸다. 그래서 더 말라 보이는 호리호리한 몸에는 저와 같은 교복이 입혀져 있었다. 그런데 태가 달랐다.

"너 또 옆 여고에서 고백 받았다며? 이쁘냐?"

불쑥 끼어든 같은 반 녀석이 정현에게 물었다. 한창 장난기 넘치고 허세가 가득한 중 2병에 걸린 녀석들 사이에서 담백하고 말수가 적은 정현은 여자들 사이에서 인기가 많았다. 게다가 공부를 잘하고 얼굴까지 잘생겼으니 뭐.

영우가 보기엔 저렇게 오밀조밀하게 잘생긴 얼굴보다 남자답게 생긴 제 얼굴이 더 잘났지만 어찌 되었건 그랬다.

"그랬나……."

말꼬리를 흐리는 녀석이 꼴 보기 싫었다. 지가 뭐라고 고백을 한 여자애의 얼굴도 기억하지 못한단 말인가. 너무 재수가 털려 영우는 걸음을 빨리해 정현을 앞질렀다. 정현의 목소리가 들렸다.

"같이 가."

"니가 빨리 오든지."

늘 느릿한 걸음을 유지하던 정현이 걸음을 빨리해 다가왔다. 그러곤 싱긋 웃었다. 영우는 시선을 돌렸다. 저 웃음 때문에 도저히 정현을 외면할 수가 없었다. 웃고는 있지만 어딘가 아파 보이는, 슬퍼 보이는 웃음이었다. 예전엔 참 밝고 말도 많았던 것 같은데 언젠가부터 정현이 달라졌다.

"같이 가."

다시 한 번 정현이 웃었다. 영우는 다시 걸음을 늦췄다. 계속해서 떠들어 대는 같은 반 녀석의 수다에도 정현은 그저 소리 없이 싱긋 웃고 만다. 아침 햇살이 쏟아지는 그 얼굴은 어딘가 모르게 쓸쓸해 보였다.

"야, 니들 뭐해."

"아, 그냥, 저 새끼가 재수가 없잖아. 그래서……."

"나도 너 새끼가 재수가 없으니까 좀 패도 되냐?"

"시발."

식후땡을 하러 찾아간 쓰레기 소각장 구석에 아이들이 몰려 있었다. 무슨 일인가 들여다봤더니 정현이 맞고 있었다. 표정 없이 들쑤시는 애들을 서늘하게 바라보던 정현은 녀석들이 아무리 지껄여도 입을 열지 않았다.

여전히 영우는 공부에 소질을 찾지 못했고 시시껄렁한 녀석들과 몰려다녔다. 그러다 보니 어쭙잖은 녀석들이 겁을 먹고 도망친 것이다. 꽁지가 빠지게 도망치는 병신 같은 것들의 뒷모습을 바라보며 혀를 차는데 어느새 정현이 일어나 옷자락에 묻은 먼지를 털고 있었다.

"너는 왜 병신같이 맞고 있어."

"별일 아냐."

"얻어터지는 게 왜 별일이 아니야. 너 진짜 병신이야?"

얻어맞으면서 한마디도 하지 않고 있던 정현에게 열이 뻗쳐 소리를 질렀다. 그런 일이 있으면 저한테 알려 도움을 요청하든지, 선생님한테라도 알리든지. 모범생에 공부를 잘하는 정현은 선생님들의 사랑과 귀여움을 받았다.

"너가 와 줬잖아."

하지만 여전히 화가 풀리지 않았다. 제가 짝사랑하던 옆 여고의 아영이 정현한테 고백을 한 것을 알고 난 이후 매일같이 화풀이를 했다. 그 화풀이를 묵묵히 받으면서도 정현은 한마디도 하지 않았다. 그것과 똑같이, 좆밥들에게 얻어터지는 꼴이 화가 났다. 아영이 정현을 좋아하는 것도 화가 나 멀리했지만 병신들한테 얻어터지는 것도 화가 나.

"들어가."

"너는?"

"난 한 대 빨고."

정현은 묵묵히 고개를 끄덕이고 돌아섰다. 저 녀석이 언제 저렇게 키가 컸지. 180에 달하는 키를 가졌는데도 여전히 마른 정현의 뒷모습이 애잔했다. 여자애들은 요새 아이돌 같은 몸매라고 멋있다며 극찬했지만 영우의 눈에는 삐쩍 곯은 멸치 같아 보였다.

정현의 학창시절은 내내 그랬다. 공부를 잘하고 모범생이라 선생님의 사랑을 받으면서 단 한번 앞으로 나서는 것을 본 적이 없다. 여름에도 달팽이가 집을 이고 다니듯 교복재킷을 들고 다니며 그 안에 숨은 정현은 말랑말랑해 보였다. 그러니 시답잖은 녀석들에게 계속 시비가 걸리고 언어맞고 하는 것이지.

영우는 그런 정현을 몇 번이고 구해 주었다. 같이 붙어 다니기도 했지만 아영이 정현에게 고백한 것은 제법 충격이 컸던 일이라 방치했더니 이 꼴이다. 죄책감이 들었지만 영우는 다 피운 담배꽁초를 뱉어 내며 자위했다. 니가 자초한 일이다. 그러니까 난 죄가 없어. 고백을 받은 것은 아무 죄가 없는 일이지만 유치한 고등학생의 감성이 할 만한 일이었다.

그로부터 점점 정현과 멀어지며 시시껄렁한 녀석들과 몰려다녔다. 애초에 대학을 포기한데다 아버지가 직장에서 잘리면서 가정형편이 어려워지자 고3임에도 불구하고 아르바이트를 다녔다. 집에서 소주를 마시면서 한숨을 폭폭 쉬는 아버지도 보기 싫고 담뱃값도 필요했다.

정현의 아버지는 공부를 잘하는 아들 뒷바라지를 위해 국수집을 24시간 우동짜장집으로 바꾼 지 오래라 아버지는 늘 외로워 보였다. 어머니는 그런 아버지 대신 마트에 캐셔로 일을 나가셨다.

그렇게 가벼운 마음으로 시작한 아르바이트가 시간이 지나면서 점점 제 적성에 잘 맞는다는 것을 알게 되었다. 겉모양새는 그래도 성실한 저를 알아준 사장이 주방보조를 시키면서 점점 일도 더 많이 배워갔다. 학교를 졸업할 때쯤엔 나름 주방일을 다 배워서 주방장이 휴가를 가는 날이면 자리를 메우기도 했다.

정현의 소식을 늘 들었다. 명문대에 합격해 플랜카드까지 붙은 것을 눈이 있으면 모를 수가 없었고, 학교 내에서도 늘 화제에 올랐으니까. 애들은 모두들 정현을 괴롭히면서도 궁금해하고 관심을 가졌다. 온통 시꺼먼 녀석들만 모인 남고에서도 정현은 독보적인 존재였으니까.

아버지도 늘 정현의 이야기를 했다. 아버지는 정현의 아버지가 베풀어준 은혜를 갚지 못해서 안달이었다. 회사에서 잘리고 어머니가 암수술을 하는 바람에 벼랑 끝까지 몰렸던 영우의 형편을 도와준 것은 정현의 아버지였다.

꼬깃꼬깃 모아뒀을 것이 분명한 천만 원이라는 돈이 정현의 학비가 될 돈이었다는 것을 전해 들었다. 정현은 결국 학자금대출을 받아 대학에 입학했다.

하지만 정현은 그런 사정을 뻔히 아는 것 같으면서도 영우에게 단한 번도 내색한 적이 없었다. 자주는 아니지만 종종 먼저 연락을 해왔고 마주치면 무척이나 반가워하는 기색이었다. 감정 표현이 적은 녀석에게는 무척 어려운 일일 것이라는 것을 뻔히 알면서도 외면했다. 쪽팔렸기 때문이다. 정말 유치하지만 스무 살인 영우에게 일식집 주방보조와 명문대생의 거리는 무척이나 멀게 느껴졌다. 게다가 저 녀석의 학비까지 어려워진 형편을 돕고자 쓰였다는 자괴감 때문에 더욱 그랬다.

월급을 올려주겠다는 사장을 뿌리치고 군대에 갔다. 군대에 다녀와서 제대로 일을 배워서 취직을 하고 언젠가는 제 가게를 낼 것이라는 것이 영우의 꿈이었다. 군대에서는 정현의 소식을 듣지 못할 것이라고 생각했었는데 그것도 아니었다. 안부를 묻기 위해 집에 전화를 하면 정현의 이야기는 꼭 나왔다.

휴가를 나왔던 어느 날, 아버지가 정현에게 큰일이 생겼다며 친구니까 가서 좀 들어보라고 용돈까지 쥐어 주셨다.

"도대체 무슨 큰일. 대학생이 큰일이 생겨봤자지."

"아니야. 보통일이 아닌 것 같아. 늘 말 잘 듣던 녀석이 입 꾹 다물고 집에 처박혀서 밖에 나가질 않아. 학교도 제멋대로 자퇴했다고 그래서 이씨가 난리가 났어."

"학교를 자퇴했다고?"

그렇게 찾아간 정현의 집에서 반갑게 문을 열어 주는 어머니께 어색하게 인사를 하고 정현의 방문을 두들겼다. 한때는 제집처럼 드나들던 곳이라 어색하지만 낯설지는 않았다.

"문 열어. 나야."

빠끔 열린 문 틈새로 보인 정현의 얼굴은 몹시도 낯설었다. 저를 향한 경계와 불안, 슬픔과 자괴감이 뒤섞인 낯선 얼굴로 정현이 저를 올려다보았다. 언제 이발을 한 것인지 길어진 머리가 볼썽사나웠다.

"뭐야, 너 왜 이러고 있어."

"……영우야."

"병신아, 일어나. 술이나 한잔 빨러 가자. 형님이 휴가 나왔으니까 쏠게."

애써 밝은 목소리를 내며 엉거주춤 서 있는 정현에게 파카를 뒤집어씌웠다. 그리고 계속해서 거절의 말을 하는 정현을 질질 끌고 집밖으로 나왔다. 갑자기 답답한 기분에 담배를 물자 정현이 물끄러미 바라보다가 손을 내밀었다.

"……나도 줘."

"뭐야, 너 담배 안 피우잖아."

"한번 피워 보게."

고등학교 시절, 정현을 방패막이로 내세우기 위해 그렇게 꼬셨어도 단 한 번 담배 같은 것에는 손을 대지 않던 정현이었다. 하여간 모범생 새끼. 그런 정현이 담배를 달라고 손을 내밀었다. 이상한 것투성이지만 우선은 아버지의 당부도 있고 달래서 얘기나 들어봐야겠다는 생각에 담배를 내주었다.

켁켁거리면서 담배를 피우는 꼴이 웃겼다. 하여간 군바리 놈들한테는 군대 외의 세상만사는 다 웃긴 법이다. 미친 듯이 웃어젖히는 저를 보고 정현이 조금 웃었다. 그러다가 눈물을 뚝뚝 떨어뜨렸다. 진짜, 졸라 당황스러웠다.

"뭐야, 미친놈아. 쪽팔리게. 빨리 술집이나 가자."

동네의 작은 꼬치집은 오래되고 퀴퀴한 냄새가 나 손님이 많지 않다. 오늘도 정현과 저, 손님은 둘뿐이다. 시큰둥한 목소리의 사장님이 성의 없이 툭 던지고 간 메뉴판에서 역시나 성의 없이 메뉴를 골라 주문을 한 영우가 정현을 바라보았다. 안 그래도 말랐던 놈이 살이 하나 없이 비쩍 꼴아 있었다.

요새 단 한 번도 집밖으로 나오지 않았다던 녀석이 제 손에 이끌려 집밖으로 나온 것이 이상했다. 그러다 어린 시절이 떠올라 아, 하고 납득했다. 언제나 조금 내성적이던 정현을 이끌어 준 것은 영우였다. 어린 시절에 저를 형이라고 부르라는 영우의 윽박지름에 정말 형이라고 부르며 울멍울멍한 눈초리로 올려다본 일도 있었다.

"뭐야, 무슨 일인데."

정현은 대꾸하지 않았다. 그러고는 영우가 따라주는 술을 쉴 새 없이 들이켰다. 저 녀석이 저렇게 술을 잘 마셨었나. 하긴 고3때 이후로

같이 무엇인가를 해본 적이 없어서 몰랐다. 하지만 하나도 어색하지 않고 어제 만났던 친구처럼 편안한 것은 둘이 함께해 온 시간이 있기 때문일 것이다.

묵묵히 술을 마셨다. 가끔 담배도 피워 물었다. 정현은 이제 볼품없게 기침을 하지 않고 제법 담배를 빨았다. 안주도 먹지 않고 술발만 세우던 정현이 조금 휘청했다.

"너 진짜 왜 그래. 무슨 일인데."

"영우야……"

다시 정현의 눈에서 눈물이 뚝뚝 떨어졌다. 하여간 저 녀석의 애잔함이란. 정현은 어린 시절부터 예쁜 얼굴로 내성적인 성격이어서 치이는 일이 많았다. 그러면서 점점 더 내성적이 되어 갔다. 서늘한 표정을 짓고 나른하게 앉아 있지만 그 모든 것은 연기고 스스로를 지키기 위한 연막이었다는 것을 영우는 알고 있었다. 저가 모르면 누가 알아줄 것인가. 불알친구의 애잔함을.

"그래, 뭐."

"나 있잖아……"

"뭐라고? 잘 안 들려, 새끼야. 크게 말해."

"……이야."

"뭐?"

"나 게이라고."

적막이 흘렀다. 얼어붙은 영우를 앞에 두고 여전히 정현은 술을 마셨다. 미친 듯이 자작을 하고 있는 녀석의 손을 잡아 말렸다. 정현이 물끄러미 영우의 손에 잡힌 제 손을 내려다보았다.

"뭐라고?"

"그렇게 됐어. 어쩌다가 그걸 누구한테 말했는데 그게 퍼졌어. 사람들이 날 벌레 보듯이 하더라. 그래서 견딜 수가 없어서……."

다시 눈물이 뚝뚝 떨어졌다. 영우는 정말 기가 막혀서 할 말이 없었다. 20년을 알아온 친구가 게이라니. 그것을 누구한테 말했다가 소문이 퍼져서 학교를 자퇴하고 저렇게 히키코모리가 된 양 병신같이 굴고 있는 것이라니. 하여간 저 새끼는 손이 많이 가는 새끼다. 제 앞가림을 잘하는 것 같으면서도 못했다.

"어떤 새끼가 그걸 말하고 다녀. 졸라 또라이네. 남의 비밀을 왜 퍼뜨리고 지랄이야."

"너는 괜찮아?"

"뭐가."

"너는 내가 안 더러워?"

시발. 또 나왔다. 어린 시절처럼 울멍울멍한 눈빛으로 정현이 저를 올려다봤다. 하긴 지금은 그런 눈이 아니라 진짜 눈에 가득 고인 눈물이 떨어지기 직전이었다. 그러다가 또르르 마른 볼을 타고 흘러내렸다.

"더러울 게 뭐 있냐. 그냥 그런가 보다 하는 거지. 내가 저번에 뭔 영화를 봤는데 그, 그…… 암튼 원래 그렇게 태어나는 거래. 그럼 뭐니 탓이겠냐. 그렇게 태어난 걸 어쩌라고."

소리 없이 눈물이 후드득 떨어졌다. 위로하기 위해서 했던 말이었는데 그전보다 더 심하게 우는 정현을 보며 제가 무슨 말을 잘못한 건가 되짚어 보았지만 알 수 없었다. 온몸을 떨며 오열하면서도 소리 한자락 내지 못하는 녀석의 마른 등이 안쓰러웠다.

사실 다른 누군가가 자신이 게이임을 고백했다면 더럽다 생각했을지도 모른다. 잡았던 손을 떼고 더럽다고 탈탈 털어냈을지도 몰랐다.

하지만 정현은 달랐다. 정현은 늘 반듯하고 누구보다도 삶을 열심히 살아왔다. 코피까지 흘려가며 공부를 하던 고등학교 시절을 잘 알고 있다.

울고 있는 정현 앞에서 그런 말을 할 수는 없었다. 그저 어깨를 토닥이며 누군지 모를 유포자를 향해 욕을 할 뿐. 부질없는 말이 허공으로 흩어지기가 오래, 영우는 입을 다물고 그저 우는 정현을 토닥여 주었다. 정현은 눈이 통통 붓도록 울어 댔다.

"넌 근데 날 뭘 믿고 말하냐. 말했다가 소문났다매."

"넌 김영우잖아."

한참을 울다 그친 정현이 가라앉은 목소리로 대꾸하고 다시 술잔을 집어 올렸다. 순간 안 그래도 우는 녀석을 앞에 두고 저릿하던 가슴에 찌릿하고 통증이 왔다. 한번 배신을 당해놓고 그것을 잊지 않을 만큼 정현은 멍청하지 않다. 하지만 그럼에도 불구하고 제게 털어놓을 만큼 정현은 영우를 믿어 주고 있었다.

나는 얼마나 정현을 믿었을까. 저 순수해 보이는 무조건적인 신뢰에 보답할 수 있을 만큼 정현을 믿고 우정을 주었을까. 아마도 그렇지 못했을 것이다. 정현과 멀어진 것도, 정현을 괴롭혔던 것도 모두 치기 어린 감정을 앞세운 행동이었으니까.

"근데 왜 그동안 말하지 않았어."

"니가 날 싫다고 할까 봐."

"지금은 근데 왜 말한 건데."

"너마저 날 더럽다고 하면 진짜 죽으려고."

심장이 덜컥 내려앉을 말을 한 녀석은 아스라이 웃었다. 빌어먹을. 어쨌든 잃었던 우정도 되찾았고 사람도 하나 살렸다. 나름 의미 있는 휴가다. 휴가 내내 다른 녀석들이 놀자고 보채는 것도 뒤로하고 영우는 정현의 집에 빌붙었다. 부모님의 격한 환대가 어쩐지 어깨를 으쓱하게 만들었다.

다음번 휴가를 나왔을 때 정현은 안정을 되찾은 듯 보였다. 충동적으로 찾아갔던 게이 바에서 어떤 녀석을 만나 연애를 시작했다는 말을 들었다. 진짜 정현은 게이구나. 실감했지만 정현에게는 별다른 느낌이 들지 않았다. 다만 정현의 남자 친구가 몹시도 꺼림칙했다.

"유재원입니다."

"김영우."

첫 만남부터 그랬다. 예의바른 척을 해오지만 어쩐지 저를 무시하는 것 같고 정현에게 과하게 치대던 녀석이 재수 없었다. 정현은 말갛게 웃고 있었지만 여전히 불안감이 사라지지 않았다. 그래도 어쩔 수가 없다. 영우는 군인이었고, 복귀해야 할 부대가 있었다.

곧 정현도 군대에 갔다. 군대에 가 있는 동안도 때로 편지를 주고받았다. 반듯한 글씨체가 딱 정현 같았다. 정현은 글씨도 저처럼 반듯하고 예쁘게 썼다.

제대를 하고도 편지는 이어졌다. 정현은 군대를 면제받은 녀석이 절대 한눈을 팔지 않고 저만을 기다리는 것에 감동한 눈치였지만 영우는 여전히 꺼림칙했다. 그 녀석의 눈에는 사랑이 아니라 광기가 담겨 있었다. 집착과 소유욕으로 미친 눈동자를 왜 정현은 알아보지 못하는 것일까. 하지만 겨우 세상 밖으로 한 발자국을 내딛은 정현을 말릴 수가 없어 그냥 두었다. 그것이 화근이었다.

정현의 아버지가 여전히 학교로 돌아가지 못하고 방황하는 아들을 보다 못해 가게를 물려주고 낙향을 결심하셨다. 머뭇머뭇 말을 꺼내지 못하는 정현에 비해 오히려 영우의 아버지는 당당하게 다니던 가게를 그만두라고 명령하셨다. 딱히 아버지의 명령이 아니더라도 정현의 말 한마디였으면 옮겼을 것이다. 사람을 그렇게 믿어 주는 상대에게 실망을 안기고 싶진 않았다.

"뭐, 병신아. 그냥 말해."

"영우야."

"알았다고. 이달 말까지 관두기로 했으니까 그런 줄 알아. 새로 가게 오픈할 거나 구상해 와."

정현의 얼굴이 환해졌다. 그렇게 함께 일을 시작하게 되었다. 나중에 안 일이지만 재원은 정현에게 새로운 사람을 구해줄 테니 저와 함께 일하지 말라고 했었단다. 하지만 내성적이고 사람에게 마음을 닫은 정현이 다른 사람과 일할 수 있을 리 없었다. 어쩐지 우쭐하다.

정현은 언제나 평범한 영우를 특별한 사람으로 만들어 주었다. 세상의 눈으로 보면 평범하기만 하고 어찌 보면 초라할 영우가 대단한 사람이라도 된 것 같은 기분을 느끼게 해주었다.

하지만 정현은 그렇지 못했다. 연애가 길어지면 길어질수록 푸석푸석하게 메말라가는 것이 눈에 보였다. 점점 서늘해지고 더 나른해졌다. 예전의 그것이 방어기제에서 나오는 것이었다면, 이제는 체념에 가까워 보였다.

어느 날, 정현이 가게에 나가지 못하겠다며 미안하다는 말만 남기고 전화를 끊었다. 처음엔 그러려니 했었는데 삼일이 지나도 코빼기조차 보이지 않고 전화를 씹어 대는 통에 열을 받아 집으로 쳐들어갔다.

"문 열어. 나야."

빠끔 열린 문 틈새로 보인 정현의 얼굴은 아웃 팅을 당하고 좌절해 숨어 버렸던 그때와 비슷한 표정을 하고 있었다.

"무슨 일이야."

"가게를 안 나오고, 새끼야, 뭐하는 짓이야? 문 안 열어?"

"그냥 가. 내일은 가게에 꼭 갈게."

"문 열어라."

정현은 영우의 힘을 감당하지 못했다. 현관문이 열리자 영우는 기가
막혀서 쏟아내려고 했던 욕의 대부분을 잊어버렸다. 정현의 얼굴이,
엉망이었다.

"뭐야, 너 교통사고라도 난 거야? 얼굴이 왜 그 지랄이야. 뭔데?"

"……별거 아냐."

"별거 아니긴, 빨리 이리 와 봐. 제대로 좀 보자. 이거 어디서 쳐
맞…… 씨발, 유재원이 그랬어?"

치웠지만 폭력의 흔적이 그대로 남아 있는 방에서 불도 켜지 않고
정현은 웅크리고 있었다. 엉망이 된 얼굴과 몸을 하고. 부정도 긍정도
하지 않았지만 제 말에 움찔했던 걸로 봐서는 추측이 맞았던 것이 틀
림없다.

"그 개새끼, 씨발, 잡으러 가자."

"안 돼. 그냥 내버려 둬."

"넌 병신이야? 왜 그러고 살아?"

"그러게."

이 세상에서 그러게라는 말이 가장 맥 빠지는 말이라는 것을 정현의
좌절 이후 알게 되었던 것 같다. 냉장고로 걸어가 캔 맥주를 따 단숨
에 꿀꺽꿀꺽 삼켰다. 그제야 정신이 돌아오는 것 같았다.

"미안. 내일은 가게 나갈게."

"됐어. 나 간다. 좀 더 쉬다가 나와."

정현의 연애는 내내 그랬다. 재원이 미친놈이라는 예감이 틀리지 않
았다. 폭력이 난무한 연애를 왜 끊어 내질 못하냐고 닦달하며 정현을

들들 볶았지만 정현은 묵묵히 대답을 피했다. 지금 생각해 보면, 정현도 그 이유를 잘 모르겠어서 그랬던 것 같다. 습관이라는 것은 이유가 없기 때문이다.

게다가 국회의원 아들이란 배경으로 압박을 가하는 녀석의 또라이 짓은 정말 말릴 수가 없을 지경이었다. 가게를 부수거나 정현의 집을 부수는 미친 짓을 할 때마다 경찰에 신고해 보았지만 소용도 없었다.

안정되었다가, 또 미친놈이 되었다가. 재원은 종잡을 수 없이 굴었다. 입안의 혀처럼 굴면서 영우에게 비싼 옷을 선물하기도 했고 당장 정현의 옆에서 사라지라며 지랄을 떨기도 했다. 저건 숫제 정신병자인데 그걸 다 참아 내는 정현을 견딜 수가 없을 정도였다. 하지만 영우는 묵묵히 서 있어야만 했다. 저마저 사라진다면 정현에게는 아무도 없기 때문에.

몇 번의 만남과 헤어짐이 스쳐 지나갈 때마다 영우는 정현의 탓을 들어야 했다. 이유를 알 수는 없지만 여자들은 언제나 헤어지는 이유로 정현을 지목했다. 걔가 인생이 얼마나 힘들고 불쌍한 앤데, 라고 말할 때면 여자들은 코웃음 치며 니가 더 불쌍한 인생이라고 말했다.

게이냐고 뺨을 내려친 여자도 있었다. 그런데 이상한 일이다. 하도 그런 일을 당하다 보니 이제는 저도 헷갈리기 시작했다. 이것이 우정인지, 애정인지. 게이도 옳는 건가. 그렇다면 이 세상에 게이 아닌 사람 없게. 병신 같은 생각을 하다간 관두고 신메뉴나 구상하는 편이 낫다고 결론내리고 주방으로 들어갔다.

동경의 주방은 언제나 마음이 편안해지는 공간이었다. 가게 간판에서부터 수저 하나까지 제 손이 닿지 않은 것이 없었다. 사장은 정현이었지만 사실상 동경의 주인은 저나 마찬가지였다. 가게를 가지고 싶다는 막연한 꿈을 조금이나마 충족시켜 준 정현에게 고마웠다.

"김영우."

재수가 없으려니 아침 댓바람부터 재원이 나타나 지랄에 시동을 걸고 있었다. 딱 봐도 부릉부릉, 개지랄을 떨 재원이 나타난 이유를 알고 있었지만 모르는 척 물었다. 재원의 눈동자가 활활 타올랐다.

"뭐."

"넌 이정현 어디 갔는지 알지? 빨리 말해라."

"내가 어떻게 알아? 가게로 전화 와서 떡 한다는 소리가 여행 갔다 온다는 말이었는데."

"너가 모르면 누가 알아!"

"글쎄다? 너가 알아야 하지 않냐?"

말이 끝나기가 무섭게 재원이 달려들었다. 영우도 학창시절부터 한 가락 했던 몸인데다 늘 무거운 들통들을 나르느라 남들보다는 힘이 좋다고 자부하던 바였는데 역시 미친놈에게는 당해 낼 수가 없었다. 테이블과 의자, 식기들이 모두 망가지고 가게가 뒤집어질 정도로 거칠게 몸싸움을 했다. 늘 정현의 얼굴에 상처를 남기던 미친 자식의 얼굴에 주먹을 꽂고 상처를 남기면서 희열을 느꼈다.

하지만 역시나 격투기를 배웠다는 재원을 이길 수는 없었다. 멱살이 잡혀 가게 한복판에 대 자로 누운 영우의 위로 재원이 올라탔다. 숨이 막힐 만큼 목을 졸라 대는 재원의 눈이 희번덕거리는 광기로 번들거렸다. 역시 미친놈이야. 정현아, 왜 너의 인생은 불행을 빨아들이는 블랙홀 같은 걸까.

"진짜 몰라? 씨발, 제대로 대답해!"

"모, 몰라. 그리고 알아도 대답 안 해줘, 이 씨발 놈아."

"죽고 싶냐?"

"죽여라, 씨발. 이정현이 참도 좋아하겠네."

순간 재원의 손아귀에서 힘이 빠졌다. 쿨럭거리면서도 겨우 일어나 재원의 멱살을 잡고 가게 밖으로 밀어 냈다. 그다지 특별하지도 않은 말에 흔들릴 만큼 정말 재원은 정현을 사랑하는 것일까. 어떻게 상대를 폭력으로 다스리는 것이 사랑이 될 수 있을까.

"꺼져. 지가 돌아오고 싶어지면 돌아오겠지. 나 같아도 너 같은 놈한테는 안 돌아가겠다."

"닥쳐……."

들어왔던 기세와는 다르게 힘없는 목소리로 대꾸하며 재원이 등을 돌렸다. 미친 새끼. 입에 고인 피를 뱉어내고 가글을 하는데 가게가 소란스러워졌다. 출근 시간이 된 알바들이 들어오면서 엉망이 된 가게를 보고 놀라 소리쳤다.

"형!"

"가게가…… 형 얼굴은 왜 그래요?"

"야, 가라. 당분간 장사 못 할 것 같다. 야무지게도 부숴 놨네, 개새끼. 우선 오늘은 쉬고 내가 연락할게."

안 그래도 흠씬 얻어맞은 골이 울리는데 알바생들이 떠드는 소리를 들어줄 수가 없어 모두 돌려보냈다. 그리고 얼마 지나지 않아 정현이 가게 문을 열고 들어왔다. 저만큼이나 엉망이 된, 지쳐 보이는 얼굴로.

애정과 우정. 도대체 무엇이 정답인지를 모르겠다. 내내 헛갈려하는 영우가 저를 차갑게 대하는 것도 눈치채지 못할 만큼 정현은 제 세상에 빠졌다. 재원과는 확실히 헤어진 것 같은데. 저도 결론내리지 못한 마음 때문에 정현에게 거리를 두려고 했지만 8년이나 걸린 헤어짐을 겪어낸 정현이 걱정되어 그마저도 쉽지 않았다. 하여간 이정현 때문에 인생이 엉망이다. 이 잘생긴 얼굴이 망가진 것도 모두 정현 탓이다.

그러면서도 영우는 갈등했다. 도대체 이 마음은 무엇일까. 정현에게 쏠리는, 늘 걱정하는 그 마음은 무엇일까. 정말 정현을 좋아하기라도 하는 걸까. 내내 갈등하는 마음이 부글부글 끓어 댔다가 녹아내렸다가 뾰족하게 얼어붙었다. 헷갈려. 정말 널 볼 때마다 미칠 것 같아.

"야, 나 요새 사는 게 왜 이러냐."

"넌 사는 게 늘 그랬어."

"말장난하는 거 아냐. 뭔가 기다리는 게 이리 지루한 건지 몰랐어."

새로운 사랑을 시작했구나. 정현의 말에서 그걸 깨닫고 우울해졌지만 내색할 수는 없었다. 충분히 괴로운 인생에 저까지 보태어 더 힘들게 하고 싶지는 않았다. 도대체 어떻게 해야 이 알 수 없는 감정을 결론 내릴 수 있을지 알 수가 없다. 혼란은 내내 영우를 괴롭힌다.

"기다리지 말고 니가 찾아가면 되잖아."

"뭐?"

"뭐, 엄청 대단한 거 아니면 찾아가 봐. 근데 뭔데 그래? 아, 궁금하다고!"

장난스러운 투로 말을 하기 위해 얼마나 많은 노력을 했는지 정현은 알 수 없을 것이다. 하지만 그 단순한 말에도 빛을 잃었던 정현의 눈동자에 반짝이는 것들이 다시 찾아왔다.

"고맙다."

"어?"

"영우야."

"왜."

"난 참 좋다. 니가 내 친구라서."

정현은 확인사살까지 완벽하게 끝맺고 보기 드물게 웃으면서 가게

를 뛰어나갔다. 그 뒷모습을 바라보면서 한숨을 내쉬었다. 그래, 그것
으로 된 거야. 우리는 친구니까.

"그러게, 씨발…… 우린 친군데."

정현의 새로운 사람은 재원과는 달랐다. 근방의 건축사무소 대표라
는 그 사람은 날카로운 눈매를 접으며 정현에게 미소 지었다. 키가 무
척이나 크고 덩치가 큰데도 불구하고 수트가 무척 잘 어울리는 미남
자. 그는 미남이라는 말이 딱 어울리는 사람이었다. 정현의 선이 곱고
오밀조밀한 외모와는 달리 시원하게 이목구미가 뚜렷한, 누구나 스쳐
지나가면서 한번은 돌아볼 법한 카리스마 있는 외모를 가졌다. 이정현
이 새끼, 얼빠졌나?

매일같이 점심을 먹으러 오는 남자와 정현은 마주친 눈으로 대화를
한다. 진짜 눈꼴셔서 못 봐줄 지경이다. 다른 사람들과 세상 따위는 알
지 못한다는 듯 둘만의 세상에 빠져 있는 정현에게 괜히 화풀이를 한
것이 한두 번이 아니었다.

그는 직원들을 데리고 동경에서 회식을 하기 시작했다. 매출을 올려
주니 감사한 일인데다가 전세를 낸 거나 마찬가지가 되어 버린 작은
가게 때문에 미안하다며 팁도 얹어준다. 하여간 이정현은 불행을 빨아
들이는 블랙홀이기도 한데 돈을 빨아들이는 블랙홀이기도 했다. 만나
는 남자마다 부자야. 재수 없게.

세 번째 회식을 동경에서 하던 날, 영우는 정현에게 심부름을 보냈
다. 그것도 근처 편의점에서 살 수 없는, 두 블록이나 걸어가야 하는
주류백화점에나 있을 법한 사케를 사오라며 허세를 부렸다. 가게 사정
을 잘 알지 못하는 정현은 필요하다며 빡빡 우기는 영우를 이기지 못
하고 심부름을 하러 갔다. 정현이 없어지자 그도 무표정한 얼굴로 담

배를 들고 가게 문을 나섰다.

"담배 한 대 주시죠."

커다란 손이 담뱃갑을 툭 건넸다. 그것을 피워 물면서 복잡한 머릿속을 정리하려 노력했다. 하지만 요새 들어 미친 듯이 복잡했던 머릿속은 제대로 된 이야기를 풀지 못했다. 엉뚱하게 터져 버린 입이 방정이었다.

"정현이, 참 많이 힘든 앱니다. 괜히 건드려서 들쑤실 생각 마시죠."

망했다. 그의 표정을 보아선 더 그랬다. 재원의 미친 것 같은 눈동자와 달리, 그의 무표정한 얼굴은 저를 얼려 버릴 기세였다. 하지만 입술이 조금 말려 올라갔다. 그러니까 더 무서웠다.

"그럴 생각 없습니다."

"쟤, 진짜 미친놈 만나서 고생 많이 한 애라고요."

"들었습니다."

눈이 튀어나올 만큼 놀랐다. 정현이 그를 좋아한다는 것은 딱 봐도 알 수 있는 일이었지만 그런 힘들었던 과거까지 다 이야기를 했는지는 몰랐다. 저에게도 재원의 미친 짓을 알리기까지 얼마나 많이 망설였던가. 하긴 연애라는 것은 이상하다. 어제까지도 남이었던 사람이 갑자기 세상의 모든 것이 되고, 가장 친한 친구가 되었고, 가족이 되었다. 물론 그랬던 사람이 내일 갑자기 남이 되어 버리기도 했지만.

"유재원은 진짜 미친놈이에요. 생각하는 것과 차원이 다른 미친놈이라고요."

놀란 마음에 쓸데없는 이야기를 주절거리고 나서야 말실수를 했다는 것을 깨달았다. 하지만 눈앞의 사람은 여전히 조금 입꼬리를 올린 채 미소 짓고 있었다. 그 눈에선 뜨거운 것이 타오르고 있었지만 상대는 어른이었다.

"정현 씨가 좋은 친구를 두었네요."

멀리서 정현의 모습이 보이기 시작했다. 종이가 타들어 가는 소리를 내며 어두컴컴한 골목에서 담뱃불이 타들어 갔다. 미련 없이 그것을 버린 그가 영우에게 다시 미소를 지었다. 진짜 소름이 끼쳤다.

"다 알고 있고 앞으로는 제가 다 알아서 할 테니 영우 씨는 신경 써 주시지 않으셔도 됩니다. 고맙습니다."

남자가 우아한 말솜씨로 빅엿을 들이밀었다. 그러니까 저 말은, 이제 신경 끄고 꺼지란 소리라는 것을 영우는 알아들어 버렸다. 어느새 가게에 이른 정현이 문을 열고 들어가려다 골목에 서 있는 두 사람을 발견했다.

"여기서 뭐하십니까?"

"담배를 한 대 피웠어요. 들어가시죠."

아이 같은 유재원보다 더 위험한, 완벽한 성인 남성의 겉모양을 가진 야생짐승이 다정한 미소를 띠우며 정현을 내려다본다. 저 남자는 유재원보다 더 미친놈이야. 영우는 탄식했다.

진운

"우리 아기 왔니?"

얼굴에 웃음이 만연한 엄마가 나와 진운을 안아 주었다. 벌써 유치원에 들어갔는데도 엄마는 언제나 진운을 아기라고 불렀다. 지금 생각해 보면 영원히 자라지 않고 아기이길 바라는 마음이었을지도 모른다. 그때는 그것이 무척 듣기 싫었지만. 하지만 엄마가 기분이 좋게 안아주는 날이 흔하지 않기 때문에 진운도 방긋 웃었다.

"여기서 그림 그리고 놀아."

소파에 앉아 차를 마시는 엄마의 발치에서 색연필로 그림을 그렸다. 꼬물대는 손을 잠시 신기하고 기특하게 들여다보던 엄마는 이내 질렸는지 소파에 몸을 묻고 차를 마셨다.

"엄마야."

"잘 그렸네. 예쁘다."

엄마는 무척이나 예쁜 사람이었다. 가느다랗고 긴 목과 그만큼이나 긴 팔다리. 엄마라고 하기보다는 나이 차이가 많은 큰누나 같아 보이는 엄마는 언제나 예뻤다.

"이건 아빠."

"그래."

목소리에 금세 냉기가 스몄다. 주눅이 든 진운이 고개를 떨구자 엄마가 머리를 쓰다듬어 주었다. 흔치않은 다정함에 용기를 얻은 진운이 다시 고개를 들었다.

"엄마."

"응?"

"왜 아빠는 우리랑 같이 안 살아?"

엄마의 아름다운 얼굴이 뾰족하게 일그러졌다. 벌떡 일어난 그녀는 진운에게 팔을 휘둘렀다. 그 가녀린 팔로 휘둘러 봐야 얼마나 센 힘이었겠냐만, 아직 어린 진운에게는 엄청난 타격이었다. 마음에 입은 상처에 비하면 아주 미미한 것이었지만.

"시끄러워! 아빠 얘기하지 말랬지! 아줌마!"

진운의 울음소리에 놀라 주방에서 뛰어나온 아줌마가 비명 같은 엄마의 외침에 주춤 뒤로 물러섰다.

"진운이 간식 먹이고, 놀아줘요. 난 방에 들어갈 테니까."

차가운 걸음으로 엄마가 사라졌다. 울고 있는 진운을 안아 일으켜 준 것은 늘 집에서 일을 봐주는 아줌마다. 아줌마의 눈에 눈물이 글썽거렸다. 티 테이블 모서리에 머리를 부딪친 진운의 머리에서 피가 주르륵 흘렀다.

"엄마는 아프니까, 아줌마랑 놀자."

"엄마는 어디가 아파요?"

"응, 엄마는…… 마음이 아파."

"호해주면 나을 거예요. 예전에 엄마가 호해줬을 때 안 아파졌어요."

"응, 지금은 엄마가 너무 아파서 호해줘도 안 나을지 몰라. 그러니까 이따가. 응?"

방에서는 웅장한 클래식음악이 흘러나오고 있었다. 엄마는 늘 클래식을 들었다. 진운은 아줌마의 손에 잡혀 가면서도 계속 엄마의 방문만을 돌아보았다. 그 방문이 열리는 일은 절대 없다는 것을 잘 알고 있으면서도.

"엄마."

상처가 너무 아파 잠에서 깨어났다. 끙끙대며 앓다가 엄마가 너무 보고 싶어져 방문을 나섰다. 엄마의 방에서는 여전히 음악이 흘러나오고 있었다. 망설이며 문고리에 손을 댔는데, 웬일인지 잠겨 있지 않았다. 진운은 조심스럽게 방문을 열었다.

"엄마……."

"응, 우리 아기."

방 안에 어지럽게 널려 있는 앨범들과 스크랩을 들여다보고 있던 엄마는 빨개진 눈으로 진운을 돌아보았다. 엄마의 화가 풀어진 것 같아 조심스럽게 다가가 그 옆에 앉았다. 엄마는 천천히 손가락을 짚었다.

"이거 엄마야."

"응! 진짜네!"

"엄마가 발레를 하고 있네. 그렇지?"

짙은 화장을 하고 가느다란 몸에 꼭 맞는 나풀대는 치마를 입은 엄마가 요정 같은 포즈를 취하고 있었다. 엄마는 그리운 듯 사진을 손가락으로 쓸어내렸다.

"어. 엄마 이쁘다."

"고마워."

진운을 끌어안아 주려다 그제야 상처를 발견한 엄마가 눈물을 흘리기 시작했다. 엄마가 우는 것이 싫었던 진운이 얼른 상처를 두 손으로 가려보았지만 이미 늦었다.

　"아가, 엄마가 미안해. 정말 미안해."

　"아니야. 엄마, 나 안 아파. 진짜야."

　"그래, 우리 아기. 엄마가 미안해. 정말 미안해."

　엄마는 진운을 끌어안고 한참을 울었다. 가느다란 손가락으로 종이를 모두 찢어내려는 듯이 앨범들과 스크랩들을 쥐었지만 파들거리는 손가락은 결국 그것을 찢어내지 못했다. 던지듯이 내려놓은 엄마는 다시 한 번 눈물을 터뜨렸다. 눈물이 나올 것 같았지만 울면 엄마가 더 싫어하는 것을 잘 알고 있는 진운은 꾹 눈물을 참으며 소리를 삼켰다. 그렇다고 방울방울 흘러내리는 눈물을 감출 수는 없는 노릇이었다.

　"이거 볼래? 이건 '백조의 호수'야."

　"응! 알아! 아줌마가 읽어 줬어."

　"그래. 엄마는 예전에 왕자님과 결혼하는 공주였어. 그랬었지…… 그랬는데……."

　엄마가 슬퍼하는 것을 잘 알고는 있지만 다정한 엄마가 너무 좋아서 진운은 엄마의 품에 머리를 묻었다. 소곤소곤 동화 같은 이야기를 들려주는 입술에 걸린 미소가 너무 좋아 간질간질 잠이 왔다. 스르륵 잠이 들어 버린 진운도 모른 채 엄마는 밤이 새도록 이야기를 해주었다. 마법에 걸려 발목이 잡힌 아름다운 여인과 그녀를 구해 주는 왕자. 하지만 현실 속에 왕자는 존재하지 않았다.

　"진운아."

　"네, 엄마."

"오늘은 아빠가 오시는 날이니까 방에 올라가서 공부하고 있어. 아, 아줌마더러 옷 내놓으라고 했으니까 갈아입고."

"네."

아빠는 한두 달에 한 번씩 집에 들어왔다. 엄마는 아빠가 집에 오는 날이면 더 히스테릭하게 변했기 때문에 진운은 숨을 죽이고 엄마의 눈치만을 살폈다. 그런 날이면 엄마는 미용실에 들러 머리를 하고 화장을 했다. 새 옷도 꺼내 입어 평소보다도 훨씬 더 예쁜 엄마의 눈매가 날카로웠다.

"진운아."

"안녕하세요."

아빠라는 사람은 낯설기만 했다. 하지만 아빠 앞에서 예의바르고 똑똑하게 굴지 않으면 엄마가 무척 화를 냈기 때문에 언제나 진운은 의젓하게 인사를 하고 방으로 올라갔다. 그리고 공부를 하고 있노라면 아빠가 다가와 기특하다며 머리를 쓰다듬어 주고 용돈을 주셨다.

하지만 아빠가 올라오는 것이 아니라 엄마와 아빠가 다투는 소리가 크게 계단을 타고 올라왔다.

"돈이면 다예요? 나한테 약속했던 건 잊었어요? 진운이 언제까지 저렇게 방치할 거냐고요!"

"지민아."

"내 인생 하나 망쳐놓으면 됐지, 내 아기는! 내 애는!"

무슨 이야기인지는 모르겠지만 엄마의 목소리가 너무나 서러워서 눈물이 날 것 같았다. 우는 모습을 들켰다간 더 혼날 것이 분명해서 얼른 방으로 가 숨었다. 여전히 들려오는 웅성거림이 듣기 싫어 귀를 막았다. 한참이나 책상에 머리를 박고 있다가 고개를 들어보니 웅성거리는 소리가 멎었다.

"진운아."

그러고 나서는 아빠가 방으로 들어왔다. 평상시와 똑같은 다정한 목소리다. 하지만 엄마를 아프게 하는 사람은 싫다. 주춤 물러나자 손이 멈추고 더 이상 다가오지는 않았다. 대신 책상에 반듯한 흰 봉투가 놓였다.

"용돈이다. 다음에 만날 때까지 공부 열심히 하고, 엄마 말씀 잘 들어야 해."

"아빠."

"응?"

말을 거는 일이 잘 없어서인지 날카로운 눈매가 휘둥그렇게 커졌다. 곧 다정한 웃음을 머금었지만 그렇다고 인상이 변하지는 않았다. 다정한 얼굴을 하고 있지만 저와 꼭 닮은 날카로운 눈은 여전히 그러했다.

"엄마를 슬프게 하지 마세요."

두려움에 주먹까지 꽉 쥐고 덜덜 떨면서 말하는 진운의 머리로 아빠의 손이 와 닿았다. 여전히 다정한 미소다. 그린 듯한 얼굴로 아빠는 진운의 머리를 쓰다듬어 주었다. 하지만 대답은 없었다. 그렇게 다시 닫힌 방문을 멍하니 바라봐야만 했다.

"엄마."

한참 후에 안방 문을 열자 온통 망가진 방 안이 보였다. 곱게 단장했던 머리가 엉망이 되어 있고 화장은 번져 마귀 같았다. 엄마가 악귀 같은 얼굴을 하고 진운에게 다가왔다.

"너 때문이야! 너 때문에 내 인생이!"

"엄마, 아파요……."

"너 때문에!"

가느다란 손가락이 목에 감겼다. 숨이 턱턱 막혀 왔지만 엄마의 손을 뿌리치지는 않았다. 또래 아이들보다 덩치가 크고 힘이 세서 얼마든지 뿌리칠 수 있다는 것을 잘 알면서도 진운은 그렇게 하지 않았다. 엄마는 작고 말라서 충분히 그럴 수 있다는 것을 잘 알면서도.

"사모님!"

아줌마가 달려와서 진운을 빼앗아 등 뒤로 숨겼다. 엄마가 제 머리를 쥐어뜯으면서 소동을 부리자 아줌마는 재빨리 진운을 데리고 2층으로 올라갔다. 방문을 닫아 주면서 아줌마는 속삭였다.

"문을 잠그고 얼른 자. 자고 일어나면 다 괜찮아질 거야. 내일 보자, 진운아."

다 괜찮아진다. 진운은 그 말을 주문처럼 외며 잠이 들려고 애써보았지만 잠이 올 턱이 없었다. 아빠는 왜 엄마를 슬프게 하는 것일까. 엄마는 왜 나 때문이라고 말하는 것일까. 어렴풋이 알게 된 진실이 슬펐다. 아빠 없는 새끼라고 놀려대는 아이들 때문에 모를 수가 없었다.

진운은 일찌감치 철이 들어 버렸다. 심약한 엄마가 사랑과 증오 사이에서 갈팡질팡하며 때로 쏟아내는 폭력을 감당하는 시간이 길어질수록 아이는 점점 유년시절을 빼앗겼다.

"짐 싸."

"네?"

"이사 갈 거야."

"어머니."

도대체 몇 번째 이사인지 모르겠다. 어떻게 알았는지 사람들은 진운이 사생아라는 사실을, 어머니가 아버지의 첩이라는 사실을 결국 알아냈다. 생활수준이 높은 동네의 교양 있는 사람들은 대놓고 어머니를 핍박하지는 않았다. 하지만 경멸의 눈초리를 견뎌내기엔 어머니는 너무나도 심약했다.

아버지는 그런 어머니를 말리지 않았다. 어머니가 무슨 일을 저질러도 그저 넉넉하게 돈을 보내 주었다. 철이 들어갈 무렵부터 제 몸은 제가 지켜야 한다며 억지로 호신술도 배워야 했다. 사생아라고 놀리며 달려드는 녀석들을 가뿐히 제압하자 모두들 진운을 두려워하며 뒤에서 수군거리기 시작했다. 그래도 앞에서 대놓고 수군거리는 간 큰 녀석들은 없었다. 선생님들의 비호가 언제나 진운을 감싸고 있었다.

어머니가 뿌리는 수많은 돈은 선생님들의 주머니를 채우고 진운을 지켜 주었다. 하지만 학부모들이 수군거리는 것까지 해결할 수는 없는 노릇이다. 어머니는 그럴 때마다 이사를 결정하고 전학을 시켰다. 중학생인 진운이 벌써 8번째 전학을 한 지 한 학기도 지나지 않았다.

"차라리 이민을 가요."

다급하게 서랍을 열었다 닫았다 정신없던 어머니의 손이 멈췄다. 제 손으로 단 한 번도 살림이라는 것을 해보지 않아 마음만 급했지 서랍을 열어 보면서도 어머니는 무엇 하나도 제대로 하지 못했다.

"그래, 그러면 되겠구나."

어머니는 기쁨에 찬 얼굴로 어디론가 전화를 걸며 방을 나섰다. 분명 아버지에게 전화를 거는 거겠지. 이번 학교도 오래 다니지 못하겠군. 하지만 그다지 미련은 없다. 의미 자체를 만들지 않기 때문이다.

곧 어머니와 진운은 한국 생활을 정리하고 미국으로 이민을 떠났다. 어린 시절부터 키워 주던 아줌마가 눈물까지 보이면서 진운을 끌어안았지만 진운은 아무 감흥도 없었다. 그저 오래 비행기를 타야 한다는 생각에 벌써부터 피곤할 뿐이었다. 어머니는 초조하게 계속 누군가에게 전화를 걸었지만 받지 않는 것 같았다. 아버지일 테지.

"어머니, 들어가 보셔야 해요."

"그래."

어머니는 자꾸 뒤를 돌아보았지만 그녀가 바라는 누군가가 시선에 걸리는 일은 없었다. 그렇게 시작된 미국 생활은 서울에서의 것과 다르지 않았다. 노란 원숭이라는 경멸의 눈초리가 언제나 따라왔기 때문이다.

하지만 한국에서도 또래들보다 훨씬 크던 덩치는 양키들에게 밀리지 않았다. 게다가 계속해서 배워왔던 호신술 역시 도움이 되었다. 늘 최상위권인 성적을 유지하는데다가 어머니의 주장으로 억지로 익히게 된 완벽한 영국식 발음을 구사하는 부유한 노란원숭이와 데이트를 하고 싶어 하는 여학생들이 늘어났다. 희귀한 것을 수집하는 것처럼 그녀들은 진운을 선택했다.

섹스는 나쁘지 않다. 부드러운 여체가 몸에 와 감기는 것은. 사정이라는 목표가 있기 때문이기도 했지만 항상 섹스가 끝나면 허무해졌다.

게다가 저처럼 사생아를 만들 수도 있다는 압박감이 언제나 진운을 짓눌렀다. 철저히 피임을 했지만 위안이 되지는 않았다. 헤어짐을 고하는 진운에게 울며불며 매달리는 여자들이 늘어났지만 그마저도 그다지 감흥이 없었다. 그저 귀찮았을 뿐이다.

그러던 하루, 진운은 제 책상 앞을 지키고 선 낯선 사람을 발견했다. 여자가 아니라 남자다. 게다가 가장 학교에서 인기가 많던 쿼터백이었다. 인종차별이 심하기로 유명한 녀석이라 저를 기다리고 있을 거라는 생각을 하지 못하고 스쳐 지나가려는데 녀석이 갑자기 달려들었다.

생각지도 못했던 몸싸움에 밀려 얻어맞으면서 갑자기 생각이 났다. 저번 주에 집 앞까지 찾아오며 귀찮게 굴던 여자애가 이 녀석의 여자친구였다는 것을. 하도 귀찮게 굴기에 데이트를 한번 해줬을 뿐이고,

차에서 옷까지 벗으면서 달려들어 한번 해줬던 것이 기억이 났다. 함께 피웠던 마리화나 때문인지 그때는 이 녀석의 존재를 잊었었다.

"더러운 칭키 새끼, 니 후장을 뚫어 버릴 거야!"

"뭐라는 거야, 이 씹새끼가."

오랜만에 들은 인종차별적인 욕에 조금 흥분해 몸싸움이 길어졌다. 평소 같으면 간단히 제압했을 일인데 그렇지를 못했다. 몇 대나 얻어맞은 터라 열이 확 올랐다. 게다가 녀석이 한 말이 무척이나 저열해서 더욱 그랬다.

"놔! 이 몽골로이드 새끼. 씨발."

"니 여자 친구 관리는 니가 잘해. 니가 얼마나 좆같으면 나한테 옷 벗고 달려들면서 자자고 하겠냐?"

더 흥분해서 날뛰는 녀석의 뒷덜미를 잡아 누르고 바지를 벗겼다. 그러고는 히죽 웃었다. 돌아보는 녀석의 얼굴에 공포가 실렸다.

"그렇게 뚫어 주겠다는 후장, 씨발. 내가 뚫어 줄게. 좋지?"

손으로 여러 번 훑어내 억지로 발기시킨 페니스를 들이밀었다. 고통과 공포로 버둥대는 녀석을 꾹 눌러 제압할수록 이상한 희열이 느껴졌다. 그럴수록 페니스가 더 팽팽히 부풀었다. 여자들도 전희 없이는 받아내기 어려워하는 크기의 성기가 아무런 조치 없이 몸을 가르기는 어려웠다. 받아내는 쪽도 밀어 넣는 쪽도 고통스러웠다. 하지만 이건 섹스가 아니라 싸움이었다. 이를 악물고 겨우 밀어 넣었다.

"좋냐, 씨발?"

"악마 같은 새끼!"

쿠퍼 액이 나와 번들거리는 성기에 피가 묻어 나왔다. 개처럼 엎드려 제 성기를 맞이하고 있는 녀석의 엉덩이가 만족스러웠다. 그런데 이상했다. 단단한 엉덩이가, 부드럽고 쫀득한 여자들의 엉덩이보다 맛이 좋았다.

사정 직전에 늘 그렇듯 구멍에서 성기를 빼냈다. 그러곤 널브러져 있는 녀석 위에 소변을 보듯 뿌렸다. 어울리지도 않게 엉엉 울고 있는 것이 우습기만 했다. 그렇게나 호기롭게 달려들더니.

"잘 가라. 여기 오늘 일당. 수고했어."

지갑에서 닥치는 대로 지폐를 꺼내 뿌렸다. 서늘하게 내려앉은 심장이 이상하게 두근댔다. 어떤 미친놈 때문에 자신의 성향을 알아 버린 진운은 아직 17살에 불과했다. 겉모양은 어른이 되어 있었지만, 아직도 어린 17살.

그간 어떤 포르노를 봐도 어떤 여자와 자도 감흥이 없었던 것은 이런 탓이었을까. 어머니가 잠든 깊은 밤, 진운은 몰래 게이포르노를 틀었다. 온통 거친 살색의 향연들이 성감을 자극했다. 이런 거였구나. 어쩐지 허무해졌지만 몸은 달아오른다. 달아오른 몸을 스스로 처리하면서 진운은 허무감의 극치를 맛보았다.

어차피 큰 상관은 없었다. 아직 삶의 청사진이 제대로 그려지지 않을 나이이기도 했고, 결혼과 아이라는 것은 먼 미래 같았으니까. 다만 진운을 슬프게 했던 것은 사생아인 것도 모자라 이제는 게이인 사회의 비주류 중의 비주류라는 것을 깨달아 버린 것이었다.

삶은 어디까지 제 인생을 몰아갈 것인가. 이곳이 한국이 아니라는 사실만이 진운의 마음을 위로해 주었다.

그 이후, 진운은 계속해서 녀석과 만났다. 제가 그렇게나 혐오하던 노란원숭이에게 그런 일을 당해서인지, 그런 일을 당했다는 것이 소문이라도 날까 봐서인지 녀석은 순순히 진운에게 다리를 벌렸다.

넣고, 흔들고, 싸는 섹스가 이어졌다. 여자와의 섹스처럼 허무하기만 한 것은 아니었지만 그래도 사랑 없는 섹스가 허무하지 않을 리 없었다. 그럴 때마다 허무감을 달래 줄 돈을 펑펑 쓰며 기분을 달랬고 녀석도 그것으로 위로받는 것 같았다. 하지만 운동도 시들한지 게임에서는 지기 일쑤였고 건장하던 체격은 점점 말라갔다. 하지만 그런 녀석의 상황도 진운에겐 그다지 감흥을 주지 못했다. 그저 그런가 보다 싶었다.

"진운아, 한국으로 돌아가자."

미국으로 온 이후 영 생기가 없던 어머니가 눈을 반짝이며 말했다. 어머니는 러시아어에는 정통했지만 영어는 잘 하지 못했다. 그다지 배울 마음도 없는 것 같았다. 어머니의 미국 생활은 진운과 집안일을 돌봐주는 한국인 이민자 아주머니에 국한되어 있었다. 아버지의 사람이라는 김 실장과 그의 아내가 가까이로 함께 와 어머니를 돌봐 주었고 그 아들은 진운의 친구가 되려고 애썼지만 진운도 어머니도 그들을 받아들이지 않았다.

"한국은 왜요."

한국은 지겨웠다. 어머니의 마음이 상할까 봐 말을 한 적은 없었지만 진운도 사생아라는 손가락질에 자존심을 다치지 않았던 것은 아니었다. 뭐든 잘하고 누구에게도 진 적이 없었지만 출생의 비밀은 언제나 진운의 핸디캡이 되어 버렸다.

어머니는 진운 때문에 인생을 망쳤다는 말을 늘 달고 살았지만 진운도 그런 생각이 없었던 것은 아니다. 원해서 태어난 것도 아닌데 원망을 들어야 하는 것도, 손가락질 받는 인생을 살아야 하는 것도 진운이다.

"네 형이 죽었어. 이제 그 김씨 가문의 장자는 너야. 한국으로 가야해."

"어머니 혼자 가세요."

어머니의 소녀 같은 얼굴에 충격이 완연했다. 어머니는 언제나 피해 자인 것처럼 진운을 바라본다. 정작 폭력을 휘두르고 폭언을 쏟아내는 쪽은 어머니였는데도 말이다.

"네가 어떻게 감히……."

어머니가 부들부들 떨리는 손가락으로 진운을 가리켰지만 진운은 미동도 없이 섰다. 어머니의 상태가 그를 휘두른 것은 어린 시절뿐이 다. 이제 지긋지긋했다. 어머니의 애증에 휘둘리는 것은. 이미 성인의 겉모양을 하고 있는 아들에게 아가라고 부르는 어머니의 마음을 이해 하지 못하겠다.

"어머니."

"그렇게 부르지 마!"

어머니의 눈이 광기로 가득 찼다. 눈 안에 가득한 증오 앞에서 진운 은 몸이 굳어 버렸다. 작고 마른 어머니가 휘두르는 폭력을 제 힘이라 면 간단히 제압할 수 있다는 것을 알면서도 그랬다. 코끼리가 어린 시 절부터 사육사에게 맞아가면서 훈련받고 절대 이길 수 없는 존재로 인 식하는 것처럼 어머니의 작은 손짓에도 여전히 움찔대며 방어 자세를 취해야만 했다.

"내가 널 어떻게 낳고 어떻게 키웠는데…… 니가 감히!"

어머니의 손이 뺨에 와 닿으면서 파열음이 들렸지만 고개가 돌아갈 만큼의 힘이 실린 것도 아니었다. 하지만 진운은 어쩐지 어린 시절로 돌아간 느낌이다. 절대 취하지 못할 애정을 갈구하면서 떨고 있는.

"너가 어떻게 태어났는지 알아?"

광기 어린 눈동자로 일그러진 얼굴을 하고 있는 어머니가 낯설었다. 언제나 무표정하고 진운을 밀어냈지만 아름답던 어머니. 낯선 얼굴의

괴물은 어머니를 집어삼켰다.

"그 개자식이 억지로 날 강간했어. 아빠가 남긴 빚을 핑계로! 넌 그 렇게 생겼어. 내가 널 얼마나 죽이고 싶었는지 알아? 안 해본 짓이 없 어! 하지만 넌 끈질기게 살아남아서 내 인생을 망쳤지! 니 애비처럼 넌 지긋지긋하게 내 발목을 잡고 있어. 정말 지긋지긋해!"

어머니가 아버지의 첩인 줄로만 알고 있었다. 그렇게 듣게 된 진실 이 뼈아팠다. 멍하니 바라만 보고 있는 진운을 향해 어머니는 더 심한 말들을 쏟아내기 시작했다. 어머니는 폭주하고 있었다.

"죽어 버리지 못했으면 니가 낳아준 보상은 해줘야 할 것 아냐! 내 가 받기로 약속했던 것들을 하나도 받지 못했어! 니 애비라는 작자가 그래! 이 소름 끼치는 종자들! 그 애새끼가 죽어 버렸으니 이젠 내가 원하는 것들을 가질 수 있을 거야. 난 그렇게라도 보상받아야 해. 하여 간 김씨들은 다 내 발목만 잡는구나. 너도 똑같아."

어머니는 언제나 진운을 향한 애정과 증오 사이에서 비틀비틀 위태 로운 외줄타기를 하고 있었다. 그 이유를 알게 되자 이해하지 못하던 어머니가 이해되었다. 그리고 소름이 끼쳤다. 제가 한 짓이 어떤 것인 지를 깨닫게 되어서.

"니 형이 죽었어. 매번 이사를 갈 때마다 지긋지긋하게 쫓아와서 내 가 첩이니 정부니 하던 소리를 지껄이던 니 애비의 부인이 어떤 표정 을 짓고 있을지 봐야겠어. 난 한국으로 가야 해. 그러기 위해선 니가 한국으로 가야 한다고!"

어머니가 매번 그런 소문이 날 때마다 도망치듯 이사를 결정해야 했 던 이유도 알게 되었다. 진운은 산산조각이 나고 싶었다. 먼지로 화해 그저 스러지고 싶었지만 그러지 못한다. 심장이 빠개지는 고통이 느껴 져도, 사람은 그렇게 쉽게 죽지를 못한다.

"가요, 한국에."

온전한 진운의 잘못은 아니지만 어머니의 인생을 망친 것은 체내에 뿌리내리고 도망치려는 어머니의 발목을 잡은 제 탓도 있을지 모른다. 게다가 진운은 어머니가 얼마나 망가진 사람인지를 잘 알고 있었다. 아버지가 어머니를 망가뜨리면서 한 짓을 진운도 누군가에게 저지르고 말았다. 방어에 그쳤어도 족했었는데 순간의 분노를 참지 못하고.

"그래, 그래야 내 아기지. 대충 급한 짐만 싸렴. 나머지는 다 알아서 해줄 거야. 가장 빠른 비행기로 가자."

어머니는 만족스러운 얼굴로 돌아섰다. 여전히 일그러진 얼굴은 그대로였다. 콧노래라도 부를 듯이 가뿐한, 여전히 요정 같은 발걸음으로 경쾌하게 진운에게서 돌아섰다. 남은 진운은 무너지듯 그 자리에 주저앉았다. 녀석을 만나야만 했다. 어쩌면 사과할 시간도 없을지 모른다. 어머니의 추진력은 언제나 이럴 때만 빛을 발했다.

"무슨 일이야."

녀석은 고개도 들지 못한 채 애꿎은 운동화의 앞 축으로 땅을 툭툭 찼다. 가슴이 뻐근해지는 것 같았다. 아버지는 그렇게 망친 어머니의 삶을 내내 돈으로라도 보상해 주었지만 그는 한 것이 없었다. 게다가 앞으로는 할 수도 없었다.

"노아."

처음으로 진운에 의해 이름이 불린 녀석이 놀란 얼굴을 들었다가 다시 황급히 땅으로 시선을 돌렸다. 진운은 미칠 것만 같았다. 한 사람, 아니 두 사람의 인생을 엉망으로 망가뜨려 버린 잘못을 저질렀다. 그리고 태연하게 살고 있었다.

잘못이라는 것을 알고는 있었지만 이렇게까지 큰 잘못을 저질렀는지는 몰랐다. 그간 공격은 최선의 방어책이라며, 받은 이상으로 돌려 줘야 한다는 가르침을 늘 받아왔던 탓에 자기 위안을 하고 있었는지도 모른다.

"미안해."

녀석의 어깨가 눈에 띄게 움찔했지만 여전히 고개를 들지 않고 있다. 초조했다. 저를 태어나게 만든 폐륜이 저를 향해 거울처럼 비추어지고 있었다. 끔찍한 진실을 마주 대하는 것은 얼어붙은 심장으로도 힘겨운 일이었다.

"그간 내가 그렇게까지 잘못했는지는 몰랐어. 진짜 미안하다. 어떻게 말을 해도 니 마음이 풀리진 않겠지만······."

"사람 죽여 놓고 미안하다고 하면 다 돼?"

갑자기 고개를 든 노아의 눈이 불타고 있었다. 어머니와 꼭 닮은 얼굴을 한 노아 앞에서 진운은 굳었다. 눈물이 쏟아져 내렸다. 한국을 떠나온 이후로 단 한 번도 흘리지 않은 눈물이었다.

"울지 마, 개새끼야!"

"노아야······."

"시발, 니가 내 인생을 어떻게 망쳤는데!"

어머니의 것과는 다른 단단한 주먹이 쏟아졌다. 그간 아무리 약해졌다고 한들 타고난 건골에다 돌아 버릴 정도로 화가 난 노아의 주먹은 단단하고 거칠었다. 두들겨 맞으면서 이상하게 시원하다는 생각이 들었다. 맞으면서 다행이라고 생각한 적은 태어나서 처음이었다.

"너는 평생, 평생······."

말을 하다가 멈칫한 노아가 망연자실한 표정으로 자리에 주저앉아 버렸다. 일으켜 주려고 손을 내밀어 보았지만 벌레를 보듯 쳐내는 노아 때문에 다시 손을 내밀 수는 없는 노릇이었다. 진운은 그 자리에,

노아의 곁에 주저앉았다. 노아가 기겁을 하며 물러나 앉았다.

"나 한국에 간다."

"뭐?"

"다시는 돌아오지 않을 거야. 널 괴롭히는 일도 없어. 절대로 니 앞에 나타나지 않을게. 죽을 때까지."

아버지의 잘못은 어쩌면 어머니를 계속해서 붙잡고 있었던 것일지도 모른다. 폭력으로 사람을 굴복시키고 대항할 힘이 없는 어머니에게 계속 존재를 드러냄으로써 의도한 것과는 다른 폭력을 늘 휘두르고 있었는지도.

아버지가 오는 날이면 히스테릭해졌던 어머니의 반응은 당연한 건지도 몰랐다. 차라리 미쳐 모든 것을 기억하지 못하고 싶다.

한 번도 생각하지 않았던 죽음을 생각했다. 하지만 어머니의 삶을 보상받게 해주려면 죽을 수도 없었다. 이러지도 저러지도 못하는 진운이 생각한 것은 오로지 사과를 해야 한다는 생각뿐이었다.

"너 이 개새끼!"

노아는 미친 듯이 주먹을 휘둘렀다. 대중없이 휘두르는 주먹은 반은 와 닿았고 반은 허공으로 흩어졌다. 묵묵히 맞고 있는 진운을 향해 울부짖던 노아가 진운의 멱살을 잡고 끌어당겼다.

"넌, 진짜 악마야. 끝까지 넌 씨발, 넌……."

말을 잇지 못하던 노아가 갑자기 입술을 부딪혀왔다. 그간 수십 번의 섹스가 있었어도 단 한 번도 하지 않았던 입맞춤이었다. 감정이 고조된 상태에서 입술들이 맞붙자 서로를 삼켜 버릴 것처럼 키스를 했다. 이성이라는 것이 전혀 작동하지 않았다.

키스에서는 눈물 맛이 났다. 짜고 쓴 눈물 맛. 강렬한 키스가 끝나자마자 노아가 다시 진운을 향해 주먹을 휘둘렀다. 그러곤 어디론가 뛰어가고 말았다. 잡지도 못하고 내동댕이쳐진 그대로, 진운은 다시 한 번 부질없을 사과의 말을 했다.

"미안해……."

아침부터 비행기에 올라야 했다. 어젯밤, 급히 노아를 만나러 간 것은 현명한 선택이었다. 하지만 현명한 선택이 아닐지도 모른다. 어쩌면 노아가 그렇게 계속해서 자신을 증오하게 두었어야 했는지도 몰랐다. 갑작스럽게 사과를 함으로써 노아가 저를 증오할 기회조차 박탈했는지도 몰랐다. 그때는 18살이라 잘 몰랐지만 지금의 진운은 그렇게 생각했다. 어쩌면 아버지보다 더한 악마는 정말, 저일지도 모른다.

하지만 한국 생활이 어머니의 생각처럼 그렇게 녹록하지는 않았다. 교통사고로 아들을 잃은 본처의 장악력은 무시할 만한 것이 아니었다. 나이 차이가 많이 나는 남동생들을 키워 아버지의 조직에 깊이 뿌리내리게 한 본처는 나이 차가 많이 나는데다가 일찍부터 세상으로부터 차단당한 어머니와는 상대도 되지 않았다.

아들을 잃어 수척해진 얼굴에 이상하게 섬뜩할 정도로 눈이 번쩍이고 있었다. 진운은 그녀도 희생양이었음을 깨달았다.

한국에 들어오고 나서야 알게 된 아버지의 직업은 사채업자였다. 말이 좋아 큰손이지, 그저 고리대금업자에 불과한 아버지의 돈은 천문학적인 액수에 달했다. 국내 유수의 기업회장도, 정치인들도 아버지에겐 고개를 숙일 수밖에 없다고 했다. 이제 어쩌면 단 하나 남았을지도 모르는 후계자를 향해 아버지의 사람들은 호의를 내비쳤다. 그러지 않고서는 안 되었기 때문일 것이다.

하지만 진운은 어머니와 사는 것을 택했다. 매일같이 저를 원망하는 말을 하고, 아버지를 저주하는 어머니였지만 그래도 어쩔 수가 없었다. 원죄는 아버지였으되, 원했든 원치 않았든 어머니의 인생을 망친 책임이 저에게도 있었기 때문이다.

아버지의 사람들이 나타나 저를 모시고 회사에, 본가에 들어가기도 했다. 그때의 본처라는 사람의 눈초리란. 어머니가 보내오던 증오나 차가운 눈빛과는 전혀 비교도 되지 않을 눈초리로 진운을 깔아보았다. 어머니의 눈 속에는 그래도 진운을 향한 얕은 애정이 숨어 있었던 것이 분명했다.

그 눈초리를 본 이후엔 아버지의 결정에 반기를 들 수밖에 없었다. 단 하나 남은 아들을 입적하려는 것도, 본가에 들어와 살게 하려는 것도 모두 다 반기를 들었다. 어머니를 홀로 둘 수도 없었지만 이 모든 것에서 벗어나고 싶은 마음도 컸다. 어머니는 상처 때문에 자신을 돌보느라 남에게 관심이 없었다. 그런 무관심이 필요했다.

때로는 폭력이, 협박이, 하여간 할 수 있는 모든 수단과 방법을 동원해 아버지는 진운의 기를 꺾으려고 했다. 하지만 영혼이 산산조각 나는 것 같은 시간을 보냈고, 어머니에게 보은하기 위해 삶을 유지하고 있는 진운을 꺾을 수 있는 방법은 어디에도 없었다.

타인의 선택과 제 선택이 저지른 잘못이 무엇인지를 깨달은 진운은 망가져 갔다. 하지만 은밀하게 무너지고 있는 진운을 눈치챈 사람은 아무도 없었다. 멀쩡하게 학교를 다니고 지나치게 공부를 열심히 한 탓이다. 어머니에게 원하는 것을 드리려면 어쩔 수가 없었다. 시간은 진운의 편이었기 때문이다.

아버지는 어차피 시간에 질 것이고 결국 끝을 맞이할 것이다. 단 하나 남은 아들에게 어차피 모든 것을 빼앗길 수밖에 없다. 진운은 만만치 않은 상대인 본처를 눈치채고 긴 계획을 세웠다. 하지만 어머니는 그 시간을 견뎌내 주지 못했다. 어떻게든 서울대에 가야 한다며 진운을 떠밀던 어머니가 합격 소식을 듣고 기뻐했던 것도 잠시, 어머니는 사망선고를 받았다.

[간암입니다. 최선을 다하겠지만……]

의사는 말꼬리를 흐렸다. 진운은 다시 한 번 산산조각 나 흩어져야만 했다. 오히려 어머니는 그 선고를 담담하게 들었다. 어머니의 담담한 얼굴이, 그 무심한 표정이 진운을 갈기갈기 찢어 놓았다.

원하는 것을 가지지 못했던 어머니의 세상은 점점 온도가 낮아졌다. 어머니는 예전처럼 진운을 붙들고 이런저런 인생의 한탄을 늘어놓지도, 폭력을 휘두르는 일도 없었다. 진운이 어떻게 태어났는지를 설명해 준 어머니는 홀가분하게 자신의 세상으로 들어가 버렸다. 진운이 그 비밀을 듣고 어떻게 망가지든 말든 그녀에게는 상관이 없어 보였다. 하지만 여전히 어머니를 놓을 수가 없다.

그런 와중에 사형선고를 받은 어머니는 전혀 동요하지 않았다. 시간이 제 편이라는 것을 믿고 느긋하게 생각했던 진운만이 날벼락을 맞은 듯 날뛰었다. 어머니는 무기질의 눈으로 그런 진운을 그저 바라보았다. 타인의 사정을 듣는 제3자와 같은 태연함으로 무장하고 있었다.

하지만 어머니는 제법 다정해졌다. 어쩌면 이제 다신 만날 수 없는 아들에게 마지막 추억을 만들어 주기 위함일지도 모르겠다. 그런 어머니의 다정함을 갈구하면서 살아왔음에도 불구하고 그 다정함이 너무나도 슬펐다.

어머니는 언제나 진운의 등을 떠밀었다. 그래서 학교에 나가고, 어머니의 곁에서 공부를 했다. 그런 모습을 바라보는 어머니는 무척이나 행복해 보였다. 어머니의 잔잔하게 행복해 보이는 모습은 처음 봤기 때문에 이제는 떠밀리지 않아도 학교에 꼬박꼬박 등교했고, 언제나 과탑을 놓치지 않았다. 하지만 진운은 언제나 아웃사이더에 불과했다.

그런 진운에게 먼저 말을 걸고 친구를 하자며 다가온 것은 수연뿐이었다. 건축학과의 여왕인 수연은 그런 동기들이며 선배들이 재미가 없다고 말했다.

"날 재밌게 하는 사람은 너뿐이야, 진운아."

"너 재밌게 해주려고 하는 건 아닌데."

"내가 재밌으면 된 거지."

공간 시간, 말장난을 늘어놓으며 깔깔 웃는 그녀에게서 시선을 돌리고 다시 책을 들여다봤다. 어머니의 상태가 점점 나빠지면서부터 공부를 할 시간이 줄어들었다. 하지만 어머니의 미소를 잃을 수는 없었기에 공부를 손에서 놓을 수가 없다.

학과 사람들은 모두 수연과 진운이 사귀는 줄 알고 있었다. 그런 말을 싸늘한 진운의 앞에 늘어놓을 사람은 없었고, 수연은 부정할 생각이 없었기 때문에 모두들 그런 줄로만 알고 있었다. 그 사실을 재밌게 전하면서 수연은 눈을 반짝였다.

"이렇게 된 김에 우리 사귈까?"

"아니."

"야, 생각 좀 해보고 거절할래?"

"생각할 필요도 없다."

공부를 잘하는데다가 뛰어난 외모까지 가진 수연은 늘 공주님 취급만을 받았다. 그렇게 해주지 않는 유일한 사람이 진운이었기 때문에 더 집착했는지도 모르겠다. 그는 누군가한테 그런 친절을 베풀 여유가 없었다.

어머니의 상태는 점점 더 나빠져 갔다. 어머니는 아직 젊었고 그 때문에 암의 전이도 빨랐다. 고작 19살밖에 차이 나지 않는 어머니의 나이에 대해서 단 한 번도 생각을 해본 적이 없었는데 이번에야 깨달았다. 어머니가 그런 아픈 일을 겪은 것도 채 스물이 되지 않은 어린 소녀 때였을 것이다.

시간이 지나면서 치료가 점점 필요 없어질 때쯤엔 어머니도 담담함을 잃었다. 항암치료제 때문에 빠지는 머리카락을 쥐어뜯으면서 진운에게 손톱을 세우는 날도 있었고, 구토하는 제 자신의 모습을 보여주기 싫어하는 날도 있었다. 그러다가 너무 고통스러울 때면 진운의 손을 부여잡고 고통을 이기길 원했다. 어머니의 애증은 여전히 아슬아슬한 줄타기 중이었다.

21살이 되던 날, 의사가 진운을 불렀다. 한 번도 생일이라고 미역국을 먹거나 정성 어린 선물을 받아본 적이 없었던지라 그런 건 아무렇지도 않았다. 다만 의사가 할 말이 두려웠을 뿐이다.

"이제 퇴원하시죠. 더 이상의 치료는……."

병실로 돌아가 보니 어머니는 담담한 얼굴로 짐을 싸고 있었다. 안 그래도 가느다랗던 팔은 이제 앙상하게 마른 겨울나무의 가지 같았다. 진운은 어머니의 손에서 가방을 뺏다시피 들고 멍하니 서서 아무런 생각도 하지 못했다. 어머니는 천천히 곱게 옷을 개어 침대 위에 올렸다. 어머니가 그렇게 옷을 예쁘게 갤 수 있는지 처음 알았다.

"가자, 진운아."

"잠시만이요, 차를 가져올 테니까 그냥 계세요."

"날이 좋잖니. 걷고 싶다."

어머니는 위태로운 발걸음으로 차분히 병원 문을 나섰다. 그러고는 진운을 향해 돌아섰다. 병색이 완연한 얼굴에 강렬한 가을 햇살이 쏟아졌다. 그 선명한 대비가 너무 슬퍼서 눈물이 날 것만 같았다.

"우리, 여행가지 않을래?"

생각해 보면 어머니와 참 많은 곳을 다녔다. 이사를 했고, 유학도 다녀왔다. 하지만 여행을 함께한 적은 없었다. 곧 그녀의 삶을 모조리 삼켜 버릴 죽음을 목전에 두고서야 어머니는 진운과 여행을 떠나고 싶어 했다.

날이 차가워지고 있으니 차로 가자는 말에도 어머니는 완강하게 기차를 고집했다. 기차를 타기엔 분명 무리가 있었지만 어머니의 고집 앞에서 그는 무력했다. 마약성 진통제와 마지막 투혼 탓인지 어머니의 상태는 그렇게 나쁘지 않았다. 오히려 하얀 얼굴 가득한 병색 때문에 아름다운 얼굴이 두드러졌다. 그 얼굴엔 미소가 가득했지만 진운은 처음으로 어머니의 미소가 반갑지 않았다.

"진운아."

"네, 어머니."

"여기가 어딘 줄 아니?"

"아니요."

"여긴, 내가 니 아버지한테 붙들리기 전에 마지막으로 도망 온 곳이야. 남자 친구와 같이."

밟히는 모래는 부드럽지만 그의 마음은 그렇지를 못했다. 버석버석하게 말라 버린 가슴에 더 이상 상처가 날 곳이 있다는 게 이상할 정도로 자꾸만 상처가 남았다. 눈물도 나올 것 같았다.

"그 사람은 어떻게 되었을까. 난 18살, 그 사람은 19살이었지."

어머니는 고작 39살이었다. 그때부터 21년간, 어머니의 인생은 지옥과 같았다. 하지만 여전히 소녀 같은 얼굴로 바다를 바라보고 있다. 어머니는 바다에 오는 순간, 그간 살아온 지옥과 같은 인생을 잊고 사랑스럽던 소녀시절로 돌아갔다.

"아빠의 사업이 망했어. 그래서 사채를 썼대. 난 그 빚 대신 팔려왔어. 니 아버지가 날 사고 내 가족들을 풀어 줬지."

여러 청소년 발레 콩쿠르를 휩쓸며 전도유망한 꿈나무로 주목받던 어머니의 인생이 망가지는 것은 순식간이었다. 무척이나 난산으로 망가진 몸은 다시는 발레를 할 수 없게 되었다. 그저 토슈즈를 신고 남들처럼 몸을 움직이기엔 어머니의 자존심은 너무 강했다. 예전처럼 움직일 수 없는 몸을 용서하지 못했다.

"여기로 도망쳤다가 잡혔어. 그 사람은 어떻게 되었을까. 이제는 얼굴도 잘 생각나지 않네."

"어머니."

"좀 춥지 않니? 커피가 마시고 싶구나."

그간 초제한적인 식사에 지친 환자가 원하는 것을 모두 먹이라는 의사의 당부가 생각났다. 그래서 가장 유명하다는 커피숍을 찾았고, 둘은 마주 앉아 조용히 향이 풍부한 커피를 마셨다.

"좋구나."

커피가 가득 든 머그컵을 드는 것도 위태로워 보이는 어머니가 아슬아슬한 미소를 지었다. 두 사람은 아무 말 없이 커피만을 마셨다. 눈이 마주치면 어머니가 웃어 준다. 그 당연한 반응이 너무나도 낯설어서 눈물이 났다.

"그만 가자."

어둠이 내려온 거리엔 사람이 그다지 많지 않았다. 여름도 아니니, 사람이 많을 턱이 없다. 근처 숙박시설은 이용하고 싶지 않다는 어머니의 말에 차표를 알아봤지만 이미 기차는 막차가 떠난 이후였다. 환자를 버스에 태울 수도 없어 진운은 택시를 잡았다.

서울로 향하는 택시 안에서 모자는 서로에게 몸을 기대고 침묵 속에서 서로의 온기를 느꼈다. 사실 어머니의 몸에는 작은 온기도 남아 있지 않았기 때문에 진운이 제 온기를 어머니에게 나눠준 것에 불과했다. 어머니는 편안해 보이는 얼굴로 갑자기 떠오른 생각들을 마구 풀어내고 있었다. 시간도 뒤죽박죽, 인과관계도 뒤죽박죽이었다.

그러다가 잠이 들어 버린 어머니를 안고, 어린 시절부터 돌보아 주던 강 집사의 여동생, 강씨 아주머니가 내내 준비해 두었을 집으로 돌아갔다. 집은 따뜻하고 아주머니의 미소는 푸근했다. 하지만 진운은 그 웃음을 되돌려줄 수가 없었다. 어머니의 숨소리가 끊어질듯 말듯 위태로웠다. 시간이 두려웠다.

진운의 마음이 어떠하던지 시간은 흘렀다. 어머니는 여행 이후에 그에게 다정한 미소를 보여 주기도, 깡마른 차가운 손을 내어 주기도 했다. 그렇게 갈구하던 애정을 받고 있는데도 마음이 전혀 흡족하지 않았다. 시간은 이별을 재촉하고 있었다. 어머니가 반짝 호전되었다고 해도 끝은 있었다.

"진운아!"

침대 맡에서 쪽잠을 자고 있는 진운을 부르는 어머니의 목소리에 놀라 일어났다. 어둠 속에서 어머니의 손아귀 힘만이 강렬했다. 불을 켜려고 시도해 보았지만 꽉 잡힌 손을 풀 수가 없어 다시 주저앉았다. 환자의 것이라고 믿을 수 없을 만큼 강한 힘이었다.

"어머니, 왜 그러세요."

"진운아, 넌 살아야 해. 넌 다 가져야 한다. 사랑하는 사람도 가져야 하고 그 사람과 행복해져야 한다. 그리고 다 가져. 다 빼앗아. 나한테서 모든 것을 빼앗아간 그 새끼한테서 모든 걸 다 빼앗아야 해!"

"어머니, 진정하세요."

"다 빼앗아야 해……."

어머니는 그 말만을 중얼거리면서 힘이 빠진 듯 드러누웠다. 말을 하느라 기력을 모두 소진한 탓인지 금세 잠이 들어 버린 어머니의 이마에 밴 땀을 조심스럽게 훔쳐내고 다시 자리에 누웠다.

아버지가 가진 것에 그다지 관심은 없다. 상상도 할 수 없을 금액의 돈은, 그저 숫자에 불과했다. 어차피 제가 가진 것도 남들이 평생 노력해보았자 쳐다볼 수조차 없을 만큼의 액수다. 하지만 어머니가 원한다면…….

생각의 끝에서 병수발에 지친 몸이 스르륵 잠이 들어 버렸나 보다. 정신이 들고 나니 이미 침실에는 밝은 아침 햇살이 쏟아져 들어 왔다. 그런 것에는 아무 감흥도 없이 일어나 어머니의 상태부터 확인했다. 늘 그렇듯 잠이 들어 있는 어머니. 하지만 어머니의 표정은 평소와 달리 평안해 보였다. 어머니는 그날 밤, 진운에게 유언처럼 살라는 말과, 모든 것을 빼앗으라는 말을 남기고 세상을 떠났다.

어머니의 빈소에는 방문객이 없었다. 강 집사가 다녀갔고, 늘 일을 봐주던 그의 여동생이 울어 주었지만 여전히 쓸쓸했다. 김 실장과 그의 아내, 저와 동년배인 아들도 다녀갔지만 아버지는 오지 않았다.

삼일장이 치러지고 어머니의 유해가 담긴 관이 옮겨질 때가 되고서야 아버지가 나타났다. 한 줌도 되지 않을 마른 몸이 불살라졌다. 어머니를 화장하는 내내 부자는 말이 없었다.

"진운아."

"……."

"집으로 들어와라."

"지랄하지 마세요."

아버지의 뒤에 서 있던 사람들이 놀라 나지막한 신음소리를 내는 것을 들었지만 아무렇지도 않았다. 어머니가 돌아가시면서 그나마 한줄 남아 있던 온기마저 끊어졌다. 진운은 차가운 눈으로 아버지를 돌아보았다.

"어차피 시간은 제 편입니다."

가벼워진 어머니의 원한을 들고 어머니와 함께 갔던 바다를 찾았다. 중력을 거스르고 하늘로 날아오르고 싶어 하는 것 같았던 어머니의 지난날 영상이 기억났다. 어머니는 하늘로 날아올랐고, 바다로 침잠했다. 미련 없이 그 바다를 떠나오면서도 바다가 자꾸만 당겼다.

나중에 안 사실이지만 어머니의 첫사랑 역시 그 바다에 빠져 죽었다. 물론 그의 의지가 아닌 아버지의 의지로. 어머니를 그 바다에 뿌렸던 것은 제가 21년을 살아오는 동안 가장 잘한 일이었다. 그리고 매해 진운은 어머니의 유언을 잊지 않기 위해 제 생일날이 되면 그 바다를 찾았다.

가끔 외로움을 견딜 수가 없어질 때면 게이 바를 찾았다. 군대를 다녀오고, 당연한 듯 아버지의 돈을 써서 건축사무소를 차리고, 여전히 제 곁을 맴도는 수연과 유일한 친구로 잘 지냈다. 평범하게 살아가는 것 같았지만 진운의 세상은 폐허였다. 그곳에서도 누군가의 온기를 얻지는 못했지만 돌연변이가 저만이 아니라는 사실에 위안 받았다. 때로는 하룻밤을 데워줄 온기를 얻기도 했다. 하지만 오직 하룻밤만을 허락했고, 허락받았다. 허락 없이 누군가에게 손을 대는 일은 없었다. 잠시 잠깐의 호기가 상대의 인생을 얼마나 철저하게 파괴할 수 있는지를 잘 알고 있기 때문이었다.

기묘한 커플을 보았다. 한 남자는 떠들썩하게 즐거워하며 은밀한 손길로 여러 사람들을 유혹하고 있지만 동행인 사람은 무심한 얼굴로 그저 천천히 술을 마시고 있을 뿐이다. 과장되게 즐거워하는 남자가 오히려 무심한 남자의 눈치를 보고 있다.

그러다 무엇이 수틀렸는지 무심한 남자의 머리채를 잡고 소동을 벌였다. 폭력을 당하면서도 무심한 얼굴이 마음에 가시처럼 박혔다. 저도 모르게 도움을 주기 위해 일어나는 진운을 바텐더가 말렸다.

"또 저러네. 엮이지 마세요."

"무슨 일입니까."

"저 쓰레기가 저기 얻어맞고 있는 남자를 좋아하는데 하여간 미친놈이야. 일부러 눈앞에서 다른 사람이랑 얽히고 왜 화를 내지 않느냐며 애먼 사람을 잡고 있는 거예요. 국회의원 아들이면 단가."

"국회의원?"

"왜, 그, 유명한 양…… 양…… 뭐더라 이름이."

"양동철."

"아, 맞아요. 저 새끼, 완전 또라이에요. 돈 진짜 잘 쓰거든? 저거 겉보기엔 쌔끈하니 괜찮으니까 별별 인간이 잘 꼬이는데, 꼭 저렇게 지 애인 데리고 와서 저 지랄이에요. 한번은……."

바텐더가 주변을 살피며 진운의 귀에 속삭였다. 그렇게 소동을 벌이든 말든 사람들은 관심은 없어 보였다. 모두 익숙해 보였다.

"둘이 와서 있다가 한 놈 꼬셔서 데려가 놓고 싫다는 애인까지 억지로 붙잡아 앉혀놓고 지들 하는 거 보여주더래. 저 사람도 참 희한한 사람이야. 그걸 또 무표정하게 구경하고 있더라지. 끝나자마자 저 새끼가 애인을 침대로 끌어들이더니 왜 화를 안 내냐며 쥐 잡듯이 잡고 해대더랍니다. 어쩌다 저런 미친놈한테 걸려선……."

무심한 남자는 어머니와 닮아 있었다. 긴 목과 흰 피부, 선이 고운 몸에 무심한 표정까지. 어머니가 암 선고를 받던 날, 모든 것을 포기하고 담담하게 받아들이던 표정과 같은 표정이었다. 도대체 어떤 삶을 살아온 남자기에 어머니의 표정과 같은 표정을 하고 있을까.

"쓰레기네요."

"응, 아주 유명해. 괜히 끼어들지 말아요. 저번에도 누가 도와주려다가 아주 반병신이 됐어. 하이고, 하여간 금탯줄을 이길 수 있는 건 아무것도 없다니까."

어머니의 삶이 생각나서 안타까운데다가 어머니를 닮은 남자에게 흥미가 생기는 것을 막을 수는 없는 노릇이다. 하지만 진운은 금세 고개를 돌렸다. 애인이 있다면 저를 원할 턱이 없고, 그런 사람과 무엇도 할 생각이 없기 때문이다. 애잔한 어깨가 마음에 걸렸지만 외면했다.

하지만 때로 그 남자가 생각났다. 얼굴까지는 정확히 기억나지는 않았지만 어머니와 닮은 구석과 그 표정. 세상사에 질려 버려 무감각해진 담담한 표정. 하지만 다시 만날 일이 없는 사람을 생각하는 일은 비효율적이라는 것을 잘 알고 있다. 진운은 그렇게 천천히 그를 잊었다. 이름 모를, 그 남자를.

전화벨이 울렸다. 이런 이른 시간부터 제게 전화를 걸 사람은 단 한 사람이다. 한수연. 대학에 입학할 시절부터 시작된 인연은 벌써 15년에 달했다.

—밥 먹었어?

"아니."

—미역국…… 후, 그래. 오늘 바다에 갈 거야?

"응."

—한잔하려고 그랬는데 생일도 축하할 겸.

"일찍 돌아오면 저녁에 연락할게."

—그래.

기약 없는 약속에도 확연히 밝아진 목소리가 전화를 끊었다. 차라리 다른 여자들처럼 제 겉모양이나 돈을 보고 달려드는 거라면 쳐내기라도 쉬우련만 수연은 달랐다. 진운의 인생에 친구라고 부를 수 있는 단 한 사람.

그렇게나 당했으면서도 사람에게 기대를 하는 자신이 우스웠다. 그래서 늘 마음을 가다듬곤 한다. 하지만 수연의 밝은 웃음은 늘 사람을 허물어지게 만드는 능력이 있다. 그렇게 친구로 남았다.

마음을 받아들여 줄 수가 없는 이유를 수연도 알고 있다. 하지만 그 고백 이후에도 수연은 태연히 친구로 남아주었다. 그래서 진운은 늘 그녀의 괴로움을 외면했다.

받아들이기엔 너무나도 많은 장애가 있다. 성정체성을 깨닫기 전, 여자를 안을 수 있었던 것으로 보아선 아예 불가능한 것도 아니지만 수연이 원하는 그런 것은 아니다. 게다가 유일한 친구를 잃고 싶지 않았다. 그런 이기적인 마음이 이제는 세월로 쌓여 버렸다.

생일이 되면 늘 찾는 바다가 있다. 어머니가 뿌려진 바다. 생일이지만 축하할 마음이 들지 않았다. 제가 어떻게 태어나게 된 기생충인지를 분명히 알고 있기 때문이다.

강간이라는 폭력 앞에 망가진 어머니는 무슨 생각을 하며 세상을 떠났을까. 마지막 평온했던 얼굴을 보아선 세상을 버리면서 어머니는 행복했을지도 모른다. 그저, 모두가 짐작일 뿐이지만.

누가 시킨 것도 아닌데 어머니에게 찾아갈 때면 늘 기차를 탔다. 어머니가 그렇게 하고 싶어 했었기 때문이다. 보통은 두 좌석을 예매하는데 이번엔 비서가 실수로 한 좌석을 예매한 것이 틀림없다. 옆에 누군가 숨을 헐떡이며 앉았다.

귓가에 작은 음악소리가 스쳤다. 하도 유명한 음색이라 알아차리지 못할 수가 없다. 하지만 진운은 그 목소리의 주인을 좋아하지 않았다.

게이가 도달할 수 있는 최악의 죽음이 꼭 일반화되는 것 같은 느낌이 들었기 때문이다.

늘 혼자 앉아 추억을 곱씹는 시간이 비서의 실수로 불편해졌다. 하지만 어머니가 오랫동안 해왔던 교육은 지금도 빛을 발했다. 뒤척이지 마라, 교양 없어 보이니까. 늘 단정히 꼿꼿하게 앉아야 한다. 지금 생각해 보면 어머니는 진운의 출생 때문에 더 혹독하게 그의 모든 것을 통제하고 교육했는지도 모르겠다. 어쨌든 그간의 가르침은 어머니가 돌아가신 후에도 그의 삶을 유지해 주고 있었다.

어머니를 찾아갈 때면 아무것도 보지 않고 듣지 않았다. 그저 시간에 몸을 맡기고 어머니의 아픔을 추억했다. 하지만 오늘은 이상하게 거슬리는 것이 많았다. 옆자리의 남자가 코를 훌쩍이기 시작했다. 엄청나게 거슬리는 소리였다.

"괜찮아요?"

시끄러우니 그만 닥치라는 의미의 손수건을 건넸다. 사실 그는 옆자리의 남자에게 제대로 된 시선도 한번 주지 않은 상태였다. 언제나 수연이 치가 떨린다던 타인에 대한 지독한 무관심 탓이다.

"감……사합니다."

갈라진 목소리를 내며 손수건을 받기에 사무적인 미소를 보내고 다시 상념에 잠겼다. 어머니, 그렇게 지옥을 버리고 가서는 행복해졌나요. 당신의 아들은 여전히 이 지옥을 살아가고 있습니다.

어머니를 뿌렸던 바다를 감흥 없이 바라보았다. 처음엔 눈물이 나기도 했고, 상황을 이렇게까지 만든 아버지를 저주하기도 했다. 하지만 이 바다에 잠긴 다른 한 사람을 알게 된 이후엔 그러지 않았다. 최소한 어머니는 그보다는 행복했다. 더 불행한 사람은 바로 자신이었다.

하지만 진운은 제가 얼마나 그 바다를 오래 보고 서 있었는지 잘 몰랐다. 우두커니 서서 바다를 노려보는, 몹시도 잘생긴 남자를 구경하는 사람들의 눈만 호강했다.

그리고 어머니와 함께 커피를 마셨던 가게로 들어가 커피를 시켰다. 핸드드립으로 내린 커피에서 풍기는 향이 아주 흡족했다. 언 몸이 녹아내리는 것 같았다. 그제야 진운은 바다에서 제법 오랜 시간을 보냈다는 것을 깨달았다.

상념은 계속되었다. 유일한 후계자이던 형이 아버지에게 불만을 품었던 사람의 차에 치여 죽었다. 어린 시절부터 유괴의 위험에서 스스로를 보호하기 위해서 늘 무술을 익혀야만 했던 진운보다 형이란 작자는 더했을 것 같은데도 허무하게 죽어 버렸다. 하긴 몸을 지키는 법을 배운다고 해서 달려오는 차를 멈추게 할 수는 없을 것이다.

그 이후 진운은 더 혹독한 호신술 훈련을 받아야만 했고, 김 실장의 아들은 그의 곁에 늘 붙어 경호를 담당했다. 물론 오늘 같은 특별한 날에는 그를 대신해 사무실에서 일을 하고 있겠지만 한시도 떨어지지 않았다.

아버지의 사람이 곁에 있다는 것이 조금 짜증이 났지만 아버지의 돈으로 누리고 있는 모든 것들을 생각해볼 때 그다지 큰 대가를 지불하는 것도 아니었다. 게다가 제 회사에 있을 김 실장은 무척이나 일을 잘했다. 공짜로 그런 사람을 얻는 것은 쉬운 일이 아니니까.

갑자기 시선이 따끔하게 볼에 걸렸다. 늘 위험이 도사리고 있다는 것을 스스로도 알고 있기 때문에 감각은 늘 예민했다. 하지만 그 시선은 어이없게도 보통보다 마른 체격의 남자에게서 쏟아지고 있었다. 재빨리 스캔했지만 위협이 될 것 같아보이지는 않았다.

그러다가 문득 깨달았다. 저 남자는 기차에서 옆자리에 앉았던 남자였다. 코를 훌쩍거리며 눈물을 흘리던, 몹시도 거슬리던 남자. 게다가 또 생각이 났다. 그 게이 바에서 무심한 얼굴로 폭력을 감내하고 있던 그 얼굴. 얼굴이 생각나지 않는다고 생각했었는데 보자마자 바로 알아보았다. 하긴 저렇게 수려한 외모를 잊기는 쉬운 일이 아니었다.

몸에 밴 매너는 그에게 아주 조금 고개를 숙여 인사하게 만들었다. 그러자 그도 화들짝 놀라더니 마주 인사를 해왔다. 생각보다 귀여운 타입이다. 세상 어떤 것도 저와 상관없다는 듯 무심한 표정으로 따분하게 시간을 죽이고 있던 것과는 달리. 구미가 당기지만 그의 애인이 생각났다. 건드리면 몹시도 귀찮아질 그 애인.

남자는 생각에 빠졌다. 또다시 예의 그 무심하고 담담한 얼굴로 커피가 식어 가는지도 모르고 멍하니. 더 동해서 괜한 소란을 피우기 전에 이 자리를 떠나야 했다. 진운은 조용히 자리에서 일어나 가게를 벗어났다.

어디로 갈까. 서울로 돌아가 수연과 한잔하며 이야기를 들어줄까. 수연의 말들은 다른 사람들의 것처럼 소음같이 귓가를 스쳐 지나가지는 않는다. 게이임을 알고 있다고 해도 포기하지 않는 근성이 사랑스럽지만 무척 번거롭다.

걷다가 문득 발에 채인, 허름한 횟집으로 들어갔다. 그를 아는 모든 사람들이 놀랄 만큼 평범하고 허름한 횟집. 사실 진운은 언제나 아무것이든 먹고 배가 차면 아무렇지도 않았건만 사람들은 그가 몹시도 예민한 사람이라고 생각했다. 무표정한 얼굴 탓일지도 모르지. 괜히 얼굴을 쓸어보았다.

성의 없이 내밀어진 메뉴판을 제대로 들여다보지도 않고 성의 없이 손가락으로 짚었다. 곧 곁들이 음식이 깔리고 회가 나왔다. 회보다는 술이 마시고 싶었던 터라 얼른 초록색 병을 집어 들고 소주를 따랐다.

딱 좋을 만큼 차가운 술이 기분을 달래 주었다.

단술이 풀어준 기분 탓이었는지, 우연인지 누군가 가게로 들어오는 순간 눈이 갔다. 평소엔 그런 것을 한 번도 바라본 적이 없었는데. 그러다가 조금 놀랐다. 그 남자다. 기차 옆자리에 앉아 훌쩍거리던, 게이 바에서 애인에게 얻어맞으면서도 담담한 표정을 풀지 않던. 그리고 어머니를 꼭 닮은 그 남자.

우연히 합석하게 된 자리에서 남자는 무척이나 동요했다. 딱히 의도한 적은 없었지만 진운은 자신이 사람에게 얼마나 고압적으로 보이는지를 잘 알고 있었다. 190이 넘는 키에, 그만큼이나 큰 어깨. 아마 어머니가 진운을 증오할 수밖에 없었던 것은 그가 아버지를 꼭 닮아 있었기 때문일 것이다. 어머니는 여성의 평균 키에, 몹시도 미달인 몸무게를 가진 뼈대가 가늘고 선이 고운 몸집이었다.

담담한 표정을 찾으려고 노력하는 남자를 모르는 척해 주었다. 어쩌면 진운만이 알아본 가면일지도 모른다. 제 얼굴에도 같은 가면이 씌워져 있기 때문에 알아본 동질감.

뜯어볼수록 어머니를 닮은 구석이 하나 없는 얼굴이었다. 긴 목과 팔다리, 남자치고 선이 가는 몸과 흰 피부 말고는 하나도 닮질 않았다. 하지만 그 담담한 시선과 표정 탓인지 얼굴도 닮았다는 생각을 했었다. 가까이서 들여다본 남자의 얼굴에선 어머니를 찾을 수가 없다.

"이렇게 합석하게 되었는데, 일행을 앞에 두고 자작은 곤란합니다."

흥미롭다. 처음 봤을 때도 그랬지만 이상하게 이 남자에게는 동했다. 게다가 어차피 같은 쪽 사람이 아닌가. 그냥 하룻밤을 보내자 말을 하고 싶었다는 것이 아니다. 그저 이 남자를 알고 싶었다.

얼굴 가득한 멍과 생채기가 대충 상황을 설명해 주고 있다. 놀라 굳은 채 저를 올려다보고 있는 정현의 표정은 몹시도 예뻤다. 점점 이 상황이 재미있어졌다. 승부를 하는 순간을 제외하고는 한 번도 재미라는 것을 느껴본 적이 없었는데 이상하게 오늘의 술자리가 재미있었다.

아니다. 진운은 사실 알고 있다. 태어나서 처음으로 그의 마음을 동하게 만든, 하지만 임자가 있는 사람이라 그저 스쳐 지나갈 수밖에 없었던 사람이 느닷없이 뛰어와 제 방어선을 훌쩍 뛰어넘고 들어와 있다는 사실 자체가 너무나도 흥미롭고 재미가 있었다. 아마, 이 모든 것은 저 남자 탓이다. 그리고 저 남자를 더 알고 싶었다.

우연히 선물해 준 사랑스러운 것을 향해 손을 뻗었다. 이렇게나 계속된 우연이라면 운명이라 치부해도 상관없지 않을까. 단 한 번도 운명이라는 단어를 상상해 본 적도 없던 진운은 기꺼이 이 운명을 받아들였다. 세상이 단 한 번도 그에게 허락해 준 적 없던, 사랑스러운 모든 것.

"짠."

그 이후로도 그다지 많은 대화가 오가지 않았다. 저처럼 침묵이 편한 사람이라는 것도 기꺼웠다. 침묵을 편해하는 사람의 대부분은 상처가 있는 사람이다. 하긴, 그런 미친놈을 만나는데 상처가 없겠는가.

갑자기 그의 애인에게 생각이 가 닿자 조금 마음이 상하고 말았다. 지금, 저가 하고 있는 짓은 한 사람에게 푹 빠진 사람이 할 만한 짓이다. 태어나서 처음 하는 이런 짓을 하는 자신이 너무나 놀라워 자꾸만 더 눈앞의 사람이 현실감이 없어졌다.

[어디 가세요?]

[담배 한 대 피우려고요.]

[저도 한 대 주실 수 있을까요?]

담배를 건네다가 손가락이 맞닿았다. 이상할 정도로 뜨거운 느낌이다. 물리적인 뜨거움이 아니라 그저 혼자에게만 느껴지는 뜨거움. 언제나 서늘한 온도를 유지하고 있던 심장이 자꾸만 뜨거워졌다. 이런 낯선 감정이 무엇인지 몰라 혼란스러웠다.

담배를 나누어 피운 이후로는 제법 대화라는 것을 하기 시작했다. 대부분 관심 없는 세상 이야기였다. 대한민국 국민이라면 누구나 알고 있을 여배우의 스캔들이라든가, 이번에 새로 나온 영화 이야기라든가. 그것을 알고 있는 것은 한수연의 쉴 새 없이 떠드는 입 덕분이다. 처음으로 그 입의 덕을 보았네.

[좋아하는 음악 장르가 있나요?]

[가리지 않고 이것저것 듣는 편이지만, Queen 노래를 좋아해요.]

[아, 그런 것 같더군요. 기차 옆자리에 앉았을 때 익숙한 곡조가 들려와서.]

[Queen 좋아하세요?]

[싫어하는 사람도 있나요?]

저와 상관없는 사람을 좋아하지도 싫어하지도 않지만 굳이 따지자면 싫어하는 축에 속할 가수를 좋아한다는 거짓말을 해버렸다. 거짓말을 하면서 식은땀이 나는 것 같은 기분도 처음이다. 셀 수 없는 거짓말을 해왔고 들어왔지만 단 한 번도 죄책감을 느껴본 적은 없었다.

하지만 몹시도 잘한 선택이었다. 취향이 같다는 생각이 들었는지 대화가 조금 더 부드러워지고 친밀해지기 시작했다. 목이 타들어 가는 것 같아서 자꾸만 술만 들이켰다. 그러다 보니 안주도 동이 났고, 정현도 조금 취기가 오르는 것 같았다. 술을 마시며 알게 된 남자의 이름은 정현, 저보다 6살 어린 29살이었다.

[얼굴이, 왜 그래요?]

[아, 친구랑 싸워서……]

[쌈박질 같은 거 할 성격으로 보이진 않는데.]

[녀석은 눈탱이가 밤탱이가 되었어요.]

[의원데?]

[진짜예요. 뭐, 믿기진 않겠지만.]

정말 믿기지 않는 일이었다. 그날도 정현은 머리채가 잡힌 채 한번 반항도 없이 곱게 끌려 나갔다. 오히려 그런 태도 때문에 상대가 더 흥분하는 것 같아 보이는데도 아랑곳하지 않았다. 그, 양동철 의원의 아들이라던가. 아마 저 얼굴도 그 미친 작자가 만든 것이겠지.

하지만 그가 보기에 정현은 말을 하지 않으면 않았지 거짓말을 할 사람은 아니었다. 왜 그렇게 생각을 하냐고 묻는다면 그냥, 느낌이라는 말로밖에 설명을 할 수가 없다. 그는 그런 느낌을 주는 사람이다. 저와는 전혀 다르게 성실하고, 여리다. 그러니까 거짓말이 아닐 터였다.

[믿어.]

[네?]

[믿는다고.]

그 단순한 말이 무엇이기에 폭력 앞에서도 담담하던 정현의 눈물을 터뜨린 걸까. 술 탓인지, 제 말 탓인지는 모르겠지만 눈물을 터뜨리고 감정을 폭발시킨 정현 앞에서 그는 침묵했다. 그러고는 그저 정현의 등을 쓸어주었다. 괜찮아, 괜찮아. 단 한 번도 그가 들어본 적이 없던, 간절하게 듣고 싶던 말이었다.

갑자기 사람이라도 달라진 것처럼 정현은 폭주했다. 쉬지 않고 술을 넘기고 쉬지 않고 무엇인가를 말했다. 그 개자식과의 이별도. 아마 그간은 들어줄 사람이 없어서 하지 못하고 목구멍으로 꾸역꾸역 삼켰을 말을 폭발시키는 것 같았다. 그것을 알 수 있는 것은 진운도 그렇게 삼켜내고 있기 때문이었다.

정현의 인생은 엉망이었다. 사소한 실수를 한 것치고는 엄청난 대가를 치르고 있었다. 친구의 아픔에 제 아픔을 말해 줄 수 있는 사람은 다정한 사람이다. 정현은 다정하고 따뜻한 사람이었다. 다만 그를 둘러싼 모든 것들이 그것을 꽁꽁 얼려 버리고 있었다.

그 남자를 만난 것도 그렇다. 외로워서, 누군가 제 말을 들어주었기 때문에 마음을 준 것치고는 너무 많은 것이 희생되어야만 했다. 폭력과 강간이 난무하는 정현의 삶 앞에서 그는 그저 고개를 끄덕이는 수밖에 없었다. 강간은 사람의 영혼을 죽인다. 겪어 봤고, 겪게 했다. 그것이 스스로를 용서할 수 없는 이유다. 차라리 몰랐으면 얼마나 좋았을까.

한국에 돌아온 이후, 폭력을 당하고 있는 사람을 보면 저도 모르게 움직여 돕게 되었다. 강간을 당한 피해자가 그 치부를 이야기해 줄 리가 없었기 때문에 미혼모 시설이나 고아원에 기부도 했다. 하지만 어떤 것으로도 용서받을 수 없다는 것을 잘 알고 있다.

눈앞의 남자는 그 모든 것을 겪어 낸 사람이다. 진운은 그에게 자꾸만 더 마음이 쏠리는 자신을 발견했다. 저처럼 버석하게 메마른 영혼이 보였다. 위로하고 싶고, 위로받고 싶었다. 어쩌면 이 사람이라면 저를 이해해 줄 수도 있다는 근거 없는 믿음도 생겨났다. 이상한 일이다. 그의 다정함을 훔쳐보았기 때문이 아닐까.

[자자, 이제 그만 마시고.]

[형.]

[응?]

[난 게이야.]

알고 있다. 너의 괴로움을, 너의 인생을 훔쳐봤던 적이 있었다. 하지만 진운은 그 말을 삼키고 침묵했다. 그저 다시 한 번 등을 토닥이며 제가 간절하게 듣고 싶던 말을 했을 뿐. 괜찮아. 괜찮아. 넌 잘못한 게 없어.

폭주하는 와중에도 정현의 목소리는 겨우 귀를 기울여야 들을 만큼 작았다. 저 와중에도 제 아픔을 마음대로 풀어놓을 수 없는 정현이 안타까웠다. 술을 마시고 있던 지하 바에서 바로 객실로 올라갔다. 호텔 방으로 올라가 단둘이 되어서야 정현은 마음껏 목소리를 냈다.

[형.]

눈물로 얼룩진 멍투성이의 얼굴을 들고 정현이 저를 불렀다. 그러고 보니 정현의 이름을 들었고 나이를 서로 알게 된 마당인데도 이름을 알려준 적이 없었다.

[김진운.]

[응?]

[내 이름이야. 김진운.]

[김진운…….]

제 이름을 되뇌는 얼굴이 사랑스럽다. 참지 못하고 입술을 가져다 댔다. 꽤 담백하고 조심스러운 입맞춤이었다. 정현의 볼을 타고 흐르던 눈물이 진운의 볼로 옮겨와 흘러내렸다. 몹시도 이상한 기분이다.

[그만둘까?]

[아니…….]

정현의 떨리는 입술이 목에 와 닿았다. 우묵한 곳에 코를 묻은 정현이 아이처럼 뺨을 비벼댔다. 사랑스럽다. 어머니의 가련함을 그대로 닮은, 삶이 아프고 세상이 두려운 아이.

[안아 줘.]

그 말을 끝으로 이성이 끊어졌다. 그렇게 시작된 성애는 해가 지고 밤이 찾아와도 멈추지 않았다. 몇 번의 삽입을 하고, 몇 번의 오르가즘을 느꼈는지 헤아릴 수도 없을 지경이다. 정현의 가느다란 몸은 소금물 같았다. 아무리 마셔도 더 목이 말라오는, 뜨겁고 짠 소금물.

허겁지겁 삼켰다. 까무룩 잠이 들었다가 깨어나 다시 한 번 이 모든 일탈을, 애정을 갈구하는 정현을 밤새도록 가졌다. 저도 모르게 지쳐 잠이 들어 버린 후, 일어났을 땐 정현은 가고 없었다. 드디어 손에 잡았다고 생각했던 희망이 손가락 사이로 빠져나갔다.

"너 요새 왜 그래?"

"뭐가."

"어디 나사 하나 빠진 것 같다고 김 실장님이 걱정하던데."

오랜만에 찾아온 수연의 눈에 비치는 제 모습은 스스로도 엉망이라는 걸 느낄 정도로 까칠했다. 약간 마른 볼을 머쓱하게 쓸어내려 보지만 날카로운 여자의 눈빛을 피할 수는 없었다.

"가자."

"어딜?"

"밥 먹으러."

정현이 그렇게 사라져 버린 후에 그 작은 도시를 온통 뒤져보았지만 그를 찾을 수는 없었다. 어쩌면 강 집사에게 전화를 걸어 한마디만 하면 될 일일지도 모른다. 하지만 정현이 그렇게 가 버린 이유를 몰랐기 때문에 그렇게 하고 싶지 않았다. 누군가에게 강압적으로 사랑을 갈구하기엔 스스로의 첫 경험이 너무나도 쓰고 저렸다.

처음 정현을 보았던 게이 바에 멍하니 앉아 정현을 기다리기도 해보

앉지만 정현은 나타나지 않았다. 정현의 삶을 망친 개자식도 물론. 슬쩍 물어본 바텐더는 고개를 내저었다.

며칠 전 와서 바를 뒤집어놓고 거금을 내놓고 사라졌다고 했다. 인테리어를 새로 할까 사장님이 고민 중이라면서.

"여기 참 맛있대. 인터넷 뒤져보니까 난리더라. 넌 처음 와 보니?"

"응."

그렇게 들어선 작은 우동집은 수연과 그를 끝으로 만석이었다. 수연의 수다에 적당히 대꾸해 주면서 자리에 앉았다. 뺨에 와 닿는 시선이 따끔했다. 묘한 기시감을 느끼며 고개를 돌려 바라본 곳에는 정현이 서 있었다. 그때와 똑같은 표정을 짓고서.

"찾았어."

"응? 뭘?"

"마음에 드는 거."

흡족한 표정을 바라보며 수연은 고개를 절레절레 내저었다. 식사를 어떻게 마쳤는지도 잘 기억이 나지 않았다. 정현에게 농담을 건네는 수연을 저지한 것은 질척한 질투심이었다. 정현을 제 눈에만 담고 싶고, 아무에게도 보이고 싶지 않았다. 불타오르기 시작한 독점욕을 스스로 감지해 낼 만큼 이상하게 타올랐다.

"저 미남 사장, 불쌍하네."

"왜."

"저 가게가 마음에 든다는 거 아니야? 그래서 갖고 싶은 거? 결국 너한테 빼앗기게 되겠지. 넌 참 소유욕이 강한 개새끼니까."

15년간이나 함께해 온 친구의 눈을, 발랄해 보이지만 냉철한 수연의 눈을 속일 수는 없는 노릇이다. 그저 어깨를 으쓱하고 다시 한 번 등 뒤의 우동집을 바라보았다. 어쩌면 수연의 말이 맞는지도 모른다. 절대로 정현을 다시 놓아줄 마음이 없는 자신은 개새끼인지도 모른다.

날마다 찾아가 밥을 먹고, 카드를 건넸다. 손가락이 스칠 때마다 정현은 놀라 굳는다. 그날, 혹시 불쾌했던 걸까. 섹스가 오랜만인데다가 저도 모르고 있던 기다림을 먼저 깨달은 몸이 그를 너무나도 지치게 했던 것은 아닐까. 어느 쪽도 희망적이지 못했다. 진운은 그가 좋아하는 음악을 좋아한다며 거짓말을 했던 때가 떠올랐다. 천천히, 더 조심스럽게 다가가야 한다.

정현의 가게에서 회식을 하고, 세를 내겠다는 말을 하자 정현은 무척이나 놀라는 것 같았다. 하지만 회식에 참여하겠다는 말을 들었을 때의 직원들처럼 격한 반응은 아니었다. 단 한 번도 회식을 함께해 본 적이 없었기 때문이다. 늘 김 실장의 주도 하에 회식을 하라고 지시했을 뿐.

그 말을 하고서야 알 수 있었다. 정현은 그의 이름도 기억하지 못했다. 어쩌면 내내 기다려 왔던 것은 저뿐일 수도 있다는 깨달음이 아팠다.

자꾸만 엉겨드는 미정 씨를 평소처럼 떼어내고 싶지만 정현에게 그런 폭력적이고 무심한 모습을 보이고 싶지 않았다. 하지만 거슬리는 것은 확실했다. 자꾸만 정현의 모습을 가리는 미정 씨를 피해 느릿하게 몸을 움직였다. 잠시 시선을 떼면 간지러운 정현의 시선이 제게 따라붙었다.

아예 희망이 없는 것은 아니군. 희망의 언저리에 닿은 진운은 미정을 함부로 대하지 않은 자신을 칭찬이라도 해주고 싶은 기분이었다. 그 개자식과는 전혀 다른 모습으로 그를 대해야만 한다. 상처받고 아무나에게 제 치부를 드러내 보이지 않도록 언제나 다정하고 든든한 모습으로 보여야만 했다.

들끓는 소유욕을 억지로 다스리면서 진운은 생각했다. 믿음을 주고 기댈 수 있는 사람. 정현에게 필요한 것은 그런 사람이다. 그리고 제게도.

담배를 빌미로 가게 안에서 끄집어 낸 정현과 입을 맞추었다. 느긋한 척 내밀었던 손이 사실은 질척하고 상상도 못 할 깊이의 소유욕이라는 것을 정현이 알아서는 안 된다. 주소를 건네주었음에도 찾아오지 않는 정현을 기다리며 진운은 그날의 기억을 꺼내어 계속해서 스스로를 다스려야만 했다. 정현은 그렇게 가질 수 있는 사람이 아니었다. 어머니가 아버지를 영원히 용서하지 못하고 홀가분하게 떠나 버렸던 것처럼 그렇게 하고 싶어 하는지도 몰랐다.

그를 구렁텅이에서 빼내어 주고 싶다. 삶의 고난에서 탈출하게 도와 주고 싶다. 어머니를 닮은 그 무심한 표정을 없애 버리고만 싶었다. 그렇게 생각하면서 진운은 스스로도 몰랐다. 정현을 향해 파인 함정에 가득 달콤함을 채우고, 그를 헤어 나오지 못하게 만들고 싶어 하는 스스로의 저열한 마음을.

매일 밤 그를 기다린다. 매일같이 눈앞에 얼쩡거리던 사람이 사라지면, 게다가 그 사람이 저와 몸을 섞기까지 했던 사람이라면 궁금할 수밖에 없을 것이다. 그날, 뺨에 와 닿던 시선도 희망적이었다. 견디기 힘들 만큼 길게 느껴지지만 참는다.

그래도 정현이 오지 않는다면? 다른 계획이 필요하겠다는 생각이 든 오늘, 인터폰에 비친 그의 모습이 가져다 준 희열을 곱씹으며 느릿하게 정현을 저에게 데려다줄 엘리베이터를 원망했다. 하지만 곧 생각을 바꾸었다. 문이 열리고 늘 그렇듯 담담한 표정을 한 정현의 눈 속에서 언뜻 읽어낸 그리움이 모든 기다림을 상쇄해 줄 만큼이나 기꺼웠기 때문이다.

입술이 맞닿았다. 달콤함이 맞닿은 입술 사이를 타고 맴돈다. 잡았다. 다시는 놓치지 않을 것이다.

다정하고 헌신적인 남자를 연기하고 있다. 물론 정현에게는 헌신이 아깝지 않았다. 달콤하게 속삭여 주는 것도 어렵지 않다. 그것은 제 진실한 마음이었기 때문이다. 제가 듣고 싶은 말을 정현에게 속삭여 주면 그것으로도 정현은 만족했다. 진운도 그랬다. 그 말을 하면서 스스로 위안 받는다. 이상한 일이다.

어머니를 닮은 그가 어머니의 불행을 닮는다는 생각만 해도 미쳐 버릴 것만 같았다. 다시는 잃고 싶지 않았다. 이 모든 것은, 정현에 대한 사랑은 모든 것이 대리만족일지도 모른다. 하지만 정현을 향한 수만 가지의 색을 가진 감정 중에서, 사랑 중에서 그것은 단 한 개의 정의일 뿐이다. 그것이 전부는 아니었다.

늘 정현을 걱정하지만 진운은 알고 있었다. 정현은 나약하지 않았다. 그간의 불행을 이기고 삶을 유지해 올 만큼 용기를 가지고 있고 제게 상처를 준 사람들을 용서할 만큼 다정한 면모를 가지고 있다. 정현은 자신처럼 저열하고 질척한 쓰레기가 아니었다. 더 소중히 대우받고, 사랑받을 가치를 가진 사람이다. 정현이 만났던 것이 그 미친 자식이 아니고 다른 제대로 된 어른이었다면 손이 닿을 수 없을 만큼 고결하고 아름다웠다.

그런 정현이 제 상처를 드러내며 무너질 것처럼 위태한 모습을 보일 때면, 아웃팅을 했다던 그 미친 여자와 정현의 삶을 파괴한 그 남자를 죽여 버리고 싶은 마음이 들었다. 아버지가 어머니의 첫사랑을 바다에 빠뜨린 마음을 이해할 수가 있을 지경이었다. 단 한 번도 아버지를 이해하거나 용서할 수 있는 순간이 올 것이라고 생각해본 적이 없었는데. 진운은 제가 아버지의 아들임을 실감했다.

하지만 때로는 견딜 수 없는 순간이 왔다. 정현의 삶에는 그 남자와 함께했던 시간이 얼룩져 있었다. 생각보다 더 많고 깊은 얼룩 때문에 평정심을 잃을 때도 있었다.

그날도 그랬다. 몇 번의 회식을 거듭하자 정현의 친구라는 영우와 직원들이 친해졌고, 이제 회식 장소는 아예 정현의 가게로 굳어지고 말았다. 정현이 남의 눈에 띄는 것은 반대였지만 그렇게 정현의 삶에 녹아드는 것도 나쁘지만은 않았다. 그래서 들끓는 소유욕과 치열하게 싸워야만 했다. 느긋한 척, 가게 일을 하며 때로 제게 몰래 시선을 보내는 그 모습을 바라보면서. 눈이 마주치면, 정현의 얼굴이 조금씩 환해지는 것을 보며 온몸으로 환희가 내달렸다.

정현이 영우의 심부름을 하러 가게에서 사라지고 나자, 이 작은 가게와 그 가게를 꽉 채운 사람들에 대한 흥미를 잃었다. 담배가 고팠다. 정현은 담배를 피울 때면 큰 눈을 조금 나른하게 내리깔았다. 그 모습을 상상하자 몸 끝이 단단해지는 것 같았다. 시도 때도 없이 정현을 향해 발정하는 제 모습이 짐승 같았다.

"담배 한 대 주시죠."

귀찮게 따라붙은, 사실은 정현의 곁에서 영영 치워 버리고 싶은 영우를 향해 담뱃갑을 던지듯이 건넸다. 할 말이 많아 보였지만 내내 망설이다가, 이내 결심한 듯 입을 여는 것이 같잖고 짜증이 났다. 정현의 곁에 있는 어떤 것도 모두 다 치워내고 저로만 가득 채우고 싶었다.

"정현이, 참 많이 힘든 앱니다. 괜히 건드려서 들쑤실 생각은 하지 마시죠."

역시나 짜증나고, 같잖은 말이 들려온다. 안 그래도 치워 내고 싶은 이물질이 그런 말을 해오자 속이 부글부글 끓었지만 애써 표정을 갈무리했다. 정현의 힘든 인생을 모르는 것은 아니지만 어릴 때부터 친구였다는 영우를 소홀히 대할 수는 없는 노릇이었다. 진운이 연기하고 있는 다정한 남자는 그렇게 하지 않을 것이 분명했다.

"그럴 생각 없습니다."

"걔, 진짜 미친놈 만나서 고생 많이 한 애라고요."

"들었습니다."

물론 정현에게 전부 다 들었던 것은 아니지만. 정현은 술에 취하지 않으면 힘든 기억을 말하는 적이 없었다. 그때를 떠올리기조차 싫다는 듯 그저 나른하게 평온한 현실에 취한 표정을 하고 있을 뿐이다. 그래서 정현이 술을 많이 마시는 것이 싫었다. 그렇게 하기 위해선 다정한 남자 연기를 잊어서는 안 된다.

뜨악한 표정으로 놀라 굳어져 있는 영우를 보고 자신의 선택이 맞았다는 것을 깨달았다. 저걸 얼른 치워 버려야 하는데. 도대체 어떤 방법으로 치울 수 있을까. 누구도, 저보다 정현을 많이 봐서도 알아서도 안 된다. 하지만 절대로 폭력적인 방법을 취할 수는 없는 노릇이다. 그냥, 눈치 있게 스스로 꺼져 주었으면 좋으련만.

"양재원은 진짜 미친놈이에요. 생각하는 것과 차원이 다른 미친놈이라고요."

눈빛으로 사람을 죽일 수 있다면 얼마나 좋을까. 감히 그 이름을 제 앞에서 내뱉은 저 인간을 용서할 수가 없을 지경이다. 정현의 인생에서 지우고 싶은 그 이름은 쉽게 지워지지 않는 상흔이고 얼룩이었다.

"정현 씨가 좋은 친구를 두었네요."

멀리서 정현의 모습이 보이기 시작했다. 그 모습을 보자 절로 미소가 지어졌지만 영우를 향한 시선을 돌리지는 않았다. 할 수만 있다면,

그럴 수만 있다면.

"다 알고 있고 앞으로는 제가 다 알아서 할 테니 영우 씨는 신경 써 주시지 않으셔도 됩니다. 고맙습니다."

이만 꺼지라는 소리를 제대로 알아들은 것이 틀림없다. 주춤대는 영우에게 충분히 경고했고 알아들었다는 것을 알아챈 진운은 만족스럽게 정현을 향해 몸을 돌렸다. 그러곤 함께 가게로 들어섰다.

여전히 골목길에 서 있는 영우에게 경고의 시선을 던지는 것도 잊지 않았다. 눈이 마주치자 영우가 살짝 목을 움츠리면서 인상을 써 보인다. 생각보다 똑똑한 녀석이군. 진운은 제 안의 영우의 평가를 조금 올려보기로 결심했다.

한번은 또 그랬다. 정현의 차가, 그냥 차가 아니라 양재원에게 받은 것이라는 것을 알게 되었다. 진운은 그때까지만 해도 정현이 운전을 하지 못하는 줄 알고만 있었다. 운전하는 모습을 한 번도 보지 못했기 때문이다.

아무리 지워내려고 노력해 보아도 정현의 인생에 묻어 있는 놈의 흔적은 저를 조롱하는 것만 같았다. 머리가 돌아 버릴 것 같은 상태로 정현에게 어울릴 만한 차를 찾았다. 하지만 어느 것도 흡족하지 않았다. 정현에게는 가장 좋고, 가장 아름다운 것만이 어울린다.

그러다 문득, 제 것과 같은 차를 사야겠다는 생각이 들었다. 게이의 특성상, 커플 아이템을 하기는 어려웠고 정현은 거추장스러운 것을 좋아하지 않을 것이라는 근거 없는 믿음 탓이다.

커다란 SUV가 정현에게 어울릴 턱이 없지만 하얀색이라는 점이 한 가지 위안이 됐다. 본가에 가 있는 정현 대신 당장 매장으로 뛰어가 계약을 했다.

직접 건네면 받지 않을 것 같아서 정현에게 전달해 주는 일을 남에게 떠맡겨 버렸다. 역시나 정현은 받고 싶지 않아했다. 심지어 사무실에 있는 진운을 찾아올 만큼이나.

거절당할 수도 있다는 것을 알고는 있었지만 생각보다 더 더러운 기분이었다. 그 새끼는 되고, 나는 안 되는 이유가 뭘까.

몰아붙인 끝에 들은 이유는 생각지도 못하던 것이었다. 처음으로 정현이 그와의 만남을 정리하는 일을 두려워하고 있다는 것을 알았다. 저만 이 관계를 지속시키기 위해 전전긍긍할 뿐이지 정현은 늘 그렇듯 모든 것에서 해탈해 있는 줄로만 알고 있었다.

자꾸만 취한다. 정현에게 매혹당한 그때부터 그의 인생은 온통 정현에게 기울어 있었다. 스스로 매어 버린 굴레는 생각보다도 더 단단해서 풀 수가 없다. 풀고 싶은 마음도 없지만 영원히 풀려나지도 못할 것만 같다.

정현은 이제 어머니의 잔상이 아니다. 실체를 가지고 숨을 쉬고 있는 진운의 전부였다. 처음엔 어머니의 불행한 인생을 어머니와 닮은 사람을 사랑하면서 잊고 싶어 했는지도 모르겠다. 하지만 이제 그보다 더 소중해졌다.

오직 정현만이 그를 웃게 한다. 그를 숨 쉬게 하고 움직이게 했다. 정현을 빠뜨리고 싶어 하던 달콤한 함정에 진운이 먼저 잠겨 버렸다. 하지만 벗어나고 싶지가 않다는 게 문제다. 영원히, 이 달콤함에 잠식당하고 싶다. 사랑을, 하고 있다.

상황의 심각성을 제대로 깨달은 것은 동경에 불이 났던 일 때문이다. 정현과의 시간이 거듭될수록 자꾸만 세상이 제게 했던 잔혹한 일을 잊었다. 달콤함에 취해 버려 날카롭게 벼려져 있던 감각들이 무뎌지고 있는 동안 양재원이란 정신병자는 정현을 압박하고 있었다.

정현의 모든 것을 통제했어야만 했다. 하지만 그 통제라는 것이 어머니를 얼마나 불행하게 만들었는지 잘 알고 있었기 때문에 망설였고, 무뎌진 감각이 때를 놓쳐 버렸다.

영우를 만나 설득하고, 영우가 모시고 온 아버지를 만나 새로운 동경에 대해 설명하는 동안도 정현은 세상을 등진 채 숨어 있었다.

그는 싸워야 했다. 정현이 버린 세상과 더 치열하게. 한번 실패를 겪었고 겨우 다시 나온 세상이 정현에게 더 잔인한 짓을 하기 전에. 그런 것들은 하나도 힘들지가 않았다. 하지만 진운은 무척이나 지치고 말았다.

이대로 정현이 숨죽여 세상으로부터 숨어 제 등 뒤에 안주해 주길 바라는 치졸한 진심. 그것과 싸우느라 녹초가 되고 말았다. 게다가 자꾸만 밀어내려는 정현이 더 아팠다. 정현은 자꾸 진운을 외면하고 있었다.

무슨 마음인지 어떻게 모를 수가 있을까. 애인이 있다는 것도 물론 정현에게 손을 내밀지 못한 이유이기도 했지만 진짜 이유는 따로 있었다. 진운은 저와 긴밀하게 얽힌 사람들은 파괴하는 인간이었다. 어머니의 인생이 그랬고, 노아의 인생이 그랬다. 트라우마에서 벗어나지 못한 상황에서 제 인생이 정현을 망칠까 두려웠던 적이 있었다.

하지만 언제나 선택에는 대가가 따랐다. 정현을 위해 놓아 주고 그를 갈망하며 말라죽어 가는 것이 좋은지, 제 곁에 정현을 두고 불행해져 가는 그를 보면서 미쳐 죽어가는 것이 좋은지 선택해야만 했다. 진운은 후자를 택했다. 어쩌면 지독하게 이기적인 선택일지도 모르겠지만 어떤 선택도 최악이라면 정현을 곁에 두는 쪽을.

정현을 불행하게 만들지 않기 위해 노력이라도 해볼 수 있는 선택에 반해 전자는 그가 할 수 있는 것이 아무것도 없었기 때문이다.

"도망쳐요. 그쪽까지 끌고 들어갈 생각은 없습니다."

그 말을 듣기 전까진 그저 이기적인 선택일지도 모른다는 생각만 했을 뿐, 그렇게까지 제게 절박한 선택이라는 것을 몰랐다. 정현이 할 수 있는 최선이었고, 그를 향한 마음이 여실히 배어 나오는 말이라는 것을 잘 알고 있으면서도 참을 수가 없었다. 손안의 유리잔이 깨지고 피가 흘러내렸다. 그깟 상처는 어린 시절부터 익숙했던 것이라 상관이 없다. 다만, 정현의 말이 그의 가슴을 헤집고 남긴 상처가 더 아팠다.

"내가 다 알아서 할 테니까 걱정하지 마."

스스로 한 말에 베어 아파하고 있는 정현이 안쓰럽고 사랑스럽다. 배신감과 모멸감만 느껴질 줄 알았는데 그렇지가 않았다. 정현의 모든 것은 그에게 유의미하고 사랑스럽다. 심지어 헤어지자는 말조차.

모든 것을 다 베풀어 줄 수 있다. 해주고 싶은 것이 아주 많았다. 세상 사람들이 행복의 지수로 치는 돈이라는 것을 차고 넘치게 가지고 있었다. 다만, 사랑이 필요할 뿐. 그 사랑에게 모든 것을 다 베풀어 주고 싶었다. 그리하여 정현을 가장 행복한 사람으로 만들어 주고 싶었다. 내내 망설이던 말을 입 밖으로 뱉었다. 언제나 들려주고 싶었던 말이지만, 정현의 인생을 파괴할까 두려워서 하지 못했던 말이었다. 하지만 생각보다 말을 하고 나자 무겁게 짓눌리는 것 같았던 마음이 가벼워지는 것을 느꼈다. 아, 나는 이 말을 하고 싶었구나. 정현에게서 사랑을 속삭이고 사랑한다는 말을 듣고 싶었구나. 정현을 가장 행복한 사람으로 만들어 주기 위한 모든 노력은 오히려 진운을 행복하게 만들어 주었다. 정현은 아무것도 하지 않아도 그 존재만으로도 그를 그렇게 만들고 있었다.

"정현아, 사랑해."

"난 아니에요."

"괜찮아. 내가 사랑하니까."

지금도 거짓을 말하는 입술을 삼키고 싶다. 덜덜 떨리는 목소리로 거짓을 말해 보았자 전혀 설득력이 없다. 오히려 그렇게까지 애를 쓰는 모습이 더 사랑스러워 보일 뿐. 어쩌면 정말, 진운은 미쳤는지도 모르겠다. 애써 숨기고 있는 광기는 언제나 정현을 향해 쏟아졌다. 광기 어린 집착에 익숙한 정현만이 모를 뿐.

"정현아, 사랑해."

"미안해요."

미안하다는 말이 듣고 싶었던 것이 아니다. 하지만 진운은 기다렸다. 정현을 얻기 위해서 얼마나 많은 시간과 공을 들였던가. 어쩌면 처음 애인에게 얻어맞고 있었던 그 순간부터 진운은 그를 기다렸는지도 모른다. 망설이는 정현을 기다렸다.

"사랑해요."

결국 눈물을 터뜨린 정현을 품에 안았다. 드디어, 사랑을 품에 안는다. 언제고 한순간이라도 사랑이 아닌 적 없던 사랑의 사랑고백을 안았다. 진운은 눈을 감았다. 행복했다.

태어나서 처음으로 어머니의, 아니 아버지의 이야기를 했다. 정현은 그가 내어 주는 모든 것을 달가워하지 않았다. 돈은 문제가 아니었다. 언제든 전화 한 통화면 채워지는 숫자에 불과한 것이다. 돈을 싫어하는 사람이 어떻게 존재한단 말인가. 그런데 정현이 그렇다. 차를 사주었을 때도, 동경을 고쳐주었을 때도 화를 낸다.

"어릴 때부터 돈 많은 어머니 밑에서 자랐어요. 아버지라고 해야 하나. 하지만 단 한 번도 그 돈이 날 사랑해서 나에게 쓰인다는 느낌을 받지 못했어. 입막음이라든가 방치의 대가면 모를까."

억지로 쥐어줄 수도 있다. 반항하지 못하도록 하는 방법을 수백 가지도 더 알고 있었다. 그래선 정현의 인생을 파괴한 미친놈과 동급이 될 뿐이다.

알아본 결과 정현의 인생은 생각보다도 더 너덜너덜했다.

그렇다면 동정을 받자. 진운의 인생은 누가 들어도 동정할 수밖에 없는 많은 이야기들을 가지고 있었다. 마음이 여린 정현에게 가장 잘 먹힐 수 있는 방법은 폭력이 아니라 동정이다. 저 지경으로 망가져 버린 후에도 정현은 누군가에게 동정을 해줄 수 있을 만큼 강하고 아름다운 마음을 가졌다.

"그래서 난 나중에 크면 꼭 사랑하는 사람을 위해서 돈을 쓰고 행복하게 해주겠다고 다짐했었던 것 같아요. 좀 우스운 이야기지만 난 그랬어. 그래서 난 지금 그쪽한테 돈을 쓰고, 정현 씨가 내 돈을 쓰는 게 행복하고 좋아요. 이상한가?"

"……."

"나를 위해서 돈을 줄 사람은 있어요. 하지만 난 내가 사랑하는 너한테 돈을 쓰고 그 돈이 널 행복하게 만들어 주길 바라는 거야. 그러니까 그냥 받아주면 안 돼? 그게 그렇게 어려운 일인가?"

"……아니요."

슬픈 미소를 연기한다. 그것만으로도 가슴이 아프다는 표정을 한 정현이 사랑스럽기 그지없다. 저렇게 세상에 속고도 그는 하나 때가 묻지 않았다. 그 사실이 사랑스러우면서도 안타깝다. 그렇기 때문에 상처가 많았던 것이다. 더 이상 정현이 상처 하나 없이 살아가길 바란다. 하지만 저 순수함을 잃는 것도 기껍지가 않다. 그렇다면, 역시 정현을 제 팔 안에 가두고 내내 다른 것들이 감히 정현에게 상처를 낼 수 없도록 하는 수밖에.

잠시 주춤하는 틈을 타 돈을 썼다. 사실 진운이 가장 잘하는 일일지도 모른다. 그런데도 이상하게 갈증이 난다. 처음 정현을 삼켰을 때 소금물 같다고 생각했던 것처럼 갈증이 났다. 아무리 퍼내어 주어도 모자랄 것 같은 느낌이 자꾸만 초조해졌다.

갑자기 정현과 연락이 닿지 않게 되었을 때가 되어서야 그 초조함이 무엇인지를 깨달았다. 그 초조함은 정현을 상처 입히는 모든 것으로부터 지키기 위해 예민해졌던 감각이 주던 경고였다.

정현이 사라졌다. 누군가에게 끌려가는 CCTV 영상만을 남긴 채로. 그리고 진운은 그 사람이 누구인지 잘 알고 있었다.

양재원이 남긴 쪽지를 보았던 날이 생각났다. 하마터면 참지 못하고 정현 앞에서 본성을 드러내는 허튼짓을 할 뻔한 날. 당장 경호원을 붙이자는 제안에 정현은 완강하게 거부를 했다. 상대가 미친놈이기 때문에 어떤 짓을 할지 몰라 내린 결정이었는데, 너무 완강한 거부에 부딪히자 잠시 망설여졌다. 게다가 또 그 끔찍한 독점욕이 발동하기 시작했다. 정현이 스스로 제게 기대오기를 바랐던 것이다.

그를 아는 모든 사람들은 목적을 가지고 진운을 대했다. 그 궁극점은 결국 돈이었다. 아버지의 화수분처럼 마르지 않을, 진운의 능력으로 벌고 있는 돈들. 하지만 정현은 달랐다. 그저 한 푼 값어치도 없을 제 애정을 갈구할 뿐이다.

관계를 주도하는 것은 진운이지만, 관계의 우위를 점하고 있는 것은 정현이다. 정현이 삶의 주축인 진운에게는 어쩌면 당연한 일인지도 모르겠지만 때로 불안했다. 정현이 저를 버리고 간다면 제 삶은 산산조각 날 것이 분명했기 때문이다. 그러니까, 정현이 기대오기를 바랐고, 돈의 맛을 알기를 바랐다. 그에 취해서라도 저를 버리는 일이 없도록.

그런 저열하고 치졸한 마음으로 정현을 대하고 있는 새에 정현이 사라졌다. 강 집사를 을러보았지만 전혀 소용이 없었다. 정현이 사라진 순간부터 사실 알고는 있었다. 이 상황을 해결해 줄 수 있는 단 한 사람, 아버지.

　출국 기록을 뒤져야 했고 양 의원의 별장들을 뒤져야 했다. 그런 일을 오랜 시간 아버지의 개로 살아온 강 집사가 해줄 리 없었다. 오로지 아버지만이 지금 정현을 구할 수 있었다.

　먼저 전화를 걸게 될 일이 생길 줄은 상상도 하지 못했다. 하지만 지금으로선 방법이 없다. 진운은 재빨리 다시 전화기를 들고 절대로 누르지 않겠다던 번호를 찾았다. 그리고 통화버튼을 눌렀다.

　ー여보세요.

　느릿하고 낮은 음성이 들려왔다. 이렇게까지 해야 하나라는 생각은 들지 않았다. 정현을 위해서라면 하지 못할 일들이 없었다. 하지만, 그래도, 모멸감이 드는 것은 어쩔 수가 없었다.

　"도와주세요."

　ー무엇을.

　"이미 다 전해 들으신 거 아닙니까."

　으르렁거리는 목소리에도 아버지는 여유롭게 웃었다. 분노가 차오르지만 참았다. 언제나 아버지를 대할 때면 그랬지만 참은 적은 처음이었다. 아버지는 진운이 당신 앞에서 무슨 짓을 하더라도 참지 않은 적이 없었다. 단 하나 남은 핏줄이기 때문인지, 어머니에 대한 죄책감 탓인지는 알 수 없었다.

　ー그래서 넌 내게 무엇을 줄 작정이냐.

　"지금 한가롭게 거래나 하고 있을 때가 아닙니다!"

　ー난 대가없이 움직이는 사람이 아니다. 그럼…….

이십 년이 넘도록 단 한 번도 입 밖으로 내뱉어 본 적 없는 단어가 목구멍에 이물질처럼 걸렸다. 하지만 해내야만 했다. 진운은 가래를 뱉어내듯 단어를 씹어뱉었다.

"아버지!"

─······.

침묵이 감돈다. 그 침묵이 무슨 뜻인지는 잘 모르겠지만. 이 다급한 와중에 전화가 끊겼나 싶어 들여다보았지만 무심한 통화 시간은 자꾸만 몸집을 불려간다.

─······오랜만이구나.

감격한 목소리가 중얼거리거나 말거나 지금 진운에게는 그게 급한 것이 아니었다. 그가 알 수 없는 곳에서 정현이 무슨 일을 당하고 있다는 것이 미친 듯이 아플 뿐. 더 버티지 못하고 고함을 내지르려는데 묵직한 아버지의 목소리가 들렸다.

─그래서 니가 내게 내줄 것은?

"아버지라고 불러드렸으면 알 거 아닙니까. 조만간 찾아가죠."

─건방진 녀석.

혀를 끌끌 차는 소리와 함께 전화가 끊겼다. 가만있을 수가 없어 CCTV에 찍힌 정현의 영상을 들여다보고, 정현의 차로 갔다. 하얀 차에 빨간 피가 묻어 있었다. 아마 이것도 그 개새끼가 정현을 향해 휘두른 폭력의 증거일 것이다.

"······씨발."

차를 부술 듯 보닛을 내리치는 진운의 곁에서 정현에게 붙여 주었던 녀석이 바짝 얼어서 어쩔 줄 몰라 하고 있었다. 이 새끼도 다 같이 묶어서 다 죽여 버리고 싶은 마음이지만 우선 참았다. 정현부터 찾고 난 이후, 그다음에.

"형님, 전화가 왔는데요!"

"강 집사?"

─도련님, 제 생각엔 강원도의 별장이 유력해 보이는데요. 그곳에서 상스러운 파티나 마약파티들이 벌어진다고들 하던데, 그럼…….

"주소 찍어요. 우선 먼저 출발할 테니까!"

제가 운전을 하겠다고 나서는 아버지의 사람을 내치고 엑셀을 밟았다. 미친 듯이 긁혀 지나가는 주차장 바닥이 비명을 질러 댔지만 그 소름 끼치는 소리도 진운의 마음속에 메아리치고 있는 비명보다는 덜할 것이다. 정현을 잃을지도 모른다는 두려움으로 반쯤 정신이 나갈 지경이었다.

"강 집사한테 그 별장으로 사람 보내라 그래. 빨리!"

"네, 네!"

거리를 내달렸다. 정현아, 조금만 기다려. 내가, 반드시, 이번엔 널 구해 줄게.

무슨 상황일지 몰라 구급차를 보낼 수도, 경찰을 보낼 수도 없는 노릇이었다. 어차피 권력의 개인 경찰을 믿을 수도 없었다. 그렇게 아버지의 사람들과 함께 별장에 도착했을 땐, 이미 늦어 있었다. 정현은 바닥에 쓰러져 신음하고 있었다. 어마어마하게 많은 피가 흘러나오고 있었다. 피의 색이 이렇게나 선명하고 붉은 것이었던지 처음 알았다.

"이정현! 정현아!"

정현이 눈을 끔뻑거리기 시작했다. 초점이 온전해 보이지는 않지만 그래도 아직 너무 늦은 것은 아닌 것 같았다. 그 사실을 감사해야 할지, 이 지경이 된 것을 슬퍼해야 할지 알 수가 없었다.

"정현아, 나 보여? 많이 아파? 우선 병원부터 가자. 씨발, 환자부터 옮기라고! 빨리!"

　조금 떨어진 벽에는 정현의 삶을 얼룩지게 만들다 못해 여기까지 몰고 간 사람이 덜덜 떨며 기대어 앉아 정현만을 바라보고 있었다. 진운이 들어온 것도, 많은 사람들이 피우고 있는 소란도 알지 못하는 것만 같았다. 오로지 정현만을 바라보고 있는 모습. 그것이 더 거슬렸다.

　구둣발로 차 버린 머리가 벽에 부딪치면서 빠악 심상치 않은 소리가 들려왔다. 그래도 그는 정현에게서 시선을 돌리지 않았다. 하긴 저 미친 자식이 급한 것이 아니다. 달려들어 온 아버지의 사람들이 무색할 지경으로 별장에는 단둘만이 있었다.

　"병원에 가자. 넌 안 죽어. 나 두고는 못 죽어."

　"……다에…… 싫……."

　"응? 뭐라고? 아니야. 말하지 마. 우선 병원부터 가고. 가자."

　어머니가 돌아가시기 전까지도 한동안은 눈물을 흘린 적이 없었다. 그래서인지 어머니가 돌아가시던 날엔 눈물이 잘 나오지 않았다. 그러다 어머니의 골분을 바다에 뿌리고 돌아온 집에서 한참이나 울고 말았다. 방에서 여전히 어머니의 냄새가 나고 있었기 때문이다. 어머니는 병색이 짙은 자신의 냄새가 싫었던지 퇴원 후에는 늘 평소 쓰던 향수를 진하게 뿌렸다. 그 향기가 방 안에 배어 있었던 것이다.

　눈물이 흘러내렸다. 피로 얼룩져 있는 정현의 얼굴이 잘 보이지 않을 만큼. 쿨럭 피를 토하는 모습이 무서웠다. 정말 정현이 가 버리고 이 세상에 홀로 남아 버릴 것 같아서.

　"정신 차려. 자지 마. 자면 안 돼. 정현아, 눈 좀 떠."

　희미한 웃음이 스쳐 지나가는가 싶더니 정현은 곧 정신을 잃었다. 사람들의 손길에 의해 조심스럽게 실려 가는 정현의 이름을 아무리 불러도, 그는 일어나지 못했다.

"저 사람은 어떻게 할까요?"

"죽여 버려. 흔적도 없이. 내가 다 책임질 테니까, 아니. 잠깐만."

그렇게 쉽게 끝내 줄 수는 없는 노릇이었다. 어머니가 평온하게 죽음을 맞이했던 것처럼 어쩌면 죽음이라는 끝이 저 개새끼한테는 과분할지도 모른다. 저 새끼의 세상을 지옥으로 만들고 그 한가운데서 활활 타오르게 만들어야 했다. 절대로 그런 쉬운 끝을 내줄 수가 없다.

"강 집사한테 연락해. 용인에 있는, 그 정신병원에 처넣어 두라고."

"하지만⋯⋯."

"아버지는 내가 책임질 테니까, 빨리!"

인근의 병원으로 옮겨 응급수술을 받고 수혈을 받았는데도 정현은 깨어나지 못했다. 정현은 A형, 그는 B형이다. 제 몸 안에 있는 피라도 다 빼내어 주고 싶은데 그마저도 허락되지 않았다. 정현이 정신을 잃고 있는 동안 할 수 있는 것이 하나도 없었다.

서울로 이동하는 동안도 구급차 안에서 여전히 정신을 차리지 못하는 정현을 멀거니 바라만 보았다. 부드러웠던 볼을 쓸어내리고 싶지만 엄청나게 멍이 들고 상처가 난 얼굴은 만질 수도 없을 지경이었다. 손을 들었다 내려놨다만 반복하는 새에 서울에 도착했다. 소아암 환자를 위해 수십억을 기부했던 아버지의 이름을 써먹을 기회가 왔다.

─그 청년은 누구냐.

"아실 거 없습니다."

─지금 네가 그럴 처지가 아닐 텐데?

하긴 그랬다. 혈족 2인 이상의 동의를 받아야만 입원을 시킬 수 있는 정신병원에 강제로 구금한 것도 그랬고, 그렇게 아낀다는 아들을 찾아낼 애비의 지랄을 막는 일도 그랬다. 아버지의 힘이 아니고는 할 수가 없는 노릇이다.

"원하는 게 뭡니까."

—집으로 오너라. 이렇게 전화로 할 이야기는 아닌 것 같구나.

"그전까지 해야 할 일들이 있습니다. 강 집사와 의논해서 처리하겠습니다."

—그래. 그 양동철 말인데.

멈칫했다. 역시 아버지는 모든 것을 다 알고 있었다. 하긴 모를 수도 없었을 것이다. 정현을 그 지옥에서 빼내기 위해 쓴 사람들 때문에 너무 많은 것이 노출되어 버렸다.

—그 작자, 요새 행보가 좀 그랬지. 이제 슬슬 갈아탈 때도 된 것 같았어. 어떠냐, 네 생각은?

"원하는 게 뭡니까."

—강 집사에게 편한 시간을 일러두거라.

짓씹어 삼키는 목소리에도 아랑곳하지 않고 허허 웃으며 아버지가 전화를 끊어 버렸다. 어떻게 돌아가도, 원하는 결론에만 닿으면 될 일이다. 정현을 위한 것은 어떤 것도 아깝지가 않았다. 아버지 앞에 무릎을 꿇고, 개처럼 발을 핥으라 하더라도 할 수가 있다. 다만, 정현이 제발 일어났으면.

어차피 어머니의 유언을 따라야 했다. 아버지의 모든 것을 빼앗을 기회일지도 몰랐다. 고난은 언제나 기회를 등 뒤에 숨기고 찾아온다. 고난을 찢어발기고 그 기회를 손에 넣으면 된다.

정현이 깨어났다. 그것으로 모든 것은 되었다. 죽을 고비를 넘기고 일어난 정현은 사람이 달라 보일 지경이었다. 예전처럼 감정을 숨기려 들지 않았고 솔직하게 원하는 것을 말했다. 회사로 내쫓기는 했지만 보고 싶다고 불러 주는 때도 있었다.

하지만 여전히 악몽에 시달리고 있다. 정현이 그렇게 사라진 뒤 예리하게 날을 세운 감각 탓인지 요새는 정현을 품에 안고 잘 때처럼 깊은 잠에 드는 적도 없었다. 알아들을 수 없는 잠꼬대와 비명을 거듭하다가 결국 잠에서 깨어 버린 정현이 몰아쉬는 거친 숨이 아팠다. 이제 더 이상 정현의 안전에 대한 문제에 있어서 그와 타협하는 일은 없을 것이다.

정현을 지키던 녀석은 갈아 치웠다. 흠씬 얻어맞고 퉁퉁 부은 얼굴로 제발 살려 달라며 다리를 붙들던 어린 녀석의 얼굴을 싸늘하게 내려다보았다. 다음번 주인을 알아본 개들은 알아서 녀석을 끌고 사라졌다. 대신 아버지의 수족 중에서도 가장 실력이 좋다는 사람을 강제로 빼앗았다.

아버지는 양 의원의 수족을 다 잘라 버렸다. 성북동 큰손에게 미운 털이 박혔다는 정치인을 향해 구원의 손을 내밀 사람은 아무도 없었다. 아들이 왜 그렇게 다친 몸으로 정신병원에 입원하게 되었는지 알아보던 양동철은 그 모든 일의 근원이 정현이라는 것을 알게 되었다.

두 사람을 보내 정현의 병실을 지키게 만들었다. 돌아가는 상황을 알게 된 양 의원의 보좌관이 찾아왔다가 몇 번이고 끌려 나갔다. 심지어 본인도 찾아왔지만 진운의 싸늘한 눈동자를 알고 있는 사람들은 소리 없이 그를 내쳤다. 병원이라 보는 눈들이 많아 차마 다른 쪽으로 생각하지 못하는 것이 우스웠다. 하긴, 아마 아버지의 거대한 자금력 앞에 날붙이를 들이미는 모자란 사람들이 있을 턱이 없다.

그러자 이번엔 아들이 게이 새끼라는 것을 세상에 알리겠다고 떠벌거렸다. 하지만 제 아들의 성적 취향도 그다지 멀쩡한 것은 아니었던데다 그 말을 전해들은 아버지의 분노만 샀을 뿐이다.

아버지는 겨우 얻은 아들의 환심을 사기 위해 이것저것을 궁리한 것이 틀림없다. 그간의 온갖 청탁에 관련된 자금의 흐름과 비리들의 증거를 들이대자 바로 고개를 숙였다.

때로 정현의 모습이 담긴 사진들을 정신병원으로 보냈다. 해맑게 웃고 있는 모습이나 그와 은밀한 접촉을 하는 사진들. 아버지의 사람들은 일반인인 정현이 모르게 그런 사진을 찍는 것은 일도 아니라는 것처럼 완벽하게 작품들을 만들어 냈다. 미친 듯이 날뛰는 양재원의 영상을 검토하면서 조금은 즐거워졌다. 죽을 때까지 그는 정현의 모습을 볼 수 있을 것이다. 사랑받는 정현의 아름다워진 모습을, 늙어 가며 성숙해져 가는 모습을, 행복하게 삶을 누리는 모습을.

하지만 절대로 그 더러운 손이 정현에게 닿을 수는 없을 것이다. 아버지의 막대한 기부로 운영되고 있는 정신병원엔 아버지가 처넣은 짐승들이 사육되고 있었다.

몸에 좋다는 것들, 정현이 좋아하던 담백한 음식들을 공수해 병실로 날랐다. 다시 태어난 정현은 식욕이 좋은 편이었다. 잘 먹고, 웃는 것이 보기 좋았다. 언제나 애잔하게 웃던 정현은 이제 건강하게 웃었다. 이상하게도 정현에 관련된 모든 것들에서는 운이 좋았다. 언제나 위기도, 결국은 돌아 행복이 되어 주었다.

정현의 오피스텔을 정리했다. 사고가 있기 전부터 같이 살자는 말을 했었고, 짐을 정리하러 들어갔던 오피스텔에서 그런 사고가 있지 않았는가. 그딴 곳에 정현의 발걸음이 닿는 것조차 혐오스럽다. 모든 짐을 침대가 없는 정현의 방에 정리해 두라고 지시했다. 그리고 이제는 알게 된 정현의 취향에서 벗어나는, 그 미친놈이 가져다 놓은 것이 확실한 모든 물건을 불살라 버렸다.

정현이 누워 있는 시간 동안 그는 단 한시도 쉴 시간이 없었다. 아버지를 마주하는 일 빼고는 그가 원하는 대로 착착 진행되어 갔다. 이 세상에서 그의 마음대로 되지 않는 유일한 것은 오로지 정현뿐이었다.

　퇴원을 하고 돌아온 정현에게 쫓겨난 적이 한두 번이 아니었다. 이
제는 병원도 아니고 제 집에서 쫓겨나려니 조금 억울한 기분도 없지
않았다. 정현이 무엇을 걱정하는지 잘 알고 있었지만 회사는 제가 없
어도 김 실장의 아들인 김 실장이 알아서 운영을 하고 있는데다가 그
까짓 돈을 벌지 않아도 평생토록 돈 걱정 없이 살 수 있는 돈이 여러
가지 차명계좌로 그에게 속해져 있었다. 정현은 상상도 할 수 없을, 돈
들이.
　그런 모습들이 귀여웠기 때문에 그냥 떠미는 대로 떠밀려 나왔다.
오늘은 이상하게 회사로 가고 싶지 않은 날이다. 이제는, 더 이상 미룰
수 없는 아버지와의 담판. 조만간이라고 생각했었는데 이렇게 쫓겨난
김에 가야겠다는 생각을 했다. 어쩌면 정현에게 심통이 났기 때문에
그 화를 대신 쏟아부을 사람을 찾아가는지도 모르겠다.
　"도련님. 시간 약속은······."
　"원래 보통의 아버지와 아들도 만날 때마다 시간 약속을 잡고 만나
나? 강 집사는 그래?"
　"그런 것은 아니지만, 회장님께서 보통 아버지는 아니시지 않습니
까."
　"그럼 이쪽도 그렇다고 전해. 지금이 아니면 뭐, 언젠가 때가 올 수
도 있겠지. 뒈지고 나서도 화해란 걸 할 수도 있는 노릇이잖아? 흔한
일이던데."
　몸을 돌려 다시 단 한 사람이 가족도 없이 살고 있으리라 믿을 수
없을 정도로 거대한 저택을 나서자 강 집사가 황급히 그를 잡았다. 저
번, 정현을 구하기 위해 도움을 청할 때의 고압적인 태도와는 전혀 달

랐다.

"이쪽으로 오시지요."

주변을 둘러본 강 집사는 인영이 없음을 확인하고 나서야 조심스레 작은 목소리로 속삭였다. 기쁜 건지 허탈한 것인지 잘 알 수가 없었다. 인생에서 너무 강렬한 의미를 가진 정현을 만난 이후 그 외의 모든 것이 희미해졌다는 생각이 들었다. 그래도 상관없다. 오히려 정현에게 집중할 수 있다는 것이 더 기쁠 뿐이다.

"회장님 건강에 이상이 생겼습니다."

"어디가."

"……작은 사모님과 아마도 같을……."

강 집사의 멱살을 잡아채 벽으로 던지듯 밀어붙였다. 감히 저 입에서 어머니의 이야기가, 그것도 '작은 사모님'이라는 명칭으로 나와서는 안 되었다. 아버지의 어이없는 생각의 찌꺼기들을 모두 현실로 만들어 준 것은 강 집사다. 어머니의 인생을 실제로 칭칭 묶어 버린 사람은 눈앞의 이 사람이다.

"지랄하지 마. 다시 한 번 더 지껄이면 그 혀를 못 쓰게 만들어 줄 수도 있어."

어차피 안내받을 곳을 모르지 않았다. 널브러진 강 집사를 지나 거칠게 아버지의 서재를 찾아 발걸음을 옮겼다. 뒤에서 미약한 목소리로 서재가 아니라 침실이라는 말을 듣고 나서 방향을 전환했다. 제법 재미있어 뵈는 쇼를 벌이고 있다는 생각이 들었다.

"진운이 왔구나."

아버지는 단정한 파자마를 입고 침대 헤드에 깊숙이 기대어 앉았다. 옆에 자리를 지키고 선 주치의가 제법 심각한 표정을 짓고 있었다.

"앉……."

말을 채 끝맺기도 전에 앉아 버린 진우을 보며 아버지는 쓴웃음을 지었다. 내내 그렇게 당해 놓고도 미련을 버리지 못한다는 게 이상하다. 도대체 저 감정은 무엇일까.

"간암이라면서요."

사람들의 숨 삼키는 소리가 들려왔다. 뒤늦게 침실로 쫓아들어 온 강 집사의 경악에 질린 목소리가 따라왔지만 진운도 아버지도 동요하지 않았다. 모두가 사색이 된 가운데 당사자인 부자만이 평온할 뿐이다. 아니, 평온해 보였다.

"그래. 네 엄마를 간절히 원하다 보니 같은 병으로 죽나 보지. 그럴 수도 있나 보구나."

"어머니를 들먹거리지 마세요. 그냥 죽을 때가 되니까 죽는 거지."

"너도 알 것 아니냐. 그렇게까지 해가면서 그것도 사내새끼를."

혀를 끌끌 차는 소리가 들려왔다. 얼굴빛을 보아서도, 정현의 존재를 알고 있으면서도 진운의 부탁을 들어줄 수밖에 없었던 것은 아버지의 병세가 심상치 않기 때문인 것 같았다. 아마도가 아니라, 병색이 완연한 얼굴이다. 결국 시간에 아버지는 지고 말았다. 어머니가, 아버지보다 먼저 져버렸듯이.

"뒈질 때가 되셨으면 곱게 뒈질 일이지, 무슨 말씀이 그렇게 많으십니까."

"네 엄마는 한번이라도 날 봐 준 적이 없었지. 내 돈이나, 너가 아니었으면……."

"그럼 돈으로 산 사람이 날 사랑해 주길 바랍니까?"

돈으로 사랑을 살 수는 없다. 사랑을 위해 돈으로 무엇이든 할 수는 있었다. 그 간단한 차이를 아버지는 모르고 삶을 마감하게 생겼다. 진운도 정현이 아니었다면 알 수가 없었을 것이다.

"니 녀석이 하는 짓이 뭐가 달라."

"아버지는 알지 못합니다. 영원히 알 수 없을 겁니다. 그게 어머니가 바랐던 거였는지도 모르죠."

"진운아."

"아버지를 알 수 있습니다. 하지만 이해하지는 못합니다. 저는 아버지보다 조금 더 괜찮은 남자거든요. 내 사람에게."

아버지의 표정이 일그러졌다. 아버지가 제게 집착하는 이유를 이제는 알 수가 있을 것만 같았다. 만약 정현이 하룻밤의 유혹에 굴복해 어떤 여자를 만나고, 그 사이에서 아이가 생겼다 하더라도 정현이 그 아이를 굳이 원한다면 어쩔 수가 없는 노릇이다. 반드시 가지게 해주어야 했고, 괴로워하면서도 그 아이가 정현에게 기쁨을 줄 수 있다면 그에 상응하는 대가를 주고 싶을 것이다.

하물며, 자신은 그의 아들이었다. 알 수는 있었지만 이해하지는 못할 것 같았다. 진운의 정현은 어머니처럼 좁은 집에 갇혀서 난산 끝에 망가진 몸이 더 이상 발레를 하지 못하는 것을 저주스럽게 바라보아서는 안 된다. 더 큰 세상에서 하고 싶은 모든 것을 하고, 가지고 싶은 모든 것을 가지고, 살고 싶은 대로 살아야만 했다.

그 큰 세상의 굴레를 만들어 주면 되는 일이다. 정현의 세상이 넓어지면, 그보다 더 큰 함정을 파주면 될 일이다. 아버지는 그것을 몰랐다. 실패한 사랑의 책임을 진운이 질 필요는 없었다.

"하실 말씀이나 하시죠."

"너도 알다시피, 이제 내게는 자식이라곤 너밖에……."

"본론만 부탁드립니다. 지금 제가 좀 바빠서요. 그 사내새끼가 좀 아파서 정신이 없습니다."

"너 이 자식!"

"아니면 변호사를 보내시든가요. 제 변호사와 만나게 하면 되겠습니다."

팽팽하게 당겨진 긴장을 견디지 못한 쪽은 아버지다. 어차피 시간은 진운의 편이었고 아버지의 시간이란 갑자기 선고받은 병으로 인해 더 짧아지고 말았다. 물론 이 모든 것이 연극일 수도 있다. 아버지를 닮은 저를 보자면 알 수 있었다.

지난번도 그랬다. 양재원을 정신병원에 처넣은 것을 정현이 알 수 있는 방법은 없었다. 하지만 양동철이 의원직을 사퇴한 것을 알 수 있는 방법은 많다. 정현의 병실과 퇴원해 돌아올 아파트의 TV에서 뉴스 채널을 모두 다 삭제했지만 스마트폰까지는 어쩔 수 없는 노릇이었다. 뻔한 잔꾀는 하루 만에 들통이 나고 말았다.

두렵다. 이 상황을 어찌 타파해야 할지 몰라 당황해 시간을 끌기 위해 천천히 식사를 마쳤다. 다정한 정현은 그가 식사하는 동안은 따지고 들지 않기로 했던 것이 분명하다. 다정한 정현. 그것을 깨닫자마자 이 상황을 해결할 방도가 생각났다.

[나는 사생아예요.]

일그러지는 정현의 표정을 보고 깨달았다. 이번에도 다행히, 작전은 무사히 성공한 것이다.

"아버지란 사람은 돈이 많아요. 정현 씨가 상상하는 이상으로 더. 그동안은 연락을 하지 않고 지냈었는데 이번엔 도저히 내 힘으로 할 수 있는 일이 아니라서 도움을 요청했지. 그저 그게 전부예요."

"어머니는……."

"어머니는 돌아가신 지 좀 되었어요."

정현은 말을 잇는 대신 눈을 감았다. 좁혀진 미간에서 파르르 잘게 떨리는 입술에서 충분히 보았다. 이렇게 아프게 만든 것은 미안하지만 우선은 제가 먼저 살 길을 찾고 볼 일이다.

"더 조용히 해결하고 싶었지만, 생각보다 잘 되지 않아서. 놀라게 했다면 미안합니다. 먼저 말했어야 했다는 건 알고 있지만 아픈 사람한테 할 이야기가 아닌 것 같아서."

"상관없어요. 내가 화가 났던 것은 내 일을 나도 모르게 했다는 거니까."

"알아요. 하지만 아픈 사람한테 할 얘기가 아니었다니까. 어머니는 많이 아팠지. 돌아가시기 전까지."

독주를 마시는 손을 잡아 만류하는 가는 몸을 품안에 넣었다. 미안하기는 했지만, 그렇다고 이 결정을 후회하지는 않았다. 정현이 그를 향해 화를 내는 것보다야 뭐든지 나은 일이다.

머리를 안고, 볼을 비벼대는 정현이 알 수 없도록 웃었다. 제 아픈 이야기를 꺼내어 비난할 기회조차 주지 않은 것은 현명한 선택이었다. 때로 진운은 제가 하는 것이 사랑인지 집착인지 알 수 없을 때가 있었다. 하지만 그게 무슨 상관이랴. 저 아름다운 사람이 내 곁에 있는데.

정현은 모른다. 지금 입에서 흘러나오는 이야기와 전혀 다른 만족스러운 제 표정을. 영원히 알아서도 안 되었다. 그냥 이렇게, 그가 주는 것에만 행복해하고 슬퍼해야만 했다.

"내가 네게 아무것도 남기지 않는다면 어쩔 테냐! 건방진 자식!"

"그 수많은 돈이 어머니의 명복을 위해 쓰였다고 생각하면 되겠죠. 어머니는 좋은 곳으로 가시겠습니다, 좋은 남편을 두어서."

천천히 일어났다. 그런 진운을 아무도 말리지 않는다. 병마가 깃든 것이 확실해 보이던 아버지의 얼굴은 흥분으로 인해 돌아온 홍조로 건강해 보였다. 오래오래, 아주 오래 사십시오. 죽더라도 어차피 지옥에 떨어지겠지만 사는 동안은 또 색다른 지옥일 테니까.

"아버지가 그럴 위인입니까? 모두 기부라, 당신은 내가 달가워하든 말든 내게 모든 것을 물려 줘야 만족할 사람이야. 그게 당신의 욕심이지. 사랑하는 방식이라는 개소리는 집어치우시죠. 역겨우니까. 어머니의 마지막도 지켜 주지 못한 주제에."

"그때는!"

"고맙습니다. 당신을 보면서 후회하지 않기 위해선 어떻게 해야 하는지 잘 배웠거든요. 협박 같은 게 통하지 않는다는 건 진작 아셨을 테고, 아니면 사정해 보시든지. 결정되면 알려주시죠. 지금은 바빠서."

손목시계를 힐끔 들여다본 진운은 자리를 털고 일어났다. 아버지는 전 재산 환원이라는 위대한 일을 할 수 있는 사람이 못 되었다. 덕지덕지 달라붙은 욕심이 마음을 잡아먹고 있기 때문이다.

어머니를 사랑했던 자신에 취해서라도, 하나 남은 아들을 사랑하는 자신에 취해서라도 모든 건 진운에게 돌아올 게 분명했다. 때로는 당근을 주면 그것으로 족했다. 정현을 위해서라면 많은 것을 가지고 있는 편이 낫다. 어머니의 마지막 유언을 지키기 위해서도 마찬가지다.

"아버지, 다음번엔 몸에 좋은 거 사 가지고 한번 찾아뵙겠습니다. 몸이 안 좋으시다는 거, 오늘 들어서 알았거든요. 그럼 다음에 뵙지요."

"진운아!"

"내 몸에 손을 대는 용기 있는 놈들이 있을 거라곤 생각 못 했는데. 아버지가 평생 사실 거라고 생각하나? 지금 저렇게 누워 있는 꼴을 보고도?"

마지막 비명처럼 불린 이름에 막아서는 사람들을 향해 유유히 웃어 보였다. 모두들 주춤, 뒤로 물러났다. 이러지도 저러지도 못하는 사람들 사이를 슬슬 통과해 문을 나섰다.

강 집사의 눈초리가 심상치 않지만 그것도 상관없다. 자금을 횡령해 뉴욕에서 아들에게 초호화판 유학생활을 지원해 주고 있다는 것도 잘 알고 있지만, 강 집사가 모르는 아들의 약물 흡입 빈도가 높아지고 있다는 것도 알고 있었다. 아들이 복용하는 향정신성마약은 그가 생각할 수 있는 범위를 벗어난 것이었다.

"강 집사, 또 봅시다."

그는 어깨를 짓누르는 것처럼 숨이 막히는 대저택을 빠져나왔다. 차에 올라타면서 전화를 걸었다. 역시 바로 단정한 목소리가 들려왔다. 정현이 담담한 목소리로 전화를 받았다.

－여보세요.

"뭐하고 있습니까?"

－그냥 TV 보기도 하고. 아, 송인욱 씨가 떡볶이를 해줬습니다. 맛있던데요.

"그래요? 나도 먹고 싶네."

그가 먹고 싶은 것은 송인욱이 만든 떡볶이 따위가 아니라 정현이다. 그런 의미도 모르고 정현은 웃으면서 맛이 좋았다고 다시 한 번 반복해 말했다.

"집으로 갈게요."

－일이 벌써 끝났습니까?

"대충은?"

아버지의 발악은 대충 마무리가 될 것이다. 오늘의 대화는 그저 전초전에 불과하다. 하지만 그다지 긴 싸움이 되지는 않을 것이다. 언젠가 아버지에게 경고했듯, 어차피 시간은 진운의 편이니까.

정현을 사랑하면서 아버지를 알 수 있었다. 때로는 이해하는 순간도 왔다. 그렇기 때문에 아버지의 행보를 예상할 수 있었다. 그 모든 것이 그의 범위를 벗어나지는 않을 터였다. 아쉬운 쪽이 손을 벌리게 되어 있으니까.

－……알겠습니다. 이따 봐요.

"이정현."

－……?

"사랑해."

낮은 웃음소리가 들려온다. 대답을 기다려 보았지만 웃음소리와 숨소리를 끝으로 전화가 끊어졌다. 그래도 상관없었다. 다시 얻은 웃음소리가 전해 주는 의미가 무척이나 분명했으므로.

정현에게는 그가 좋아하는 버릇이 한 가지 있다. 현실이 너무 견디기 힘들어질 때면 모든 것을 내던져 안겨오는 것이다. 서로의 온기를 나누면서 서로를 삼키고 아무 생각도 할 수 없도록 몰아쳐 주길 바랐다. 그야말로 진운이 바라는 바였다. 언제나 늘 세상의 모든 것을 잊고 서로만이 삶을 가득 채우길 바랐다. 정현이 바라기만 한다면 어려운 일도 아니었다.

그런 때의 정현이 바라는 것은 진운으로 온몸을 가득 채우고 세상 모든 것을 잊는 것이다. 언제나 정현이 바라는 것을 이뤄 주고 싶지만 또 이런 바람이라면 기꺼이.

평소에 수줍어하며 슬그머니 시선을 돌리던 것과 달리 적극적으로 제 몸을 핥고, 깨물고, 신음을 흘리는 정현은 아름답다.

정현의 붕대를 풀고 완쾌를 진단받던 날은 날씨가 꽤 좋았다. 가을 햇살이 환하게 거리를 비추고 있었다. 그런 것 따위에 감상을 느껴본 일 없는 진운이었지만 이제는 달랐다. 정현의 건강과 직면된 날씨 같은 사소한 문제 하나도 허투루 넘길 수가 없었다.

그래도 걱정은 걱정이다. 그냥 차를 타고 가자는 진운의 제안에도 이상하게 고집을 부린다. 함께 거리를 걷고 시간을 보내는 것이 물론 좋기도 하다. 안전과 직면된 문제가 아니라면 그 고집에 져주는 것도 괜찮겠지. 그것이 진운이 연기하고 있는 다정한 남자가 해야 할 일이었다.

"좋네요."

"그렇다니까."

정현은 앞을 보지 않고 하늘의 아름다움에 푹 빠져 허공을 보고 걸었다. 제 눈에는 그저 파랗기만 한 가을 하늘보다 정현이 아름답다. 삶의 온기를 가지고 반짝반짝 빛나는 정현을 바라보며 하염없이 걸었다. 돌부리에 걸려 넘어질 뻔한 정현을 재빨리 잡아줄 수 있던 것도 그 덕이다. 책망의 눈빛으로 바라보자 정현이 멋쩍게 웃으며 말을 돌렸다.

"바다가 보고 싶어요."

"바다?"

"네."

그러고 보면 우리는 바다에서 만났다. 어머니를 애도하기 위한 여행에서 정현을 만날 수 있었다. 혹시나 정현은 어머니가 제게 남긴 마지막 선물이 아닐까. 어머니와의 마지막 기차여행이 아니었더라면 이 손을 잡을 수 있는 날이 오지 않았을 수도 있다.

하지만 그 바다는 싫다. 어머니를 삼킨 바다가 정현을 삼킬까 봐 두렵다. 그 바다가 아니라면 어디든 좋았다. 우리는 결혼을 할 수 없을 테니 신혼여행 정도로 생각하면 되려나.

신혼여행지로 유명한 아름다운 바닷가를 알아보아야겠다. 정현은 바다라면 어디든 좋을 기세로 기뻐했다.

"그래요. 어디 생각해 둔 곳이라도 있습니까."

"바다면 될 것 같아요. 아무 바다든 상관없어요."

"그래요. 바다에 갑시다."

환하게 웃는 아름다운 얼굴을 들여다보았다. 이 얼굴은 아무리 들여다보아도 질리지 않을 것만 같았다. 거리에 서서 나풀나풀 떨어지는 은행잎이 잠시 시야를 가렸다. 그래도 반짝반짝하는 빛을 가릴 수가 없을 지경이다.

"안아 주고 싶어요."

얼굴이 발갛게 달아올라 작게 속삭이는 말의 의미를 알아들었다. 그저 포옹의 의미라면 저렇게 얼굴이 달아오르지는 않을 것이다. 즐겁게 웃고 있는 눈에 스쳐 지나간 욕망을 읽었다. 그런 감정이라면 얼마든지 읽어낼 수가 있다. 내내 그런 감정에 미쳐 있는 쪽은 진운이기 때문이다.

"아직 몸이 다 회복된 것도 아니고……."

"그럼 보여 줘요."

하지만 아직 정현은 환자다. 그의 기준엔 언제나 정현은 깨지기 쉬운 유리와 같을 것이다. 무엇을 보여 달라는 말일지 몰라 잠시 멈칫한 진운에게 다시 속삭여 왔다. 열이 확 오르는 것 같은 기분이다.

"자위하는 모습."

언젠가 정현에게 자위하는 모습을 보여 달라고 했던 적이 있었다. 알 수 없을 정현의 내밀한 모습까지 모두 소유하고 싶었기 때문이다. 볼을 붉히면서도 정현은 그의 요구에 따라 주었다. 그때와 같은 기분으로 정현이 제안을 한 것이라면 얼마든지 할 수 있다. 점차 자신을 향해 드러나는 소유욕이 사랑스럽다.

침대 헤드에 기대어 앉은 정현의 마른 몸은 이미 진운이 남긴 흔적들이 묻어 있다. 성감이 고조되어 약간은 나른해진 표정으로 정현이 턱짓을 했다. 천천히 일어나 제 것을 손으로 잡았다. 이미 정현의 몸에 얼룩들을 남기며 터질 것처럼 부풀어 있었다.

그간의 금욕 탓인지 조금만 건드려도 터져 나갈 것 같은 욕망을 손으로 훑어 냈다. 검붉고 커다란 제 것은 핏줄까지 서서 흉흉했다. 예전에 보았던 정현의 것은 이렇지 않았는데. 그의 욕망은 색이 옅고 곧게 서서 자극을 기다렸었다. 예쁜 모습이었다. 물론 그것을 손으로 훑어 내는 모습은 더 예뻤다.

"훗."

그 모습을 떠올리자 귀두 끝으로 줄줄 쿠퍼 액이 흘러내렸다. 그것을 윤활제 삼아 손을 미끄러뜨렸다. 이따위 손보다는 언제나 그를 흥분시키는 정현의 맛있는 엉덩이가 좋겠지만, 그래도 정현이 원하는 일이니까. 굵은 기둥을 잡아 흔든다. 정현의 얼굴이 더욱더 붉어졌다.

"정현아, 으……."

채 삼키지 못한 신음이 정현의 이름 뒤로 흘러나왔다. 처음 잤던 날 밤, 그렇게 사라진 정현을 생각하며 스스로를 위안했던 밤이 떠오른다. 하지만 허무했던 그때의 사정과 달리 지금은 정현이 제 눈앞에 있었다. 그리고 욕망이 가득한 얼굴로 그를 바라본다.

"이정현."

살짝 벌어진 입술 사이로 붉은 혀가 보인다. 점점 더 손의 움직임이 빨라지고 간질간질한 느낌이 성기를 향해 달려간다. 정현의 이름을 발음하는 것만으로도 충분했던 그 밤들을 떨치기 위해 더 빨리 사정을 향해 달려간다.

하지만 부족했다. 알게 된 정현의 달콤함이 바로 눈앞에 있는데 그것을 먹어 치울 수 없다는 것이 허전했다. 여전히 손을 움직이면서 다른 손으로는 정현의 발목을 잡아끌어 내렸다. 제가 남긴 울혈이 그대로 남아 있는 긴 목에 얼굴을 묻었다. 성기를 자극받고 있는 쪽은 저지만, 정현의 숨소리가 가쁘게 올라갔다.

"읏. 이건 반칙……."

"손대지 말라는 말은 없었는데."

살 냄새가 터져 나갈 것 같은 성감을 자극했다. 더 부풀어 오른 성기가 손안에서 끄덕거리며 빨리 해방시켜 달라고 졸라 댔다. 이제, 조금만 더, 조금만 더 가까워지면…….

"아!"

정현의 시선 아래서 욕망이 분출되었다. 허옇게 젖은 배를 아랑곳하지 않고 정현이 그를 올려다보았다. 하얀 피부에 얼룩진 제 것을 흡족하게 바라보았다. 이렇게 언제나 정현에게 자신이 묻어났으면 좋겠다. 누구나 정현이 누구의 사람인지 알 수 있도록 한시도 다른 사람의 시선이 닿지 않도록.

"너도 섰네."

여전히 축축한 손으로 뜨겁게 달아오른 정현을 만졌다. 귀두 끝 예민한 곳을 일부러 더 후벼 파듯 손가락을 집어넣고, 손바닥으로 소중하게 감싸 쥐면서. 예민한 곳을 자극받은 정현이 훗, 하고 작은 신음소리를 냈다. 귀를 기울이지 않으면 들리지 않을 작은 소리에도 언제나 크게 반응하고 만다.

입술을 내려 정현의 것을 삼켰다. 찝찌름하고 쓴맛이 났다. 정현의 것인지 제 것인지 알 수 없을 액체가 섞여 들어오는 것이 나쁘지 않았다. 그렇게 언제나 완벽하게 하나로 묶여 있기를 바랐다.

제 것이 들어가고 싶어 하는, 언제나 최고의 쾌감을 선사하는 곳으로 손을 미끄러뜨렸다. 하지만 바로 원하는 것을 가질 생각은 없었다.

정현이 조르고, 원하기 전까지는. 그 주위를 맴도는 횟수가 늘어날수록, 강하게 빨아올릴수록 정현의 허리가 움찔거렸다.

"빠, 빨리……."

"빨리 뭐?"

"빨리해 줘요."

"그러니까 뭘."

붉은 혀가 나와 마른 입술을 적신다. 아마도 제 행동이 그에게 주는 영향을 제대로 모르기 때문에 저런 짓을 할 수 있는 것이겠지. 저런 모습을 보일 때면 정현을 머리카락 하나 남기지 않고 씹어 먹고 싶은 생각이 들었다. 광포하게 날뛰려는 감각을 재우기 위해서 강하게 입술을 모아 빨아올렸다. 또다시 허리가 움찔했다.

"빨리 넣어 달라고, 빨리."

잘 하지 않는 반말까지 해가며 조르는 정현이 사랑스럽다. 젤을 짜 적신 손가락으로 결합할 부위를 풀어 주었다. 손가락을 반기는 내벽의 조임도, 달큼한 신음소리도, 움찔대는 허리의 움직임도 모두 사랑스럽다. 이 모든 것은 정현의 것이기 때문에.

손가락이 두 개가 되고, 세 개가 되는 동안 정현은 더 이상 참지 못하고 사정을 했다. 입안에 들어온 그의 것을 모두 삼켰다. 더럽게 그걸 왜 먹느냐며 타박하는 정현의 목소리엔 힘이 없었다. 그렇기엔 손가락이 건드리고 있는 쾌감의 절정이 너무나도 부풀어 올라 진운의 손길을 반기고 있었다. 정현이 한계에 다다른 것을 알게 된 진운은 어느새 달아올라 안달하고 있는 제 것에 젤을 발랐다.

그리고 삽입. 언제나 삽입 시에는 조금 힘겨워하는 정현이 안쓰러워 천천히 허리를 움직이고 예민한 유두를 문질러 주어야 한다. 뒤로 꺾인 고개를 바로잡아주면서, 눈을 감은 정현에게 애원한다.

"눈을 떠."

커다란 눈동자가 쾌감으로 흐릿했다. 그러면서도 정현은 착실하게 제 말을 듣고 그를 바라보았다. 마침내 제 욕망의 끝까지 모두 정현의 몸에 묻은 만족감에 작은 한숨을 내쉬었다. 그 작은 한숨에도 정현의 몸은 덜덜 떨렸다.

"정현아."

"흐읏!"

"사랑해."

팔이 목에 감기고, 다리가 허리에 감겼다. 무방비하게 저를 향해 온전히 열린 몸이 사랑스러워 힘을 주어 끌어안았다. 가늘긴 하지만 탄탄한 허리를 안고 다시 천천히 엉덩이를 물렸다. 오랜만의 섹스라 정현이 힘겨울 것이 분명했다.

"더 세게⋯⋯."

하지만 정현은 도무지 그를 봐줄 기미가 보이지 않았다. 더한 것을 달라고 졸라대는 정현의 온몸을 핥듯 찬찬히 바라보았다. 그러다가 흉터가 시선에 걸렸다. 완벽하던 정현의 몸에 남은 개새끼의 흔적. 도려내 버리고 싶은 흉흉한 생각도 들지만, 이것은 정현의 몸이다. 털끝 하나도 다쳐서는 안 되는 사랑이었다.

귓불을 삼키며 허리를 물렸다가 힘껏 박았다. 그렇지 않고는 이 흉흉한 생각을 들키기라도 할 것 같았기 때문이다. 귓가에 자지러지는 교성이 들렸다. 오랜만의 섹스 탓인지, 시각적인 자극 탓인지 정현이 몹시도 흥분해 있다. 하얀 피부가 잘게 떨리고, 내벽이 요동쳤다. 쥐어짤 듯 진운에게 따라붙었다.

"사랑해."

교성 사이로 발음이 부정확한 단어가 흘려졌다. 잠시 움직임을 멈추고 찬란한 그의 사랑을 내려다본다. 욕망에 젖어 있는 눈동자가 번들거리고, 붉어진 얼굴로 달큼한 한숨을 내쉬고 있다. 점점 더 가까워진다. 그리고 그의 입술에 맞닿았다.

"아앗!"

이성을 멀리 내던지고 정현을 탐했다. 맞붙은 배 사이로 문질러지고 짓이겨지던 정현의 것이 다시 한 번 욕망을 분출해 냈다. 오르가즘으로 떨고 있는 몸을 끌어안고 제 욕망을 꾹 짓눌렀다. 할 수만 있다면 영원이라도 이 몸 안에 묻혀 있고만 싶었다.

허리가 덜덜 떨려왔다. 더 이상 참을 수 없는 쾌감이 몸 끝에 쌓여갔다. 흐릿한 눈동자에 눈을 맞추자, 그 와중에도 다정하게 웃어 주었다. 그 다정함이 세상으로부터 진운을 구원해 주는 것 같았다. 더 이상은, 정말 참을 수가 없었다.

사정 후 늘어진 몸을 겨우 움직여 정현의 배를 누르지 않도록 조심했다. 이제와 조심한다고 해도 늦은 것이 분명했지만, 정현은 환자다. 색색대며 웃고 있던 정현의 얼굴이 찌푸려지자 너무 놀라서 볼을 감싸쥐었다.

"아파? 아픈 거야? 병원으로 갈까?"

"아니……."

"내가 잘못했어. 내가 너무, 아픈 거야?"

정현의 앞에서는 평생 하지 않았던 짓도 참 많이 했다. 허둥대는 자신을 향해 웃음소리가 쏟아졌다. 재빨리 몸을 일으켜 배의 흉터를 바라보던 진운의 등으로 웃음소리가 쏟아졌다. 정현이, 밝게 웃음 짓고 있었다.

"그게 아니라 갑자기 흐르는 느낌이 나서……."

웃으면서도 우물쭈물 야한 이유를 말하고 있는 얼굴을 멍하니 바라보았다. 미칠 것만 같았다. 정현을 향한 갈증은 가져도, 가져도 끝이 없었다.

"그럼 다시 채워 줄까?"

"무, 무슨 소리를!"

붉어진 볼에 입술을 가져다 댔다. 이제는 상처가 많이 나아진 볼에 입을 맞추고, 귓불을 훑으면서 듣기 좋은 말을 지껄였다.

"바다에 가자. 하얀 모래사장이 있고, 파도가 잔잔한. 사람들이 많지 않은 바다로."

하얀색만큼 정현에게 잘 어울리는 색은 없다. 더럽혀지기 쉽지만 결국 찬란하게 빛을 뿌리는 하얀색. 무엇에 비교해도 고결함을 잃지 않는 그 색을 사랑하게 되었다.

"바다에 가면…… 으…….."

여전히 젖어 있는 곳으로 다시 완벽한 형태를 갖춘 욕망이 침범했다. 정현을 향해 시도 때도 없이 발정하고 마는 자신은 언제나 준비 상태였다. 그의 시선 하나에도 이렇게 되어 버리는 자신이 짐승 같지만 어쩔 수가 없는 노릇이다.

고개를 내려 결합 부위를 들여다본다. 언제나 이렇게 한 몸이었으면. 다른 생각은 하지 않고, 다른 것들에게 방해받지 않고. 아버지의 모든 것을 가져와 정현을 세상의 모든 규칙들로부터 구해 내고, 시간을 배척한 채 둘만의 세상으로 가고 싶다. 언제까지고, 서로 이렇게 사랑만 하면서.

정현의 동경은 결국 영우에게 넘어갔다. 그는 영우가 정현을 바라보는 눈빛이 어떤 것임을 잘 알고 있었다. 정현을 그런 눈으로 바라보는 것에게서 떼어놓아야만 했다.

정현을 설득하는 일은 어렵지 않았다. 자신을 위해 쓰는 돈이 어떤 의미인지 잘 알고 있는데다가 여전히 불을 두려워하는 정현에게는 불에게서 멀어질 수 있다는 점을 강조한 덕분이다.

그를 위해 새로 만들어질 커피숍에는 활활 타오르는, 그 새끼를 연상하게 만들 불 따위는 없을 것이다. 수연에게서 조언 받아 전기렌지가 단정하게 자리 잡았다.

송인욱은 정현에게 붙일 가장 적합한 인간이라 직원으로 채용하기로 했다. 경호학과를 나와 내내 아버지의 곁에서 일하던 사람에게 바리스타 자격증을 따오라니, 황당한 표정을 지었다. 하지만 싸늘한 진운의 표정에서 진심을 읽은 그는 군말 없이 지시에 따랐다.

송인욱은 완벽한 이성애자였고 눈앞에서 제 부하였던 녀석의 처리를 보았던 터라 함부로 다른 마음을 먹지 않을 게 분명했다.

"작은 점포라더니……."

"그다지 크지 않아서 세를 줘도 뭐. 더 큰 곳을 알아봐 줄까요?"

"너무 커서 문젭니다!"

정현은 생각보다 새로운 일터를 마음에 들어 했다. 매일같이 공사를 하고 있는 가게에 들러 꼼꼼하게 살피는 것이 좋아하는 것 같아 매우 흡족했다. 게다가 동경보다 가까이에 있다는 점이 마음에 든다. 사무실의 옆 건물에 웃돈을 주고 급하게 매입하길 잘했다는 생각이 들었다.

지독하게 맛이 없는 첫 커피를 마셨다. 떨떠름한 표정을 지우기 위해서 무던히 노력하는 진운에게 반짝이며 기대에 찬 눈동자가 향했다. 웃으면서 향이 아주 좋다는 평가를 해주고 송인욱을 향해 경고의 눈길을 보냈다. 정현의 것은 모두가 완벽해야만 한다. 새로 바리스타를 알아봐야겠다는 생각을 하며 결 좋은 머리카락을 쓸어내렸다.

그 지독하게 맛이 없는 커피는 독특한 향을 가진 커피로 입소문이 나기 시작했다. 이벤트 회사에 의뢰해 돈을 주고 산 블로거들의 후기가 쏟아지면서 사람들은 현혹됐다. 뿌듯하게 가게를 돌아보는 얼굴을 보면 웃음이 났다. 곧 새로 단장했던 동경에 사람이 미어터졌듯이 커피숍도 사람들로 가득찰 것이다. 그때도 생각했지만, 그 이벤트 회사가 몹시도 일을 잘하는 편이었다.

삶은 충만해져 갔다. 안정된 사랑 속에서 정현은 마음껏 웃기도 했고, 울기도 했다. 정현의 눈물은 지난 과거의 고통을 쏟아내는 배설물이기 때문에 때로 억지로 집에서 술을 마시게 했다. 그런 밤이면 다음 날 출근을 하지 못하고 앓아누운 정현을 위해 해장국을 끓이는 법을 배웠다. 와이셔츠에 음식물이 튈까 봐 입었던 앞치마를 보고 정현이 엄청나게 웃었기 때문에 매일같이 기꺼이 앞치마를 입었다.

태어나서 온전한 저를 처음으로 봐 주었던 사람. 저와 꼭 닮은 황폐한 가슴을 안고 제게로 와 주었던 사람. 정현의 폐허를 공들여 고쳐주면서 진운은 스스로의 상처가 나아가는 것을 느끼게 되었다. 받는 것이 당연했던 삶에 주는 기쁨을 뿌리내리게 해준 것은 정현의 힘이었다.

"왜 나를 좋아합니까."

정현이 물었다. 왜 너를 사랑하는가. 왜 너를 사랑할 수밖에 없었는가. 아직도 그 질문에 대한 답을 말할 수가 없다. 너무 많은 이유가, 너무 많은 감정이 쏟아져 내려 정현을 두렵게 할까 봐. 진운이 내어 준 달콤함에 취해 느른하게 함정에 잠긴 정현이지만 여전히 불안했다.

"꼭 이유가 필요합니까?"

곰곰이 생각하던 정현이 웃으면서 고개를 내저었다. 무슨 생각을 하는지 언젠가는 들어볼 생각이다. 정현의 모든 것을 알고 싶다. 가지고 싶고, 삼키고 싶다. 진운은 여전히 다정한 남자를 연기하고 있었다. 연극은 평생 동안 끝나지 않을 것이다.

"그러게요."

중얼대는 정현을 향해 웃으면서 그가 팔을 뻗었다. 행운이 안겨 있는 팔이 묵직하다. 이 무게가 진운이 살고 있는 이유가 되어 준다. 어느 것 하나 아름답지 않은 구석이 없는, 놓치고 싶지 않은 행운.

맞닿은 입술에서 달콤한 사랑이 녹아내린다. 우리 삶의 방향이 어디로 흘러가든, 이렇게 맞잡은 손이 있다면 아무래도 좋을 것이다.

진운은 눈을 감았다. 그래도 여전히 사랑스러운 정현의 모습은 망막에 각인되어 사라지지 않았다.

외전 1. 밀월여행

파랗고 높은 하늘보다 더 파란 바다와 하얀 모래사장.

지상 끝 낙원으로 신혼여행을 온 커플들은 행복한 모습으로 허니문을 즐기기 시작했다. 하지만 곧 기묘한 커플을 목격할 수 있었다. 온통 남녀 커플로 가득한 가운데 몹시도 시선을 끄는 동성 커플.

말을 거의 하지 않고 서로의 눈만 바라보고 있는 그들은 자신들만의 세계에 빠져 있는 것 같았다.

키가 크고 단단한 몸매를 가진 남자는 뜨거운 태양이 내리쬐는 통에 사람들이 잘 찾지 않는 메인 풀을 제집 욕조처럼 느긋하게 차지하고 앉아 있었다. 새까만 선글라스만큼이나 새카만 머리카락을 가진 남자는 그것이 얼굴을 가렸음에도 불구하고 매력적이었다. 조각 같은 외모가 고작 선글라스 가지고는 가려지지 않았던 탓이다. 선드레스를 입고 막 남편이 된 남자의 팔짱을 낀 채 리조트를 구경하던 여자들은 모두 그를 돌아보았다.

매사 무표정하게 풀에 앉아 있거나 하늘을 바라보거나 느긋한 수영을 즐기던 남자에게 표정이 돌아오는 순간은 오로지 선 베드에 누워 있는 남자에게 다가갈 때뿐이었다. 태양을 제 것이나 되는 양 즐기는 커다란 남자와 다르게 일행은 그늘에 숨어 래시가드까지 챙겨 입은 채 햇살을 피하고 있었다. 하얀 피부와 옅은 색 머리카락의 남자 역시 선글라스로 얼굴을 반쯤이나 가리고 있었지만 잘생김을 가릴 수는 없었다. 어딘가 모르게 조금 처연한 느낌의 남자는 때로 조금 웃었지만 그 웃음 역시도 보호본능을 자극하는 웃음이었다. 키가 180쯤 되어 보이는 남자가 아무리 호리호리하다고 해도 가녀린 느낌을 주다니. 아마 그 때문에 더 그 커플이 기묘한 느낌을 주는지도 모르겠다.

호리호리한 남자가 풀에 다가와 다리만 담그고 앉자 커다란 남자가 바로 헤엄을 쳐 다가왔다. 잠기지 않은 허벅지 위로 팔짱을 낀 팔을 올려놓고 호리호리한 남자의 얼굴을 지그시 올려다보았다. 무엇이라고 중얼거리는 것 같았지만 너무 낮은 목소리는 잘 들리지 않았다. 그 말을 들은 호리호리한 남자가 조금 소릴 내어 웃었지만 커다란 남자는 웃지 않았다.

"연예인인가? 오빠, 멋있다. 그치?"

"멋있긴 뭐가 멋있어. 저거 게이 새끼들 아니야?"

"쉿! 들리면 어쩌려고 그래? 오빠, 어떻게 그런 말을 할 수가 있어? 정말 너무 무식해!"

"뭐? 무식?"

"아, 쪽팔려서 나 갈래."

휙 돌아서 버린 여자의 이름을 부르며 남자는 허둥지둥 그 뒤를 따랐지만 그녀는 매몰차게 단 한 번도 남자를 돌아보지 않았다.

"또 저러네요."

"그런가요?"

대수롭지 않다는 듯 진운은 그들에게 시선도 돌리지 않았다. 그의 시선은 아까부터 정현에게 고정되어 있던 참이다. 선글라스로도 가릴 수 없는 뜨거운 시선에 정현의 볼이 달아올랐다.

"더운가? 들어갈래요?"

"그게 아니라……."

"그게 아니면?"

"……."

그런 식으로 허벅지를 야릇하게 눌러 대면서 그렇게 쳐다보면 여기에 있기 힘들어진다고요. 하지만 정현은 현명하게 말을 삼켰다. 이곳에 온 첫날, 저 말을 했다가 무슨 꼴을 당했는지 기억났기 때문이다. 그다음 날 정현은 워터빌라 밖으로 나오지도 못한 채 식사도 룸서비스로 해결해야만 했다. 일어서지도 못할 만큼 온갖 체위로, 빌라 내의 모든 곳에서 미친 듯이 박혀 댔기 때문이다. 수영복을 입어야 하니까 제발 키스마크만은 참아 달라고 애원하는 게 전부였다. 하지만 그마저도 어차피 래시가드를 입어야 하지 않냐며 묵살 당했다. 하긴 어차피 맨몸을 내보이기엔 무리가 있었다. '그날' 몸에 생긴 상처들 때문이다. 상처들을 볼 때마다 진운의 미간에 깊은 주름이 새겨졌다. 그러곤 그만큼이나 많고 진한 울혈들이 몸에 남았다.

"뭐 마실래요?"

몸을 일으키며 정현은 조그마하게 중얼거렸다. 용케도 알아들은 진운이 몸을 일으켜 풀에서 나왔다. 직원에게 손짓을 한 그는 칵테일을 주문했다. 매끄럽고 완벽한 발음의 영어가 들을 때마다 새삼스러웠다.

"저…… 혹시 한국분이세요?"

서성이며 구경하던 다른 커플 중 여자가 대범하게 말을 걸었다. 남자가 말려 보았지만 소용이 없던 듯했다. 저도 모르게 정현은 익숙한 한국어가 들리는 곳으로 고개를 돌렸지만 그는 고개를 돌리지 않았다.

조금 시간차를 두고 진운이 말을 건 여자 쪽으로 시선을 두었다. 길가의 돌을 보아도 그렇게는 안 볼 것 같다는 생각이 들었다. 차가운 시선으로 여자를 바라본 진운이 부드러운 목소리로 대답했다.

"Excuse me?"

"야, 가자. 외국인인가 봐."

"아, 암쏘리. 쏘리."

투덕거리며 커플이 사라지고 나서야 숨을 쉴 수 있었다. 외국에 나온다고 해서 사람들의 시선으로부터 자유로워질 수 없다는 사실을 왜 몰랐을까. 사람들이 이상한 것을 보듯, 바라보았다. 그것을 막아 주기라도 하듯 버티고 선 커다란 등에 겨우 안심할 수 있었다.

평소처럼 둘은 사람들의 시선이 있는 곳에선 거의 침묵했다. 그래도 서로를 향하는 시선을 억지로 돌리진 않았다. 그렇게 노력해도 그다지 달라지는 것은 없었다. 자꾸만 시선이 흘러 그에게 닿았다.

풀의 가장자리에 기대어 저를 바라보고 있는 그에게 다가갔다. 주문한 칵테일이 거의 줄지 않았다. 마찬가지인 제 잔을 그 옆에 내려놓으면서 조그만 목소리로 속삭였다.

"빌라로 돌아가고 싶어요."

"왜요?"

"그냥…… 어푸푸."

갑자기 끌어당긴 손 때문에 그대로 물에 빠지고 말았다. 진운의 손이 받쳐 주었지만 갑자기 빠진 물이 두렵지 않을 리 없었다. 허우적거리는 정현을 보고 그가 크게 웃었다. 잡아 주는 손을 붙들고 일어서니 허리까지도 오지 않는 물이다.

"……."

원망스러운 눈길로 바라보는 정현을 보며 또 진운이 크게 웃었다. 보기 드문 밝은 웃음소리가 듣기 좋았다. 결국 정현도 큰 소리로 웃고 말았다. 햇빛만 가득하던 풀장에 둘의 웃음도 가득 차올랐다.

해가 진다. 파란 하늘에 붉은 노을이 번져갈 때쯤이면 둘은 천천히 백사장을 산책했다. 때로 진운이 허리를 굽혀 밀려온 산호를 주워 주었다. 정현은 그것을 소중하게 감싸 쥐었다.

어둠이 내려오자 촛불이 아닌 횃불이 백사장을 밝혔다. 시선에 익숙한 두 남자는 조용히 식사를 마치고 숙소로 돌아왔다. 진운이 건네는 많은 팁에 모든 직원들은 친절하고 신속한 서비스를 제공해 주었다.

조용하던 빌라엔 질척거리는 소리가 가득해졌다. 입구서부터 입술을 맞댄 둘은 지척인 침대로 쓰러졌다. 느긋하게 서로의 옷을 벗기고 살결을 비볐다. 달아오른 둘은 밤에 녹아들었다.

녹초가 된 몸을 겨우 씻어 내고 침대에 쓰러지듯 눕자 그가 다정히 등을 쓸어내리고 테라스로 나가 담배를 물었다. 동경에 불이 난 이후로 라이터를 사용할 때면 손이 떨려와 담배를 피우지 않았지만, 오늘은 담배가 피우고 싶었다.

나른한 손을 뻗자 진운이 담배를 입에 물려주었다. 연기가 녹아 공기 중으로 사라졌다. 시간도, 그간의 일들과 현실적인 문제 역시 녹아든다. 수평선 역시 검은 하늘에 녹아들어 아무것도 보이지 않았다.

그 가운데 진운만이 제 존재감을 발휘하고 있었다. 우뚝 선 건장한 몸이 연기와 함께 녹아 버릴 것 같은 제 몸을 힘껏 붙들어 주었다. 모두가 보이는 염려스러운 얼굴을 진운은 단 한 번도 하지 않았다. 그저 끝이 없을 것 같은 다정한 눈빛으로 단단한 표정을 한 채 조용히 바라본다.

테라스의 선 베드에 늘어지듯 함께 누웠다. 더운 공기를 묵묵히 견뎌 냈다. 때로 끈적거림이 하나 없는 다정한 손길이 다가와 부드럽게 쓸어주었다. 정현은 눈을 감고 파도소리를 귀에 담았다.

눈을 떠보니 이미 아침이 지나간 후였다. 옆자리의 진운은 무표정하게 태블릿PC를 바라보고 있다가 정현의 기색에 미소를 지었다. 시선은 여전히 비껴 있지만 벗은 등을 쓸어내리기 시작한 손은 다감했다.

"언제 일어났어요?"

"음. 좀 됐어요."

"왜 안 깨우고요?"

"간만에 잘 자는 것 같아서. 방해하고 싶지 않았어요."

"그러게요. 완전 잘 잤네."

"역시 운동을 하고 나니 잘 자네요."

하여간 이상하게 진지한 얼굴로 음담패설을 늘어놓는 덴 따를 자가 없다. 짐짓 바다를 바라보며 모르는 척하고 있으려니 웃음소리가 들려왔다. 부끄러워하는 것을 눈치챌 때면 그는 꼭 저렇게 다 알고 있다는 듯 의미심장하게 웃곤 했다.

"운동을 해야겠어요!"

테라스로 나가 햇볕의 온기가 남아 있는 수영복을 입었다. 말이 테라스지 2층짜리에 방만큼이나 넓은데다가 작은 풀도 있다.

풀에 들어갈까 하다가 그냥 바로 바다로 뛰어들기로 했다. 작은 계단을 밟자 바닷물이 발바닥을 간지럽혔다. 진운의 웃음소리 역시 간질간질 쫓아온다.

곧 뒤따라온 진운과 함께 물속으로 미끄러졌다. 바다 내음이 하나 없을 정도로 맑은 바다지만 몹시도 짜다. 인간 따위를 무심하게 스쳐 지나가는 물고기를 들여다보았다. 부러웠다.

샤워를 하고 늘어진 정현을 흘끔 바라본 진운이 룸서비스로 식사를 주문했다. 평소답지 않게 왕성한 식욕으로 먹어 치우는 정현을 흐뭇하게 바라보던 진운이 놀려 댔다.

"해외여행이 처음일 줄이야. 여권이 있다는 게 신기하네요."

"소시민으로 사는 게 그렇습니다. 뭐 돈 많은 누구는 모르시겠지만. 그리고 여권은……."

재원이 여행을 가자고 매번 졸라 댔지만 가게를 핑계로 해외로 나간 적은 없었다. 숨 막히는 감옥이 한국 너머까지 발 뻗길 원치 않았기 때문이다. 환상 속에서 늘 여행은 자유로워야 했다. 그래서 재원과 함께 여행을 간 적이 없었다.

"여권은?"

"……언젠가 도망쳐야 할 순간이 온다면 꼭 필요할 것 같아서 만들어둔 겁니다."

커다란 손이 천천히 다가와 손등을 토닥여 주었다. 그러곤 깍지를 끼우며 머리를 안아 준다. 규칙적인 심장고동 소리가 마음을 편안하게 만들어 주었다. 평온해진 정현은 자신의 정수리를 내려다보는 진운의 표정을, 영원히 알 수 없으리라.

"도망가지 않게 잘해 줘야겠네요."

"지금도 충분합니다."

여행이 끝나가고 있었지만 누구도 그것을 입에 담지 않았다. 완벽하게 행복한 순간에 무엇인가 끼어들게 하고 싶지 않아서.

"자고 먹고 빈둥대고. 여행이라고 뭐 특별한 게 없네요."

"빠진 게 있잖아요."

"뭐가요?"

"자고 먹고 섹스하고 빈둥댔지."

마지막 밤이 되어 돌이켜 보니 긴 여행에서 한 일이라곤 그것밖에 없었다. 정현은 다시 시선을 돌려 바다를 바라보았다. 어쩌면 이 낙원은 환상인지도 모르겠다. 그때 죽었고, 그리고 지금은 환상일지도.

"무슨 생각을 하고 있습니까?"

"……아무것도 아니에요."

넓은 가슴에 안겨 숨을 골랐다. 지금이 환상이라고 하더라도, 죽었다 하더라도 상관없다. 그가 곁에 있고 사랑을 속삭이는 지금이라면 그 무엇도 상관없었다.

"……사랑해요."

"나도 사랑하고 있습니다."

풀에서 헤엄을 치고 있는 그의 등 근육이 움직이는 모양새를 바라보았다. 함께 이국적인 식사를 하고 모래사장을 거닐었다. 남들은 버기를 타고 움직이는 긴 다리 위를 천천히 산책하기도 했다. 함께 손을 잡고 먼 수평선을 바라보았다. 모든 순간이 아름답고 벅차올랐다. 소중한 기억들을 정현은 갈무리해 가슴에 새겼다.

"돌아가서도 우리, 이렇게 있었으면 좋겠어요."

정현이 속삭였다. 어쩌면 웅얼거리는 소리로만 들릴지도 모를 만큼 작은 목소리로. 진지한 표정으로 귀담아들은 진운이 안겨 있는 등을 토닥여 주었다. 이것으로 되었다. 어떤 지옥으로 떨어지든 이 천국을 안고 평생을 견뎌 낼 수 있을 것이다.

"사랑해요."

다시 한 번 속삭인다. 그의 얼굴에 번지는 미소와 희열을 바라보았다. 정현의 가슴에도 희열이 벅차올랐다. 사랑이란 단어를 곱씹어 삼킬 때보다 내뱉을 때 오히려 몇 배나 행복해진다는 것을 깨달으면서.

"나 버리고 여행가니까 좋디?"

"어. 진짜 좋더라."

"나쁜 새끼. 재밌었냐?"

영우의 장난스러운 말에 정현은 픽 웃었다. 정현이 없어도 역시나 동경은 잘 굴러가고 있었다. 하긴 그곳에서 단 한 번도 가게 걱정을 해본 적이 없었다. 영우를 믿기도 했고, 그런 걱정 따위가 비집고 들어올 틈도 없었다.

재밌다는 말로 다 표현할 수가 없었다. 돌아오는 비행기에 오르는 순간부터 낙원을 빼앗긴 기분이었다. 정현이 말을 잃자 진운은 그 마음을 읽기라도 한 것처럼 손을 꼭 잡았다 놓았다. 잠시잠깐 스쳐 지나간 온기가 위안이 되어 주었다. 분명 기회는 또 찾아올 것이고, 시간은 많았다. 그래도 꼭 그때와 같으리라는 보장은 없겠지만.

낙원을 흉내 낸 섬에서 쫓겨나 현실로 돌아왔다. 하지만 또 추억이 남았다. 평생에 남을, 소중한 추억. 정현은 미소 지었다.

"……행복했어."

외전 2. 질투

정현은 카운터에 서서 꽉 찬 가게를 흐뭇하게 바라보았다.

제법 넓은 가게임에도 불구하고 늘 손님으로 가득 찼고, 테이크아웃을 위해 커피숍을 찾는 사람들도 많았다. 송인욱과 그가 어떻게 한 것인지는 모르겠지만 요새 SNS에서 가장 핫하다는 가게에서 베이커리류가 들어왔다. 그것이 점점 더 정현의 가게를 유명하게 만들어 주었다.

아버지께 동경을 영우에게 넘겼다는 말을 하던 날이 생각난다. 아버지는 한숨같이 말을 늘였다. 사실 동경은 정현의 것도 영우의 것도 아버지의 것도 아닌 모호한 상태였다.

불을 가까이 할 수 없는 정현, 가게를 인수할 능력이 없는 영우, 먼 곳에 있는 아버지. 그나마 가장 동경에 어울리는 사람은 영우였다.

[그래. 영우 잘 하겠지.]

[죄송해요.]

[됐다. 몸은 좀 괜찮냐?]

아버지에게 그런 질문을 받는 것이 얼마만인지 모르겠다. 늘 아버지는 정현만 보면 화가 난 얼굴을 했고 정현은 그런 아버지를 보며 움츠러들었다. 이상하게 죄를 지은 것도 아닌데 그런 기분이었다. 아니, 어쩌면 존재 자체가 죄인지도 모른다. 늘 그렇게 생각하며 살아왔다.

그 생각을 바꾸어 준 것은 진운이었다. 진운의 사랑을 받고, 또 사랑을 내어 주면서 정현은 제가 쓸모 있는 사람이고 누군가한테 중요한 사람이라는 것을 깨달았다. 사랑하는 사람에게 쓸모가 있다는 것만큼 기쁜 일이 어디 있을까.

몇 번이고 떠올렸던 이대로 삶이 끝나 버렸으면 좋겠다는 생각은 접었다. 끝이 나 버리면 진운을 볼 수 없다. 그것이 두려웠다.

어울리지 않게 흰 셔츠에 검고 긴 앞치마를 두르고 섬세한 기계들을 만지고 있는 송인욱이 눈에 들어왔다. 손을 움직일 때마다 셔츠에 감싸진 근육이 움찔거린다. 저런 근육을 하고는 커피숍에서 어울리지 않게 커피를 내려야 한다니. 하지만 진운의 결정에 토를 달 수는 없었다. 송인욱은 그럴 처지가 못 되는 것 같았고 정현은 그럴 생각도 하지 못했다. 잊고 살면서도 때때로 재원에 대한 생각이 떠오르면 다 나은 뱃가죽이 당기는 기분이었기 때문이다.

진운의 경고를 한번 무시한 것은 어마어마한 결과를 초래했다. 정현은 그 이후 진운의 강경한 어조에는 묵묵히 따르는 쪽을 택했다. 그만한 이유가 있을 것이라고 생각했기 때문이다. 그렇게 길들여지는지도 모르고 정현은 천천히 젖어들어 가고 있었다.

"사장님."

"아, 네."

상념에서 빠져나오게 한 것은 송인욱의 나지막한 목소리였다. 알바생들도 있고, 진운이 고용한 바리스타도 있기 때문에 정현이 할 일이라곤 없었다. 예전에 동경에서 일할 때처럼 신문을 보고 멍하니 생각에 잠겼다. 그때마다 영우는 제게 맥주나 사케를 내밀어 주었지만 여기선 송인욱이 몸에 좋은 허브티나 커피를 내주었다.

"전화 왔는데요."

"아, 네."

액정에 떠오른 이름은 '김진운'이다. 그의 이름만 보아도 설렐 만큼 이상해져 버렸다. 세 글자가 함께 있어야 그가 된다는 것을 알고 있으면서도 그 이름의 한 글자만 보아도 그를 떠올렸다. '김','진','운'. 그래서 신문을 읽는데도 오래 걸렸고 정신줄을 놓고 있다 보면 어느새 퇴근 시간이 되어 버렸다.

"여보세요?"

─왜 이렇게 전화를 늦게 받아요.

"아, 잠깐 멍하니 있느라."

─어쩌지? 오늘 좀 늦을 것 같은데. 야근을 해야 해서.

"네."

아쉬움이 역력한 진운의 목소리에 비해 제 목소리는 평이했다. 한숨 소리가 들려오는 것으로 보아 그는 그 사실이 마음에 들지 않는 모양이었다. 그런 날이면 밤이 배로 괴로워지기 때문에 정현은 얼른 말을 이었다.

"바로 집으로 가겠습니다."

─……송인욱한테 데려다 달라고 하세요.

정답은 아니었던 듯 바로 목소리가 부드러워지지는 않았지만 그래도 아주 나쁜 목소리는 아니었다. 정현이나 진운은 아니었지만 인욱은 가정이 있는 사람이다. 늦은 퇴근을 시키고 싶지는 않았지만 퇴근할 때 직접 데리고 가지 못하는 날마다 그는 그렇다. 안 그래도 날선 사람을 더 뾰족하게 만들고 싶지 않았다.

"알겠어요."

–뭐 필요한 거 있습니까?

그도 사회생활을 하는 사람이라 매일같이 정현의 곁에만 붙어 있을 수는 없는 노릇이다. 게다가 한 회사의 대표이니 일도 많을 터였다. 하지만 접대나 회식, 혹은 야근이 있는 날이면 그는 꼭 미안한 얼굴로 무엇인가를 바리바리 싸들고 왔다. 단 한 번도 빈손인 채로 들어온 적이 없었다. 덕분에 마른 정현의 몸에도 살이 조금은 붙었다. 여전히 진운은 정현이 말랐다는 말을 자주 했지만.

"음."

없다는 말을 그다지 좋아하지 않는다는 걸 눈치챈 이후엔 없다는 말을 하지 않았다. 생각을 하는 척하고 있노라면 진운이 이것저것 말을 해온다. 그중 아무것이나 고르면 될 일이다. 언제나 그는 그런 사람이었다.

–그럼 이따가 봐요. 너무 늦어지면, 먼저 자고.

"그 정도로 일이 많아요?"

–글쎄, 상황 돌아가는 걸 봐야 할 것 같아요.

"알겠어요."

먼저 자라는 말을 잘 하지 않는 사람이 그렇게 말할 정도면 제법 많이 늦을 모양인가 보다. 정현은 고개를 갸웃하다가 시계를 들여다보았다. 벌써 오후 다섯 시. 겨울이 찾아온 거리엔 어둠이 내려앉고 있었다. 언제 시간이 이렇게 되었는지. 갑자기 마음이 급해졌다.

"송인욱 씨."

"네."

"투고백 좀 준비해 주세요."

"배달주문 들어왔어요?"

"아니, 저기 사무실에 야근한다고 해서요. 지금 저녁 좀 포장해올 테니까 여섯 시까지 준비해 주세요."

"네. 다녀오세요."

정현은 생선이나 회를 좋아하고 고기를 좋아하지 않았지만 진운은 고기를 좋아하는 편이었다. 성향에 식성도 따라가는 것일까. 무엇을 사다주면 좋아하려나. 가장 무난한 초밥을 떠올렸지만 그것은 제가 좋아하는 메뉴지 진운이 마냥 달게 먹는 음식은 아니었다. 그럼 무엇을 살까.

하긴 몇 명이나 남아서 야근을 하는지조차 묻지 않아놓고 도시락을 살 수는 없는 노릇이다. 호기롭게 가게를 박차고 나온 주제에 정현은 프랜차이즈 피자집으로 들어갔다. 다 함께 먹기엔 그게 좋을 것이라는 생각이 들었다. 내친 김에 알바생들에게도 사다 줄 요량이었다.

주문을 넣고 피자를 기다리는데 이상하게 두근거렸다. 이래서 진운이 자신을 위해 음식을 포장해 사오는 걸까. 좋아하는 사람에게 먹일 음식을 준비하는 것은 직접 요리를 하는 것도 아닌데 설렌다.

"준비되셨어요?"

"네."

여러 판의 피자를 들고 온 정현이 투고백까지 들고 가겠다고 하자 송인욱이 말렸다. 하지만 정현은 꿋꿋이 혼자 가겠다고 우겼다. 그가 먹고 마실 것들도 제게는 작은 의미가 아니라는 새삼스러운 깨달음이 좋았기 때문이다.

"이따가, 베이커리류도 좀……."

"사장님."

"네."

"팔 겁니다. 다 가져가시면 뭐 팝니까."

정현이 그다지 경제관념이 없어서인지 송인욱도 영우처럼 변했다. 처음엔 커피숍 운영이라니 난색을 표하던 인욱이 이제는 제법 사장처럼 군다. 사실 이 모든 것은 진운의 돈에서 나온 것이기 때문에 진운의 것이나 마찬가지인데다 그에게는 무엇을 주어도 아깝지 않기 때문에 상관이 없건만. 하지만 강경한 인욱의 대응에 정현이 물러섰다.

"어, 동경 사장님!"

그의 직원들은 여전히 정현을 동경 사장이라고 불렀다. 이제는 영우가 사장인데. 어쩐지 쑥스러워져서 얼른 포장해 온 것을 내려놓고 대표실 쪽을 바라보았다. 이름을 들었던 것 같은데 기억이 나지 않는 여직원이 정현을 향해 웃었다.

"잘 먹을게요. 감사합니다. 근데 대표님 지금 손님 만나고 계세요."

"손님요?"

"네. 아, 동경 사장님도 아시겠다. 동경 주방 해주신 한수연 사장님요."

"아, 그럼 아는 사이니까 잠깐 인사라도…… 대표님께 드릴 말씀도 있고 해서 왔거든요. 마침 식사시간이라……."

주절주절 변명을 내뱉다가 그런 변명을 하는 것이 더 이상하다는 생각이 들어서 목례를 하고 돌아섰다. 정현이 갑자기 찾아온 것을 알면 그는 어떤 표정을 지을까. 진운이 해주는 음식을 먹고 진운이 사다주는 음식은 먹었어도 직접 준비한 것은 처음이라 설렌다.

그렇게 대표실로 다가가 문을 열려고 하는데, 열린 블라인드 틈새로 두 사람이 보였다.

수연의 긴 웨이브 진 머리가 진운의 어깨에 기대어 있었다. 진운은 수연을 끌어안고 무엇인가를 말하고 있다. 가슴이 덜컥 내려앉는 것 같았다. 둘이 너무나도 완벽하게 잘 어울려 보였기 때문이다.

정현은 바이였고 진운도 그랬다는 사실을 알고 있다. 제가 보기에도 예쁜 여자는 진운의 눈에도 그렇게 보일 수 있다는 것이다. 심지어 수연은 진운을 오랫동안 짝사랑해 온 여자였다. 물론 지금은 영우와 잘 사귀고 있는 것 같았지만 어찌 되었건 심장이 조여 들어왔다. 두 사람의 모습이 너무나 다정하고 예뻐 보여서.

이상한 기분이었다. 정현은 처음으로 재원을 이해할 수 있었다. 정현이 여자들과 말이라도 섞을라치면 돌아 버린 것처럼 진상을 떨어대던 재원. 그것은 남자가 남자를, 이라는 일반적이지 못한 사랑을 하고 있는 콤플렉스에서 나왔나 보다. 정현이 아무리 애를 써도 수연처럼 완벽한 이상적인 모습을 그와 연출해 낼 수가 없는 노릇이다.

태어나서 처음 느껴보는 질투심은 온몸의 피가 끓는 것 같은 기분이었다. 재원은 늘 이런 기분이었을까. 재원이 제게 했던 모든 일이 정당화될 수는 없지만 갑자기 그럴 수도 있었겠다는 생각조차 들 정도였다. 그 정도로 둘이 포옹하고 있는 모습이 아팠다. 눈알을 도려내고 싶은 기분이다.

당장 이곳에서 벗어나야 했다. 대표실 문손잡이에 올렸던 손을 내리고 정현은 뒷걸음쳤다. 그러곤 둘의 모습에서 도망치듯 등을 돌렸다. 뛰듯이 급하게 걸어가는 정현을 보며 직원들이 무엇이라고 말을 걸어왔지만 들리지 않았다. 그저 빨리 둘의 모습에서 멀어지고 싶다는 생각뿐이었다.

거리에는 이제 어둠이 완연히 내렸다. 어디로 가야 하나. 우선 담배를 한 대 피우고 싶었다. 답답한 가슴이 연기를 내뱉다 보면 나아지지 않을까. 하지만 담배에 불을 붙일 자신이 없었다. 정현은 울고 싶어져서 고개를 숙인 채 땅만을 바라보다 무작정 걷기로 했다.

익숙한 동네를 하염없이 걸었다. 걷고 또 걸으면서 심장을 아플 듯이 태우고 있는 질투라는 감정에 대해 생각을 해보았다. 어떤 것을 해도 나른하기만 하던 정현의 인생은 그가 들어오면서 모든 것이 변했다. 제게 이렇게나 격정적인 감정이 남아 있을 것이라고 생각해 본 적도 없었는데.

어쩌지. 무엇을 해야 하지. 어디로 가야 하지. 아무런 생각도 제대로 할 수 없었다. 담배가 고팠다. 입이 바짝바짝 말라 드는데 아무것도 마시고 싶은 생각이 들지 않았다. 어떻게 해야 하지. 그렇게 또다시 걷다가 저 멀리서 너무나도 눈에 익은 가게가 들어왔다.

익숙한 동경으로 가는 길을 무의식중에 선택한 자신을 비웃었다. 하지만 스스로를 비웃어 봤자 아무것도 해결되지 않는다. 지금 이 감정을 해결할 수 있는 것은 아무것도 없을 것 같았다. 하지만 우선 담배가 너무 고팠고, 거리는 너무 추웠고, 목도 말랐다.

정현은 동경으로 가기로 결심했다. 영우에게 불을 붙여 달라고 하자. 잠시 몸을 녹이고, 물을 마시고…… 그리고 또 무엇을 해야 하지.

그런데 동경이 이상했다. 한창 북적거릴 시간인데 소리 하나 들리지 않았다. 영업마감이라고 등을 돌린 팻말을 바라보다가 희미한 불빛만이 가게에 켜져 있다는 것을 알게 되었다. 영우에게 무슨 일이라도 있는 걸까.

드르륵 문을 열자 고개를 푹 숙인 영우의 뒷모습이 보였다.

"오늘 장사 안 합니다. 내일 오세요."

"김영우."

늘 손님들에게 붙임성 있게 말을 건네고 쉽게 친해지던 영우의 목소리가 낯설었다. 정현은 낯선 친구의 등에 말을 걸었다. 영우가 뒤를 돌아보았다. 아마, 제 표정도 딱 저럴 것 같았다.

"왔냐."

영우는 술을 마시고 있었다. 장사까지 접고 술을 마실 일이 도대체 뭐지. 그럼 어디를 가서 마시든지, 여전히 가게를 지키고 앉아 있는 영우가 아프다. 정현은 맞은편 자리에 털썩 주저앉았다.

"뭐해."

"그냥."

"나도."

"컵."

주섬주섬 일어나 컵을 가져온 정현에게 영우가 술을 따라 주었다. 늘 정현이 우울할 때마다 한상 가득 음식을 차려 주며 술을 내주더니 저를 위해서는 밑반찬으로 나가는 단무지와 곤약조림이 전부다. 물 대신 술을 달게 들이켜는 정현을 향해 느릿하게 영우가 고개를 들었다.

"뭐 줄까."

"아니."

다시 침묵이 내려앉고 둘은 묵묵히 술만 마셨다. 무슨 일이냐고 묻고 싶지만 원치 않는 대답을 들을까 무서워서 물을 수가 없었다. 자꾸 상상은 이상한 곳으로 손을 내뻗었다. 진운에게 안겨 있던 수연, 우울한 얼굴로 술을 마시고 있는 영우. 저는, 어떤 표정으로 어떻게 하면 좋단 말인가.

"담배 피우고 싶다."

"나가자."

영우는 그 와중에도 정현의 담배에 불을 붙여 주었다. 동경 옆 작은 골목엔 다시 재떨이가 생겼다. 나란히 서서 차가운 공기를 연기로 물들이면서 한마디도 말하지 않았다. 묵묵히 담배를 피우다가 차가운 바람이 피부를 할퀴는 것을 견디지 못하고 다시 가게로 들어왔다.

"야."

"어."

하지만 대화가 이어지지는 않았다. 묵묵히 술을 마시다가 영우가 갑자기 고개를 들었다.

"너 전화 오는 거 아니냐?"

코트 주머니에 집어넣은 채 존재 자체를 잊고 있던 전화기가 생각나 꺼내들었다. 부재중 전화 17통. 인욱에게 걸려온 5통의 전화와 진운의 전화였다.

"왜 안 받아?"

"그냥."

"무슨 일 있냐?"

"넌?"

"좆같아."

"나도."

계속 깜빡거리는 메시지창을 견디지 못하고 열어 보았다. 인욱은 어디냐고 묻는 한 문장의 메시지를 보내왔지만 진운은 달랐다.

<왔다 갔다면서요. 뭘 이렇게 주고 갔어요. 고마워. 근데 어디에요?>

<전화도 안 받고, 가게에도 없다고 하고. 송인욱은 왜 놓고 간 거예요?>

<어디 갔기에 전화도 안 받아.>

<이정현, 너 어디야.>

<정현아.>

하지만 이 메시지에 답을 할 용기가 나지 않았다. 감정에 목이 메고

손가락이 얼어 붙어버리기라도 한 것처럼 정현은 멍하니 그것을 바라만 볼 뿐이다. 질투라는 감정이 이렇게 지독하게 아픈 줄은 몰랐었다. 그저 재원이 미친놈인 줄로만 알았지.

"너 진짜 무슨 일 있는 거야?"

"너야말로. 동경은 왜 닫은 건데."

"수연이가…… 결혼하재."

결혼. 또 다른 의미로 목이 막혔다. 절대로 정현에게는 있을 수가 없는 일이다. 동성 간의 사랑을 혐오하기까지 하는 나라에서 결혼이라니. 아무리 그들이 사랑을 하고 있다고 한들 불가능한 일이었다. 영우도 술에 취해 정현의 감정까지는 헤아리지 못했다.

"걘 부잣집 딸에 능력도 있지, 예쁘지. 나랑 너무 비교되잖아. 그래서 나는 못 하겠어."

"부럽다."

"어?"

"그래도 결혼을 생각해 볼 수라도 있잖아. 부럽다고."

그제야 이상한 낌새를 눈치챈 영우가 고개를 들었다.

그때, 쾅하는 소리와 함께 거칠게 동경의 문이 열렸다. 진운이 서 있었다. 미간에는 숨기지 못한 짜증이 가득 찌푸려져 있었다.

"하아, 이정현, 너 진짜……."

숨을 몰아쉬는 걸 보니 뛰어오기라도 한 것 같았다. 진운의 시선이 놀란 둘의 얼굴을 훑고 테이블을 훑었다. 테이블 위에 얌전히 있는 휴대전화를 본 진운의 눈이 흉흉해졌다.

"이정현!"

"넌 왜 소리를 지르고 그래. 시끄러워."

약간 부어 있는 눈이 빨갛다. 평소의 화려한 화장이 아닌 맨얼굴의 수연이 그를 툭툭 치고 좁은 틈새로 가게에 들어섰다. 가늘게 뜬 눈으로 테이블 위의 술과 영우의 취한 낯을 보더니 달려와 백으로 영우를 후려치기 시작했다. 저 가느다란 팔에서 어떻게 저런 힘이 나올까 싶을 정도로 세게 치는 탓에 갈기는 소리가 크게 울렸다.

"너는! 지금! 술이! 처먹고 싶니!"

"아, 진짜. 그럼 뭐 어쩌라고!"

내칠 수도 있을 힘이건만 영우는 수연이 내리치는 가방을 그대로 맞아주고 있었다. 정현은 이 상황이 몹시도 아득해서 멍하니 바라만 보았다. 눈앞은 멀쩡한데 어지러운 것처럼 이상한 기분이다. 아직 취할 만큼 술도 마시지 않았는데.

"일어나."

진운이 잇새로 으르렁댔다. 하지만 그의 말을 따라 주고 싶은 기분이 아니다. 정현은 보란 듯이 다시 술잔을 들어 삼켰다. 귓가에 그의 헛웃음이 울렸다.

"뭐하자는 건데."

"신경 꺼요."

날선 목소리가 나와 버렸다. 신 나게 영우를 패고 있던 수연도 이상한 낌새를 눈치챘는지 팔을 내리고 의아한 표정으로 정현을 바라보았다. 묵묵히 매를 맞고 있던 영우도 마찬가지다. 스쳐 지나간 시선 속에서 영우의 미안함을 보았다. 사실 영우가 미안할 일은 아니다. 모든 것은 치졸한 자신 탓이다.

그의 표정은 그야말로 가관이었다. 복잡한 감정이 뒤엉켜 있는 얼굴에서 가장 큰 분노를 깨닫자 더 큰 분노가 타올랐다. 점점 삐딱선을 타고 있다는 사실을 정확하게 알고 있기 때문에 더욱더 벗어날 수가 없었다.

"정현아, 왜 그래."

다정한 목소리로 진운이 정현을 불렀다. 복잡했던 표정도 모두 정리가 된 후였다. 자꾸만 초라해지는 자신을 어쩌지 못하고 다시 한 번 술잔을 들어올렸다.

"우선 집에 가서 얘기하자."

"싫어요."

그는 충격을 받은 표정이었다. 사실, 더한 이야기도 많이 오고갔던 사이였건만 싫다는 거부의 표현을 직접적으로 한 기억이 별로 없다. 제법 긴 시간 동안 정현을 찾아다니고, 전화를 걸었으리라. 알고 있으면서도 자꾸만 말이 헛나왔다.

진운이 털썩, 정현의 옆자리에 앉았다. 테이블에 팔을 괴고 이마를 감싸 쥐고는 한숨을 내쉬었다. 그러고 보니 그는 이 추운 날씨에 걷어 올린 셔츠 한 장만 입은 채였다.

"얼마나 찾아다닌 줄 알아? 전화는 왜 안 받고."

"몰랐어요."

하. 그가 한숨을 내쉬었다. 한숨소리가 심장을 아프게 찌르는 것 같았다. 지금 한창 야근을 해야 할 시간인데 셔츠 바람으로 자신을 찾아다녔을 그가 아프다. 하지만 그보다 수연을 안고 있던 그의 모습이 더 아프고, 수연과 영우가 할 결혼이 더 아팠다. 정현은 제가 몹시도 이기적인 인간이라는 것을 잘 알고 있었지만 정말 이 정도일 줄은 몰랐다.

"또 무슨 일이 생기면 어쩌려고! 왜 그렇게 기다리는 사람 생각은 안 해!"

"그쪽은 내 생각은 합니까?"

"뭐라고?"

"됐습니다. 별로 얘기하고 싶지 않아요."

취기가 분노를 더욱 더 타오르게 한다. 하지만 화가 나면 날수록 정현은 서글퍼졌다. 이상한 감정이 한데 몰려 와글와글 시끄럽게 떠들고 있는 것 같은 기분이다. 귀를 막아도 소용이 없을 것이다. 이 모든 소리는 정현의 마음속에서 들리고 있었기 때문에.

"너 지금 무슨! 우선 일어나. 집으로 가자. 집에 가서 얘기해."

"집? 어느 집? 그쪽 집?"

"이정현."

지독하게 낮은 목소리가 울렸다. 으득 하고 이가 깨지는 것 같은 소리도 들렸던 것 같다. 잠시 주먹을 꾹 쥐었다가 손을 편 그가 다시 한숨을 내쉬었다.

"우리 집. 가자."

"싫다고요."

"야야, 정현아, 너 빨리 가. 나 수연이랑 얘기 좀 하게."

보다 못한 영우가 끼어들었지만 그가 쳐다보자 구시렁대며 시선을 돌렸다. 그런 것도 열 받는다. 밤인 것도 화가 나고, 오늘이 오늘인 것도 화가 난다. 피부를 스치고 지나가는 옷감의 부드러운 촉감조차 모든 게 짜증이 났다.

"왜 영우한테 그렇게 합니까? 내 친구한테!"

"야, 나 괜찮아. 너 왜 오버하고 그래."

"......미안합니다. 정현아, 집으로 가자."

아예 고개를 돌려 버린 정현을 향해 몸을 돌린 그의 얼굴이 어깨로 다가왔다. 제 어깨에 얼굴을 묻고 한참이나 한숨을 내쉬던 그가 아주 작은 목소리로 중얼거렸다.

"제발. 제발 가자, 정현아."

정현은 그의 약한 모습에 약했다. 늘 단단하던 그가 조금이라도 약한 모습을 보일 때면 안쓰러워서 견딜 수가 없었다. 진운이 얼마나 힘든 유년시절을 보냈고, 그로 인해 얼마나 괴로워했는지 상상할 때마다 아팠기 때문이다. 그가 이렇게 나올 때마다, 게다가 처음으로 제발이라며 애원하자 마음이 흔들렸다.

참 이상한 일이다. 그깟 단어 하나로 흔들릴 그따위 감정으로 사람을 이렇게나 힘들게 만들다니. 어쩌면 정현은 대학을 자퇴하는 순간부터 이상한 세계에 갇혀 버린 것일지도 모른다. 하지만 지금 당장은 또, 자신이 없었다. 애원하는 그를 냉정하게 내쳐낼 자신 따위는 애초에 없었던 것이다.

"······알겠어요."

안절부절못하고 둘을 바라보던 수연과 영우가 안도의 한숨을 내쉬는 것을 보면서 정현은 천천히 자리에서 일어났다. 영우가 함께 벌떡 일어났지만 수연의 손에 잡혔다. 수연은 평소처럼 웃으면서 영우의 목덜미를 잡았다.

"넌 나랑 더 할 얘기가 있지, 아마?"

차 안에는 침묵이 가득했다. 언제나 침묵에 익숙한 두 사람이지만 오늘의 침묵 같은 것에 익숙한 것은 아니었다. 자꾸만 얼굴에 따갑게 꽂히는 시선을 느끼면서도 입을 열고 싶지 않아 침묵을 지켰다.

진운도 마찬가지인지 연신 정현을 돌아보았으면서도 별로 말하지는 않았다.

"왜 그러는 건데, 응?"

제 방으로 들어가 코트를 거칠게 벗어던지는 정현의 등을 끌어안고 그가 속삭였다. 여전히 그는 셔츠 바람이었다. 늘 단정하던 머리카락이 흐트러진 것을 보면서 아릿한 쾌감을 느꼈다면 너무 배덕한 것일까. 하지만 정현은 이 상황이 어찌 되었건 그에게 저가 중요한 사람이라는 것을 확인받은 것 같아 좋았다. 이 이상한 감정의 결론은 어디에 있는 걸까.

"말하기 싫다고요."

"이정현, 너 진짜, 사람 미치게 한다."

"내가 뭘! 진짜 사람 미치게 만드는 게 누군데!"

입고 있던 니트를 신경질적으로 벗어서 방바닥에 내팽개치자 그가 놀라 눈을 크게 떴다. 하긴 지금 정현조차도 제 자신에게 놀라는 중이었다. 한 번도 이렇게 소리를 지르면서 이성적이지 못한 이야기를 한 적이 없었다. 그의 앞에서는 더더욱.

"진짜 그쪽이 날 진지하게 생각이나 하고 있는지 모르겠어! 내가 우스워?"

"도대체 무슨 소리를 하고 있는 거야."

"지금이라도 늦지 않았으니까 도망쳐요. 가고 싶으면 가라고."

벗어던진 니트를 신경질적으로 집어 들고 다시 꿰어 입었다. 하지만 방에서 벗어날 수는 없었다. 그가 손목을 단단히 잡고, 불타오르는 것 같은 눈빛으로 바라보고 있었다. 불이 무서운 것인지, 그가 무서운 것인지 정현은 멈칫하고 말았다.

"너 지금 무슨 소리를 하는 거야. 제대로 말해. 내가 알아들을 수 있게."

"싫다고! 싫어!"

"어디 가."

힘에선 절대 이길 수 없다는 것을 뻔히 알면서도 정현은 있는 힘껏 반항을 해보았다. 잡혀 있는 손목이 터질 것처럼 아프다. 하지만 신음 소리를 내고 싶지 않아 이를 악물고 참았다. 하지만 곧 무너지고 말았다. 그가 다시 입을 열었을 때.

"가지 마, 정현아."

그가 떨리는 목소리를 내는 것은, 재원에게 죽을 뻔했다가 구해진 이후 늘 불안하다는 말을 할 때뿐이었다. 그때 들었던 목소리보다도 더 흔들리는 목소리로 그가 애원했다.

"제발. 제발 가지 마."

물기가 뚝뚝 흐를 것 같은 목소리로 진운이 애원하고 있다. 정현은 저도 모르게 그에게로 몸을 돌렸다. 뒷덜미를 잡고 거칠게 입술을 맞댔다. 사정없이 그의 입술을 깨물어 버렸다.

"읏."

질투는 이상한 감정이었다. 그와 닿지 않은 순간에는 불태워 버릴 것처럼 뜨겁고 혼미하더니 닿자마자 싸늘하게 식어 내렸다. 계속해 그에게로 파고들면서 정현은 생각했다. 아마 나는 고칠 수 없을 만큼 망가져 버린 게 틀림없어. 평생 동안, 절대 고칠 수 없을 만큼.

깜깜한 방에서 벽에 등을 기대고 앉아 하염없이 창밖의 달을 바라보았다. 손바닥에 느껴지는 그의 손이 주는 온기가 간지럽게 느껴졌다. 허벅지에 머리를 대고 드러누운 그가 정현을 올려다보고 있었다.

"봤어요."

"뭘?"

"그쪽이랑 한수연 씨, 껴안고 있는 거."

"그건!"

"영우한테 들었어요. 둘이, 싸운 모양이던데."

"수연이랑은, 진짜 친구관계라는 거 정현 씨가 더 잘 알고 있잖아요."

"알고 있어요. 아는데, 알고는 있는데, 이상하게 이해가 안 되더라고. 이상해요?"

"……하나도 이상하지 않아."

"난 이상해요. 이런 기분일 줄은 상상도 하지 못했어. 기분이 진짜 더럽네요. 그쪽도 그랬어요?"

"응. 언제나, 늘."

손가락 사이로 손가락이 들어왔다. 굵고, 길고, 커다란 손가락은 언제 보아도 보기가 좋았다.

"내가 잘못했어. 생각이 짧았어요. 다시는 그런 일 없도록 할게."

"미안해요."

그는 괜찮다는 듯 고개를 흔들어 보였다. 다시 편안히 누운 그의 머리카락을 의미 없이 만지작거리면서 다시 달을 올려다보았다. 창백한 달이 아프도록 시렸다.

"결혼한다면서요."

"김영우가 쓸데없는 자격지심만 버린다면."

"부럽다."

"뭐?"

"부럽다고요. 우린, 절대로 결혼할 수 없잖아요."

그의 표정이 일그러졌다. 상처가 다 낫지 않아 아파하는 저를 바라보던 것보다 더 아픈 눈빛이었다. 질투를 고백하던 끝에 새어 버린 진심이 한심하다. 오늘의 저는 마치 그를 괴롭히기로 작정이라도 한 사람 같았다.

"널 위해서라면 뭐든지 할 수 있어. 다 할 거야. 양재원을 죽여 달라면, 죽여줄게. 그런데……."

그가 팔을 들어 올려 눈을 가렸다. 그것을 끌어내릴 생각도 하지 못하고 그를 내려다보았다.

"니가 처음으로 바라는 게 생겼는데 내가 절대로 들어줄 수 없는 것이라니. 니가 처음으로 바라는 건데 말이야."

정현의 눈에서 기어코 눈물이 떨어졌다. 그것이 혹시나 그에게 떨어져 눈치라도 챌까 싶어 얼른 고개를 돌려 다시 하염없이 달을 바라보았다. 어쩌면 오늘 일로 평생 동안 스스로를 용서하지 못할지도 모르겠다. 진심이 베어 낸 환부가 평생을 욱신거릴지도.

그날의 일이 매일같이 아팠다. 정현은 다시 그를 만나기 전으로 돌아간 것처럼 우울하고 나른해졌다. 진운의 앞에서는 그렇지 않은 척해 보았지만 그가 눈치채지 못할 리 없었다. 잘못은 저가 한 주제에 사람들을 계속해서 눈치 보게 만들다니 최악이다.

가게에는 할 일이 없다. 맨 처음, 원두를 볶겠다며 고가의 장비를 들여 신 나게 원두를 낭비하던 때에 정현은 손을 데이고 말았다. 몹시도 당연한 일이지만 기계의 실수가 아닌 정현의 실수였다. 그런데도 노발대발하며 커피숍으로 달려온 진운이 장비를 팔아 치워 버렸다.

"심심하면 이거나 보세요."

송인욱이 정현에게 툭 잡지를 건네고 냉정한 뒷모습으로 돌아섰다. 며칠 전, 제가 말도 없이 사라진 일로 고초를 겪었을 그에게 미안했다. 진운은 다른 것은 늘 정현의 뜻을 존중해 주었지만 안전이나 건강의 문제에 있어서는 한 치의 양보도 없었다.

"어?"

"왜 그러세요."

"저 백화점에 좀 가봐야겠어요."

"모시고 갈 테니 조금만⋯⋯."

"급해요! 진운 씨한테는 제가 전화할 테니까 있어요. 다녀올게요!"

앞치마를 풀며 달려온 인욱이 황망하게 저를 쳐다보는 것을 알면서도 정현은 허둥지둥 차를 향해 달렸다. 시동을 걸고 급하게 엑셀을 밟으면서 그에게 전화를 걸었다.

―여보세요.

"저 급하게 필요한 게 있어서 백화점에 가는데, 송인욱 씨는 두고 가려고요."

―왜?

"너무 급해서요. 우선 빨리 다녀와서 설명할게요."

―그래요, 그럼.

이상하게 평온한 목소리가 마음에 걸렸지만 제 생각으로 정신이 팔린 정현은 깊게 생각하지 않았다. 그러곤 차를 몰아 백화점으로 달려갔다. 잡지를 보다가 갑자기 떠오른 그 물건을 빨리 사야겠다는 생각 말고는 아무 생각도 들지 않았다.

―음.

"사장님이 너무 급하게 나가시는 통에 따라붙지 못했는데 괜찮을까요?"

―괜찮아. 위치 추적 붙여놓고 사람도 붙여놨으니까.

"네, 그럼……."

말이 다 끊어지기도 전에 끊긴 전화를 인욱은 인상을 쓰면서 들여다봤다. 도대체 사장과 회장님 아들의 관계는 이상했다. 스스로들 이상하다는 생각을 하지 못한다는 것이 더 이상하다.

정현은 백화점으로 달려가 반지를 샀다. 우리는 영원히 결혼할 수는 없을 것이다. 하지만, 반드시 국가에 신고하고 확인을 받는 알량한 종잇조각이 필요한 것은 아니었다.

우리가 영원히 함께할 수 있을 것이라는 약속, 그것이 중요한 것이다. 적어도 정현에게는 그랬다.

평소 같으면 점원이 큰 사이즈의 반지를 두 개나 주문하는 정현을 이상하게 생각할까 봐 엄두도 못 낼 짓이었다. 하지만 그의 목소리가 귓가에 매일 울렸다. 그가 해줄 수 없는 일이라면, 정현이 해줄 수도 있는 것 아닌가. 반드시 제도에 기댈 것이 아니라 그들의 마음에 기대면 될 일이었다.

반지가 반짝거리면서 빛을 뿌렸다. 그에게로 향하는 발걸음이 가벼웠다. 내내 괴롭던 자책에서도 벗어날 수 있었다.

이 기쁨이 그에게도 전염되기를, 우리가 미쳐 버린 사랑처럼 그렇게 잠기기를. 모든 것을 베풀어 준 당신께 내가 돌려드릴 수 있는 유일한 것은 다만, 사랑.

외전 3. 허니트랩

또다시 정현이 사라졌다. 하지만 저번처럼 멍청하게 모든 것을 놓고 찾으러 뛰어나가는 짓을 하지는 않았다. 핸드폰에 저장된 위치추적 어플과 개조한 시계가 정현의 행선지를 알려주기 때문이었다.

구두도 마찬가지라 무엇인가 하나라도 방향이 달라졌을 때는 바로 움직일 수 있도록 조치를 취해 두었다.

송인욱은 아예 정현의 직원이 되어 버렸다. 가장 쓸모 있던 패를 날려 버린 것이 어이없지만, 그에 준하는 사람들을 고심해서 골라 배치해 두었기 때문에 심하게 걱정되지는 않았다.

2인 1조로 구성된 가드들은 정현의 가게를 하루 종일 감시하고 있다가 정현이 움직이자마자 따라붙을 터였다.

저번에 정현이 사라졌을 때, 진운이 가장 먼저 한 일은 용인의 정신병원에 전화를 걸어 양재원의 상태를 체크하는 일이었다. 양재원은 여전히 날뛰다가 체념했다가 날뛰기를 반복하고는 있지만 방문자가 없었고 그만한 일을 꾸밀 무엇인가도 없었다는 보고를 들을 수 있었다.

그럼 양재원이 아니라 다른 이유로 사라진 정현을 어떻게 찾아야 한단 말인가. 차라리 양재원이 납치를 했을 때가 나았다. 영문도 알지 못하고 무슨 일이 어떻게 있는지도 모른 채 정현을 찾아야 하는 것은 지옥불에 몸이 타는 것 같은 느낌이었다.

질투라. 정현이 저를 향해 질투를 하고 나른한 평소의 상태가 아니라 감정을 표출하는 일은 반가운 일이다. 어쩌면 내내 바랐던 일일지도 모르겠다. 진운은 자신이 어딘가 이상하다는 것을 새삼 깨달은 기분이었다.

그 좋은 기분은 바로 정현의 다음 말에 무너졌다. 결혼이라니, 이 세상 모든 것을 정현에게 다 해줄 수 있지만 그것만은 불가능한 일이 아닌가.

정현이 처음으로 바라는 일이 생겼는데 그것을 해줄 수 없다는 무력감은 정현이 없어졌을 때의 기분과 비슷한 느낌이었다. 쓸모없는 제 자신을 불태우고 싶은 기분.

기본적으로 정현은 무척이나 사랑을 많이 받는 사람이다. 하긴 정현이 사랑받는 일은 당연한 일일지도 모르겠다. 저렇게 사랑스럽고 언제나 애정에 목말라 하는 이를 어떻게 외면할 수 있겠는가. 부모님도, 김영우도, 심지어는 한수연도 모두 정현에게 애정을 주고 있다. 당연한 일이지만 마음에 들지 않는 것도 당연했다.

정현은 아무것도 몰라야만 했다. 다른 사람이 저를 얼마나 사랑하고 있는지. 다만 그가 주는 사랑만을 알고 그것에 취해 아무것도 몰라야만 한다.

진운은 여전히 그것을 제대로 돌아보지 못하는 정현이 무척 만족스러웠다. 할 수만 있다면 평생이고 몰랐으면 했다. 그렇게 하기 위해선 또 얼마나 많은 거짓이 필요할 것인가.

때로 정현이 내뱉는 '그쪽'이라든가 딱딱한 말투가 상처가 아니라면 거짓말이겠지만 정현의 마음을 이해할 수 있어서 딱히 무엇이라 말하진 않는다. 또 상처를 받을까 봐 그렇게라도 마음을 지키려고 한다는 사실을 잘 알고 있다. 그가 그래왔었고, 그러고 있듯이. 게다가 술을 마신 날이면 여전히 애처로운 목소리로 '형'이라고 불러오며 귀여운 말들을 늘어놓기 일쑤라 스스로를 위안하기엔 충분했다.

"김진운."

"블라인드 열어. 방문도 닫지 마. 앞으로 나한테 절대 손도 대지 말고."

"치사하게, 아무튼 그날 일은 미안하게 됐다. 그런데 너, 정현 씨가 질투하는 거 즐기는 것 아니야? 표정이 신 나 보이네."

"꺼져."

"그러는 너는 닥쳐."

일 때문에 찾아온 수연에게 으르렁대 보았지만 이미 정현의 질투를 즐기고 있다는 것을 들켜 버린 터라 마음껏 놀릴 수 있도록 귀를 닫았다. 신이 난 수연이 내내 종알거리는 것을 무시하고 다시 도면을 들여다보며 수연이 가져온 작업물을 검토했다. 이렇게 손발이 척척 맞게 일할 수 있는 것만 아니면 당장 내칠 텐데. 아니, 어쩌면 즐기고 있는지도.

"아 참, 나 내년에 결혼한다."

"쓸데없는 소리 정현이 앞에서 하지 마."

"어차피 알게 될 일인데 뭐. 근데, 정현 씨가 좀 속상해하는 것 같다고 영우가 걱정하더라. 정말 그래?"

미안한 얼굴로 수연이 물었다. 당연히 미안해야 할 일이다. 수연이 그날 했던 모든 것은 정현의 마음을 상하게 했을 것이다. 수연을 내치고 싶은 마음과 보듬고 싶은 마음이 공존하는 것이 이상했다.

아무에게도 정을 주지 않지만, 정을 주면 끝까지 놓는 법을 모르는 진운이었다.

"그럼 라스베이거스라도 놀러갔다 와. 화려하게 탕진잼하고 와라. 아, 우리도 좀 데려가고. 너 있는 거라곤 돈밖에 없잖아? 싸가지랑 바꿔먹은 돈."

"또 쓸데없는 소리."

"거긴 동성결혼이 합법화되어 있다던데? 정현 씨도 사정 다 아는 사람이 거창한 걸 원하는 건 아닐 거 아냐. 그냥 누군가가 인정해 주는 무엇이 가지고 싶은 거 아닐까?"

생각도 하지 못했던 일이다. 결혼이란 것을 생각조차 해본 적이 없었기 때문에 다방면에서 생각해볼 수 있다는 생각을 하지 못했다. 늘 제가 있어야 할 곳은 음지라고 생각하는 정현에게 좋은 선물이 될 수 있다는 생각이 들었다.

그의 정현이 어울리는 곳은 밝은 햇살이 비추는, 하얀 피부가 아름답게 빛날 양지였다. 서늘한 그늘이라고 어울리지 않을 리 없지만 그래도 그것이 더 잘 어울렸다.

"나 데려가. 응? 물론 영우도."

"시끄러워."

"고마운 줄도 모르는 놈."

투덜거리는 수연을 앞에 두고, 재빨리 이것저것을 검색해 보았다. 라스베이거스라, 결혼이라. 정신 나간 헐리웃 스타들이 충동적인 결혼을 하는 꼴사나운 곳이라고 생각했었는데 생각이 달라졌다. 여행을, 계획해야만 했다.

"어디 갔다 왔습니까?"

"백화점이요."

퇴근시간이 되면 늘 진운은 정현의 커피숍으로 갔다. 커피를 한잔 앞에 두고 나른하게 서로 마주 보며 있는 일이 많았다. 사실 가게에 있다고 해서 정현이 해야 할 일이 있는 것은 아니지만 진운이 직접 꾸며주고 제 손으로 하나하나 채운 공간에 애정을 가지고 있다는 것을 알고 있기 때문에 재촉을 하거나 하지는 않았다.

그것을 마시면서 특별할 것 없는 하루의 일과를 서로에게 이야기해 준 후에는 집으로 돌아갔다. 함께 저녁 식사를 하고 밤을 보낸다. 때로는 세상만사를 잊을 것처럼 격렬한 섹스를 하기도 했고, 의미 없이 웃으며 지나가는 TV를 보는 정현을 하염없이 바라보기도 했다. 아무것도 하지 않고 침대에 누워 서로를 바라보는 일도 있었다. 오늘은 아마 그런 날일 것이다.

"그럼 같이 가서 사지. 그렇게 뛰어나갔다기에 급한 일인 줄 알았습니다."

"급한 거 맞아요."

하지만 어느 손에도 쇼핑백이 들려 있지는 않았다. 정현이 늘 애달파하는 어머니에게 선물을 보내기라도 한 것인가 생각해 보았지만 애써 묻지는 않았다. 정현의 모든 것을 알고 싶고 가지고 싶었지만 그것을 억지로 빼앗고 싶지는 않았기 때문이다. 감옥 같은 그의 집착 안에 가두어두는 것으로도 충분했다.

반짝반짝 상기된 얼굴로 정현이 그를 돌아보았다. 무엇이 저렇게 정현을 기쁘게 만들어 준 것인지 모르겠지만 어찌 되었건 정현이 좋다면 좋은 일이다. 마주 웃자 조금 달아오른 볼로 웃어 댄다. 평소 같지 않은 들떠 있는 모습이 보기 좋았다.

매일 저렇게 웃게 해줄 수만 있다면. 요새 들어 김영우와 수연의 결혼 소식으로 늘 축 처져 있는 모습이었기 때문에 더욱 신경 쓰였는지도 모른다.

"저녁 먹어요."

"네."

집 안의 모든 가스레인지를 전기레인지로 바꾼 이후에도 정현이 불을 사용해야 할 일을 만들지 않았다. 도우미가 만들어 놓고 갔을 음식을 데우고 차리는 일은 그가 하면 될 일이고, 그것을 보기 좋게 늘어놓거나 수저를 챙기는 일이면 족했다. 다년간의 식당 운영 탓인지 늘어놓은 모양새가 늘 보기 좋았다.

"많이 먹어요."

"진운 씨도요."

한 가지 불만인 것은 정현은 술이 취하지 않는 날이면 처음 술을 함께 마시던 그날처럼 귀여운 목소리로 '형'이라고 불러온다거나 반말을 하는 일이 없다는 것이다. 그 '형'이라고 불러오는 모습이 퍽 만족스럽지만 맨 정신에 그 말을 해보라고 하면 부끄러워하며 질색을 하는 경우가 많아 억지로 부탁하지는 않았다.

"백화점에 뭘 사러 갔었습니까."

애써 묻지 않겠다고 다짐한 지 한 시간도 지나지 않았다. 하지만 내내 묻고 싶어 근질거리던 입을 어찌할 바를 모르고 결국 묻고 말았다.

다시 정현의 얼굴에 홍조가 들고, 예쁜 미소가 걸쳐졌다. 홀린 듯 그것을 바라보다가 정현이 하는 말을 놓치고 말았다.

"뭐라고?"

"밥 다 먹고요, 같이 보자고요."

"그래요."

같이 보자는 말이 기쁘다. 늘 짧게 느껴졌던 식사시간이 길게만 느껴졌다. 입이 짧고 편식이 심하던 정현은 요새 양도 늘고 가리는 음식이 많이 줄었다. 오물대며 음식을 씹어 삼키는 입술을 바라보다가 고개를 돌렸다. 사실 더 미친놈은 양재원이 아니라 저일지도 모른다. 지금도 밥을 먹는 사람을 앞에 두고 이런 상상을 하고 있는 저야말로.

그릇을 정리하는 동안 씻으러 들어갔는지 욕실에서 샤워기소리가 들렸다. 오늘은 하염없이 서로를 바라보며 이런저런 이야기를 나누는 밤이 될 것이라고 예상했었는데, 아닌 모양이다. 하긴 이쪽이 더 기껍기는 했다. 식사시간 내내도 오물대는 입술을 바라보며 했던 상상을 정현이 알기라도 한다면. 애써 고개를 내저으며 재빨리 샤워를 끝마쳤다.

"씻었어요?"

"정현 씨가 씻길래."

젖어 있는 머리카락 끝에서 또르르 흘러내린 물방울이 쇄골 언저리에 맺혀 흐른다. 혀를 내어 그것을 핥아 올리는 진운의 머리를 정현이 밀어냈다. 거부인 건가.

의아한 얼굴로 바라보는 진운에게 정현이 벌겋게 달아오른 얼굴을 하고 잠시만 기다려 달라며 제 방으로 사라졌다. 거부당한 건가. 밀려난 손을 가만히 내려다보았다.

"잠깐만 앉아 봐요."

정현은 그런 진운을 소파에 앉히고 부지런히 와인을 준비하고 무엇인가를 계속 부스럭댔다. 한참을 부스럭거리면서도 돌아오지 않아 가보니 안주를 준비할 생각이었는지 치즈를 찾고 있었나 보다. 바로 눈앞에 있는 칸에 든 치즈를 찾지 못하고 헤매는 정현을 보니 웃음이 나왔다. 어느새 밀려난 손은 잊혀졌다.

"무슨 얘기를 하려고?"

웃으면서 말을 건네 보았지만 목소리까지 웃지는 못했다. 기대를 했다가 실망할 것이 걱정되었기 때문이다. 언제나 어머니가 그를 위해 무엇인가를 준비하는 날은, 꼭 일이 터지곤 했다. 이제는 희미해진 등의 흉터도 그런 날 만들어진 결과물이다.

"앉아 봐요."

상기된 정현은 아름답다. 하지만 어떤 말도 하지 않아 줬으면 하는 마음까지 삼키지는 못했다. 그저 목구멍으로 꾸역꾸역 삼켜 내는 것에 그쳤다.

"내가 생각을 해봤는데."

제발, 그만. 주먹을 꽉 쥐어 보았지만 설렘과 흥분으로 가득한 정현은 그를 알아보지 못했다. 어쩐지 절망으로 가득 찬 진운은 눈을 감아 버렸다.

"자요."

언제나 그를 흥분시켜 마지않는 정현의 손가락이 손가락 틈새를 파고들었다. 온도와 상관없이 뜨거운 그 손가락이 스치는 것을 음미하는데 묘하게 서늘한 온도가 손가락에 남았다.

눈을 떠 바라본 정현은 볼을 발갛게 물들인 채 여전히 아름답게 웃고 있었다.

"이건……?"

"나랑 결혼해 줄래요?"

묘하게 서늘한, 손가락에 남아 있는 것은 반지였다. 태어나 단 한 번도 껴보지 않은 금속이 손가락에서 거치적거리는 느낌은 굉장히 이질적이다. 하지만 무겁다. 손에 꼭 맞는 이것이 내리누르는 모든 것이 너무 무거워서 숨이 막힐 지경이다.

긴장한 표정으로, 하지만 상기된 얼굴로 눈을 반짝거리면서 저를 바라보고 있는 정현의 얼굴이 흐릿해졌다. 왜 이런 거지. 당황할 틈도 없이 흘러내렸다. 얼굴이 온통 눈물로 젖어 버렸다.

"진운 씨……?"

"잠시만."

어린 시절 이후 단 한 번도 누군가의 앞에서 눈물을 흘린 적이 없던 터라 당황해 일어나 버렸다. 게다가 하필이면 정현의 앞에서. 어쩔 줄을 몰라 하며 일어난 진운의 손을 정현이 잡았다. 반지가 껴진 손가락을 감싸는 손가락이 깍지를 끼며 옭아맸다.

정현의 하얀 손에도 같은 모양의 반지가 껴져 있었다. 맞닿은 손가락에 이제는 체온으로 데워져 더 이상 차갑지 않은 반지가 와 닿았다. 언제나 모든 것에 초연해 보여 이런 것을 먼저 준비해 줄 수 있는 사람일 것이라고 상상해 본 적이 없었다. 아니, 정현의 말은 무조건 다 믿지만 저를 사랑한다는 말만은 때로 의심이 갔다.

"우리가 혼인신고를 할 수는 없겠지만 우리끼리야 결혼을 하든 말든 뭐…… 상관없겠죠."

정현다운 말이었다. 남의 이야기하듯 여상스레 말을 건네면서도 사랑스러운 손가락이 반짝이는 반지를 매만진다. 간지러운 기분이었다. 울컥 눈물이 흐르면서도 웃고 싶고, 큰 소리로 울음을 터뜨리고 싶기도 하고, 한마디로 정의내릴 수 없는 기분이었다. 맹세코 삶을 살아오면서 단 한 번도 느껴보지 못한 혼란스러움이다.

"그래서, 왜 대답 안 합니까."

대답을 할 여유가 없으니까. 너의 사랑스러움으로 가득 찬 가슴이 다른 말을 할 생각을 하지 못하고 있으니까. 진운은 말을 건네는 대신 정현의 입술을 집어삼켰다. 대답이 듣고 싶은 듯 정현이 꿈틀거리면서 빠져나가려고 애쓰다가 몸을 늘어뜨리곤 쿡쿡 웃었다. 여전히 흐르고 있는 눈물로 젖은 볼을 차가운 정현의 손이 다가와 쓸어내렸다.

당장 함께가 아니라면 죽을 것만 같았다. 지금도 함께이지만 더 은밀하고 더 깊숙하게, 정현만이 감싸줄 수 있고 진운만이 채워줄 수 있는 행위를 해야만 숨을 쉴 수 있을 것만 같았다. 능숙하게 옷을 벗기고 온몸이 민감한 정현의 가는 몸을 탐닉했다. 자그마한 유두도 기다란 목도 어느 한구석 사랑스럽지 않은 곳이 없다. 이제는 빠져나가려고 애쓰는 게 아니라 더 닿기 위해 꿈틀대는 정현이 아름다웠다.

나의 구원이며, 나의 삶. 사랑이란 것을 받아본 적이 없는 진운으로서는 때로 이 사랑이 감당하지 못할 정도로 가슴이 빠개지는 것 같은 고통을 느꼈다.

하지만 그 고통 역시 사랑스럽다. 정현을 다치지 않게 하기 위해 끈적이는 젤을 바르는 것도, 기다란 손가락을 집어넣고 가장 좋아하는 곳을 어루만지는 것도, 둥근 유륜을 집어삼키며 들썩이는 허리를 팔로 감는 것도 익숙한 일이다.

하지만 사랑에 취한 듯 몽롱해진 정신은 자꾸만 익숙한 모든 것을 특별하게 느껴지게 했고 감정을 뒤흔들었다.

"정현아."

알아들을 수 없는 대답이 돌아왔다. 쾌감에 젖은 얼굴이 뒤로 젖혀지며 기다란 목이 더 드러났다. 본인은 살이 쪘다고 주장하지만 여전히 마른 배를 지나 입술을 미끄러뜨렸다. 입안 가득한 정현의 맛에 툭 하고 이성이 끊어지는 소리가 들렸다.

온몸을 핥고 빨고 깨물었다. 사랑한다는 말도 여러 번 속삭였던 것 같다. 취한 것 같은 기분에 들떠 미친 사람처럼 정현의 몸을 탐했다. 다디단 모든 것을 삼키면서 내쉬는 숨조차 아까워 미칠 것만 같았다.

원하는 곳을 천천히 열고 들어가면서 거칠게 날뛰지 않기 위해 안간힘을 쓰느라 으득, 소리를 내고 말았다. 몸이 열리는 쾌감과 통증에 잠식당한 정현이 눈치채지 못한 것이 다행이었다.

결혼에 대한 생각을 하지 않았던 것은 아니다. 그는 아무래도 좋았다. 반드시 사랑은 결혼서약으로만 완성되는 것이 아니었으니까. 그의 세상에서 언제나 정현을 향한 사랑은 완벽하기만 했다. 제 모든 것을 내던질 수 있었기 때문에. 수연의 말을 듣고 정현이 원하는 일이니 좀더 알아봐야겠다는 생각도 물론 했었다.

하지만 정현이 그 말을 꺼내올 줄은 상상도 하지 못했다. 들어 올리면 무게조차 느낄 수 없을 정도로 가벼운 반지가 난생처음 느끼는 무게로 인생을 짓누르는 것 같았다. 정말 단 한번이라도 상상 속에서도 떠올려본 적이 없는 일이다.

한 번도 실감하지 못했던 정현의 사랑한다는 말이 갑자기 실감 나기 시작하면서 손가락이 묵직해졌다. 눈가가 뜨거워지고 갈무리하지 못한 감정이 흘러내린다.

섹스는 사랑의 전부가 아니다. 하지만 때론 완성이기는 했다. 지금처럼 말을 하지 못할 지경으로 복받쳐오를 때면, 애써 주절거리기보다는 맞닿은 체온으로 하고 싶은 말을 전하는 편이 나았다. 정현의 희미한 미소에서 제가 하고 싶어 하는 말을 잘 알아들었다는 것을 깨달았다.

언제나 정현을 가두고 싶던 달콤한 함정에 제가 먼저 빠져 버렸다는 사실은 잘 알고 있었지만, 지금처럼 실감한 적은 처음이다.

달콤하고 끈적끈적한, 절대로 빠져나갈 수 없는 함정에 빠지고 말았다. 다행인 것은 정현 역시 그 함정에 빠져 함께 허우적거리고 있다는 사실이다. 그 증거로 이제 체온을 담고 미적지근해진 이 반지가 손에 끼워져 있다.

단 한 번도 감히 그를 향해 세상의 일반적인 구속을 할 수 없었던 제 처지에 어울리지 않은 고귀한 약속의 증거. 스스로 매인 정현이 저를 버리지 않겠다는 약속.

환희가 차올랐다. 평소처럼 정현이 애원할 때까지 내리누른 성감을 해방하지 않을 수가 없을 지경이다. 환희와 함께 차오른 오르가즘이 온몸을 꿰뚫고 지나갔다.

"정현아."

정현이 환히 웃었다. 그 웃음에 해야 한다고 생각했던 모든 말이 다 날아가 버렸다. 진운은 정현을 향해 마주 웃어 주었다. 그러다가 문득 한 개의 단어를 떠올렸다.

"라스베이거스로 갈까?"